SARAH PEKKANEN ist eine internationale Bestsellerautorin und hat bereits sieben Romane veröffentlicht. Als investigative Journalistin und Autorin schrieb sie u. a. für die Washington Post und USA Today. Sie ist die Mutter von drei Söhnen und lebt außerhalb von Washington, D. C.

GREER HENDRICKS arbeitete über zwei Jahrzehnte als Lektorin bei Simon & Schuster. Davor erwarb sie an der Columbia University einen Master in Journalismus. Ihre Beiträge erschienen u. a. in der New York Times und bei Publishers Weekly. Greer lebt mit ihrem Ehemann und zwei Kindern in Manhattan.

«Die Wahrheit über ihn» ist ihr erster gemeinsamer Roman. Das Buch verkaufte sich in 30 Länder, stieg sofort an der Spitze der New-York-Times-Bestsellerliste ein und wird von Dreamworks verfilmt.

«Klug und mit meisterhaften Twists.» Karin Slaughter

«Ein teuflisch kluges Katz-und-Maus-Spiel.» New York Times Book Review

«Was für eine Achterbahnfahrt.» Washington Post

«Schnallen Sie sich an, Sie werden dieses Buch nicht zur Seite legen können.» Glamour

«Wer intelligente Spannungsliteratur mag, die mehr will, als nach altbewährtem Schema einen Mörder zu suchen, und die Überraschungen bereithält, ist mit ‹The Wife Between Us› bestens bedient.» Stern.de

GREER HENDRICKS UND
SARAH PEKKANEN

DIE WAHRHEIT ÜBER IHN

WER IST SIE WIRKLICH?

ROMAN

Aus dem Englischen
von Alice Jakubeit

Rowohlt Taschenbuch Verlag

Die Originalausgabe erschien 2018 unter dem Titel
«The Wife Between Us» bei St. Martin's Press, New York.

Veröffentlicht im Rowohlt Taschenbuch Verlag,
Hamburg, April 2020
Copyright © 2018 by Rowohlt Verlag GmbH,
Reinbek bei Hamburg
«The Wife Between Us» Copyright © 2018 by
Greer Hendricks and Sarah Pekkanen
Redaktion Tobias Schumacher-Hernández
Covergestaltung any.way, Barbara Hanke/Cordula Schmidt,
nach der Originalausgabe von St. Martin's Press (Design Olga Grlic)
Coverabbildungen Oleg Gekman/shutterstock.com
Satz aus der Mercury
Gesamtherstellung CPI books GmbH, Leck, Germany
ISBN 978-3-499-00073-7

Die Rowohlt Verlage haben sich zu einer nachhaltigen Buchproduktion
verpflichtet. Gemeinsam mit unseren Partnern und Lieferanten setzen
wir uns für eine klimaneutrale Buchproduktion ein, die den Erwerb von
Klimazertifikaten zur Kompensation des CO_2-Ausstoßes einschließt.
www.klimaneutralerverlag.de

Von Greer:
*Für John, Paige und Alex,
voller Liebe und Dankbarkeit*

Von Sarah:
*Für diejenigen, die mich ermutigt haben,
dieses Buch zu schreiben*

ERSTER TEIL

PROLOG

Mit wehendem blondem Haar, roten Wangen und einer Sporttasche am Unterarm geht sie zügig den Bürgersteig entlang. Vor dem Gebäude, in dem sie wohnt, holt sie ihre Schlüssel aus der Handtasche. Die Straße ist laut und sehr belebt: Gelbe Taxis rasen vorüber, Pendler kehren von der Arbeit zurück, Leute betreten den Deli an der Ecke. Doch ich lasse die blonde Frau nicht einen Moment aus den Augen.

An der Tür sieht sie sich noch einmal kurz um, und es fühlt sich an wie ein elektrischer Schlag. Ich frage mich, ob sie meinen Blick spürt. Blickdetektion nennt man das – unsere Fähigkeit wahrzunehmen, dass wir beobachtet werden. Ein ganzes System im menschlichen Gehirn ist diesem genetischen Erbe unserer Vorfahren gewidmet, die sich darauf verließen, um nicht zur Beute eines Raubtiers zu werden. Ich habe diesen Schutzmechanismus kultiviert, dieses Kribbeln im Nacken, bei dem mein Kopf sich instinktiv dreht, um nach einem Paar Augen Ausschau zu halten. Aus Erfahrung weiß ich, wie gefährlich es ist, diese Warnung zu missachten.

Doch sie dreht sich einfach wieder um, öffnet die Haustür und geht hinein, ohne in meine Richtung zu sehen.

Sie weiß nicht, was ich ihr angetan habe.

Sie ahnt nicht, welchen Schaden ich ihr zugefügt, welches Verhängnis ich in Gang gesetzt habe.

Für diese schöne junge Frau mit dem herzförmigen Gesicht und dem sinnlichen Körper – die Frau, deretwegen Richard, mein Ehemann, mich verlassen hat – bin ich ebenso unsichtbar wie die Taube, die auf dem Bürgersteig neben mir nach Nahrung pickt.

Sie hat keine Ahnung, was mit ihr geschehen wird, wenn sie so weitermacht. Nicht die geringste.

KAPITEL EINS

Nellie hätte nicht sagen können, was sie geweckt hatte. Doch als sie die Augen aufschlug, stand eine Frau, die ihr weißes Spitzenhochzeitskleid trug, am Fußende ihres Betts und sah auf sie herab.

Sie stieß einen erstickten Schrei aus und griff nach dem Baseballschläger, der an ihrem Nachttisch lehnte. Dann gewöhnten ihre Augen sich an das körnige Dämmerlicht, und ihr wild hämmerndes Herz beruhigte sich ein wenig.

Als Nellie begriff, dass sie in Sicherheit war, entfuhr ihr ein gepresstes Lachen. Die vermeintliche Frau war bloß ihr Hochzeitskleid, das sie gestern, noch in Folie gehüllt, an die Schranktür gehängt hatte, nachdem sie es aus dem Brautmodengeschäft abgeholt hatte. Das Oberteil und der Tellerrock waren mit Seidenpapier ausgestopft, damit sie die Form bewahrten. Nellie sank zurück aufs Kopfkissen. Als ihre Atmung sich wieder normalisiert hatte, sah sie auf den Wecker mit den klobigen blauen Zahlen. Zu früh, wieder einmal.

Sie streckte den Arm nach dem Wecker aus, ehe er losplärren konnte; der Diamantverlobungsring an ihrer linken Hand, ein Geschenk von Richard, fühlte sich schwer und ungewohnt an.

Schon als Kind hatte Nellie nicht leicht einschlafen können. Ihre Mutter hatte keine Geduld für ausgedehnte Einschlafrituale gehabt, doch ihr Vater hatte ihr immer sanft den Rücken massiert und ihr mit dem Finger Sätze aufs Nachthemd geschrieben wie *Ich liebe dich* oder *Du bist etwas ganz Besonderes*, und sie hatte versuchen müssen zu erraten, was er da schrieb. Oder er hatte Muster, Kreise, Sterne und Dreiecke gezeichnet – jedenfalls bis ihre Eltern sich scheiden ließen und er auszog. Da war sie neun gewesen. Von nun an lag sie allein in ihrem großen Bett unter ihrer rosa und lila gestreiften Bettdecke und starrte auf den Wasserfleck, der ihre Zimmerdecke verunzierte.

Wenn sie endlich eindöste, schlief sie normalerweise tief und fest, sieben oder acht Stunden lang – so tief und traumlos, dass ihre Mutter sie manchmal regelrecht wach rütteln musste.

Doch das änderte sich schlagartig nach einer gewissen Oktobernacht in ihrem letzten Jahr auf dem College.

Ihre Schlafstörungen verschlimmerten sich rasant. Nun zerstückelten lebhafte Träume, aus denen sie abrupt aufwachte, ihre Nachtruhe. Einmal erzählte eine der Schwestern aus ihrer Studentenverbindung beim Frühstück, Nellie habe nachts irgendetwas Unverständliches geschrien. Sie versuchte, es abzutun: «Die Prüfungen stressen mich. Diese Psycho-Statistik-Klausur soll der Horror sein.» Dann stand sie vom Tisch auf und holte sich eine weitere Tasse Kaffee.

Danach zwang sie sich, die Collegepsychologin aufzusuchen, doch trotz des behutsamen Zuspruchs der Frau konnte Nellie nicht über jenen warmen Herbstabend sprechen, der mit Wodkaflaschen und Heiterkeit begonnen und mit Polizeisirenen und Verzweiflung geendet hatte. Nellie suchte die Therapeutin zweimal auf, doch den dritten Termin sagte sie ab, und von da an ging sie nie wieder zu ihr.

Einiges davon hatte Nellie Richard erzählt, als sie beim Erwachen aus einem ihrer wiederkehrenden Albträume gespürt hatte, wie er die Arme um sie legte, während er ihr mit seiner tiefen Stimme ins Ohr flüsterte: «Ich halte dich, Baby. Bei mir bist du in Sicherheit.» In seinen Armen fühlte sie sich so sicher, wie sie es sich ihr ganzes Leben lang ersehnt hatte, sogar schon vor dem Vorfall. Neben Richard konnte Nellie sich endlich dem verwundbaren Zustand des Tiefschlafs überlassen. Es fühlte sich an, als wäre der unsichere Boden unter ihren Füßen endlich solide geworden.

Gestern Abend jedoch war Nellie allein in ihrer Wohnung im Erdgeschoss des alten Brownstone-Gebäudes gewesen. Richard war geschäftlich in Chicago, und ihre beste Freundin und Mitbewohnerin Samantha hatte bei ihrem neuen Freund übernachtet. Der Lärm der Stadt war durch die alten Mauern gedrungen: Hupen, hin und wieder Geschrei, Hundegebell ... Obwohl die Verbrechensrate in der Upper East Side die niedrigste in ganz Manhattan war, waren die Fenster mit Stahlgittern gesichert, und drei Schlösser verstärkten die Wohnungstür, darunter das dicke, das Nellie nach dem Einzug angebracht hatte. Dennoch hatte sie ein zusätzliches Glas Chardonnay benötigt, um einschlafen zu können.

Nellie rieb sich die verklebten Augen, schälte sich langsam aus dem Bett und zog ihren Frotteebademantel an. Dann betrachtete sie nochmals das Kleid und fragte sich, ob sie versuchen sollte, in ihrem winzigen Kleiderschrank Platz dafür zu schaffen. Doch der Rock war so ausladend. Im Brautmodengeschäft, umgeben von seinen aufgeplusterten, paillettenbestickten Schwestern, war es ihr schlicht und elegant erschienen, wie ein einfacher Haarknoten im Vergleich zu einer aufwendigen Toupierfrisur. Aber neben den Kleiderhaufen und dem billigen IKEA-Regal in ihrem vollgestopften Zimmer erinnerte es mit einem Mal bedenklich an das Gewand einer Disney-Prinzessin.

Doch das ließ sich nicht mehr ändern. Der Hochzeitstermin rückte schnell näher, und jedes Detail war festgelegt, bis hin zum Tortenaufsatz – einer blonden Braut mit ihrem gutaussehenden Bräutigam, in einem perfekten Augenblick erstarrt.

«Meine Güte, die sehen sogar so aus wie ihr zwei», hatte Samantha gesagt, als Nellie ihr ein Foto von den altmodischen Porzellanfigurinen gezeigt hatte, das Richard ihr gemailt hatte. Der Aufsatz hatte seinen Eltern gehört, und nachdem Richard ihr den

Antrag gemacht hatte, hatte er das Erbstück aus dem Keller geholt. Sam hatte die Nase gerümpft. «Schon mal auf die Idee gekommen, dass er zu gut ist, um wahr zu sein?»

Richard war sechsunddreißig, neun Jahre älter als Nellie, und ein erfolgreicher Hedgefondsmanager. Er hatte den drahtigen Körper eines Läufers, dunkelblaue Augen und ein unbeschwertes Lächeln, das über seinen eindringlichen Blick hinwegtäuschte.

Bei ihrer ersten Verabredung hatte er sie in ein französisches Restaurant eingeladen und mit dem Sommelier kenntnisreich über weißen Burgunder gesprochen. Bei ihrer zweiten Verabredung an einem verschneiten Samstag hatte er ihr vorher gesagt, sie solle sich warm anziehen, und war dann mit zwei leuchtend grünen Plastikschlitten erschienen. «Ich kenne den besten Hügel im Central Park», hatte er gesagt.

Er hatte eine ausgeblichene Jeans getragen und darin eine ebenso gute Figur gemacht wie in seinen tadellos sitzenden Anzügen.

Als Nellie auf Sams Frage geantwortet hatte: «Das denke ich jeden Tag», war das kein Witz gewesen.

Während sie über die sieben Stufen in die winzige Küchenzeile tappte, unterdrückte sie ein neuerliches Gähnen. Der Linoleumboden unter ihren nackten Füßen war kalt. Sie schaltete die Deckenlampe ein und stellte fest, dass das Honigglas – wieder einmal – völlig verklebt war, nachdem Sam ihren Tee gesüßt hatte. Der zähflüssige Honig war an der Seite herabgesickert und hatte eine bernsteinfarbene Lache gebildet, in der jetzt eine Kakerlake zappelte. Noch nach all den Jahren, die sie mittlerweile in Manhattan lebte, wurde ihr bei diesem Anblick ein wenig übel. Sie schnappte sich eine von Sams schmutzigen Tassen aus der Spüle und stülpte sie über das Insekt. *Soll sie sich damit befassen*, dachte Nellie. Sie schaltete die Kaffeemaschine ein, und während sie wartete, klappte sie ihren Laptop auf und las ihre E-Mails: Prozente bei Gap; ihre Mutter war anscheinend Vegetarierin geworden und bat Nellie, darauf zu achten, dass es beim Hochzeitsessen eine fleischlose Alternative gab; und eine Benachrichtigung, dass ihre Kreditkartenzahlung fällig war.

Dann schenkte sie sich Kaffee in eine Tasse ein, die mit Herzchen und den Worten *Weltbeste Kindergärtnerin* verziert war. Sie und Samantha, die ebenfalls als Erzieherin bei Learning Ladder arbeitete, hatten im Küchenschrank ein Dutzend solcher Tassen stehen. Dankbar trank sie einen Schluck Kaffee. Sie hatte heute zehn Frühjahrsbesprechungen mit Eltern ihrer Gruppe von Dreijährigen. Ohne Koffein bestünde die Gefahr, dass sie in der «Ruhe-Ecke» einschlief, dabei musste sie hellwach sein. Als Erstes waren die Porters dran, die erst neulich per Mail beklagt hatten, der Gruppenraum lasse zu wenig Kreativität zu. Sie hatten ihr empfohlen, das große Puppenhaus durch ein Riesen-Tipi zu ersetzen, und einen Link angefügt, wo man eines für 229 Dollar erwerben konnte.

Wenn sie zu Richard zog, würde sie die Porters kaum mehr vermissen als die Kakerlaken, befand Nellie. Sie warf noch einen Blick auf Samanthas Tasse, bekam Gewissensbisse, nahm das Insekt mit einem Papiertuch auf und spülte es in der Toilette hinunter.

Als Nellie gerade die Dusche aufdrehte, klingelte ihr Handy. Sie hüllte sich in ein Handtuch und lief in ihr Zimmer, um das Telefon aus ihrer Handtasche zu holen, doch dort war es nicht. Ständig verlegte sie das Ding. Am Ende wurde sie zwischen den Falten ihrer Bettdecke fündig.

«Hallo?»

Keine Antwort.

Im Display stand «Unbekannte Rufnummer». Gleich darauf erhielt sie eine Mailbox-Benachrichtigung. Sie drückte eine Taste, um die Nachricht abzuhören, vernahm jedoch nur ein schwaches rhythmisches Geräusch. Atem.

Bloß Telefonmarketing, sagte sie sich, während sie das Handy wieder aufs Bett warf. Nichts Ungewöhnliches. Sie überreagierte wieder einmal. Es war einfach alles zu viel. Schließlich würde sie in den nächsten Wochen ihren Teil der Wohnung ausräumen, zu Richard ziehen und mit einem Strauß weißer Rosen in ihr neues Leben schreiten. Veränderungen zehrten an den Nerven, und im Moment standen eine ganze Menge davon an.

Dennoch: Es war der dritte Anruf in drei Wochen.

Sie sah zur Wohnungstür. Das Bolzenschloss aus Stahl war zugesperrt.

Sie ging zurück ins Bad, machte noch einmal kehrt, nahm ihr Handy mit und legte es auf den Rand des Waschbeckens. Dann schloss sie die Tür ab, hängte das Handtuch auf die Stange, betrat die Duschkabine und schreckte zurück, als kaltes Wasser auf ihren Körper spritzte. Sie passte die Temperatur an und rieb sich die Arme.

Im Nu erfüllte Dampf die Duschkabine, und Nellie ließ das heiße Wasser über die Verspannungen in ihren Schultern und den Rücken hinabströmen. Sie würde seinen Namen annehmen. Vielleicht würde sie sich auch eine andere Handynummer besorgen.

Hinterher schlüpfte sie in ein Leinenkleid und trug gerade Mascara auf ihre blonden Wimpern auf – nur am Eltern- und am Abschlusstag schminkte sie sich ein wenig stärker für die Arbeit und zog auch hübsche Kleidung an –, da vibrierte ihr Handy, was auf dem Waschbecken ein lautes blechernes Geräusch erzeugte. Sie zuckte zusammen, der Mascarapinsel rutschte ihr nach oben aus und hinterließ unter ihrer Augenbraue einen schwarzen Fleck.

Sie sah aufs Display. Eine SMS von Richard:

Kann es nicht erwarten, dich zu sehen, meine Schöne. Zähle die Minuten. Ich liebe dich.

Während sie die Nachricht ihres Verlobten las, löste sich die

Beklemmung in ihrer Brust, die sie schon den ganzen Morgen verspürte. *Ich liebe dich auch,* schrieb sie zurück.

Heute Abend würde sie ihm von den Anrufen erzählen. Richard würde ihr ein Glas Wein einschenken und ihre Füße auf den Schoß nehmen, während sie sich unterhielten. Vielleicht fand er eine Möglichkeit, die unterdrückte Telefonnummer zurückzuverfolgen. Sie machte sich fertig, nahm die schwere Umhängetasche und trat hinaus in die kraftlose Frühlingssonne.

KAPITEL ZWEI

Das schrille Pfeifen von Tante Charlottes Wasserkessel weckt mich. Fahles Sonnenlicht sickert zwischen den Lamellen der Jalousie hindurch und wirft blasse Streifen auf meinen Körper, während ich in Fötushaltung daliege. Wie kann es schon wieder Morgen sein? Nach all den Monaten, die ich jetzt allein in einem Einzelbett schlafe – anstatt in dem breiten Doppelbett, das ich mit Richard teilte –, liege ich noch immer nur auf der linken Seite. Neben mir ist das Laken kühl. Ich lasse Raum für ein Gespenst.

Der Morgen ist die schlimmste Zeit für mich, weil ich dann für eine kurze Weile einen klaren Kopf habe. Dieser Aufschub ist so grausam. Ich kuschele mich unter die Patchworkdecke und habe das Gefühl, ein tonnenschweres Gewicht drückte mich auf die Matratze.

Richard ist jetzt wahrscheinlich bei meiner hübschen jungen Nachfolgerin; die dunkelblauen Augen fest auf sie gerichtet, zeichnet er mit den Fingerspitzen den Schwung ihrer Wange nach. Manchmal kann ich beinahe hören, wie er ihr die Zärtlichkeiten zuflüstert, die früher mir galten.

Ich bete dich an. Ich werde dich so glücklich machen. Du bist mein Ein und Alles.

Mein Herz hämmert, jeder einzelne stetige Schlag nahezu schmerzhaft. *Tiefe Atemzüge*, rufe ich mir in Erinnerung. Es funktioniert nicht. Es funktioniert nie.

Wenn ich die Frau beobachte, deretwegen Richard mich verlassen hat, bin ich jedes Mal beeindruckt davon, wie sanft und unschuldig sie ist. Ganz ähnlich wie ich, als Richard und ich uns kennenlernten und er die Hände so behutsam um mein Gesicht wölbte, als wäre es eine zarte Blüte, die er nicht beschädigen wollte.

Schon in jenen ersten berauschenden Monaten kam er – *es* – mir manchmal so vor, als ginge er nach einem Drehbuch vor, aber das war nicht wichtig. Richard war fürsorglich, charismatisch und kultiviert. Ich verliebte mich beinahe sofort in ihn. Und ich habe niemals daran gezweifelt, dass er mich auch liebte.

Jetzt ist er allerdings fertig mit mir. Ich bin aus unserem Haus im Kolonialstil mit den vier Schlafzimmern, den bogenförmigen Türen und dem weiten üppig grünen Rasen ausgezogen. Drei dieser Schlafzimmer blieben unsere ganze Ehe hindurch leer, doch unsere Hausangestellte putzte sie trotzdem jede Woche. Ich fand immer einen Vorwand, um das Haus zu verlassen, wenn sie diese Türen öffnete.

Die Sirene eines Krankenwagens zwölf Stockwerke unter mir treibt mich endlich aus dem Bett. Als ich mir nach dem Duschen die Haare föhne, fällt mir auf, dass der Ansatz zu sehen ist. Ich hole eine Schachtel Clairol Karamellbraun unter dem Spülbecken hervor, damit ich heute Abend daran denke, sie nachzufärben. Vorbei die Zeit, in der ich – nein, Richard – Hunderte von Dollars für Schneiden und Färben ausgab.

Ich öffne den alten Kirschbaumkleiderschrank, den Tante Charlotte auf dem GreenFlea-Flohmarkt erstanden und selbst aufgearbeitet hat. Vorher hatte ich einen begehbaren Kleiderschrank, der größer als das Zimmer war, in dem ich jetzt stehe. Stangenweise Kleider, nach Farbe und Jahreszeit geordnet. Regale voller Designerjeans in verschiedenen Ripped-Stadien. Ein Regenbogen aus Kaschmir entlang einer Wand.

Diese Kleidungsstücke haben mir nie viel bedeutet. Normalerweise trug ich tagsüber bloß eine Yogahose und einen Kuschelpulli und zog mir wie eine umgekehrt gepolte Pendlerin erst kurz vor Richards Heimkehr von der Arbeit etwas Eleganteres an.

Nun allerdings bin ich froh, dass ich ein paar Koffer mit meinen edleren Kleidungsstücken mitnahm, nachdem Richard mich aufgefordert hatte, aus unserem Haus in Westchester auszuziehen. Als Verkäuferin bei Saks im dritten Stock, wo die Designerlabel untergebracht sind, bin ich auf Provisionen angewiesen, daher muss ich unbedingt einen verkaufsfördernden Anblick bieten. Ich mustere die Kleider, die in fast militärischer Ordnung im Schrank hängen, und wähle ein türkisfarbenes Chanel-Kleid aus. Einer der unverwechselbaren Knöpfe ist verbeult, und es sitzt lockerer als noch beim letzten Tragen, in einem anderen Leben. Auch ohne auf die Waage zu sehen, weiß ich, dass ich stark abgenommen habe; trotz meiner eins siebenundsechzig muss ich selbst Kleidungsstücke in Größe 34 enger machen.

Ich gehe in die Küche, wo Tante Charlotte griechischen Joghurt mit frischen Blaubeeren isst, und gebe ihr einen Kuss. Die Haut an ihrer Wange ist so weich wie Talkumpuder.

«Vanessa. Gut geschlafen?»

«Ja», lüge ich.

Sie steht an ihrer Küchentheke, barfuß und in ihrem weiten Tai-Chi-Anzug, und späht durch ihre Brille, während sie beim Frühstück eine Einkaufsliste auf einen alten Briefumschlag kritzelt. Für Tante Charlotte ist Schwung der Schlüssel zu psychischer Gesundheit. Sie drängt mich immer, mit ihr durch SoHo zu schlendern, einen Kunst-Event zu besuchen oder mir einen Film im Lincoln Center anzuschauen ... aber ich habe gelernt, dass aktiv zu sein mir nicht hilft. Schließlich können zwanghafte Gedanken einem überallhin folgen.

Ich knabbere an einem Vollkorntoast und stecke fürs Mittagessen einen Apfel und einen Proteinriegel ein. Tante Charlotte ist sichtlich erleichtert darüber, dass ich einen Job an Land gezogen habe, und zwar nicht nur, weil es so aussieht, als ginge es mir endlich besser. Ich störe ihren Lebensrhythmus; normalerweise verbringt sie die Vormittage in einem Gästezimmer, das ihr als Atelier dient, und streicht dort schwere Ölfarben auf Leinwände, erschafft Traumwelten, die so viel schöner sind als die Welt, in der wir leben. Doch sie wird sich niemals beklagen. Als ich klein war und Mom ihre «Licht-aus-Tage», wie ich sie im Stillen nannte, brauchte, rief ich immer Tante Charlotte, die ältere Schwester meiner Mutter, an. Ich musste nur flüstern: «Sie ruht sich wieder aus», und schon kam meine Tante zu uns, ließ ihre Übernachtungstasche auf den Boden fallen, streckte die farbfleckigen Hände aus und schloss mich in die Arme, die nach Leinöl und Lavendel rochen. Ohne eigene Kinder verfügte sie über die Flexibilität, ihr Leben frei zu gestalten. Es war mein großes Glück, dass sie mich in den Mittelpunkt stellte, wenn ich sie am meisten brauchte.

«Brie ... Birnen ...», murmelt Tante Charlotte, während sie in ihrer geschwungenen Handschrift voller Schleifen und Schnörkel ihre Liste schreibt. Das stahlgraue Haar hat sie nachlässig zu einem Knoten aufgesteckt, und das zusammengewürfelte Gedeck vor ihr – eine kobaltblaue Glasschale, ein klobiger getöpferter Becher, ein Silberlöffel – wirkt wie die Inspiration zu einem Stillleben. Ihre Wohnung mit den drei Schlafzimmern ist sehr geräumig, da Tante Charlotte und mein Onkel Beau, der schon vor Jahren gestorben ist, sie gekauft hatten, bevor die Preise in diesem Viertel durch die Decke schossen, doch sie vermittelt den Eindruck eines unkonventionellen alten Farmhauses. Die Holzböden sind uneben und knarren, und jedes Zimmer ist in einer anderen Farbe gestrichen – Butterblumengelb, Saphirblau, Mintgrün.

«Ist heute Abend wieder dein Salon?», frage ich, und sie nickt.

Seit ich bei ihr wohne, habe ich mich daran gewöhnt, in ihrem Wohnzimmer Studenten oder – ebenso normal – den Kunstkritiker der *New York Times* zusammen mit einigen Galeristen anzutreffen. «Lass mich den Wein auf dem Heimweg besorgen», biete ich ihr an. Es ist wichtig, dass Tante Charlotte mich nicht als Last empfindet. Sie ist alles, was mir geblieben ist.

Ich rühre meinen Kaffee um und frage mich, ob Richard seiner neuen Liebe gerade welchen kocht und ans Bett bringt, wo sie schläfrig und warm unter der kuscheligen Daunendecke liegt, die ich mir früher mit ihm teilte. Lebhaft sehe ich vor mir, wie ihr Mund sich zu einem Lächeln verzieht, während sie die Bettdecke für ihn lüpft. Richard und ich haben uns oft morgens geliebt. «Egal, was heute sonst noch passiert, zumindest hatten wir dies», sagte er immer. Mein Magen krampft sich zusammen, und ich schiebe den Toast von mir. Ich sehe auf meine Cartier-Tank-Armbanduhr, ein Geschenk von Richard zu unserem fünften Hochzeitstag, und fahre mit der Fingerspitze über das glatte Gold.

Noch heute kann ich spüren, wie er meinen Arm hob und sie mir anlegte. Manchmal bin ich sicher, an meiner Kleidung noch einen Hauch seiner Zitrusseife von L'Occitane zu riechen. Ich habe das Gefühl, er ist immer mit mir verbunden, so nahe und so immateriell wie ein Schatten.

«Ich glaube, es würde dir guttun, wenn du dich heute Abend zu uns gesellst.»

Ich brauche einen Augenblick, um mich wieder zurechtzufinden. «Vielleicht», sage ich, obwohl ich weiß, dass ich das nicht tun werde. Tante Charlottes Blick ist sanft. Sie hat wohl durchschaut, dass ich an Richard denke. Allerdings kennt sie nicht die wahre Geschichte unserer Ehe. Sie glaubt, er sei der Jugend hinterhergerannt, habe mich fallengelassen, sei dem Muster so vieler Männer vor ihm gefolgt. Sie glaubt, ich sei ein Opfer: wieder eine Frau, die über das herannahende mittlere Alter gestolpert ist.

Wenn sie von meiner Rolle im Niedergang unserer Ehe wüsste, würde ihr das Mitgefühl aus dem Gesicht gewischt.

«Ich muss mich beeilen», sage ich. «Aber schick mir eine SMS, falls du noch etwas aus dem Laden brauchst.»

Diesen Verkäuferinnenjob mache ich erst seit einem Monat. Trotzdem habe ich schon zwei Verwarnungen wegen Zuspätkommens erhalten. Ich muss eine bessere Einschlafhilfe finden; von den Tabletten, die meine Ärztin mir verschrieben hat, bin ich morgens immer ziemlich benommen. Beinahe zehn Jahre lang hatte ich nicht gearbeitet. Wer wird mich einstellen, falls ich diesen Job verliere?

Ich hänge mir meine schwere Tasche, aus der oben meine fast ungetragenen Jimmy Choos herausragen, über die Schulter, schnüre meine abgetragenen Nikes zu und setze die Ohrstöpsel ein. Auf meinem fünfzig Häuserblocks langen Fußweg zu Saks höre ich Psychologiepodcasts; die Zwangsstörungen der anderen lenken mich manchmal von meinen eigenen ab.

Die matte Sonne, die mich beim Aufwachen begrüßte, hat mich glauben gemacht, es würde langsam wärmer. Nun wappne ich mich gegen den peitschenden Spätfrühlingswind und mache mich auf die Wanderung von der Upper West Side nach Midtown Manhattan.

Meine erste Kundin ist eine Investmentbankerin, die sich als Nancy vorstellt. Ihre Arbeit nehme sie sehr in Anspruch, erklärt sie, aber heute sei ihr Vormittagsmeeting unerwartet abgesagt worden. Sie ist zierlich, hat weit auseinanderstehende Augen und einen frechen Kurzhaarschnitt, und ihr knabenhafter Körperbau macht es zu einer Herausforderung, etwas Passendes für sie zu finden. Ich bin froh über diese Ablenkung.

«Ich brauche Kleidung, die Power ausstrahlt, sonst nehmen sie mich nicht ernst», sagt sie. «Ich meine, sehen Sie mich doch an. Ich werde immer noch nach dem Ausweis gefragt!»

Als ich sie sanft von einem streng geschnittenen grauen Hosenanzug wegsteuere, fällt mir auf, dass ihre Fingernägel völlig abgekaut sind. Sie bemerkt meinen Blick und steckt die Hände in die Taschen ihres Blazers. Ich frage mich, wie lange sie in ihrem Job durchhalten wird. Vielleicht findet sie einen anderen – irgendetwas Serviceorientiertes vielleicht, etwas, wo es um die Umwelt oder um Kinderrechte geht –, bevor der ewige Kampf ihren Lebensgeist bricht.

Ich greife nach einem Bleistiftrock und einer gemusterten Seidenbluse. «Vielleicht etwas Farbenfroheres?»

Während wir durch die Abteilung gehen, plaudert sie über das Radrennen, an dem sie nächsten Monat teilzunehmen hofft, obwohl sie kaum trainiert hat, und über das Blind Date, das ihre Kollegin für sie arrangieren will. Ich suche weitere Kleidungsstücke heraus und taxiere dabei immer wieder verstohlen ihre Figur und ihren Teint.

Plötzlich entdecke ich ein atemberaubendes Strickkleid von Alexander McQueen mit einem schwarz-weißen Blumenmuster und bleibe stehen. Sanft streiche ich über den Stoff, und mein Herz beginnt zu hämmern.

«Das ist hübsch», sagt Nancy.

Ich schließe die Augen und denke an jenen Abend, an dem ich ein fast identisches Kleid trug.

Richard, der mit einer großen weißen Schachtel mit roter Schleife heimkam. «Zieh das heute Abend an», sagte er, als ich es ihm vorführte. «Du siehst phantastisch aus.» Bei der Alvin-Ailey-Gala tranken wir Champagner und lachten mit seinen Kollegen. Seine Hand lag auf meinem Rücken. «Vergiss das Abendessen», flüsterte er mir ins Ohr. «Wir fahren nach Hause.»

«Alles in Ordnung?», fragt Nancy.

«Ja», erwidere ich gepresst. «Dieses Kleid ist nichts für Sie.»

Nancy guckt überrascht, und mir wird klar, dass das sehr schroff klang.

«Das da.» Ich greife nach einem klassischen tomatenroten Etuikleid.

Den Arm voller Kleidungsstücke, die mir mit einem Mal sehr schwer vorkommen, gehe ich zu den Umkleidekabinen. «Für den Anfang haben wir genug, denke ich.»

Ich hänge die Kleidungsstücke auf die Stange an der Wand, versuche, mich auf die Reihenfolge zu konzentrieren, in der sie sie anprobieren sollte, und beginne mit einer lila Jacke, die ihren olivfarbenen Teint zur Geltung bringt. Am besten, man fängt mit einer Jacke an, habe ich gelernt, weil die Kundin sich nicht entkleiden muss, um sie anzuprobieren.

Damit sie die Wirkung der Röcke und Kleider besser beurteilen kann, besorge ich Nylonstrümpfe und hochhackige Schuhe; dann tausche ich einige Stücke in Größe 30 gegen Größe 32. Am Ende nimmt Nancy die Jacke, zwei Kleider – darunter das rote Etuikleid – und ein dunkelblaues Kostüm. Ich rufe eine Schneiderin, um den Kostümrock abzustecken, und sage Nancy, ich wolle nur rasch ihre Einkäufe kassieren.

Stattdessen zieht es mich zurück zu dem schwarz-weißen Kleid. Auf der Stange hängen drei Exemplare davon. Ich nehme sie ab, bringe sie ins Lager und verstecke sie hinter beschädigter Ware.

Gerade als Nancy sich wieder umkleidet, kehre ich mit ihrer Kreditkarte und dem Beleg zurück.

«Danke», sagt Nancy. «Die hätte ich niemals selbst ausgesucht, aber ich freue mich wirklich schon darauf, sie zu tragen.»

Diesen Teil meiner Arbeit – die Möglichkeit, meinen Kundinnen ein gutes Gefühl zu geben – genieße ich wirklich. Kleidung anzuprobieren und Geld auszugeben veranlasst die meisten Frauen dazu, sich selbst in Frage zu stellen: *Macht mich das dick? Verdiene ich das? Bin ich das?* Diese Selbstzweifel kenne ich gut, weil auch ich viele Male als Kundin in einer solchen Umkleidekabine gestanden und versucht habe herauszufinden, wer ich sein sollte.

Ich packe Nancys neue Kleider in eine Umhängetasche, reiche sie ihr und frage mich flüchtig, ob Tante Charlotte recht hat. Wenn ich in Bewegung bliebe und nach vorn blickte, würde mein Kopf vielleicht dem Vorwärtsimpuls meines Körpers folgen.

Als Nancy gegangen ist, bediene ich noch einige andere Kundinnen und gehe dann zu den Umkleidekabinen, um verworfene Kleidungsstücke zurück in den Verkauf zu bringen. Während ich sie sorgfältig auf Bügel hänge, höre ich zwei Frauen in nebeneinanderliegenden Kabinen miteinander plaudern.

«Uh, dieses Alaïa-Kleid sieht ja furchtbar aus. Ich bin so aufgeschwemmt. Die Kellnerin hat gesagt, die Sojasoße sei salzarm, aber sie hat gelogen, das weiß ich genau.»

Diesen Südstaatentonfall erkenne ich sofort: Hillary Searles, die Frau von George Searles, einem von Richards Kollegen. Hillary und ich sind uns im Lauf der Jahre bei zahlreichen Dinnerpartys und geschäftlichen Veranstaltungen über den Weg gelaufen. Ich kenne ihre Meinung zu öffentlichen versus privaten Schulen, Atkins- versus Zone-Diät und Saint-Barthélemy versus Amalfiküste. Heute kann ich es nicht ertragen, ihr zuzuhören.

«Juuhuu! Ist da draußen irgendwo eine Verkäuferin? Wir brauchen andere Größen», ruft eine der Frauen.

Eine Kabinentür fliegt auf. Die Frau, die herauskommt, sieht Hillary so ähnlich – bis hin zu den roten Haaren –, dass sie nur ihre Schwester sein kann. «Miss. Können Sie uns helfen? Die Verkäuferin, die uns bedient hat, scheint sich in Luft aufgelöst zu haben.»

Ehe ich antworten kann, sehe ich etwas Orangefarbenes aufblitzen: Das anstoßerregende Alaïa-Kleid fliegt über die Tür der Umkleidekabine. «Haben Sie das da in 42?»

Wenn Hillary 3100 Dollar für ein Kleid ausgibt, dann ist die Provision die Fragen wert, die sie mir an den Kopf werfen wird.

«Ich sehe eben nach», erwidere ich. «Aber Alaïa ist keine besonders figurumspielende Marke, egal, was Sie zum Mittagessen hatten ... Ich kann es Ihnen in 44 bringen, falls es klein ausfällt.»

«Ihre Stimme kommt mir so bekannt vor.» Hillary späht heraus und verbirgt dabei ihren vom Salz aufgeschwemmten Körper hinter der Tür. Sie kreischt auf, und es kostet mich einige Mühe stehenzubleiben, während sie mich angafft. «Was tust du denn hier?»

Ihre Schwester meldet sich zu Wort: «Hill, mit wem redest du da?»

«Vanessa ist eine alte Freundin. Sie ist – ähm, sie war – mit einem von Georges Kollegen verheiratet. Warte einen Moment, Schätzchen! Ich ziehe mir nur schnell was an.» Als sie wiederauftaucht, drückt sie mich fest an sich und hüllt mich dabei in den Blumenduft ihres Parfüms.

«Du siehst anders aus! Was hat sich verändert?» Sie stemmt die Hände in die Hüften, und ich zwinge mich, ihre Musterung über mich ergehen zu lassen. «Zunächst mal bist du so dünn geworden, du kleines Luder. Du könntest dieses Alaïa-Kleid problemlos tragen. Also, du arbeitest jetzt hier?»

«Ja. Schön, dich zu sehen ...»

Noch nie war ich so dankbar dafür, vom Klingeln eines Handys unterbrochen zu werden. «Hallo!», zwitschert Hillary. «Was? Fieber? Sind Sie sicher? Denken Sie daran, wie sie Sie letztes Mal an der Nase herumgeführt hat, als ... Schon gut, schon gut. Ich bin gleich da.» Sie wendet sich an ihre Schwester. «Das war die Schulkrankenschwester. Sie glaubt, Madison ist krank. Ehrlich, die schicken die Kinder schon nach Hause, wenn sie nur mal schniefen.»

Sie beugt sich zu mir, umarmt mich erneut, und ihr Diamantohrring kratzt über meine Wange. «Verabreden wir uns doch zum Mittagessen, dann können wir uns ausführlich unterhalten. Ruf mich an!»

Als Hillary und ihre Schwester mit klappernden Absätzen zum Aufzug gehen, entdecke ich auf dem Stuhl in der Umkleidekabine einen Platinarmreif. Ich schnappe ihn mir und laufe Hillary hinterher. Als ich gerade ihren Namen rufen will, schwebt ihre Stimme zu mir: «Armes Ding», sagt sie zu ihrer Schwester, und ich höre echtes Mitleid heraus. «Er hat das Haus bekommen, die Autos, einfach alles ...»

«Im Ernst? Hat sie sich keinen Anwalt genommen?»

«Sie war völlig neben der Spur.» Hillary zuckt die Achseln. Es ist, als wäre ich gegen eine unsichtbare Wand gelaufen.

Ich sehe ihr hinterher. Als sie den Aufzug ruft, mache ich kehrt, um die Seiden- und Leinenstöffchen wegzuräumen, die sie auf dem Boden der Kabine liegen gelassen hat. Doch zuerst lege ich den Armreif an.

Kurz bevor unsere Ehe endete, gaben Richard und ich bei uns zu Hause eine Cocktailparty. Da sah ich Hillary zum letzten Mal. Der Abend begann mit einem Missklang, weil der Caterer und sein Personal nicht zur verabredeten Zeit erschienen. Richard war verärgert – über den Caterer, über mich, weil ich das Essen nicht eine Stunde früher herbestellt hatte, über die Situation –, doch er stellte sich tapfer hinter eine provisorische Bar in unserem Wohnzimmer, mixte Martinis und Gin Tonics und lachte schallend, als einer seiner Partner ihm einen Zwanziger als Trinkgeld gab. Ich mischte mich unter die Gäste, entschuldigte mich murmelnd für den unzulänglichen Laib Brie und das Tortenstück würzigen Cheddar, die ich serviert hatte, und versprach, das eigentliche Essen werde bald eintreffen.

«Schatz? Kannst du ein paar Flaschen von dem 2009er Raveneau aus dem Keller holen?», rief Richard mir quer durch den Raum zu. «Ich habe letzte Woche eine Kiste bestellt. Sie sind im Weinkühlschrank im mittleren Regal.»

Ich erstarrte und hatte das Gefühl, alle sähen mich an. Hillary stand an der Bar. Wahrscheinlich hatte sie sich diesen Jahrgang gewünscht; es war ihr Lieblingswein.

Wie in Zeitlupe, das weiß ich noch, ging ich Richtung Keller, um den Augenblick hinauszuzögern, in dem ich Richard vor seinen versammelten Freunden, Kollegen und Geschäftspartnern sagen musste, was ich bereits wusste: In unserem Keller befand sich kein Raveneau.

Die nächste Stunde verbringe ich damit, eine Dame zu bedienen, die ein neues Outfit für die Taufe der nach ihr benannten Enkelin benötigt, und einer Frau, die eine Kreuzfahrt nach Alaska unternehmen will, eine Reisegarderobe zusammenzustellen. Mein Körper fühlt sich an wie ein nasser Sack; der Hoffnungsschimmer, der in mir aufgeglommen war, nachdem ich Nancy bedient hatte, ist erloschen.

Diesmal sehe ich Hillary, bevor ich ihre Stimme höre. Sie kommt auf mich zu, als ich gerade einen Rock aufhänge.

«Vanessa!», ruft sie. «Bin ich froh, dass du noch da bist. Bitte sag, dass du meinen ...»

Sie bricht ab, als ihr Blick auf mein Handgelenk fällt.

Rasch nehme ich den Armreif ab. «Ich wollte nicht ... ich ... ich wollte ihn nicht im Fundbüro abgeben ... Ich dachte, du kommst bestimmt zurück, sonst hätte ich dich angerufen.»

Das Misstrauen verschwindet aus Hillarys Blick. Sie glaubt mir. Oder jedenfalls will sie mir glauben.

«Ist mit deiner Tochter alles in Ordnung?»

Hillary nickt. «Ich glaube, die kleine Simulantin wollte bloß den Matheunterricht schwänzen.» Sie kichert und legt den schweren Platinreif wieder an. «Du hast mir das Leben gerettet. George hat ihn mir erst vor einer Woche zum Geburtstag geschenkt. Stell dir vor, ich müsste ihm sagen, dass ich ihn verloren habe! Er würde sich von mir schei-» Röte überzieht ihre Wangen, und sie wendet den Blick ab. Hillary war nie unfreundlich zu mir, das weiß ich noch. Anfangs brachte sie mich manchmal sogar zum Lachen.

«Wie geht's George?»

«Hat viel um die Ohren! Du weißt ja, wie das ist.»

Eine weitere winzige Pause.

«Hast du Richard in letzter Zeit gesehen?» Ich bemühe mich um einen leichten Ton, doch es gelingt mir nicht. Mein Hunger nach Informationen über ihn ist unübersehbar.

«Ach, ab und an.»

Ich warte, doch sie will mir ganz offensichtlich nicht mehr sagen.

«Tja! Möchtest du jetzt dieses Alaïa-Kleid anprobieren?»

«Keine Zeit. Ich komme ein andermal wieder, Liebes.» Doch ich spüre, dass Hillary das nicht tun wird. Was sie vor sich sieht – den verbeulten Knopf am zwei Jahre alten Chanel-Kleid, mein Haar, das eine professionelle Hand brauchen könnte –, ist ein Anblick, von dem Hillary verzweifelt hofft, er sei nicht ansteckend.

Sie umarmt mich hastig und wendet sich zum Gehen. Doch dann dreht sie sich noch einmal um.

«Ich an deiner Stelle ...» Hillary runzelt die Stirn; sie hadert mit sich. Trifft eine Entscheidung. «Tja, ich würde es vermutlich wissen wollen.»

Ich habe das Gefühl, ein Zug rast auf mich zu.

«Richard hat sich verlobt.» Ihre Stimme scheint aus großer Entfernung auf mich zuzuschweben. «Tut mir leid ... Ich dachte nur, du hast es vielleicht noch nicht gehört, und da ...»

Das Brausen in meinem Kopf übertönt, was sie noch sagt. Ich nicke und weiche zurück.

Richard hat sich verlobt. Mein Ehemann wird sie tatsächlich heiraten.

Ich schaffe es noch in eine Umkleidekabine, lehne mich an die Wand und lasse mich zu Boden gleiten. Dabei schiebt sich mein Rock hoch, und ich spüre den Teppich an meinen Oberschenkeln. Ich vergrabe den Kopf in den Händen und heule.

KAPITEL DREI

An einer Seite der alten Kirche, in der das Learning Ladder untergebracht war, standen drei Grabsteine aus der Zeit der Jahrhundertwende, verwittert und zwischen Bäumen versteckt. An der anderen Seite befand sich ein kleiner Spielplatz mit einem Sandkasten und einem blau-gelben Klettergerüst. Wie Buchstützen rahmten diese Symbole für Leben und Tod die Kirche ein, die bereits zahllose Zeremonien zu Ehren von beidem gesehen hatte.

Auf einem der Grabsteine stand der Name Elizabeth Knapp. Sie war mit nicht einmal dreißig Jahren gestorben, und ihr Grab lag ein wenig abseits der anderen. Nellie nahm wie immer den Umweg um den Häuserblock herum, um nicht an dem winzigen Friedhof vorüberzumüssen. Dennoch dachte sie über die junge Frau nach.

Eine Krankheit oder eine Geburt mochten ihrem Leben ein frühes Ende gesetzt haben. Oder ein Unfall.

Ob sie verheiratet gewesen war? Ob sie Kinder gehabt hatte?

Nellie stellte ihre Tasche ab, um das kindersichere Tor zum Spielplatz zu öffnen, während die Bäume im Wind raschelten. Elizabeth war sechsundzwanzig oder siebenundzwanzig geworden; Nellie wusste es nicht mehr genau. Und eben diese Ungenauigkeit nagte mit einem Mal an ihr.

Sie ging auf den Friedhof zu, um nachzusehen, doch da schlug die Kirchenglocke achtmal. Die tiefen, feierlichen Töne schwangen durch die Luft und erinnerten Nellie daran, dass die Elterngespräche in einer Viertelstunde beginnen würden. Eine Wolke zog vor die Sonne, und es wurde abrupt kälter.

Nellie machte kehrt, trat durchs Tor und zog es hinter sich zu. Dann entfernte sie die Abdeckplane vom Sandkasten und rollte sie zusammen, damit er bereit war, wenn die Kinder zum Spielen herauskamen. Eine heftige Böe hätte ihr das eine Ende beinahe aus der Hand gerissen, doch sie konnte es festhalten, und dann zerrte sie einen großen Blumentopf herbei, um die Plane zu beschweren.

Nun eilte sie ins Gebäude und die Treppe hinab in den Keller, wo sich der Kindergarten befand. Am erdigen, aromatischen Kaffeeduft erkannte sie, dass Linda, die Leiterin, bereits hier war. Normalerweise hätte Nellie zuerst Tasche und Jacke in ihren Gruppenraum gebracht, ehe sie Linda begrüßte. Doch heute ging sie den Flur entlang auf das gelbe Licht zu, das aus Lindas Büro fiel. Sie hatte das Bedürfnis, ein vertrautes Gesicht zu sehen.

Nellie trat ein und entdeckte nicht nur Kaffee, sondern auch einen Teller mit Gebäck. Linda faltete neben einem Stapel Styroporbecher Papierservietten zu Fächern. Ihr glänzender dunkler Bob und der taupefarbene Hosenanzug mit dem Krokoledergürtel wären auch in einer Aufsichtsratssitzung nicht fehl am Platze gewesen. Sie kleidete sich nicht etwa nur an Elterntagen so – auch an ganz normalen Tagen sah sie filmreif aus.

«Sag nicht, das sind Schokocroissants.»

«Von Dean and DeLuca», bestätigte Linda. «Bedien dich.»

Nellie stöhnte. Just heute Morgen hatte die Waage angezeigt, dass sie bis zur Hochzeit noch immer über zwei – na gut, dreieinhalb – Kilo abnehmen musste.

«Komm schon», redete Linda ihr gut zu. «Ich habe noch jede Menge, um uns die Eltern gewogen zu machen.»

«Das sind Upper-East-Side-Eltern», witzelte Nellie. «Die essen keinen Zucker.» Sie warf noch einen Blick auf den Teller. «Vielleicht bloß ein halbes.» Mit einem Plastikmesser schnitt sie eines der Schokocroissants durch.

Unterwegs zu ihrem Gruppenraum biss sie hinein. Der Raum war nicht schick, aber geräumig, und hohe Fenster ließen ein wenig Tageslicht herein. Auf dem weichen Spielteppich mit dem ABC-Eisenbahn-Dekor am Rand saßen ihre Kinder in der Märchenstunde im Schneidersitz; im Küchenbereich setzten sie sich kleine Kochmützen auf und klapperten mit Töpfen und Pfannen; und in der Verkleidungsecke fand sich alles Mögliche, von Arztkitteln über Tutus bis hin zu Astronautenhelmen.

Ihre Mutter hatte sie einmal gefragt, warum sie nicht eine «richtige» Lehrerin sein wolle; dass Nellie ihr die Frage übelgenommen hatte, hatte sie nicht verstanden.

Diese vertrauensseligen pummeligen Händchen in ihren Händen; dieser Moment, wenn ein Kind zum ersten Mal die Buchstaben auf einer Seite entzifferte, tastend ein Wort aussprach und staunend zu Nellie aufschaute; der frische Blick, mit dem Kinder die Welt sahen – wie sollte sie erklären, wie kostbar ihr das alles erschien?

Sie hatte einfach immer gewusst, dass sie Erzieherin werden wollte, ebenso wie manche Kinder sich zum Schriftsteller oder Künstler berufen fühlten.

Nellie leckte sich ein butteriges Croissantblättchen vom Finger. Dann zog sie ihren Terminkalender sowie den Stapel «Zeugnisse» aus der Tasche, die sie verteilen würde. Die Eltern zahlten 32 000 Dollar im Jahr dafür, dass die Kinder ein paar Stunden am Tag hier waren; die Porters mit dem Tipi-Link waren nicht die Einzigen, die dafür ganz bestimmte Erwartungen hegten. Jede Woche erhielt Nellie E-Mails wie neulich die der Levines, die Arbeitsblätter mit Zusatzaufgaben für die begabte kleine Reese verlangt hatten. Die Handynummern der Lehrer standen für Notfälle im Schulverzeichnis, doch einige Eltern fassten den Begriff «Notfall» sehr weit. Einmal hatte Nellie um fünf Uhr morgens einen Anruf erhalten, weil Bennett sich in der Nacht übergeben hatte und seine Mutter hatte wissen wollen, was er im Kindergarten gegessen habe. Das jähe schrille Klingeln im Dunkeln hatte Nellie so erschreckt, dass sie sämtliche Lampen in ihrem Zimmer eingeschaltet hatte, selbst nachdem sie erkannt hatte, dass der Anruf harmlos war. Um das ausgeschüttete Adrenalin wieder abzubauen, hatte sie ihren Kleiderschrank neu geordnet.

«Was für eine Diva», hatte ihre Mitbewohnerin Sam gesagt, als Nellie ihr von dem Anruf erzählte. «Warum schaltest du dein Telefon nicht aus, wenn du schlafen gehst?»

«Gute Idee», hatte Nellie gelogen, obwohl sie wusste, dass sie diesen Rat nie befolgen würde. Sie hörte auch beim Joggen oder auf dem Weg zur Arbeit niemals laute Musik. Und sie ging um keinen Preis spätabends allein nach Hause.

Im Falle einer Bedrohung wollte sie so früh wie möglich vorgewarnt sein.

Als Nellie sich an ihrem Schreibtisch gerade noch ein paar letzte Notizen machte, klopfte es an der Tür. Sie blickte auf: Es waren die Porters, er in einem dunkelblauen Nadelstreifenanzug und sie in einem rosaroten Kleid. Die beiden sahen aus, als wären sie unterwegs ins Symphoniekonzert.

«Herzlich willkommen», sagte Nellie, als sie zu ihr kamen und ihr die Hand gaben. «Bitte setzen Sie sich.» Es fiel den Porters nicht leicht, auf den Kinderstühlen am kleinen Tisch das Gleichgewicht zu halten, und Nellie musste sich das Grinsen verkneifen. Sie selbst saß ebenfalls auf einem dieser Stühle, doch sie war mittlerweile daran gewöhnt.

«Also, Sie wissen ja, dass Jonah ein entzückender kleiner Junge ist», machte sie den Anfang. Alle ihre Elterngespräche begannen in diesem überschwänglichen Stil, doch in Jonahs Fall war es ernst gemeint. Nellie hatte eine Wand in ihrem Schlafzimmer mit Werken ihrer Lieblingskinder dekoriert, darunter ein Bild von Jonah, das Nellie als Marshmallow-Frau darstellte.

«Ist Ihnen aufgefallen, wie er Stifte hält?», fragte Mrs. Porter und holte ein Notizbuch und einen Kugelschreiber aus der Handtasche.

«Ähm, ich ...»

«Er proniert», unterbrach Mr. Porter sie und demonstrierte es ihr mit dem Kugelschreiber seiner Frau. «Sehen Sie, wie die Hand hier einwärts gedreht ist? Sollten wir ihn Ihrer Meinung nach zur Ergotherapie schicken?»

«Na ja, er ist erst dreieinhalb.»

«Dreidreiviertel», korrigierte Mrs. Porter.

«Richtig», sagte Nellie. «In diesem Alter sind die feinmotorischen Fähigkeiten bei vielen Kindern noch nicht so weit entwickelt, dass ...»

«Sie sind aus Florida, richtig?», fragte Mr. Porter.

Nellie blinzelte. «Woher ... Verzeihung, warum wollen Sie das wissen?» Sie hatte den Porters garantiert nicht erzählt, woher sie stammte, denn sie achtete immer sorgsam darauf, nicht zu viel über ihre Herkunft preiszugeben.

Sobald man sich die Tricks und Kniffe einmal angeeignet hatte, war es nicht schwer, Fragen auszuweichen. Wenn jemand sie nach ihrer Kindheit fragte, erzählte sie von dem Baumhaus, das ihr Vater für sie gebaut hatte, und von ihrem schwarzen Kater, der sich für einen Hund gehalten und Männchen gemacht hatte, wenn er um Leckerlis bettelte. Falls die Rede aufs College kam, konzentrierte sie sich auf die Saison, in der das Footballteam ungeschlagen geblieben war, sowie auf ihren Teilzeitjob im Campus-Café, wo sie beim Zubereiten von Toast einmal einen kleinen Brand verursacht und den Essbereich hatte räumen müssen. Man musste anschauliche, detaillierte Geschichten erzählen, die davon ablenkten, dass man eigentlich nichts über sich selbst preisgab. Alles, was einen aus der Menge heraushob, war zu vermeiden. Hinsichtlich des Jahres, in dem man seinen Abschluss gemacht hatte, sollte man vage bleiben. Zur Not musste man lügen, aber nur wenn es unumgänglich war.

«Nun, hier in New York läuft es anders», sagte Mr. Porter gerade. Nellie musterte ihn aufmerksam. Er war locker fünfzehn Jahre älter als sie, und sein Akzent deutete darauf hin, dass er in Manhattan geboren war. Ihre Wege konnten sich eigentlich vorher nicht gekreuzt haben. Woher konnte er es wissen?

«Wir wollen nicht, dass Jonah zurückbleibt», sagte Mr. Porter, lehnte sich an und wäre dadurch beinahe mit dem Stuhl nach hinten gekippt.

«Was mein Mann Ihnen zu erklären versucht», mischte Mrs. Porter sich ein, «ist, dass wir ihn nächsten Herbst in der Vorschule anmelden wollen. Wir sehen uns die allerbesten Schulen an.»

«Ich verstehe.» Nellie konzentrierte sich wieder auf Jonah. «Tja, es ist natürlich Ihre Entscheidung, aber vielleicht sollten Sie lieber noch ein Jahr warten.» Sie wusste, dass Jonah bereits Chinesisch-, Karate- und Musikunterricht bekam. Diese Woche hatte sie ihn zweimal gähnen und sich die müden Augen reiben sehen. Solange er hier war, hatte er wenigstens reichlich Zeit, um Sandburgen zu bauen und aus Bauklötzchen Türme zu errichten.

«Ich wollte Ihnen noch erzählen, was er gemacht hat, als eines der anderen Kinder sein Lunch vergessen hatte», begann Nellie. «Jonah bot ihm die Hälfte von seinem Mittagessen an, was so viel Empathie und Liebenswürdigkeit verriet ...» Sie brach ab, weil Mr. Porters Handy klingelte.

«Ja», sagte er. Er suchte den Blickkontakt mit Nellie und sah sie unverwandt an. Sie waren sich erst zweimal zuvor begegnet: an einem Elternabend und im Herbstgespräch. Da hatte er sie nicht angestarrt oder sich eigenartig verhalten.

Mr. Porter ließ mehrfach die Hand kreisen, um ihr zu bedeuten, sie solle fortfahren. Mit wem sprach er da?

«Nehmen Sie regelmäßige Beurteilungen der Kinder vor?», fragte Mrs. Porter.

«Wie bitte?»

Mrs. Porter lächelte, und Nellie fiel auf, dass ihr Lippenstift exakt den gleichen Farbton wie ihr Kleid hatte. «An der Smith School machen sie das nämlich. Jedes Quartal. Schulfähigkeit, Vorentlastung in nach Fähigkeiten eingeteilten Kleingruppen, erste Multiplikationsübungen ...»

Multiplikation? «Ich beurteile die Kinder durchaus.» Instinktiv straffte Nellie sich.

«Sie machen Witze», sprach Mr. Porter ins Telefon. Unwillkürlich wanderte ihr Blick wieder zu ihm.

«Nicht in Multiplikation ... in ... ähm ... einfacheren Fähigkeiten wie Zählen und Buchstabenerkennung», sagte Nellie. «Wenn Sie auf die Rückseite des Zeugnisses sehen, finden Sie dort ... ich habe Kategorien.» Ein kurzes Schweigen trat ein, während Mrs. Porter Nellies Notizen überflog.

«Sagen Sie Sandy, er soll sich darum kümmern. Verlieren Sie den Kunden nicht.» Mr. Porter legte auf und schüttelte den Kopf. «Sind wir hier fertig?»

«Nun», sagte Mrs. Porter zu Nellie, «Sie haben sicher viel zu tun.»

Nellie lächelte verkniffen. *Ja, hätte sie gern gesagt. Ich habe tatsächlich viel zu tun. Gestern habe ich diesen Teppich geschrubbt, nachdem eines der Kinder Milch darauf verschüttet hatte. Ich habe eine weiche Decke für die Ruhe-Ecke gekauft, damit Ihr überforderter kleiner Junge sich ausruhen kann. Außerdem habe ich diese Woche drei Spätschichten in einem Restaurant gekellnert, weil ich mit dem, was ich hier verdiene, meine Lebenshaltungskosten nicht bestreiten kann – und trotzdem war ich jeden Morgen um acht Uhr hier und hatte Energie für Ihre Kinder.*

Als sie gerade in Lindas Büro gehen wollte, um sich die andere

Hälfte ihres Schokocroissants zu holen, hörte sie Mr. Porter mit seiner dröhnenden Stimme sagen: «Ich habe meine Jacke vergessen.» Er kam zurück in den Gruppenraum und nahm seine Jacke von der Lehne des Kinderstuhls.

«Warum haben Sie gedacht, ich käme aus Florida?», platzte Nellie heraus.

Er zuckte die Achseln. «Meine Nichte hat da studiert, an der Grant University. Ich dachte, jemand hätte erwähnt, Sie hätten auch da studiert.»

Diese Information stand nicht in ihrem Lebenslauf auf der Learning-Ladder-Website. Sie besaß auch nichts mit dem Logo ihrer Universität – kein Sweatshirt, keinen Schlüsselanhänger, keinen Wimpel.

Linda muss den Porters meine Zeugnisse gezeigt haben – sie sind ganz der Typ Eltern, der so was sehen will, sagte Nellie sich.

Dennoch musterte sie ihn nochmals eingehend und versuchte, sich seine Gesichtszüge an einer jungen Frau vorzustellen. Sie konnte sich an niemandem mit dem Nachnamen Porter erinnern. Dennoch hätte diese Frau womöglich im Seminar hinter ihr sitzen oder versucht haben können, ihrer Studentinnenverbindung beizutreten.

«Tja, gleich beginnt mein nächstes Elterngespräch, also ...»

Er sah in den menschenleeren Flur, dann wieder zu ihr. «Natürlich. Dann bis zur Abschlussfeier.» Pfeifend ging er davon. Nellie sah ihm hinterher, bis er am Ende des Flurs durch die Tür trat und verschwand.

Richard sprach kaum über seine Exfrau, daher wusste Nellie nur wenig über sie: Sie lebte nach wie vor in New York City. Richard und sie hatten sich getrennt, kurz bevor er Nellie kennengelernt hatte. Sie war hübsch, hatte langes dunkles Haar und ein schmales Gesicht – Nellie hatte sie gegoogelt und war auf ein unscharfes

Miniaturfoto gestoßen, das sie bei einer Wohltätigkeitsveranstaltung zeigte.

Und sie war ständig zu spät gekommen, eine Angewohnheit, die Richard geärgert hatte.

Das letzte Stück bis zum Italiener rannte Nellie und bedauerte bereits, dass sie mit den übrigen Erzieherinnen der Drei- und Vierjährigen zwei Glas Pinot grigio getrunken hatte zur Belohnung dafür, dass sie ihre Elterngespräche überlebt hatten. Sie hatten sich gegenseitig mit Anekdoten übertroffen; Marnie, deren Gruppenraum neben Nellies lag, war zur Gewinnerin erklärt worden, weil die Eltern eines ihrer Kinder sich von einem Au-pair-Mädchen mit nicht sonderlich guten Englischkenntnissen hatten vertreten lassen.

Nellie hatte ganz das Zeitgefühl verloren und erst auf dem Weg zur Toilette auf ihr Handy gesehen. Als sie wieder aus der Kabine gekommen war, wäre sie beinahe mit einer anderen Frau zusammengestoßen. «Verzeihung!», hatte Nellie ganz automatisch gesagt und war zur Seite getreten, doch dabei war ihr die Tasche hingefallen, und der Inhalt hatte sich über den Boden verstreut. Die Frau war wortlos über das Durcheinander hinweggestiegen und im Nu in einer Toilettenkabine verschwunden. («Wie unhöflich!», hätte die Erzieherin in Nellie sie gern getadelt, als sie in die Knie ging und Brieftasche und Kosmetika auflas.)

Mit elf Minuten Verspätung kam sie im Restaurant an. Als sie die schwere Glastür aufzog, blickte der Oberkellner von seinem ledergebundenen Reservierungsbuch auf. «Ich treffe mich mit meinem Verlobten», sagte sie keuchend.

Nellie suchte den Speiseraum ab und entdeckte Richard an einem Ecktisch. Kleine Fältchen rahmten seine Augen ein, und an den Schläfen durchzogen ein paar silberne Strähnen sein dunkles Haar. Er erhob sich, musterte sie von oben bis unten und zwinkerte ihr spielerisch zu. Nellie fragte sich, ob sie je aufhören würde, bei seinem Anblick Schmetterlinge im Bauch zu spüren.

Sie ging zu ihm. «Entschuldige», sagte sie. Er küsste sie, während er ihren Stuhl vom Tisch abrückte, und sie atmete seinen sauberen Zitrusduft ein.

«Alles in Ordnung?»

Jeder andere hätte diese Frage halb automatisch gestellt. Doch Richard ließ sie dabei nicht aus den Augen; Nellie wusste, ihre Antwort war ihm wirklich wichtig.

«Verrückter Tag.» Nellie setzte sich seufzend. «Elterngespräche. Wenn wir mal wegen Richard junior auf der anderen Seite dieses Tischs sitzen, erinnere mich daran, dass ich mich bei den Erziehern bedanke.»

Sie strich ihren Rock glatt, während Richard nach der Flasche Verdicchio im Kühler griff. Auf dem Tisch brannte eine gedrungene Kerze und warf einen goldenen Lichtkreis auf das schwere cremefarbene Tischtuch.

«Für mich nur ein halbes Glas. Ich habe nach den Gesprächen noch was mit meinen Kolleginnen getrunken. Linda hat einen ausgegeben; sie nannte es unseren Sold für den Frontdienst.»

Richard runzelte die Stirn. «Wenn ich das gewusst hätte, hätte ich keine ganze Flasche bestellt.» Dezent winkte er mit dem Zeigefinger den Kellner herbei und bestellte ein San Pellegrino. «Du bekommst doch manchmal Kopfschmerzen, wenn du tagsüber etwas trinkst.»

Sie lächelte. Es war eines der ersten Dinge, die sie über sich preisgegeben hatte.

Gleich nach Abschluss ihres Studiums war sie von Florida nach Manhattan gezogen, um einen Neuanfang zu machen. Wenn ihre Mutter nicht immer noch in Nellies Heimatstadt leben würde, würde sie niemals dorthin zurückkehren.

Auf dem Rückflug nach einem der Besuche bei ihrer Mutter

hatte sie neben einem Soldaten gesessen. Noch vor dem Start war eine Flugbegleiterin gekommen. «In der ersten Klasse sitzt ein Herr, der Ihnen seinen Platz anbieten möchte», hatte sie zu dem jungen Soldaten gesagt. Der war aufgestanden. «Wahnsinn!»

Dann war Richard durch den Mittelgang gekommen. Sein Krawattenknoten war gelockert, als hätte er einen langen Tag hinter sich. In der einen Hand hielt er einen Drink, in der anderen eine lederne Aktentasche. Diese unglaublichen Augen richteten sich auf Nellie, und dann lächelte er sie liebenswürdig an.

«Das war aber nett von Ihnen.»

«Nicht der Rede wert», erwiderte Richard und setzte sich neben sie.

Bald folgten die Sicherheitshinweise, und kurz darauf hob das Flugzeug mit einem Ruck ab.

Als sie durch ein Luftloch flogen, umklammerte Nellie die Armlehne.

Gleich darauf hörte sie zu ihrer Überraschung Richards tiefe Stimme dicht an ihrem Ohr. «Das ist genauso, wie wenn man mit dem Auto durch ein Schlagloch fährt. Es ist völlig ungefährlich.»

«Vom Verstand her weiß ich das.»

«Aber es hilft nicht. Vielleicht hilft das.»

Er reichte ihr sein Glas, und ihr fiel auf, dass er keinen Ring trug. Sie zögerte. «Manchmal bekomme ich Kopfschmerzen, wenn ich tagsüber etwas trinke.»

Das Flugzeug knarrte, und sie trank hastig einen großen Schluck.

«Trinken Sie aus. Ich bestelle noch einen ... oder hätten Sie vielleicht lieber ein Glas Wein?» Fragend hob er die Augenbrauen, und ihr fiel eine halbmondförmige silberne Narbe über seinem rechten Auge auf.

Sie nickte. «Danke.» Nie zuvor hatte ein Sitznachbar auf einem Flug versucht, sie zu beruhigen. Normalerweise sahen die Leute weg oder blätterten in einem Magazin, während sie allein mit ihrer Panik kämpfte.

«Ich verstehe das, wissen Sie?», sagte er. «Mir geht es so beim Anblick von Blut.»

«Im Ernst?» Das Flugzeug erbebte leicht, und die Tragflächen neigten sich nach links. Sie schloss die Augen und schluckte schwer.

«Ich erzähle es Ihnen, aber Sie müssen mir versprechen, nicht den Respekt vor mir zu verlieren.»

Wieder nickte sie, denn sie wollte nicht, dass diese beruhigende Stimme verstummte.

«Also, vor ein paar Jahren wurde ein Kollege von mir mitten in einer Besprechung ohnmächtig und schlug mit dem Kopf auf den Tisch ... Vermutlich hatte er zu niedrigen Blutdruck. Oder er war vor Langeweile ohnmächtig geworden.»

Nellie öffnete die Augen und lachte leise. Sie konnte sich nicht erinnern, wann sie zuletzt in einem Flugzeug gelacht hatte.

«Ich sage den anderen, sie sollen Platz machen, schnappe mir einen Stuhl und helfe dem Mann, sich zu setzen. Und während ich noch rufe, jemand solle Wasser holen, sehe ich das ganze Blut. Und plötzlich wird mir ganz schwindelig, so, als würde ich auch gleich ohnmächtig. Ich stoße den verletzten Mann praktisch vom Stuhl, damit ich mich selbst setzen kann, und mit einem Mal achtet niemand mehr auf ihn, weil alle mir helfen wollen.»

Das Flugzeug richtete sich wieder auf. Ein leises Klingeln ertönte, und eine Flugbegleiterin ging an den Sitzreihen entlang und bot den Passagieren Kopfhörer an. Nellie ließ die Armlehne los und sah Richard an. Er grinste.

«Sie haben es überlebt, wir sind über den Wolken. Von jetzt an dürfte es keine Turbulenzen mehr geben.»

«Danke. Für den Drink und die Geschichte ... Sie gehören weiter zum Club der echten Männer, trotz Ohnmacht.»

Zwei Stunden später hatte Richard Nellie von seiner Arbeit als Hedgefondsmanager erzählt und ihr gestanden, er habe eine Schwäche für Erzieherinnen, seit eine ihm bei der Aussprache des R geholfen habe: «Nur ihretwegen habe ich mich Ihnen nicht als Wichaaad vorgestellt.» Als sie ihn fragte, ob er in New York Familie habe, schüttelte er den Kopf. «Nur eine ältere Schwester in Boston. Meine Eltern starben schon vor Jahren.» Er legte die Hände übereinander und senkte den Blick. «Ein Autounfall.»

«Mein Vater ist auch tot.» Er sah wieder zu ihr. «Ich habe einen alten Pulli von ihm ... Manchmal ziehe ich ihn immer noch an.»

Beide schwiegen einen Augenblick. Dann wies die Flugbegleiterin die Passagiere an, die Tische hochzuklappen und die Sitze senkrecht zu stellen.

«Kommen Sie mit Landungen zurecht?»

«Vielleicht könnten Sie mir zur Ablenkung noch eine Geschichte erzählen», sagte Nellie.

«Hmm. So auf Anhieb fällt mir keine mehr ein. Geben Sie mir doch Ihre Telefonnummer für den Fall, dass mir doch noch eine in den Sinn kommt.»

Er zog einen Kugelschreiber aus der Innentasche und reichte ihn ihr. Sie legte den Kopf schräg, um ihre Nummer auf eine Papierserviette zu kritzeln, und das Haar fiel ihr ins Gesicht.

Richard strich sanft über eine blonde Strähne, dann steckte er sie ihr zurück hinters Ohr. «Wunderschön. Schneiden Sie es niemals ab.»

KAPITEL VIER

Ich sitze auf dem Boden der Umkleidekabine. Es hängt noch ein Hauch eines Rosenparfüms in der Luft und erinnert mich an eine Hochzeit. Meine Nachfolgerin wird eine wunderschöne Braut sein. Ich stelle mir vor, wie sie zu Richard aufblickt und ihm gelobt, ihn zu lieben und zu ehren, genau wie ich es tat.

Beinahe kann ich ihre Stimme hören.

Ich weiß, wie sie klingt. Manchmal rufe ich sie an, aber ich benutze ein Wegwerfhandy mit unterdrückter Nummer.

«Hi», beginnt ihre Ansage. Sie klingt unbekümmert, heiter. «Tut mir wirklich leid, dass ich Sie verpasse!»

Tut es ihr tatsächlich leid? Oder triumphiert sie? Mittlerweile ist ihre Beziehung mit Richard öffentlich, doch sie begann, als er und ich noch verheiratet waren. Wir hatten Probleme. Haben die nicht alle Paare, wenn der Glanz der Flitterwochen erst verblasst ist? Trotzdem hätte ich niemals gedacht, dass er mich so schnell auffordern würde auszuziehen. Dass er alle Spuren unserer Beziehung würde tilgen wollen.

Als wollte er vorgeben, dass wir nie verheiratet waren. Dass ich nicht existiere.

Denkt sie gelegentlich an mich und fühlt sich dann schuldig?

Solche Fragen quälen mich nachts. Manchmal, wenn ich stundenlang wach gelegen habe und das Bett schon völlig zerwühlt ist, schließe ich die Augen, bin ganz nahe dran, endlich einzudösen, aber dann sehe ich plötzlich ihr Gesicht vor mir. Ich fahre hoch und taste in der Nachttischschublade nach meinen Pillen. Damit die Tablette schneller wirkt, zerkaue ich sie, anstatt sie herunterzuschlucken.

Der Spruch auf ihrer Mailbox gibt keinerlei Aufschluss über ihre Gefühle.

Aber als ich sie eines Abends mit Richard beobachtete, strahlte sie förmlich.

Ich war zu Fuß zu unserem Lieblingsrestaurant in der Upper East Side gelaufen. In einem Ratgeber hatte ich gelesen, man solle Orte aufsuchen, mit denen schmerzliche Erinnerungen verbunden sind, damit sie ihre Macht über einen verlieren und man sich die Stadt wieder zu eigen machen könne. Also pilgerte ich zu dem Café, in dem Richard und ich uns immer bei einem Latte macchiato die *New York Times* geteilt hatten, schlenderte an dem Gebäude vorüber, in dem sich Richards Büro befindet und sein Unternehmen jeden Dezember eine aufwendige Weihnachtsfeier veranstaltet, und spazierte zwischen den Magnolien- und Fliederbäumen im Central Park hindurch. Mit jedem Schritt ging es mir schlechter. Es war eine miserable Idee; kein Wunder, dass dieses Buch auf dem Ramschtisch verstaubte.

Dennoch ging ich weiter. Ich hatte vor, meinen Rundgang mit einem Drink in der Bar des Restaurants abzuschließen, in dem Richard und ich unsere letzten Hochzeitstage gefeiert hatten. Da sah ich sie.

Vielleicht versuchte er ja auch, sich das Restaurant wieder zu eigen zu machen.

Wenn ich nur ein bisschen schneller gegangen wäre, hätten wir den Eingang genau zur gleichen Zeit erreicht. Stattdessen huschte ich in einen Ladeneingang und spähte um die Ecke. Ich erhaschte einen Blick auf gebräunte Beine, verführerische Kurven und das Lächeln, das sie Richard schenkte, als er ihr die Tür aufhielt.

Natürlich begehrte mein Ehemann sie. Welcher Mann würde das nicht? Sie war so köstlich wie ein reifer Pfirsich.

Ich schlich mich näher heran und beobachtete durch das deckenhohe Fenster, wie Richard seiner Freundin etwas zu trinken bestellte – sie hatte offenbar eine Vorliebe für Champagner – und sie die goldene Flüssigkeit aus einer schlanken Flöte trank.

Richard durfte mich auf keinen Fall entdecken; er hätte mir nicht geglaubt, dass es ein Zufall war. Natürlich war ich ihm früher schon gefolgt. Oder besser gesagt, ich war ihnen beiden gefolgt.

Dennoch wollten meine Füße sich nicht vom Fleck rühren. Gierig beobachtete ich, wie sie die Beine so übereinanderschlug, dass der Schlitz in ihrem Kleid den Blick auf ihren Oberschenkel freigab.

Er war ihr sehr nahe, hatte den Arm auf die Lehne ihres Stuhls gelegt und beugte sich zu ihr. Sein Haar war länger geworden und streifte hinten den Anzugkragen. Es stand ihm gut. Er hatte den gleichen löwenhaften Gesichtsausdruck, den ich von ihm kannte, wenn er ein großes Geschäft abgeschlossen hatte, eines von denen, auf die er monatelang hingearbeitet hatte.

Sie warf den Kopf in den Nacken und lachte über etwas, was er gesagt hatte.

Meine Fingernägel bohrten sich in meine Handflächen; vor Richard hatte ich noch nie jemanden wahrhaft geliebt. Und nun wurde mir klar, dass ich vor ihm auch nie jemanden wahrhaft gehasst hatte.

«Vanessa?»

Die Stimme mit dem britischen Akzent draußen vor der Umkleidekabine, die mich gerade aus meinen Erinnerungen gerissen hat, gehört meiner Chefin Lucille, einer Frau, die nicht für ihre Geduld bekannt ist.

Ich fahre mit den Fingern unter meinen Augen entlang, weil meine Wimperntusche garantiert verlaufen ist. «Ich räume nur auf.» Meine Stimme klingt heiser.

«Bei Stella McCartney wartet eine Kundin. Räumen Sie später auf.»

Sie wartet darauf, dass ich herauskomme. Mir bleibt keine

Zeit, mein Gesicht in Ordnung zu bringen, die unschönen Spuren meines Kummers zu beseitigen, und außerdem liegt meine Handtasche im Pausenraum.

Ich öffne die Tür, und sie tritt einen Schritt zurück. «Geht es Ihnen nicht gut?» Ihre perfekt gewölbten Augenbrauen gehen in die Höhe.

Ich nutze meine Chance. «Ich weiß nicht. Mir ist bloß ... mir ist ein bisschen übel ...»

«Halten Sie den Tag durch?» In Lucilles Tonfall klingt kein Mitgefühl an, und ich frage mich, ob diese Verfehlung wohl meine letzte sein wird. Sie kommt mir zuvor und antwortet selbst: «Nein, Sie könnten ansteckend sein. Gehen Sie nach Hause.»

Ich nicke und hole eilig meine Tasche – nicht dass sie es sich noch einmal anders überlegt.

Mit der Rolltreppe fahre ich nach unten und betrachte mein verwüstetes Gesicht, wenn es kurz in den Spiegeln aufblitzt.

Richard hat sich verlobt, flüstert mein Verstand.

Ich eile durch den Personaleingang hinaus und bleibe nur kurz stehen, damit der Wachmann meine Tasche durchsuchen kann. Dann ziehe ich wieder die Sneakers an. Ich überlege, ob ich ein Taxi nehmen soll, doch was Hillary gesagt hat, stimmt: Richard bekam unser Haus in Westchester und seine Junggesellenwohnung in Manhattan, wo er übernachtete, wenn Besprechungen bis in den späten Abend dauerten. Wo er sie empfing. Er bekam die Autos, die Aktien, die Ersparnisse. Ich kämpfte nicht einmal darum. Ich war mit nichts in die Ehe gegangen. Ich hatte nicht gearbeitet. Ich hatte ihm keine Kinder geschenkt. Ich hatte ihn getäuscht.

Ich war keine gute Ehefrau gewesen.

Jetzt allerdings frage ich mich, warum ich die niedrige Pauschalabfindung, die Richard mir anbot, akzeptiert habe. Seine neue Braut wird den Tisch mit Porzellan decken, das ich ausgesucht habe. Sie wird sich auf der Veloursledercouch, die ich ausgewählt habe, an ihn kuscheln. Wird in unserem Mercedes neben ihm sitzen, die Hand auf seinem Bein, und ihr kehliges Lachen ausstoßen, während er in den vierten Gang schaltet.

Ein Bus rumpelt vorüber und spuckt heiße Abgase aus. Die grauen Schwaden scheinen sich um mich zu legen. Ich laufe die Fifth Avenue entlang. Zwei Frauen mit großen Einkaufstüten drängen mich beinahe vom Bürgersteig. Ein Geschäftsmann marschiert vorüber, das Handy am Ohr, den Blick nach innen gerichtet. Ich überquere die Straße, und ein Motorrad fegt nur Zentimeter vor mir vorüber. Der Fahrer brüllt irgendetwas.

Die Stadt zieht sich um mich herum zusammen; ich brauche Raum. Also überquere ich die Fifty-ninth Street und betrete den Central Park.

Ein kleines Mädchen mit Zöpfen bestaunt den Tierballon an seinem Handgelenk, und ich sehe ihr hinterher. Das hätte meine Tochter sein können. Wenn es mir gelungen wäre, schwanger zu werden, wäre ich vielleicht noch mit Richard zusammen. Womöglich hätte er dann nicht gewollt, dass ich ausziehe. Vielleicht würden wir uns dann hier mit Daddy zum Mittagessen treffen.

Ich schnappe nach Luft, lasse die Arme, die ich mir um den Leib geschlungen hatte, sinken und richte mich auf. Den Blick stur nach vorn gerichtet, gehe ich Richtung Norden und konzentriere mich auf das regelmäßige Geräusch, mit dem meine Sneakers auf den Boden treffen, zähle jeden Schritt, setze mir kleine Ziele. Einhundert Schritte. Jetzt noch einmal hundert.

Schließlich verlasse ich den Park an der Ecke Eighty-sixth Street und Central Park West und laufe auf Tante Charlottes Haus zu. Ich sehne mich nach Schlaf und Vergessen. Es sind nur noch sechs Tabletten übrig, und als ich meine Ärztin beim letzten Mal um ein Folgerezept bat, zögerte sie.

«Sie wollen doch nicht abhängig werden», sagte sie. «Versuchen Sie, sich jeden Tag ein bisschen zu bewegen, und meiden Sie nach dem Mittag Koffein. Nehmen Sie abends vor dem Schlafengehen ein warmes Bad, vielleicht hilft das.»

Aber das sind Hilfsmittel für Wald-und-Wiesen-Schlafstörungen. Die helfen mir nicht.

Erst vor Tante Charlottes Haus merke ich, dass ich ihren Wein vergessen habe. Ich weiß, ich werde nicht noch einmal vor die Tür gehen wollen, also mache ich kehrt und marschiere die zwei Häuserblocks zurück zum Spirituosenladen. Vier Rote und zwei Weiße, hat Tante Charlotte gesagt. Ich nehme einen Einkaufskorb und lege Merlot und Chardonnay hinein.

Meine Hände schließen sich um die glatten, schweren Flaschen. Seit dem Tag, an dem Richard mich aufforderte, auszuziehen, habe ich keinen Wein mehr angerührt, doch ich sehne mich noch immer nach dem samtig-fruchtigen Geschmack, der meine Zunge weckt. Ich zögere, dann lege ich noch eine siebte und eine achte Flasche in meinen Einkaufskorb. Als ich zur Kasse gehe, graben die Griffe des Korbs sich in meinen Unterarm.

Der junge Mann an der Kasse verbucht meinen Einkauf kommentarlos. Vielleicht ist er an derangierte Frauen in Designerkleidung gewöhnt, die hier mitten am Tag hereinschneien, um ihre Weinvorräte aufzufüllen. Früher ließ ich mir den Wein in das Haus liefern, in dem ich mit Richard lebte, jedenfalls bis er mich bat, mit dem Trinken aufzuhören. Von da an fuhr ich mit dem Auto eine halbe Stunde bis zu einem Feinkostgeschäft, von dem ich wusste, dass ich dort keine Bekannten treffen würde. An dem Tag, an dem die Müllabfuhr kam, ging ich in aller Frühe spazieren und steckte die leeren Flaschen heimlich bei Nachbarn in die Tonnen.

«Das ist alles?», fragt der Mann.

«Ja.» Ich hole meine Kreditkarte heraus und weiß, wenn ich mich für teuren Wein statt für Fünfzehn-Dollar-Flaschen entschieden hätte, würde die Zahlung nicht freigegeben.

Er packt je vier Flaschen in eine Tüte, ich drücke die Ladentür mit der Schulter auf, und während das beruhigende Gewicht der Tüten an meinen Armen zieht, gehe ich zurück zu Tante Charlottes Haus, trete ein und warte darauf, dass sich die Tür des altersschwachen Aufzugs öffnet. Die Fahrt in den zwölften Stock dauert eine Ewigkeit; ich kann an nichts anderes denken als an den ersten Schluck, der mir gleich durch die Kehle rinnen und den Magen wärmen wird. Und meinen Kummer betäubt.

Glücklicherweise ist meine Tante nicht zu Hause. Ich sehe auf den Kalender, der neben dem Kühlschrank hängt, und lese *D – 15 Uhr*. Vermutlich eine Freundin, mit der sie sich zum Tee trifft. Ihr Mann Beau, ein Journalist, starb vor zwei Jahren überraschend an einem Herzinfarkt. Er war die Liebe ihres Lebens. Soweit ich weiß, hatte sie seitdem nichts Ernstes mehr. Ich stelle die Tüten auf die Arbeitsfläche, öffne den Merlot und nehme ein Weinglas aus dem Schrank. Dann überlege ich es mir anders und nehme stattdessen einen Kaffeebecher. Ich schenke ihn halb voll und setze ihn an die Lippen, unfähig, auch nur einen Augenblick länger zu warten. Das volle Kirscharoma liebkost meinen Gaumen. Ich schließe die Augen, schlucke und spüre den Wein durch meine Kehle rinnen. Meine Verspannungen lösen sich ein wenig. Ich schenke mir nach, und da ich nicht weiß, wie lange Tante Charlotte fortbleiben wird, nehme ich den Becher und meine beiden Flaschen mit in mein Zimmer.

Als Erstes ziehe ich das Kleid aus, lasse es einfach zu Boden fallen und steige darüber hinweg. Dann hebe ich es doch auf und hänge es auf einen Bügel. Ich ziehe ein weiches graues T-Shirt und eine Fleecehose an und klettere ins Bett. Als ich bei Tante Charlotte einzog, stellte sie mir einen kleinen Fernseher ins Zimmer, doch ich benutze ihn kaum. Jetzt jedoch sehne ich mich verzweifelt nach Gesellschaft, und sei sie auch nur virtuell. Ich nehme die Fernbedienung und zappe so lange durch die Sender, bis ich bei einer Talkshow lande. Dann nehme ich die Tasse in beide Hände und trinke noch einen großen Schluck.

Eigentlich wollte ich mich von dem Drama, das sich auf dem Bildschirm entfaltet, ablenken lassen, doch das heutige Thema der Sendung ist Untreue.

«Sie kann eine Ehe stärker machen», beteuert eine Frau mittleren Alters, die die Hand des Mannes neben sich hält. Er rutscht ein Stück zur Seite und blickt zu Boden.

Sie kann sie auch zerstören, denke ich.

Ich betrachte den Mann. *Wer war sie?*, frage ich mich. *Wie bist du ihr begegnet? Auf einer Geschäftsreise oder vielleicht in der Schlange in einem Deli, wo du ein Sandwich kaufen wolltest? Was hat dich an ihr angezogen, dich genötigt, diese fatale Grenze zu überschreiten?* Ich umklammere meine Tasse so fest, dass mir die Hand weh tut. Am liebsten würde ich sie gegen den Fernseher schleudern, doch stattdessen fülle ich sie erneut.

Der Mann kreuzt die Beine, dann streckt er sie von sich. Er räuspert sich und kratzt sich am Kopf. Ich freue mich, dass ihm nicht wohl in seiner Haut ist. Er ist ein bulliger, brutal aussehender Mann; nicht mein Typ, doch ich verstehe, warum er auf andere Frauen anziehend wirken mag.

«Das Vertrauen wiederherzustellen ist ein langwieriger Prozess, aber wenn beide Parteien dazu entschlossen sind, ist es durchaus möglich», sagt eine Frau, die am unteren Bildschirmrand als Paartherapeutin bezeichnet wird.

Die fade wirkende Ehefrau faselt darüber, dass sie das Vertrauen vollständig wiederhergestellt hätten, dass ihre Ehe jetzt oberste Priorität für sie beide habe, dass sie einander verloren, doch nun wiedergefunden hätten. Sie klingt, als läse sie zu viele Ratgeber.

Die Therapeutin sieht den Ehemann an. «Sind Sie auch der Meinung, dass das Vertrauen wiederhergestellt ist?»

Er zuckt die Achseln. *Idiot*, denke ich und frage mich, wie sie ihn erwischt hat. «Ich arbeite daran. Aber es ist schwer. Ich sehe sie immer wieder vor mir mit diesem ...» Ein Piep übertönt das letzte Wort.

Also habe ich mich geirrt. Ich dachte, er hätte sie betrogen. Die Anhaltspunkte waren da, aber ich habe sie falsch gedeutet. Nicht zum ersten Mal.

Als ich noch einen Schluck Merlot trinken will, schlägt mir die Tasse gegen die Schneidezähne. Ich lasse mich tiefer ins Bett sinken und wünschte, ich hätte den Fernseher nicht eingeschaltet.

Was trennt die Affäre von einem Heiratsantrag? Ich dachte, Richard hätte bloß ein bisschen Spaß, und rechnete damit, dass ihre Affäre kurz aufflammen und dann rasch erlöschen würde. Derweil gab ich vor, nichts davon zu wissen, sah einfach weg. Außerdem: Wer hätte es Richard auch verdenken können? Ich war nicht mehr die Frau, die er geheiratet hatte. Unterdessen hatte ich zugenommen, verließ kaum noch das Haus und hatte angefangen, in Richards Handlungen nach einer verborgenen Bedeutung zu suchen, griff jeden Hinweis auf, von dem ich glaubte, er belege, dass Richard mich allmählich satthatte.

Sie ist alles, was Richard sich wünscht. Alles, was ich früher war.

Gleich nach der kurzen, beinahe klinischen Szene, die unsere siebenjährige Ehe offiziell beendete, bot Richard unser Haus in Westchester zum Verkauf an und zog in seine Stadtwohnung. Doch er liebte unser ruhiges Wohnviertel und die Ungestörtheit, die man dort genoss. Wahrscheinlich wird er für seine neue Braut ein anderes Haus im Grünen kaufen. Ich frage mich, ob sie vorhat, ihre Arbeit aufzugeben und sich ganz Richard zu widmen, ob sie versuchen wird, schwanger zu werden, genau wie ich es tat.

Kaum zu glauben, dass ich noch weinen kann, doch während

ich meine Tasse auffülle, laufen wieder Tränen über meine Wangen. Die Flasche ist fast leer, und ich verschütte ein paar Tropfen. Wie Blutstropfen heben sie sich von meinem weißen Bettzeug ab.

Ein vertrauter Schleier legt sich um mich, die Umarmung eines alten Freundes. Ich habe das Gefühl, mit der Matratze zu verschmelzen. Vielleicht erging es meiner Mutter auch so, wenn sie ihre Licht-aus-Tage hatte. Ich wünschte, ich hätte es damals besser verstanden; seinerzeit fühlte ich mich verlassen, aber heute weiß ich, dass es Kummer gibt, der zu stark ist, um ihn zu bekämpfen. Man kann nur in Deckung gehen und hoffen, dass der Sandsturm vorüberzieht. Doch das kann ich ihr jetzt nicht mehr sagen. Meine Eltern sind beide tot.

«Vanessa?» Ich höre ein leises Klopfen an meiner Zimmertür, dann kommt Tante Charlotte herein. Die dicken Brillengläser vergrößern ihre haselnussbraunen Augen. «Ich dachte, ich hätte den Fernseher gehört.»

«Mir ist bei der Arbeit übel geworden. Wahrscheinlich solltest du nicht näher kommen.» Die beiden Flaschen stehen auf meinem Nachttisch. Ich hoffe, die Lampe verstellt ihr die Sicht darauf.

«Kann ich dir etwas holen?»

«Ein bisschen Wasser wäre toll», sage ich und nuschele ein bisschen beim S. Ich muss sie schleunigst aus meinem Zimmer bugsieren.

Sie lässt die Tür offen stehen und geht in die Küche. Ich stehe auf und schnappe mir die beiden Flaschen. Sie stoßen aneinander, und ich zucke zusammen. Hastig laufe ich zum Schrank und stelle sie hinein, wobei eine beinahe umfällt.

Als Tante Charlotte mit einem Tablett zurückkehrt, liege ich wieder im Bett.

«Ich habe dir auch ein paar Kräcker und Kräutertee mitgebracht.» Als ich ihre liebevolle Stimme höre, schnürt es mir die Kehle zu. Sie stellt das Tablett ans Bett und wendet sich zum Gehen.

Hoffentlich hat sie meine Fahne nicht gerochen. «Ich habe deinen Wein in die Küche gestellt.»

«Danke, Liebes. Ruf mich, wenn du etwas brauchst.»

Als sie die Tür schließt, lasse ich den Kopf zurück aufs Kissen sinken und spüre, wie mich Schwindel umfängt. Sechs Tabletten habe ich noch ... Wenn ich mir eine der bitteren weißen Pillen auf der Zunge zergehen lasse, kann ich wahrscheinlich bis morgen durchschlafen.

Aber plötzlich kommt mir eine bessere Idee. Der Gedanke schneidet förmlich durch den Nebel in meinem Hirn: *Sie haben sich gerade erst verlobt. Es ist noch nicht zu spät!*

Ich taste nach meiner Tasche und hole das Handy heraus. Richards Telefonnummern sind noch immer darin gespeichert. Es klingelt zweimal bei ihm, dann höre ich seine Stimme. Mein Exmann hat das tiefe Timbre eines breiteren, größeren Mannes, was ich immer faszinierend fand. «Ich rufe Sie gleich zurück», verspricht seine Ansage. Richard hält seine Versprechen. Immer.

«Richard», stoße ich hervor. «Ich bin's. Ich habe von deiner Verlobung gehört, und ich muss einfach mit dir reden ...»

Die Klarheit, die ich noch einen Moment zuvor empfand, entgleitet mir wie ein schlüpfriger Fisch. Ich ringe um die richtigen Worte.

«Bitte ruf mich zurück ... Es ist wirklich wichtig.»

Beim letzten Wort bricht meine Stimme. Ich beende das Telefonat, drücke das Handy an die Brust und schließe die Augen. Vielleicht hätte ich die Reue, die mich jetzt quält, vermeiden können, wenn ich nur besser auf die Warnsignale geachtet hätte. Wenn ich nur versucht hätte, es *in Ordnung zu bringen*. Es kann noch nicht zu spät sein. Die Vorstellung, Richard könne wieder heiraten, ist entsetzlich.

Irgendwann muss ich eingedöst sein, denn als mein Handy eine Stunde später vibriert, fahre ich hoch. Ich sehe aufs Display und finde eine Textnachricht:

Tut mir leid, aber es gibt nichts mehr zu sagen. Alles Gute. R.

Da wird mir etwas klar. Wenn Richard die Vergangenheit zusammen mit einer neuen Frau hinter sich lassen kann, dann kann ich mir ja vielleicht auch irgendwann ein neues Leben zusammenstoppeln. Ich könnte so lange bei Tante Charlotte wohnen, bis ich genügend Geld angespart habe, um eine eigene Wohnung zu mieten. Oder ich könnte in eine andere Stadt ziehen, eine ohne schlimme Erinnerungen. Ich könnte ein Haustier anschaffen. Mit der Zeit würde mein Herz vielleicht nicht mehr jedes Mal, wenn ich einen dunkelhaarigen Geschäftsmann in einem gutgeschnittenen Anzug um die Ecke biegen sehe, kurz aussetzen, bevor ich merke, dass er es nicht ist.

Doch solange er mit ihr zusammen ist – mit der Frau, die so unbekümmert bereit war, meinen Platz als die neue Mrs. Richard Thompson einzunehmen, während ich so tat, als wüsste ich von nichts –, so lange werde ich niemals Frieden finden.

KAPITEL FÜNF

Wenn Nellie sich ihr Leben genau besah, kam es ihr vor, als wäre sie im Verlauf ihrer siebenundzwanzig Jahre in unterschiedliche Frauen aufgesplittert worden: das Einzelkind, das stundenlang allein am Bach am Ende seines Häuserblocks gespielt hatte; die junge Babysitterin, die den ihr anvertrauten Kindern versprochen hatte, dass in der Dunkelheit keine Monster lauerten, wenn sie sie ins Bett brachte; und die Eventbeauftragte der Studentenverbindung Chi Omega, die sich manchmal nicht die Mühe gemacht hatte, ihre Tür abzuschließen, bevor sie schlafen ging. Dann war da die Nellie von heute, die das Kino verließ, sobald die Heldin in Bedrängnis geriet, und die dafür sorgte, dass sie nach der letzten Runde um ein Uhr morgens niemals die Kellnerin war, die abschließen musste und Gibson's Bistro allein verließ.

Der Kindergarten bekam wieder eine andere Version von Nellie zu Gesicht: die Erzieherin in Jeans, die jedes Buch aus der Reihe um den Elefanten und das Schweinchen von Mo Willems auswendig kannte, Bio-Kräcker in Tierformen verteilte, Trauben klein schnitt und den Kindern half, zu Thanksgiving Handabdruck-Truthähne zu basteln. Ihre Kollegen im Gibson's dagegen kannten die Kellnerin, die immer schwarze Miniröcke und roten Lippenstift trug, sich zu einer Runde ungehobelter Geschäftsleute setzte und mit ihnen Shots kippte, um mehr Trinkgeld zu bekommen, und ein Tablett voller Gourmet-Burger mühelos auf einer Hand balancieren konnte. Eine dieser Nellies gehörte zum Tag; die andere in die Nacht.

Richard hatte sie in beiden Lebenswelten erlebt, aber er bevorzugte offensichtlich die Erzieherinnenrolle. Sie hatte vorgehabt, ihren Kellnerinnenjob gleich nach der Hochzeit aufzugeben und ihre Erzieherinnenstelle, sobald sie schwanger wurde – was, wie sie und Richard hofften, nicht lange dauern würde.

Doch bald nach der Verlobung hatte er vorgeschlagen, sie solle bei Gibson's kündigen.

«Du meinst jetzt sofort?» Überrascht hatte Nellie ihn angesehen.

Sie brauchte das Geld, aber vor allem mochte sie ihre Kollegen. Sie waren eine spannende Truppe – ein Mikrokosmos der leidenschaftlichen, kreativen Menschen, die aus dem ganzen Land nach New York strömten, wie Motten angezogen von dieser glitzernden Stadt. Zwei Kolleginnen, Josie und Margot, waren Schauspielerinnen, die zum Theater wollten. Ben, der Oberkellner, war entschlossen, der neue Jerry Seinfeld zu werden, und übte Comedynummern, wenn nicht viel zu tun war. Chris, der über eins neunzig groß war, Jason Stathams Doppelgänger hätte sein können und wahrscheinlich ganz allein die weibliche Kundschaft ins Lokal lockte, schrieb jeden Tag vor der Arbeit an seinem Roman.

Ihre Furchtlosigkeit – die Art, wie Nellies Kollegen ihr Herz auf der Zunge trugen und ihre Träume verfolgten, obwohl sie ständig Absagen bekamen – sprach eine Seite an Nellie an, die in ihrem letzten Jahr in Florida abgeschaltet worden war. In dieser Hinsicht waren ihre Kollegen wie Kinder, erkannte Nellie – sie besaßen einen unerschütterlichen Optimismus. Den Glauben, dass die Welt mit all ihren Möglichkeiten ihnen offenstehe.

«Ich kellnere doch nur drei Abende pro Woche», hatte Nellie zu Richard gesagt.

«Das wären drei Abende mehr, die du mit mir verbringen könntest.»

Sie hob eine Augenbraue. «Ach, dann wirst du also nicht mehr so viel reisen?»

Sie lungerten in seiner Wohnung auf der Couch herum, nachdem sie Sushi für Richard und Tempura für Nellie bestellt und *Citizen Kane* angeschaut hatten, weil es sein Lieblingsfilm war und er gewitzelt hatte, er könne sie erst heiraten, wenn sie diesen Klassiker gesehen habe. «Es ist schlimm genug, dass du keinen rohen Fisch magst», hatte er sie geneckt. Sie hatte ihre Beine auf seine gelegt, und er massierte ihr sanft den linken Fuß.

«Um Geld musst du dir keine Sorgen mehr machen. Alles, was ich habe, gehört dir.»

«Sei nicht immer so wundervoll.» Nellie beugte sich zu ihm und streifte mit den Lippen seinen Mund. Sofort versuchte er, sie leidenschaftlich zu küssen, doch sie löste sich wieder von ihm. «Aber sie gefällt mir.»

«Was gefällt dir?» Richard strich mit der Hand über ihr Bein. Sie sah, wie sein Blick eindringlich wurde und seine Tiefseeaugen sich verdunkelten wie immer, wenn er Sex wollte.

«Meine Arbeit.»

«Baby», seine Hände hielten inne, «ich denke bloß daran, dass du den ganzen Tag auf den Beinen bist und dann noch den ganzen Abend herumlaufen und irgendwelchen Eseln Drinks bringen musst. Würdest du mich nicht lieber auf meinen Reisen begleiten? Als ich letzte Woche in Boston war, hättest du mit Maureen und mir zu Abend essen können.»

Maureen war Richards sieben Jahre ältere Schwester; sie hatten sich immer schon sehr nahegestanden. Nachdem ihre Eltern gestorben waren, als Richard noch ein Teenager war, hatte er bei Maureen gewohnt, bis er mit der Schule fertig war. Heute lebte Maureen in Cambridge, wo sie Professorin für Frauenforschung war. Sie telefonierten mehrmals die Woche.

«Sie möchte dich unbedingt kennenlernen. Als ich ihr erzählte, du könntest nicht kommen, war sie wirklich enttäuscht.»

«Ich würde unheimlich gern mit dir reisen», sagte Nellie leichthin. «Aber was ist mit meinen Kindern?»

«Schon gut, schon gut. Aber denk wenigstens darüber nach, ob du abends nicht lieber einen Malkurs belegen möchtest, anstatt zu kellnern. Vor einer Weile hast du mir doch erzählt, dass du das gerne tun würdest.»

Nellie zögerte. Hier ging es nicht darum, ob sie Malunterricht nehmen wollte. «Ich arbeite wirklich gern im Gibson's. Es ist ja sowieso nur noch für eine Weile ...»

Sie schwiegen. Richard schien etwas sagen zu wollen, doch stattdessen beugte er sich vor, zog ihr einen ihrer weißen Socken aus und wedelte damit. «Ich gebe auf.» Er kitzelte sie am Fuß. Sie quiekte, und er hielt ihr die Arme überm Kopf fest und kitzelte sie an den Rippen.

«Bitte nicht», brachte sie hervor.

«Bitte nicht was?», neckte er sie und machte weiter.

«Im Ernst, Richard. Hör auf!» Sie versuchte, sich ihm zu entwinden, doch er lag auf ihr.

«Sieht so aus, als hätte ich die richtige Stelle gefunden.»

Sie hatte das Gefühl, nicht genug Luft zu bekommen. Er lag mit seinem starken Körper auf ihr, und die Fernbedienung bohrte sich ihr in den Rücken. Schließlich bekam sie die Hände frei und stieß ihn von sich, viel heftiger als vorhin, als er versucht hatte, ihren Kuss auszudehnen.

Nachdem sie wieder zu Atem gekommen war, sagte sie: «Ich hasse es, gekitzelt zu werden.»

Ihr Tonfall war scharf – schärfer als beabsichtigt. Er musterte sie prüfend. «Entschuldige, Liebling.»

Sie zupfte ihr Oberteil herunter und wandte sich ihm zu. Ihr war klar, dass sie überreagiert hatte. Richard war nur verspielt, doch das Gefühl, in der Falle zu sitzen, hatte sie in Panik versetzt. Genauso erging es ihr in vollen Aufzügen oder in der U-Bahn. Normalerweise hatte Richard Verständnis für so etwas, doch natürlich konnte sie nicht erwarten, dass er immer ihre Gedanken las. Sie hatten einen so schönen Abend verbracht. Das Abendessen ... der Spielfilm ... Und er wollte ja nur großzügig und aufmerksam sein.

Sie wollte die Dinge wieder ins Lot bringen. «Nein, ich muss mich entschuldigen. Ich bin gereizt. In letzter Zeit habe ich einfach das Gefühl, ständig auf Trab zu sein. Und in meiner Straße ist es so laut, dass man nicht bei offenem Fenster schlafen kann. Du hast recht, es wäre schön, ein bisschen mehr zu entspannen. Ich spreche noch diese Woche mit dem Geschäftsführer.»

Richard lächelte. «Glaubst du, sie finden schnell einen Ersatz? Einer unserer neuen Kunden finanziert gerade eine Menge guter Stücke am Broadway. Ich könnte dir und Sam VIP-Plätze besorgen.»

Nellie hatte erst drei Vorstellungen gesehen, seit sie nach New York gezogen war; die Ticketpreise waren exorbitant. Jedes Mal hatte sie im ersten oder zweiten Rang gesessen, einmal hinter einem Mann mit einem schlimmen Schnupfen, und bei den beiden anderen Malen hatte ihr ein Pfeiler teilweise die Sicht genommen.

«Das wäre toll!» Sie kuschelte sich an ihn.

Eines Tages würden sie einen echten Streit haben, doch Nellie konnte sich nicht vorstellen, wirklich wütend auf Richard zu sein. Wahrscheinlicher war es, dass er sich über ihre schlampige Art ärgern würde. Getragene Kleidungsstücke warf sie einfach in ihrem Zimmer über den Stuhl oder ließ sie manchmal sogar auf dem Boden liegen; Richard hingegen hängte seinen Anzug abends auf einen Bügel und strich den edlen Stoff glatt, ehe er ihn im Schrank verwahrte. Sogar die T-Shirts in seinen Schubladen wurden von einer Vorrichtung aus durchsichtigem Kunststoff in geradezu militärische Ordnung gepresst – wahrscheinlich bekam man so etwas im Möbelgeschäft. Mehr noch: Die T-Shirts waren nach Farben sortiert: eine Reihe für Schwarz und Grau, eine für bunte Farben und eine für Weiß.

Seine Arbeit verlangte hohe Konzentration und Aufmerksamkeit fürs Detail von ihm; er musste gut organisiert sein. Und auch wenn man die Arbeit im Kindergarten nicht erholsam nennen konnte, schien es dabei doch um längst nicht so viel zu gehen – ganz zu schweigen davon, dass der Arbeitstag kürzer und die einzige Reisetätigkeit ein gelegentlicher Ausflug in den Zoo war.

Richard kümmerte sich so gut um alles – und um sie. Er machte sich Sorgen wegen ihres Heimwegs vom Gibson's und rief sie jeden Abend an oder schickte eine SMS, um sich zu vergewissern, ob sie auch gut nach Hause gekommen war. Überdies hatte er ihr ein teures Handy gekauft. «Es würde mich beruhigen, wenn du es immer dabeihättest», hatte er gesagt. Er hatte auch angeboten, ihr Pfefferspray zu kaufen, doch das besaß sie bereits.

«Gut», hatte er gesagt. «Es laufen so viele kranke Typen herum.»

Als ob ich das nicht wüsste, hatte Nellie gedacht und einen eisigen Schauder unterdrückt, zutiefst dankbar für jenen Flug, jenen jungen Soldaten – sogar für ihre Flugangst, denn daran hatte sich ihre erste Unterhaltung entzündet.

Richard legte den Arm um sie. «Hat dir der Film gefallen?»

«Er war traurig. Da hatte er dieses große Haus und das ganze Geld, aber er war so einsam.»

Richard nickte. «Genau das denke ich auch immer, wenn ich diesen Film sehe.»

Sie stellte fest, dass Richard es liebte, sie zu überraschen.

Für heute hatte er etwas geplant – bei ihm konnte das von Minigolf bis hin zu einem Museumsbesuch alles sein – und ihr gesagt, er wolle früh Feierabend machen, um sie abzuholen. Sie musste etwas tragen, was für verschiedene Anlässe geeignet war, daher entschied sie sich für ihr Lieblingssommerkleid, das dunkelblauweiß gestreift und ärmellos war, sowie flache Sandalen.

Nellie schälte sich aus dem T-Shirt und der Cargohose, die sie zur Arbeit im Learning Ladder getragen hatte, und warf sie in Richtung Wäschekorb. Dann öffnete sie den Schrank, schob Bügel hin und her und suchte nach den auffälligen Streifen, aber das Kleid fehlte.

Sie ging in Samanthas Zimmer und fand es auf dem Bett. Doch sie konnte sich kaum beschweren; in Nellies Schrank lagen mindestens zwei Oberteile, die Sam gehörten. Sie teilten Bücher, Kleidung, Essen ... alles bis auf Schuhe, denn Nellies Füße waren eine Nummer größer, und Make-up, denn Samantha hatte dunklere Haut, dunkles Haar und dunkle Augen, während Nellie – tja, Jonah hatte nicht ohne Grund ein Marshmallow ausgewählt, um ihre Hautfarbe darzustellen.

Dann tupfte sie ein wenig Chanel-Parfüm hinter die Ohren – es war ein Geschenk von Richard zum Valentinstag gewesen, zusammen mit einem Love-Armband von Cartier – und beschloss, draußen auf Richard zu warten, da er jeden Moment kommen musste.

Sie verließ ihre Wohnung und ging durch den kleinen Hausflur. Als sie die Haustür öffnete, wollte gerade jemand herein. Reflexartig zuckte Nellie zurück.

Aber es war bloß Sam. «Oh! Ich wusste nicht, dass du zu Hause bist! Ich hatte gerade meine Schlüssel gesucht.» Sam drückte Nellies Arm. «Ich wollte dich nicht erschrecken.»

Als Nellie hier eingezogen war, hatten Sam und sie ein ganzes Wochenende damit verbracht, die abgewohnten Räume zu streichen. Während sie nebeneinander die blassgelbe Farbe auf die Küchenschränke rollten, streifte ihre Unterhaltung Themen wie die Klettergruppe, der Sam sich vielleicht anschließen wollte, um kräftige Kerle kennenzulernen, den Vater, der im Kindergarten immer mit den Erzieherinnen flirtete, Sams Mutter, die Therapeutin, die wollte, dass Sam Medizin studierte, und die Frage, ob

Nellie den Job bei Gibson's annehmen oder lieber nach Wochenendschichten in Bekleidungsgeschäften suchen sollte.

Als es dunkel wurde, entkorkte Sam die erste von zwei Weinflaschen, und ihre Unterhaltung wurde persönlicher. Sie dauerte bis drei Uhr morgens.

Für Nellie war das immer die Nacht, in der sie zu besten Freundinnen geworden waren.

«Du siehst hübsch aus», sagte Samantha jetzt. «Aber vielleicht ein bisschen overdressed zum Babysitten.»

«Ich muss vorher noch woandershin, aber ich bin um halb sieben bei den Colemans.»

«Okay. Danke, dass du für mich einspringst ... Ich fasse es nicht, dass ich den anderen Termin vergessen hatte. Sieht mir gar nicht ähnlich.»

«Genau, schockierend.» Nellie lachte, was Sam vermutlich auch beabsichtigt hatte.

«Die Eltern haben geschworen, dass sie bis elf zurück sind, also rechne mal um Mitternacht mit ihnen. Und nimm dich vor Hannibal Lecter in Acht, wenn du ihm sagst, es sei Schlafenszeit. Beim letzten Mal hat er versucht, an meinem Handgelenk zu nagen, als ich ihm seine Play-Doh-Knete wegnehmen wollte.»

Sam gab allen Kindern in ihrer Klasse Spitznamen: Hannibal war der Beißer, Yoda der kleine Philosoph, Darth Vader der, der mit offenem Mund atmete. Doch wenn es darum ging, ein Kind aus einem Wutanfall herauszuholen, konnte das niemand besser als Sam. Überdies hatte sie Linda davon überzeugt, dem Kindergarten Schaukelstühle zu spendieren, damit die Erzieherinnen Kinder, die unter Trennungsängsten litten, besser beruhigen konnten.

Eine Hupe ertönte, und als Nellie hochblickte, sah sie Richards BMW-Cabriolet in zweiter Reihe neben einem weißen Toyota mit einem Knöllchen an der Windschutzscheibe anhalten.

«Netter Schlitten», rief Sam.

«Findest du?», rief Richard zurück. «Gib mir Bescheid, wenn du ihn mal ausborgen möchtest.»

Nellie ertappte Sam dabei, dass sie die Augen verdrehte. Schon mehrfach hatte sie sich gefragt, ob Sam auch für Richard einen Spitznamen hatte. Doch Nellie hatte sie nie darauf angesprochen. «Na komm. Er gibt sich wirklich Mühe.»

Sam sah erneut zu Richard und kniff dabei die Augen zusammen.

Nellie umarmte sie rasch und lief die Treppe hinab zum Auto, während Richard ausstieg, um ihr die Beifahrertür zu öffnen.

Er trug eine Fliegersonnenbrille und ein schwarzes T-Shirt zur Jeans – ein Look, den Nellie an ihm liebte. «Hi, meine Schöne.» Er gab ihr einen langen Kuss.

«Hi auch.» Als sie einstieg und sich zur Seite drehte, um sich anzuschnallen, fiel ihr auf, dass Samantha noch immer an der Haustür stand. Nellie winkte und wandte sich wieder Richard zu. «Sagst du mir jetzt, wohin wir fahren?»

«Nö.» Er ließ den Wagen an und fuhr los, Richtung Osten zum Franklin D. Roosevelt East River Drive.

Den größten Teil der Fahrt über schwieg Richard, doch Nellie sah, dass seine Mundwinkel immer wieder nach oben wanderten.

Als sie vom Hutchinson River Parkway abfuhren, griff er ins Handschuhfach und zog eine Schlafmaske heraus. Er warf sie ihr in den Schoß. «Erst gucken, wenn wir da sind.»

«Das ist aber schon ein bisschen schräg», witzelte Nellie.

«Komm schon. Setz sie auf.»

Sie zog das Gummiband über den Hinterkopf. Die Maske saß zu eng, um darunter hervorzulinsen.

Als Richard einmal scharf wendete, wurde sie gegen die Tür geschleudert. Ohne visuelle Anhaltspunkte konnte sie den Bewegungen des Fahrzeugs nicht gegensteuern. Und Richard fuhr wie üblich schnell.

«Wie lange noch?»

«Fünf bis zehn Minuten.»

Sie spürte, wie ihr Puls beschleunigte. Einmal hatte sie versucht, im Flugzeug eine Schlafmaske zu tragen, weil sie gehofft hatte, das werde ihre Flugangst lindern. Doch es hatte den gegenteiligen Effekt gehabt: Ihre Klaustrophobie war schlimmer denn je gewesen. Auch jetzt juckten ihre Achselhöhlen vom Schweiß, und sie merkte, dass sie den Türgriff umklammerte. Beinahe hätte sie Richard gefragt, ob sie nicht einfach die Augen schließen könne, doch dann fiel ihr wieder ein, wie er gelächelt hatte – ein jungenhaftes Grinsen –, als er ihr die Maske zugeworfen hatte. Fünf Minuten. Sechzig mal fünf waren dreihundert. Sie versuchte, sich abzulenken, indem sie still die Sekunden zählte und sich dabei einen Uhrzeiger vorstellte. Als Richard unvermittelt ihr Knie drückte, schnappte sie nach Luft. Sie wusste, er hatte es liebevoll gemeint, doch ihre Muskeln waren völlig verspannt, und er hatte die empfindliche Stelle gleich über der Kniescheibe getroffen.

«Nur noch eine Minute», sagte er.

Unvermittelt hielten sie an, und Richard schaltete den Motor aus. Nellie wollte sich schon die Maske vom Kopf reißen, doch seine Stimme hielt sie davon ab: «Noch nicht.»

Sie hörte ihn die Fahrertür öffnen, dann ging er um den Wagen herum und ließ sie aussteigen. Er nahm ihren Arm und führte sie über einen Boden, der sich hart anfühlte. Kein Rasen. Asphalt? Ein Bürgersteig? Nellie war so an die permanente Geräuschkulisse in der Stadt gewöhnt, dass die Stille an ihren Nerven zerrte. Ein Vogel begann zu zwitschern, dann brach er abrupt ab. Sie waren nur etwa eine halbe Stunde gefahren, doch es kam ihr so vor, als wären sie zu einem anderen Planeten gereist.

«Fast da.» Richards Atem traf warm ihr Ohr. «Bereit?»

Nellie nickte. Sie hätte allem zugestimmt, nur um die Maske ablegen zu können. Richard nahm sie ihr ab, und Nellie blinzelte heftig, weil das grelle Sonnenlicht sie blendete. Als ihre Augen sich daran gewöhnt hatten, erblickte sie ein großes Backsteinhaus mit einem VERKAUFT!-Schild im Vorgarten.

«Es ist dein Hochzeitsgeschenk, Nellie.» Sie drehte sich um und sah ihn an. Er strahlte.

«Du hast das gekauft?» Ihr blieb der Mund offen stehen.

Das riesige Haus lag ein Stück von der Straße zurückgesetzt auf einem Grundstück, das mindestens viertausend Quadratmeter groß sein musste. Nellie wusste nicht viel über freistehende Häuser – sie war in einem bescheidenen eingeschossigen Backsteinhaus in Südflorida aufgewachsen –, doch dieses hier war unübersehbar luxuriös. Das verrieten ihr die schiere Größe wie auch die architektonischen Details: die gewaltige Holztür mit Buntglasfenster und Messinggriff, die gepflegten Beete am Rand des Rasens, die hohen Laternen, die den Weg zum Haus säumten wie Wachposten. Alles wirkte jungfräulich, unberührt.

«Ich bin ... sprachlos.»

«Hätte nicht gedacht, dass ich das mal erlebe», neckte Richard sie. «Eigentlich wollte ich es dir erst nach der Hochzeit zeigen, aber die Kaufabwicklung ging schnell über die Bühne, und ich konnte einfach nicht länger warten.»

Er reichte ihr den Schlüssel. «Sollen wir dann?»

Nellie stieg die Stufen zur Haustür hinauf und steckte den Schlüssel ins Schloss. Die Tür glitt auf, und sie trat in einen zweigeschossigen Eingangsbereich, in dem ihre Schritte auf dem glänzenden Boden hallten. Zu ihrer Linken sah sie ein holzgetäfeltes Arbeitszimmer mit einem gasbetriebenen Kamin, zu ihrer Rechten ein ovales Zimmer mit einer breiten Fensterbank, auf der man sitzen konnte.

«Es ist noch viel zu tun. Ich möchte, dass du dich eingebunden fühlst.» Richard nahm ihre Hand. «Das Beste ist der hintere Teil. Der große offene Wohnbereich. Komm.»

Er ging voran, und Nellie folgte ihm. Mit den Fingerspitzen strich sie geistesabwesend über die geblümte Tapete, bis sie sich dabei ertappte und die Hand wegriss, ehe sie womöglich einen Fleck hinterließ.

Die Bezeichnung «groß» war eine Untertreibung. Der Küchenbereich mit den beigefarbenen Granitarbeitsflächen, der Insel mit der teuren Kochfläche und einem Weinkühlschrank ging nahtlos über in einen Essbereich, in dem ein moderner Kristallkronleuchter hing. Der abgesenkte Wohnbereich verfügte über eine hohe Decke mit Holzakzenten, einen gemauerten Kamin und Wandtäfelung. Richard schloss die Gartentür auf und führte sie auf die Terrasse. In der Ferne schaukelte eine Doppelhängematte unter einem Baum.

Richard sah sie an. «Gefällt es dir?» Zwischen seinen Augenbrauen bildete sich eine Falte.

«Es ist ... unglaublich», brachte sie hervor. «Ich habe richtig Angst, irgendwas anzufassen!» Sie lachte auf. «Es ist so perfekt.»

«Ich weiß doch, dass du im Grünen leben möchtest. In der Stadt ist es so laut und stressig.»

Hatte sie ihm das erzählt? Nellie wunderte sich. Sie hatte sich darüber beklagt, wie chaotisch Manhattan war, doch sie konnte sich nicht daran erinnern, gesagt zu haben, sie wolle dort weg. Aber vielleicht doch – als sie davon erzählt hatte, dass sie in einer reinen Wohngegend aufgewachsen war; wahrscheinlich hatte sie da den Wunsch geäußert, dass auch ihre Kinder in einer solchen Umgebung aufwachsen sollten.

«Meine Nellie.» Er kam zu ihr und schloss sie in die Arme. «Warte, bis du das Obergeschoss siehst.»

Er nahm ihre Hand und führte sie die Doppeltreppe hinauf, dann durch einen Flur, der an mehreren kleineren Zimmern vorbeiführte. «Ich dachte, das da könnten wir zu einem Gästezimmer für Maureen umbauen.» Er zeigte es ihr. Anschließend öffnete er die Tür zum Schlafzimmer. Durch zwei nebeneinandergelegene begehbare Kleiderschränke gelangten sie ins lichtdurchflutete Badezimmer. Unter einer Reihe von Fenstern befand sich ein Whirlpool für zwei, und es gab eine separate Dusche in einer gläsernen Kabine.

Noch vor einer Stunde hatte sie den Gestank der Zwiebeln, die ihr Nachbar gerade briet, in der Nase gehabt und sich den Zeh an dem Kasten Cola light gestoßen, den Samantha gleich hinter der Tür abgestellt hatte. Sie, die sich schon freute, wenn sie fünfundzwanzig Prozent Trinkgeld bekam oder eine süße Hudson-Jeans in einem Secondhandladen aufstöberte, war plötzlich irgendwie in ein anderes Leben getreten.

Nellie sah aus dem Badezimmerfenster. Eine dichte grüne Hecke verstellte die Sicht aufs Nachbarhaus. In New York konnte sie durch den Heizungsschacht das Paar über ihr über das Spiel der Giants diskutieren hören. Hier kam ihr der eigene Atem laut vor. Sie erschauerte.

«Ist dir kalt?»

Sie schüttelte den Kopf. «Ich bekomme bloß gerade Muffensausen. Komischer Ausdruck, oder? Mein Vater hat das immer gesagt.»

«Es ist so still.» Richard atmete tief ein. «So friedvoll.»

Dann drehte er sie sanft zu sich um. «Die Alarmanlage wird nächste Woche eingebaut.»

«Danke.» Natürlich hatte Richard auch an dieses Detail gedacht. Sie schlang die Arme um ihn und spürte, wie sie sich an seiner starken Brust entspannte.

«Mmmmm.» Er begann, ihren Nacken zu küssen. «Du riechst so gut. Lust, den Whirlpool auszuprobieren?»

«Ach, Liebling ...» Nellie löste sich langsam von ihm. Sie merkte, dass sie den Verlobungsring an ihrem Finger drehte. «Ich würde total gern, aber ich muss wirklich los. Denk dran, Sam hat mich gebeten, sie beim Babysitten zu vertreten ... Tut mir wirklich leid.»

Richard nickte und steckte die Hände in die Taschen. «Dann müssen wir wohl noch warten.»

«Es ist toll. Ich kann gar nicht glauben, dass das unser Haus sein wird.»

Nach einem kurzen Augenblick zog er die Hände aus den Taschen und drückte Nellie wieder an sich. Mit zärtlicher Miene blickte er auf sie hinab. «Keine Sorge wegen heute Abend. Bald können wir für den Rest unseres Lebens jeden Abend zelebrieren.»

KAPITEL SECHS

Mir brummt der Schädel, und im Mund habe ich einen säuerlichen Geschmack. Ich greife nach dem Wasserglas auf meinem Nachttisch, doch es ist leer.

Wie zum Hohn fällt strahlendes Sonnenlicht durchs Fenster herein, mir direkt in die Augen. Meine Uhr informiert mich darüber, dass es kurz vor neun ist. Ich muss bei der Arbeit anrufen und mich wieder krankmelden, womit ich einen weiteren Arbeitstag – inklusive Provisionen – versäume. Gestern war ich so verkatert, dass meine heisere Stimme Lucille davon überzeugte, ich sei wirklich krank. Daraufhin blieb ich im Bett und trank meine zweite Flasche Wein, danach leerte ich die halbe Flasche, die Tante Charlottes Salon übrig gelassen hatte, und als ich dann immer noch Richard und sie ineinander verschlungen vor mir sah, nahm ich zusätzlich eine Tablette.

Als ich nach dem Telefon greife, wird mir übel, und ich stolpere ins Bad. Vor der Toilette falle ich auf die Knie, aber ich kann mich nicht übergeben. Mein Bauch ist so leer, dass er sich ausgehöhlt anfühlt.

Ich rappele mich hoch, drehe den Hahn auf und trinke gierig das metallisch schmeckende Leitungswasser. Dann spritze ich mir mehrere Handvoll Wasser ins Gesicht und sehe in den Spiegel.

Mein langes dunkles Haar ist völlig zerzaust, und meine Augen sind verquollen. Die Wangen sind noch ein wenig hohler geworden, und die Schlüsselbeine ragen spitz hervor. Ich putze mir die Zähne, versuche, den Nachgeschmack des Alkohols wegzuschrubben, und ziehe einen Bademantel an.

Dann lasse ich mich wieder aufs Bett fallen, greife zum Telefon, rufe bei Saks an und lasse mich zu Lucille durchstellen.

«Hier ist Vanessa.» Ich bin froh, dass meine Stimme noch immer heiser klingt. «Es tut mir leid, aber ich bin noch ziemlich krank ...»

«Was glauben Sie, wann Sie wieder zur Arbeit kommen können?»

«Morgen?», sage ich auf gut Glück. «Übermorgen aber auf jeden Fall.»

«Verstehe.» Lucille zögert. «Wir beginnen heute mit dem Pre-Sale. Es wird sehr viel los sein.»

Sie belässt es bei dieser Andeutung. Lucille hat bestimmt noch nie im Leben einen Tag bei der Arbeit gefehlt. Ich sehe ja, wie sie immer meine Schuhe, meine Kleidung, meine Armbanduhr taxiert. Wie sie die Lippen zusammenpresst, wenn ich zu spät zur Arbeit komme. Sie glaubt, sie kennt mich, sie glaubt, dieser Job sei ein großer Spaß; sie ist sich sicher, dass sie Frauen wie mich jeden Tag bedient.

«Aber ich habe kein Fieber mehr», sage ich hastig. «Vielleicht könnte ich es ja mal versuchen?»

«Gut.»

Ich lege auf und lese erneut Richards SMS, obwohl sich mir jedes Wort ins Gedächtnis gebrannt hat. Dann zwinge ich mich zu duschen, drehe den Hahn ganz nach links, damit das Wasser richtig heiß wird, und stehe da, während meine Haut sich rötet. Schließlich trockne ich mich ab, föhne mir die Haare, stecke sie hoch, damit der Ansatz nicht zu sehen ist, und nehme mir vor, ihn heute Abend endlich nachzufärben. Zuletzt ziehe ich ein schlichtes graues Twinset aus Kaschmir, eine schwarze Hose und flache schwarze Ballerinas an und trage extraviel Concealer und Rouge auf, um zu verschleiern, wie bleich ich bin.

Als ich in die Küche komme, ist Tante Charlotte nicht dort,

aber sie hat für mich gedeckt. Ich trinke den Kaffee und knabbere an dem Bananenbrot, das sie mir dagelassen hat. Man schmeckt, dass es selbstgebacken ist. Mein Magen protestiert nach wenigen Bissen, daher wickele ich den Rest in ein Stück Küchenpapier und werfe ihn in den Mülleimer, in der Hoffnung, dass sie denkt, ich hätte alles aufgegessen.

Die Haustür fällt mit einem metallischen Klicken hinter mir ins Schloss. In den vergangenen zwei Tagen hat sich das Wetter offenbar dramatisch verändert. Ich merke sofort, dass ich zu warm angezogen bin, doch es ist zu spät, um mich jetzt noch einmal umzuziehen. Lucille wartet. Außerdem ist die U-Bahn-Station nur vier Blocks entfernt.

Als ich losgehe, schlägt mir heiße, schwüle Luft ins Gesicht, die erfüllt ist von den Gerüchen des Waffelstands an der Ecke, des Mülls, der nicht abgeholt wurde, des Zigarettenrauchs, der mir ins Gesicht weht. Endlich bin ich an der U-Bahn und steige die Treppe hinab.

Schlagartig ist die Sonne weg, und hier unten kommt es mir sogar noch schwüler vor. Ich ziehe meine MetroCard durch und spüre die harte Stange des Drehkreuzes an meiner Taille, als ich hindurchgehe.

Donnernd fährt eine U-Bahn ein, aber es ist nicht meine Linie. Die Leute drängen nach vorn, an den Rand des Bahnsteigs, aber ich bleibe an der Wand stehen, möglichst weit von der tödlichen stromführenden Schiene entfernt. Manche Leute stürzen hier in den Tod; manche werden geschubst. Nicht immer kann die Polizei feststellen, was geschehen ist.

Eine junge Frau stellt sich neben mich an die Wand. Sie ist blond und zierlich und hochschwanger. Zärtlich reibt sie sich mit langsamen, kreisenden Bewegungen den Bauch. Ich beobachte sie wie gebannt, und es ist, als ob eine Zentrifugalkraft das Kommando über meine Gedanken übernimmt und sie zurück zu dem

Tag schleudert, an dem ich auf dem Boden meines Badezimmers saß und mich fragte, wie viele blaue Linien auf dem Schwangerschaftsteststreifen erscheinen würden – eine oder zwei.

Richard und ich wollten Kinder. Am besten im Dutzend, hatte Richard oft im Scherz gesagt, wobei wir uns unter vier Augen auf drei geeinigt hatten. Ich hatte aufgehört zu arbeiten. Wir hatten eine Hausangestellte, die jede Woche kam. Kinder zu kriegen war mein einziger Job.

Zu Anfang hatte ich mich besorgt gefragt, was für eine Mutter ich sein würde, wie viel ich wohl unbewusst von meinem eigenen Rollenvorbild übernommen hatte. Es hatte Tage gegeben, da ich meine Mutter mit einem Zahnstocher Krümel aus den Ritzen der Esszimmerstühle hatte pulen sehen, wenn ich von der Schule kam. An anderen Tagen hatte die Post noch unter dem Türschlitz auf dem Boden verstreut gelegen, und in der Spüle hatte sich das Geschirr gestapelt. Ich hatte früh gelernt, an Licht-aus-Tagen nicht an die Schlafzimmertür meiner Mutter zu klopfen. Wenn sie vergaß, mich von Malgruppen nach der Schule oder vom Spielen bei Freunden abzuholen, dachte ich mir Entschuldigungen aus und schlug vor, man solle stattdessen meinen Vater anrufen. Mit der Zeit wurde ich sehr geschickt darin.

Ab der dritten Klasse packte ich mir mein Mittagessen selbst ein. In der Pause sah ich zu, wie die anderen Kinder den Löffel in eine Thermoskanne mit Suppe oder in Tupperdosen mit Sternnudeln steckten – manche Eltern packten sogar Zettel mit Witzen oder liebevollen Nachrichten dazu –, während ich mein Sandwich möglichst schnell herunterschlang, bevor irgendjemandem auffallen konnte, dass die Brotscheiben gerissen waren, weil ich die Erdnussbutter noch kalt darauf verstrichen hatte.

Doch im Lauf der Monate setzte mein Kinderwunsch sich gegen meine Ängste und Sorgen durch. Ich hatte mich selbst bemuttert; natürlich konnte ich ein Kind großziehen. Wenn ich nachts neben Richard lag, malte ich mir aus, wie ich einem kleinen Jungen mit Richards Augen und seinen langen Wimpern ein Buch von Dr. Seuss vorlas oder mit einer Tochter, die Richards liebenswertes schiefes Lächeln geerbt hatte, mit winzigen Teetassen anstieß.

Nun betrachtete ich wie betäubt die einzelne blaue Linie, die auf dem Teststreifen erschien, so grell und schnurgerade wie ein Schnitt mit dem Messer. Richard war nebenan im Schlafzimmer und holte seine anthrazitfarbenen Wollanzüge aus den Folien der chemischen Reinigung. Wartete darauf, dass ich aus dem Bad kam. Ich wusste, er würde es mir sofort ansehen, und in seinen Augen würde ich den Widerschein meiner eigenen Enttäuschung lesen. Er würde die Arme ausstrecken und flüstern: «Schon gut, Baby. Ich liebe dich.»

Doch mit diesem negativen Test – dem sechsten in Folge – war meine Schonfrist offiziell um. Wir hatten uns darauf verständigt, dass Richard sich untersuchen lassen würde, falls ich nach sechs Monaten noch immer nicht schwanger war. Meine Gynäkologin hatte uns erklärt, Sperma zu zählen sei kein so großer Eingriff. Richard würde lediglich in einen *Playboy* schauen und die Hand in die Hose stecken müssen. Er hatte gescherzt, seine Teenagerzeit habe ihn darauf gut vorbereitet, doch ich hatte gewusst, dass er mich damit nur aufheitern wollte. Falls das Problem nicht bei Richard lag – und da war ich mir sicher –, käme ich an die Reihe.

«Liebling?» Richard klopfte an die Badezimmertür.

Ich stand auf und strich mein ärmelloses blassrosa Nachthemd glatt. Dann öffnete ich mit tränenfeuchtem Gesicht die Tür.

«Tut mir leid.» Ich hielt den Teststreifen hinterm Rücken versteckt, so, als wäre er etwas Schändliches.

Er zog mich so fest an sich wie immer und sagte all das, was sich gehörte, aber ich spürte eine subtile Veränderung in der Energie zwischen uns. Ich musste daran denken, wie wir kurz nach unserer Hochzeit im Park in der Nähe unseres Hauses spazieren gegangen waren und einen Vater mit seinen beiden Söhnen, die acht oder neun gewesen sein mochten, hatten spielen sehen. Alle drei hatten die gleichen Yankee-Baseballkappen getragen.

Richard war stehen geblieben und hatte sie beobachtet. «Ich kann es gar nicht erwarten, das mit meinem Sohn zu machen. Hoffentlich hat er einen besseren Wurfarm als ich.»

Ich hatte gelacht und gespürt, dass meine Brüste kaum merklich empfindlicher als sonst waren. Das war kurz vor meiner Periode immer so, aber es war auch eines der Anzeichen für eine Schwangerschaft, hatte ich gelesen. Schon jetzt nahm ich Vitaminpräparate für Schwangere. Meine Vormittage verbrachte ich mit langen Spaziergängen, und ich hatte mir ein Yoga-Video für Anfänger gekauft. Außerdem aß ich keinen Rohmilchkäse mehr und trank nicht mehr als ein Glas Wein zum Abendessen. Ich tat alles, was die Fachleute empfahlen. Aber nichts half.

«Wir müssen es einfach weiter versuchen», hatte Richard schon sehr früh gesagt, damals, als wir noch zuversichtlich gewesen waren. «Das ist doch nicht so schlimm, oder?»

Ich warf Schwangerschaftstest Nummer sechs in den Badmülleimer und verdeckte ihn mit einem Kosmetiktuch, damit ich ihn nicht mehr sehen musste.

«Ich habe nachgedacht.» Richard löste sich von mir, stellte sich vor den Spiegel und band seine Krawatte. Auf dem Bett hinter ihm lag ein geöffneter Koffer. Richard reiste viel, doch normalerweise waren das Kurztrips mit ein, zwei Übernachtungen. Plötzlich wusste ich, was er gleich sagen würde: Er würde mich einladen, ihn zu begleiten. Schon spürte ich, wie meine düstere Stimmung sich aufhellte, als ich mir vorstellte, dass ich eine Zeit lang aus unserem wunderschönen, leeren Haus in einem bezaubernden Wohnviertel, in dem ich keine Freunde hatte, fliehen konnte. Dass ich Abstand zwischen mich und mein neuestes Versagen bringen konnte.

Doch stattdessen sagte Richard: «Vielleicht solltest du überhaupt keinen Alkohol mehr trinken?»

Die schwangere Frau entfernt sich von mir, und ich blinzele mehrmals, um mich zurechtzufinden. Ich beobachte, wie die Frau auf die Gleise und die heranrasende U-Bahn zugeht. Quietschend kommen die Räder zum Stehen, und mit einem müden Zischen öffnen sich die Türen. Ich warte, bis sich die Menschenmassen hineingedrängt haben. Erst dann gehe auch ich auf die U-Bahn zu und habe dabei ein mulmiges Gefühl.

Als ich gerade einsteige, ertönt der Signalton, der das Schließen der Türen ankündigt. «Verzeihung», sage ich zu dem Mann vor mir, doch er rührt sich nicht von der Stelle. Sein Kopf wippt im Takt der Musik, die aus seinen Kopfhörern dringt; ich spüre sogar den Bass. Die Türen schließen sich, aber der Zug fährt nicht sofort an. Es ist so heiß hier drin, dass mir die Hose an den Beinen klebt.

«Möchten Sie sitzen?» Ein älterer Mann steht auf und überlässt der Schwangeren seinen Platz. Lächelnd setzt sie sich. Sie trägt ein kariertes Kleid; es wirkt schlicht und billig, und als sie die Arme hebt, das Haar vom Nacken löst und sich dann mit einer Hand Luft zufächelt, spannt der dünne Stoff über ihren vollen Brüsten. Ihre Haut ist gerötet und schweißfeucht. Sie ist wunderschön.

Richards neue Liebe kann noch nicht schwanger sein, oder?

Ich halte das nicht für möglich, doch plötzlich stelle ich mir vor, wie Richard hinter ihr steht, die Arme um sie schlingt und die Hände auf ihren gewölbten Bauch legt.

Jetzt atme ich flach und abgehackt. Neben mir hält sich ein Mann in einem Unterhemd mit vergilbten Rändern unter den Achseln an der Stange fest. Ich drehe den Kopf weg, aber seinen beißenden Schweißgeruch habe ich trotzdem in der Nase.

Die U-Bahn ruckelt, und ich stolpere gegen eine Frau, die die

Times liest. Sie blickt nicht einmal hoch. Nur noch wenige Haltestellen, sage ich mir. Zehn Minuten, vielleicht auch eine Viertelstunde.

Die Bahn rattert über die Schienen, die sich durch den dunklen Tunnel schlängeln. Es klingt zornig. Ein Körper drückt sich gegen mich. Zu nahe, alle hier sind zu nahe. Meine Knie geben nach, und meine verschwitzte Hand rutscht von der Stange ab. Ich sinke zu Boden und kauere da, den Kopf dicht an den Knien.

«Alles in Ordnung?», fragt jemand.

Der Mann im Unterhemd beugt sich zu mir herab.

«Ich glaube, ich bin krank», stoße ich hervor.

Ich beginne zu schaukeln und zähle das gleichförmige Rattern der Räder auf den Schienen. *Eins, zwei ... zehn ... zwanzig ...*

«Zugbegleiter!», ruft eine Frau.

«Hey! Ist hier ein Arzt?»

... fünfzig ... vierundsechzig ...

Als die Bahn an der Seventy-ninth hält, spüre ich Arme um meine Taille, die mir hochhelfen. Jemand führt mich hinaus auf den festen Boden des Bahnsteigs und zu einer Bank.

«Soll ich jemanden für Sie anrufen?»

«Nein. Die Grippe ... Ich muss bloß nach Hause ...»

Ich bleibe so lange dort sitzen, bis ich wieder Luft bekomme.

Dann laufe ich vierzehn Häuserblocks zurück nach Hause und zähle die gesamten 1848 Schritte, bis ich ins Bett kriechen kann, laut mit.

KAPITEL SIEBEN

Nellie war wieder einmal zu spät dran.

In letzter Zeit hatte sie permanent das Gefühl, hinter allem herzuhinken; sie war angeschlagen von den anhaltenden Schlafstörungen und hibbelig von dem ganzen Kaffee, den sie deswegen trank. Ständig schien etwas hinzuzukommen, was sie dann auch noch unterbringen musste. Zum Beispiel heute Nachmittag: Richard hatte vorgeschlagen, sie sollten noch einmal zu ihrem neuen Haus fahren, sobald der Kindergarten schloss, um sich mit dem Bauunternehmer zu treffen, der eine Terrasse vor dem Souterrain baute.

«Du darfst die Farbe der Steine aussuchen», hatte Richard gesagt.

«Gibt es die denn auch anders als in Grau?»

Er lachte und merkte nicht, dass sie es ernst meinte.

Sie willigte ein, weil sie ein schlechtes Gewissen hatte, nachdem ihr erster Ausflug zu ihrem neuen Haus ihretwegen so kurz ausgefallen war. Das bedeutete, den Friseurtermin abzusagen, den sie sich mit Samantha hatte gönnen wollen zur Vorbereitung auf den Junggesellinnenabschied, den diese heute Abend für sie schmeißen würde. Alle ihre Freundinnen sowohl vom Learning Ladder als auch aus dem Gibson's würden kommen – eine der seltenen Gelegenheiten, bei denen Nellies zwei divergierende Welten aufeinandertreffen würden. *Sorry!*, hatte Nellie Sam getextet, kurz gezögert und hinzugefügt: *Hochzeitsvorbereitung in letzter Minute ...*

Ihr fiel keine Erklärung ein, die es nicht so hätte aussehen lassen, als zöge sie ihren Verlobten ihrer besten Freundin vor.

«Ich muss aber spätestens um sechs zu Hause sein, um mich für die Party fertig zu machen», hatte sie Richard erklärt. «Wir treffen uns alle um sieben im Restaurant.»

«Immer mit dem Glockenschlag, Aschenputtel», hatte er gesagt und sie sachte auf die Nasenspitze geküsst. «Keine Sorge, du kommst nicht zu spät.»

Doch sie kamen zu spät zurück. Der Verkehr war fürchterlich, und Nellie war erst um halb sieben wieder in ihrer Wohnung. Sie klopfte an Sams Tür, doch ihre Mitbewohnerin war bereits fort.

Einen Moment lang stand sie da und betrachtete die weiße Lichterkette, die Sam um das Kopfteil ihres Bettes geschlungen hatte, und den flauschigen grünblauen Teppich, den sie beide vor einem schnieken Wohnhaus auf der Fifth Avenue zusammengerollt am Bordstein gefunden hatten. «Den schmeißt ernsthaft jemand weg?», hatte Samantha gefragt. «Die Reichen sind bekloppt. Da ist ja sogar noch das Preisschild dran!» Sie hatten ihn sich über die Schultern gelegt und nach Hause getragen, und als sie an einem niedlichen Typen vorbeikamen, der darauf wartete, die Straße zu überqueren, hatte Sam Nellie zugezwinkert und sich absichtlich so umgedreht, dass der Teppich ihn gegen die Brust stieß. Am Ende war Sam zwei Monate mit ihm zusammen gewesen – eine ihrer längeren Beziehungen.

Nellie blieb noch eine halbe Stunde, bis sie im Restaurant sein musste, was bedeutete, dass sie das Duschen ausfallen lassen musste. Dennoch schenkte sie sich ein halbes Glas Wein ein, das sie trank, während sie sich fertig machte – nicht das teure Zeug, das Richard immer für sie bestellte, wobei sie den Unterschied eigentlich sowieso nicht schmeckte –, und drehte Beyoncé auf.

Sie spritzte sich kaltes Wasser ins Gesicht, dann trug sie getönte Feuchtigkeitscreme und einen rauchig grauen Eyeliner auf. Der Raum war so klein, dass Nellie sich ständig am Waschbecken oder am Handtuchhalter stieß, und jedes Mal, wenn sie den Badschrank öffnete, purzelte eine Tube Zahnpasta oder eine Dose Haarspray heraus. Ein Bad hatte sie seit Jahren nicht mehr genommen; hier gab es nur eine winzige Duschkabine, in der kaum genug Platz war, um sich die Beine zu rasieren.

In ihrem neuen Haus gab es eine Dusche mit Sitzbank und Regenbrause. Und natürlich jenen Whirlpool.

Nellie versuchte, sich vorzustellen, darin zu baden, nach einem langen Tag, den sie mit … was verbracht hatte? Mit Gartenarbeit vielleicht und der Zusammenstellung des Abendessens für Richard.

War Richard eigentlich klar, dass sie die einzige Zimmerpflanze, die sie je besessen hatte, ertränkt hatte und ihr Kochrepertoire sich auf das Aufwärmen von Fertiggerichten beschränkte?

Auf der Rückfahrt in die Stadt hatte sie aus dem Fenster gesehen und die Gegend betrachtet. Es ließ sich nicht leugnen, dass ihre zukünftige Wohngegend schön war: die prächtigen Häuser, die blühenden Bäume, die sauberen Gehwege. Kein Fitzelchen Abfall verunzierte die ebenmäßig gepflasterten Straßen. Sogar das Gras schien hier grüner als in der Innenstadt zu sein.

Als sie beim Verlassen des Viertels am Wächterhäuschen vorbeigefahren waren, hatte Richard dem uniformierten Mann kurz zugewinkt. Auf einem bogenförmigen Schild hatte Nellie den Namen der Siedlung gelesen, in dicken, kunstvollen Buchstaben: CROSSWINDS.

Selbstverständlich würde sie immer noch jeden Tag mit Richard zusammen nach Manhattan fahren. Sie würde das Beste aus beiden Welten genießen, sich mit Sam zur Happy Hour treffen und im Gibson's vorbeischauen, um an der Bar einen Burger zu essen und sich zu erkundigen, wie Chris mit seinem Roman vorankam.

Nellie hatte sich umgedreht und durchs Heckfenster geblickt. Auf den Bürgersteigen war nicht ein einziger Mensch zu sehen und auf den Straßen waren keine Autos unterwegs gewesen. Sie hätte auch eine Fotografie betrachten können.

Doch falls sie nach der Hochzeit schnell schwanger würde, würde sie wahrscheinlich im Herbst nicht ins Learning Ladder zurückkehren, hatte sie überlegt, während sie ihr zukünftiges Viertel in der Ferne verschwinden sah. Es wäre verantwortungslos, die Kinder mitten im Schuljahr zu verlassen. Da Richard fast jede Woche verreiste, würde sie in ihrem neuen Haus viel allein sein.

Vielleicht wäre es sinnvoller, ein paar Monate zu warten, bis sie die Pille absetzte. Dann konnte sie noch ein Jahr als Erzieherin arbeiten.

Sie hatte Richards Profil betrachtet, seine gerade Nase, das starke Kinn, die schmale silbrige Narbe über dem rechten Auge. Die habe er sich mit acht Jahren zugezogen, als er über den Lenker seines Fahrrads geflogen sei, hatte er ihr erzählt. Richard steuerte mit einer Hand und streckte die andere nach dem Radio aus.

«Also, ich ...», setzte sie an, doch da schaltete er gerade WQXR, seinen Lieblingsklassiksender, ein.

«Dieses Stück von Ravel ist wundervoll», sagte er und drehte das Radio lauter. «Weißt du, sein Werk ist nicht so umfangreich wie das der meisten seiner Zeitgenossen, aber viele halten ihn für Frankreichs größten Komponisten.»

Sie nickte. Ihre Worte waren in den ersten Tönen untergegangen, doch vielleicht war es auch besser so. Es war nicht der richtige Zeitpunkt für dieses Gespräch.

Als das Klavier ein Crescendo erreichte, hielt Richard an einer Ampel und wandte sich ihr zu. «Gefällt es dir?»

«Doch. Es ist ... schön.» Sie musste sich über klassische Musik und Wein informieren, beschloss sie. Richard hatte zu beiden Themen feste Ansichten, und sie wollte in der Lage sein, kenntnisreich mit ihm darüber zu diskutieren.

«Ravel glaubte, Musik sollte zuerst die Gefühle und dann erst den Verstand ansprechen», hatte er gesagt. «Was meinst du?»

Genau das war das Problem, wurde ihr nun klar, als sie in ihrer Handtasche nach ihrem Lieblingslippenstift, einem blassrosa Clinique, suchte. Sie gab auf – als sie letztes Mal danach gesucht hatte, hatte sie ihn auch schon nicht finden können – und legte stattdessen einen Pfirsichton auf. Vom Verstand her war ihr klar, dass die Veränderungen, die vor ihr lagen, wunderbar waren. Beneidenswert sogar. Aber in emotionaler Hinsicht war es alles ein bisschen viel auf einmal.

Sie musste an das Puppenhaus in ihrem Gruppenraum im Learning Ladder denken, das Jonahs Eltern gern durch ein Tipi ersetzen würden. Ihre Kinder liebten es, die Möbel in dem entzückenden kleinen Haus umzustellen und dann die Puppen von Zimmer zu Zimmer zu tragen, sie vor die Kamin-Attrappe zu setzen, auf die Stühle am Tisch zu drücken oder in den schmalen Holzbettchen zum Schlafen niederzulegen.

Puppenhaus-Nellie schoss es ihr durch den Kopf wie der höhnische Ruf eines Schulhofrowdys.

Nellie trank einen Schluck Wein, öffnete den Schrank, schob das Wickelkleid beiseite, das sie eigentlich hatte anziehen wollen, und zog stattdessen eine enge schwarze Lederhose heraus, die sie bei Bloomingdale's im Ausverkauf erstanden hatte, kurz nachdem sie nach New York gezogen war. Sie erschrak, als sie den Bauch einziehen musste, um den Reißverschluss hochziehen zu können. Die Hose wird sich dehnen, sagte sie sich. Trotzdem zog sie dazu ein weites, tief ausgeschnittenes Tanktop an für den Fall, dass sie später den Knopf öffnen musste.

Ob sie diese beiden Kleidungsstücke jemals wieder anziehen würde? Sie stellte sich die Puppenhaus-Nellie mit einem praktischen Bob, einer Khakihose, einem Kaschmirpulli mit Zopfmuster und braunen Veloursleslippern vor, während sie ein Tablett mit Cupcakes servierte.

Niemals, gelobte sie sich und suchte nach ihren schwarzen

High Heels, die sie schließlich unter ihrem Bett fand. Richard und sie würden ein Haus voller Kinder haben, und das Lachen, die Kissenfestungen und die kleinen Schuhe, die sich in Körben an der Haustür stapeln würden, würden die eleganten Räume wohnlicher machen. Sie würden am Kamin Mensch ärgere dich nicht und Monopoly spielen und mit der ganzen Familie Skifahren gehen – Nellie war noch nie Ski gefahren, doch Richard hatte versprochen, es ihr beizubringen. In einigen Jahrzehnten würden Richard und sie dann Seite an Seite auf der Hollywoodschaukel auf der Veranda sitzen, verbunden durch ihre glücklichen Erinnerungen.

Bis dahin würde Nellie auf jeden Fall eigene Kunstwerke mitbringen, um die Wände zu schmücken. Sie besaß mehrere Originale ihrer Kindergartenkinder, darunter Jonahs Porträt von ihr als Marshmallow-Frau und Tylers avantgardistisches Bild mit dem treffenden Titel *Blau auf Weiß*.

Zehn Minuten nachdem sie das Haus hätte verlassen müssen, war sie fertig. Sie war schon halb aus der Wohnung, kehrte aber nochmals um und schnappte sich zwei bunte Glasperlenketten von einem Haken neben der Tür. Samantha und sie hatten sie einige Jahre zuvor auf einem Straßenfest im Village gekauft. Sie nannten sie ihre Gute-Laune-Ketten.

Nellie hängte sich eine um den Hals, dann suchte sie die Straße nach einem Taxi ab.

«Tut mir leid, tut mir leid», rief Nellie, als sie auf die Frauen zuhastete, die an dem langen rechteckigen Tisch saßen, ihre Learning-Ladder-Kolleginnen an der einen Seite, ihre Kolleginnen aus dem Gibson's an der anderen. Doch Nellie entdeckte eine Ansammlung von Shot-Gläsern, und jede hatte ein Glas Wein vor sich stehen – alle schienen sich wohlzufühlen. Sie ging um den Tisch herum und umarmte sie der Reihe nach.

Als sie zu Sam kam, hängte sie ihrer Mitbewohnerin die Kette um den Hals. Sam sah phantastisch aus; offenbar war sie allein zum Friseur gegangen.

«Zuerst trinken, dann reden», befahl ihr Josie, eine ihrer Kolleginnen aus dem Gibson's, und reichte Nellie einen Tequila.

Sie kippte ihn in einem Zug und erntete Jubelrufe.

«Und jetzt bin ich an der Reihe, dir etwas anzuziehen.» Samantha steckte Nellie einen Kamm ins Haar, an dem ein voluminöser Tüllschleier mit Flitter befestigt war.

Nellie lachte. «Wie subtil.»

«Was hast du denn erwartet, wenn du eine Erzieherin bittest, sich um den Schleier zu kümmern?», fragte Marnie.

«Und was hast du heute zu tun gehabt?», wollte Samantha wissen.

Nellie öffnete schon den Mund, um zu antworten, doch dann sah sie sich um. Die anderen Frauen hatten alle schlecht bezahlte Jobs, und trotzdem verprassten sie jetzt ihr Geld in einem Restaurant, das für seine Holzofenpizza berühmt war. Außerdem sah Nellie einen Stapel Geschenke auf dem leeren Stuhl am Kopfende des Tischs. Und Sam suchte eine neue Mitbewohnerin, weil sie sich die Miete allein nicht leisten konnte. Plötzlich war ihr Vorzeigehaus das Letzte, worüber Nellie jetzt reden wollte. Überdies war es streng genommen auch keine Hochzeitsvorbereitung gewesen. Möglicherweise würde Sam kein Verständnis dafür haben.

«Nichts Aufregendes», erwiderte Nellie daher leichthin. «Wie sieht es aus mit dem nächsten Shot?»

Samantha lachte und winkte dem Kellner.

«Hat er dir schon gesagt, wohin eure Hochzeitsreise geht?», fragte Marnie.

Nellie schüttelte den Kopf und wünschte, der Kellner würde sich mit der neuen Runde Tequila beeilen. Das Problem war, dass

Richard sie mit dem Reiseziel überraschen wollte. «Kauf dir einen neuen Bikini», hatte er nur gesagt, als sie ihn um einen Fingerzeig gebeten hatte. Was wäre, wenn Richard mit ihr zum Strandurlaub nach Thailand wollte? Die zwanzig Stunden im Flugzeug würde sie nicht überleben. Allein beim Gedanken daran begann ihr Herz, wie wild zu klopfen.

In den letzten Wochen hatte sie zweimal im Traum in turbulenten Flügen festgesessen. Beim letzten Mal war eine Flugbegleiterin panisch durch den Gang gelaufen und hatte geschrien, sie sollten alle die Absturzhaltung einnehmen. Die Bilder waren so realistisch gewesen – die weit aufgerissenen Augen der Flugbegleiterin, der schwankende Jet, die dichten, aufgewühlten Wolken vor ihrem winzigen Fenster –, dass Nellie beim Aufwachen nach Luft geschnappt hatte.

«Ein Stresstraum», hatte Sam am nächsten Morgen gesagt, während sie in ihrem kleinen Bad Mascara auftrug und Nellie über sie hinweg nach ihrer Bodylotion griff. Sam – ganz die Therapeutentochter – analysierte ihre Freundinnen gern. «Wovor hast du Angst?»

«Vor gar nichts. Na ja, vorm Fliegen offensichtlich.»

«Nicht vor der Hochzeit? Weil ich nämlich glaube, das Fliegen ist eine Metapher.»

«Sorry, Sigmund, aber diese Zigarre ist nur eine Zigarre.»

Ein weiterer Tequila erschien vor Nellie, und sie kippte ihn dankbar.

Sam fing über den Tisch hinweg ihren Blick auf und lächelte. «Tequila. Der ist immer die Antwort.»

Die zweite Zeile dieses gemeinsamen Evergreens ging Nellie glatt von den Lippen: «Selbst wenn es keine Frage gibt.»

«Lass mich diesen Klunker noch mal sehen.» Josie ergriff Nellies Hand. «Hat Richard einen attraktiven reichen Bruder? Hey, ich frage nur für eine Freundin.»

Nellie zog die Hand mit dem Dreikaratdiamanten weg und versteckte sie unterm Tisch. Es war ihr immer unangenehm, wenn ihre Freundinnen so viel Aufhebens darum machten. Dann lachte sie. «Leider nur eine ältere Schwester.»

Maureen würde wie immer in den letzten Jahren im Sommer nach New York kommen, um an der Columbia ein sechswöchiges Blockseminar zu geben. In wenigen Tagen würde Nellie sie endlich kennenlernen.

Eine Stunde später hatte der Kellner die Teller abgeräumt, und Nellie packte ihre Geschenke aus.

«Das ist von Marnie und mir», sagte Donna, die als Kindergartenhelferin mit den Vierjährigen arbeitete, und reichte Nellie eine silberne Schachtel mit einer leuchtend roten Schleife. Nellie packte einen schwarzen Seidenbody aus, und Josie stieß einen bewundernden Pfiff aus. Nellie hielt sich den Body an und hoffte, er werde ihr passen.

«Ist der für sie oder für Richard?», fragte Sam.

«Der ist toll. Ladys, ich wittere das Motto Erotik.» Nellie legte den Body neben das Parfüm von Jo Malone, den Abreißkalender mit der Sexstellung des Tages und die Massagekerzen, die sie bereits ausgepackt hatte.

«Last but not least.» Sam reichte Nellie eine Geschenktüte. Sie enthielt einen silbernen Bilderrahmen, in dem auf dickem, ungebleichtem Papier in Kursivdruck ein Gedicht stand. «Du kannst das Blatt rausnehmen und ein Hochzeitsfoto reinstecken.»

Nellie las laut vor:

Die erste Begegnung vergess ich nie, ich mochte dich sofort.
Als im Learning Ladder du mir gabst Aspirin, da hatten wir
    gleich 'nen Rapport.
Für dich war's der erste Job in der Stadt, und deine Fremdenführerin war ich.

Von mir kennst du die besten Spinning-Studios und weißt,
   wo die nächste Apo liecht.
Ich hab dir gezeigt, wo es langgeht hier, z. B. wie man sich
   mit Linda gutstellt,
Und auch den geheimen Vorratsschrank, das Versteck, wenn
   zu viel wird die Welt.
Wir wohnten zusammen in 'ner schabenverseuchten Butze,
Überall Make-up und Magazine, was fehlte, war 'ne Putze.
Die Miete hast immer zu spät du gezahlt – kannst, ehrlich,
   nicht umgehen mit Geld.
Dafür lass ich immer meine Tassen stehen und schlamp rum
   mit dem Honig, ich Held.
Vielen Kindern hast du Zählen und Schreiben beigebracht
Und dass man erst redet, statt dass es gleich kracht.
Wir haben uns täglich ins Zeug gelegt, aber das sieht nicht
   jeder, wie's scheint.
Gab Eltern, die haben uns angebrüllt, und wir haben uns die
   Augen ausgeweint.
Wir hatten jetzt fünf tolle Jahre zusammen.
Wir kennen uns so gut – unsre Hoffnungen, unser Bangen.
Zur Verlobung hat Linda dir 'ne edle Torte gekauft,
Kost' so viel wie mein Gehalt und noch deins obendrauf.
Jetzt ziehst du bald aus – ob ich das überlebe?
Doch ich weiß, dass ich dann wohl dem Suff mich ergebe.
Aber wenn du in was Altem und was Neuem gehst zum Altar,
Dann denk dran, ich lieb dich. Bleibst meine beste Freundin
   immerdar.

Nellie konnte das Gedicht kaum zu Ende lesen. Es versetzte sie zurück in ihre erste Zeit in der Stadt, als sie unbedingt Abstand zwischen sich und alles, was in Florida geschehen war, bringen musste. Sie hatte Palmen gegen Asphalt eingetauscht, und ein lautes, quirliges Wohnheim gegen ein unpersönliches Mietshaus. Alles war anders. Außer den Erinnerungen, die ihr quer durchs Land gefolgt waren und sie einhüllten wie ein schwerer Mantel.

Wenn Sam nicht gewesen wäre, wäre Nellie womöglich nicht hiergeblieben. Sie würde vielleicht noch immer davonlaufen, noch immer nach einer sicheren Zuflucht suchen. Nellie beugte sich über den Tisch und drückte ihre Mitbewohnerin fest an sich. Dann wischte sie sich über die Augen. «Danke, Sam. Es ist toll. Ich werde dich vermissen. Und ...»

«Ach, hör auf, jetzt werd nicht rührselig. Du bist doch nur eine kurze Zugfahrt entfernt. Wir werden uns ständig sehen. Bloß musst ab jetzt immer du die Rechnung übernehmen», sagte Josie. Nellie lachte matt.

«Kommt schon. Machen wir, dass wir von hier wegkommen.» Samantha schob ihren Stuhl zurück. «Die Killer Angels spielen in der Ludlow Street. Lasst uns tanzen gehen.»

Seit ihrem letzten Collegejahr hatte Nellie keine Zigarette mehr geraucht, doch jetzt, drei Marlboro Gold, drei Tequilas und zwei Glas Wein später, tanzte sie bereits seit Stunden und spürte, wie ihr der Schweiß den Rücken hinabrann. Vielleicht war die Lederhose doch keine so gute Wahl gewesen. Am anderen Ende des Raums trug ein niedlicher Barkeeper ihren Schleier und flirtete mit Marnie.

«Ich hatte schon fast vergessen, wie gerne ich tanze», schrie Nellie, um die hämmernde Musik zu übertönen.

«Und ich hatte schon fast vergessen, was für eine grottenschlechte Tänzerin du bist», schrie Josie zurück.

Nellie lachte. «Das ist wahre Hingabe!», widersprach sie. Sie hob die Arme über den Kopf und tanzte einen übertriebenen Shimmy. Dann setzte sie zu einer Drehung an, doch mitten in der Bewegung erstarrte sie.

«Hi, Nick», sagte Josie, als ein hochgewachsener schlanker Mann in einem ausgeblichenen Rolling-Stones-Tour-Shirt von circa 1979 und einer dunklen Jeans auf sie zukam.

«Was machst du denn hier?», fragte Nellie und merkte erst jetzt, dass sie die Arme noch immer über den Kopf reckte. Sie ließ sie sinken und verschränkte sie vor der Brust, weil ihr bewusst war, dass das durchgeschwitzte Tanktop ihr am Körper klebte.

«Josie hat mich eingeladen. Ich lebe seit ein paar Wochen wieder hier.»

Wütend funkelte Nellie ihre Freundin an. Josie setzte eine unschuldige Miene auf und verschwand in der Menge.

Nick hatte ein Jahr lang zusammen mit Nellie gekellnert, bis er mit seiner Band nach Seattle gezogen war. Nick der Aal hatte man ihn genannt, doch ein paar der Frauen, die er mit gebrochenem Herzen zurückgelassen hatte, hatten daraus Nick der Arsch gemacht. Er war der heißeste Typ, mit dem Nellie je ausgegangen war – wobei «ausgegangen» es nicht ganz traf, da die meisten ihrer Begegnungen im Schlafzimmer stattgefunden hatten.

Nicks schwarzes Haar war jetzt kürzer, was seine markanten Wangenknochen betonte. Jeder Teil seines Gesichts wäre für sich allein genommen zu aufdringlich gewesen – die stumpfe Nase, die schweren Augenbrauen, der breite Mund –, doch alles zusammen funktionierte. Sogar besser, als Nellie es in Erinnerung hatte.

«Ich fasse es nicht, dass du verlobt bist. Offenbar haben wir zwei bloß zusammen abgehangen ...» Langsam strich er aufwärts über ihren nackten Arm. Ihr Körper reagierte sofort, obwohl sie den Arm wegzog und einen Schritt zurücktrat.

Wie durchschaubar, dass Nick jetzt, da sie vergeben war, wieder an ihr interessiert war. Damals hatte er, circa zwei Minuten nachdem er die Stadt verlassen hatte, aufgehört, auf ihre SMS zu antworten. Aber Herausforderungen hatte er schon immer geliebt.

«*Glücklich* verlobt. Die Hochzeit ist nächsten Monat.»

Nicks Augen mit den schweren Lidern blickten amüsiert. «Du siehst nicht aus wie jemand, der bald heiratet.»

«Was soll das heißen?»

Jemand stieß von hinten gegen sie und schubste sie näher an Nick heran. Er legte ihr den Arm um die Taille. «Du siehst scharf aus», sagte er leise so dicht an ihrem Ohr, dass die Bartstoppeln an seinem Kinn sie kitzelten. «Die Frauen in Seattle können dir nicht das Wasser reichen.»

Sie spürte ein Kribbeln im Unterleib.

«Ich habe dich vermisst. Uns.» Seine Finger schlüpften unter ihr T-Shirt auf ihren unteren Rücken. «Erinnerst du dich an diesen verregneten Sonntag, den wir einfach im Bett verbracht haben?» Er roch nach Whiskey, und sie spürte die Hitze, die von seinem knackigen Körper ausging.

Die hämmernde Musik und die Hitze im überfüllten Raum machten sie schwindeln. Eine Haarsträhne fiel ihr in die Augen, und Nick strich sie ihr aus dem Gesicht. Langsam beugte er den Kopf und sah ihr dabei unverwandt in die Augen. «Ein letzter Kuss? Um der alten Zeiten willen?»

Nellie beugte sich nach hinten, um ihn ansehen zu können, und bot ihm die Wange. Er umfasste behutsam ihr Kinn, drehte es zu sich und küsste sie sanft auf den Mund. Seine Zunge streifte ihre Lippen, und Nellie öffnete sie. Er zog sie fest an sich, und unwillkürlich stöhnte sie.

Sie gestand es sich nur ungern ein, doch während Sex mit Richard immer gut war, war er mit Nick phantastisch gewesen.

«Ich kann nicht.» Sie schob ihn fort. Ihr Atem ging schneller als beim Tanzen.

«Komm schon, Baby.»

Sie schüttelte den Kopf und zwängte sich zwischen den Leuten hindurch Richtung Theke. Ein Mann traf sie mit dem Ellbogen an der Schläfe, und sie zuckte zurück. Dann stolperte sie auch noch über irgendeinen Fuß.

Schließlich erreichte sie Marnie, und die legte ihr den Arm um die Schultern. «Tequila-Time?»

Nellie verzog das Gesicht. Beim Abendessen hatte sie so viel geredet, dass sie nur ein einziges Stück Pizza gegessen hatte, und zum Mittagessen hatte sie nur einen Salat gehabt. Ihr war ein bisschen übel, und vom Tanzen in den High Heels taten ihr die Füße weh. «Zuerst Wasser.» Ihre Wangen brannten, und sie fächelte sich mit der Hand Luft zu. Der Barkeeper nickte mit wippendem Schleier und füllte ein großes Glas mit Leitungswasser.

«Hat Richard dich gefunden?», fragte Marnie.

«Was?»

«Er ist hier. Ich habe ihm gesagt, dass du tanzt.»

Nellie fuhr herum, suchte die Menge ab und entdeckte ihn schließlich am anderen Ende des Raums.

«Bin gleich wieder da», sagte sie zu Marnie, die sich gerade über die Theke lehnte und mit dem Barkeeper anstieß.

«Richard!», rief Nellie und eilte zu ihm. Als sie ihn gerade erreicht hatte, stolperte sie auf dem klebrigen Boden.

«Hoppla.» Er packte ihren Arm, um sie zu stützen. «Da hat aber jemand eine Menge getrunken.»

«Was machst du denn hier?»

Ein violetter Scheinwerferstrahl strich über sein Gesicht, als die Band einen neuen Song begann. Nellie konnte seinen Blick nicht deuten.

«Ich gehe.» Richard ließ ihren Arm los. «Kommst du mit?» Er hatte es gesehen. Sie merkte es an seiner Körperhaltung: Er stand ganz still, doch sie spürte, wie es in ihm brodelte.

«Ja. Ich will mich nur eben verabschieden ...» Sam und Josie hatte sie zuletzt auf der Tanzfläche gesehen, doch jetzt konnte sie sie nirgendwo entdecken.

Sie sah sich nach Richard um und stellte fest, dass er bereits zum Ausgang ging. Hastig lief sie ihm hinterher.

Als sie erst einmal draußen waren, sagte er kein Wort mehr zu Nellie – nicht einmal, nachdem er ein Taxi herangewinkt und dem Fahrer die Adresse seiner Wohnung genannt hatte.

«Dieser Typ – ich habe früher mit ihm zusammengearbeitet.»

Richard blickte stur geradeaus, sodass sie ihn nur im Profil sah, genauso wie nur wenige Stunden zuvor. Doch da hatte seine Hand auf ihrem Oberschenkel geruht; jetzt hatte er die Arme steif vor der Brust verschränkt.

«Begrüßt du alle ehemaligen Kollegen so überschwänglich?»

Richards Ton war so unpersönlich, dass es sie fröstelte.

Der Taxifahrer hatte einen ruckartigen Fahrstil, und Nellie wurde übel. Sie legte eine Hand auf ihren Bauch, dann drückte sie den Knopf, mit dem das Fenster heruntergelassen wurde. Der Wind peitschte ihr die Haare ins Gesicht.

«Richard, ich habe ihn weggestoßen ... Ich habe nicht ...»

Er wandte sich ihr zu. «Du hast nicht was?», fragte er und artikulierte jedes Wort überdeutlich.

«Nachgedacht», flüsterte sie. Sie hatte sich geirrt. Er war nicht wütend. Er war verletzt. «Es tut mir so leid. Ich habe ihn stehenlassen, und ich wollte dich gerade anrufen.»

Der letzte Teil war gelogen, doch das würde Richard nie erfahren.

Endlich wurde seine Miene weicher. «Ich könnte dir beinahe alles verzeihen.» Sie wollte nach seiner Hand greifen. Seine nächsten Worte hielten sie davon ab: «Aber betrüge mich nie.»

Selbst bei schwierigen geschäftlichen Telefonaten hatte er nie so unnachgiebig geklungen.

«Ich verspreche es», flüsterte sie. Die Tränen traten ihr in die Augen. Richard hatte ein exquisites Haus für sie ausgesucht. Vor einigen Stunden hatte er ihr eine E-Mail geschickt und sie gefragt, ob sie beim Cocktailempfang zwischen der Trauungszeremonie und dem Abendessen Kellner mit Hors d'œuvres oder ein Buffet wollte. *Oder beides?*, hatte er geschrieben. Als sie nicht gleich auf seine Nachrichten geantwortet hatte, hatte er sich Sorgen gemacht. Er wusste, sie würde sich nicht sicher fühlen, wenn sie spätabends allein in ihre dunkle Wohnung zurückkehrte. Deshalb war er hergekommen, um sich zu vergewissern, dass ihr nichts passierte.

Und zum Dank dafür hatte sie Nick geküsst, der mit der Hälfte der Frauen im Gibson's was gehabt hatte und sich wahrscheinlich nicht einmal an ihren Nachnamen erinnerte.

Warum hatte sie das alles aufs Spiel gesetzt?

Sie wollte Richard doch heiraten; sie hatte keine kalten Füße bekommen.

Doch mit Nick hatte sie nie ganz abgeschlossen. Er war ein geübter Charmeur, aber Nellie wusste, dass er auch eine liebevolle Seite hatte. Einmal hatte er während der Arbeit im Gibson's telefoniert, ohne zu ahnen, dass Nellie gleich um die Ecke Besteck in Servietten wickelte. Er hatte seiner Großmutter versprochen, ihr am nächsten Abend Cannoli mit Schokostückchen mitzubringen und mit ihr *Glücksrad* anzuschauen.

Außerdem war Nick der erste Mann gewesen, mit dem sie nach dem College geschlafen hatte. Als sie Richard kennenlernte, hatte sie zwar schon länger nicht mehr an Nick gedacht, doch vorhin auf der Tanzfläche hatte sie es berauschend gefunden zu wissen, dass er sie in diesem Augenblick begehrte. Dass die Machtverhältnisse sich in ihre Richtung verschoben hatten.

Sie wünschte, sie könnte es einfach auf den Tequila schieben. Die Wahrheit war nicht schön.

Für einen kurzen, rebellischen Augenblick hatte sie Spontaneität über Verlässlichkeit gestellt. Sie hatte eine letzte Kostprobe Großstadt gewollt, ehe sie sich in einem Vorort niederließ.

«Ich bin sehr froh, dass du mich abgeholt hast», sagte sie nun, und da spürte sie endlich Richards Arm um sich.

Sie atmete tief durch.

Gewisse Entscheidungen in ihrem Leben würde sie ewig bereuen, doch die Entscheidung für Richard würde niemals dazugehören.

«Danke.» Sie legte den Kopf an seine Brust und lauschte seinem regelmäßigen Herzschlag, der sie nachts einschläferte, wenn nichts sonst das konnte.

Schon seit einer geraumen Weile hatte Nellie das Gefühl, dass es in Richards Vergangenheit irgendeinen tiefen Kummer gab, etwas, was er für sich behielt, wovon er ihr noch nicht erzählt hatte. Vielleicht hatte es mit seiner Exfrau zu tun, vielleicht war ihm das Herz aber auch noch früher gebrochen worden.

«Ich werde niemals etwas tun, was dich verletzen könnte.» Nellie wusste, dass ihr sogar ihr Ehegelöbnis nicht heiliger sein würde als dieses Versprechen.

KAPITEL ACHT

Als ich den Kopf drehe, sehe ich im Türrahmen die Silhouette von Tante Charlotte, die sich vor dem Licht im Flur abzeichnet. Ich weiß nicht, wie lange sie schon da steht oder ob ihr aufgefallen ist, dass ich blicklos an die Decke starre.

«Geht's dir besser?» Sie kommt herein und zieht die Jalousie hoch. Sonnenlicht flutet ins Zimmer, und ich zucke zusammen und halte mir die Augen zu.

Ich habe ihr erzählt, ich hätte eine Grippe. Doch Tante Charlotte versteht die Wechselwirkung zwischen geistiger und körperlicher Gesundheit – sie weiß darum, dass die Psyche den Körper wie eine dicke Ranke umschlingen und erdrosseln kann. Schließlich hat sie sich nicht nur um mich gekümmert, sondern auch um meine Mutter während deren schwierigen Phasen.

«Ein bisschen.» Aber ich mache keine Anstalten aufzustehen.

«Sollte ich mir Sorgen machen?» Ihr Tonfall ist eine Gratwanderung zwischen Scherzhaftigkeit und Schärfe. Er ist mir vertraut: Sie setzte ihn immer dann ein, wenn sie meiner Mutter aus dem Bett half. «Nur für ein Weilchen», redete sie ihr gut zu, den Arm um ihre Taille gelegt. «Ich muss das Bett neu beziehen.»

Sie hätte eine wunderbare Mutter abgegeben, meine Tante Charlotte. Doch sie hatte keine Kinder. Ich habe den Verdacht, dass es etwas mit den vielen Jahren, in denen sie sich um meine Mutter und mich kümmerte, zu tun hatte.

«Nein, ich gehe zur Arbeit.»

«Ich werde den ganzen Tag im Atelier sein. Eine Frau möchte, dass ich ein intimes Porträt von ihr male, ein Nacktbild, für ihren Ehemann, damit er es über dem Kamin aufhängt.»

«Im Ernst?» Ich versuche, meiner Stimme Leben einzuhauchen, während ich mich aufsetze. Wie ein pochender Zahnschmerz lassen die Gedanken an Richards Verlobte alle anderen Aspekte meines Lebens in den Hintergrund treten.

«Ich weiß. Ich mag ja nicht mal die Gemeinschaftsumkleide beim Tai Chi.»

Ich bringe ein Lächeln zustande, und sie macht Anstalten, den Raum zu verlassen. Doch dann stößt sie sich die Hüfte an der Kommode neben der Tür und schreit leise auf.

Ich springe aus dem Bett. Jetzt ist es an mir, Tante Charlotte den Arm um die Taille zu legen. Ich führe sie zu einem Stuhl.

Sie schüttelt meinen Arm und meine Sorge ab. «Mir geht's gut. Alte Leute sind nun mal ungeschickt.»

Und da durchzuckt mich plötzlich die Erkenntnis: Sie wird alt.

Trotz ihrer Proteste hole ich ihr einen Eisbeutel für ihre Hüfte, und dann mache ich uns Rührei mit Cheddar und Schalotten. Hinterher spüle ich das Geschirr und wische die Arbeitsflächen ab. Und ich nehme Tante Charlotte fest in die Arme, bevor ich mich auf den Weg zur Arbeit mache. Erneut schießt mir der Gedanke durch den Kopf: Außer ihr habe ich niemanden auf der Welt.

Vor der Begegnung mit Lucille graute es mir, doch zu meiner Überraschung wirkt sie besorgt: «Ich hätte Sie gestern nicht drängen sollen, zur Arbeit zu kommen.»

Ich merke, dass Lucilles Blick länger auf meiner Valentino-Tasche verweilt. Richard brachte sie mir von einer Geschäftsreise nach San Francisco mit. Das Leder um die Schnalle ist ein wenig abgewetzt; die Tasche ist vier Jahre alt. Lucille gehört zu den Frauen, denen solche Kleinigkeiten auffallen. Ich sehe, wie sie es zur Kenntnis nimmt und dann meine alten Nikes und meinen nackten Ringfinger betrachtet. Sie kneift die Augen zusammen. Es ist, als sähe sie mich zum ersten Mal richtig.

Nach meinem Zusammenbruch in der U-Bahn rief ich sie an. Ich erinnere mich nicht mehr an alle Einzelheiten des Gesprächs, aber ich weiß noch, dass ich weinte.

«Geben Sie mir Bescheid, falls Sie ein bisschen früher gehen müssen», sagt sie jetzt.

«Danke.» Beschämt senke ich den Kopf.

Heute ist viel zu tun, besonders für einen Sonntag, doch längst nicht genug. Ich dachte, wenn ich arbeiten gehe, lenkt mich das vielleicht ab, aber immer wieder sehe ich sie vor mir. Ich stelle mir ihre Hände auf ihrem Babybauch vor. Richards Hände auf ihrem Bauch. Richard, der sie daran erinnert, ihre Vitamine zu nehmen, genug zu schlafen, der sie nachts festhält. Wenn sie schwanger wird, wird er wahrscheinlich eine Wiege zusammenbauen und einen Teddybären hineinsetzen.

Noch während ich mich bemühte, schwanger zu werden, wartete in dem Zimmer, das wir für das Baby vorgesehen hatten, ein weicher, lächelnder Teddy. Schon früh nannte Richard ihn unseren Glücksbringer.

«Es wird klappen», sagte er und tat meine Sorgen mit einem Achselzucken ab.

Doch nach jenen sechs negativen Schwangerschaftstests ging er zu einem Arzt, um sein Sperma untersuchen zu lassen. Das Ergebnis der Spermazählung war normal. «Der Arzt hat gesagt, ich hätte lauter kleine Michael Phelpse», witzelte er, während ich mich zwang zu lächeln.

Also vereinbarte ich einen Termin bei einer Reproduktionsmedizinerin, und Richard sagte, er wolle versuchen, eine Besprechung zu verlegen, damit er mich begleiten könne.

«Das brauchst du nicht.» Ich bemühte mich um einen leichten Ton. «Ich kann dir doch hinterher alles erzählen.»

«Bist du sicher, Liebes? Falls mein Kunde früher geht, können wir uns vielleicht zum Mittagessen treffen, wenn du dann noch in der Stadt bist. Ich sage Diane, sie soll uns einen Tisch im Amaranth reservieren.»

«Mittagessen klingt perfekt.»

Doch eine Stunde vor dem Termin rief er mich an, als ich gerade in den Zug stieg, und sagte, er komme direkt in die Arztpraxis. «Ich habe die Besprechung verschoben. Das hier ist wichtiger.»

Ich war froh, dass er meinen Gesichtsausdruck nicht sehen konnte.

Die Reproduktionsmedizinerin würde mir Fragen stellen. Fragen, die ich nicht in Anwesenheit meines Mannes beantworten wollte.

Während mein Zug in Richtung Grand Central Terminal raste, starrte ich aus dem Fenster auf kahle Bäume und grafittibeschmierte Gebäude mit verbarrikadierten Fenstern. Ich konnte lügen. Oder ich konnte versuchen, die Ärztin unter vier Augen zu sprechen und es ihr zu erklären. Die Wahrheit stand nicht zur Debatte.

Ein brennender Schmerz veranlasste mich, den Blick zu senken. Ohne es zu merken, hatte ich an meinen Nagelhäuten geknibbelt und eine so tief eingerissen, dass sie blutete. Ich steckte den Finger in den Mund und lutschte daran.

Bevor mir ein Ausweg einfallen wollte, hielt der Zug mit quietschenden Bremsen an der Endstation, und viel zu bald setzte mich ein Taxi vor dem vornehmen Gebäude an der Park Avenue ab.

Als Richard mir in der Lobby entgegenkam, schien er meine Nervosität nicht zu bemerken. Oder vielleicht dachte er ja, der Arzttermin sei der Grund. Ich hatte das Gefühl zu schlafwandeln, als er im Fahrstuhl den Knopf für den dreizehnten Stock drückte und dann zurücktrat, damit ich als Erste aussteigen konnte.

Dr. Hoffman war uns von Richards Urologen empfohlen worden. Die schlanke Mittfünfzigerin begrüßte uns lächelnd, kurz nachdem wir uns an der Rezeption gemeldet hatten, und führte uns in ihr Behandlungszimmer. Unter ihrem Kittel sah ich Magentarot aufblitzen. Wir folgten ihr über den Korridor, und obwohl sie hohe Absätze trug, konnte ich kaum mit ihr mithalten.

Richard und ich setzten uns nebeneinander auf eine Polstercouch mit Blick auf ihren aufgeräumten Schreibtisch. Ich rang im Schoß die Hände und drehte unentwegt die schmalen Goldringe an meinen Fingern. Zunächst war Dr. Hoffman unschlüssig, ob sie auf unsere Sorgen überhaupt eingehen sollte, denn viele Paare, so erklärte sie uns, benötigten mehr als sechs Monate, bis die Frau schwanger wurde. «Bei fünfundachtzig Prozent der Paare wird die Frau innerhalb eines Jahres schwanger», versicherte sie uns.

Ich brachte ein Lächeln zustande. «Nun, dann ...»

Doch Richard unterbrach mich. «Die Statistiken kümmern uns nicht.» Er nahm meine Hand. «Wir wollen jetzt ein Kind bekommen.»

Ich hätte wissen müssen, dass es so einfach nicht sein würde.

Dr. Hoffman nickte. «Nichts hindert Sie daran, reproduktionsmedizinische Behandlungen auszuprobieren, aber das kann sehr zeitraubend und kostspielig sein. Überdies gibt es Nebenwirkungen.»

«Noch einmal, bei allem Respekt: Diese Probleme betreffen uns nicht», sagte Richard, und ich bekam einen Eindruck davon, wie er bei der Arbeit sein musste – gebieterisch, überzeugend. Unbeugsam.

Wie war ich bloß auf den Gedanken gekommen, etwas so Bedeutsames vor ihm geheim halten zu können?

«Liebling, deine Hände sind ja eisig.» Richard rieb sie zwischen seinen Händen.

Dr. Hoffman drehte den Kopf und sah mir in die Augen. Ihr Haar war zu einem modisch lockeren Knoten gedreht, und ihre Haut war faltenfrei. Ich wünschte, ich hätte etwas Eleganteres angezogen als die schlichte schwarze Hose und den cremefarbenen

Rollkragenpulli, der, wie mir jetzt auffiel, einen kleinen Blutfleck am Ärmelsaum hatte. Ich verdeckte den Fleck mit dem verletzten Finger und bemühte mich, die Mundwinkel nach oben zu ziehen.

«Na schön. Als Erstes möchte ich Vanessa einige Fragen stellen. Richard, vielleicht möchten Sie lieber im Wartezimmer Platz nehmen?»

Richard sah mich an. «Liebling, möchtest du, dass ich rausgehe?»

Ich zögerte. Mir war klar, welche Antwort er von mir erwartete. Er hatte sich freigenommen, um hier dabei zu sein. Würde es meinen Betrug noch schlimmer machen, wenn ich ihn bäte, hinauszugehen, und er es später trotzdem herausfände? Vielleicht war Dr. Hoffman ja ethisch verpflichtet, es ihm zu erzählen, oder eine Arzthelferin könnte meine Patientenakte sehen und sich irgendwann verplappern.

Es fiel mir so schwer nachzudenken.

«Liebling?», fragte Richard.

«Tut mir leid. Natürlich kannst du gerne bleiben.»

Die Fragen begannen. Dr. Hoffmans Stimme war leise und wohlklingend, doch jede Frage fühlte sich an wie eine Pistolenkugel: Wie häufig haben Sie Ihre Periode? Wie lange dauert sie? Welche Verhütungsmethoden haben Sie bisher angewandt? Mein Magen krampfte sich zu einer Faust zusammen. Ich wusste, worauf das alles hinauslief.

Schließlich fragte Dr. Hoffman: «Waren Sie schon einmal schwanger?» Ich starrte auf den dicken Teppich – grau mit kleinen rosa Quadraten – und begann, die Quadrate zu zählen.

Dennoch spürte ich Richards eindringlichen Blick auf mir ruhen. «Du warst noch nie schwanger», sagte er. Es war eine Feststellung.

Ich dachte noch immer an jene Zeit in meinem Leben, doch die Erinnerung daran war in mir verschlossen geblieben.

Dies war so wichtig.

Da konnte ich doch nicht lügen.

Ich sah Dr. Hoffman an. «Ich war schon einmal schwanger.» Meine Stimme kiekste, und ich räusperte mich. «Ich war erst einundzwanzig.» Das «erst» war eine Rechtfertigung, die für Richard bestimmt war.

«Du hattest eine Abtreibung?» Richards Tonfall konnte ich nicht deuten.

Ich sah wieder meinen Mann an.

Und die ganze Wahrheit konnte ich ihm auch nicht sagen.

«Ich, ähm, hatte eine Fehlgeburt.» Wieder räusperte ich mich und wich seinem Blick aus. «Schon nach ein paar Wochen.» Zumindest der Zeitraum stimmte. Sechs Wochen.

«Warum hast du mir das nicht gesagt?» Richard lehnte sich von mir weg. Erschütterung zuckte über sein Gesicht, dann noch etwas anderes. Zorn? Das Gefühl, hintergangen worden zu sein?

«Ich wollte ja ... ich ... ich wusste wohl bloß nicht, wie.» Das war eine so unzureichende Antwort. Es war so dumm von mir gewesen zu glauben, dass er es nie herausfinden würde.

«Hättest du es mir irgendwann noch gesagt?»

«Hören Sie», unterbrach uns Dr. Hoffman. «Solche Gespräche können sehr emotional werden. Brauchen Sie beide einen Moment allein?»

Sie klang gelassen und hatte den dicken silbernen Kugelschreiber, mit dem sie sich Notizen machte, erhoben, als wäre dies ein ganz normales Zwischenspiel. Aber ich konnte mir nicht vorstellen, dass es viele andere Frauen gab, die ein solches Geheimnis vor ihrem Mann hatten. Irgendwann würde ich Dr. Hoffman unter vier Augen die ganze Wahrheit sagen müssen, das wusste ich.

«Nein. Nein. Alles in Ordnung bei uns. Wollen wir weitermachen?» Richard lächelte mich an, doch gleich darauf schlug er die Beine übereinander und ließ meine Hand los.

Als die Fragen schließlich abgehakt waren, untersuchte Dr. Hoffman mich und nahm mir Blut ab, während Richard im Wartezimmer saß und auf seinem BlackBerry E-Mails durchsah. Bevor Dr. Hoffman den Raum verließ, legte sie mir die Hand auf die Schulter und drückte sie sanft. Die Geste fühlte sich mütterlich an; es schnürte mir die Kehle zu, und ich kämpfte mit den Tränen. Ich hatte gehofft, Richard und ich würden trotzdem zusammen zu Mittag essen, doch er sagte, er habe die Besprechung mit seinem Kunden auf ein Uhr verlegt und müsse zurück ins Büro. Schweigend fuhren wir zusammen mit ein paar Fremden im Aufzug nach unten; alle blickten wir starr vor uns hin.

Als wir auf den Bürgersteig hinaustraten, sah ich Richard an. «Es tut mir leid, ich hätte ...»

Während des Arzttermins hatte er sein Telefon stummgeschaltet, doch nun kündigte es mit einem Summen einen Anruf an. Er sah aufs Display, dann küsste er mich auf die Wange. «Ich muss drangehen. Wir sehen uns zu Hause, Liebling.»

Dann ging er davon. Ich starrte auf seinen Hinterkopf und wünschte mir, er würde sich umdrehen und mich anlächeln oder mir zuwinken. Doch er bog einfach um eine Ecke und war verschwunden.

Dies war nicht mein erster Betrug an Richard, und es würde auch nicht mein letzter sein. Nicht einmal mein schlimmster – nicht annähernd.

Ich war nie die Frau gewesen, die zu heiraten er geglaubt hatte.

Während einer Kundenflaute bei Saks schlüpfe ich in den Pausenraum, um einen Kaffee zu trinken. Mein Magen hat sich unterdessen beruhigt, aber zwischen meinen Schläfen hält sich noch immer ein dumpfer Kopfschmerz. Lisa, eine Verkäuferin aus der Schuhabteilung, knabbert an einem Sandwich. Sie ist Mitte zwanzig, blond und auf eine gesunde Art hübsch.

Ich zwinge mich, den Blick von ihr abzuwenden.

In einem meiner Psychologie-Podcasts ging es um das Baader-Meinhof-Phänomen. Man wird auf etwas aufmerksam – den Namen einer obskuren Band oder eine neue Pasta-Sorte –, und plötzlich sieht man die betreffende Sache überall. Dieses Phänomen wird auch Frequenz-Illusion genannt.

In letzter Zeit bin ich von lauter jungen blonden Frauen umgeben.

Als ich heute Morgen zur Arbeit kam, probierte eine an der Laura-Mercier-Theke einen Lippenstift aus. Eine andere befühlte in der Ralph-Lauren-Abteilung Stoffe. Lisa hebt ihr Sandwich und beißt ab, und dabei sehe ich den Ring an ihrer linken Hand glitzern.

Richard und seine Verlobte heiraten so schnell. *Sie kann noch nicht schwanger sein, oder?*, frage ich mich erneut. Ich nehme die vertrauten Phänomene wahr – die Atembeklemmung und die Kälte, die sich in meinem Körper ausbreitet –, doch ich zwinge mich, die Panik niederzukämpfen.

Heute muss ich sie sehen. Ich muss mir Gewissheit verschaffen. Sie wohnt nicht allzu weit von hier entfernt.

Über manche Leute kann man online eine Menge herausfinden – angefangen von der Sour Cream, die sie auf dem Burrito zum Mittagessen hatten, bis hin zu ihrem Hochzeitstermin. Bei anderen ist es schwerer. Doch über fast jeden kann man einige grundlegende Fakten in Erfahrung bringen: Adresse. Telefonnummer. Arbeitsstelle.

Anderes lässt sich durch Beobachtung feststellen.

Eines Abends – damals, als wir noch verheiratet waren – folgte ich Richard zu ihrer Wohnung. Er hatte einen Strauß weißer Rosen und eine Flasche Wein dabei.

Ich hätte gegen die Tür hämmern, hätte mich hinter ihm in die Wohnung drängen, hätte Richard anschreien und ihn auffordern können, nach Hause zu kommen.

Doch das tat ich nicht. Ich fuhr heim, und als Richard ein paar Stunden später kam, begrüßte ich ihn mit einem Lächeln. «Ich habe dir was vom Abendessen aufgehoben. Soll ich es dir aufwärmen?»

Es heißt, die Ehefrau erfahre es immer als Letzte. Doch nicht ich. Ich entschied mich bloß wegzuschauen. Ich hätte mir nie träumen lassen, dass es halten würde.

Meine Reue ist wie eine offene Wunde.

Lisa, die hübsche junge Verkäuferin, sammelt hastig ihre Sachen zusammen, obwohl sie ihr Sandwich noch nicht aufgegessen hat. Sie wirft den Rest in den Mülleimer und blickt dabei immer wieder verstohlen zu mir. Ihre Stirn ist gerunzelt.

Weiß der Himmel, wie lange ich sie angestarrt habe.

Ich verlasse den Pausenraum, und den Rest meiner Schicht über grüße ich freundlich Kundinnen. Hole Kleidung. Nicke und äußere meine Meinung, wenn eine Kundin mich fragt, ob ein Kleid oder ein Kostüm ihr steht.

Doch die ganze Zeit über warte ich nur ab, denn ich weiß, bald werde ich mein wachsendes Bedürfnis befriedigen können.

Als ich endlich gehen kann, zieht es mich unwillkürlich zurück zu ihrer Wohnung.

Zu ihr.

KAPITEL NEUN

Nellie beugte sich in Richards Badezimmer über die Toilette und erbrach sich. Dann sackte sie auf dem Marmorboden zusammen.
 Bilder vom Vorabend stiegen an die Oberfläche: der Tequila. Die Zigaretten. Der Kuss. Und Richards Blick im Taxi unterwegs zu seiner Wohnung. Unfassbar, dass sie beinahe ihre Zukunft mit ihm sabotiert hätte.
 Sie betrachtete sich im Ganzkörperspiegel: Mascaraflecken unter den Augen, Silberflitter vom Schleier auf ihrem Haar – und am Leib ein frisches New-York-City-Marathon-T-Shirt, Richard sei Dank. Sie kämpfte sich auf die Beine und griff nach einem Handtuch, um sich den Mund abzuwischen, doch dann zögerte sie. Richards Handtücher waren schneeweiß mit einem königsblauen Streifen. Wie alles in seiner Wohnung waren sie durch und durch vornehm – alles außer ihr selbst, dachte Nellie und benutzte stattdessen ein Kleenex, das sie hinterher in der Toilette hinunterspülte. In Richards Mülleimern schien nie Müll zu sein; auf keinen Fall würde sie ihr schmutziges Papiertaschentuch darin zurücklassen.
 Sie putzte sich die Zähne und wusch sich das Gesicht mit eiskaltem Wasser. Danach war es bleich und fleckig. Schließlich beschloss sie, mit Richard zu reden und über sich ergehen zu lassen, was er zu sagen haben mochte, obwohl sie viel lieber wieder unter seine kuschelige Daunendecke geschlüpft wäre.
 Doch anstelle ihres Verlobten fand sie eine Flasche Evian und ein Fläschchen Advil-Kopfschmerztabletten auf der glänzenden Granitarbeitsplatte in der Küche. Daneben lag ein schwerer Bogen naturweißes Papier mit seinen Initialen und einer Nachricht

für sie: *Ich wollte dich nicht wecken. Bin unterwegs nach Atlanta. Morgen wieder da. Erhol dich. Ich liebe dich. R.*

Die Uhr am Backofen zeigte 11 Uhr 43 an. Wie hatte sie nur so lange schlafen können? Und wie hatte sie Richards Reisepläne vergessen können? Sie konnte sich nicht einmal daran erinnern, dass er von Atlanta gesprochen hätte.

Nellie schüttete zwei Kopfschmerztabletten heraus und schluckte sie mit dem immer noch kühlen Mineralwasser. Dann studierte sie Richards ordentliche Blockbuchstaben und versuchte, daraus auf seine Laune zu schließen. Die Erinnerungen an gestern Abend waren nur bruchstückhaft, doch sie wusste noch, dass er sie zugedeckt, dann den Raum verlassen und die Tür geschlossen hatte. Falls er später zurückgekehrt war und sich neben sie gelegt hatte, hatte sie davon nichts gemerkt.

Sie nahm das schnurlose Telefon, das auf der Arbeitsplatte stand, und wählte seine Handynummer, landete jedoch direkt auf der Mailbox. «Ich rufe Sie sofort zurück», versprach er.

Als sie seine Stimme hörte, vermisste sie ihn schmerzlich.

«Hi, Schatz.» Sie suchte nach Worten. «Ähm ... ich wollte nur sagen, ich liebe dich.»

Sie ging zurück ins Schlafzimmer und kam an den gerahmten Fotografien im Flur vorbei. Ihr Lieblingsbild zeigte Richard als kleinen Jungen, der vertrauensvoll Maureens Hand hielt, während sie am Meer standen. Damals hatte Maureen ihn weit überragt. Mittlerweile war Richard eins achtzig, doch er habe erst mit sechzehn noch einen Wachstumsschub getan, hatte er Nellie erzählt. Auf dem nächsten Foto posierten Richard und Maureen mit ihren Eltern. Nellie konnte sehen, dass Richard seine durchdringenden blauen Augen von seiner Mutter und die vollen Lippen von seinem Vater geerbt hatte. Am Ende der Reihe hing ein Schwarzweißbild von seiner Mutter und seinem Vater an ihrem Hochzeitstag.

Es sagte so viel über Richard aus, dass er seine Wände mit Fotos seiner Familie schmückte, dass dies die Gesichter waren, die er täglich sehen wollte. Sie wünschte, seine Eltern wären noch am Leben, doch zumindest hatte Richard seine Schwester. Morgen würde Nellie Maureen beim Abendessen in einem von Richards Lieblingsrestaurants kennenlernen.

Das Festnetztelefon klingelte und riss sie aus ihren Träumereien. *Richard*, dachte sie, lief freudig erregt in die Küche und schnappte sich das Gerät.

Doch die Stimme, die sie vernahm, gehörte einer Frau. «Ist Richard da?»

«Ähm, nein.» Nellie zögerte. «Maureen?»

Schweigen. Dann erwiderte die Frau: «Nein. Ich rufe noch einmal an.» Gleich darauf ertönte der dumpfe Dauerton.

Wer rief Richard an einem Sonntag an und wollte dann keine Nachricht hinterlassen?

Nellie zögerte kurz, doch dann ließ sie sich die Telefonnummer anzeigen. Sie war unterdrückt worden.

Nellie war schon so oft in Richards Wohnung gewesen. Doch nie zuvor allein.

Durch die Fensterfront im Wohnzimmer hinter ihr hatte man einen atemberaubenden Blick auf den Central Park und diverse Wohnhäuser schräg gegenüber. Nellie ging hinüber und ließ den Blick über die Fenster wandern. Viele Wohnungen lagen im Dunkeln oder waren durch Jalousien oder Gardinen vor Blicken geschützt, aber längst nicht alle.

Aus bestimmten Blickwinkeln meinte sie, die schattigen Umrisse von Möbeln oder Gestalten in den Wohnungen erkennen zu können.

Was bedeutete, dass man von diesen Wohnungen aus auch hier hereinblicken konnte.

Nellie hatte gesehen, wie Richard abends die Jalousien herunterließ – es gab da eine komplizierte elektronische Vorrichtung an der Wand, mit der die Beleuchtung und die Verdunkelung gesteuert wurden. Hastig drückte sie einen Knopf, und die in die Decke eingelassenen Lampen erloschen. Draußen war es so trübe, dass die Wohnung nun im Halbdunkel lag.

Sie drückte den Knopf erneut, und die Deckenlampen leuchteten wieder auf. Langsam atmete sie aus und probierte dann einen weiteren Knopf aus. Diesmal war es der richtige, und die Jalousien glitten herab. Unten in der Eingangshalle gab es einen Portier, aber Nellie ging trotzdem rasch zur Wohnungstür, um nachzusehen, ob sie abgeschlossen war. Ja. Richard würde sie nie ungeschützt zurücklassen, gleichgültig, wie verärgert er war, dachte sie.

Beruhigt ging Nellie duschen. Sie seifte sich mit Richards Zitrusseife von L'Occitane ein und schamponierte sich das nach Zigarettenqualm riechende Haar. Dann legte sie den Kopf in den Nacken und schloss die Augen, während sie das Shampoo auswusch. Schließlich stellte sie das Wasser ab, zog Richards Bademantel über und dachte dabei über die weiche Stimme am Telefon nach.

Die Frau hatte keinen Akzent, und es war unmöglich, ihr Alter zu schätzen.

Nellie nahm Gel aus Richards Badschrank, kämmte ein wenig in ihr feuchtes Haar und machte sich einen Pferdeschwanz. Sie zog die Sportsachen an, die sie in Richards Wohnung aufbewahrte, da sie manchmal das Fitnessstudio im Gebäude benutzte; dann entdeckte sie ihr Top und die Lederhose ordentlich zusammengefaltet auf einer kleinen Segeltuchtasche am Fuß des Betts. Sie steckte die Sachen in die Tasche, verließ die Wohnung, zog die Tür hinter sich zu und rüttelte daran, um sich zu vergewissern, dass das Schloss eingerastet war.

Als sie zum Aufzug ging, kam Richards einzige Nachbarin auf dieser Etage, Mrs. Keene, aus ihrer Wohnung, in der Hand die

Leine ihres Bichon Frisé. Jedes Mal, wenn Richard und Nellie Mrs. Keene in der Lobby begegneten, tat er so, als müsse er die Post holen oder fand einen anderen Vorwand, um ihr aus dem Weg zu gehen. «Die quasselt dich tot, wenn du sie lässt», hatte Richard sie gewarnt.

Nellie hatte den Verdacht, dass sie einsam war, daher lächelte sie ihr zu, als sie den Aufzugsknopf drückte.

«Ich hatte mich schon gefragt, warum ich Sie in letzter Zeit gar nicht mehr zu Gesicht bekomme, Schätzchen!»

«Ach, ich war erst vor ein paar Tagen hier», sagte Nellie.

«Nun, klopfen Sie nächstes Mal bei mir, dann lade ich Sie zum Tee ein.»

«Ihr Hund ist ja süß.» Nellie streichelte ihm rasch über das fluffige weiße Fell. Frauchen und Hund sahen aus, als hätten sie beide denselben Friseur, fand Nellie.

«Mr. Fluffles mag Sie. Und wo ist Ihr Liebster?»

«Richard musste geschäftlich nach Atlanta.»

«Geschäftlich? An einem Sonntag?» Der Hund schnüffelte an Nellies Schuh. «Er ist ein vielbeschäftigter Mann, nicht wahr? Immer in Eile, um ein Flugzeug zu erreichen. Ich habe ihm angeboten, ein Auge auf seine Wohnung zu haben, wenn er verreist ist, aber er sagte, das wolle er mir nicht zumuten ... Und Sie? Wohin sind Sie unterwegs?»

Einsam und klatschsüchtig, dachte Nellie. Der Aufzug kam, und Nellie hielt die Tür mit dem Unterarm auf, bis Mrs. Keene und ihr Hund sicher drinnen waren.

«Ehrlich gesagt gehe ich auch zur Arbeit. Ich bin Erzieherin und muss zum Ende des Kindergartenjahres meinen Gruppenraum aufräumen.»

Morgen fand die Abschlussfeier statt. Normalerweise räumten die Erzieherinnen ihre Räume erst ein paar Tage danach auf und machten daraus eine kleine Party, mitsamt hereingeschmuggeltem Wein, doch Nellie musste sich jetzt schon darum kümmern, da sie Ende der Woche nach Florida fliegen würde.

Mrs. Keene nickte beifällig. «Wie reizend. Ich freue mich, dass Richard so eine nette junge Dame gefunden hat. Die letzte war nicht sehr nett.»

«Ach?»

Mrs. Keene beugte sich zu ihr. «Erst letzte Woche habe ich sie mit Mike, dem Portier, reden sehen. Sie war ziemlich erregt.»

«Sie war hier?» Davon hatte Richard ja gar nichts gesagt.

Ein Funkeln in Mrs. Keenes Augen verriet Nellie, wie sehr sie es genoss, die Überbringerin solcher Neuigkeiten zu sein. «Oh ja. Und sie hat Mike eine Tüte gegeben – von Tiffany's, ich habe das unverwechselbare Blau wiedererkannt. Die sollte er Richard zurückgeben.»

Die Aufzugtür öffnete sich, und sofort zog es Mrs. Keenes Hund zu einer Nachbarin, die mit ihrem Mops gerade das Gebäude betreten hatte.

Nellie trat hinaus in die Eingangshalle, die einer kleinen Kunstgalerie glich: Eine große Orchidee zierte den Glastisch zwischen zwei Sofas mit niedrigen Rückenlehnen, und ein paar abstrakte Gemälde lockerten die cremefarbenen Wände auf. Frank, der Sonntagsportier mit dem breiten Brooklyner Akzent, begrüßte sie. Er war ihr von all den weiß behandschuhten Männern, die über die Bewohner dieses Upper-East-Side-Gebäudes wachten, der Liebste.

«Hallo, Frank», sagte Nellie, dankbar, sein breites zahnlückiges Grinsen zu sehen. Sie sah sich nach Mrs. Keene um, doch die unterhielt sich angeregt mit der Nachbarin. Was Mrs. Keene erzählt hatte, klang, als hätte Richards Exfrau bloß etwas zurückgegeben, was er ihr einmal geschenkt hatte, und als hätte er sie nicht einmal gesehen. In dieser Tüte konnte sich wer weiß was befunden haben. Offenbar waren sie im Streit auseinandergegangen.

Wie so oft, sagte Nellie sich. Trotzdem war sie noch immer beunruhigt.

Frank zwinkerte ihr zu und deutete nach draußen. «Sieht nach Regen aus. Haben Sie einen Schirm, Herzchen?»

«Drei sogar. Bei mir zu Hause.»

Er lachte. «Hier, borgen Sie sich einen.» Er griff in den Messingständer neben der Tür.

«Sie sind der Beste.» Nellie nahm den Schirm mit der linken Hand entgegen. «Ich bringe ihn auch zurück, versprochen.»

Ihr entging nicht, dass sein Blick auf ihren Ring fiel und er noch ein zweites Mal hinsah, bevor er sich zusammenriss und wegschaute. Er hatte bereits von ihrer Verlobung gewusst, doch normalerweise drehte Nellie den Ring so, dass der Stein innen saß und nicht zu sehen war, wenn sie durch die Stadt lief. Richard hatte ihr das empfohlen und sie ermahnt, man könne nicht vorsichtig genug sein.

«Danke», sagte sie zu Frank und spürte, dass sie errötete. Es kam ihr ein bisschen protzig vor, etwas zu tragen, das vermutlich so viel kostete, wie Frank in einem ganzen Jahr verdiente – sie selbst übrigens ebenfalls.

Ob Richards Exfrau in der Nähe wohnte? Vielleicht war sie ihr sogar schon auf der Straße begegnet.

Gedankenverloren spielte sie am Auslöseknopf herum, bis der Schirm plötzlich aufsprang. Sogleich hatte sie die Stimme ihres Vater im Ohr: *Öffne nie einen Schirm im Haus. Das bringt Unglück.*

«Halten Sie sich trocken», sagte Frank, als Nellie hinaus in die regenschwangere Luft trat.

Sam trug ihr langes Schlaf-Shirt mit der Aufschrift WAS FÜR EIN WUNDERBARER SCHLAMASSEL.

Nellie raschelte mit der Papiertüte, in der sich Mohn-Bagels mit Ei, Cheddar, Bacon und Ketchup befanden – ihrer beider liebstes Katerfrühstück. «Guten Nachmittag, Sonnenschein.»

Sams Sandalen von gestern Abend lagen gleich hinter der Wohnungstür, ein kurzes Stück weiter ihre Handtasche und wenige Schritte dahinter ihr Minirock.

«Hi.» Sam goss Kaffee in eine große Tasse, drehte sich aber nicht zu Nellie um. «Wo bist du gestern Abend abgeblieben?»

«Ich bin mit zu Richard gegangen. Zu viel Tequila.»

«Ja, Marnie hat mir gesagt, dass er aufgetaucht ist.» Sams Tonfall war barsch. «Nett von dir, dich zu verabschieden.»

«Ich ...» Nellie brach in Tränen aus. Es war ihr gelungen, auch Sam zu verärgern.

Sam fuhr herum. «Hoppla. Was ist denn los?»

Nellie schüttelte den Kopf. «Alles.» Sie würgte einen Schluchzer ab. «Tut mir leid, dass ich dir nicht Bescheid gegeben habe, als ich weg bin ...»

«Danke, dass du das sagst. Ich muss gestehen, ich war stinksauer, du warst ja schon zu spät zum Essen gekommen.»

«Ich wollte gar nicht gehen, aber Sam ... Ich habe Nick geküsst.»

«Ich weiß. Ich hab's gesehen.»

«Tja, Richard hat es auch gesehen.» Nellie trocknete sich mit einer Papierserviette die Augen. «Er war richtig sauer ...»

«Habt ihr euch wieder versöhnt?»

«Mehr oder weniger. Heute Morgen musste er nach Atlanta, deshalb hatten wir nicht viel Gelegenheit, darüber zu reden ... Aber Sam, heute Morgen, als ich allein in seiner Wohnung war, hat eine Frau angerufen. Sie wollte ihren Namen nicht sagen. Und dann hat Richards Nachbarin mir erzählt, dass seine Ex letzte Woche da war.»

«Was? Trifft er sich immer noch mit ihr?»

«Nein», sagte Nellie hastig. «Sie wollte bloß etwas zurückgeben. Sie hat es beim Portier abgegeben.»

Sam zuckte die Achseln. «Das klingt doch ziemlich harmlos.»

Nellie zögerte. «Aber es ist schon seit Monaten aus zwischen ihnen. Warum bringt sie es ausgerechnet jetzt zurück?» Sie wusste auch nicht genau, warum sie Sam verschwieg, dass sie vermutete, bei diesem Etwas handele es sich in Wirklichkeit um ein Geschenk, das Richard seiner Exfreundin gemacht hatte, als sie noch zusammen waren. Und wenn es von Tiffany's war, war es vermutlich teuer gewesen.

Sam trank einen Schluck Kaffee. «Warum fragst du Richard nicht einfach?»

«Ich glaube ... Ich habe das Gefühl, es dürfte mich eigentlich gar nicht stören.»

«Hm.» Sam biss von ihrem Bagel ab und kaute. Als Nellie ihren eigenen Bagel auspackte, krampfte sich ihr der Magen zusammen. Es hatte ihr den Appetit verschlagen.

«Ich dachte, sie sei komplett weg vom Fenster. Das ist jetzt völlig aus der Luft gegriffen, okay? Aber diese unheimlichen Anrufe, die ich bekomme ...»

«Das ist sie?»

«Ich weiß es nicht», flüsterte Nellie. «Aber ist das nicht ein sehr großer Zufall, dass sie gleich nach meiner Verlobung mit Richard angefangen haben?»

Darauf schien Sam keine Antwort zu haben.

«Und dann war da heute Morgen dieser kurze Moment, nachdem ich mich gemeldet hatte, als ich nur jemanden atmen hören konnte. Es war genau wie bei den anderen Anrufen. Dann hat diese Frau nach Richard gefragt, also ... Es klingt irgendwie verrückt, wenn man es laut ausspricht.»

Sam legte ihren Bagel ab und drückte Nellie kurz an sich. «Du bist nicht verrückt, aber du musst mit Richard reden. Sie waren lange zusammen, oder? Hast du nicht das Recht, über diesen Teil seines Lebens Bescheid zu wissen?»

«Ich hab's versucht.»

«Es ist nicht fair dir gegenüber, dass er dich so abspeist.»

«Er ist ein Mann, Sam. Er hat nicht das Bedürfnis, immer alles totzureden so wie wir.» So wie *du*, dachte Nellie.

«Klingt so, als hättet ihr überhaupt nicht darüber gesprochen.»

Darüber ging Nellie einfach hinweg. Sam und sie stritten kaum miteinander. Auf diesen Punkt wollte Nellie nicht näher eingehen. «Er hat mir erzählt, sie hätten sich einfach auseinandergelebt. So was kommt vor, oder?»

Doch Richard hatte noch etwas gesagt, und das erschien ihr jetzt besonders bedeutsam.

Sie war nicht die, für die ich sie gehalten hatte.

Das hatte er wortwörtlich gesagt. Der Widerwille, der dabei Richards Gesicht verzerrt hatte, hatte Nellie bestürzt.

Ihre Mitbewohnerin hätte dazu bestimmt etwas zu sagen.

Doch Sams Miene war ebenso undurchdringlich wie neulich, als Nellie ihr von dem Haus erzählt hatte, das Richard gekauft hatte. Auch an dem Tag, an dem Nellie mit ihrem Verlobungsring nach Hause gekommen war, hatte sie diesen Gesichtsausdruck gehabt.

«Du hast recht», sagte Nellie daher leichthin. «Ich frage ihn noch mal.»

Sie merkte, dass Sam mit diesem Gespräch noch nicht fertig war, doch sie hatte das Gefühl, Richard in Schutz nehmen zu müssen. Sam sollte ihr die Sorgen wegen Richards Exfreundin ausreden, anstatt sie auf die Makel in ihrer Beziehung mit Richard hinzuweisen.

Nellie schnappte sich ein paar Einkaufstüten, die in dem schmalen Spalt zwischen Kühlschrank und Wand steckten. «Ich muss zum Kindergarten und meinen Gruppenraum aufräumen. Willst du mitkommen?»

«Ich bin total geschafft. Ich glaube, ich lege mich wieder hin.»

Es war noch nicht wieder alles in Ordnung zwischen ihnen.

«Entschuldige noch mal, dass ich einfach abgehauen bin. Es war wirklich eine tolle Party.» Nellie stupste ihre beste Freundin mit der Schulter an. «Hey, bist du heute Abend zu Hause? Wir könnten uns Gesichtsmasken gönnen und *Notting Hill* gucken. Was Chinesisches bestellen. Ich geb einen aus ...»

Sams Gesichtsausdruck war unverändert, doch sie akzeptierte das implizite Friedensangebot. «Klar. Klingt nett.»

Wie war Richards Exfreundin wohl?

Schlank und glamourös, dachte Nellie auf dem Weg zum Kindergarten. Vielleicht mochte sie klassische Musik und schmeckte die Kopfnoten im Wein heraus. Und Nellie würde wetten, dass sie auch wusste, wie man *charcuterie* aussprach, im Gegensatz zu ihr selbst, die sie einmal auf einer Speisekarte mit dem Finger darauf hatte zeigen müssen.

Kurz nachdem Nellie Richard kennengelernt hatte, hatte sie das Gespräch auf seine Exfreundin gebracht, neugierig, wie die Frau, mit der er vor ihr sein Leben geteilt hatte, sein mochte. Sie hatten sich an einem faulen Sonntagmorgen die *Times* geteilt, nachdem sie sich geliebt und zusammen geduscht hatten. Nellie hatte die Zahnbürste benutzt, die Richard für sie gekauft hatte, und ein T-Shirt angezogen, das sie bei einem früheren Besuch zurückgelassen hatte. Das hatte sie auf die Frage gebracht, warum es in Richards Wohnung eigentlich überhaupt keine Spuren seiner Exfreundin gab. Sie waren jahrelang zusammen gewesen, doch nicht einmal ein einziges Haargummi war im Schrank unter dem Waschbecken vergessen worden, keine Dose Kräutertee dümpelte hinten im Speiseschrank, kein hübsches Zierkissen lockerte die strengen Linien von Richards Veloursledercouch auf.

Die Wohnung war durch und durch maskulin. Es war, als wäre seine Exfreundin niemals dort gewesen.

«Ich dachte gerade ... Wir haben bis jetzt kaum über deine Ex gesprochen ... Warum ist es zu Ende gegangen?»

«Das lässt sich nicht an einer einzelnen Sache festmachen», hatte Richard achselzuckend erwidert und eine Seite im Wirtschaftsteil umgeblättert. «Wir haben uns auseinandergelebt.»

Dann hatte er den Satz gesagt, den Nellie jetzt nicht mehr aus dem Kopf bekam: *Sie war nicht die, für die ich sie gehalten hatte.*

«Und wie habt ihr zwei euch kennengelernt?» Spielerisch schlug Nellie ihm die Zeitung herunter.

«Ach komm, Liebes. Ich bin jetzt mit dir zusammen. *Sie* ist wirklich das Letzte, worüber ich reden möchte.» Seine Worte waren milde, doch sein Tonfall war es nicht.

«Entschuldige ... ich war nur neugierig.»

Sie hatte das Thema nie wieder angeschnitten. Schließlich gab es auch in ihrer eigenen Vergangenheit Dinge, über die sie nicht mit ihm reden wollte.

Mittlerweile müsste Richard in Atlanta gelandet sein, dachte Nellie, als sie das Tor zum Spielplatz entriegelte und auf den Eingang des Kindergartens zuging. Er konnte in einem Meeting oder auch allein in seinem Hotelzimmer sein. Beschäftigten ihn die Bilder von Nellies Ex ebenso, wie ihre Gedanken um die seine kreisten?

Es würde ihr das Herz brechen, wenn sie mit ansehen müsste, wie Richard eine andere Frau küsste. Ob Richard wohl glaubte, auch bei Nellie könne sich herausstellen, dass sie ein anderer Mensch war, als er gedacht hatte?

Nellie wollte schon ihr Handy nehmen und ihn anrufen, doch dann ließ sie es bleiben. Sie hatte ihm bereits eine Nachricht hinterlassen. Und sie würde ihn nicht nach dem Besuch seiner Exfreundin fragen. Er hatte sich ihr Vertrauen verdient, während sie seines gerade erschüttert hatte.

«Hallo!»

Nellie blickte hoch. Der Jugendleiter der Kirche hielt ihr die Tür auf. «Danke», sagte sie und eilte zu ihm. Zum Ausgleich dafür, dass ihr sein Name nicht mehr einfiel, schenkte sie ihm ein strahlendes Lächeln.

«Ich wollte gerade abschließen. Hätte nicht gedacht, dass an einem Sonntag jemand vom Kindergarten kommt.»

«Ich wollte anfangen, meinen Gruppenraum aufzuräumen.»

Er nickte. Dann sah er zum Himmel. Dicke Wolken zogen vor die Sonne. «Sieht so aus, als hätten Sie es noch gerade rechtzeitig vor dem Regen geschafft», sagte er fröhlich.

Nellie schaltete das Licht ein und lief die Treppe hinab. Sie wünschte, sie wäre direkt von Richards Wohnung aus hergekommen. Dann wäre die Kirche noch voller Gemeindemitglieder gewesen. Sie hatte nicht damit gerechnet, sie verlassen vorzufinden.

Als sie ihren Gruppenraum betrat, wäre sie beinahe auf eine einsame Papierkrone getreten. Sie bückte sich, hob sie auf und glättete die Knicke. Innen stand der Name Brianna, in den krakeligen Buchstaben, die Nellie das Mädchen gelehrt hatte. «Denk dran, das B hat zwei dicke Bäuche», hatte sie dem kleinen Mädchen jedes Mal erklärt, wenn es den Buchstaben wieder einmal falsch herum geschrieben hatte. Als Brianna das B schließlich gemeistert hatte, war sie so stolz gewesen.

Die Kronen für die Abschlussfeier hatten ihre Kinder selbst gebastelt. Sie würden zappelig in einer Reihe hinter einem Vorhang warten, bis Nellie ihnen einem nach dem anderen die Hand auf die kleine Schulter legen und flüstern würde: «Los!» Dann würden sie durch einen provisorischen Gang laufen, während ihre Eltern aufstanden, ihnen applaudierten und Fotos schossen.

Brianna würde untröstlich darüber sein, dass sie ihre Krone verloren hatte; sie hatte so viel Zeit darauf verwendet, sie mit Aufklebern zu schmücken und an jedem Zacken einen andersfarbigen Bommel zu befestigen, wofür sie eine halbe Flasche Klebstoff verbraucht hatte. Nellie würde Briannas Eltern anrufen und ihnen Bescheid geben, dass sie die Krone gefunden hatte.

Sie steckte sie in eine Tüte und richtete sich wieder auf. Es war so untypisch still.

Ihr Gruppenraum war bescheiden, und die Spielsachen waren schlicht, verglichen mit denen, die die meisten der Kinder zu Hause hatten, doch trotzdem stürmten sie jeden Morgen herein, stopften ihr Mittagessen in ihre Fächer und hängten ihre kleinen Jacken und Pullover an die Haken. Die Beschäftigung, die Nellies liebste war, hieß «Zeigen und Erklären»: Die Kinder brachten etwas von zu Hause mit und erzählten den anderen, worum es sich handelte – mit unvorhersehbaren Ergebnissen. Annie hatte einmal ein «Mini-Frisbee» mitgebracht, das sie im Badschrank gefunden hatte. Später, als Annies Mutter ihre Tochter abholte, hatte Nellie ihr das Diaphragma zurückgegeben. «Wenigstens ist es nicht mein Vibrator», hatte die Mutter gewitzelt, was sie Nellie sofort sympathisch gemacht hatte. Ein andermal hatte Lucas seine Butterbrotdose geöffnet, und ein lebendiger Hamster war zum Vorschein gekommen, der die Gelegenheit sofort genutzt hatte und davongesprungen war. Nellie hatte ihn erst nach zwei Tagen wiedergefunden.

Dass es ihr so schwerfallen würde, hier aufzuhören, hätte sie nicht gedacht.

Sie begann, die Papierschmetterlinge, die die Kinder gebastelt hatten, von den Wänden zu nehmen, und steckte sie in die Mappen, die sie den Kleinen mit nach Hause geben würde. An der Kante eines der Schmetterlinge schnitt sie sich in die Kuppe des Zeigefingers und zuckte zusammen.

«Scheibenkleister.» Seit Jahren hatte sie nicht mehr richtig geflucht – seit sie den kleinen David Connelly schockiert und hastig hatte versuchen müssen, ihn davon zu überzeugen, dass sie bloß auf die Meise draußen habe aufmerksam machen wollen. Sie steckte den Finger in den Mund und holte ein Kinderpflaster aus dem Materialschrank.

Als sie es sich gerade um den Finger wickelte, hörte sie draußen auf dem Korridor ein Geräusch.

«Hallo?», rief sie.

Keine Antwort.

Sie ging zur Tür und spähte hinaus. Der schmale Korridor war menschenleer. Auf dem Linoleumboden spiegelte sich das Licht der Deckenlampen. Die Türen der übrigen Gruppenräume waren geschlossen. Zuweilen knirschte es im alten Gebälk der Kirche; sicher hatte bloß ein Dielenbrett geknarrt.

Ohne das Lachen und das Tohuwabohu fehlte dem Kindergarten etwas.

Nellie nahm ihr Handy aus der Handtasche. Richard hatte noch nicht zurückgerufen. Sie zögerte, dann textete sie ihm: *Ich bin im Learning Ladder. Ruf mich an, wenn du kannst. Ich bin allein hier.*

Sam wusste, wo sie war, doch Sam schlief. Nellie war einfach wohler zumute, wenn auch Richard Bescheid wusste.

Sie wollte das Handy schon wieder in der Tasche verstauen, doch dann steckte sie es in den Bund ihrer Hose. Danach warf sie noch einen Blick in den Korridor und horchte lange.

Schließlich nahm sie weiter Kunstwerke ab. Sie arbeitete schnell, und bald waren alle Wände kahl. Als Nächstes war der in großen Druckbuchstaben geschriebene Aktivitätenplan, der auf einer Staffelei stand, an der Reihe und zuletzt der große Kalender an der Wandtafel, auf dem mit Klettverschluss befestigte Kärtchen den Wochentag und, in Form eines einfachen Symbols, das Wetter anzeigten. Am Freitag hing noch eine strahlende Sonne. Nellie sah aus dem Fenster. Sanft fielen die ersten Regentropfen herab.

Beinahe hätte sie die Frau gleich hinter dem Tor gar nicht bemerkt.

Ein hohes Klettergerüst verstellte Nellie zum Teil den Blick. Sie sah nur einen braunen Regenmantel und einen grünen Schirm, der das Gesicht der Frau verdeckte. Und langes braunes Haar, das im Wind wehte.

Vielleicht führte sie ja nur ihren Hund aus.

Nellie reckte den Hals, um mehr erkennen zu können. Da war kein Hund.

Konnte das eine Mutter sein, die den Kindergarten für ihr Kind in Betracht zog und sich hier umsehen wollte?

Aber es wäre nicht sehr sinnvoll, am Sonntag zu kommen, wenn geschlossen war.

Die Frau konnte ein Gemeindemitglied sein ... allerdings hatte der Gottesdienst schon vor Stunden geendet.

Nellie zog das Telefon aus dem Hosenbund. Dann drückte sie sich die Nase am Fenster platt. Unvermittelt bewegte die Frau sich; sie eilte davon und verschwand zwischen den Bäumen. Gleich darauf entdeckte Nellie sie um die Ecke an den drei Grabsteinen wieder.

Sie schien zum Eingang an der anderen Seite der Kirche zu gehen.

Bei Abendveranstaltungen wurde diese Tür manchmal mit einem schweren Ziegelstein offen gehalten, zum Beispiel wenn ein AA-Treffen angesetzt war.

Etwas an der Art, wie diese Frau sich abrupt abgewandt hatte – schnell und ruckartig –, erinnerte Nellie an die unhöfliche Person, deretwegen sie am Elternsprechtag auf der Toilette ihre Handtasche hatte fallen lassen.

Sie konnte nicht eine Minute länger hierbleiben. Obwohl auf ihrem Schreibtisch noch alle möglichen Papiere lagen, schnappte sie sich einfach ihre Tüten und ging zur Tür. Da summte das Handy in ihrer Hand, und sie zuckte zusammen. Es war Richard.

«Bin ich froh, dass du das bist», stieß sie hervor.

«Alles in Ordnung? Du klingst aufgeregt.»

«Ich bin bloß allein hier im Kindergarten.»

«Ja, das hast du mir in deiner SMS geschrieben. Sind die Kirchentüren geschlossen?»

«Ich weiß es nicht, aber ich gehe jetzt.» Nellie eilte die Treppe hinauf. «Aus irgendeinem Grund finde ich es hier heute unheimlich.»

«Hab keine Angst, Baby. Ich bleibe am Telefon bei dir.»

Als sie das Gebäude verließ, sah sie sich nochmals um, dann ging sie langsamer und atmete tief durch. Am Ende des Straßenzugs öffnete sie den Regenschirm und ging auf die belebtere Querstraße zu. Nun, da sie draußen war, wurde ihr klar, dass sie überreagiert hatte.

«Ich vermisse dich so. Und das mit gestern Abend tut mir schrecklich leid.»

«Hör mal, ich habe darüber nachgedacht. Ich habe ja gesehen, wie du ihn von dir geschoben hast, und ich weiß, dass du mich liebst.» Er war wirklich zu gut, um wahr zu sein.

«Ich wünschte, ich könnte heute bei dir sein.» Richard sollte nicht wissen, dass sie diese Geschäftsreise vergessen hatte. «Nach der Abschlussfeier gehöre ich ganz dir.»

«Du ahnst ja nicht, wie glücklich mich das macht.» Seine Stimme vermittelte ihr Sicherheit.

In diesem Augenblick beschloss sie, dass sie nicht weiter als Erzieherin arbeiten würde. Ab dem Herbst würde sie Richard auf seinen Reisen begleiten. Sie würde dennoch mit Kindern zu tun haben – mit ihren eigenen Kindern.

«Ich muss zurück zu meinem Kunden. Geht es dir jetzt besser?»

«Viel besser.»

Dann sprach Richard die Worte, die sie niemals vergessen würde: «Ich bin immer bei dir, auch wenn ich nicht da bin.»

KAPITEL ZEHN

Sie wohnt in einer belebten Straße. In New York City gibt es Dutzende von Häuserblocks wie den ihren – nicht stinkvornehm, nicht verarmt, sondern irgendwo in der breiten Mitte dazwischen.

Das Viertel erinnert mich an das, in dem ich wohnte, als ich Richard kennenlernte.

Trotz des sturzflutartigen Regens, der gerade niedergegangen ist, sind so viele Menschen unterwegs, dass ich nicht auffalle. An ihrer Ecke liegt eine Bushaltestelle, neben einem Deli, und zwei Türen weiter befindet sich ein kleiner Friseursalon. Ein Vater mit einem Kinderwagen kreuzt den Weg eines jungen Paares, das Hand in Hand geht. Eine Frau kämpft sich mit drei Einkaufstüten ab. Ein Fahrradkurier mit chinesischem Essen platscht durch eine Pfütze, und auch ich bekomme einige Tropfen ab; das Aroma des Essens auf dem Gepäckträger schwebt hinter ihm her. Früher wäre ich bei den Düften von gebratenem Reis mit Hühnchen oder Garnelen süßsauer in Versuchung geraten.

Ich frage mich, wie gut sie ihre Nachbarn kennt.

Vielleicht hat sie schon mal an die Tür der Wohnung über ihr geklopft, um ein UPS-Päckchen abzugeben, das versehentlich vor ihrer Tür lag. Möglicherweise kauft sie Obst und Bagels im Deli, wo der Inhaber selbst hinter der Kasse steht und sie namentlich begrüßt.

Wer wird sie vermissen, wenn sie verschwindet?

Ich bin bereit, eine geraume Weile zu warten. Mein Appetit ist nicht existent. Mir ist weder zu warm noch zu kalt. Es gibt nichts, was ich brauche. Doch schon bald – zumindest habe ich den Eindruck, dass ich noch nicht lange warte – beschleunigt mein Puls, und mein Atem stockt, weil sie um die Ecke biegt. Sie trägt eine Tüte. Ich kneife die Augen zusammen und erkenne das Logo einer Salatbar. Die Tüte schwingt beim Gehen hin und her, passend zum sanften Schaukeln ihres hohen Pferdeschwanzes.

Ein Cockerspaniel saust vor ihr über den Gehweg, und sie bleibt stehen, um sich nicht in der Leine zu verheddern. Der Halter zieht seinen Hund zurück, und ich sehe sie nicken und etwas sagen. Dann bückt sie sich und streichelt dem Hund über den Kopf.

Weiß sie, wie Richard über Hunde denkt?

Ich halte mir das Handy ans Ohr, halb von ihr abgewandt, den Regenschirm so geneigt, dass er mein Gesicht verbirgt. Sie geht weiter auf mich zu, und ich betrachte sie gierig. Sie trägt eine Yoga-Caprihose, ein weites weißes Oberteil und, um die Taille geschlungen, eine Windjacke. Salat und Sport: Sie will bei ihrer Hochzeit wohl so gut wie möglich aussehen. Vor ihrem Haus bleibt sie stehen, greift in die Handtasche und verschwindet gleich darauf im Inneren.

Langsam lasse ich den Schirm sinken, massiere mir die Stirn und versuche, mich zu konzentrieren. Ich sage mir, dass ich mich verrückt aufführe. Selbst wenn sie schwanger wäre – was ich nicht für möglich halte –, würde man wahrscheinlich noch nichts sehen.

Was will ich also hier?

Ich starre die geschlossene Haustür an. Was soll ich überhaupt sagen, wenn ich bei ihr klopfe und sie mir die Tür öffnet? Ich könnte sie bitten, die Hochzeit abzusagen. Sie warnen, dass sie es bereuen werde, dass er mich betrogen hat und es mit ihr auch tun wird – aber sie würde mir sicher nur die Tür vor der Nase zuknallen und Richard anrufen.

Er darf niemals erfahren, dass ich ihr gefolgt bin.

Sie wähnt sich jetzt in Sicherheit. Ich stelle mir vor, wie sie den Salatbehälter aus Plastik auswäscht und in die Recyclingtonne wirft, wie sie eine Schlammmaske aufträgt, vielleicht ihre Eltern anruft, um mit ihnen letzte Details wegen der Hochzeit zu besprechen.

Es bleibt noch ein wenig Zeit. Ich darf nichts überstürzen.

Vor mir liegt ein langer Fußweg nach Hause. Ich biege um die Ecke, verfolge ihre Schritte zurück. Einen Häuserblock weiter komme ich an der Salatbar vorbei, mache kehrt und gehe hinein. Ich studiere die Speisekarte und versuche zu erraten, wonach ihr vielleicht war, damit ich das Gleiche bestellen kann.

Als die Bedienung mir meinen Salat reicht – in einem Plastikbehälter, der mit einer Gabel und einer Serviette in einer weißen Papiertüte steckt –, lächele ich und danke ihr. Ihre Finger streifen meine, und ich frage mich, ob sie auch meine Nachfolgerin bedient hat.

Bevor ich auch nur durch die Tür bin, überkommt mich rasender Hunger. Die vielen Abendessen, die ich verschlafen habe, die Frühstücke, die ich ausgelassen habe, die Mittagessen, die ich in den Mülleimer geworfen habe – jetzt rächen sie sich alle auf einmal.

Ich gehe an eine Seite, wo es einen Stehtisch und Stühle gibt, doch ich kann mich nicht einmal so lange gedulden, bis ich meine Sachen abgelegt und mich gesetzt habe.

Mit zitternden Fingern öffne ich den Behälter, halte ihn mir dicht unters Kinn, damit nichts herunterfällt, und schaufele den Salat mit der Gabel in mich hinein, verschlinge die würzigen grünen Blätter, jage mit der Gabel Ei- und Tomatenstückchen über den glatten Plastikboden.

Als ich den letzten Bissen herunterschlucke, ist mir übel, und mein Magen fühlt sich überdehnt an. Dennoch fühle ich mich innerlich so hohl wie zuvor.

Ich werfe den leeren Behälter weg und mache mich auf den Heimweg.

Als ich die Wohnung betrete, liegt Tante Charlotte auf der Couch ausgestreckt, den Kopf auf einem Kissen, einen Waschlappen über den Augen. Normalerweise gibt sie sonntagabends einen Kunsttherapiekurs im Bellevue; meines Wissens hat sie den noch nie ausfallen lassen.

Ich habe sie auch noch nie ein Nickerchen machen sehen.

Sorge durchzuckt mich.

Als die Tür hinter mir zufällt, hebt sie den Kopf, und der Waschlappen rutscht ihr vom Gesicht in die Hand. Ohne Brille sind ihre Gesichtszüge weicher.

«Alles in Ordnung?» Ich nehme die Ironie durchaus wahr: Meine Frage ist ein Echo derjenigen, die sie mir immer wieder stellt, seit ein Taxi mich mit drei Koffern am Bordstein vor ihrem Haus abgesetzt hat.

«Bloß mörderische Kopfschmerzen.» Sie packt die Sofakante und steht auf. «Heute habe ich es übertrieben. Sieh dir das Wohnzimmer an. Ich glaube, ich habe zwanzig Jahre Unordnung beseitigt, nachdem meine Kundin gegangen war.»

Sie trägt noch immer ihre Maluniform: Jeans und eines der blauen Oxfordhemden ihres verstorbenen Mannes. Mittlerweile ist der Stoff ganz weich und mit diversen Schichten von Spritzern und Klecksen verziert. Er ist selbst ein Kunstwerk, eine visuelle Geschichte ihres schöpferischen Lebens.

«Du bist krank.» Die Worte scheinen aus eigenem Antrieb aus mir herauszuplatzen. Meine Stimme klingt schrill und panisch.

Tante Charlotte kommt zu mir und legt mir die Hände auf die Schultern. Wir sind beinahe gleich groß, und sie sieht mir direkt in die Augen. Das Alter hat ihre haselnussbraunen Augen heller gemacht, aber sie blicken so wachsam wie eh und je.

«Ich bin nicht krank.»

Tante Charlotte ist schwierigen Gesprächen nie ausgewichen. Als ich klein war, erklärte sie mir die psychischen Probleme meiner Mutter in einfachen, ehrlichen Worten, die ich verstehen konnte.

Obwohl ich meiner Tante glaube, frage ich: «Versprochen?» Tränen schnüren mir die Kehle zu. Ich darf Tante Charlotte nicht verlieren. Nicht auch noch sie.

«Versprochen. Ich gehe nicht weg, Vanessa.»

Sie umarmt mich, und ich atme die Gerüche ein, die mich als kleines Mädchen erdeten: das Leinöl ihrer Farben, das Lavendel, das sie auf die Pulsstellen aufträgt.

«Hast du schon gegessen? Ich wollte schnell was zusammenschmeißen ...»

«Nein», lüge ich. «Aber lass mich das Abendessen machen. Ich bin in Stimmung zu kochen.»

Vielleicht ist es meine Schuld, dass sie erschöpft ist; vielleicht habe ich ihr zu viel abverlangt.

Tante Charlotte reibt sich die Augen. «Das wäre toll.»

Sie folgt mir in die Küche und setzt sich auf einen Hocker. Im Kühlschrank finde ich Hühnchen, Butter und Pilze und brate zunächst das Fleisch an.

«Wie ist es mit dem Porträt gelaufen?» Ich gieße uns je ein Glas Sprudelwasser ein.

«Sie ist beim Sitzen eingeschlafen.»

«Im Ernst? Nackt?»

«Du würdest staunen. Die New Yorker mit ihrem übervollen Terminkalender finden das Porträtsitzen oft entspannend.»

Als ich eine einfache Zitronensoße zusammenrühre, beugt Tante Charlotte sich vor und atmet ein. «Das riecht köstlich. Du bist eine viel ordentlichere Köchin als deine Mutter.»

Ich spüle gerade das Hackbrett ab und halte inne.

Da ich so daran gewöhnt bin, meine Gefühle zu verbergen, kann ich mühelos ein Lächeln aufsetzen und weiter mit Tante Charlotte plaudern. Doch die Erinnerungen lauern überall, wie immer – der Weißwein, den ich in die Soße gieße, und der grüne Salat, den ich zur Seite schieben muss, um an die Pilze im Gemüsefach des Kühlschranks zu gelangen. Ich verfalle in einen leichten Plauderton, gleite über meinen brodelnden Gedanken dahin wie ein Schwan, dessen paddelnde Füße verborgen sind, übers Wasser.

«Mom war der reinste Tornado», sage ich und bringe sogar ein Lächeln zustande. «Weißt du noch, dass sich in der Spüle immer Töpfe und Pfannen türmten und die Arbeitsflächen voller Olivenöl und Brotkrümel waren? Und der Boden! Meine Socken blieben praktisch daran kleben. Sie war nicht unbedingt eine Vertreterin der Überzeugung, dass man auch zwischendurch schon Ordnung machen kann.» Ich nehme eine milde Zwiebel aus der großen Keramikschüssel auf der Arbeitsplatte. «Ihr Essen war allerdings köstlich.»

An ihren guten Tagen kochte meine Mutter ausgefallene Dreigangmenüs. Abgegriffene Kochbücher von Julia Child, Marcella Hazan und Pierre Franey säumten unsere Bücherregale, und oft traf ich sie dabei an, wie sie in einem dieser Bände las, genauso wie ich Judy Blume verschlang.

«Du warst vermutlich die einzige Fünftklässlerin, die an einem gewöhnlichen Dienstagabend Bœuf Bourguignon und Zitronentorte zu essen bekam», sagt Tante Charlotte.

Ich drehe die Hühnerbrüste um, und die rohen Seiten zischen in der heißen Pfanne. Jetzt sehe ich meine Mutter vor mir, wie sie mit den Töpfen auf den Kochstellen klappert, Knoblauch hackt und laut singt. Von der Hitze aus dem Backofen hat sich ihr Haar gekräuselt. «Na komm, Vanessa!», sagte sie immer, wenn sie mich erblickte. Dann wirbelte sie mich herum, schüttete Salz in ihre Hand und gab es in den Topf. «Koche niemals genau nach Rezept», riet meine Mutter mir. «Gib dem Gericht deine persönliche Note.»

Ich wusste, nicht lange nach solchen Abenden folgte dann der

Absturz, wenn die Energie meiner Mutter verpufft war. Doch ihre Freiheit – ihre ungehemmte, stürmische Freude – hatte etwas Herrliches, auch wenn es mich als Kind ängstigte.

«Sie war ein ganz besonderer Mensch», sagt Tante Charlotte. Sie stützt einen Ellbogen auf die blau gefliese Küchentheke und legt das Kinn in die Hand.

«Ja, das war sie.» Ich bin froh, dass meine Mutter noch lebte, als ich heiratete, und in gewisser Weise bin ich dankbar dafür, dass sie nicht mehr erlebt hat, wie es mit mir geendet hat.

«Kochst du jetzt auch gern?» Tante Charlotte beobachtet mich genau. Mir scheint, sie mustert mich fast. «Du siehst ihr so ähnlich, und manchmal klingt deine Stimme so sehr wie ihre, dass ich glaube, sie ist hier ...»

Ich frage mich, ob ihr noch etwas anderes durch den Kopf geht, was sie nicht ausspricht. Als meine Mutter über dreißig war, wurden ihre depressiven Phasen schlimmer. Ungefähr um das Alter herum, in dem ich jetzt auch bin.

Während meiner Ehe verlor ich den Kontakt zu Tante Charlotte. Das war meine Schuld. Ich war noch schlimmer durch den Wind als meine Mutter, und ich wusste, Tante Charlotte konnte nicht einfach bei uns hereinschneien, um mir zu helfen. Dafür war ich schon zu kaputt. In der hoffnungsvollen, lebensfrohen jungen Frau, die ich bei meiner Hochzeit mit Richard war, erkenne ich mich kaum noch wieder.

Sie war völlig neben der Spur, hat Hillary über mich gesagt. Sie hat recht.

Ich frage mich, ob auch meine Mutter während ihrer depressiven Phasen Zwangsgedanken hatte. Ich stellte mir immer vor, dass ihr Kopf leer – benommen – war, wenn sie sich ins Bett legte. Aber ich werde es niemals wissen.

Ich entscheide mich für die einfachere Antwort. «Es macht mir nichts aus zu kochen.»

Doch während mein Messer herabfährt und die Zwiebel sauber durchtrennt, denke ich: *Ich hasse es.*

Als Richard und ich frisch verheiratet waren, kannte ich mich in der Küche überhaupt nicht aus. Meine Single-Abendessen hatten aus Fast Food vom Chinesen oder, wenn die Waage es nicht gut mit mir meinte, kalorienarmen Fertiggerichten aus der Mikrowelle bestanden. Manchmal ließ ich das Abendessen ganz ausfallen und futterte bloß dünne Kräcker und Käse zu meinem Glas Wein.

Doch die unausgesprochene Abmachung zwischen Richard und mir bestand darin, dass ich nach unserer Hochzeit an Wochenabenden für ihn kochte. Ich hatte aufgehört zu arbeiten, daher schien das nur vernünftig zu sein. Abwechselnd bereitete ich Huhn, Steak, Lamm oder Fisch zu. Es waren keine ausgefallenen Gerichte – einfach Protein, Kohlehydrate und Vitamine –, doch Richard schien meine Bemühungen zu schätzen zu wissen.

Am Tag unseres ersten Besuchs bei Dr. Hoffman – dem Tag, an dem Richard erfuhr, dass ich auf dem College schwanger gewesen war – versuchte ich zum ersten Mal, etwas Besonderes für ihn zu kochen.

Ich hoffte, damit die Spannungen zwischen uns abzubauen, und ich wusste, dass Richard indisches Essen liebte. Nach unserem Besuch bei Dr. Hoffman suchte ich daher nach einem möglichst unkomplizierten Rezept für Lamm Vindaloo.

Es ist schon komisch, wie manche Details einem im Gedächtnis bleiben, beispielsweise, dass ein Rad an meinem Einkaufswagen jedes Mal, wenn ich in einen anderen Gang einbog, quietschte. Während ich durch den Laden schlenderte und nach Kumin und Koriander suchte, bemühte ich mich zu vergessen, wie Richard mich angesehen hatte, als er erfuhr, dass ich von einem anderen Mann schwanger gewesen war.

Ich hatte Richard angerufen, um ihm zu sagen, dass ich ihn

liebte, doch er hatte nicht zurückgerufen. Seine Enttäuschung – schlimmer noch: die Erinnerung an seine Ernüchterung – beunruhigte mich mehr als jeder Streit. Richard brüllte nicht. Wenn er wütend war, schien er sich in sich selbst zurückzuziehen, bis er sich wieder unter Kontrolle hatte. Das dauerte in der Regel nicht lange, aber ich befürchtete, dass ich den Bogen diesmal überspannt hatte.

An die Rückfahrt vom Supermarkt erinnere ich mich gut: Ich fuhr durch die stillen Straßen, und der neue Mercedes, den Richard mir gekauft hatte, schnurrte an den stattlichen Häusern im Kolonialstil vorüber, die alle vom selben Bauunternehmer errichtet worden waren, der Richard unser Haus verkauft hatte. Hier und da sah ich ein Kindermädchen mit einem kleinen Kind, doch Freunde hatte ich in unserem Viertel bisher noch nicht gefunden.

Als ich mit dem Kochen begann, war ich zuversichtlich. Ich schnitt das Lammfleisch in gleich große Stücke und hielt mich genau ans Rezept. Durch die großen Erkerfenster in unserem Wohnzimmer fiel das Sonnenlicht herein, genau wie immer gegen Ende eines Tages, das weiß ich noch. Ich hatte meinen iPod geholt und hörte die Beatles. «Back in the USSR» schallte aus den Lautsprechern. Von den Beatles bekam ich immer gute Laune, denn John, Paul, George und Ringo waren immer ganz laut in unserem alten Wagen gelaufen, wenn mein Vater während der harmloseren Episoden meiner Mutter – die nur ein, zwei Tage andauerten und nicht Tante Charlottes Hilfe erforderten – mit mir Eis essen oder ins Kino fuhr.

Ich gestattete mir einen Tagtraum: Richard und ich würden im Bett miteinander kuscheln und reden, nachdem ich ihm sein Lieblingsgericht serviert hatte. Ich würde ihm nicht alles erzählen, aber ein paar der Details konnte ich ihm durchaus enthüllen. Vielleicht würde uns das sogar einander näherbringen. Ich würde ihm begreiflich machen, dass es mir schrecklich leidtat und ich wünschte, ich könnte die Vergangenheit ausradieren und noch einmal ganz von vorn beginnen.

Und nun stand ich da, in meiner schicken, mit Wüsthof-Messern und Calphalon-Töpfen und -Pfannen ausgestatteten Küche, und kochte meinem Ehemann ein Abendessen. Ich war glücklich, glaube ich, aber heute frage ich mich, ob mein Gedächtnis mir da einen Streich spielt. Ob es mir das Geschenk der Selbsttäuschung macht. Wir alle schichten solche Täuschungen über unseren Erinnerungen auf; sie sind die Filter, durch die wir unser Leben betrachten wollen.

Ich versuchte, alles genau nach Rezept zu machen, doch ich hatte keinen Bockshornklee gekauft, da ich nicht wusste, was das war. Und als es so weit war, den Fenchel hineinzugeben, konnte ich ihn nicht finden, dabei hätte ich geschworen, dass ich ihn in den Einkaufswagen gelegt hatte. Der fragile Seelenfrieden, zu dem ich beim Kochen gefunden hatte, begann zu bröckeln. Ich, der alles in den Schoß gelegt worden war, brachte nicht einmal ein ordentliches Essen zustande.

Als ich den Kühlschrank öffnete, um die Kokosmilch herauszunehmen, fiel mein Blick auf eine halbvolle Flasche Chablis. Ich starrte sie an.

Richard und ich waren übereingekommen, dass ich gar keinen Alkohol mehr trinken würde. Doch ein paar Schluck konnten sicherlich nicht schaden, und so schenkte ich mir ein halbes Glas ein. Ich hatte ganz vergessen, wie köstlich der frische mineralische Geschmack war.

Dann holte ich die frischgebügelten Platzsets aus blauem Leinen und die dazu passenden Servietten aus dem großen Eichenholzschrank im Esszimmer und deckte das hübsche Geschirr, das Hillary und George uns zur Hochzeit geschenkt hatten. Nach unserer Heirat hatte ich erst einmal auf einer Etikette-Website nachschauen müssen, wie man einen festlichen Tisch deckt. Meine Mutter hatte ihren extravaganten Gerichten zum Trotz keinerlei Interesse an einem stimmungsvollen Ambiente gehabt; wenn das gesamte Geschirr schmutzig war, hatten wir manchmal sogar von Papptellern gegessen.

Ich stellte Kerzenständer in die Mitte des Tischs und wechselte zu klassischer Musik: Wagner, einer von Richards Lieblingskomponisten. Dann zog ich mich auf die Couch zurück, das Weinglas neben mir. Mittlerweile gab es mehr Möbel in unserem Haus, Sofas im Wohnzimmer, hier und da Kunstwerke an den Wänden, darunter das Porträt, das Tante Charlotte von mir als Kind gemalt hatte, und vor dem Kamin einen Orientteppich in leuchtenden Blau- und Rottönen. Doch noch immer kamen mir die Räume ein wenig unpersönlich vor. Wenn wir bloß einen Hochstuhl im Esszimmer und ein paar Spielsachen auf dem Teppich verstreut gehabt hätten ... Als ich merkte, dass ich mit den Fingernägeln an mein Glas klopfte, das dabei leise klirrte, hielt ich meine Hand still.

Normalerweise kam Richard gegen halb neun nach Hause, doch diesmal war es schon nach neun, als ich hörte, wie sein Schlüssel sich im Schloss drehte und er die Aktentasche zu Boden fallen ließ.

«Schatz?», rief ich. Keine Antwort. «Liebster?»

«Einen Moment.»

Ich hörte seine Schritte auf der Treppe, war jedoch unsicher, ob ich ihm folgen sollte, und so blieb ich auf der Couch sitzen. Als ich hörte, dass er wieder herunterkam, fiel mein Blick auf das Weinglas. Ich rannte in die Küche, spülte es rasch aus und stellte es noch nass zurück in den Schrank, bevor er es sehen konnte.

Es war unmöglich, seine Stimmung zu deuten. Er mochte wütend auf mich sein oder auch nur einen schlechten Tag bei der Arbeit gehabt haben. Richard hatte schon die ganze Woche angespannt gewirkt. Ich wusste, dass er gerade einen schwierigen Kunden hatte. Beim Abendessen versuchte ich, ein Gespräch in Gang zu bringen. Mein leichter Ton kaschierte meine Sorge.

«Das ist gut.»

«Mir fiel ein, dass du mir mal gesagt hast, Lamm Vindaloo sei dein Lieblingsgericht.»

«Das habe ich gesagt?» Richard beugte sich vor und aß eine Gabel voll Reis.

Ich war verdutzt. Etwa nicht?

«Tut mir leid, dass ich dir nicht von meiner ...» Ich brach ab. Ich konnte es nicht aussprechen.

Richard nickte. «Schon vergessen», sagte er leise.

Ich war auf alle möglichen Fragen gefasst gewesen und daher beinahe enttäuscht über diese Antwort. Vielleicht wollte ich diesen Teil meines Lebens insgeheim doch mit ihm teilen.

«Okay», sagte ich nur.

Später, beim Abräumen des Tisches, fiel mir auf, dass sein Teller noch halbvoll war. Als ich mit Spülen fertig war, schlief Richard schon. Ich rollte mich neben ihm zusammen und lauschte seinen regelmäßigen Atemzügen, bis auch ich eindöste.

Am nächsten Morgen fuhr Richard früh ins Büro. Später, als ich gerade beim Friseur war und mir neue Strähnchen machen ließ, kündigte mein Handy mit einem Klingeln eine E-Mail vom örtlichen französischen Kochstudio an. Die Nachricht lautete: *Ma cherie. Je t'aime. Richard.* Als ich den Anhang öffnete, erwies er sich als Gutschein für zehn Kochstunden.

«Liebes?» Tante Charlottes Stimme klingt besorgt.

Ich wische mir über die Augen und deute aufs Hackbrett. «Bloß die Zwiebel.» Ich kann nicht erkennen, ob sie mir glaubt.

Nach dem Abendessen geht Tante Charlotte früh zu Bett, und ich räume die Küche auf. Dann ziehe ich mich in mein Zimmer zurück und lausche den Geräuschen des alten Gebäudes, das sich für die Nacht fertig macht – das unvermittelte Brummen des Kühlschranks, eine Tür, die in der Wohnung unter uns zuknallt. Jetzt will der Schlaf sich nicht einstellen, so, als hätte ich im Lauf meiner verlorenen Monate so viel vorgeschlafen, dass mein Biorhythmus unterdrückt wird.

Meine Gedanken wandern zu dem Thema eines der letzten Podcasts: Zwangsstörungen. «Unsere Gene sind nicht unser Schicksal», beharrte der Sprecher. Doch er räumte ein, dass Sucht erblich ist.

Ich denke an meine Mutter, die eine Spur der Zerstörung hinterließ.

Ich denke daran, wie sie die Fingernägel in die Handflächen grub, wenn sie aufgebracht war.

Und ich denke – wie immer – an meine Nachfolgerin.

Ein Plan nimmt Gestalt an. Oder vielleicht wartete er schon die ganze Zeit in meinem Kopf darauf, dass ich für ihn bereit bin. Dass ich stark genug bin, um ihn in die Tat umzusetzen.

Wieder sehe ich sie vor mir, wie sie sich bückte, um dem kleinen Hund über den Kopf zu streichen. Wie sie in jener Bar – *unserer* Bar – die wohlgeformten Beine übereinanderschlug und sich zu Richard vorbeugte. Und ich sehe sie an dem Tag vor mir, als ich zu ihm ins Büro ging, um ihn zum Mittagessen zu überraschen, damals, als wir noch verheiratet waren. Die beiden kamen gemeinsam aus dem Gebäude. Sie trug ein rosa Kleid. Er ließ ihr den Vortritt, und seine Hand lag sachte auf ihrem unteren Rücken. *Sie gehört mir*, schien diese Geste zu besagen.

Früher hatte er mich so berührt. Einmal habe ich ihm auch gesagt, wie sehr ich die subtile, erregende Berührung seiner Finger dort liebte.

Ich stehe auf, gehe lautlos durch die Dunkelheit und hole mein Wegwerfhandy und meinen Laptop aus der untersten Kommodenschublade.

Richard darf nicht wieder heiraten.

Ich beginne, Vorbereitungen zu treffen. Wenn ich sie das nächste Mal sehe, werde ich bereit sein.

KAPITEL ELF

Nellie lag in der Dunkelheit und lauschte den Geräuschen der Großstadt, die durch die Gitterstangen vor ihrem offenen Fenster hereinwehten: Jemand hupte; ein anderer brüllte «Y-M-C-A»; in der Ferne heulte ein Autoalarm.

Am Stadtrand würde es ihr so still vorkommen.

Sam war vor ein paar Stunden ausgegangen, doch Nellie hatte beschlossen, zu Hause zu bleiben. Falls Richard anrief, wollte sie in der Wohnung sein. Außerdem fühlte sie sich nach dem Gefühlsaufruhr der letzten vierundzwanzig Stunden ausgelaugt. Als sie vom Learning Ladder nach Hause gekommen war, hatten Sam und sie sich kobaltblaue Algenmasken ins Gesicht geklatscht, während sie darauf warteten, dass ihr chinesisches Essen geliefert wurde: Spareribs, mit Schweinefleisch gefüllte Teigtaschen, Hähnchen süßsauer und – in symbolischer Rücksichtnahme auf Nellies Hochzeitsdiät – brauner Reis.

«Du siehst aus wie jemand, den die Blue Man Group nicht haben wollte», hatte Sam gesagt, als sie die Paste auf Nellies Wangen verstrich.

«Und du siehst aus wie Sexy Schlumpf.»

Nach dem angespannten Vormittag und der unerklärlichen Bedrohung, die sie im Kindergarten wahrgenommen hatte, tat es so gut, mit Sam herumzualbern. Nellie holte Plastikgabeln aus der randvollen Schublade neben der Spüle, in der sie außerdem Päckchen mit scharfer Soße, Senf und verschiedene einzelne Papierservietten aufbewahrten. «Heute Abend hole ich das gute Besteck raus», witzelte sie. Ihr ging auf, dass dies vermutlich das letzte Abendessen zu zweit vor der Hochzeit sein würde.

Als das Essen kam, wuschen sie sich die Masken ab. «Zehn Ocken verschwendet», verkündete Sam, als sie ihre Haut musterte. Dann ließen sie sich auf die Couch plumpsen, langten herzhaft zu und plauderten über alles außer über das, was Nellie wirklich auf dem Herzen hatte.

«Letztes Jahr haben die Straubs Barbara nach der Abschlussfeier eine Handtasche von Coach geschenkt», sagte Sam. «Meinst du, ich staube auch mal was Gutes ab?»

«Hoffentlich.» Richard hatte Nellie in der Woche zuvor eine Valentino geschenkt, nachdem ihm an ihrer alten Tasche ein Tintenfleck aufgefallen war. Sie lag noch in der Schutzhülle unter ihrem Bett. Nellie wollte auf keinen Fall riskieren, dass eines der Kinder sie mit Fingerfarbe anmalte. Sam gegenüber hatte sie die Tasche gar nicht erwähnt.

«Bist du sicher, dass du nicht mitkommen möchtest?», fragte Sam, während sie sich in Nellies AG-Jeans zwängte.

«Ich habe mich noch nicht von gestern Abend erholt.»

Nellie wünschte, ihre Mitbewohnerin würde zu Hause bleiben und mit ihr zusammen einen Film anschauen, doch sie wusste, dass Sam ihre anderen Freundschaften pflegen musste. Schließlich würde Nellie in einer Woche fort sein.

Sie überlegte, ob sie ihre Mutter anrufen sollte, doch nach Unterhaltungen mit ihr war Nellie häufig ein wenig verstimmt. Ihre Mutter hatte Richard erst ein Mal getroffen und sich sofort auf den Altersunterschied eingeschossen. «Er hatte Zeit, sich auszutoben, zu reisen und zu *leben*», hatte sie zu Nellie gesagt. «Willst du das nicht auch tun, bevor du eine Familie gründest?» Als Nellie erwidert hatte, sie wolle mit Richard reisen und *leben*, hatte ihre Mutter achselzuckend «Okay, Liebes» gesagt, doch sie hatte nicht völlig überzeugt geklungen.

Es war nach Mitternacht, doch Sam war noch unterwegs; vielleicht mit einem neuen Lover, vielleicht mit einem alten.

Trotz Nellies Erschöpfung und der Einschlafrituale, mit denen sie es probiert hatte – Kamillentee und ihre Lieblingsmeditationsmusik –, horchte sie weiter auf Sams Schlüssel im Schloss. Sie fragte sich, woran es liegen mochte, dass man ausgerechnet in den Nächten, in denen man sich am meisten nach Schlaf sehnte, keinen fand.

Unwillkürlich wandten ihre Gedanken sich wieder Richards Ex zu. Als sie am Nachmittag die Gesichtsmasken gekauft hatte, hatte eine Frau vor ihr in der Schlange mit dem Handy telefoniert. Anscheinend hatte sie sich mit jemandem zum Abendessen verabredet. Die Frau war zierlich und yogagestählt, und ihr Lachen war silberhell gewesen. Ob sie Richards Typ sein mochte?

Nellies eigenes Handy lag in Reichweite auf dem Nachttisch. Immer wieder sah sie aufs Display und wappnete sich für einen weiteren verstörenden anonymen Anruf. Während die Nacht sich dahinschleppte, kam Nellie das Schweigen ihres Handys immer ominöser vor, so, als wollte es sie verhöhnen. Irgendwann stand sie auf und ging an ihre Kommode, auf der Moogie, ihr Stoffhund aus Kindertagen, hockte, den Kopf schräg gelegt, das braun-weiße Fell abgegriffen, aber noch immer weich. Sie nahm ihn mit ins Bett, auch wenn sie sich dabei albern vorkam.

Irgendwann gelang es ihr einzudösen, doch um sechs Uhr morgens ging genau vor ihrer Wohnung ein Presslufthammer los. Sie sprang aus dem Bett und schloss das Fenster. Das Hämmern war trotzdem zu hören.

«Mach das Scheißding aus!», brüllte Nellies Nachbar, und seine Worte schallten durch den Heizungsschacht.

Sie zog sich das Kissen über den Kopf, doch es half alles nicht.

Also duschte sie lange und ließ dabei den Kopf kreisen, um die Verspannung im Nacken zu lösen. Dann zog sie den Bademantel an und suchte in ihrem Schrank nach dem hellblauen Kleid mit den gelben Blumen – es wäre perfekt für die Abschlussfeier –, bis ihr einfiel, dass es noch in der Reinigung war, zusammen mit einem halben Dutzend anderer Kleidungsstücke.

Der Gang zur Reinigung stand auf der To-do-Liste, die sie auf die Rückseite eines Spinning-Kursplans gekritzelt hatte, zusammen mit *Bücher in Richards Keller bringen, Bikini kaufen*, gleich unter *Wohnsitz ummelden*. Zum Spinning hatte sie es diesen Monat auch noch nicht geschafft.

Um Punkt sieben Uhr klingelte ihr Telefon.

«Ich habe einen Deo-Werbespot! Ich bin die dritte verschwitzte Frau!»

«Josie?»

«Tut mir leid, tut mir leid, ich wollte nicht so früh anrufen, aber bei allen anderen habe ich es schon versucht. Margot kann die erste Hälfte meiner Schicht übernehmen. Jetzt brauche ich bloß noch jemanden für die Zeit ab zwei.»

«Oh, ich ...»

«Ich habe eine Zeile! Danach bekomme ich meine SAG-Karte!»

Nellie hätte aus so vielen Gründen nein sagen sollen. Die Abschlussfeier endete erst um eins. Es war noch nicht alles eingepackt. Und heute Abend war das Abendessen mit Richard und Maureen.

Aber Josie war so eine gute Freundin. Und sie versuchte schon seit zwei Jahren, in die Schauspielergewerkschaft aufgenommen zu werden.

«Okay, okay, Hals- und Beinbruch! Oder war das Mast- und Schotbruch?»

Josie lachte. «Ich liebe dich!», rief sie.

Nellie rieb sich die Schläfen, wo ein leichter Kopfschmerz einsetzte.

Sie klappte ihren Laptop auf und schickte sich eine E-Mail mit dem Betreff *ZU ERLEDIGEN!!!!!!: Reinigung, Bücher einpacken, Gibson's um 2, Maureen um 7.*

Ein Klingeln kündigte neue Nachrichten an: Linda, die die Erzieherinnen ermahnte, frühzeitig zur Abschlussfeier zu erscheinen. Leslie, eine ehemalige Chi-Omega-Schwester, die noch in Florida lebte und ihr zur Verlobung gratulierte. Nach kurzem Zögern löschte Nellie diese E-Mail, ohne sie zu beantworten. Ihre Tante, die fragte, ob Nellie vor der Hochzeit noch Hilfe benötige. Eine Benachrichtigung, dass ihre allmonatliche Spende vom Girokonto abgebucht werden würde. Dann eine E-Mail vom Hochzeitsfotografen: *Soll ich Ihnen die Kaution zurückerstatten, oder wollen Sie einen neuen Termin vereinbaren?*

Nellie runzelte die Stirn: Die Frage ergab keinen Sinn. Sie nahm ihr Handy und wählte die Telefonnummer in der Signatur der Mail.

Der Fotograf nahm beim dritten Klingeln ab und klang verschlafen. «Bleiben Sie dran», sagte er, als sie nach der E-Mail fragte. «Lassen Sie mich eben ins Büro gehen.»

Sie hörte seine Schritte, dann raschelte Papier.

«Ja. Hier ist die Nachricht. Wir haben letzte Woche einen Anruf bekommen, die Hochzeit würde verschoben.»

«Was?» Nellie lief in ihrem kleinen Zimmer auf und ab und kam alle paar Schritte an ihrem Hochzeitskleid vorbei. «Wer hat angerufen?»

«Meine Assistentin hat den Anruf entgegengenommen. Sie hat gesagt, Sie wären es gewesen.»

«Ich habe nicht angerufen! Und wir haben den Termin auch nicht verschoben!», widersprach Nellie und sank aufs Bett.

«Tut mir leid, aber sie arbeitet schon seit fast zwei Jahren bei mir, und so etwas ist noch nie vorgekommen.»

Richard und Nellie hatten beide eine intime Hochzeit mit einer kleinen Gästeliste gewollt. «Wenn wir es in New York machen, müsste ich alle meine Kollegen einladen», hatte Richard gesagt. Er hatte ein atemberaubendes Resort in Florida gefunden, nicht weit von dort, wo ihre Mutter wohnte – ein Gebäude mit weißen Säulen und Blick auf den Ozean, umgeben von Palmen und rotem und orangem Hibiskus –, und kam für die gesamte Rechnung auf, auch für die Zimmer der Gäste, das Essen und den Wein. Richard übernahm sogar die Flugtickets für Sam, Josie und Marnie.

Als sie sich die Website des Fotografen angeschaut hatten, hatte Richard seinen Reportagestil bewundert: «Alle anderen wollen immer dieses steife Posieren. Dieser Mann fängt die Gefühle ein.»

Sie sparte seit Wochen, weil die Hochzeitsfotos ihr Geschenk für ihn sein sollten.

«Hören Sie ...» Sie bekam diesen singenden Tonfall wie immer, wenn sie kurz davorstand, in Tränen auszubrechen. Vielleicht konnte das Resort ihnen einen anderen Fotografen besorgen, doch das wäre nicht dasselbe. «Ich will jetzt nicht zickig sein, aber das war ganz eindeutig Ihr Fehler.»

«Ich habe die Nachricht vor mir. Aber warten Sie einen Moment, ich will eben etwas nachsehen. Um wie viel Uhr ist Ihre Hochzeit noch mal?»

«Um vier. Wir wollten auch vorher schon Fotos machen.»

«Tja, um drei habe ich schon ein anderes Shooting. Aber ich überlege mir was. Es ist ein Verlobungsporträt, ich wette also, es macht den Leuten nichts aus, wenn es um eine Stunde oder so verschoben wird.»

«Danke», hauchte Nellie.

«Hey, ich kapier's, das ist Ihr Hochzeitstag. Da soll alles perfekt sein.»

Mit zitternden Händen beendete sie das Telefonat. Die Assistentin musste etwas durcheinandergebracht haben, und jetzt deckte der Fotograf sie, befand Nellie. Wahrscheinlich hatte sie ihre Hochzeit mit der eines anderen Paares verwechselt. Aber wenn der Mann ihr nicht gemailt hätte, wären die verwackelten

Bilder, die ihre Mutter mit ihrer billigen Kamera machen würde, ihre einzigen Fotos von der Hochzeit gewesen.

Der Fotograf hatte recht, dachte sie. Es *sollte* alles perfekt sein. Es *würde* alles perfekt sein.

Es *würde* alles perfekt sein. Bis auf ... Sie öffnete die oberste Schublade in ihrer Kommode und zog einen kleinen Satinbeutel heraus, in dem sich ein hellblaues Taschentuch mit Monogramm befand. Es hatte ihrem Vater gehört, und da er sie nicht mehr zum Altar führen konnte, wollte Nellie es um ihren Brautstrauß binden. Sie wollte bei diesem symbolträchtigen Gang seine Gegenwart spüren.

Ihr Vater war ein Stoiker gewesen. Nicht einmal als er ihr von seiner Darmkrebsdiagnose erzählt hatte, hatte er geweint. Doch als Nellie die Junior Highschool abgeschlossen hatte, waren seine Augen feucht geworden. «Ich muss gerade an all das denken, was ich verpassen werde», hatte er gesagt. Er hatte sie auf den Scheitel geküsst, und dann war der feuchte Schimmer aus seinen Augen verschwunden, wie Morgennebel, der in der Sonne verdunstet. Sechs Monate später war auch er fort gewesen.

Nellie strich das weiche Taschentuch glatt, indem sie es zwischen ihren Fingern hindurchzog. Sie wünschte, ihr Vater hätte Richard kennenlernen können. Er hätte ihre Wahl gutgeheißen, da war sie sich sicher. «Hast du gut gemacht», hätte er gesagt.

Einen Moment lang schmiegte sie das Taschentuch an die Wange, dann steckte sie es zurück in den Beutel.

Sie sah auf die Uhr am Backofen. Die Reinigung öffnete um acht, die Abschlussfeier war um neun. Wenn sie jetzt gleich losging, bliebe ihr genügend Zeit, um das geblümte Kleid abzuholen, sich umzuziehen und rechtzeitig im Kindergarten zu sein, um aufzubauen.

Nellie lehnte sich an die Theke und wartete darauf, dass Chris mit den Dirty Martinis für Tisch 31, eine Gruppe von Anwälten, die einen Geburtstag feierten, fertig wurde. Sie spielte an ihrem neuen Armband herum. Die Perlen waren dick und leuchtend bunt, und der Verschluss war ein unbeholfener Knoten. Jonah hatte es ihr bei der Abschlussfeier geschenkt.

Es war die dritte Runde für diesen Tisch, und es war fast sechs. Nellie hatte Richard nicht gesagt, dass sie Josie vertrat, und durfte nicht zu spät zum Essen mit Maureen kommen.

Zu Anfang war im Restaurant nicht viel los gewesen. Nellie hatte mit einem weißhaarigen Paar aus Ohio geplaudert, ihnen eine tolle Bagel-Bäckerei und die neue Ausstellung im Metropolitan Museum of Art empfohlen. Die beiden hatten Fotos ihrer fünf Enkel hervorgeholt und ihr erzählt, der jüngste tue sich mit dem Lesen schwer, und so hatte Nellie ihnen eine kleine Liste von Büchern aufgeschrieben, die ihm vielleicht helfen konnten.

«Sie sind ein Engel», hatte die Frau gesagt und den Zettel in ihre Handtasche gesteckt. Nellie war der Goldreif an ihrer linken Hand aufgefallen, und sie hatte sich gefragt, wie es sich anfühlen würde, in einigen Jahrzehnten Fotos von ihren eigenen Enkeln zu haben und sie neuen Bekannten zu zeigen. Bis dahin würde ihr Verlobungsring sicher untrennbar zu ihr gehören, quasi mit ihrer Haut verwachsen, und nicht mehr bloß ein ziemlich schwerer neuer Gegenstand an ihrer Hand sein.

Doch gegen Ende ihrer Schicht bevölkerten diverse Gruppen von Leuten zwischen zwanzig und vierzig das Restaurant.

«Kannst du meine Tische fertig machen?», fragte Nellie Jim, einen anderen Kellner, als er an der Theke vorbeikam.

«Wie viele hast du noch?»

«Vier. Sie wollen nichts essen, sie hängen nur ab.»

«Mist. Bei mir ist gerade Land unter. Hast du noch ein paar Minuten?»

Erneut sah sie auf die Uhr. Sie hatte gehofft, zwischendurch nach Hause gehen zu können, um zu duschen und ihr schwarzes Kleid mit Eyelets anzuziehen. Wenn sie bei Gibson's gearbeitet hatte, roch sie immer wie eine Frittenbude. Aber nun würde sie wieder das geblümte Sommerkleid anziehen müssen, das sie zur Abschlussfeier getragen hatte.

Sie wollte gerade das Tablett mit den Dirty Martinis für die Anwälte aufnehmen, als sich ein Arm um ihre Schultern legte. Sie drehte sich um. Der hochgewachsene Mann, der sich neben sie drängelte, war wahrscheinlich gerade einundzwanzig geworden. Er war in Begleitung von ein paar Freunden, die die ruppige Energie von Sportlern vor einem wichtigen Spiel ausstrahlten. Normalerweise waren Männergruppen ihre Lieblingsgäste; im Gegensatz zu Frauen wollten sie nie getrennte Rechnungen, und sie gaben gutes Trinkgeld.

«Wie kommen wir in *deinen* Zuständigkeitsbereich?» Der Typ trug ein T-Shirt der Studentenverbindung Sigma Chi; die griechischen Buchstaben schwebten dicht vor ihrem Gesicht.

Sie riss den Blick davon weg. «Tut mir leid, aber ich gehe in ein paar Minuten.» Sie duckte sich unter seinem Arm hindurch.

Als sie ihr Tablett nahm und sich umdrehte, hörte sie einen der Männer sagen: «Wenn ich nicht in ihren Zuständigkeitsbereich komme, wie komme ich dann in ihr Höschen?»

Sie zuckte zusammen. Das Tablett geriet in Schieflage, die Gläser kippten, tränkten sie mit Gin und Olivenlake und zerschellten auf dem Boden. Die Männer applaudierten frenetisch.

«Verdammt!», rief Nellie und wischte sich mit dem Ärmel das Gesicht ab.

«Wet-T-Shirt-Contest!», johlte einer der Typen.

«Beruhigt euch, Jungs», sagte Jim zu den Männern. «Alles okay? Ich wollte dir gerade sagen, dass ich deine Tische übernehmen kann.»

«Nichts passiert.» Ein Hilfskellner kam mit einem Besen angelaufen, während sie nach hinten ins Büro eilte und dabei ihr nasses T-Shirt von der Brust abzog. Sie schnappte sich ihre Sporttasche und ging auf die Toilette, wo sie sich die nassen Klamotten vom Leib schälte und sich mit einer Handvoll Papierhandtüchern abtrocknete. Sie befeuchtete ein weiteres Papierhandtuch und wusch sich damit, so gut es ging. Dann zog sie das geblümte Kleid aus der Tasche. Es war ein wenig zerknittert, doch zumindest war es sauber.

Sie betrachtete sich im Spiegel, ohne die geröteten Wangen oder das zerzauste Haar zu sehen.

Vielmehr sah sie sich selbst mit einundzwanzig im Wohnheim, am Morgen nach dem Abend, an dem alles anders geworden war: heiser vom Weinen und trotz des warmen Schlafanzugs und der Bettdecke zitternd.

Sie verließ die Toilette und beabsichtigte, einen großen Bogen um diese Arschlöcher zu machen.

Die Männer standen mit Bierflaschen in den Händen im Kreis an der Theke und lachten johlend.

«Och, wir wollten dich nicht vertreiben», sagte einer von ihnen. «Wie wär's mit einem Versöhnungsküsschen?» Er breitete die Arme aus. Die Typen standen alle mit dem Rücken zur Bar – wahrscheinlich damit sie die Frauen im Lokal angaffen konnten.

Nellie funkelte ihn wütend an und hätte ihm am liebsten einen Drink ins Gesicht geschüttet. Warum eigentlich nicht? Schließlich konnte man sie nicht mehr feuern.

Doch als sie näher trat, fiel ihr auf der Theke, gleich hinter ihm, etwas ins Auge. «Klar», sagte sie liebenswürdig. «Lass dich umarmen.»

Nellie ließ ihre Sporttasche auf die Theke fallen, beugte sich vor und ertrug seine Umarmung, bei der er sich mit dem ganzen Körper an sie drückte.

«Schönen Abend noch, Jungs», sagte sie und nahm ihre Tasche an sich.

Draußen winkte sie hastig ein Taxi heran. Sobald sie sicher auf dem Rücksitz saß, öffnete sie das schmale Schecketui, das sie hatte mitgehen lassen, als sie die Sporttasche von der Theke genommen hatte. Das Etui, aus dem der Rand einer Kreditkarte herausschaute.

Und als das Taxi an der nächsten roten Ampel anhielt, ließ sie es nonchalant aus dem Fenster auf die vielbefahrene Kreuzung fallen.

KAPITEL ZWÖLF

«Warst du bei Saks?», fragt Tante Charlotte, als ich nach Hause komme. «Aus irgendeinem Grund dachte ich, du hättest frei ... Jedenfalls ist heute ein Paket für dich gekommen. Ich habe es in dein Zimmer gelegt.» Sie steht auf einem Hocker in der Küche und räumt die Schränke auf.

«Echt?» Ich heuchele Interesse, während ich ihre Frage übergehe. Ich war heute nicht arbeiten. «Ich habe nichts bestellt.»

Sie klettert herunter und lässt die Schüsseln und Tassen, die sie gerade sortiert, auf der Arbeitsfläche aufgereiht stehen. «Es ist von Richard. Ich habe seinen Namen im Absender gesehen, als ich dafür unterschrieben habe.» Sie sieht mich an und wartet.

Ich bewahre eine gelassene Miene. «Bestimmt nur irgendwas, was ich vergessen habe.» Sie darf nicht wissen, wie ich zu Richard und seiner Verlobung stehe. Ich möchte nicht, dass sie sich hinterher Vorwürfe macht, weil sie mir nicht mehr geholfen hat.

«Ich habe uns Salat zum Abendessen mitgebracht», sage ich und halte eine weiße Papiertüte, die mit schwarzen Buchstaben und tanzendem Gemüse bedruckt ist, in die Höhe. Von nun an will ich mehr zum Haushalt beitragen. Außerdem war die Salatbar ein praktischer Zwischenhalt. «Ich räume es nur rasch in den Kühlschrank, dann gehe ich mich umziehen.» Ich kann es kaum erwarten, das Paket zu öffnen.

Es liegt auf meinem Bett. Als ich die ordentlichen Druckbuchstaben und Zahlen der Anschrift sehe, beginnen meine Hände zu zittern. Früher hinterließ Richard mir fast jeden Tag Nachrichten in dieser Handschrift: *Du bist so schön, wenn du schläfst.* Oder: *Ich kann es nicht erwarten, heute Abend mit dir zu schlafen.*

Mit der Zeit veränderte sich der Grundton seiner Nachrichten: *Versuch, dich heute ein bisschen zu bewegen, Liebling. Dann fühlst du dich gleich besser.* Und gegen Ende unserer Ehe wurden die handschriftlichen Nachrichten durch E-Mails ersetzt: *Ich habe gerade angerufen, aber du bist nicht drangegangen. Schläfst du wieder? Wir müssen heute Abend darüber reden.*

Mit einer Schere schneide ich das bunte Klebeband durch und lege meine Vergangenheit frei.

Ganz oben liegt unser Hochzeitsalbum. Ich hebe das schwere, satingebundene Andenken heraus. Darunter finde ich einige meiner Kleider, sorgsam gefaltet. Als ich auszog, nahm ich hauptsächlich warme Kleidung mit. Richard hat mir Ensembles für den Sommer geschickt. Er hat die Teile ausgesucht, die mir immer am besten standen.

Ganz unten liegt ein gepolstertes schwarzes Schmuckkästchen. Als ich es öffne, erblicke ich eine breite, eng anliegende Diamanthalskette. Ich konnte mich niemals überwinden, sie anzulegen, weil Richard sie mir nach einer unserer schlimmsten Auseinandersetzungen schenkte.

Das ist natürlich nicht alles, was ich zurückließ. Den Rest meiner Sachen hat Richard wahrscheinlich einer Wohltätigkeitsorganisation gespendet.

Er weiß, dass ich mir nicht viel aus Kleidung mache. Was er mir eigentlich zukommen lassen wollte, sind das Album und die Kette. Aber warum?

Ein Brief liegt nicht bei.

Doch mit dem Inhalt hat er mir sehr wohl eine Botschaft übersandt, wird mir klar.

Ich schlage das Album auf und betrachte die junge Frau im Spitzenkleid mit dem voluminösen Rock, die lächelnd zu Richard hochsieht. Es ist, als betrachtete ich das Foto einer Fremden. Ich erkenne mich kaum wieder.

Ob seine Verlobte bei der Heirat wohl seinen Namen annimmt? Thompson. Das ist noch immer auch mein Nachname.

Ich sehe vor mir, wie sie zu Richard hochblickt, während der Pfarrer sie traut. Sie strahlt. Wird er flüchtig an mich denken und sich daran erinnern, wie ich im gleichen Augenblick aussah, bevor er diese Erinnerung verdrängt? Spricht er sie manchmal versehentlich mit meinem Namen an? Reden sie über mich, wenn sie im Bett kuscheln?

Da nehme ich das Album und schleudere es quer durchs Zimmer. Es hinterlässt eine Macke an der Wand und fällt mit dumpfem Knall zu Boden. Jetzt zittere ich am ganzen Körper.

Ich habe Tante Charlotte etwas vorgespielt. Doch meine Maskerade kann nicht mehr verhüllen, was aus mir geworden ist.

Unvermittelt denke ich an den Spirituosenladen nicht weit von hier. Ich könnte ein, zwei Flaschen Wein kaufen. Der Alkohol könnte helfen, die Wut, die in mir tobt, zu löschen.

Ich stopfe das Paket in den Schrank, doch jetzt sehe ich vor mir, wie Richard ihr Kinn anhebt, ihr eine breite, enge Diamantenkette um den Hals legt und sie küsst. Die Vorstellung seiner Lippen auf ihrem Mund, seiner Hände auf ihr, ist unerträglich.

Mir läuft die Zeit weg.

Ich muss sie sehen. Heute habe ich stundenlang vor ihrer Wohnung auf sie gewartet, aber sie kam nicht.

Hat sie Angst?, frage ich mich. *Spürt sie, was kommt?*

Schließlich treffe ich eine Entscheidung: Ich werde mir eine letzte Flasche Wein gestatten. Während ich sie trinke, werde ich noch einmal meinen Plan durchgehen. Doch dann beschließe ich, zuerst noch etwas anderes zu tun, bevor ich zum Spirituosenladen gehe. Und wundersamerweise fällt mir infolge dieses simplen Entschlusses eine Chance in den Schoß.

Ich rufe Maureen an. Sie ist noch immer der Mensch, der Richard am nächsten steht.

Wir haben schon eine ganze Weile nicht mehr miteinander gesprochen. Unsere Beziehung begann eigentlich ganz vielversprechend, doch im Laufe meiner Ehe mit ihrem Bruder schienen ihre Gefühle für mich sich zu verändern. Sie wurde distanziert. Ich bin mir sicher, dass Richard sich ihr anvertraute. Kein Wunder, dass sie mir misstraute.

Doch zu Anfang versuchte ich, eine eigene Beziehung zu ihr aufzubauen. Es schien Richard wichtig zu sein, dass wir uns verstanden. Also rief ich sie alle ein, zwei Wochen an. Aber uns ging immer ziemlich schnell der Gesprächsstoff aus. Maureen hat einen Doktortitel und läuft jedes Frühjahr den Boston Marathon. Sie trinkt kaum Alkohol, bis auf das eine Glas Champagner zu besonderen Anlässen, und sie steht jeden Morgen um fünf auf, um Klavier zu üben. Dieses Instrument hat sie erst als Erwachsene erlernt.

Kurz nach meiner Hochzeit begleitete ich Maureen und Richard auf ihrem alljährlichen Skiurlaub zu Maureens Geburtstag. Die beiden fegten mühelos schwarze Pisten hinab, und ich hielt sie nur auf. Am Ende verließ ich die Piste immer schon um die Mittagszeit und machte es mir mit einem Grog am Kamin gemütlich, bis sie mit geröteten Wangen und beschwingt zurückkehrten, um mich zum Abendessen abzuholen. Sie luden mich jedes Mal ein, sie zu begleiten, doch nach jenem ersten Skiurlaub kam ich nie wieder mit, sondern blieb zu Hause, während sie nach Aspen oder Vail oder einmal im Jahr für eine Woche in die Schweiz reisten.

Jetzt wähle ich ihre Nummer.

Sie nimmt beim dritten Klingeln ab. «Warte einen Moment.» Ich höre ein gedämpftes: «Ninety-second und Lexington, bitte.»

Also ist sie schon in der Stadt. Sie kommt jeden Sommer her, um an der Columbia einen Kurs zu geben.

«Vanessa? Wie geht es dir?» Ihr Tonfall ist gemessen. Neutral.

«So weit gut», lüge ich. «Und dir?»

«Gut.»

In einem meiner Podcasts wurde von einem Experiment berichtet, in dem ein Forscher Studenten mit einem Projektor in schneller Abfolge Gesichter zeigte und sie ad hoc die dargestellten Gefühle erkennen mussten. Es war erstaunlich. In nicht einmal einer Sekunde, ohne weitere Hinweise als eine graduelle Veränderung des Mienenspiels, konnte fast jeder genau zwischen Abscheu und Angst, Überraschung und Freude unterscheiden. Doch ich war schon immer davon überzeugt, dass Stimmen genauso viel enthüllen wie das Mienenspiel, dass unsere Gehirne fähig sind, beinahe unmerkliche Nuancen im Tonfall zu entschlüsseln und zu kategorisieren.

Maureen will nichts mit mir zu tun haben. Sie wird dieses Telefonat so schnell wie möglich beenden.

«Ich dachte bloß ... können wir uns morgen zum Mittagessen treffen? Oder zum Kaffee?»

Maureen atmet aus. «Ich bin gerade ziemlich beschäftigt.»

«Ich kann zu dir kommen. Ich dachte ... die Hochzeit. Ist Richard ...»

«Vanessa. Richard hat mit dir abgeschlossen. Das musst du auch tun.»

Ich versuche es erneut. «Ich muss bloß ...»

«Bitte hör auf. Hör einfach auf. Richard hat mir erzählt, dass du ständig anrufst ... Schau, es hat dich aus dem Gleichgewicht gebracht, dass es aus ist zwischen euch. Aber er ist mein Bruder.»

«Hast du sie kennengelernt?», platze ich heraus. «Er darf sie nicht heiraten. Er liebt sie nicht – er darf nicht ...»

«Ich gebe zu, es kam sehr plötzlich.» Nun klingt Maureen sanfter. «Und ich verstehe, dass es schwer für dich ist, ihn mit einer anderen Frau zu sehen. Ihn dir mit irgendeiner anderen Frau als dir selbst vorzustellen. Aber Richard hat mit dir abgeschlossen.»

Es klickt in der Leitung, und der letzte, ausgefranste Faden, der mich noch mit Richard verband, ist durchtrennt.

Wie betäubt stehe ich da. Maureen hat Richard immer schon geschützt. Ich frage mich, ob sie sich mit seiner neuen Braut anfreunden wird, ob die beiden zusammen zu Mittag essen werden …

Da fegt ein Gedanke wie ein Scheibenwischer durch mein benebeltes Hirn und sorgt für Klarheit. Ninety-second und Lexington. Dort befindet sich das Sfoglia. Früher hat Richard dieses Restaurant geliebt. Es ist fast sieben – Abendessenzeit.

Das Restaurant liegt weit entfernt von der Columbia, aber in der Nähe von Richards Wohnung. Kann es sein, dass sie sich dort mit ihm – mit *ihnen* – treffen will?

Ich muss sie allein abfangen, wo Richard es nicht sieht.

Wenn ich mich jetzt sofort aufmache, kann ich vielleicht an der Ecke auf sie warten, wenn sie eintrifft. Falls nicht, kann ich mir einen Tisch neben der Damentoilette geben lassen und ihr folgen, wenn Maureen sie aufsucht.

Zwei Minuten, mehr brauche ich nicht.

Ich mustere mich im facettierten Glas des Spiegels neben meinem Schrank. Auch wenn ich mich beeilen muss, muss ich so präsentabel aussehen, dass ich nicht negativ auffalle. Ich nehme mir einen Moment Zeit, um mir die Haare zu bürsten und Lippenstift aufzutragen. Leider fällt mir zu spät auf, dass der Farbton zu dunkel für meine blasse Haut ist. Ich tupfe Concealer unter die Augen und verreibe Rouge auf den Wangen.

Während ich meine Schlüssel suche, rufe ich Tante Charlotte zu, dass ich noch etwas zu erledigen habe. Ich warte ihre Antwort nicht ab, sondern laufe aus der Wohnung. Der Aufzug ist zu langsam, daher sause ich die Treppe hinab; meine Handtasche prallt mir immer wieder gegen die Seite. In dieser Tasche befindet sich alles, was ich brauche.

Die Straßen sind verstopft. Es ist Hauptverkehrszeit. Kein Bus in Sicht. Vielleicht ein Taxi? Während ich Richtung East Side gehe, lasse ich den Blick über die gelben Wagen wandern, doch sie scheinen alle besetzt zu sein. Zu Fuß dauert es zwanzig Minuten. Ich renne los.

KAPITEL DREIZEHN

Als das Taxi vor dem Restaurant hielt, hatte Nellie die bedrückende Erinnerung daran, wie diese Kerle aus der Studentenverbindung sie betatscht hatten, abgeschüttelt. Das war nicht allzu schwer gewesen; sie hatte schon vor langer Zeit gelernt, die Art von Gefühlen, die solche Typen in ihr weckten, abzuspalten. Dennoch wollte sie sich einen Moment allein auf der Damentoilette des Restaurants gönnen. Vermutlich musste der Lippenstift aufgefrischt werden, und ein Spritzer Parfüm konnte sicher auch nicht schaden.

Doch als sie das Restaurant betrat, teilte der Oberkellner ihr mit, dass an ihrem Tisch bereits eine Dame warte. «Soll ich Ihre Tasche nehmen?»

Nellie übergab ihm die stahlblau-gelbe Nike-Sporttasche mit ihrer feuchten Uniform und kam sich dabei wie ein Bauerntrampel vor. Ob sie ihm dafür Trinkgeld geben sollte? Sie würde Richard fragen müssen; Nellie selbst kannte sich weit besser in Restaurants aus, in denen einem eine überdimensionierte Speisekarte und Malkreide für die Kinder in die Hand gedrückt wurden.

Nellie wurde durch den Barbereich geführt, vorbei an einem silberhaarigen Mann im Smoking, der an einem Flügel spielte, dann durch den Speiseraum mit der hohen Decke. Ihr Magen krampfte sich zusammen. Maureen war sechzehn Jahre älter als sie und Professorin an der Uni, und da kam Nellie, die Erzieherin, mit zerzausten Haaren und wie eine Frittenbude stinkend daher.

Es hätte keinen schlechteren Abend für ihre erste Begegnung geben können.

Doch sobald Nellie Maureen erblickte, atmete sie erleichtert auf. Richards Schwester sah wie ein Negativ von ihm aus. Ihr Haar war zu einem klassischen Bob geschnitten, sie trug einen schlichten Hosenanzug sowie eine Lesebrille und las im *Economist*. Dabei biss sie sich auf die Unterlippe, wie Richard es auch tat, wenn er sich konzentrierte.

«Hi!», sagte Nellie und beugte sich zu Maureen, um sie zu umarmen. «Ich habe das Gefühl, wir werden wie Schwestern sein ... und dabei hatte ich gar keine Schwester. Ist das nicht komisch?»

Maureen lächelte und steckte das Magazin in ihre Handtasche. «Ich freue mich so, dich kennenzulernen.»

«Entschuldige mein Aussehen.» Nellie glitt auf den Stuhl gegenüber von Maureen. Sie war redelustig, ein Nebeneffekt der Anspannung, die sich in ihr aufgebaut hatte. «Ich bin direkt von der Arbeit hierhergekommen.»

«Aus dem Kindergarten?»

Nellie schüttelte den Kopf. «Ich kellnere auch ... beziehungsweise habe gekellnert. Eigentlich habe ich gekündigt. Heute bin ich bloß für eine Freundin eingesprungen. Ich bin ein bisschen durch den Wind, weil ich Angst hatte, zu spät zu kommen.»

«Nun, ich finde, du siehst gut aus.» Maureen lächelte noch immer, doch ihre nächsten Worte erwischten Nellie kalt. «Und du bist genau Richards Typ.»

War Richards Ex nicht brünett? «Wie meinst du das?» Nellie griff nach dem Brotkorb. Das Letzte, was sie gegessen hatte, war eine Banane auf dem Weg zur Abschlussfeier gewesen – vor über zehn Stunden. Auf dem Tisch stand eine flache Schale mit Olivenöl, auf dem ein dunkelvioletter Essigschnörkel und ein Thymianzweig schwammen. Sie riss ein kleines Stück von einem Brötchen ab und tunkte es behutsam ins Öl, um die Verzierung nicht zu zerstören.

«Ach, du weißt schon. Lieb. Hübsch.» Maureen verschränkte die Hände und beugte sich vor.

Richard hatte ihr erzählt, Maureen sei beinahe zu ehrlich. Das sei eine der Eigenschaften, die er am meisten an ihr schätze. Maureens Bemerkung war nicht abschätzig gemeint, sagte Nellie sich – niemand würde es als Beleidigung auffassen, wenn man lieb und hübsch genannt wurde.

«Erzähl mir alles über dich», sagte Maureen. «Richard hat erwähnt, dass du aus Florida stammst.»

«Hm ... Aber eigentlich sollte ich *dir* Fragen stellen, zum Beispiel: Wie war Richard, als er jünger war? Verrate mir was, was er mir nicht erzählen würde.» Das Brötchen war noch warm und mit Kräutern gefüllt, und Nellie aß gleich noch einen Bissen.

«Ach, wo soll ich anfangen?»

Ehe Maureen weitersprechen konnte, kam Richard auf ihren Tisch zu, den Blick fest auf Nellie gerichtet. Seit er sie nach dem Junggesellinnenabschied ins Bett gebracht hatte, hatte sie ihn nicht mehr gesehen. Ohne zu zögern, beugte er sich zu ihr herab und küsste sie auf den Mund. *Es ist wirklich wieder in Ordnung. Er hat mir verziehen.*

«Tut mir leid.» Er gab seiner Schwester ein Küsschen auf die Wange. «Der Flug war verspätet.»

«Ehrlich gesagt kommst du zu früh. Maureen wollte mir gerade deine tiefsten, finstersten Geheimnisse verraten», scherzte Nellie.

Während sie das sagte, sah sie, wie Richards Miene kurz gefror, doch dann lächelte er. Sie erwartete, er werde um den Tisch herumkommen und sich neben sie setzen, doch er nahm den Stuhl rechts von Maureen, Nellie gegenüber.

«Genau, die ganzen brisanten Sommer auf dem Golfplatz im Club.» Richard schüttelte seine Serviette aus und legte sie sich auf den Schoß. «Und da war dieser Vorfall, als ich zum Vizepräsidenten des Debattierclubs gewählt wurde.»

«Schmählich», warf Maureen ein. Sie bürstete Richard einen

Fussel vom Revers. Die Geste erschien Nellie zutiefst mütterlich. Auch wenn Richard eine Waise war, hatte er doch eine große Schwester, die ihn sichtlich innig liebte.

«Ich wette, du hast süß ausgesehen in deinen schnieken Golfklamotten», sagte Nellie. Anstelle einer Antwort winkte Richard dem Kellner. «Ich bin halb verhungert. Aber zuerst brauchen wir etwas zu trinken.»

«Mineralwasser mit Kohlensäure und Zitrone, bitte», sagte Maureen zum Kellner.

«Kann ich bitte die Weinkarte für meine Verlobte bekommen?» Richard zwinkerte Nellie zu. «Ich habe noch nie erlebt, dass du einen Drink ausgeschlagen hättest.»

Nellie lachte, doch ihr war klar, wie das in Maureens Ohren klingen mochte. Sie hatte sich Sorgen wegen des Fettgestanks gemacht, doch womöglich hatte sie nach Gin gerochen, als sie Richards Schwester begrüßt hatte?

«Einfach ein Glas Pinot grigio, danke.» Nellie versuchte, ihre Verlegenheit zu überspielen, indem sie das letzte Stückchen ihres Brötchens in das würzige Olivenöl tunkte.

«Für mich einen Highland Park mit Eis», sagte Richard.

Nachdem der Kellner wieder gegangen war, trat ein kurzes Schweigen ein. Dann platzte Nellie heraus: «Ich bin direkt vom Gibson's hierhergekommen. Irgend so ein Idiot hat seinen Drink über mich verschüttet. Meine nasse Uniform ist in der Sporttasche, daher ...» Redete sie schon wieder zu viel?

«Ich dachte, du hättest gekündigt», sagte Richard.

«Habe ich auch. Ich bin nur für Josie eingesprungen. Sie hat ihren ersten Werbespot an Land gezogen und keine andere Vertretung gefunden ...» Nellie brach ab. Sie wusste nicht recht, warum sie das Bedürfnis hatte, es zu erklären.

Als der Kellner ihre Getränke brachte, hob Richard sein Glas in Maureens Richtung. «Wie geht's deiner Kniesehne?»

«Schon besser. Noch ein paar Physiotherapiesitzungen, und ich kann wieder länger laufen.»

«Warst du verletzt?», fragte Nellie.

«Nur ein gezerrter Muskel. Seit dem Marathon macht er mir hin und wieder Ärger.»

«Ich könnte niemals einen Marathon laufen!», sagte Nellie. «Nach fünf Kilometern bin ich erledigt. Das ist wirklich beeindruckend.»

«Das ist nicht für jedermann», scherzte Maureen. «Nur für uns Typ-A-Persönlichkeiten.»

Nellie griff in den Brotkorb und nahm sich noch ein Brötchen, doch dann merkte sie, dass sie die Einzige war, die aß, und legte es zurück. Unauffällig wischte sie die Krümel um ihren Teller vom Tisch.

«Dein Artikel über Gender-Stratifizierung und Intersektionalitätstheorie hat mir gefallen», sagte Richard zu Maureen. «Interessanter Blickwinkel. Wie waren die Reaktionen?»

Während die beiden sich unterhielten, nickte Nellie gelegentlich, lächelte und spielte mit dem Armband, das Jonah ihr geschenkt hatte, fand jedoch keine Möglichkeit, etwas zum Gespräch beizutragen.

Sie ließ den Blick über die umliegenden Tische schweifen und sah etwas Grünes aufblitzen: Ein Kellner nahm eine Kreditkarte von einem Silbertablett.

Das erinnerte sie an die AmEx, die sie aus dem Taxifenster hatte fallen lassen. Mittlerweile befand sie sich hoffentlich schon in den Händen eines Diebes, der damit durch die großen Elektrogeschäfte zog. Oder noch besser: in den Händen einer armen Frau, die jetzt Essen für ihre Kinder kaufen konnte.

Als der Kellner die Vorspeisen servierte, war Nellie erleichtert, weil sie nun so tun konnte, als konzentrierte sie sich ganz auf ihr Huhn mit Couscous.

Maureen schien das aufzufallen, und sie wandte sich an Nellie. «Früherziehung ist so wichtig. Was hat dich da hingezogen?» Sie wickelte elegant ihre Tagliatelle um die Gabel und aß einen Bissen.

«Ich habe Kinder immer schon geliebt.»

Nellie spürte, wie Richard sie unter dem Tisch mit dem Bein berührte. «Bereit, Tante zu werden?», fragte er Maureen.

«Logisch.»

Nellie fragte sich, warum Maureen nie geheiratet oder Kinder bekommen hatte. Richard hatte ihr erzählt, er glaube, dass sie die Männer einschüchtere, weil sie so intelligent sei. Außerdem, dachte Nellie, war sie ja schon Richard eine Mutter gewesen.

Maureen sah Nellie an. «Richard war ein entzückendes Baby. Er hat lesen gelernt, als er noch nicht einmal vier war.»

«Dafür kann ich die Lorbeeren nicht allein einheimsen. Sie ist diejenige, die es mir beigebracht hat.»

«Tja, wir haben schon dein Gästezimmer ausgesucht», sagte Nellie. «Du musst uns ganz oft besuchen kommen.»

«Gleichfalls. Ich zeige dir meine Stadt. Warst du schon einmal in Boston?»

Nellie hatte den Mund voller Couscous, daher schüttelte sie nur den Kopf und schluckte dann so schnell wie möglich herunter. «Ich bin noch nicht viel gereist. Nur durch ein paar Staaten im Süden.»

Sie ging weder ins Detail, noch erklärte sie, dass sie durch diese Staaten nur hindurchgefahren war, als sie von Florida nach New York gezogen war. Die tausendsechshundert Kilometer lange Reise hatte bloß zwei Tage gedauert. Sie hatte ihre Heimatstadt so schnell wie möglich hinter sich lassen wollen.

Maureen sprach fließend Französisch, fiel Nellie wieder ein, und einige Jahre zuvor hatte sie als Gastdozentin an der Sorbonne unterrichtet.

«Nellie hat gerade erst ihren ersten Reisepass bekommen», erzählte Richard. «Ich kann es kaum erwarten, ihr Europa zu zeigen.»

Dankbar lächelte Nellie ihn an.

Sie plauderten ein wenig über die Hochzeit – Maureen erwähnte, dass sie unheimlich gern schwimme und es kaum erwarten könne, in den Ozean zu springen –, und als der Kellner ihre Teller abräumte, sagten Richard und Maureen, sie wollten kein Dessert, daher gab Nellie vor, zu satt für die Blutorangenmousse zu sein, nach der es sie insgeheim gelüstete. Richard war gerade aufgestanden, um Nellies Stuhl vom Tisch abzuziehen, da rief Nellie: «Ach, Maureen, das hätte ich fast vergessen. Ich habe doch etwas für dich.»

Es war ein Impulskauf gewesen. Vergangene Woche war Nellie über den Markt auf dem Union Square geschlendert und hatte dort einen Schmuckstand entdeckt, an dem ihr eine Halskette ins Auge fiel. Die blasslila und blauen Glasperlen hingen an einem hauchdünnen Silberdraht, sodass sie zu schweben schienen. Der Verschluss war wie ein Schmetterling geformt. Nellie konnte sich keine Frau vorstellen, die sich nicht freuen würde, wenn ihr diese Kette um den Hals gelegt wurde.

Richard hatte gefragt, ob Maureen ihre Brautjungfer sein könne, und obwohl Nellie lieber Samantha gehabt hätte, hatte sie zugestimmt. Da die Hochzeitsgesellschaft so klein war, würde es nur eine Brautjungfer geben. Maureen wollte ein violettes Kleid tragen, und diese Halskette würde sich wunderbar dazu machen.

Die Goldschmiedin hatte die Kette auf ein flauschiges Wattebett in einer braunen Pappschachtel gelegt (recycelt, hatte sie erklärt), an der sie eine Schleife befestigte. Nellie hoffte, die Kette würde Maureen gefallen, und sie hoffte auch, Richard würde verstehen, dass sie mehr war als nur eine Kette. Sie war eine Geste, die besagte, dass Nellie sich mit seiner Schwester anfreunden wollte.

Nun holte sie die kleine Schachtel aus der Handtasche. Zwei Ecken waren ein wenig abgestoßen, und die Schleife hatte gelitten.

Behutsam packte Maureen das Geschenk aus. «Die ist ja entzückend.» Sie hob die Kette hoch und zeigte sie Richard.

«Ich dachte, die könntest du zur Trauung tragen», sagte Nellie.

Maureen legte die Kette gleich an, obwohl sie nicht zu ihren goldenen Ohrringen passte. «Wie aufmerksam von dir.»

Richard drückte Nellies Hand. «Lieb von dir.»

Doch Nellie senkte den Kopf, damit die beiden nicht sehen konnten, dass sie rot geworden war. Sie kannte die Wahrheit. An Maureens Hals wirkte die Kette, die Nellie noch letzte Woche so kunstvoll und hübsch erschienen war, billig und sogar ein bisschen kindisch.

KAPITEL VIERZEHN

Ich eile durch die Stadt und ignoriere den Mann, der versucht, mir ein Flugblatt in die Hand zu drücken. Mir zittern die Beine, aber ich laufe zügig weiter auf den Eingang zum Central Park zu.

Als ich den nächsten Fußgängerüberweg erreiche, blinkt die Ampel gerade rot, und ich bleibe schwer atmend am Straßenrand stehen. Maureen ist wahrscheinlich schon im Restaurant. Ein Kellner stellt vielleicht gerade würziges Brot auf den Tisch, und Richard hat bestimmt einen guten Wein bestellt; vielleicht stoßen die drei in diesem Moment auf die Zukunft an. Unter dem Tisch drückt Richard vielleicht die Hand seiner Verlobten. Wenn seine Hände auf mir lagen, fühlten sie sich immer so stark an.

Die Ampel wird grün, und ich renne über die Straße.

Wir gingen oft zusammen ins Sfoglia – bis wir abrupt damit aufhörten.

Ich erinnere mich lebhaft an jenen Abend. Es schneite, und ich staunte darüber, wie die weißen Flocken die Stadt verwandelten, die Straßen bestäubten und die scharfen Kanten und den Schmutz überdeckten. Richard wollte direkt aus dem Büro ins Sfoglia kommen und hatte mich gebeten, ihn gleich dort zu treffen. Ich sah aus dem Fenster des Taxis und lächelte beim Anblick eines kleinen Jungen mit gestreifter Mütze, der seine kleine Zunge herausgestreckt hatte, um eine Kostprobe des Winters zu schmecken. In der Brust verspürte ich ein sehnsüchtiges Ziehen. Dr. Hoffman hatte noch immer nicht feststellen können, warum ich nicht schwanger wurde, und ich hatte gerade eine neue Reihe Untersuchungen mit ihr vereinbart.

Als mein Taxi vor dem Restaurant vorfuhr, rief Richard an.

«Ich komme ein paar Minuten später.»

«Na gut. Ich schätze, du bist es wert, dass ich auf dich warte.»

Ich hörte ihn in sich hineinlachen, bezahlte den Taxifahrer und stieg aus. Einen Moment lang blieb ich auf dem Bürgersteig stehen und nahm die Energie der Stadt in mich auf. Ich freute mich immer darauf, mich mit Richard in der City zu treffen.

An der Bar war noch ein Hocker frei. Ich setzte mich, bestellte ein Mineralwasser und lauschte den Gesprächen um mich herum.

«Er wird anrufen», versicherte die junge Frau rechts von mir ihrer Freundin.

«Und wenn nicht?»

«Tja, du weißt ja, was man sagt: Die beste Methode, um über einen Kerl hinwegzukommen, ist, einen neuen aufzureißen.»

Die Frauen lachten schallend.

Ich hatte meine Freundinnen in letzter Zeit kaum gesehen und vermisste sie sehr. Sie arbeiteten alle Vollzeit, und die Wochenenden, an denen sie ausgingen und sich gegenseitig wegen der Männer, mit denen sie zusammen waren, bedauerten, verbrachte ich immer mit Richard.

Nach einigen Minuten stellte der Barkeeper ein Glas Weißwein vor mich hin. «Von dem Herrn am anderen Ende der Theke.»

Ich sah hinüber. Ein Mann hob sein Glas in meine Richtung. Ich weiß noch genau, dass ich mein Weinglas mit der linken Hand hob, damit er meinen Ehering sah, kurz am Wein nippte und ihn dann von mir schob.

«Kein Fan von Pinot grigio?», hörte ich kurz darauf hinter mir. Der Mann war klein, aber muskulös und hatte lockige Haare. Das Gegenteil von Richard.

«Nein, er ist gut ... danke. Ich warte bloß auf meinen Mann.» Ich nippte nochmals am Wein, um meiner Zurückweisung jede etwaige Schärfe zu nehmen.

«Wenn Sie meine Frau wären, würde ich Sie nicht an der Bar warten lassen. Man kann nie wissen, wer Sie anbaggert.»

Ich lachte, das Glas Wein noch in der Hand.

Dann blickte ich zur Tür und Richard direkt in die Augen. Ich sah, wie er die Situation erfasste – den Mann, den Wein, mein hohes, nervöses Kichern –, dann kam er auf mich zu.

«Liebling!», rief ich und stand auf.

«Ich hatte gehofft, du würdest schon am Tisch sitzen. Hoffentlich halten sie ihn uns noch frei.»

Als Richard der Empfangsdame ein Zeichen gab, entfernte sich der Mann mit dem lockigen Haar unauffällig.

«Möchten Sie das Glas Wein mitnehmen?», fragte die Empfangsdame.

Stumm schüttelte ich den Kopf.

«Ich habe ihn eigentlich nicht getrunken», flüsterte ich Richard zu, während wir zu unserem Tisch gingen.

Er schob den Kiefer vor und schwieg.

Ich habe mich völlig in meinen Erinnerungen verloren und merke gar nicht, dass ich auf die Straße trete, bis jemand meinen Arm packt und mich zurückreißt. Eine Sekunde später rast ein Lieferwagen vorbei und hupt kräftig.

Während ich die nächste Ampelphase abwarte, male ich mir aus, wie Richard seiner neuen Liebsten schwarze Nudeln bestellt und ihr sagt, dass sie die unbedingt probieren müsse. Ich sehe vor mir, wie er halb aufsteht, als sie sich entschuldigt und zur Toilette geht. Frage mich, ob Maureen sich zu Richard beugen wird, mit einem beifälligen Nicken, das besagt: *Sie ist besser als die Letzte.*

Unser Essen an jenem Abend, als der Fremde mir ein Glas Wein ausgab und ich daran nippte, um nicht unhöflich zu sein, war ein Desaster. Das Restaurant mit den unverputzten Ziegelwänden und der intimen Raumaufteilung war so entzückend, doch Richard sprach kaum mit mir. Ich versuchte mehrfach, eine

Unterhaltung in Gang zu bringen, kommentierte das Essen, fragte ihn nach seinem Tag, doch nach einer Weile gab ich auf.

Erst nachdem ich meinen Teller mit der Pasta noch halbvoll von mir geschoben hatte, ergriff er endlich das Wort, doch was er sagte, fühlte sich an, als würde er mich schmerzhaft kneifen.

«Dieser Kerl auf dem College, der dich damals geschwängert hat, hast du noch Kontakt zu dem?»

«Was?», stieß ich hervor. «Richard, nein ... Ich habe seit Jahren nicht mehr mit ihm gesprochen.»

«Was hast du mir sonst noch alles verschwiegen?»

«Ich habe dir nichts ... nichts!», stotterte ich.

Sein Ton stand in krassem Gegensatz zum eleganten Ambiente und dem lächelnden Kellner, der mit der Dessertkarte zu uns kam. «Wer ist der Kerl, mit dem du an der Bar geflirtet hast?»

Bei dieser neuerlichen Anschuldigung wurden meine Wangen heiß. Ich merkte, dass das Paar am Nebentisch zu uns herübersah.

«Ich weiß nicht, wer er ist. Er hat mir ein Glas Wein ausgegeben. Das war alles.»

«Und du hast es getrunken.» Richard presste die Lippen aufeinander und kniff die Augen zusammen. «Obwohl das unserem Baby schaden könnte.»

«Es gibt kein Baby! Richard, warum bist du so wütend auf mich?»

«Noch irgendwelche Enthüllungen, wo wir schon mal dabei sind, uns besser kennenzulernen, Liebling?»

Tränen brannten in meinen Augen, und ich blinzelte. Abrupt schob ich meinen Stuhl zurück, so heftig, dass die Beine hörbar über den Boden scharrten, holte meinen Mantel und floh nach draußen, wo es noch immer schneite.

Während mir die Tränen über die Wangen strömten, fragte ich mich, wohin ich jetzt gehen konnte.

Dann kam er mir nach. «Tut mir leid, Liebling.» Ich wusste,

dass er es ernst meinte. «Ich hatte einen furchtbaren Tag. Aber das hätte ich nicht an dir auslassen dürfen.»

Er breitete die Arme aus, und nach kurzem Zögern lehnte ich mich an ihn.

Er strich mir übers Haar, und meine Schluchzer wurden zu einem lauten Schluckauf. Da lachte er leise. «Meine Liebe.» Alle Gehässigkeit war aus seiner Stimme verschwunden und einer samtigen Zärtlichkeit gewichen.

«Mir tut es auch leid.» Meine Stimme klang gedämpft, weil ich den Kopf an seine Brust drückte.

Nach jenem Abend gingen wir nie wieder ins Sfoglia.

Jetzt bin ich fast da. Ich habe den Park durchquert und nur noch drei Häuserblocks vor mir. Mir ist eng in der Brust. Ich keuche, möchte mich am liebsten setzen, und sei es nur eine Minute, doch ich kann mir die Gelegenheit, sie zu sehen, nicht entgehen lassen.

Vielmehr zwinge ich mich, schneller zu laufen, den Gittern der U-Bahn-Belüftung auszuweichen, die nach meinen Absätzen schnappen wollen, mich um einen gebeugten Mann mit einem Gehstock herumzuschlängeln. Dann bin ich am Restaurant.

Ich stoße die Tür auf und eile durch den schmalen Eingangsbereich, vorbei an der Theke der Empfangsdame. «Hallo», ruft mir die junge Frau mit den Speisekarten im Arm hinterher, doch ich ignoriere sie und lasse den Blick über den Bar-Bereich und die Leute an den Tischen wandern. Sie sind nicht da. Allerdings gibt es einen weiteren Raum, und dort sitzt Richard am liebsten, weil es ruhiger ist.

«Kann ich Ihnen helfen?» Die Empfangsdame ist mir gefolgt.

Ich stürze auf den hinteren Raum zu, stolpere eine Stufe hinab und muss mich an der Wand abstützen. Zweimal mustere ich jeden Tisch in diesem Raum.

«War hier ein dunkelhaariger Mann mit einer blonden jungen

Frau?», frage ich schwer atmend. «Möglicherweise war noch eine weitere Frau bei ihnen.»

Die Empfangsdame blinzelt und weicht einen Schritt vor mir zurück. «Heute Abend hatten wir schon eine Menge Gäste hier. Ich ...»

«Die Reservierungen!» Ich schreie fast. «Bitte sehen Sie nach ... Richard Thompson! Oder vielleicht auf den Namen seiner Schwester – Maureen Thompson!»

Jemand anderes kommt auf mich zu. Ein bulliger Mann in einem dunkelblauen Anzug. Er runzelt die Stirn. Ich sehe, wie die Empfangsdame einen Blick mit ihm wechselt.

Er nimmt mich am Arm. «Lassen Sie uns nach draußen gehen. Wir wollen die übrigen Gäste doch nicht stören.»

«Bitte! Ich muss wissen, wo sie sind!»

Mit festem Griff führt der Mann mich zum Ausgang.

Ich beginne zu zittern. *Richard, bitte heirate sie nicht ...*

Habe ich das laut gesagt? Mit einem Mal ist es mucksmäuschenstill im Restaurant. Die Leute starren mich an.

Ich komme zu spät. Aber wie ist das möglich? Es ist nicht so viel Zeit vergangen, dass sie schon gegessen haben könnten. Ich versuche, mir Maureens Anweisung an den Taxifahrer in Erinnerung zu rufen. Kann es sein, dass sie etwas ganz anderes gesagt hat? Hat mein Verstand mich verraten, indem er mich das hören ließ, was ich hören wollte?

Der bullige Mann führt mich bis zur Straßenecke und lässt mich dort stehen. Auch heute weine ich, schluchze heftig und unkontrolliert. Doch diesmal legt niemand die Arme um mich. Niemand streicht mir sanft das Haar aus dem Gesicht.

Ich bin völlig allein.

KAPITEL FÜNFZEHN

Schon einmal hatte Nellie geglaubt, einen Mann zu lieben, damals auf dem College. Abends kam er mit dem Auto und hielt um die Ecke ihres Wohnheims, und sie rannte quer über den Hof zu ihm, durch die warme Abendluft. Am Strand holte er eine weiche Baumwolldecke aus dem Kofferraum seines alten Alfa Romeo, breitete sie auf dem Sand aus und reichte ihr einen Flachmann mit Bourbon. Sie setzte die Flasche, die noch kurz zuvor seinen Mund berührt hatte, an die Lippen und trank die bernsteinfarbene Flüssigkeit, die eine heiße Spur durch ihre Kehle und ihren Magen zog.

Wenn die Sonne untergegangen war, entkleideten sie sich und rannten ins Meer. Hinterher wickelten sie sich in die Decke. Sie liebte den Geschmack des Salzes auf seiner Haut.

Er rezitierte Gedichte und zeigte ihr Sternbilder am Nachthimmel. Und er war zwanghaft unbeständig, rief sie an manchen Tagen dreimal an und ignorierte sie dann ein Wochenende lang.

Nichts davon war echt.

Es machte ihr nichts aus, wenn sie ihn ein, zwei Tage lang nicht zu Gesicht bekam – bis zu jener Nacht im Oktober, als sie ihn dringend gebraucht hätte. Immer wieder rief sie ihn an und hinterließ zunehmend dringliche Nachrichten. Aber er rief nicht zurück.

Tage später tauchte er mit einem billigen Strauß Nelken auf, und sie ließ sich von ihm trösten. Sie hasste ihn dafür, dass er sie im Stich gelassen hatte. Sich selbst hasste sie noch mehr dafür, dass sie weinte, als er sagte, er müsse gehen.

Nächstes Mal würde sie klüger sein, hatte sie sich danach gelobt. Nie wieder würde sie mit einem Mann zusammen sein, der den Blick abwandte, wenn sie den Halt verlor.

Doch Richard tat mehr als das.

Irgendwie fing er sie auf, bevor sie auch nur gemerkt hatte, dass sie gleich straucheln würde.

«Maureen ist toll», sagte Nellie zu Richard, als sie Hand in Hand zu seiner Wohnung spazierten.

«Sie mochte dich auch sehr, das habe ich gemerkt.» Richard drückte ihre Hand.

Sie plauderten noch eine Weile, dann deutete Richard auf die Eisdiele auf der anderen Straßenseite. «Ich weiß doch, dass du insgeheim ein Eis wolltest.»

«Mein Herz sagt ja, aber meine Diät nein.» Nellie stöhnte.

«Es war dein letzter Arbeitstag, oder? Du hast es dir verdient, ein bisschen zu feiern. Wie war die Abschlussfeier?»

«Linda hat mich gebeten, eine kleine Rede zu halten. Am Ende hat es mir die Stimme verschlagen, und Jonah dachte, ich könne meine Notizen nicht lesen. Also schrie er: Lies es einfach Buchstabe für Buchstabe! Du kannst das!»

Richard lachte und beugte sich zu ihr, um sie zu küssen, doch in diesem Moment klingelte ihr Handy mit der Melodie zu «When the sun shines, we'll shine together» aus «Umbrella» von Rihanna – der Klingelton, den sie Sam zugeteilt hatte.

«Willst du nicht drangehen?» Richard schien nicht verärgert darüber, dass sie ausgerechnet jetzt unterbrochen wurden, und so nahm Nellie das Gespräch an.

«Hey, kommst du heute Abend noch?», fragte Sam.

«Hatte ich nicht vor. Was gibt's?»

«Eine Frau war hier, um sich die Wohnung anzusehen. Sie sagte, sie hätte gehört, dass ich eine neue Mitbewohnerin suche. Und als sie wieder weg war, konnte ich meine Schlüssel nicht mehr finden.»

«Vor ein paar Wochen hast du sie in einer Einkaufstüte vergessen und hättest sie beinahe weggeworfen.»

«Aber ich habe schon überall nachgesehen. Als ich nach Hause kam, hat die Frau schon vor der Wohnung gewartet, und ich schwöre, dass ich die Schlüssel sofort zurück in meine Handtasche getan habe.»

Erst als Richard flüsterte: «Ist alles in Ordnung?», merkte Nellie, dass sie stehen geblieben war.

«Wie sah sie aus?», entfuhr es ihr.

«Total normal. Schlank, dunkles Haar, ein bisschen älter als wir, aber sie hat gesagt, sie sei erst seit kurzem wieder Single und fange ganz von vorn an. Es war so blöd, aber ich musste dringend pinkeln, und sie hat so viele Fragen gestellt, als wollte sie das Zimmer wirklich haben. Sie war nur zwei Sekunden allein in der Küche.»

Nellie fiel ihr ins Wort. «Bist du jetzt allein?»

«Ja, aber ich will Cooper bitten, herzukommen und hier zu übernachten, nur vorsichtshalber. Ich lasse ihn die Tür mit irgendwas verbarrikadieren. Scheiße, das wird ein Vermögen kosten, den Schlüsseldienst zu rufen ...»

«Was ist denn?», flüsterte Richard.

«Bleib dran», sagte Nellie zu Sam.

Bevor Nellie die Geschichte auch nur zu Ende erzählt hatte, holte Richard schon sein Handy hervor.

«Diane?» Das war seine langjährige Sekretärin, eine kompetente Frau von Mitte sechzig, der Nellie schon mehrfach begegnet war. «Tut mir leid, Sie um diese Uhrzeit zu stören ... Ich weiß, ich weiß, das sagen Sie mir immer ... Ja, etwas Privates. Können Sie einen Schlüsselnotdienst besorgen, der noch heute Abend ein Wohnungsschloss austauscht? ... Nein, nicht bei mir ... Sicher, ich gebe Ihnen die Adresse ... Egal, was es kostet. Danke. Kommen Sie morgen später, wenn Sie wollen.» Er legte auf und steckte das Telefon zurück in die Tasche.

«Sam?», fragte Nellie.

«Ich habe ihn gehört. Wow ... das ist wirklich nett von ihm. Bitte sag ihm Danke von mir.»

«Mache ich. Ruf mich an, wenn der Schlüsseldienst kommt.» Nellie legte auf.

«Es gibt eine Menge Irrer in New York», sagte Richard.

«Ich weiß», flüsterte Nellie.

«Aber wahrscheinlich hat Sam die Schlüssel bloß wieder verlegt.» Richard sprach im gleichen beruhigenden Tonfall wie bei ihrer ersten Begegnung im Flugzeug. «Warum hätte diese Frau Sams Schlüssel stehlen sollen, aber nicht ihre Brieftasche?»

«Du hast recht.» Nellie zögerte. «Aber Richard ... diese ganzen Anrufe bei mir, wo sich dann niemand meldet ...»

«Nur drei.»

«Es kam noch einer. Als du unterwegs nach Atlanta warst, hat eine Frau bei dir in der Wohnung angerufen. Ich dachte, du seist es, deshalb bin ich einfach drangegangen ... Sie hat keinen Namen genannt und wollte dir nichts ausrichten lassen, und ich ...»

«Liebling, das war nur Ellen aus dem Büro. Sie hat mich danach auf dem Handy angerufen.»

«Oh.» Vor Erleichterung sackte Nellie ein Stück in sich zusammen. «Ich dachte ... ich meine, es war Sonntag, daher ...»

Richard küsste sie auf die Nasenspitze. «Italienisches Eis. Und dann ruft bestimmt auch schon Sam an, um uns zu sagen, dass sie die Schlüssel im Kühlschrank gefunden hat.»

«Du hast recht.» Nellie lachte.

Richard ging um sie herum, um zwischen ihr und dem Verkehr zu laufen, wie er es immer tat, und legte den Arm um sie. Dann schlenderten sie zur Eisdiele.

Nachdem Sam angerufen hatte, um Bescheid zu geben, dass der Schlüsseldienst da gewesen war, ging Nellie ins Bad, um ihr hauchdünnes ärmelloses Nachthemd anzuziehen und sich die

Zähne zu putzen. Richard war schon im Bett und trug nur seine Boxershorts. Als sie sich neben ihn legte, fiel ihr auf, dass der silberne Fotorahmen mit dem Gesicht zur Wand stand. Es war ein Bild von ihr, auf dem sie in Jeans-Shorts und einem Tanktop auf einer Bank im Central Park saß. Richard sagte immer, so könne er sie beim Aufwachen sehen, auch wenn sie nicht bei ihm sei.

Richard fiel es ebenfalls auf, und er drehte den Rahmen wieder um. «Die Haushälterin war hier.»

Er nahm die Fernbedienung und schaltete den Fernseher aus. Dann presste er sich an sie. Zuerst dachte sie, es bedeute das, was es normalerweise bedeutete, wenn er sie unter der Decke berührte. Doch gleich darauf ließ er sie los und drehte sich wieder auf den Rücken.

«Ich muss dir etwas sagen.» Sein Tonfall war ernst.

«Okay», sagte Nellie bedächtig.

«Ich habe erst mit über zwanzig Golf gespielt.»

Im Dunkeln konnte sie sein Gesicht nicht erkennen. «Und ... die Sommer im Club?»

Er atmete tief durch. «Ich war Caddy. Kellner. Rettungsschwimmer. Ich habe die Golfschläger getragen. Nasse Handtücher aufgehoben. Wenn die Kinder Hot Dogs bestellten, die fast so viel kosteten, wie ich in einer Stunde verdiente, habe ich sie ihnen serviert. Ich habe diesen Scheißclub gehasst ...»

Mit den Fingerspitzen strich Nellie ihm über den Arm und glättete die feinen Härchen. Sie hatte noch nie erlebt, dass er so verletzlich klang. «Ich war immer davon ausgegangen, dass du mit Geld aufgewachsen bist.»

«Ich habe dir erzählt, Dad habe in der Finanzbranche gearbeitet – er war Buchhalter. Er hat den Klempnern und Hausmeistern im Viertel die Steuer gemacht.»

Sie schwieg, wollte ihn nicht unterbrechen.

«Maureen bekam ein Stipendium fürs College. Danach hat sie mich unterstützt.» Richard hatte sich versteift. «Ich habe bei ihr gewohnt, um Geld zu sparen, und sie hat viele Darlehen aufgenommen. Und ich habe mir den Arsch aufgerissen.»

Nellie spürte, dass Richard nicht vielen Menschen von diesem Teil seines Lebens erzählt hatte.

Einige Minuten lagen sie schweigend da, während Nellie langsam erkannte, wie sich durch diese Enthüllung eins zum anderen fügte. Richards Manieren waren so tadellos, dass sie beinahe choreographiert wirkten. Er konnte sich in jeder Unterhaltung behaupten – mit dem Taxifahrer ebenso wie mit dem Geiger eines Symphonieorchesters bei einer Benefizveranstaltung. Er wusste Besteck elegant zu handhaben, konnte aber auch eigenhändig einen Ölwechsel vornehmen. Auf seinem Nachttisch lagen die unterschiedlichsten Magazine, vom Sportmagazin *ESPN* bis zum *New Yorker*, dazu ein Stapel Biographien. Sie hatte gedacht, er sei eben ein soziales Chamäleon, ein Mensch, der sich mühelos überall einfügen konnte.

Doch er musste sich das alles selbst angeeignet haben – einiges davon mochte er auch von Maureen gelernt haben.

«Und deine Mutter?», fragte Nellie. «Ich weiß, sie war Hausfrau ...»

«Genau. Tja, außerdem war sie Virginia-Slim-Raucherin und Seifenoper-Konsumentin.»

Es hätte ein Scherz sein können, bloß dass sein Ton nicht scherzhaft war. «Mom ist nie aufs College gegangen. Maureen hat mir bei den Hausaufgaben geholfen. Sie hat mich angetrieben; ich sei klug genug, um alles zu erreichen, was ich mir vornehme, wenn ich mich nur darauf konzentriere, sagte sie. Ihr verdanke ich alles.»

«Aber deine Eltern ... sie haben dich doch geliebt.» Nellie dachte an die Fotos in Richards Flur. Sie wusste, dass seine Eltern bei einem Autounfall ums Leben gekommen waren, als er erst fünfzehn gewesen war, und dass er danach zu Maureen gezogen war, doch ihr war nicht klar gewesen, welche zutiefst prägende Rolle seine Schwester in seinem Leben gespielt hatte.

«Sicher», erwiderte er. Nellie wollte schon weiter nach seinen Eltern fragen, doch Richards Stimme hielt sie davon ab. «Ich bin völlig erledigt. Belassen wir es dabei, okay?»

Nellie legte den Kopf auf seine Brust. «Danke, dass du mir das erzählt hast.» Zu wissen, dass er es nicht leichtgehabt hatte – dass auch er kellnern musste und nicht immer so selbstsicher gewesen war –, weckte zärtliche Gefühle in ihr.

Er lag so still, dass sie schon dachte, er sei eingeschlafen, doch unvermittelt drehte er sich um, legte sich auf sie und begann, sie zu küssen. Seine Zunge schlüpfte in ihren Mund, während er mit dem Knie ihre Beine spreizte.

Sie war nicht bereit für ihn und schnappte nach Luft, als er in sie eindrang, dennoch bat sie ihn nicht aufzuhören. Er drückte sein Gesicht an ihren Hals, die Hände hatte er links und rechts von ihrem Kopf aufs Kissen gestemmt. Schnell kam er zum Höhepunkt und danach lag er keuchend auf ihr.

«Ich liebe dich», sagte Nellie sanft.

Sie war nicht sicher, ob er sie gehört hatte, doch dann hob er den Kopf und küsste sie zärtlich auf den Mund.

«Weißt du, was ich dachte, als ich dich zum ersten Mal sah, meine Nellie?» Er strich ihr die Haare nach hinten.

Sie schüttelte den Kopf.

«Damals am Flughafen hast du einen kleinen Jungen angelächelt; du sahst aus wie ein Engel. Und ich dachte, du könntest mich retten.»

«Dich retten?»

Seine Antwort war nur ein Flüstern: «Vor mir selbst.»

KAPITEL SECHZEHN

Vor vielen Jahren, kurz nachdem ich nach New York gezogen war, ging ich einmal zu Fuß zur Arbeit und nahm dabei die Eindrücke in mich auf: hoch aufragende Gebäude, Gesprächsfetzen in diversen Sprachen, gelbe Taxis, die durch die Straßen flitzten, die Rufe der Straßenverkäufer, die alles Mögliche feilboten, von Brezeln bis zu gefälschten Gucci-Taschen. Unvermittelt kam der Strom der Fußgänger ins Stocken. Zwischen den Leuten hindurch konnte ich ein paar Polizisten sehen. Sie hatten sich ein Stück vor uns neben einer grauen Decke postiert, die unordentlich auf dem Bürgersteig lag. Am Straßenrand wartete ein Krankenwagen.

«Da ist einer gesprungen», sagte jemand. «Muss gerade erst passiert sein.»

Mir wurde klar, dass die Decke einen zerschmetterten Körper verbarg.

Etwa eine Minute lang mochte ich dort stehen geblieben sein, weil ich das Gefühl hatte, es sei irgendwie respektlos, die Straße zu überqueren und einfach an der Leiche vorbeizugehen, obwohl die Polizisten uns genau dazu aufforderten. Auf einmal entdeckte ich am Bordstein einen Schuh. Einen flachen, einfachen blauen Pumps, der auf der Seite lag. Die Sohle war leicht abgelaufen. Die Art Schuh, nach der eine Frau greifen mochte, um ihn bei einer Arbeit zu tragen, die zwar nach Businesskleidung verlangte, bei der man aber viel auf den Beinen war. Eine Bankkassiererin vielleicht oder eine Empfangsdame im Hotel. Ein Polizist bückte sich und steckte den Schuh in einen Plastikbeutel.

Ich musste in einem fort über diesen Schuh nachdenken und über die Frau, der er gehört hatte. Sie musste am Morgen aufgestanden sein, sich angezogen haben – und dann aus dem Fenster in die Luft getreten sein.

Am folgenden Tag durchsuchte ich die Zeitungen, fand jedoch nur eine knappe Meldung über den Vorfall. Ich habe nie erfahren, was sie zu dieser Verzweiflungstat getrieben hatte – ob sie es geplant hatte oder ob in ihrem Inneren plötzlich etwas zerbrochen war.

Ich glaube, jetzt, viele Jahre später, habe ich die Antwort auf diese Frage gefunden: Es war beides. Denn in mir selbst ist auch endlich etwas aufgebrochen, aber zugleich ist mir mittlerweile klar, dass ich die ganze Zeit auf diesen Punkt zugesteuert bin. Die Anrufe, das Beobachten, alles, was ich sonst noch getan habe ... Ich bin um meine Nachfolgerin herumgekreist, bin ihr immer näher gekommen, habe sie taxiert. Habe mich vorbereitet.

Ihr Leben mit Richard fängt gerade erst an. Mein Leben, so kommt es mir vor, geht zu Ende.

Bald wird sie ihr weißes Kleid anziehen. Wird Make-up auf ihre makellose junge Haut auftragen. Wird etwas Geborgtes und etwas Blaues tragen. Die Musiker werden ihre Instrumente heben und für sie spielen, während sie langsam zum Altar schreitet, auf den einzigen Mann zu, den ich je wahrhaft geliebt habe. Wenn sie und Richard einander erst in die Augen geblickt und sich das Jawort gegeben haben, gibt es kein Zurück mehr.

Ich muss diese Hochzeit verhindern.

Es ist jetzt vier Uhr morgens, und ich habe noch überhaupt nicht geschlafen. Immer wieder sehe ich auf die Uhr, gehe im Kopf durch, was ich tun muss, spiele die verschiedenen Szenarien durch.

Sie ist noch nicht aus ihrer Wohnung ausgezogen. Ich habe mich vergewissert.

Heute werde ich auf sie warten, um sie abzufangen.

Ihre Augen werden sich weiten, male ich mir aus, und sie wird unwillkürlich abwehrend die Hände heben.

Ich sehne mich danach, ihr zuzuschreien: *Es ist zu spät! Du hättest dich von meinem Mann fernhalten müssen!*

Als es draußen endlich hell ist, stehe ich auf, gehe zum Schrank und wähle, ohne zu zögern, Richards Lieblingskleid aus smaragdgrüner Seide aus. Es bringt meine grünen Augen zur Geltung, und das liebte er. Früher schmiegte das Kleid sich eng an meinen Körper, doch heute sitzt es so weit, dass ich einen dünnen goldenen Kettengürtel umlege. Dann trage ich so sorgfältig wie schon seit Jahren nicht mehr mein Make-up auf, nehme mir Zeit, die Ränder der Grundierung gut zu verreiben, welle meine Wimpern und trage zwei Schichten Mascara auf. Danach hole ich die neue Tube Lipgloss von Clinique aus der Handtasche und streiche mit dem klebrigen hellrosa Stift über meine Lippen. Zuletzt ziehe ich meine höchsten Nude High Heels an, damit meine Beine lang und schlank wirken. Lucille teile ich per SMS mit, dass ich heute nicht zur Arbeit komme, wobei mir klar ist, dass ihre Antwort sehr wahrscheinlich lauten wird, ich brauche nie mehr zu kommen.

Einen Zwischenstopp muss ich einlegen, bevor ich zu ihr nach Hause gehe. Ich habe einen Termin im Serge-Normant-Salon in der Upper East Side vereinbart, so früh, dass ich mehr als rechtzeitig dort fertig und an ihrer Wohnung sein werde.

Es war nicht schwierig, ihre Pläne in Erfahrung zu bringen; ich weiß, was sie heute vorhat. Lautlos schlüpfe ich aus der Wohnung, ohne Tante Charlotte eine Nachricht zu hinterlassen. Als ich im Friseursalon ankomme, begrüßt mich die Coloristin. Ich sehe, wie ihr Blick zu meinem Haaransatz wandert, den ich doch nicht nachgefärbt habe. «Was kann ich heute für Sie tun?»

Ich reiche ihr ein Foto einer schönen jungen Frau und sage ihr, dass ich den gleichen warmen, buttergelben Farbton möchte.

Die Coloristin betrachtet das Foto, dann mich, dann wieder das Foto. «Sind Sie das?»

«Ja.»

KAPITEL SIEBZEHN

Bald würden die Musiker Pachelbels Kanon spielen, während sie mit dem Taschentuch ihres Vaters – etwas Blauem – um ihren Strauß weißer Rosen zum Altar schreiten würde. «Lieben und achten ... Treue halten ... bis dass der Tod euch scheidet», würde der Pfarrer sagen.

In wenigen Stunden würde Nellie zum Flughafen fahren. Sie steckte ihren neuen roten Bikini in einen ihrer beiden Koffer und sah auf ihre To-do-Liste. Ihr Hochzeitskleid war bereits mit FedEx ins Resort vorgeschickt worden, und die Rezeption hatte den Empfang bestätigt. Ihr blieb nur noch, ihre Toilettenartikel einzupacken.

An den Wänden waren blasse weiße Rechtecke, wo ihre Bilder gehangen hatten. Sie ließ ihr Bett, die Kommode und eine Lampe zurück. Sam hatte möglicherweise bereits eine neue Mitbewohnerin, eine Pilateslehrerin, die morgen vorbeikommen wollte. Für den Fall, dass diese die Möbel nicht wollte, hatte Nellie versprochen, sie abholen zu lassen. «Ich zahle die Miete auch so lange, bis jemand eingezogen ist», hatte sie kategorisch erklärt.

Sie merkte Sam an, dass sie dieses Angebot lieber nicht angenommen hätte, zumal Richard schon für ihre Reise nach Florida aufkam und gerade erst den Schlüsseldienst bezahlt hatte.

Doch Nellie wusste, dass Sam sich die Wohnung allein nicht leisten konnte. «Komm schon», hatte sie zu Sam gesagt, die bei ihr auf dem Bett saß und zusah, wie sie zu Ende packte. «Das ist nur fair.»

«Danke.» Sam hatte Nellie kurz an sich gedrückt. «Ich hasse Abschiede.»

«Wir sehen uns doch schon in ein paar Tagen wieder», hatte Nellie widersprochen.

«Das meine ich nicht.»

Nellie hatte genickt. «Ich weiß.»

Gleich darauf war Sam fort gewesen.

Als Nellie den Scheck über ihre Miete für diesen Monat ausstellte, betrachtete sie ihre Unterschrift und erkannte, dass sie womöglich nie wieder mit diesem Nachnamen unterschreiben würde. *Mr. und Mrs. Thompson*, dachte sie. Das klang so würdevoll.

Das Telefon klingelte. Nellie sah zuerst aufs Display, ehe sie das Gespräch annahm. «Hi, Mom.»

«Hallo, Liebes, ich wollte nur noch mal nachfragen, ob ich die Nummer deines Flugs richtig notiert habe. Du fliegst mit American Airlines, richtig?»

«Ja. Bleib dran.» Nellie klappte ihren Laptop auf, scrollte durch ihre E-Mails, bis sie die Bestätigung der Fluggesellschaft fand, und las die Flugnummer laut vor. «Ich lande um Viertel nach sieben.»

«Wirst du schon gegessen haben?»

«Nur wenn man ein Tütchen Erdnüsse als Mahlzeit betrachtet.»

«Ich kann dir was kochen.»

«Keine Umstände. Wollen wir nicht einfach auf dem Weg nach Hause irgendwo etwas mitnehmen? ... Übrigens, hast du dir deine Wellnessbehandlungen schon ausgesucht? Richard hat uns Massagen und Gesichtsbehandlungen gebucht, aber du musst den Leuten noch Bescheid geben, ob du eine Deep-Tissue- oder eine schwedische Massage willst oder was auch immer ... Hast du die Broschüre gesehen, die er dir per Mail geschickt hat?»

«Er braucht das nicht für mich zu tun. Du weißt doch, dass ich bei so was nicht gut stillhalten kann.»

Das stimmte. Zur Entspannung würde Nellies Mutter lieber

einen Strandspaziergang bei Sonnenuntergang unternehmen, anstatt mit dem Gesicht nach unten auf einer Massageliege festzuhängen. Doch das hatte Richard nicht gewusst. Er hatte ihr etwas Gutes tun wollen. Wie konnte Nellie ihm da sagen, dass ihre Mutter seine nette Geste zurückwies?

«Probier's doch mal aus. Ich wette, es gefällt dir besser, als du denkst.»

«Melde mich einfach für das an, was du auch nimmst.»

Nellie wusste, sie war bei weitem nicht die einzige Tochter, die sich über die versteckten Spitzen ihrer Mutter ärgerte. «So viel raffinierter Zucker», hatte ihre Mutter gemurmelt, als Nellie beim letzten Mal vor ihren Augen eine Tüte Skittles gegessen hatte, und mehrfach hatte sie Nellie gefragt, wie sie das «Gedränge» in Manhattan bloß ertragen könne.

«Bitte tu Richard gegenüber wenigstens so, als würdest du dich freuen.»

«Liebes, du scheinst dir ständig Sorgen zu machen, was er denken könnte.»

«Ich mache mir keine Sorgen. Ich bin dankbar! Er ist so gut zu mir.»

«Hat er dich vorher gefragt, ob du den Tag vor deiner Hochzeit mit einer Gesichtsbehandlung verbringen möchtest?»

«Was? Was soll denn diese Frage?» Nur ihrer Mutter gelang es, Nellie wegen einer blöden Wellnessbehandlung so auf die Palme zu bringen. Nein, nicht blöd! Sie war ein Geschenk von Richard.

«Lass mich nur eins sagen. Du hast mir erzählt, dass Gesichtsbehandlungen deine Haut reizen. Warum hast du das Richard nicht gesagt? Und er hat ein Haus gekauft, das du vorher nicht mal gesehen hast. Willst du überhaupt außerhalb der Stadt wohnen?» Nellie schnaubte, doch ihre Mutter war noch nicht fertig. «Tut mir leid, aber er scheint eine so dominante Persönlichkeit zu haben.»

«Du hast ihn doch erst ein Mal getroffen!», protestierte Nellie.

«Aber du bist noch so jung. Ich habe einfach Angst, dass du dich womöglich aufgibst ... Ich weiß, du liebst ihn, aber bitte bleib dir selbst treu.»

Jetzt reichte es Nellie. Sie würde dem Streit, den ihre Mutter anscheinend suchte, aus dem Weg gehen. «Ich muss zu Ende packen. Wir sehen uns ja in ein paar Stunden.» *Nachdem ich mich im Flieger mit ein bisschen Wein gestärkt habe.*

Nellie beendete das Gespräch und ging ins Bad, um ihre Toilettenartikel zusammenzusuchen. Sie verstaute ihre Kosmetika, die Zahnpasta und die Cremes in ihrem Kulturbeutel, dann blickte sie in den Spiegel über dem Waschbecken. Obwohl sie nicht geschlafen hatte, sah ihre Haut makellos aus. Sie schlenderte zurück in ihr Zimmer, nahm das Telefon und rief im Resort an, um die Gesichtsbehandlung abzusagen. «Kann ich stattdessen eine Algenpackung haben?»

Sie würde nur ein paar Tage bei ihrer Mutter verbringen, ehe Richard nachkam und sie zur Hochzeit in das Resort reisen würden; das würde sie schon überleben. Außerdem kamen Sam und ihre Tante bereits einen Tag früher und konnten als Puffer dienen.

Sie legte den Kulturbeutel in den Koffer, der noch geöffnet war, und versuchte, ihn zu schließen. Doch sie bekam den Reißverschluss kaum halb zu.

«Verdammt!» Sie versuchte, den Deckel herabzudrücken.

Das Problem war, dass sie noch immer nicht wusste, wo sie die Flitterwochen verbringen würden. Wegen Richards Bemerkung über den Bikini tippte sie auf einen Ort irgendwo in den Tropen, doch selbst auf solchen warmen Inseln konnte es nachts kühl werden. Deshalb hatte sie legere Kleidung, Strandkleider, Sportsachen, ein paar Abend-Outfits für den Fall, dass es einen Dresscode gab, sowie High Heels und Flip-Flops eingepackt.

Sie würde neu packen müssen. Genervt holte sie all die sorgfältig zusammengefalteten Kleidungsstücke wieder aus dem Koffer.

Drei schicke Outfits statt vier, beschloss sie und warf auch ein Paar High Heels in den Umzugskarton neben ihrem Schrank. Und der Schlapphut für den Strand, der im J.-Crew-Katalog so süß ausgesehen hatte, würde wohl auch nicht in die letzte Runde kommen.

Auf diese Idee hätte sie früher kommen müssen. Ihr Flugzeug startete in drei Stunden, und Richard war bereits unterwegs, um sie abzuholen. Hastig faltete sie die Kleidungsstücke erneut und schaffte es, alles im Koffer unterzubringen, bis auf den Schlapphut, den sie auf die Kommode legte; sie würde ihn Sam dalassen. Jetzt musste sie nur noch einmal nachsehen, ob sie auch nichts vergessen hatte, da sie nicht in diese Wohnung zurückkehren würde und ... Das Taschentuch ihres Vaters!

Der Koffer hatte mehrere Netzfächer, und sie war sicher, dass sie das Taschentuch in eines dieser Fächer gesteckt hatte. Doch als sie eben alles wieder ausgepackt hatte, hatte sie es nicht gesehen.

Sie öffnete den Koffer erneut und tastete zunehmend hektisch nach dem weichen Beutel.

Allmählich litten die Kleidungsstücke unter der rüden Behandlung, doch sie schob sie einfach beiseite, um in die Netze greifen zu können. Der Beutel war nirgends zu finden. Ihre Socken und BHs und Unterhosen waren alle noch da, aber das war's auch.

Nellie setzte sich aufs Bett und vergrub den Kopf in den Händen. Die meisten ihrer Sachen hatte sie schon vor einigen Tagen eingepackt. Sie hatte so auf dieses blaue Stück Stoff geachtet; es war ihr einziger Besitz, der bei der Hochzeit unersetzlich war.

Da klopfte es an der Tür. Nellie riss den Kopf hoch.

«Nellie?»

Es war bloß Richard.

Sie hatte ihn gar nicht hereinkommen hören. Er musste den neuen Schlüssel benutzt haben, den sie ihm gegeben hatte.

«Ich kann das Taschentuch meines Vaters nicht finden!», rief sie.

«Wo hast du es denn zuletzt gesehen?»

«In meinem Koffer. Aber da ist es nicht mehr. Ich habe alles auseinandergenommen, und wir müssen zum Flughafen, und wenn ich es nicht finden kann ...»

Richard sah sich im Zimmer um, dann hob er den Koffer in die Höhe. Darunter lag das blaue Taschentuch. Nellie schloss die Augen.

«Danke. Wie konnte ich das übersehen? Ich dachte, ich hätte überall nachgeschaut, aber ich war so durch den Wind, ich habe einfach ...»

«Jetzt ist ja alles gut. Und du musst dein Flugzeug erwischen.»

Dann ging Richard zur Kommode, nahm ihren neuen Strandhut, ließ ihn kurz auf dem Zeigefinger kreisen und setzte ihn ihr auf. «Trägst du den auf dem Flug? Du siehst anbetungswürdig aus.»

«Jetzt schon.» Er passte sogar zu ihrer Jeans, dem gestreiften T-Shirt und den Converse-Sneakers zum Hineinschlüpfen, die sie immer trug, wenn sie flog, um bei der Sicherheitskontrolle Zeit zu sparen.

Ihre Mutter kapierte es einfach nicht. Richard brachte alles wieder in Ordnung. Bei ihm würde sie in Sicherheit sein, egal, wo sie lebten.

Er nahm ihre Koffer und ging zur Tür. «Ich weiß, du hast ein paar schöne Erinnerungen an diese Wohnung. Aber wir werden neue erschaffen. Bessere. Fertig?»

Sie war gestresst und erschöpft, die Bemerkungen ihrer Mutter nagten noch immer an ihr, und sie hatte diese verdammten dreieinhalb Kilo nicht abgenommen. Doch Nellie nickte und folgte ihm nach draußen. Richard wollte eine Umzugsfirma damit beauftragen, die Kartons, die Nellie in ihrem Schrank gestapelt hatte, sowie das, was sie im Keller seiner Wohnung zwischengelagert hatte, abzuholen und in ihr neues Haus zu bringen.

«Ich habe ein paar Blocks entfernt geparkt.» Richard stellte ihr Gepäck an den Bordstein. «Bin in zwei Minuten wieder da, Baby.»

Er schlenderte davon, und Nellie sah sich auf ihrer Straße um. Ein paar Häuser weiter stand ein Lieferwagen, aus dessen Heck zwei Männer gerade einen überdimensionalen Sessel wuchteten.

Doch abgesehen von diesen Männern und einer Frau, die mit dem Rücken zu Nellie an einer Bushaltestelle wartete, war alles ruhig in ihrer Straße.

Nellie schloss die Augen und legte den Kopf in den Nacken. Spürte die Nachmittagssonne auf ihren Wangen. Wartete darauf, dass Richard ihren Namen rief und es Zeit wurde zu gehen.

KAPITEL ACHTZEHN

Meine Nachfolgerin sieht mich nicht kommen.

Als sie meine Gegenwart spürt und erschrocken die Augen aufreißt, bin ich ihr schon sehr nahe.

Hektisch schaut sie sich um und sucht wahrscheinlich nach einem Fluchtweg.

«Vanessa?» Sie klingt ungläubig.

Ich wundere mich, dass sie mich so schnell erkannt hat. «Hallo.»

Sie ist jünger als ich, und ihre Kurven sind üppiger, doch nun, da ich wieder meine natürliche Haarfarbe habe, könnten wir Schwestern sein.

So lange male ich mir diesen Augenblick jetzt schon aus. Bemerkenswerterweise verspüre ich keine Panik.

Meine Handflächen sind trocken. Mein Atem geht regelmäßig.

Endlich tue ich es.

Heute unterscheide ich mich deutlich von der Frau, die ich war, als Richard und ich uns ineinander verliebten.

Ich bin in jeder Hinsicht verwandelt.

Mit siebenundzwanzig war ich eine lebenslustige, geschwätzige Erzieherin, die kein Sushi mochte und den Film *Notting Hill* liebte.

Ich hatte einen Teilzeitjob als Kellnerin, bei dem ich einhändig ein Tablett voller Burger wuppte, durchstöberte Secondhandläden und ging mit meinen Freundinnen tanzen. Damals hatte ich keine Ahnung, wie liebenswürdig ich war. Wie viel *Glück* ich hatte.

Ich hatte so viele Freundinnen. Und habe sie alle verloren. Sogar Samantha.

Jetzt habe ich nur noch Tante Charlotte.

In meinem alten Leben hatte ich sogar einen anderen Namen.

Bei unserer ersten Begegnung gab Richard mir den Kosenamen Nellie. Er redete mich ausschließlich so an.

Doch für alle anderen war – und bin ich noch – Vanessa.

Noch immer kann ich hören, wie Richard mit seiner tiefen Stimme die Geschichte – *unsere* Geschichte – erzählte, wenn jemand fragte, wie wir uns kennengelernt hätten.

«Ich sah sie im Flughafenterminal», begann er immer. «Sie versuchte, mit der einen Hand ihren Koffer zu rollen, während sie in der anderen ihre Handtasche, eine Flasche Wasser und einen Chocolate Chip Cookie hielt.»

Damals kehrte ich gerade von einem Besuch bei meiner Mutter in Florida nach New York zurück. Diesmal war es schön gewesen, obwohl jede Heimkehr schmerzliche Erinnerungen weckte. Wenn ich in mein altes Zuhause zurückkehrte, vermisste ich meinen Vater mehr denn je. Und ich konnte den Erinnerungen an meine Collegezeit nie entgehen. Doch zumindest hatte sich die sonst so unberechenbare Stimmung meiner Mutter dank einem neuen Medikament ein wenig stabilisiert. Trotzdem: Ich hasste es zu fliegen, und an jenem Tag machte mich die Vorstellung, in der Luft zu sein, besonders nervös, obwohl der Himmel eine einzige weite azurblaue Fläche mit nur wenigen Wattebauschwölkchen war.

Ich bemerkte ihn sofort. Er trug einen dunklen Anzug und ein makelloses weißes Hemd und blickte mit gerunzelter Stirn auf den Laptop, auf dem er etwas tippte.

«Da war ein kleines Kind, das einen Wutanfall hatte», fuhr Richard fort. «Seine arme Mutter hatte noch einen Säugling in einer Babyschale dabei und wusste sich keinen Rat mehr.»

Ich hatte ja diesen Cookie dabei, daher fragte ich die Mutter, ob ich ihn dem weinenden Jungen geben dürfe. Sie nickte dankbar. Als Erzieherin wusste ich um die Macht einer Bestechung zur rechten Zeit. Ich bückte mich, gab dem Kleinen meinen Keks, und seine Tränen versiegten. Daraufhin sah ich mich nach Richard um, doch der war fort.

Als ich an Bord ging, kam ich an ihm vorbei. Er saß – natürlich – in der ersten Klasse und nippte an seinem Drink. Seine Krawatte hing ihm lose um den Hals. Er hatte eine Zeitung auf dem Tisch vor sich ausgebreitet, beobachtete aber die Passagiere, die nacheinander an Bord kamen. Sein Blick blieb an mir hängen, und ich spürte eine magnetische Anziehungskraft.

«Ich beobachtete, wie sie mit diesem Koffer durch den Gang rumpelte», erzählte Richard und zog die Geschichte in die Länge. «Gar kein übler Anblick.»

Nachdem ich meinen blauen Koffer bis Reihe zwanzig gezogen hatte, setzte ich mich und vollzog meine üblichen abergläubischen Vorflugrituale: Ich zog meine Converse-Sneakers aus, schloss den Sichtschutz und hüllte mich in einen kuscheligen Schal.

«Sie saß neben einem jungen Soldaten», fuhr Richard fort und zwinkerte mir zu. «Und mit einem Mal war mir sehr patriotisch zumute.»

Die Flugbegleiterin kam und sagte, ein Passagier in der ersten Klasse habe angeboten, den Platz mit dem jungen Soldaten neben mir zu tauschen. «Wahnsinn!», sagte der Soldat.

Irgendwie wusste ich gleich, dass er es war.

Als das Flugzeug abhob, umklammerte ich die Armlehnen und schluckte schwer. Er bot mir seinen Drink an. Einen Ring trug er nicht. Ich wunderte mich darüber, dass er nicht verheiratet war – er war sechsunddreißig –, doch später erfuhr ich, dass es eine Exfreundin gab, eine dunkelhaarige Frau, mit der er zusammengelebt hatte. Die Trennung hatte sie sehr mitgenommen.

Nachdem Richard mir einen Heiratsantrag gemacht hatte, ließ mich der Gedanke an sie nicht mehr los. Überall spürte ich ihre Gegenwart. Und damit lag ich richtig – mich beobachtete wirklich jemand. Bloß war es nicht Richards Exfreundin.

«Ich habe sie beschwipst gemacht», erzählte Richard seinem gebannten Zuhörer. «Dachte, so habe ich eine größere Chance, ihre Telefonnummer zu bekommen.»

Ich trank den Wodka Tonic, den er mir reichte, und war mir seiner Körperwärme sehr bewusst.

«Ich bin Richard.»

«Vanessa.»

An diesem Punkt in seiner Geschichte wandte Richard sich jedes Mal von seinem Publikum ab und sah mich zärtlich an. «Sie sieht nicht wie eine Vanessa aus, oder?»

An jenem Tag im Flugzeug hatte Richard mich angelächelt. «Sie sind viel zu lieb und sanft für einen so ernsten Namen.»

«Wie sollte ich denn Ihrer Meinung nach heißen?»

Wir flogen durch ein weiteres Luftloch, und mir stockte der Atem.

«Das ist genauso, wie wenn man mit dem Auto durch ein Schlagloch fährt. Es ist völlig sicher.»

Ich trank einen großen Schluck, und er lachte.

«Sie sind eine nervöse Nellie.» Seine Stimme klang unerwartet sanft. «So werde ich Sie nennen: Nellie.»

Ehrlich gesagt habe ich diesen Kosenamen nie gemocht. Ich fand, er klang altmodisch. Aber das habe ich Richard nie gesagt. Er war der Einzige, der mich je Nellie genannt hat.

Wir unterhielten uns den ganzen restlichen Flug über.

Ich konnte es gar nicht fassen, dass jemand wie Richard an mir interessiert war. Als er sein Sakko auszog, stieg mir ein Zitrusduft in die Nase, den ich für immer mit ihm verbinden werde. Bei Beginn des Sinkflugs fragte er mich nach meiner Telefonnummer. Während ich sie ihm aufschrieb, strich er mir übers Haar, und mir lief ein Schauer über den Rücken. Die Geste fühlte sich so intim wie ein Kuss an.

«Wunderschön», sagte er. «Schneiden Sie es niemals ab.»

Von diesem Tag an – während unserer stürmischen ersten Verliebtheit in New York City, bei unserer Hochzeit in jenem Resort in Florida und in den Jahren in dem neuen Haus, das Richard in Westchester für uns gekauft hatte – war ich seine Nellie.

Ich hatte gedacht, mein Leben würde einen hinreißenden Verlauf nehmen. Ich hatte gedacht, er würde mich stets behüten. Ich würde Mutter werden und, wenn unsere Kinder groß wären, wieder als Erzieherin arbeiten. Ich träumte davon, auf unserer silbernen Hochzeit zu tanzen.

Doch natürlich wurde aus alledem nichts.

Und jetzt ist Nellie für immer fort.

Ich bin bloß Vanessa.

«Was wollen Sie hier?», fragt meine Nachfolgerin.

Ich merke, dass sie abschätzt, ob sie schnell genug an mir vorbeikommt, um wegzulaufen.

Doch sie trägt hohe Riemchensandalen und einen engen Rock. Ich weiß, heute will sie zur Anprobe ihres Hochzeitskleids; es war leicht, an ihren Terminkalender heranzukommen.

«Nur zwei Minuten Ihrer Zeit.» Ich strecke meine leeren Hände aus, um sie davon zu überzeugen, dass ich ihr nichts tun will.

Sie zögert und sieht sich erneut nach allen Seiten um. Ein paar Leute gehen vorüber, doch niemand bleibt stehen. Was gibt es denn auch schon zu sehen? Wir sind bloß zwei gutgekleidete Frauen, die in einer belebten Straße vor einem Wohnhaus stehen, in der Nähe eines Deli und gleich um die Ecke von einer Bushaltestelle.

«Richard wird jeden Moment hier sein. Er schließt nur meine Wohnung ab.»

«Richard ist vor zwanzig Minuten gegangen.» Ich hatte befürchtet, er könnte sie zur Anprobe fahren, doch ich habe ihn ein Taxi heranwinken sehen.

«Bitte hören Sie mir bloß zu», sage ich zu der schönen jungen Frau mit dem herzförmigen Gesicht und dem kurvenreichen Körper, deretwegen Richard mich verlassen hat. Sie muss erfahren, wie ich mich von der lebenslustigen, geschwätzigen Nellie in die gebrochene Frau verwandelt habe, die ich heute bin. «Ich muss Ihnen die Wahrheit über ihn erzählen.»

ZWEITER TEIL

KAPITEL NEUNZEHN

Sie heißt Emma.

«Früher war ich Sie», beginne ich, während ich die junge Frau vor mir ansehe.

Ihre blauen Augen weiten sich. Sie mustert mein frischgefärbtes Haar, dann das Kleid an meinem viel zu mageren Körper. Es ist nicht zu übersehen, dass sie meinen Anblick nicht mit sich selbst in Einklang bringen kann.

So viele Nächte habe ich wach gelegen und geprobt, was ich ihr sagen will. Sie ist Richards Assistentin, so haben die beiden sich kennengelernt. Nicht einmal ein Jahr nachdem sie eingestellt wurde, um seine vorige Sekretärin Diane zu ersetzen, verließ er mich ihretwegen.

Ich brauche den Ausdruck mit meiner vorbereiteten Rede – mein Backup, sollten mir die Worte fehlen – nicht aus der Tasche zu holen. «Wenn Sie Richard heiraten, werden Sie es bereuen. Er wird Ihnen weh tun.»

Emma runzelt die Stirn. «Vanessa.» Ihre Stimme klingt ruhig und gemessen, so, als redete sie mit einem kleinen Kind. Es ist der Tonfall, in dem ich meinen Schützlingen immer sagte, es sei Zeit, das Spielzeug wegzuräumen oder aufzuessen. «Ich begreife, dass die Scheidung schwer für Sie war. Für Richard war es auch schwer. Ich habe ihn ja tagtäglich gesehen; er hat wirklich versucht, Ihre Ehe zu retten. Ich weiß, Sie hatten Ihre Schwierigkeiten, aber er hat alles getan, was er konnte.» Ich nehme einen Vorwurf in ihrem Blick wahr. Sie glaubt, ich sei schuld.

«Sie glauben, Sie kennen ihn», unterbreche ich sie. Ich weiche von meinem Drehbuch ab, doch ich presche einfach weiter. «Aber was haben Sie gesehen? Der Richard, für den Sie arbeiten, ist nicht echt. Er ist vorsichtig, Emma. Er lässt die Leute nicht an sich heran. Wenn Sie die Hochzeit durchziehen ...»

Jetzt unterbricht sie mich. «Das alles tut mir schrecklich leid. Als Richard begann, sich mir gegenüber zu öffnen, tat er das als Kollege, als Freund, müssen Sie wissen. Ich hätte nie gedacht, dass ich einmal eine Affäre mit einem verheirateten Mann haben würde. So eine Frau bin ich nicht. Wir haben nicht damit gerechnet, uns zu verlieben.»

Das glaube ich ihr. Ich sah ja selbst, wie der Funke zwischen ihnen übersprang, kurz nachdem Richard Emma eingestellt hatte, um Anrufe entgegenzunehmen, seine Korrespondenz Korrektur zu lesen und seinen Terminkalender zu verwalten.

«Es ist einfach passiert. Tut mir leid.» Emmas runde Augen blicken aufrichtig. Sie streckt die Hand aus. Als ihre Fingerspitzen sanft über die Haut an meinem Arm streichen, zucke ich zusammen. «Ich kenne ihn sehr wohl. Ich bin zehn Stunden täglich mit ihm zusammen, fünf Tage die Woche. Ich sehe ihn mit seinen Kunden und unseren Kollegen. Ich sehe ihn mit den anderen Sekretärinnen, und ich habe ihn mit Ihnen zusammen gesehen, als sie noch verheiratet waren. Er ist ein guter Mann.»

Emma hält kurz inne, als überlegte sie, ob sie fortfahren soll. Sie betrachtet noch immer mein nunmehr helles Haar, in dem mein naturblonder Ansatz endlich nicht mehr auffällt. «Vielleicht sind Sie es, die ihn nie richtig gekannt hat.» Ihr Tonfall hat eine gewisse Schärfe.

«Sie müssen mir zuhören!» Jetzt zittere ich, so verzweifelt will ich sie überzeugen. «Das liegt an Richard! Er stiftet Verwirrung, damit wir die Wahrheit nicht erkennen!»

«Er hat mir gesagt, Sie würden womöglich etwas in der Art behaupten.» Ihr mitfühlender Ton ist Verachtung gewichen. Sie verschränkt die Arme, und ich weiß, ich verliere ihr Wohlwollen. «Er hat mir erzählt, dass Sie eifersüchtig sind, aber das geht zu weit. Letzte Woche habe ich Sie vor meinem Haus gesehen. Richard hat gesagt, wenn Sie so etwas noch mal bringen, erwirken wir ein Kontaktverbot.»

Schweißtropfen rinnen mir den Rücken hinab, weitere sammeln sich auf meiner Oberlippe. Mein langärmeliges Kleid ist zu warm für dieses Wetter. Ich dachte, ich hätte alles so sorgfältig geplant, aber ich bin ins Stocken geraten, und jetzt sind meine Gedanken so träge und dunstig wie dieser Junitag.

«Versuchen Sie, schwanger zu werden?», entfährt es mir. «Hat er Ihnen gesagt, er wolle Kinder?»

Emma weicht einen Schritt zurück, dann geht sie um mich herum und an mir vorbei. Sie stellt sich an den Straßenrand und hebt die Hand, um ein Taxi heranzuwinken.

«Das reicht», sagt sie, ohne sich zu mir umzudrehen.

«Fragen Sie ihn nach unserer letzten Cocktailparty.» In meiner Not wird meine Stimme schrill. «Sie waren da. Erinnern Sie sich noch, dass der Caterer zu spät kam und kein Raveneau da war? Das war Richards Schuld – er hatte ihn gar nicht bestellt. Er wurde niemals geliefert!»

Ein Taxi bremst ab. Emma dreht sich zu mir um. «Ich war da. Und ich weiß, dass der Wein geliefert wurde. Ich bin Richards Assistentin. Was glauben Sie denn, wer die Bestellung aufgegeben hat?»

Damit habe ich nicht gerechnet. Ehe ich mich wieder fassen kann, hat sie schon die Tür des Taxis geöffnet.

«Er hat mir die Schuld daran gegeben!», schreie ich. «Nach der Party wurde es richtig schlimm!»

«Sie brauchen wirklich Hilfe.» Emma knallt die Autotür zu.

Das Taxi trägt Emma von mir fort, und ich sehe ihm hinterher.

Wie schon so oft stehe ich vor ihrem Haus auf dem Bürgersteig, doch zum ersten Mal frage ich mich ernsthaft, ob all das, was Richard über mich sagt, vielleicht stimmt. Bin ich verrückt wie meine Mutter, die ihr ganzes Leben lang – mal mehr, mal weniger erfolgreich – gegen ihre psychische Erkrankung ankämpfte?

Meine Fingernägel bohren sich in meine Handflächen. Ich mag mir gar nicht vorstellen, wie es sein wird, wenn sie sich heute Abend sehen. Sie wird ihm alles erzählen, was ich gesagt habe. Er wird ihre Beine auf seine heben, ihr den Fuß massieren und ihr versprechen, dass er sie beschützen wird. Vor mir.

Ich hoffe, sie hört zu. Ich hoffe, sie glaubt mir.

Aber Richard hatte schließlich damit gerechnet, dass ich das probiere. Er hatte es ihr gesagt.

Ich kenne meinen Exmann besser als sonst jemand. Mir hätte klar sein müssen, dass er mich genauso gut kennt.

Am Morgen unserer Hochzeit regnete es.

«Das bringt Glück», hätte mein Vater gesagt.

Als ich, flankiert von meiner Mutter und Tante Charlotte, über den königsblauen Teppich lief, der auf der prächtigen Terrasse des Resorts ausgerollt worden war, hatte es bereits wieder aufgeklart, und die Sonne liebkoste meine nackten Arme. Die Brandung bildete eine sanfte Hintergrundmusik.

Ich schritt an Sam, Josie und Marnie vorüber, die auf mit weißen Seidenschleifen geschmückten Stühlen saßen, dann an Hillary und George und ein paar weiteren Kollegen von Richard. Ganz vorn am rosengeschmückten Bogengang stand Maureen neben Richard in ihrer Eigenschaft als Brautjungfer. Sie trug die Glasperlenkette, die ich ihr geschenkt hatte.

Richard sah mir entgegen, und ich strahlte wie ein Honigkuchenpferd. Sein Blick war eindringlich, seine Augen wirkten fast schwarz. Nachdem wir uns an den Händen genommen hatten und der Pfarrer uns zu Mann und Frau erklärt hatte, sah ich, dass seine

Lippen vor Rührung zitterten, bevor er sich zu mir beugte und mich küsste.

Der Fotograf fing den Zauber des Abends ein: Richard, wie er mir den Ring ansteckte, unsere Umarmung am Ende der Trauung und unseren langsamen Tanz zu «It Had to Be You». Das Hochzeitsalbum enthält Fotos von Maureen, als sie Richard die Fliege richtete, von Sam, als sie gerade ihr Champagnerglas erhob, von meiner Mutter, als sie bei Sonnenuntergang barfuß am Strand spazieren ging, und von Tante Charlotte, als sie mich am Ende des Abends zum Abschied umarmte.

Mein bisheriges Leben war voller Ungewissheit und Gefühlsaufruhr gewesen – die Scheidung meiner Eltern, die Probleme meiner Mutter, der Tod meines Vaters und natürlich der Anlass für meine Flucht aus meiner Heimatstadt –, doch an jenem Abend erschien mir meine Zukunft so gerade und makellos wie der blaue Seidenläufer, der mich zu Richard geführt hatte.

Am nächsten Tag flogen wir nach Antigua. Wir saßen bequem in der ersten Klasse, und Richard bestellte Mimosa-Cocktails für uns beide, noch bevor das Flugzeug den Boden verlassen hatte. Meine Albträume bewahrheiteten sich nicht.

Es war nicht das Fliegen, was ich fürchten musste.

Unsere Flitterwochen wurden nicht in einem Fotoalbum dokumentiert, doch genau so habe ich sie in Erinnerung: als eine Abfolge von Schnappschüssen.

Richard, der meinen Hummer knackte und anzüglich grinste, als ich das köstliche Fleisch aus einer Schere saugte.

Wir beide, als wir nebeneinander am Strand lagen und eine Paarmassage bekamen.

Richard, der hinter mir stand, seine Hände auf meinen, während ich auf dem Katamaran, den wir für diesen Tag gemietet hatten, dabei half, das Segel loszumachen.

Jeden Abend ließ unser persönlicher Butler uns in der von Kerzen gesäumten geschwungenen Wanne ein mit Rosenblättern parfümiertes Bad ein. Einmal schlichen wir uns im Mondlicht hinunter zum Strand und liebten uns in einem Badezelt, verborgen hinter den wehenden Vorhängen, die tagsüber die Sonne abschirmen sollten. Wir badeten in unserem persönlichen Whirlpool, tranken am Infinity Pool Rum-Cocktails und machten in einer Doppelhängematte ein Nickerchen.

Am vorletzten Tag meldete Richard uns zum Tauchen an. Wir hatten beide keinen Taucherschein, aber das Personal im Resort erklärte uns, wenn wir Privatstunden im Pool nähmen, dürften wir danach mit einem Tauchlehrer in seichtem Wasser tauchen.

Ich schwamm nicht gern, aber im ruhigen Wasser des Pools fand ich mich zurecht. In der Nähe planschten andere Gäste, das Sonnenlicht erhellte die Oberfläche ein, zwei Meter über meinem Kopf, wenn ich tauchte, und der Rand des Pools war immer nur wenige Schwimmzüge entfernt.

Als wir dann ins Motorboot kletterten, atmete ich tief durch und bemühte mich um einen gelassenen, unbekümmerten Ton. «Wie lange werden wir unten sein?», fragte ich Eric, unseren jungen Tauchlehrer, einen Studenten aus Santa Barbara, der gerade Semesterferien hatte.

«Fünfundvierzig Minuten. Der Sauerstoff in Ihrer Flasche reicht länger, wir können es also noch ein bisschen ausdehnen, wenn Sie möchten.»

Ich hielt ihm den erhobenen Daumen hin, doch als wir uns mit hoher Geschwindigkeit vom Land entfernten und auf ein Korallenriff zuhielten, baute sich in meiner Brust Druck auf. Die schwere Sauerstoffflasche war mir auf den Rücken geschnallt, und Taucherflossen zwängten meine Füße ein.

Ich betrachtete die Taucherbrille auf Richards Kopf, während eine identische Brille an den feinen Härchen an meinen Schläfen ziepte. Als Eric den Motor ausschaltete, kam mir die Stille ebenso unermesslich und absolut vor wie das Wasser um uns herum.

Eric sprang vom Rand des Boots ins Meer, kam wieder an die Oberfläche und strich sich das zottelige Haar aus dem Gesicht. «Das Riff ist etwa zwanzig Meter entfernt. Folgen Sie meinen Taucherflossen.»

«Fertig, Baby?» Richard schien sich unglaublich darauf zu freuen, die blau-gelben Kaiserfische, die regenbogenfarbenen Papageienfische und die harmlosen Sandtigerhaie zu beobachten. Er zog sich die Taucherbrille aufs Gesicht. Ich versuchte zu lächeln, dann tat ich es ihm nach und spürte, wie die Gummidichtung sich an der Haut um meine Augen festsaugte.

Ich kann jederzeit wieder auftauchen, sagte ich mir, während ich die Leiter hinabstieg ins Wasser, wo die schwere Ausrüstung helfen würde, mich unter die Oberfläche zu ziehen. *Ich werde nicht in der Falle sitzen.*

Sekunden nachdem ich in den kühlen salzigen Ozean abgetaucht war, war alles verdunkelt.

Ich hörte nur meinen Atem.

Sehen konnte ich nichts; Eric hatte gesagt, wenn unsere Taucherbrillen beschlügen, sollten wir den Rand leicht anheben und ein wenig Wasser hineinlassen, um das Glas zu entnebeln. «Wenn etwas nicht stimmt, heben Sie die Hand, das ist unser Notfallsignal», hatte er gesagt. Doch ich konnte nur blindlings mit Armen und Beinen strampeln in der Hoffnung, so wieder an die Oberfläche zu kommen. Das Geschirr der Sauerstoffflasche engte mich ein und schnürte mir die Brust zusammen. Ich hatte das Gefühl, nicht genug Luft zu bekommen, und meine Maske beschlug immer mehr.

Der Lärm war grauenhaft. Noch heute habe ich meine stockenden, gequälten Atemzüge im Ohr und spüre die Enge in meiner Brust.

Ich konnte weder Eric noch Richard entdecken. Ganz allein trudelte ich im Ozean, paddelte wie wild, und ein Schrei stieg in mir auf.

Dann packte jemand meinen Arm, und ich spürte, wie ich gezogen wurde. Ich erschlaffte.

Gleich darauf brach ich durch die Oberfläche, spuckte das Mundstück aus und riss mir die Taucherbrille vom Kopf. Es tat scheußlich weh, weil ich mir dabei ein paar Haarsträhnen ausriss.

Keuchend und hustend atmete ich so tief wie möglich ein.

«Das Boot ist gleich hier», sagte Eric. «Ich habe Sie. Lassen Sie sich treiben.»

Ich streckte die Hände aus und packte die Leiter, doch ich war zu schwach, um sie hinaufzuklettern. Eric zog sich ins Boot, beugte sich zu mir herunter, nahm meine Hand und hievte mich hoch. Ich sackte auf der Bank zusammen. Mir war so schwindelig, dass ich den Kopf zwischen die Beine klemmen musste.

Dann hörte ich Richards Stimme. «Du bist in Sicherheit. Sieh mich an.»

Durch den Druck auf meinen Ohren klang er ganz fremd.

Ich versuchte zu tun, was er sagte, doch er schwamm noch im Wasser, und beim Anblick der kleinen blauen Wellen wurde mir übel.

Eric ging neben mir in die Knie und löste die Riemen, die mich einschnürten. «Gleich geht es Ihnen wieder gut. Sie sind in Panik geraten, nicht wahr? Das kommt vor. Da sind Sie nicht die Einzige.»

«Ich konnte nichts sehen», flüsterte ich.

Richard kletterte die Leiter herauf und über die Bordwand. Als er landete, klirrte seine Ausrüstung. «Ich bin da. Ach Liebling, du zitterst ja. Das tut mir so leid, Nellie. Ich hätte es wissen müssen.»

Die Taucherbrille hatte einen roten Abdruck in seinem Gesicht hinterlassen.

«Ich habe sie», sagte er zu Eric, der mir die Sauerstoffflasche abnahm und beiseitetrat. «Wir fahren besser zurück.»

Richard hielt mich im Arm, während das Motorboot über die Wellen hüpfte. Schweigend kehrten wir zum Resort zurück. Nachdem Eric festgemacht hatte, holte er eine Flasche Wasser aus einer Kühlbox und reichte sie mir. «Wie geht es Ihnen jetzt?»

«Viel besser», log ich. Ich zitterte noch immer, und die Wasserflasche bebte in meiner Hand. «Richard, du kannst ruhig noch mal rausfahren ...»

Er schüttelte den Kopf. «Kommt nicht in Frage.»

«Bringen wir Sie an Land», sagte Eric. Er sprang auf den Steg, und Richard folgte ihm. Wieder reichte Eric mir die Hand. «Hier.» Mir zitterten die Beine, doch es gelang mir, die Hand nach ihm auszustrecken.

Aber Richard sagte: «Ich habe sie», packte meinen Oberarm, zog mich aus dem Boot und stützte mich. Ich zuckte zusammen, denn seine Finger gruben sich in meinen weichen Arm, so fest hielt er mich dabei.

«Ich bringe sie aufs Zimmer», sagte Richard zu Eric. «Bringen Sie unsere Ausrüstung zurück?»

«Kein Problem.» Eric wirkte besorgt, vielleicht weil Richards Tonfall ein wenig barsch war. Ich wusste, Richard machte sich nur Sorgen um mich, doch vielleicht dachte Eric, wir wollten uns beschweren.

«Danke für Ihre Hilfe», sagte ich zu ihm. «Tut mir leid, dass ich die Nerven verloren habe.»

Richard legte mir ein frisches Handtuch um die Schultern, dann verließen wir den Steg und gingen über den weichen Sand zu unserem Zimmer.

Nachdem ich den nassen Bikini ausgezogen und mich in einen flauschigen weißen Bademantel gehüllt hatte, ging es mir besser. Richard schlug vor, wieder an den Strand zu gehen, doch ich schützte Kopfschmerzen vor, bestand aber darauf, dass er ohne mich ging.

«Ich ruhe mich nur ein Weilchen aus», sagte ich.

An den Schläfen spürte ich tatsächlich ein leichtes Pochen – eine Nebenwirkung des Tauchens oder vielleicht auch nur ein Rest von Anspannung. Sobald ich hörte, wie die Tür sich hinter Richard schloss, ging ich ins Bad. Ich wollte schon die Kopfschmerztabletten aus dem Kulturbeutel nehmen, doch daneben steckte das orange Fläschchen mit dem Xanax, das ich mir für den Fall eines Langstreckenflugs hatte verschreiben lassen. Ich zögerte und dachte an meine Mutter, wie immer, wenn ich eine Tablette schluckte, doch schließlich schüttelte ich eine der ovalen weißen Tabletten heraus und nahm sie mit etwas Fiji Water ein, von dem die Zimmermädchen zweimal am Tag Nachschub brachten. Dann zog ich die schweren Vorhänge zu, um die Sonne auszusperren, kroch ins Bett und wartete darauf, dass das Medikament wirkte.

Als ich schon fast eingedöst war, klopfte es an der Tür. Ich dachte, es sei das Zimmermädchen, und rief: «Können Sie später wiederkommen?»

«Ich bin's, Eric. Ich bringe Ihnen Ihre Sonnenbrille. Ich lege sie hier vor Ihre Tür.»

Eigentlich hätte ich aufstehen müssen, um ihm zu danken, doch mein Körper fühlte sich ganz schwer an und drückte mich förmlich aufs Bett nieder. «Okay. Vielen Dank.»

Gleich darauf klingelte mein Handy, das auf dem Nachttisch lag. Ich nahm das Gespräch an: «Hallo.»

Keine Antwort.

«Richard?» Das Beruhigungsmittel hatte meine Zunge bereits schwer gemacht.

Wieder keine Antwort.

Ich sah aufs Display, doch ich wusste vorher, was ich sehen würde: *Unbekannte Rufnummer*.

Mit einem Mal hellwach, fuhr ich in die Höhe und umklammerte das Telefon. Das Einzige, was ich hören konnte, war die kalte Luft, die aus der Klimaanlage strömte.

Ich befand mich Tausende von Kilometern von zu Hause entfernt, und trotzdem war mir jemand gefolgt.

Schließlich legte ich auf, quälte mich aus dem Bett, riss die Vorhänge zur Seite und spähte durch die Schiebetür auf unseren Balkon. Da war niemand. Ich sah mich im Zimmer um, musterte die geschlossene Schranktür. Hatte sie nicht offen gestanden, als wir heute Morgen das Zimmer verlassen hatten?

Ich ging zum Schrank und öffnete ihn.

Nichts.

Ich sah zum Handy auf meinem Bett: Das Display leuchtete blau. Ich schnappte mir das Gerät und warf es auf den Fliesenboden. Etwas platzte ab, aber das Display leuchtete noch immer. Da steckte ich das Handy in den Sektkühler, so tief, bis ich eisiges Wasser spürte. Doch dort konnte ich es nicht lassen; das Zimmermädchen würde es garantiert finden, wenn es Eis nachfüllte. Erneut steckte ich die Hand ins Eis und holte das Handy wieder heraus. Hektisch sah ich mich im Zimmer um, bis mein Blick auf den Papierkorb fiel, in dem die Zeitung und ein paar Papiertaschentücher lagen. Ich wickelte mein Handy in den Sportteil und stopfte ihn zurück in den Papierkorb.

Die Reinigungscrew würde alles entsorgen. Das Telefon würde zusammen mit den Abfällen Hunderter von anderen Gästen auf einer riesigen Müllkippe landen. Richard würde ich erzählen, ich hätte es verloren, es müsse mir aus der Strandtasche gefallen sein. Er hatte es mir unmittelbar nach unserer Verlobung geschenkt und gesagt, er wolle die allerbeste Technik für mich, und ich wusste, er würde mir einfach ein neues kaufen. Ich hatte bereits für genug Aufruhr in unseren Flitterwochen hier gesorgt, da musste ich ihm nicht noch mehr Sorgen bereiten.

Allmählich beruhigte sich meine Atmung wieder. Die Tablette besiegte meine Angst. Unsere Suite war luftig und geräumig, mit violetten Orchideen in einer niedrigen Vase auf dem Glastisch, blau gefliesten Böden und weiß verputzten Wänden. Ich ging zum Schrank und holte ein Sommerkleid aus fließendem orangefarbenem Stoff sowie goldene Sandalen mit hohen Absätzen heraus. Das Kleid hängte ich an die Schranktür, und die Schuhe stellte ich ordentlich darunter; dieses Outfit würde ich heute Abend tragen. In der Minibar war eine Flasche Champagner. Ich stellte sie in den Kühler und daneben zwei zierliche Sektflöten.

Jetzt waren meine Lider schwer. Ich sah mich ein letztes Mal im Raum um. Alles sah entzückend aus, alles war, wo es sein sollte. Ich schlüpfte wieder unter die Decke, drehte mich auf die linke Seite und zuckte zusammen. An meinem Oberarm entdeckte ich dort, wo Richard mich gepackt hatte, um mich aus dem Boot zu ziehen, eine gerötete Stelle, die sich bereits bläulich verfärbte.

Ich hatte einen leichten Pulli dabei, der zum Kleid passte. Den würde ich tragen, um die blauen Flecken zu verbergen.

Ein kurzes Nickerchen, sagte ich mir und drehte mich auf die andere Seite, und später, wenn Richard zurückkam, würde ich ihm vorschlagen, den Champagner zu köpfen und uns gemeinsam zum Abendessen fertig zu machen.

Am nächsten Tag würden wir zurück nach New York fliegen; unsere Flitterwochen waren beinahe zu Ende. Ich musste die Erinnerung an diesen Nachmittag auslöschen. Ehe wir nach Hause flogen, wollte ich einen letzten perfekten Abend.

KAPITEL ZWANZIG

Ich sehe der Barfrau zu, die in einem elegant geschwungenen klaren Strahl Wodka einschenkt und mit einem schäumenden Spritzer Tonic abrundet. Sie klemmt eine Limettenscheibe auf den Rand des Glases und schiebt es mir übers glatte Holz der Theke zu. Dann räumt sie das leere Glas vor mir ab.

«Möchten Sie auch etwas Wasser?»

Ich schüttele den Kopf. Feuchte Haarsträhnen kleben an meinem Nacken, und meine Oberschenkel schwitzen auf dem Kunstlederpolster. Meine Schuhe stehen neben mir auf dem Boden.

Nachdem Emma meine Warnungen in den Wind geschlagen hatte und mit dem Taxi entschwunden war, blieb ich noch eine Weile an der Straßenecke stehen und wusste nicht, wohin. Es gab einfach niemanden mehr, an den ich mich wenden konnte. Niemanden, der verstehen würde, wie spektakulär ich gescheitert war.

Schließlich lief ich einfach los, weil mir nichts Besseres einfallen wollte. Mit jedem Schritt wurde meine Beklemmung größer, wie ein Gähnen, das sich einfach nicht unterdrücken ließ. Einige Blocks weiter stieß ich dann auf die Bar des Hotels Robertson.

Die Barfrau schiebt sachte ein weiteres Glas vor mich hin. Wasser. Ich blicke hoch und frage mich, ob ich wirklich den Kopf geschüttelt oder mir das nur eingebildet habe, doch sie weicht meinem Blick aus, geht ans Ende der Theke und ordnet einen Stapel Zeitungen.

Da erblicke ich mich im großen Spiegel hinter ihr, der die Reihen mit Absolut, Johnnie Walker, Hendrick's Gin und Tequila Reposado zurückwirft.

Und jetzt sehe ich, was Emma sah.

Ich blicke in einen Zerrspiegel. Das Erscheinungsbild, auf das ich abgezielt hatte – mein altes Ich, Richards Nellie –, ist völlig entstellt. Mein Haar ist spröde vom Färben, eher Stroh denn Butter. Mein Gesicht ist hager, und die Augen liegen tief in den Höhlen. Das Make-up, das ich so sorgfältig aufgetragen habe, ist verschmiert. Kein Wunder, dass der Barfrau lieber wäre, wenn ich nüchtern bliebe; ich sitze in der Lobby eines vornehmen Hotels mit internationalen Gästen und Scotch, der zweihundert Dollar das Gläschen kostet.

Wieder vibriert mein Handy. Ich zwinge mich, es aus der Handtasche zu nehmen, und sehe, dass ich fünf entgangene Anrufe habe. Drei von Saks, der erste um zehn Uhr. Zwei von Tante Charlotte in der letzten halben Stunde.

Nur eines kann den dumpfen Kummer durchdringen, der mich quält: der Gedanke, dass Tante Charlotte sich Sorgen macht. Also rufe ich sie zurück.

«Vanessa? Alles in Ordnung?»

Ich habe keine Ahnung, was ich darauf antworten soll.

«Wo bist du?»

«Bei der Arbeit.»

«Lucille hat mich angerufen, nachdem du nicht aufgetaucht warst.» Meine Tante ist mein Kontakt für Notfälle; ich trug ihre Festnetznummer in meinen Bewerbungsbogen ein.

«Ich musste bloß ... Ich gehe später hin.»

«Wo bist du?», fragt meine Tante nochmals in energischem Ton.

Ich sollte ihr sagen, ich sei schon auf dem Heimweg, meine Grippe sei zurückgekehrt. Ich sollte Erklärungen vorbringen, damit sie sich nicht mehr so sorgt. Aber der Klang ihrer Stimme – das einzig Sichere, was ich kenne – gibt mir den Rest. Und so nenne ich ihr den Namen des Hotels.

«Rühr dich nicht vom Fleck.» Sie legt auf.

Mittlerweile wird Emma im Brautmodengeschäft sein. Ich frage mich, ob sie Richard angerufen und ihm erzählt hat, dass ich sie abgefangen habe. Dann denke ich daran, wie das Mitgefühl in ihrem Blick sich in Verachtung verwandelte, und weiß nicht recht, was ich schlimmer fand. Erneut sehe ich vor mir, wie ihre makellosen Beine im Taxi verschwanden, die Tür sich schloss und ihr Kopf im Heckfenster immer kleiner wurde, während ich ihr hinterhersah.

Ich frage mich, ob Richard sich jetzt bei mir melden wird.

Ehe ich auch nur einen weiteren Drink bestellen kann, höre ich Tante Charlottes Birkenstock-Sohlen über den Boden auf mich zuschlappen. Ich verfolge, wie sie meine neue Haarfarbe, mein leeres Cocktailglas und meine nackten Füße mustert, und warte darauf, dass sie etwas dazu sagt, aber sie setzt sich bloß auf den Hocker neben mir.

«Kann ich Ihnen etwas bringen?», fragt die Barfrau.

Tante Charlotte sieht in die Karte. «Einen Sidecar, bitte.»

«Gern. Er steht nicht auf der Karte, aber ich kann Ihnen einen mixen.»

Meine Tante wartet, während die Barfrau Cognac und Cointreau über Eis gießt und eine kleine Zitrone hineinpresst.

Tante Charlotte trinkt einen Schluck, dann stellt sie ihr Glas ab. Ich wappne mich für weitere Fragen, doch die kommen nicht.

«Ich kann dich nicht zwingen, mir zu sagen, was los ist. Aber bitte hör auf, mich anzulügen.» Am Knöchel ihres Zeigefingers haftet ein gelber Farbfleck – nur ein kleines Pünktchen –, und darauf starre ich nun.

«Wer war ich, nachdem ich geheiratet hatte?», frage ich nach einer Weile. «Was hast du gesehen?»

Tante Charlotte lehnt sich zurück und schlägt die Beine übereinander. «Du hast dich verändert. Ich habe dich vermisst.»

Ich habe sie auch vermisst. Tante Charlotte lernte Richard erst unmittelbar vor unserer Hochzeit kennen, da sie ein Jahr lang die Wohnung mit einer Pariser Künstlerfreundin getauscht hatte. Als sie wieder in New York war, trafen wir uns wieder – anfangs häufiger, aber im Lauf der Jahre immer seltener.

«Zum ersten Mal fiel mir etwas am Abend deines Geburtstags auf. Du warst einfach nicht mehr du selbst.»

Ich weiß genau, von welchem Abend sie spricht. Es war August, kurz nach unserem ersten Hochzeitstag. Ich nicke. «Ich war gerade neunundzwanzig geworden.» Ein paar Jahre älter, als Emma jetzt ist. «Du hast mir einen Strauß rosa Löwenmäulchen mitgebracht.»

Sie schenkte mir auch ein kleines Gemälde, ungefähr so groß wie ein gebundenes Buch. Es zeigte mich bei meiner Hochzeit. Anstatt ein Porträt zu malen, hatte Tante Charlotte mich von hinten eingefangen, als ich auf Richard zuging. Der glockenförmige Rock meines Kleides und mein hauchdünner Schleier hoben sich vor dem strahlend blauen Floridahimmel ab. Es sah beinahe so aus, als schritte ich ins Unendliche.

Wir hatten Tante Charlotte auf einen Drink nach Westchester und danach zum Abendessen in unseren Club eingeladen. Ich nahm damals schon fruchtbarkeitsfördernde Präparate ein, und ich weiß noch, dass ich den Reißverschluss des Rocks, den ich anziehen wollte, nicht zubekam. Der A-Linien-Rock aus Seide war eines der vielen neuen Kleidungsstücke, die meinen begehbaren Schrank füllten. Am Nachmittag hatte ich geschlafen – das Clomid machte mich benommen –, und nun war ich spät dran. Als ich endlich ein Kleid angezogen hatte, das besser passte, hatte Richard Tante Charlotte schon begrüßt und ihr ein Glas Wein eingeschenkt.

Während ich auf die Bibliothek zuging, hörte ich sie miteinander reden. «Es waren schon immer ihre Lieblingsblumen», sagte sie gerade.

«Wirklich?», fragte Richard nach. «Löwenmäulchen?»

Als ich eintrat, legte Tante Charlotte die in Folie verpackten Blumen auf einen Beistelltisch, damit sie mich umarmen konnte.

«Ich stelle sie in eine Vase.» Unauffällig nahm Richard eine unserer Cocktailservietten aus Leinen und wischte damit einen Wassertropfen vom schwarz lasierten Mangoholz. Der Tisch war erst vergangenen Monat geliefert worden. «Da steht Mineralwasser für dich, Liebling», sagte er zu mir.

Jetzt nehme ich das Glas Wasser auf der Theke vor mir und trinke einen großen Schluck. Tante Charlotte wusste, dass ich versuchte, schwanger zu werden, und als sie über Richards Bemerkung lächelte, wurde mir klar, dass sie aus meiner breiteren Taille und dem alkoholfreien Getränk womöglich die falschen Schlüsse zog.

Unauffällig schüttelte ich den Kopf, denn ich wollte sie nicht explizit berichten. Jedenfalls nicht in Anwesenheit von Richard.

«Es war schön da», sagt Tante Charlotte jetzt, aber ich bin nicht richtig bei der Sache. Redet sie von unserem Haus oder vom Club?

Damals sah alles in meinem Leben schön aus: das neue Mobiliar, das ich mit Hilfe eines Innenausstatters ausgewählt hatte, die Saphirohrringe, die Richard mir zu diesem Geburtstag geschenkt hatte, die lange Zufahrt zum Club, die sich über den üppig grünen Golfplatz und vorbei an einem Ententeich schlängelte, die Blütenpracht der Kräuselmyrten und cremefarbenen Hartriegelsträucher, die den Eingang mit den weißen Säulen einrahmten.

«Die anderen Leute im Club wirkten alle so ...» Sie zögert. «So gesetzt, schätze ich. Deine Freunde in der Stadt waren einfach so energiegeladen und jung.»

Tante Charlottes Worte sind zurückhaltend, aber ich weiß, was sie meint. Die Männer trugen im Speisesaal Sakkos – eine Clubvorschrift – und die Frauen schienen ihre eigenen Regeln betreffend Aussehen und Verhalten zu haben. Außerdem waren die meisten Paare viel älter als ich, aber das war nicht der einzige Grund, warum ich mich nicht dazugehörig fühlte.

«Wir saßen in einer Ecknische», fährt Tante Charlotte fort. Richard und ich gingen ständig zu Veranstaltungen im Club – zum Feuerwerk am Vierten Juli, zum Labor-Day-Barbecue, zum Weihnachtsball. Die Ecknische war Richards Lieblingsplatz, weil er von dort aus den Raum im Blick hatte und man zugleich ungestört war.

«Die Golfstunden haben mich überrascht», sagt Tante Charlotte. Ich nicke. Die waren auch für mich eine Überraschung gewesen. Selbstverständlich waren sie ein Geschenk von Richard gewesen. Er wollte mit mir zusammen spielen und hatte von einer Reise nach Pebble Beach gesprochen, wenn ich erst einmal meinen Fairwayschlag gemeistert hätte. Ich erzählte Tante Charlotte, dass ich gelernt habe, ein Siebener- von einem Neuner-Eisen zu unterscheiden, immer Shanks produzierte, wenn ich mir nicht genügend Zeit für den Probeschwung genommen hatte, und wie viel Spaß es mache, den Golfwagen zu fahren. Mir hätte klar sein müssen, dass Tante Charlotte mein lebhaftes Geschnatter durchschauen würde.

«Als der Kellner kam, hast du ein Glas Chardonnay bestellt», erzählt Tante Charlotte. «Aber ich sah, dass Richard deine Hand berührte, und daraufhin hast du deine Bestellung zu Wasser abgeändert.»

«Ich habe versucht, schwanger zu werden. Da wollte ich keinen Alkohol trinken.»

«Das verstehe ich, aber dann ist noch etwas passiert.» Tante Charlotte nimmt das Glas mit ihrem Sidecar in beide Hände, trinkt einen Schluck und stellt es behutsam wieder ab. Ich frage mich, ob sie lieber nicht fortfahren würde, aber ich muss wissen, was ich getan habe.

«Der Kellner brachte dir deinen Caesar Salad.» Tante Charlottes Stimme ist sanft. «Du hast ihm gesagt, du hättest das Dressing separat haben wollen. Es war keine große Sache, aber du bist darauf herumgeritten, dass du ihn so bestellt hättest. Ich fand es einfach merkwürdig, weil du ja selbst mal gekellnert hattest, Schatz, und wusstest, wie leicht solche Fehler vorkommen.»

Sie hält inne. «Die Sache ist die: Du hast dich geirrt. Ich hatte auch einen Caesar Salad bestellt, und du hast einfach gesagt, du wolltest dasselbe. Zum Dressing hattest du überhaupt nichts gesagt.»

Ich spüre, wie meine Stirn sich runzelt. «Das war alles? Ich habe falsch bestellt?»

Tante Charlotte schüttelt den Kopf. Ich weiß, sie wird mir die Wahrheit sagen. Und ich weiß, dass mir vielleicht nicht gefallen wird, was ich gleich zu hören bekomme.

«Es war die Art, wie du es gesagt hast. Du klangst ... erregt. Er hat sich entschuldigt, aber du hast viel mehr Aufhebens als nötig darum gemacht. Du hast den Kellner für etwas gerügt, was gar nicht seine Schuld war.»

«Was hat Richard getan?»

«Er war am Ende derjenige, der dir gesagt hat, du solltest dir keine Sorgen machen, du würdest in einer Minute einen neuen Salat bekommen.»

Ich erinnere mich nicht an den genauen Wortlaut meiner Auseinandersetzung mit dem Kellner – allerdings erinnere ich mich an andere, unerfreulichere Restaurantbesuche während meiner Ehe –, aber in einem bin ich mir sicher: Meine Tante hat ein ausgezeichnetes Gedächtnis. Ihr ganzes Leben hat sie sich im Wahrnehmen von Details geübt.

Und da frage ich mich, wie viele unschöne Szenen Tante Charlotte in jenen Jahren noch mit angesehen, aber bloß aus Liebe zu mir nichts dazu gesagt hat.

Obwohl wir noch nicht lange verheiratet waren, hatte meine Verwandlung bereits begonnen.

KAPITEL EINUNDZWANZIG

Mir war von Anfang an klar, dass mein Leben mit Richard keine Ähnlichkeit mit meinem alten Leben haben würde.

Allerdings hatte ich gedacht, die Veränderungen würden äußerlich sein – Bereicherungen dessen, was ich bereits war und bereits hatte. Ich würde eine Ehefrau werden. Eine Mutter. Ich würde ein Zuhause erschaffen. Ich würde in unserer Nachbarschaft neue Freunde finden.

Doch ohne die tägliche Hektik, die mein Leben in Manhattan ausgemacht hatte, war es zu leicht, sich auf das zu fokussieren, was fehlte. Ich hätte dreimal pro Nacht wach werden müssen, um zu stillen, hätte zu Krabbelgruppen gehen, Möhrenbrei kochen und Bilderbücher lesen, Strampelanzüge waschen und Beißringe kühlen sollen, um dem geschwollenen Zahnfleisch in den kleinen Mündern Linderung zu bringen. Mein Leben war auf Eis gelegt. Ich fühlte mich in einem Schwebezustand zwischen meiner Vergangenheit und meiner Zukunft gefangen.

Vorher hatten meine Ängste meinem Kontostand gegolten, den Schritten, die ich nachts hinter mir hörte, oder der U-Bahn, die ich unbedingt erreichen musste, um noch pünktlich zum Gibson's zu kommen. Ich hatte mich um das kleine Mädchen in meiner Kindergartengruppe gesorgt, das an den Fingernägeln kaute, obwohl es erst drei war, oder hatte gegrübelt, ob der niedliche Typ, dem ich meine Telefonnummer gegeben hatte, wohl je anrufen würde, und ob Sam daran gedacht hatte, ihr Glätteisen auszustöpseln, nachdem sie damit ihre Haare bearbeitet hatte.

Ich fürchte, ich hatte geglaubt, die Heirat mit Richard würde alle meine Sorgen beseitigen.

Doch die alten Ängste wichen bloß neuen. Ich tauschte den Trubel und den Lärm der Großstadt gegen ein unaufhörliches Gedankenkarussell ein. Meine friedliche neue Umgebung wirkte sich nicht beruhigend auf mein Innenleben aus, im Gegenteil: Die permanente Stille und die unausgefüllten Stunden schienen mich zu verhöhnen. Meine Schlaflosigkeit kehrte zurück. Außerdem ertappte ich mich dabei, dass ich oft noch einmal kehrtmachte, um mich zu vergewissern, ob ich auch abgeschlossen hatte, wenn ich aus dem Haus ging, obwohl ich genau vor Augen hatte, wie ich den Schlüssel im Schloss gedreht hatte. Ich verließ das Wartezimmer des Zahnarztes, ohne meine Zahnreinigung bekommen zu haben, weil ich davon überzeugt war, ich hätte den Herd nicht ausgeschaltet, und musste mich oft nochmals vergewissern, ob ich das Licht in den Wandschränken wirklich gelöscht hatte. Obwohl unsere allwöchentlich kommende Haushälterin alles tadellos hinterließ und Richard von Natur aus unglaublich ordentlich war, wanderte ich trotzdem durch die Räume und suchte nach einem braunen Blatt an einer Topfpflanze, einem Buch, das zu weit aus dem Regal ragte, Handtüchern in unseren Wäscheschränken, die nochmals ordentlich gefaltet werden mussten.

Ich lernte, einfache Arbeiten in die Länge zu ziehen wie Kaugummi. Zum Beispiel konnte ich mich den ganzen Tag mit einem Treffen des Juniorkomitees für Ehrenamtliche im Club beschäftigen. Ständig sah ich auf die Uhr und zählte die Stunden, bis Richard nach Hause kommen würde.

Kurz nach meinem neunundzwanzigsten Geburtstag und dem Abend im Club mit Tante Charlotte fuhr ich einmal zum Supermarkt, um Hähnchenbrüste fürs Abendessen zu kaufen.

Es war kurz vor Halloween, was immer mein Lieblingsfeiertag gewesen war, als ich noch als Erzieherin gearbeitet hatte. Ich bezweifelte, dass wir viele Süßes-oder-Saures-Besucher haben würden – im Vorjahr waren es jedenfalls nicht viele gewesen, weil die Häuser in unserer Nachbarschaft so weit auseinanderstanden. Trotzdem kaufte ich im Supermarkt ein paar Tüten Mini-KitKat und M&M's und hoffte, dass ich nicht selbst mehr davon aß, als ich verteilte. Außerdem legte ich eine Schachtel Tampons in den Einkaufswagen. Dann bog ich versehentlich in den Gang mit Pampers und Babynahrung ab. Ich machte abrupt kehrt und nahm den längeren Weg zur Kasse.

Als ich den Tisch zum Abendessen deckte – nur zwei Teller an einer Ecke des gewaltigen Mahagonitischs –, fühlte ich mich mit einem Mal unsagbar einsam. Ich schenkte mir ein Glas Wein ein und rief Sam an. Richard sah es nach wie vor nicht gern, wenn ich trank, aber an ein paar Tagen pro Monat brauchte ich diesen Trost. Ich achtete einfach darauf, mir hinterher die Zähne zu putzen und die leere Flasche ganz unten in unserer Recyclingtonne zu vergraben. Sam erzählte mir, sie mache sich gerade für das dritte Date mit einem neuen Mann fertig, und sie wirkte richtig aufgeregt. Ich sah vor mir, wie sie sich in ihre Lieblingsjeans zwängte, die ich mir nun nicht mehr ausborgte, und kirschroten Lipgloss auftrug.

Während ich ihr fröhliches Geplauder genoss, trank ich meinen Chablis und schlug vor, wir sollten uns bald einmal in der Stadt treffen. Sam war seit der Hochzeit nur ein einziges Mal zu Besuch gekommen. Das nahm ich ihr nicht übel; für Singles war Westchester langweilig. Stattdessen fuhr ich häufiger nach Manhattan und traf Sam in der Nähe vom Learning Ladder zum Lunch.

Doch unser letztes Mittagessen hatte ich verschieben müssen, weil ich mir den Magen verdorben hatte, und das daraufhin geplante Abendessen hatte Sam abgesagt, weil sie vergessen hatte, dass am selben Abend die Feier zum neunzigsten Geburtstag ihrer Großmutter war.

Wir hatten uns schon ewig nicht mehr gesehen.

Ich hatte gelobt, nach der Hochzeit in engem Kontakt mit Sam zu bleiben, aber die Abende und Wochenenden – wenn Sam freihatte – waren zugleich meine einzigen Gelegenheiten, mit Richard zusammen zu sein.

Richard schränkte mich in meiner Zeitplanung nicht ein. Als er mich einmal vom Bahnhof abholte, nachdem ich mich mit Sam zum Sonntagsbrunch bei Balthazar getroffen hatte, fragte er mich, ob ich Spaß gehabt hätte.

«Mit Sam macht es immer Spaß», hatte ich erwidert und ihm lachend erzählt, dass wir nach dem Essen einige Blocks vom Restaurant entfernt auf ein Filmset gestoßen seien, wo gerade gedreht wurde. Sam hatte meine Hand genommen und mich in die Menge der Statisten gezogen. Man hatte uns aufgefordert zu gehen, doch vorher war es ihr noch gelungen, sich eine große Tüte Studentenfutter vom Verpflegungstisch zu schnappen.

Richard hatte mit mir gelacht. Doch beim Abendessen hatte er erwähnt, er werde in der kommenden Woche beinahe an jedem Tag lange arbeiten müssen.

Ehe wir unser Telefonat beendeten, sagte Sam, ich solle einen Termin für unser Treffen vorschlagen. «Lass uns Tequila trinken und tanzen gehen wie früher.»

Ich zögerte. «Lass mich zuerst in Richards Terminkalender sehen. Es ist vielleicht einfacher für mich, in die Stadt zu kommen, wenn er verreist ist.»

«Hast du vor, einen Kerl abzuschleppen?», scherzte Sam.

«Warum nur einen?», frotzelte ich, um ein bisschen abzulenken, und sie lachte.

Als ich ein paar Minuten später gerade in der Küche Tomaten für einen Salat schnitt, ging unsere Alarmanlage los.

Wie versprochen hatte Richard eine ausgeklügelte Alarmanlage einbauen lassen, bevor wir nach Westchester gezogen waren. Das gab mir ein beruhigendes Gefühl, schon tagsüber, wenn er im Büro war, aber besonders abends, wenn er verreist war.

«Hallo?», rief ich. Ich ging zur Haustür und zuckte zusammen, weil die schrille Sirene dort noch lauter war. Doch unsere schwere Eichenholztür blieb geschlossen.

In unserem Haus gebe es vier Schwachstellen, hatte der Mann von der Sicherheitsfirma gesagt und zum Nachdruck ebenso viele Finger hochgehalten. Die Haustür, den Kellereingang, das große Erkerfenster im Küchen- und Speisebereich und besonders die gläserne Flügeltür, die vom Wohnbereich in den Garten führte.

Alle diese Stellen waren verkabelt. Ich lief zur Flügeltür und spähte hinaus. Sehen konnte ich niemanden, doch das bedeutete ja nicht, dass sich nicht vielleicht irgendwo jemand versteckte. Und bei dem Lärm, den die Sirene machte, würde ich gar nicht hören, falls gerade jemand einbrach. Instinktiv rannte ich nach oben, in der Hand noch immer das Messer, mit dem ich die Tomaten geschnitten hatte. Ich schnappte mir mein Handy, das ich zum Glück in die Ladestation auf dem Nachttisch gestellt hatte, und versteckte mich ganz hinten in meinem Kleiderschrank hinter einer Reihe Slacks, während ich bereits Richard anrief.

«Nellie? Was ist los?»

Ich kauerte auf dem Boden des Schranks und umklammerte das Telefon. «Ich glaube, jemand versucht einzubrechen», flüsterte ich.

«Ich kann die Sirene hören.» Richard klang angespannt und besorgt. «Wo bist du?»

«In meinem Schrank», flüsterte ich.

«Ich rufe die Polizei. Bleib dran.»

Ich stellte mir vor, wie er auf der anderen Leitung unsere Adresse durchgab und verlangte, man solle sich beeilen, da seine Frau allein im Haus sei. Außerdem wusste ich, dass auch die Alarmanlagenfirma die Polizei benachrichtigen würde.

Jetzt klingelte das Festnetztelefon ebenfalls. Das Herz klopfte mir bis zum Hals, und in meinen Ohren brauste das Blut. So viele

Geräusche – wie sollte ich da hören, ob nicht gerade jemand vor dem Schrank stand und den Knauf drehte?

«Die Polizei muss jeden Moment da sein», sagte Richard. «Und ich sitze auch schon im Zug. Wir sind in Mount Kisco. Ich bin in einer Viertelstunde da.»

Diese Viertelstunde kam mir vor wie eine Ewigkeit. Ich rollte mich zu einer Kugel zusammen und begann die Sekunden zu zählen, zwang mich, langsam und lautlos die Zahlen auszusprechen. Sicher würde die Polizei hier sein, bis ich bei zweihundert war, dachte ich, blieb reglos hocken und atmete nur ganz flach, damit ich nicht entdeckt wurde, falls jemand die Schranktür öffnete.

Die Zeit verlangsamte sich. Ich war mir jedes Details in meiner Umgebung zutiefst bewusst. Meine Sinne waren intensiv geschärft. Ich nahm einzelne Staubkörnchen auf den Fußleisten wahr, kaum sichtbare Farbabweichungen im Holzboden und die winzigen Bewegungen, in die mein Atem die schwarzen Slacks dicht vor meinem Gesicht versetzte.

«Halte durch, Baby», sagte Richard, als ich bei 287 war. «Ich steige gerade aus dem Zug.»

Da kam endlich die Polizei.

Die Polizisten suchten nach Spuren eines Einbrechers, fanden jedoch keine. Nichts war gestohlen, keine Türen waren aufgebrochen, keine Fenster eingeschlagen worden. Ich saß an Richard geschmiegt auf dem Sofa und trank Kamillentee. Fehlalarm sei nicht selten, erzählten uns die Polizisten. Fehler in der Verkabelung, Tiere, die einen Sensor auslösten, eine Macke in der Alarmanlage – wahrscheinlich sei es eins davon gewesen, sagte einer von ihnen.

«Ich bin sicher, es war nichts», stimmte Richard zu. Doch dann zögerte er und sah die beiden Polizisten an. «Das hat wahrscheinlich gar nichts damit zu tun, aber als ich heute Morgen zur Arbeit fuhr, parkte ein Pick-up am Ende unserer Straße. Ich dachte, er gehöre einer Gartenbaufirma oder so.» Mein Herz setzte kurz aus.

«Haben Sie sich das Kennzeichen gemerkt?», fragte der ältere Officer, der hauptsächlich sprach.

«Nein, aber ich halte die Augen offen.»

Richard zog mich enger an sich. «Ach Liebling, du zitterst ja. Ich verspreche dir, ich werde niemals zulassen, dass dir etwas passiert, Nellie.»

«Aber Sie sind sicher, dass Sie niemanden gesehen haben, ja?», fragte der Officer mich noch einmal.

Ich blickte aus dem Fenster und betrachtete die blau und rot blitzende Lampe am Streifenwagen. Dann schloss ich die Augen, sah aber weiterhin das hektisch blinkende Licht vor mir, das mich zurück in jene Nacht vor langer Zeit versetzte, als ich im letzten Studienjahr gewesen war.

«Nein, ich habe niemanden gesehen.»

Doch das stimmte nicht ganz.

Ich hatte durchaus ein Gesicht gesehen, bloß nicht vor einem unserer Fenster. Es war nur vor meinem inneren Auge erschienen und gehörte jemandem, den ich zuletzt in Florida gesehen hatte, jemandem, der mir die Schuld an den katastrophalen Ereignissen jenes Herbstabends gibt – und mich dafür bestrafen will.

Ich hatte einen neuen Namen. Ich hatte eine neue Adresse. Ich hatte sogar eine andere Telefonnummer.

Doch ich hatte von Anfang an befürchtet, dass das alles nicht genügen würde.

Die Tragödie ereignete sich an einem wunderschönen Tag, ebenfalls im Oktober. Ich war damals so jung. Vor kurzem hatte mein Abschlussjahr am College begonnen. Die flirrende Hitze des Floridasommers war einer milden Wärme gewichen. Die Studentinnen in meiner Verbindung trugen leichte Sommerkleider oder

Tanktops und Shorts mit dem Aufdruck CHI OMEGA überm Po. In unserem Wohnheim herrschte freudige Erregung, denn die Initiation der neuen Anwärterinnen würde nach Sonnenuntergang stattfinden. Als Eventbeauftragte unserer Verbindung hatte ich die Götterspeise-Shots, das Verbinden der Augen, die Kerzen und den Überraschungssprung ins Meer geplant.

Doch ich wachte erschöpft und mit einem leichten Übelkeitsgefühl auf. Während ich mich zu meinem Seminar über frühkindliche Entwicklung schleppte, knabberte ich an einem Müsliriegel. Als ich meinen spiralgebundenen Terminplaner herausholte, um die Hausaufgabe für nächste Woche zu notieren, ließ eine plötzliche Erkenntnis meinen Bleistift innehalten: Meine Periode war verspätet. Ich war nicht krank. Ich war schwanger.

Als ich wieder aufblickte, hatten alle anderen Studenten schon zusammengepackt und verließen gerade den Raum. Der Schreck hatte mir ganze Minuten geraubt. Ich ließ das nächste Seminar ausfallen und ging in eine Apotheke am Campus, wo ich ein Päckchen Kaugummi, ein *People Magazine*, ein paar Stifte und – so, als wäre er nur ein weiterer zufälliger Punkt auf meiner Einkaufsliste – einen Schwangerschaftstest kaufte. Nebenan war ein McDonald's. Dort hockte ich in einer Toilettenkabine und lauschte zwei Mädchen, die sich vor dem Spiegel das Haar bürsteten und sich über das Britney-Spears-Konzert unterhielten, zu dem sie unbedingt gehen wollten. Das Pluszeichen bestätigte mir, was ich bereits vermutet hatte.

Ich bin doch erst einundzwanzig, dachte ich verzweifelt. *Ich habe nicht mal meine Ausbildung abgeschlossen.* Mein Freund Daniel und ich waren erst seit ein paar Monaten zusammen.

Ich verließ die Kabine und ließ mir kaltes Wasser über die Handgelenke laufen. Dann blickte ich hoch, und die beiden Mädchen verstummten, als sie mein Gesicht sahen.

Daniel war in einem Soziologieseminar, das um halb eins endete; ich kannte seinen Stundenplan auswendig. Eilig lief ich zu seinem Gebäude und ging auf dem Bürgersteig davor auf und ab. Ein paar Studenten saßen auf der Treppe und rauchten, während andere auf dem Rasen lagen – einige aßen etwas, andere hatten sich im Dreieck aufgestellt und spielten Frisbee. Eine Frau lag mit dem Kopf auf dem Schoß ihres Typen, das lange Haar über seinen Oberschenkel ausgebreitet wie eine Decke. Aus einem Ghettoblaster plärrten The Grateful Dead.

Noch zwei Stunden zuvor wäre ich eine von ihnen gewesen.

Jetzt kamen die ersten Studenten aus dem Gebäude, und ich musterte ihre Gesichter, suchte fieberhaft nach Daniel. Der Typ in Flip-Flops und einem Grant-University-T-Shirt konnte er nicht sein, auch nicht der, der sich mit einem sperrigen Saxophonkasten abschleppte, nicht einmal der mit dem Rucksack über einer Schulter.

Daniel sah wie keiner von denen aus.

Als kaum noch jemand herauskam, erschien er oben an der Treppe. Er trug eine Kuriertasche quer über der Brust und steckte die Brille in eine Tasche seines Oxfordhemds. Ich hob die Hand und winkte. Als er mich sah, blieb er kurz stehen, dann kam er die Treppe herab auf mich zu.

«Professor Barton!» Eine junge Frau fing ihn ab, wahrscheinlich mit einer Frage zu seinem Seminar. Oder vielleicht wollte sie auch mit ihm flirten.

Daniel Barton war damals Mitte dreißig, und er ließ die frisbeespielenden Sportfanatiker mit ihren Hechtsprüngen und ihrem Johlen, wenn sie die Scheibe aufgefangen hatten, wie Welpen aussehen. Während er sich mit der Studentin unterhielt, sah er immer wieder zu mir. Seine Nervosität war nicht zu übersehen. Ich hatte gegen unsere Regel verstoßen: Auf dem Campus nahmen wir einander nicht zur Kenntnis.

Immerhin konnte er gefeuert werden. Er hatte mir im letzten

Jahr die Bestnote gegeben, wenige Wochen bevor unsere Affäre begann. Ich hatte sie mir verdient. Zwischen uns hatte es nicht einmal ein privates Gespräch gegeben, von einem Kuss ganz zu schweigen, bis ich ihn zufällig traf, nachdem ich bei einem Strandkonzert von Dave Matthews von meinen Freundinnen getrennt worden war – aber wer würde mir das glauben?

Als er endlich zu mir kam, flüsterte er: «Nicht jetzt. Ich rufe dich später an.»

«Hol mich in einer Viertelstunde an der üblichen Stelle ab.»

Er schüttelte den Kopf. «Heute geht's nicht. Morgen.» Sein barscher Ton kränkte mich.

«Es ist wirklich wichtig.»

Doch er ging bereits mit den Händen in den Taschen seiner Jeans an mir vorbei zu seinem alten Alfa Romeo, der uns in so vielen mondhellen Nächten zum Strand gebracht hatte. Zutiefst gekränkt und mit dem Gefühl, verraten worden zu sein, sah ich ihm hinterher. Ich hatte mich immer an unsere Vereinbarung gehalten; ihm hätte klar sein müssen, dass es etwas Dringendes war. Er warf seine Tasche auf den Beifahrersitz – meinen Sitz – und raste davon.

Ich schlang mir die Arme um den Leib und beobachtete, wie sein Wagen um die Ecke bog und verschwand. Dann ging ich langsam zurück zu meinem Wohnheim, wo alle mit den Vorbereitungen beschäftigt waren.

Ich musste einfach irgendwie den restlichen Tag überstehen, sagte ich mir und blinzelte heftig, weil mir Tränen in die Augen traten. Danach konnte ich mit Daniel reden. Gemeinsam würden wir uns etwas einfallen lassen.

«Wo warst du denn?», fragte die Präsidentin unserer Ortsgruppe, als ich hereinkam, aber sie wartete meine Antwort gar nicht ab. Heute Abend würden zwanzig Anwärterinnen offiziell in unser Haus aufgenommen werden. Der Abend würde mit einem

Essen und Ritualen beginnen: dem Hauslied und einem Quiz über die Gründerinnen und wichtige Daten unserer Verbindung. Danach würde jede der Neuen eine Kerze nehmen und den heiligen Eid nachsprechen. Ich würde hinter meiner «kleinen Schwester» Maggie stehen, deren Mentorin ich im kommenden Jahr sein würde. Das Initiationsritual würde gegen zweiundzwanzig Uhr beginnen. Zwar dauerte es mehrere Stunden, doch den Anwärterinnen würde nichts Schlimmes geschehen. Nichts Gefährliches. Keinesfalls würde jemand verletzt werden.

Das wusste ich deshalb, weil ich das alles selbst geplant hatte.

Auf dem Esstisch waren die Wodkaflaschen für die Götterspeise-Shots aufgereiht, neben dem Weingeist für den Dirty Hunch Punch. *Brauchen wir wirklich so viel Alkohol?*, fragte ich mich. Daran erinnere ich mich aufgrund dessen, was später geschah. Die rot-blau blitzenden Lichter der Polizei. Das Geschrei, das so schrill wie eine Alarmsirene war.

Doch als ich die Treppe hinaufstieg, um in mein Zimmer zu gehen, war es nur ein flüchtiger Gedanke, der wie eine Motte an mir vorbeiflatterte, im Nu der Sorge wegen meiner Schwangerschaft gewichen. Meine Übelkeit strahlte aus meinem Innersten nach außen und füllte mich ganz aus.

Daniel hatte mich keines Blickes mehr gewürdigt, bevor er davongefahren war. Immer wieder sah ich vor mir, wie er einfach an mir vorbeiging und flüsterte: «Nicht jetzt.» Er hatte mich respektloser behandelt als die Studentin, die ihn vorher abgefangen hatte.

Ich schlüpfte in mein Zimmer und schloss leise die Tür. Dann holte ich mein Handy hervor, legte mich aufs Bett, zog die Knie an die Brust und rief ihn an. Nach viermaligem Klingeln lauschte ich seiner Mailboxansage. Als ich ihn erneut anrief, landete ich direkt bei der Mailbox.

Ich sah vor mir, wie Daniel aufs Display seines Handys blickte, auf dem der Deckname, den er mir gegeben hatte – Victor –, aufleuchtete. Mit seinen langen, sich verjüngenden Fingern – den Fingern, die immer, wenn ich neben ihm saß, mein Bein liebkosten – nahm er das Handy und wies meinen Anruf ab.

Genau das hatte ich ihn bei anderen tun sehen, wenn wir zusammen gewesen waren. Ich hätte nie gedacht, dass er das auch mit mir machen würde.

Noch einmal wählte ich seine Nummer und hoffte, er werde es sehen und begreifen, wie dringend ich mit ihm reden musste. Doch er ignorierte mich.

Da trat Wut an die Stelle meines Kummers. Er musste gewusst haben, dass etwas nicht stimmte. *Er hat gesagt, ich sei ihm wichtig, doch wenn einem jemand wirklich wichtig ist, würde man dann nicht wenigstens dessen Scheißanruf annehmen?*, dachte ich.

Ich war noch nie bei ihm gewesen, weil er zusammen mit zwei anderen Dozenten in einem Haus für Universitätsangehörige wohnte. Doch ich kannte die Adresse.

Ich dachte: *Morgen genügt nicht.*

KAPITEL ZWEIUNDZWANZIG

Nachdem Tante Charlotte und ich aus der Robertson Bar heimgekehrt sind, dusche ich kühl und schrubbe mir Schweiß und Makeup vom Leib. Und wünschte, ich könnte den Tag ebenso einfach abspülen und eine neue Chance bei Emma bekommen.

Ich hatte meine Worte so sorgfältig gewählt, denn ich hatte vorhergesehen, dass Emma anfangs skeptisch sein würde. Das wäre ich auch gewesen. Ich weiß noch gut, wie empört ich war, als Sam Richard nicht zu trauen schien oder als meine Mutter mir sagte, sie mache sich Sorgen, weil ich meine Identität zu verlieren schien.

Doch ich war davon ausgegangen, dass Emma mir zumindest zuhören würde. Dass ich Gelegenheit erhalten würde, Zweifel zu säen, die sie veranlassen würden, einen genaueren Blick auf den Mann zu werfen, mit dem sie den Rest ihres Lebens verbringen wollte.

Aber sie hatte sich ganz eindeutig bereits ein Urteil über mich gebildet, ein Urteil, dem zufolge mir nicht zu trauen ist.

Jetzt erkenne ich, wie naiv es von mir war zu glauben, ich könne der Sache so leicht ein Ende setzen.

Ich werde eine andere Möglichkeit finden müssen, es ihr begreiflich zu machen.

Irgendwann fällt mir auf, dass mein linker Arm schon ganz rot und ein wenig wund ist, so wütend habe ich ihn geschrubbt. Ich drehe den Wasserhahn zu, trockne mich ab und streiche Lotion auf die gereizte Haut.

Dann klopft Tante Charlotte an die Badezimmertür. «Lust auf einen Spaziergang?»

«Klar.» Eigentlich würde ich lieber nicht, aber es ist mein unzulängliches Zugeständnis an sie zum Ausgleich für die Sorgen, die ich ihr bereitet habe.

Also machen wir zwei uns auf zum Riverside Park. Normalerweise legt Tante Charlotte einen flotten Schritt an den Tag, doch heute schlendert sie langsam dahin. Die regelmäßigen, repetitiven Arm- und Beinbewegungen sowie die sanfte Brise vom Hudson River helfen mir, mich geerdeter zu fühlen.

«Möchtest du unser Gespräch von vorhin fortsetzen?», fragt Tante Charlotte.

Ich denke an das, worum sie mich gebeten hat: *Bitte hör auf, mich anzulügen.*

Ich werde sie nicht anlügen, doch bevor ich Tante Charlotte die Wahrheit sagen kann, muss ich zuerst selbst herausfinden, worin die besteht.

«Ja.» Ich nehme ihre Hand. «Aber ich bin noch nicht so weit.»

Obwohl wir in der Bar nur einen einzigen Abend meiner Ehe seziert haben, hat das Gespräch mit meiner Tante einen Teil des Drucks freigesetzt, der sich in mir angestaut hatte. Die vollständige Geschichte ist viel zu verworren und kompliziert, um sie an einem einzigen Nachmittag aufzudröseln. Aber zum ersten Mal kann ich mich nun auf die Erinnerungen eines anderen Menschen stützen. Eines Menschen, dem ich vertrauen kann, während ich die Nachbeben meines Lebens mit Richard bewältige.

Ich lade Tante Charlotte in das italienische Restaurant neben ihrem Haus ein, und wir bestellen Minestrone. Der Kellner bringt uns warmes, knuspriges Brot, und ich trinke drei Glas eiskaltes Wasser und merke, dass ich regelrecht ausgetrocknet war. Wir sprechen über die Matisse-Biographie, die sie gerade liest, und über einen Film, den ich sehen zu wollen vorgebe.

Körperlich geht es mir ein bisschen besser. Und das oberflächliche Geplauder mit meiner Tante lenkt mich ab. Doch sobald ich wieder in meinem Zimmer bin und die Vorhänge zuziehe, als es dämmert, ist meine Nachfolgerin wieder da. Sie ist ein ungebetener Gast, den ich niemals abweisen kann.

Ich sehe vor mir, wie sie sich bei der Anprobe ihres Hochzeitskleids vor dem Spiegel dreht und der neue Diamantring an ihrem Finger funkelt. Sie schenkt Richard etwas zu trinken ein, male ich mir aus, bringt es ihm und küsst ihn, als er ihr das Glas aus der Hand nimmt.

Mir fällt auf, dass ich in meinem kleinen Zimmer auf und ab laufe.

In der Schreibtischschublade finde ich einen Notizblock, den ich zusammen mit einem Füller mit zurück zum Bett nehme. Dann starre ich das leere Blatt an.

Zunächst schreibe ich ihren Namen hin, male sorgfältig die Geraden und Rundungen der einzelnen Buchstaben: *Emma*.

Ich muss genau die richtigen Worte finden. Muss es ihr begreiflich machen.

Mit einem Mal merke ich, dass die Tinte durchs Papier sickert, weil ich den Füller so fest aufdrücke.

Ich weiß nicht, was ich als Nächstes schreiben soll. Oder womit ich überhaupt anfangen soll.

Wenn ich nur bestimmen könnte, wo mein Niedergang begann, dann könnte ich es ihr vielleicht erklären. Begann er mit der psychischen Erkrankung meiner Mutter? Mit dem Tod meines Vaters? Mit meiner Unfähigkeit, schwanger zu werden?

Ich bin mir immer sicherer, dass er seinen Ursprung an jenem Oktoberabend in Florida hat.

Doch das kann ich Emma nicht sagen. Der einzige Teil meiner Geschichte, den sie begreifen muss, ist Richards Rolle darin.

Ich fange noch mal neu an.

Diesmal schreibe ich: *Liebe Emma.*

Dann höre ich seine Stimme.

Flüchtig frage ich mich, ob mein Verstand sie heraufbeschworen hat, doch dann wird mir klar, dass er sich in der Wohnung befindet und Tante Charlotte mich ruft. Mich zu Richard ruft.

Ich springe auf und sehe in den Spiegel. Die Nachmittagssonne und der Spaziergang haben eine gesunde Röte auf meine Wangen gezaubert, und mein Haar ist zu einem niedrigen Pferdeschwanz frisiert. Ich trage eine Radlerhose und ein Tanktop. Zwar habe ich dunkle Ringe unter den Augen, doch das weiche Licht ist gnädig zu den spitzen Knochen meines Körpers. Erst vor ein paar Stunden habe ich mich sorgfältig für Emma zurechtgemacht, aber in diesem Augenblick sehe ich der Nellie, in die mein Mann sich verliebte, ähnlicher als seit vielen Jahren.

Barfuß gehe ich ins Wohnzimmer, und mein Körper reagiert instinktiv auf ihn. Mein Blick verengt sich, bis ich nur noch ihn sehen kann. Er ist breitschultrig und gut in Form; seine Läuferstatur wurde in den Jahren, in denen wir verheiratet waren, kräftiger. Richard ist einer dieser Männer, die mit zunehmendem Alter attraktiver werden.

«Vanessa.» Diese tiefe Stimme. Die ich noch immer ständig in meinen Träumen höre. «Ich möchte mit dir reden.»

Er wendet sich an Tante Charlotte. «Lässt du uns kurz allein?»

Tante Charlotte sieht mich an, und ich nicke. Ich habe einen trockenen Mund. «Natürlich», sagt sie und zieht sich in die Küche zurück.

«Emma hat mir erzählt, dass du heute bei ihr warst.» Richard trägt ein Hemd, das ich nicht kenne. Er muss es nach meinem Auszug gekauft haben. Oder vielleicht hat Emma es für ihn gekauft. Sein Gesicht ist braun gebrannt wie immer im Sommer, weil er bei gutem Wetter draußen läuft.

Ich nicke. Es ist zwecklos, es zu leugnen.

Unerwartet wird seine Miene weicher, und er tritt einen

Schritt auf mich zu. «Du siehst erschrocken aus. Weißt du denn nicht, dass ich hier bin, weil ich mir Sorgen um dich mache?»

Ich deute aufs Sofa. Meine Beine sind zittrig. «Können wir uns setzen?»

An beiden Enden des Sofas stapeln sich Kissen, wodurch wir dichter nebeneinandersitzen, als wir möglicherweise beide erwartet hatten. Ich rieche Zitronen. Spüre seine Wärme.

«Ich heirate Emma. Das musst du akzeptieren.»

Muss ich nicht, denke ich. *Ich muss nicht akzeptieren, dass du irgendjemanden heiratest.* Doch stattdessen sage ich: «Es ist alles so schnell gegangen. Wozu diese Eile?»

Auf diese Frage geht Richard gar nicht ein. «Alle wollten wissen, warum ich die ganzen Jahre bei dir geblieben bin. Du hast dich beklagt, ich hätte dich zu oft zu Hause allein gelassen, aber wenn wir unter Leute gingen, warst du ... Der Abend unserer Cocktailparty – na ja, es wird immer noch darüber geredet.»

Ich merke gar nicht, dass mir eine Träne über die Wange läuft, bis er sie sanft fortwischt. Das setzt ein regelrechtes Gefühlsfeuerwerk in mir frei. Es ist Monate her, seit er mich zuletzt berührt hat. Mein Körper verkrampft sich.

«Ich denke schon seit einer Weile darüber nach. Eigentlich wollte ich es dir nicht sagen, weil ich wusste, dass es dich verletzen würde. Aber nach dieser Sache heute ... bleibt mir keine andere Wahl. Ich glaube, du solltest dir Hilfe suchen. Ein stationärer Aufenthalt irgendwo, vielleicht da, wo deine Mutter auch war. Du willst doch nicht genauso enden wie sie.»

«Es geht mir schon besser, Richard.» Kurz blitzt mein alter Kampfgeist auf. «Ich habe Arbeit. Ich komme öfter raus und unter Menschen ...» Ich breche ab. Er kann die Wahrheit ja sehen. «Ich bin nicht wie meine Mutter.»

Dieses Gespräch führen wir nicht zum ersten Mal. Es ist nicht zu übersehen, dass er mir nicht glaubt.

«Sie hat eine Überdosis Schmerztabletten genommen», sagt Richard sanft.

«Das wissen wir nicht mit Sicherheit!», widerspreche ich. «Es könnte ein Versehen gewesen sein. Sie könnte die Tabletten verwechselt haben.»

Richard seufzt. «Bevor sie starb, hat sie dir und Tante Charlotte erzählt, es gehe ihr besser. Und als du gerade dasselbe gesagt hast ... Hör mal, hast du einen Stift?»

Ich erstarre und frage mich, ob er ahnt, was ich gerade tat, als er kam.

«Einen Stift», wiederholt er und runzelt die Stirn über meine Reaktion. «Kannst du mir einen Stift leihen?»

Ich nicke, stehe auf und gehe in mein Zimmer, wo der Block mit Emmas Namen darauf auf meinem Bett liegt. Ich sehe mich kurz um, denn mit einem Mal habe ich Angst, er könne mir gefolgt sein. Doch hinter mir ist niemand. Ich drehe den Block um und nehme den Stift. Dann fällt mir auf, dass unser Hochzeitsalbum noch auf dem Boden liegt. Ich verwahre es im Schrank und gehe zurück ins Wohnzimmer.

Als ich mich wieder neben Richard setze, stoße ich mit dem Knie sanft an seines.

Er lehnt sich zu mir, um seine Brieftasche hervorzuholen, und zieht den einzelnen Blankoscheck heraus, den er immer bei sich trägt. Ich beobachte, wie er eine Zahl einträgt und dann diverse Nullen hinzufügt.

Mit offenem Mund starre ich die Zahl an. «Wofür ist das?»

«Du hast bei unserem Vergleich nicht genug bekommen.» Er legt den Scheck auf den Couchtisch. «Ich habe ein paar Aktien für dich verkauft und die Bank wissenlassen, dass eine große Summe von meinem Konto abgehoben werden wird. Bitte verwende das Geld, um dir Hilfe zu suchen. Ich könnte mir selbst nicht mehr in die Augen schauen, wenn dir etwas zustieße.»

«Ich will dein Geld nicht, Richard.» Er sieht mir in die Augen. «Ich wollte es nie.»

Ich habe Leute mit haselnussbraunen Augen gesehen, deren Farbe je nach Licht oder Kleidung zwischen grün, blau und braun changiert. Doch Richard ist der einzige Mensch, dem ich je begegnet bin, dessen Iris nur innerhalb des Blauspektrums wechseln – von Jeansblau über Karibikblau bis hin zum Blau eines Käferflügels.

Im Moment haben sie meinen Lieblingsfarbton: ein weiches Indigoblau.

«Nellie.» Es ist seit meinem Auszug das erste Mal, dass er mich so nennt. «Ich liebe Emma.»

Das gibt mir einen Stich ins Herz.

«Aber ich werde nie jemanden so lieben, wie ich dich geliebt habe», fährt er fort.

Ich sehe ihm noch einen Moment in die Augen, dann reiße ich den Blick fort. Dieses Eingeständnis macht mich fassungslos. Doch die Wahrheit ist, mir ergeht es genauso mit ihm. Unser Schweigen hängt in der Luft wie ein Eiszapfen, der gleich abbrechen wird.

Dann beugt er sich erneut zu mir, und als seine weichen Lippen meine finden, erschüttert mich das so, dass ich nicht mehr klar denken kann. Er legt die Hand um meinen Hinterkopf und zieht mich enger an sich. Für wenige Sekunden bin ich wieder Nellie, und er ist der Mann, in den ich mich verliebte.

Dann reißt es mich zurück in die Realität. Ich stoße ihn von mir und wische mir mit dem Handrücken über den Mund. «Das hättest du nicht tun dürfen.»

Er sieht mich lange an, dann steht er auf und geht wortlos.

KAPITEL DREIUNDZWANZIG

In dieser Nacht finde ich wieder keinen Schlaf, weil ich mich in allen Einzelheiten an meine Begegnung mit Richard erinnere.

Als ich endlich eindöse, besucht er mich auch in meinem Traum.

Er kommt zu mir, als ich im Bett liege. Mit den Fingerspitzen zeichnet er meine Lippen nach, küsst mich zärtlich, gemächlich, zuerst auf den Mund, dann arbeitet er sich den Hals hinab. Mit einer Hand hebt er mein Nachthemd an, und schon wandert sein Mund weiter nach unten. Meine Hüften bewegen sich unwillkürlich. Mein Körper verrät mich, wird warm und fügsam, und ich unterdrücke ein Stöhnen.

Dann legt er sich auf mich, zermalmt meinen Rumpf mit seinem, umklammert meine Handgelenke. Ich versuche, ihn von mir zu stoßen, ihn aufzuhalten, aber er ist zu stark.

Plötzlich wird mir klar, dass das nicht ich bin da unter Richard – dass es nicht meine Hände sind, die auf die Matratze gedrückt werden, nicht mein Mund, der geküsst wird.

Es ist Emma.

Mit einem Ruck werde ich wach und fahre hoch. Mein Atem geht stockend und keuchend. Ich sehe mich im Zimmer um, versuche verzweifelt, mich wieder zu zentrieren.

Abrupt laufe ich ins Bad und spritze mir kaltes Wasser ins Gesicht, um die Gefühle, mit denen ich aus dem Traum erwacht bin, zu vertreiben. Ich umklammere den harten Rand des Waschbeckens, bis meine Atmung endlich langsamer wird.

Schließlich gehe ich wieder ins Bett und rätsele darüber, dass mein Herz schneller schlug und meine Haut prickelte, als ich von

Richard träumte. Noch immer spüre ich den Nachhall dieser verräterischen Reaktion auf ihn.

Wie kann er mich erregen, und sei es auch nur im Traum? Dann muss ich an einen Podcast denken, in dem es um das Gefühlszentrum des Gehirns ging.

«Es gibt zwei alles beherrschende Emotionen, auf die der menschliche Körper oft in gleicher Weise reagiert: sexuelle Erregung und Angst», erklärte ein Wissenschaftler. Ich schließe die Augen und versuche mich an den genauen Wortlaut seiner Ausführungen zu erinnern. «Denken Sie an das Herzklopfen, die erweiterten Pupillen, den erhöhten Blutdruck. All das sind Symptome sowohl von Angst als auch von Erregung.»

Das weiß ich nur zu gut.

Der Wissenschaftler sagte auch etwas darüber, dass unsere Denkprozesse sich in beiden Zuständen verändern. Wenn wir beispielsweise gerade frisch verliebt sind, kann das den Teil des Gehirns, der für die kritische Einschätzung anderer Menschen zuständig ist, beeinträchtigen.

Ist es das, was Emma gerade durchmacht?, frage ich mich. *Ist es das, was auch mir begegnet ist?*

Ich bin zu erschüttert, um wieder einzuschlafen.

Hellwach liege ich da, während Bilder von Richards Besuch, der sowohl eindringlich als auch flüchtig war – wie eine Fata Morgana –, meinen Verstand bombardieren, und im Lauf der Nacht frage ich mich allmählich, ob er wirklich stattgefunden hat oder nur Teil meines Traums war.

War irgendetwas von dem, was gestern Abend geschehen ist, real?, frage ich mich.

Beim ersten goldenen Morgenlicht gehe ich wie in Trance an meinen Schrank und öffne die oberste Schublade. Der Scheck liegt zwischen meinen Socken.

Als ich ihn zurückstecke, fällt mein Blick auf den weißen Satindeckel unseres Hochzeitsalbums am Boden des Schranks. Es ist der einzige greifbare Beleg für meine Ehe, den ich besitze.

Ich kann mir nicht vorstellen, dass ich die Fotos nach dem heutigen Tag noch einmal sehen will, aber jetzt muss ich sie mir ein letztes Mal anschauen. Unsere übrigen Fotos befinden sich alle in Westchester, es sei denn, Richard hätte sie bereits in seinen Kellerraum in der City geschafft oder sie zerstört. Ich vermute es stark. Richard hat garantiert sämtliche Spuren von mir beseitigt, damit Emma nicht auf beunruhigende Souvenirs stoßen kann.

Tante Charlotte hat mir ein wenig von dem erzählt, was sie während meiner Ehe mit ansah. Auch Sam erzählte mir bei unserem letzten Gespräch, was sie gesehen hatte – und dieses letzte Gespräch mündete in einen Streit, der schlimmer war, als ich für möglich gehalten hätte. Aber jetzt möchte ich selbst nachsehen, mit frischem Blick.

Ich setze mich im Schneidersitz aufs Bett und schlage das Album auf. Auf dem ersten Bild bin ich im Hotelzimmer und lege ein altes Perlenarmband an – mein «etwas Geborgtes» von Tante Charlotte, die neben mir gerade kunstvoll Dads blaues Taschentuch um meinen Brautstrauß bindet. Ich blättere um und sehe Tante Charlotte, meine Mutter und mich gemeinsam auf den Altar zugehen. Meine Finger sind mit denen meiner Mutter verschränkt, während Tante Charlotte sich auf der anderen Seite bei mir eingehakt hat, da ich in der linken Hand den Strauß weißer Rosen halte. Tante Charlottes Gesicht ist gerötet, und ihre Augen sind feucht. Der Gesichtsausdruck meiner Mutter ist schwerer zu deuten, obwohl sie in die Kamera lächelt. Außerdem ist zwischen ihr und mir ein kleiner Abstand; würden wir uns nicht an den Händen halten, könnte ich sie mit einer Schere leicht aus dem Foto schneiden.

Wenn ich dieses Bild Fremden zeigte und sie erraten müssten, wer von beiden meine Mutter sei, würden sie wahrscheinlich auf

Tante Charlotte tippen, obwohl ich optisch mehr meiner Mutter ähnele.

Ich habe mir immer eingeredet, ich hätte nur Äußerlichkeiten von meiner Mutter geerbt wie ihren langen Hals und ihre grünen Augen. Innerlich sei ich die Tochter meines Vaters und mehr wie meine Tante.

Doch jetzt kehren Richards Worte wie ein Bumerang zu mir zurück.

Wenn er mir während unserer Ehe sagte, ich verhielte mich irrational oder unlogisch oder wenn er in hitzigeren Momenten schrie: «Du bist ja verrückt!», stritt ich es ab.

«Stimmt nicht», flüsterte ich mir zu, wenn ich mit steifem Körper über die Bürgersteige in unserem Viertel marschierte.

Ich knallte den linken Fuß auf den Boden – *Stimmt* –, dann den rechten Fuß – *nicht. Stimmt nicht. Stimmt nicht. Stimmt nicht.* Das wiederholte ich Hunderte von Malen. Vielleicht dachte ich, wenn ich es nur oft genug sagte, könnte ich darunter die Sorge begraben, die unablässig an mir nagte: *Und wenn er nun doch recht hat?*

Ich blättere zu einem Foto, auf dem meine Mutter einen Trinkspruch ausbringt. Auf einem Tisch gleich hinter ihr steht unsere dreistöckige Hochzeitstorte, gekrönt von Richards Tortenaufsatz, dem Erbstück. Das aufgemalte Lächeln der Porzellanbraut ist heiter und gelassen, aber ich weiß noch, dass ich in jenem Augenblick nervös war. Zum Glück war die Ansprache meiner Mutter beim Hochzeitsessen kohärent, wenn auch zu lang. An jenem Tag leisteten ihre Medikamente gute Arbeit.

Vielleicht habe ich doch mehr von meiner Mutter geerbt, als ich mir eingestehen wollte.

Ich wuchs bei einer Frau auf, deren Welt sich von der der Mütter meiner Freundinnen mit ihren Kombiwagen und Sandwiches krass unterschied. Moms Gefühle waren wie leuchtende Farben – feurige Rottöne, glitzernde helle Rosatöne und die dunkelsten

Schiefergrautöne. Ihre Schale war hart, doch im Innersten war sie zerbrechlich. Als einmal der Geschäftsführer eines Drugstores eine ältere Kassiererin schalt, sie sei zu langsam, da schrie meine Mutter den Mann an, nannte ihn einen Schikaneur und erntete Applaus bei den übrigen Kunden in der Schlange. Ein andermal kniete sie sich unvermittelt auf den Bürgersteig und weinte lautlos über einen Monarchfalter, der nicht mehr fliegen konnte, weil sein Flügel zerrissen war.

Hat etwas von ihrer Schrägheit, ihren impulsiven, dramatischen Reaktionen, auf mich abgefärbt? Habe ich die Gene, die mein Schicksal diktiert haben, eher von ihr oder von meinem stabileren, geduldigeren Vater geerbt? Zu gern würde ich wissen, welche unsichtbaren Anlagen ich von ihm habe und welche von ihr.

Im Lauf meiner Ehe erfasste mich ein Drang, die Wahrheit herauszufinden, der immer stärker wurde. Ich jagte sie sogar in meinen Träumen. Da ich befürchtete, meine Erinnerungen könnten verblassen wie ein altes Farbfoto, versuchte ich, sie am Leben zu erhalten. Ich begann, alles in einer Art Tagebuch aufzuschreiben – in einem schwarzen Moleskine-Notizbuch, das ich im Gästezimmer unter der Matratze vor Richard versteckte.

Heute entbehrt das nicht einer gewissen Ironie, denn ich habe mich mit Lügen umgeben. Manchmal bin ich versucht, ihnen zu erliegen. Möglicherweise wäre es einfacher so: mich still und leise in die neue Realität, die ich erschaffen habe, sinken zu lassen wie in Treibsand. Unter ihrer Oberfläche zu verschwinden.

Es wäre so viel leichter, einfach loszulassen, denke ich.

Aber ich kann nicht. Ihretwegen.

Ich lege das Album beiseite, gehe zu dem kleinen Schreibtisch in einer Ecke meines Zimmers, hole den Block und den Stift wieder hervor und beginne erneut.

Liebe Emma,
ich hätte auf niemanden gehört, der mir geraten hätte, Richard nicht zu heiraten. Insofern verstehe ich, warum Sie sich dagegen sträuben. Ich habe mich nicht klar ausgedrückt, denn es ist schwer, einen Anfang zu finden.

Ich fülle das ganze Blatt. Danach überlege ich, ob ich noch einen letzten Satz hinzufügen soll – *Richard hat mich gestern Abend besucht* –, doch mir wird klar, dass sie dann vielleicht denkt, ich wolle sie eifersüchtig machen oder versuchte, ihr die falsche Art von Zweifeln einzupflanzen, und so lasse ich es bleiben.

Daher unterzeichne ich den Brief bloß, falte ihn zweimal längs und lege ihn in die oberste Schublade, um ihn ein letztes Mal zu lesen, ehe ich ihn ihr gebe.

Ein wenig später habe ich geduscht und mich angekleidet und trage gerade Lippenstift auf, überdecke den unsichtbaren Abdruck, den Richards Berührung hinterließ, als ich Tante Charlotte schreien höre. Ich renne in die Küche.

Schwarzer Qualm steigt zur Decke auf. Tante Charlotte schlägt mit einem Geschirrtuch auf den Herd ein.

«Natron!», ruft sie.

Hastig nehme ich die Schachtel aus dem Schrank und streue Natron auf die Flammen, um sie zu ersticken. Tante Charlotte lässt das Geschirrtuch fallen und dreht den Wasserhahn auf. Während sie kaltes Wasser über ihren Unterarm laufen lässt, entdecke ich darauf einen bösen roten Fleck.

Zuerst nehme ich die Pfanne mit dem verbrannten Bacon vom Herd, dann hole ich einen Eisbeutel aus dem Gefrierschrank. «Hier.» Sie nimmt den Arm aus der Spüle, und ich stelle das Wasser ab. «Was ist passiert? Alles in Ordnung?»

«Ich wollte das ausgelassene Fett vom Bacon in die alte Kaffeedose gießen.» Als ich ihr einen Hocker heranziehe, setzt sie sich schwerfällig. «Mir ist etwas danebengegangen. Nur ein kleiner Fettbrand.»

«Soll ich einen Arzt rufen?»

Sie nimmt den Eisbeutel vom Arm und mustert ihn. Die Verbrennung ist fingerbreit und rund fünf Zentimeter lang. Zum Glück hat sich keine Blase gebildet. «So schlimm ist es nicht», sagt sie.

Ich werfe einen Blick auf die umgefallene Schachtel Zucker auf der Arbeitsplatte: Er ist überall auf dem Herd verstreut.

«Aus Versehen habe ich Zucker genommen. Vielleicht hat es das noch schlimmer gemacht.»

«Ich hole dir etwas Aloe vera.» Eilig gehe ich ins Bad und finde im Arzneischrank, hinter ihrer alten Schildpattbrille und einem Fläschchen Ibuprofen, eine Tube. Die Schmerztabletten nehme ich ebenfalls mit in die Küche, schütte mir drei davon in die Hand und reiche sie ihr.

Seufzend streicht sie etwas Aloe vera auf die Verbrennung. «Das tut gut.» Ich schenke ihr ein Glas Wasser ein, und sie schluckt die Tabletten.

Mein Blick fällt auf die neue Brille mit den dicken Gläsern auf Tante Charlottes Nase, und ich lasse mich schwer auf den Hocker neben ihr fallen.

Wie konnte mir das nur entgehen?

Ich war so darauf fixiert, mehr über Emmas und Richards Beziehung in Erfahrung zu bringen, dass mir überhaupt nicht aufgefallen ist, was sich direkt vor meiner Nase abspielt.

Ihre Tollpatschigkeit und die Kopfschmerzen. Der Termin mit D – für «Doktor». Die Aufräumaktion – um sich ungehinderter in der Wohnung bewegen zu können. Meine Tante, die in der Robertson Bar auf die Getränkekarte sieht und dann etwas bestellt, was nicht darauf steht. Ihre Langsamkeit beim Spaziergang am

Hudson. Und die Zuckerschachtel, die überhaupt nicht wie die Natronschachtel aussieht, aber sich vermutlich ähnlich anfühlt, wenn man in Eile ist. Wenn man durch eine Qualmwolke hindurch danach greift.

Wenn man sein Augenlicht einbüßt.

Es schnürt mir die Kehle zu. Aber ich darf nicht zulassen, dass sie wieder einmal mich trösten muss. Ich nehme ihre Hand, deren Haut papierdünn ist.

«Ich erblinde», sagt Tante Charlotte leise. «Gerade hatte ich einen zweiten Termin zur Bestätigung. Makuladegeneration. Ich wollte es dir demnächst erzählen. Allerdings nicht unbedingt mit so dramatischen Mitteln.»

Mir schießt durch den Kopf, dass sie einmal eine ganze Woche damit verbrachte, mit Hunderten von Pinselstrichen mehrere Farbschichten auf die Leinwand aufzutragen, um die Borke eines uralten Mammutbaums nachzubilden. Dann denke ich an einen Ausflug zum Strand an einem der Licht-aus-Tage meiner Mutter, als wir auf dem Rücken lagen und zum Himmel hochsahen und sie mir erklärte, auch wenn wir das Licht der Sonne als weiß wahrnähmen, bestehe es in Wirklichkeit aus allen Farben des Regenbogens.

«Das tut mir so leid», flüstere ich.

Ich denke noch immer an jenen Tag – an die Truthahn-Käse-Sandwiches und die Thermosflasche mit Limonade, die meine Tante eingepackt hatte, und an die Spielkarten, die sie mitgenommen hatte, um mit mir Gin Rummy zu spielen –, da spricht sie schon weiter.

«Weißt du noch, wie wir zusammen *Betty und ihre Schwestern* gelesen haben?»

Ich nicke. «Ja.» Schon jetzt frage ich mich, was sie wohl noch sehen kann und was nicht mehr.

«Im Buch sagt Amy: ‹Ich fürchte mich nicht vor Stürmen, da

ich mein Schiff lenken lerne.› Tja, ich habe auch noch nie Angst vor schlechtem Wetter gehabt.» Dann macht meine Tante etwas, das zum Tapfersten gehört, was ich je gesehen habe. Sie lächelt.

KAPITEL VIERUNDZWANZIG

Ich hasse es, wenn ich nichts sehen kann.

Das hatte Maggie, die schüchterne siebzehnjährige Chi-Omega-Anwärterin aus Jacksonville, wortwörtlich so gesagt am Abend der Aufnahme in unsere Verbindung. Doch ich hatte ihr nicht zugehört. Ich war zu sehr darauf fixiert gewesen, wie Daniel mich hatte abblitzen lassen. *Morgen genügt nicht*, hatte ich gedacht, während ich immer wütender wurde.

Irgendwie stand ich den Großteil der abendlichen Rituale durch. Während Maggie im Kreis der übrigen Neuen, deren Gesichter vom Kerzenschein beleuchtet wurden, in unserem Wohnzimmer stand, war ich hinter ihr. Als wir Schwestern uns nach der Rekrutierungswoche versammelt hatten, um abzustimmen, hatte Maggie noch nicht zu den zwanzig ausgewählten Anwärterinnen gehört. Die anderen Kandidatinnen waren hübsch, lebhaft und lustig – die Art junge Frauen, die zu den Bällen der Männerverbindungen eingeladen werden und den Geist des Hauses stärken würden. Doch Maggie war anders. In einem Gespräch mit ihr bei einer unserer Veranstaltungen hatte ich erfahren, dass sie auf der Highschool eine Initiative für das örtliche Tierheim ins Leben gerufen hatte.

«Ich hatte auf der Schule nicht so viele Freunde», hatte Maggie mir achselzuckend erzählt. «Ich war eher eine Außenseiterin.» Sie hatte gegrinst, aber ich hatte Verletzlichkeit in ihrem Blick wahrgenommen. «Ich glaube, indem ich Tieren half, fühlte ich mich nicht einsam.»

«Das ist ja toll. Magst du mir erzählen, wie du das auf die Beine gestellt hast? Ich möchte, dass unser Haus sich mehr engagiert.»

Mit leuchtenden Augen hatte sie den dreibeinigen Dackel namens Ike beschrieben, der sie auf die Idee gebracht hatte, und ich war zu dem Schluss gekommen, dass Maggie eine unserer Anwärterinnen sein musste, egal, was meine Chi-Omega-Schwestern dachten.

Doch als ich nun hinter ihr stand und zuhörte, wie meine Schwestern ein Lied anstimmten, fragte ich mich, ob ich einen Fehler gemacht hatte. Maggie trug ein kindliches weißes, mit kleinen Kirschen bedrucktes Baumwolloberteil und dazu passende Shorts, und sie hatte den ganzen Abend kaum einen Ton gesagt. Sie hatte mir erzählt, sie freue sich auf einen Neuanfang auf dem College und wolle Kontakte mit den anderen Studentinnen knüpfen. Aber sie hatte sich keinerlei Mühe gegeben, die Schwestern in unserer Verbindung näher kennenzulernen. Sie hatte unsere Hymne nicht auswendig gelernt; ich sah genau, dass sie nur so tat, als sänge sie mit. Vom Dirty Hunch Punch hatte sie nur einen Schluck getrunken und ihn sofort zurück in ihre Tasse gespuckt. «Ekelhaft», hatte sie gesagt, die Tasse auf dem Tisch stehen lassen, anstatt sie wegzubringen, und stattdessen nach dem Götterspeise-Shot gegriffen.

Es war meine Aufgabe, auf Maggie aufzupassen, dafür zu sorgen, dass sie ihre Aufgaben erledigte – zum Beispiel die Schnitzeljagd durchs Haus –, und vor allem, sie beim nächtlichen Bad im Meer nicht aus den Augen zu lassen. Selbst wir Studentinnen wussten, dass Schwimmen im kabbeligen Meer bei Nacht und unter Einfluss von Alkohol tückisch sein konnte.

Aber ich konnte mich nicht auf Maggie konzentrieren. Zu sehr beschäftigten mich die Veränderung in meinem Körper und das Schweigen des Handys in meiner Tasche. Als Maggie klagte, sie könne den Hahn aus Messing, den wir scherzhaft unser Maskottchen nannten und im Haus versteckt hatten, nicht finden, zuckte ich die Achseln und machte trotzdem ein Häkchen dahinter. «Finde einfach so viel, wie du kannst», sagte ich und sah erneut aufs Display. Daniel hatte noch immer nicht angerufen.

Es war beinahe zehn Uhr abends, als unsere Präsidentin uns zum Strand führte, wo der letzte Initiationsritus stattfinden sollte. Wir hatten den Neuen die Augen verbunden, und sie klammerten sich aneinander und kicherten betrunken. Ich sah, dass Maggie unter der Augenbinde hervorlugte, womit sie schon wieder gegen eine Regel verstieß. «Ich hasse es, wenn ich nichts sehen kann. Davon bekomme ich Klaustrophobie.»

«Zieh die Augenbinde wieder runter», wies ich sie an. «Es dauert nur noch ein paar Minuten.»

Als wir an den Häusern der Männerverbindungen vorbeikamen, die alle an derselben Straße lagen, klatschten und jubelten ein paar Typen. «Go, Chi O!»

Jessica, die Hemmungsloseste von uns, hob ihr Shirt an und ließ ihren leuchtend rosa BH aufblitzen, was mit Standing Ovations quittiert wurde. Ich war mir ziemlich sicher, dass Jessica die Nacht nicht in unserem Wohnheim verbringen würde; sie hatte Shot für Shot mit den Anwärterinnen mitgehalten. Neben mir ging Leslie, eine meiner besten Freundinnen. Sie hatte sich bei mir untergehakt und sang mit den anderen Mädchen «99 Bottles of Beer on the Wall». Normalerweise hätte ich mitgegrölt, aber ich hatte keinen Tropfen Alkohol getrunken. Wie konnte ich, da ich wusste, dass in mir ein neues Leben heranwuchs?

Ich dachte an den Strand. Den Ort, wo Daniel und ich vermutlich das Kind gemacht hatten. Ich konnte da nicht hingehen.

«Hey», flüsterte ich. «Ich fühle mich beschissen. Tust du mir einen Gefallen? Passt du am Meer auf Maggie auf?»

Leslie verzog das Gesicht. «Sie ist irgendwie ein Reinfall. Warum haben wir sie aufgenommen?»

«Sie ist nur schüchtern. Die macht sich noch. Und sie ist eine gute Schwimmerin, ich habe sie schon gefragt.»

«Von mir aus. Gute Besserung. Und du schuldest mir was.»

Ich ging zu Maggie und sagte ihr, ich sei krank. Wieder lüpfte sie die Augenbinde, aber diesmal ließ ich es ihr durchgehen.

«Wo gehst du hin? Du darfst mich nicht alleinlassen.»

«Du kommst schon zurecht.» Ich ärgerte mich über ihren quengelnden Ton. «Leslie passt auf dich auf. Sag ihr einfach Bescheid, wenn du was brauchst.»

«Welche von den mageren Blondinen ist sie?»

Ich verdrehte die Augen und deutete auf Leslie. «Sie ist unsere Vizepräsidentin.»

Als die anderen gerade um eine Ecke bogen und die letzten zwei Häuserblocks bis zum Meer in Angriff nahmen, löste ich mich aus der Gruppe. Die Wohnhäuser der Dozenten befanden sich am anderen Ende des Campus – eine Viertelstunde zu Fuß, wenn ich über den Innenhof abkürzte. Ein letztes Mal rief ich Daniel an. Wieder direkt die Mailbox. Ob er sein Handy ausgeschaltet hatte?

Ich musste an die Studentin denken, die heute nach dem Seminar zu ihm gegangen war. Da ich völlig auf Daniel fixiert gewesen war, hatte ich ihr weiter keine Beachtung geschenkt. Aber jetzt – als schaute ich einen Film und die Kamera schwenkte zu ihr zurück, um sie ganz aufzunehmen – sah ich sie mit anderen Augen. Sie war ziemlich attraktiv. Wie dicht hatte sie bei ihm gestanden?

Daniel hatte mir gesagt, ich sei die erste Studentin, mit der er je geschlafen habe. Bis heute hatte ich das nie angezweifelt.

Womöglich war er gerade jetzt mit ihr zusammen.

Ich merkte gar nicht, dass ich schneller ging, bis ich außer Atem geriet.

Die Dozentenwohngebäude standen alle in einer Reihe, genau wie die Häuser der Studentenverbindungen. Sie säumten den Rand des Campus, hinter dem Gewächshaus der Landwirtschaftlichen Fakultät. Die zweigeschossigen roten Ziegelgebäude waren nichts Besonderes, aber sie waren mietfrei – eine große Vergünstigung für einen Collegedozenten.

Sein Alfa Romeo stand in der Auffahrt vor Hausnummer neun.

Ich hatte vorgehabt, einfach irgendwo zu klopfen und zu fragen, wo Daniel – nein, Professor Barton – wohnte. Als Vorwand hatte ich behaupten wollen, ich müsse eine Arbeit abgeben; im Seminar hätte ich ihm die falsche Version gegeben. Doch da sein Auto hier stand, hatte sich diese Frage erledigt. Jetzt wusste ich genau, wo er wohnte. Und er war zu Hause.

Ich betätigte die Klingel, und eine Mitbewohnerin von Daniel öffnete mir. «Kann ich Ihnen helfen?» Sie steckte sich eine weizenblonde Haarsträhne hinters Ohr. Eine gefleckte Katze kam angeschlendert und rieb den Kopf an ihrem Knöchel.

«Es ist mir total peinlich. Ist Professor Barton da? Ich habe gerade gemerkt, dass ich ... ähm, dass ich ihm die falsche ...»

Jemand kam die Treppe herab, und die Frau drehte sich um. «Liebling? Eine deiner Studentinnen ist hier.»

Die letzten paar Stufen rannte er fast. «Vanessa! Was führt Sie so spätabends zu mir?»

«Ich ... ich habe Ihnen die falsche Seminararbeit gegeben.» Mir war bewusst, dass mein Blick, der zwischen Daniel und der Frau, die ihn «Liebling» genannt hatte, hin- und herzuckte, leicht irre war.

«Ach, kein Problem», sagte Daniel hastig. Er lächelte allzu strahlend. «Geben Sie sie einfach morgen ab.»

«Aber ich ...» Ich blinzelte heftig, um die Tränen zurückzudrängen, als er mir einfach die Tür vor der Nase zumachen wollte.

«Moment mal.» Die Frau streckte die Hand aus, um die Tür offen zu halten, und da sah ich den Goldring an ihrem Finger. «Sie sind extra hierhergekommen, um über eine Seminararbeit zu reden?»

Ich nickte. «Sie sind seine Frau?» Ich hoffte noch immer, sie sei nur eine Mitbewohnerin, das alles sei irgendein Missverständnis, und bemühte mich um einen gelassenen, leichten Ton. Doch meine Stimme brach.

«Ja. Ich bin Nicole.»

Nun musterte sie mein Gesicht genauer. «Daniel, was geht hier vor?»

«Nichts.» Daniel riss die blauen Augen auf. «Anscheinend hat sie die falsche Arbeit abgegeben.»

«In welchem Seminar?», fragte seine Frau.

«Familiensoziologie», sagte ich rasch. Das war das Seminar, das ich letztes Semester belegt hatte. Ich log nicht etwa, um Daniel zu schützen, sondern um der Frau willen, die vor mir stand. Sie war barfuß, trug kein Make-up und sah müde aus.

Ich denke, sie wollte mir glauben. Vielleicht hätte sie einfach die Tür geschlossen, Öl für Popcorn erhitzt und dann mit Daniel auf dem Sofa gekuschelt, während sie eine Folge von *Arrested Development* angeschaut hätten. Daniel hätte mich einfach abtun können, wie man eine Mücke zur Seite schlägt. «Diese jungen Leute machen sich so viel Stress wegen der Noten», hätte er sagen können.

Wenn eines nicht passiert wäre.

Genau im selben Augenblick, als ich «Familiensoziologie» sagte, sagte Daniel «Oberseminar».

Seine Frau reagierte nicht sofort.

«Stimmt ja!» Theatralisch schnipste Daniel mit den Fingern. Übertrieb es damit. «Ich unterrichte dieses Semester ja fünf Seminare. Verrückt! Jedenfalls, es ist schon spät. Lassen wir das arme Mädchen nach Hause gehen. Wir klären das morgen. Keine Sorge wegen der Arbeit, das kommt oft vor.»

«Daniel!»

Die Stimme seiner Frau brachte ihn zum Schweigen.

Sie stach mit dem Finger nach mir. «Halten Sie sich von meinem Mann fern.» Ihre Unterlippe bebte.

«Süße», flehte Daniel. Mich sah er nicht mehr an; er nahm mich überhaupt nicht mehr zur Kenntnis. Zwei gebrochene Frauen standen vor ihm. Aber nur eine war ihm wichtig.

«Es tut mir so leid», flüsterte ich. «Ich wusste das nicht.»

Die Tür knallte zu, und ich hörte sie irgendetwas brüllen. Ich ging die Treppe hinab. Mit einem Mal musste ich mich am Geländer festhalten, denn mein Blick fiel auf ein gelbes Dreirad auf dem Rasen. Bei meiner Ankunft hatte mir ein Baum den Blick darauf verstellt. Ganz in der Nähe lag ein rosa Springseil.

Daniel hatte bereits Kinder.

Viel später, nachdem ich in mein Wohnheim zurückgekehrt war und Daniel verflucht und geheult und getobt hatte; nachdem Daniel mit einem Strauß billiger Nelken und einer ebenso billigen Entschuldigung zu mir gekommen war und mir gesagt hatte, er liebe seine Familie und könne nicht mit mir eine neue gründen; nachdem ich allein in eine Klinik gefahren war, die eine Autostunde entfernt war, eine so quälende Erfahrung, dass ich nie fähig war, mit jemandem darüber zu sprechen; nachdem ich meinen Abschluss mit Auszeichnung gemacht hatte und nach New York aufgebrochen war in dem verzweifelten Wunsch, Florida hinter mir zu lassen – noch nach alledem ist dies jedes Mal, wenn ich an jenen warmen Oktoberabend zurückdenke, der Augenblick, an den ich mich am lebhaftesten erinnere:

Als die Anwärterinnen vom Strand zurückkamen, fehlte Maggie.

Maggie und Emma haben nichts gemein. Außer mir. Diese beiden jungen Frauen haben den Lauf meines Lebens für immer verändert. Doch die eine ist heute nicht mehr Teil meines Lebens, und die andere ist immer präsent.

Früher habe ich ebenso viel über Maggie nachgedacht wie

heute über Emma. Vielleicht verschwimmen die beiden vor meinem inneren Auge auch deshalb allmählich ineinander.

Aber Emma ist nicht Maggie, ermahne ich mich.

Meine Nachfolgerin ist atemberaubend und selbstbewusst. Sie strahlt so sehr, dass sie die Blicke auf sich zieht.

Als ich sie zum ersten Mal sah, saß sie an ihrem Schreibtisch und erhob sich geschmeidig und voller Anmut, um mich zu begrüßen. «Mrs. Thompson! Ich freue mich so, Sie *endlich* kennenzulernen!»

Wir hatten schon miteinander telefoniert, aber ihre kehlige Stimme hatte mich nicht auf ihre Jugend und ihre Schönheit vorbereitet.

«Ach, nennen Sie mich Vanessa.» Ich kam mir uralt vor, dabei war ich selbst erst Mitte dreißig.

Das war im Dezember, am Abend der Weihnachtsfeier von Richards Büro. Wir waren mittlerweile sieben Jahre verheiratet. Ich trug ein schwarzes A-Linien-Kleid, um die zusätzlichen Kilos zu tarnen. Neben Emmas mohnblumenrotem Jumpsuit wirkte es sehr düster.

Richard kam aus seinem Büro und küsste mich auf die Wange. «Gehen Sie nach oben?», fragte er Emma.

«Wenn mein Boss sein Okay gibt!»

«Ihr Boss befiehlt es Ihnen», scherzte Richard. Und so fuhren wir zu dritt mit dem Aufzug hinauf in den vierundvierzigsten Stock.

«Ihr Kleid ist entzückend, Mrs. ... Vanessa, meine ich.» Emma schenkte mir ein Zahnpastalächeln.

Ich sah an meinem schlichten Outfit hinab. «Danke.»

Viele Frauen hätten sich bedroht gefühlt von den Möglichkeiten, die einer Emma offenstanden: die langen Abende im Büro, an denen chinesisches Essen bestellt wurde und Wodkaflaschen aus der Bar eines der Teilhaber geholt wurden, die Dienstreisen mit

Übernachtung, um Kunden zu besuchen, die tägliche Nähe zum Eckbüro meines Mannes.

Doch ich fühlte mich nie davon bedroht. Nicht einmal wenn Richard mich anrief, um mir zu sagen, er müsse länger arbeiten und werde in seiner Stadtwohnung übernachten.

Ich weiß noch, dass ich mich damals, als wir uns gerade kennenlernten – damals, als ich noch Richards Nellie war – über die Sterilität dieser Wohnung gewundert hatte. Eine andere Frau hatte dort mit Richard zusammengelebt, ehe er mich kennenlernte. Das Einzige, was er mir über sie erzählte, war, dass sie nach wie vor in New York lebe und immer zu spät gekommen sei. Und als Richard und ich erst verheiratet waren, hörte ich auf, in ihr eine Bedrohung zu sehen; sie war nie ein Störfaktor in unserem Zusammenleben, wobei ich mit den Jahren immer neugieriger auf sie wurde.

Aber auch ich hinterließ keine Spuren in dieser Wohnung. Sie blieb mehr oder weniger so, wie sie in Richards Junggesellenleben gewesen war, mit dem braunen Veloursledersofa, dem komplizierten Beleuchtungssystem und der ordentlichen Reihe Familienfotos im Flur plus dem einen von Richard und mir an unserem Hochzeitstag in einem schlichten schwarzen Rahmen, der zu den anderen passte.

In jenen Monaten, als Richard und Emma glaubten, ihre Affäre sei geheim – als er sie mit in seine Wohnung nahm oder zu ihr ging –, genoss ich es sogar, wenn er fort war. Es bedeutete, dass ich meine Joggingklamotten anbehalten konnte. Ich konnte eine Flasche Wein leeren und musste mir keine Gedanken darüber machen, wo ich sie verstecken sollte. Ich musste mir nicht ausdenken, was ich angeblich den Tag über getan hatte, oder mir eine neue Methode einfallen lassen, um keinen Sex mit meinem Mann haben zu müssen.

Seine Affäre war eine Schonfrist. Eigentlich ein Urlaub.

Wenn es nur dabei geblieben wäre – bei einer Affäre.

Heute Vormittag habe ich mich lange mit Tante Charlotte unterhalten. Sie hat eingewilligt, dass ich sie zum Arzt begleiten kann, um mehr darüber zu erfahren, wie ich ihr helfen kann, aber sie bestand darauf, wie geplant mit einer Freundin zu einem Vortrag im MoMA zu gehen.

«Mein Leben hört deswegen nicht auf», sagte sie und wies mein Angebot zurück, die Arbeit zu schwänzen und sie zu begleiten oder ihr zumindest ein Taxi zu rufen.

Nachdem ich die Küche aufgeräumt habe, klappe ich den Laptop auf und tippe *Makuladegeneration* in die Suchmaschine. Ich lese: *Bei dieser Krankheit sterben die Sehzellen im zentralen Teil der Netzhaut ab.* Wenn man sich das Auge als Kamera vorstellt, ist die Makula der zentrale und empfindlichste Teil des Films, heißt es auf dieser Website. Eine gesunde Makula sammelt hochdetaillierte Bilder im Zentrum des Gesichtsfelds und sendet sie über den Sehnerv ans Gehirn. Wenn die Zellen der Makula absterben, werden Bilder nicht mehr korrekt wahrgenommen.

Es klingt so klinisch. So steril. Als gäbe es keinerlei Verbindung zwischen diesen Worten und dem Umstand, dass meine Tante nicht mehr in der Lage sein wird, Blau-, Rot-, Gelb- und Brauntöne zu mischen, um die Haut an einer Hand wiederzugeben, die Adern und Falten, die sanften Erhebungen der Knöchel und die Senken dazwischen.

Ich klappe den Laptop zu und hole zwei Dinge aus meinem Zimmer: Richards Scheck, den ich in meine Brieftasche stecke, um ihn später in dieser Woche einzulösen. Er hatte mir gesagt, ich solle ihn dazu verwenden, um Hilfe zu suchen, und das werde ich auch. Hilfe für Tante Charlotte. Ihre Arztrechnungen, Hörbücher und was sie sonst noch benötigt.

Außerdem nehme ich den Brief an Emma aus der Schublade und lese ihn ein letztes Mal.

*Liebe Emma,
ich hätte auf niemanden gehört, der mir geraten hätte,
Richard nicht zu heiraten. Insofern verstehe ich, warum Sie
sich dagegen sträuben. Ich habe mich nicht klar ausgedrückt,
denn es ist schwer, einen Anfang zu finden.
Ich könnte Ihnen erzählen, was am Abend unserer Party
wirklich geschah, als in unserem Keller kein Raveneau
war. Aber ich bin sicher, Richard wird alle Zweifel, die ich
vielleicht in Ihnen aufkeimen lasse, beseitigen. Wenn Sie
also schon nicht mit mir reden wollen – wenn Sie mich
schon nicht sehen wollen –, glauben Sie mir bitte wenigstens
eines: Ein Teil von Ihnen weiß bereits, wer er ist.
Es gibt ein Reptilienerbe in unser aller Gehirnen, das uns
auf Gefahren aufmerksam macht. Mittlerweile haben Sie
bestimmt gespürt, wie es sich regt. Sie haben es ignoriert.
Ich ebenfalls. Sie haben andere Erklärungen dafür gesucht.
Ich ebenfalls. Aber wenn Sie allein sind, hören Sie bitte
darauf. Hören Sie darauf. Schon vor unserer Hochzeit gab es
Anhaltspunkte, die ich ignorierte; ein Zögern, das ich abtat.
Machen Sie nicht den gleichen Fehler wie ich damals. Ich
konnte mich selbst nicht retten. Aber für Sie ist es noch nicht
zu spät.*

Ich falte den Brief wieder zusammen und mache mich auf die Suche nach einem Umschlag.

KAPITEL FÜNFUNDZWANZIG

Einen ersten Hinweis gab es sogar schon vor unserer Heirat. Ich hielt ihn in der Hand. Sam sah ihn. Ebenso alle anderen bei unserer Hochzeit.

Eine blonde Braut und ihr gut aussehender Bräutigam, in einem perfekten Augenblick erstarrt.

«Meine Güte, die sehen sogar so aus wie ihr zwei», sagte Samantha, als ich ihr den Tortenaufsatz zeigte.

Als Richard ihn aus dem Keller seiner Stadtwohnung holte, erzählte er mir, er habe seinen Eltern gehört. Damals hatte ich keinerlei Veranlassung, ihm nicht zu glauben.

Doch eineinhalb Jahre nach unserer Heirat geschah eines Abends, als ich in die Stadt fuhr, um mich mit Sam zu treffen, zweierlei. Mir wurde klar, wie sehr meine beste Freundin und ich uns einander bereits entfremdet hatten. Und allmählich fand ich Gründe, meinem Ehemann zu misstrauen.

Ich freute mich so darauf, Sam zu sehen. Es schien eine Ewigkeit her zu sein, seit wir uns länger gesehen hatten als nur kurz zum Mittagessen. Wir hatten uns für einen Freitagabend verabredet, an dem Richard in Hongkong war. Die Reise sollte nur drei Tage dauern, deshalb hatte er mich zwar eingeladen, ihn zu begleiten, doch dann hatten wir beide gefunden, dass es sich eigentlich nicht lohnte. «Du hättest dich nicht einmal vom Jetlag erholt, bis du wieder nach Hause fliegen müsstest», hatte Richard gesagt. Richard selbst stellte sich mühelos auf andere Zeitzonen ein wie auf alles Übrige auch. Aber ich wusste, die Kombination aus dem Xanax, das ich für den langen Flug brauchen würde, und dem Clomid, das ich nahm, um schwanger zu werden, würde mich so benommen machen, dass ich den Kurzaufenthalt in Asien nicht genießen könnte.

Aus einem Impuls heraus buchte ich einen Tisch im Pica und beschloss, Sam einzuladen. Ich fuhr mit dem Zug in die Stadt und plante, in Richards Stadtwohnung zu übernachten. Nach all der Zeit und obwohl ich ein paar Toilettenartikel und Kleidungsstücke dort hatte, gehörte sie für mich noch immer allein ihm.

Sam und ich trafen uns in der Wohnung, die wir uns früher geteilt hatten. Sie öffnete mir die Tür, und wir umarmten uns zur Begrüßung. Als sie die Arme wieder sinken ließ, hielt ich sie noch ein bisschen länger umarmt und badete in ihrer Wärme. Ich hatte sie noch mehr vermisst, als mir klar gewesen war.

Sie trug ein eng anliegendes Velourslederkleid und hohe Stiefel. Ihr Haar war stärker gestuft als bei unserer letzten Begegnung, und ihre Arme wirkten definierter denn je.

«Ist Tara da?» Ich folgte Sam durch den winzigen Flur und die Küche in ihr Zimmer. Die geschlossene Tür dahinter gehörte zu meinem alten Zimmer – nunmehr Taras Zimmer.

«Ja», sagte Sam, als ich mich aufs Bett plumpsen ließ. «Sie war im Fitnessstudio und duscht gerade.»

Ich hörte das Wasser durch die alten Rohre laufen, die immer mal wieder dafür gesorgt hatten, dass ich mich beim Duschen verbrühte. Die weiße Lichterkette war nach wie vor um das Kopfbrett von Sams Bett geschlungen, und auf dem Boden lagen Kleidungsstücke verstreut. Alles war genau wie früher und doch anders. Die Wohnung erschien mir kleiner und schäbiger, und ich selbst kam mir darin ebenso fremd vor wie in meiner alten Grundschule, als ich sie als Teenager noch einmal besucht hatte.

«Anscheinend hat es Vorteile, wenn man mit einer Pilateslehrerin zusammenwohnt. Du siehst phantastisch aus.»

«Danke.» Sie nahm ein dickes Kettenarmband von ihrer Kommode und legte es an. «Sei mir nicht böse, aber du siehst ... wie formuliere ich das am besten? Du siehst irgendwie furchtbar aus.»

Ich schnappte mir ein Kissen und warf es nach ihr. «Wie soll man denn da nicht böse sein?» Mein Tonfall war unbekümmert, aber ich war verletzt.

«Ach, sei bloß still, du bist trotzdem toll. Aber was hast du da an, verdammt noch mal? Die Kette ist super, aber in den Klamotten siehst du ein bisschen so aus, als wärst du unterwegs zum Elternabend.»

Ich musterte meine schwarzen Slacks (schwarz macht schlank) und das spitzenbesetzte graue Chiffonoberteil, das ich über der Hose trug. Als Accessoire hatte ich meine Gute-Laune-Kette angelegt.

Sam besah sich meine Bluse genauer. «O mein Gott ...» Sie kicherte. «Diese Bluse ...»

«Was?»

Nun lachte sie schallend. «Mrs. Porter hat bei der Weihnachtsfeier genau die gleiche getragen!», brachte sie schließlich hervor.

«Jonahs Mutter?» Blitzartig sah ich ein Bild der affektierten Frau vor mir, die am Elternsprechtag einen Lippenstift im selben Farbton wie ihr rosa Kleid getragen hatte. «Nein, kann nicht sein!»

«Ich schwöre.» Sam wischte sich über die Augen. «Jonahs kleine Schwester ist in meiner Gruppe, und ich erinnere mich deshalb daran, weil ein anderes Kind Kuchenglasur daraufgeschmiert hatte und ich ihr helfen musste, den Fleck auszuwaschen. Na komm, wir wollen doch nicht ins Ritz.» Sie durchwühlte die Klamotten, die sich auf der Stuhllehne türmten. «Ich habe da diese neue Jeggings von Anthropologie – wart's ab, in der siehst du garantiert toll aus.» Sie fand die Hose und warf sie mir zusammen mit einem schwarzen Shirt mit einem tiefen runden Ausschnitt zu.

Sam hatte Hunderte von Malen gesehen, wie ich mich an- und auszog. In ihrer Gegenwart war ich noch nie gehemmt gewesen, doch an diesem Abend war ich es. Ich wusste, ihre Hose würde mir nicht passen, egal, wie viel Elastan sie enthielt.

«Ich fühle mich wohl in meinen Sachen.» Ich schlang die Arme um die Knie und merkte, dass ich mich damit kleiner machen wollte. «Ist ja nicht so, als wollte ich jemanden beeindrucken.»

Sam zuckte die Achseln. «Na gut. Möchtest du ein Glas Wein, bevor wir losziehen?»

«Klar.» Ich sprang auf und folgte ihr in die Küche. Die Küchenschränke waren noch immer so cremefarben, wie wir sie gemeinsam angestrichen hatten, als ich eingezogen war, doch mittlerweile war die Farbe ein bisschen verblichen, und an den Griffen waren ein paar Macken zu sehen. Auf der Arbeitsfläche waren Kräuterteeschachteln aufgereiht: Kamille, Lavendel, Pfefferminze, Brennnessel. Auch Sams unvermeidlicher Honig war da, jetzt allerdings in einem Spender.

«Du bist ordentlich geworden.» Ich nahm den Spender in die Hand.

Als Sam den Kühlschrank öffnete, fiel mein Blick auf Hummus und Tüten mit Biomöhren und -sellerie. Keine einzige Schachtel mit Überresten von chinesischem Essen zu sehen – die hatten früher immer unseren Kühlschrank geziert, noch Tage, nachdem man sie hätte entsorgen müssen.

Sam nahm zwei Gläser aus dem Schrank, schenkte ein und reichte mir ein Glas.

«Eigentlich wollte ich Wein mitbringen», sagte ich, als mir die Flasche einfiel, die ich an unserer Haustür hatte stehen lassen.

«Ich habe reichlich.» Wir stießen an und tranken einen Schluck. «Er ist wahrscheinlich nicht so gut wie das Zeug, das du mit dem Prinzen trinkst, was?»

Ich blinzelte. «Mit welchem Prinzen?»

Sam zögerte. «Du weißt schon. Richard.» Erneut zögerte sie. «Dein Prinz auf dem weißen Pferd.»

«Du sagst das so, als wäre es was Schlechtes.»

«Natürlich ist das nichts Schlechtes. Aber das ist er doch, oder?»

Ich starrte in meinen Wein. Er schmeckte ein bisschen sauer – ich fragte mich, wie lange er schon offen in Sams Kühlschrank gestanden hatte – und sah eher aus wie Apfelsaft denn wie die blassgoldene Flüssigkeit, die ich mittlerweile gewohnt war. Die Bluse, die ich trug und über die Sam sich lustig gemacht hatte, hatte mehr gekostet als meine monatliche Miete hier.

«Keine Cola light mehr.» Ich deutete auf die leere Stelle an der Wohnungstür. «Trinkst du jetzt stattdessen Brennnesseltee?»

«Dazu habe ich sie noch nicht überreden können», hörte ich eine sanfte, zarte Stimme hinter mir. Als ich mich umdrehte, stand Tara da. Die Fotos von ihr, die Sam mir auf ihrem Handy gezeigt hatte, wurden ihr nicht gerecht. Sie strotzte vor Gesundheit – ihre Zähne waren weiß und gerade, ihre Haut leuchtete, und ihre Augen strahlten. Unter ihrer Leggings zeichneten sich ihre schlanken länglichen Oberschenkelmuskeln ab. Make-up trug sie keines. Sie brauchte es nicht.

«Eines Tages hat Tara mir die Inhaltsstoffe von Cola light vorgelesen. Weißt du noch?»

Tara lachte. «Als ich bei E 212 ankam, hielt sie sich die Ohren zu.»

Sam nahm den Faden auf. «Ich war total verkatert, und als ich das hörte, hätte ich fast kotzen müssen.»

Ich lachte auf. «Früher hast du das Zeug literweise gesoffen. Weißt du noch, dass wir uns immer die Zehen an den Kisten gestoßen haben?»

«Ich habe sie davon überzeugt, lieber Wasser zu trinken.» Tara hob die Arme und drehte ihr feuchtes Haar zu einem Knoten auf ihrem Kopf. «Ich lasse Petersilie darin ziehen. Die ist ein natürliches Mittel gegen Entzündungen im Körper.»

«Deshalb sehen deine Arme so gut aus», sagte ich zu Sam.

«Solltest du auch mal probieren», gab sie zurück.

Weil ich aufgedunsen bin? Rasch trank ich meinen Wein aus. «Fertig? Ich habe einen Tisch reserviert ...»

Sam spülte unsere Gläser aus und stellte sie auf ein Abtropfbrett, das es zu meiner Zeit noch nicht gegeben hatte. «Auf geht's.» Sie wandte sich an Tara. «Schreib mir eine SMS, wenn du dich später auf ein Glas zu uns gesellen willst.»

«Ja, das wäre doch nett», warf ich ein. Aber eigentlich wollte ich Tara, die über Petersilienwasser dozierte und mit Sam lachte, nicht dabeihaben.

Wir fuhren mit dem Taxi zum Restaurant. Ich nannte dem Oberkellner meinen Namen, und wir gingen durch den mit einem dicken Teppich ausgelegten Eingangsbereich in den Speiseraum. Fast alle Tische waren belegt – das Lokal war in der *Times* besprochen worden. Deshalb hatte ich es auch ausgewählt.

«Nett», sagte Sam, als der Kellner ihr den Stuhl abzog. «Vielleicht war es doch besser, dass du nicht meine Jeggings angezogen hast.»

Ich lachte, doch als ich mich umsah, wurde mir klar, dass das Pica – mit seiner zehnseitigen, in dickes Leder gebundenen Weinkarte und den kunstvoll gefalteten Servietten auf den Tellern – ein Restaurant war, in das Richard mich ausführen würde. Es war nicht Sams Stil. Plötzlich wünschte ich, ich hätte vorgeschlagen, dass wir uns wie früher auf ihr Bett hockten und Frühlingsrollen und Szechuan-Hühnchen bestellten.

«Bestell dir, was du willst», sagte ich Sam, als wir die Speisekarten aufschlugen. «Denk dran, das geht auf mich. Sollen wir uns eine Flasche Weißburgunder teilen?»

«Klar. Von mir aus.»

Ich übernahm es, den Wein zu kosten, wie es hier üblich war, und dann beschlossen wir, uns eine rustikale Tomaten-Ziegenkäse-Tarte und einen Salat mit Brunnenkresse und Grapefruit als Vorspeise zu teilen. Als Hauptgang bestellte ich ein Filet mignon, *medium rare*, und die Soße dazu separat. Sam nahm den Lachs.

Ein Kellner brachte einen Korb mit vier kunstvoll drapierten Brotspezialitäten. Er erklärte uns die einzelnen Sorten, und mein Magen knurrte. Der Duft von warmem Brot hat von jeher wie Kryptonit auf mich gewirkt.

«Für mich nicht», sagte ich.

«Dann nehme ich ihren Anteil. Kann ich die Rosmarin-Focaccia und das Mehrkornbrot haben?»

«Isst Tara eigentlich Brot?»

Sam tunkte ein Stück in Olivenöl. «Klar. Wieso?»

Ich zuckte die Achseln. «Sie scheint bloß so sehr auf ihre Gesundheit zu achten.»

«Stimmt, aber sie ist nicht fanatisch. Sie trinkt Alkohol, und hin und wieder raucht sie sogar mal Gras. Beim letzten Mal sind wir dann in den Central Park gegangen und Karussell gefahren.»

«Warte mal – du bekiffst dich jetzt?»

«So einmal im Monat vielleicht. Keine große Sache.» Sam hob ein Stück Brot zum Mund, und wieder fiel mir ihr wohldefinierter Bizeps auf.

Nach einer kleinen Pause brachte der Kellner unseren Salat und die Tarte.

«Also, bist du noch mit diesem Typen zusammen, dem Graphikdesigner?», fragte ich.

«Nee. Aber morgen Abend habe ich ein Blind Date mit dem Bruder von einem von Taras Kunden.»

«Ach?» Ich aß etwas Salat. «Was ist das für einer?»

«Er heißt Tom. Am Telefon klang er toll. Er ist selbständig ...»

Während Sam mir von Tom erzählte, versuchte ich, Begeisterung zu heucheln, doch ich wusste, wenn wir das nächste Mal telefonierten, würde Tom bereits nur noch eine vage Erinnerung sein. Sam nahm sich noch etwas von der Tarte. «Du isst nicht viel.»

«Hab einfach keinen großen Hunger.»

Sam sah mir in die Augen. «Und warum sind wir dann hier?»

Ihre direkte Art hatte ich immer geliebt und zugleich gehasst. «Weil ich dir was Schönes spendieren wollte», sagte ich leichthin.

Sams Löffel fiel klirrend auf ihren Teller. «Ich bin doch kein Sozialfall. Ich kann mein Essen selbst bezahlen.»

«So habe ich das nicht gemeint, das weißt du.» Ich lachte, doch zum ersten Mal kam unsere Unterhaltung ins Stocken.

Der Kellner trat an unseren Tisch und schenkte uns Wein nach. Dankbar trank ich noch ein bisschen, dann vibrierte mein Handy. Ich zog es aus der Handtasche und fand eine SMS von Richard: *Was treibst du so, Liebling?*

Abendessen mit Sam, antwortete ich. *Wir sind im Pica. Und du?*

Unterwegs zum Golfplatz mit Kunden. Du nimmst dir ein Taxi nach Hause, ja? Vergiss nicht, die Alarmanlage einzuschalten, bevor du ins Bett gehst.

Mache ich. Lieb dich! Dass ich in der Stadt übernachten wollte, hatte ich ihm nicht gesagt. Warum nicht, wusste ich auch nicht recht. Vielleicht fürchtete ich, Richard könne vermuten, dass ich einen langen alkoholseligen Abend plante, wie es sie vor seiner Zeit häufiger gegeben hatte.

«Entschuldige.» Ich legte das Handy mit dem Display nach unten auf den Tisch. «Das war Richard ... Er wollte sich vergewissern, dass ich gut nach Hause komme.»

«In die Wohnung?»

Ich schüttelte den Kopf. «Dass ich vielleicht dort übernachte, habe ich ihm nicht gesagt ... Er ist in Hongkong, deshalb ... es kam mir einfach nicht wichtig vor.»

Sam nahm das zur Kenntnis, gab jedoch keinen Kommentar dazu ab.

«Also!» Selbst ich hörte, wie unecht mein fröhlicher Ton war. Zum Glück kam gerade der Kellner, um die Vorspeisen abzuräumen und den Hauptgang zu servieren.

«Wie geht's Richard? Erzähl mal, was ihr so treibt.»

«Tja ... er muss viel reisen, klar.»

«Und du trinkst Alkohol, also bist du nicht schwanger.»

«Ja.» Tränen brannten in meinen Augen, und hastig trank ich einen Schluck Wein, um Zeit zu haben, mich wieder zu fassen.

«Alles in Ordnung?»

«Klar.» Ich versuchte zu lächeln. «Es dauert wohl bloß einfach länger, als wir dachten.» Kurz befiel mich Wehmut wegen des Kindes, das ich noch nicht hatte. Ich sah mich nach den übrigen Gästen um – Paare, die sich über den Tisch einander zuneigten, und größere Gruppen von Leuten, die lebhaft miteinander plauderten. Wie gern hätte ich mit Sam so geredet, wie wir es früher immer getan hatten, aber ich fand keinen Einstieg. Ich hätte von dem Innenausstatter erzählen können, der mir geholfen hatte, einen neuen Bezug für unsere Speisezimmerstühle auszuwählen. Oder von dem Warmwasserpool, den Richard in unserem Garten anlegen lassen wollte. Ich hätte ihr all die beneidenswerten Aspekte meines Lebens beschreiben können, die Oberflächlichkeiten, an denen Sam garantiert nicht interessiert war.

Auch früher hatten Sam und ich uns manchmal gestritten – wegen dummer Kleinigkeiten wie ihrer Lieblingscreolen, von denen ich eine verloren hatte, oder der Miete, die sie vergessen hatte zu bezahlen. Aber heute Abend stritten wir nicht. Es war schlimmer. Zwischen uns war eine Distanz, die nicht nur von der langen zeitlichen und räumlichen Trennung herrührte.

«Erzähl mir von den Kindern, die du dieses Jahr hast.» Ich schnitt ein Stück von meinem Filet ab und beobachtete, wie der Fleischsaft auf den Teller lief. Richard bestellte sein Steak immer *medium rare*, aber ich mochte es eigentlich lieber rosa als rot.

«Die meisten sind toll. Mein Liebling ist James Bond – der Junge hat wirklich Stil. Aber ich habe auch Schlafmütze und Brummbär an der Backe.»

«Könnte schlimmer sein. Du könntest auch die bösen Stiefschwestern haben.»

Wieder ging mir Sams Spitzname für Richard durch den Kopf. Der Prinz. Der auf blasse Weise gut aussehende Typ, der angeritten kommt, um den Tag zu retten und der Heldin ein neues Leben in Saus und Braus zu bieten.

«Siehst du Richard wirklich so? Als meinen Retter?»

«Was?»

«Vorhin. Du hast ihn den Prinzen genannt.» Ich legte die Gabel ab. Plötzlich hatte ich wirklich keinen Hunger mehr. «Ich hatte mich schon immer gefragt, ob du einen Spitznamen für ihn hast.» Mit einem Mal waren mir meine teure Bluse, der kostspielige Wein, den wir tranken, und die Prada-Handtasche, die über der Rücklehne meines Stuhls hing, unangenehm.

Sam zuckte die Achseln. «Jetzt mach nicht so einen Aufstand darum.» Sie senkte den Blick auf ihren Teller und konzentrierte sich darauf, Pfeffer auf ihren Lachs zu streuen.

«Warum willst du nie zu uns rauskommen?» Ich fragte mich, warum sie sich ausgerechnet diesen Moment ausgesucht hatte, um ausweichend zu antworten. Bei ihrem einzigen Besuch bei uns hatte Richard sie zur Begrüßung umarmt. Er hatte Burger gegrillt. Und er hatte daran gedacht, dass Sam Sesambrötchen verabscheute. «Gib es zu. Du hast ihn nie wirklich gemocht.»

«Es ist nicht so, dass ich ihn nicht mag. Ich ... ich habe einfach das Gefühl, dass ich ihn überhaupt nicht kenne.»

«Willst du ihn denn überhaupt kennenlernen? Er ist mein Mann, Sam. Du bist meine beste Freundin. Das ist mir wichtig.»

«Okay.» Doch dabei beließ sie es, und ich wusste, sie hielt etwas zurück. Sam und Richard hatten sich nie so gut verstanden, wie ich es gehofft hatte. Ich hatte mir eingeredet, es läge bloß daran, dass sie so verschieden waren. Beinahe wäre ich weiter in sie gedrungen, aber Tatsache war, ich wollte es eigentlich nicht hören.

Sam wandte den Blick von mir ab, senkte den Kopf und aß ein Stückchen Lachs. Vielleicht war es nicht bloß Richard, den sie nicht kennenlernen wollte, dachte ich. Vielleicht ging sie mir als Richards Frau aus dem Weg.

«Jedenfalls, lass uns überlegen, wo wir als Nächstes hingehen», sagte Sam. «Lust zu tanzen? Ich texte Tara, dass wir hier bald fertig sind.»

Letztlich ging ich nicht mit ihnen aus. Nachdem ich die Rechnung bezahlt hatte, fühlte ich mich erschöpft, obwohl ich am Nachmittag nichts anderes getan hatte, als die Wäsche zusammenzulegen und auf den Klempner zu warten, der einen tropfenden Wasserhahn reparieren sollte, während Sam den ganzen Tag gearbeitet und danach noch einen Spinningkurs besucht hatte. Außerdem war ich zum Tanzen nicht richtig angezogen – wie Sam gesagt hatte, sah ich eher aus, als wollte ich zu einem Elternabend.

Ich setzte Sam mit dem Taxi an dem Club ab, in dem Tara auf sie wartete, und fuhr dann weiter zu Richards Wohnung. Es war erst zehn Uhr abends. *War ein kurzer Abend. Ich gehe gleich ins Bett*, textete ich Richard. Das war nicht völlig gelogen, sagte ich mir.

Ein neuer Portier hatte Dienst, und ich stellte mich ihm vor. Dann fuhr ich mit dem Aufzug nach oben, schlich mich an der Tür der neugierigen Nachbarin Mrs. Keene vorüber, betrat Richards Wohnung mit Hilfe des Schlüssels, den er mir vor langer Zeit gegeben hatte, und ging durch den Flur, vorbei an den Familienfotos an der Wand.

Ich hatte Sam nie von Richards Jugend erzählt, von seiner wenig präsenten Mutter und seinem Vater, dem Nachbarschaftsbuchhalter. Richard hatte mir das in einem sehr intimen Augenblick gestanden, und ich fand, es müsse ihm selbst überlassen bleiben, ob er anderen davon erzählen wollte. Wenn Sam Richard wirklich einmal etwas Persönliches fragen würde, statt ihn in eine Schublade zu stecken, wie sie es auch mit ihren Kindern machte, dann hätte sie vielleicht ein anderes Bild von ihm, dachte ich.

Sam mochte die Person, die ich mit Richard zusammen war, nicht – so viel war mir jetzt klar. Aber ich wusste auch, dass Richard nicht mochte, wie ich mich verhielt, wenn ich mit Sam zusammen war.

Ich ging ins Wohnzimmer und bemerkte, dass die Lichtverhältnisse – der dunkle Raum in Verbindung mit der Kugelleuchte in der Küche hinter mir – die Fensterfront zum Central Park hin in einen Spiegel verwandelten, der ein unscharfes Bild von mir reflektierte, so durchscheinend und substanzlos wie eine Wolke. Als wäre ich eine Figur in einer Schneekugel.

In meinem schwarz-grauen Outfit wirkte ich, als wäre mir alle Farbe entzogen worden. Es sah aus, als verblasste ich.

Ich wünschte, ich hätte Richard auf seiner Reise begleitet. Ich wünschte, ich hätte das Abendessen mit Sam besser gehandhabt. Ich sehnte mich verzweifelt nach etwas Solidem, etwas, woran ich mich festhalten könnte. Nach etwas, das sich realer anfühlte als die makellosen Möbel und glänzenden Oberflächen in dieser Wohnung.

Irgendwann ging ich in die Küche und öffnete den Kühlschrank. Er war leer bis auf ein paar Flaschen Perrier und eine Flasche Veuve Cliquot. Ich wusste, in den Schränken waren Nudeln, ein paar Dosen Thunfisch und Espressokapseln. Im Wohnzimmer lagen die neuesten Ausgaben der *New York* und des *Economist* auf dem Couchtisch. Dutzende von Büchern standen in den Regalen in Richards Arbeitszimmer, hauptsächlich Biographien und ein paar Klassiker von Steinbeck, Faulkner und Hemingway.

Schließlich ging ich durch den Flur Richtung Schlafzimmer, weil ich ins Bett wollte. Wieder kam ich an den Fotos vorüber.

Dann blieb ich stehen.

Eins fehlte.

Wo war das Foto von Richards Eltern an ihrem Hochzeitstag? Das kleine Loch, in dem der Nagel gesteckt hatte, war noch zu sehen.

In unserem Haus in Westchester war es nicht, das wusste ich. Ich suchte die anderen Wände in der Wohnung ab, sah sogar ins Bad. Das Bild war zu groß, um es in eine Schublade zu stecken, aber ich schaute dennoch auch dort nach. Es war nirgends zu finden.

Hat Richard es in den Keller gebracht?, fragte ich mich. Er bewahrte durchaus Fotos dort unten auf, darunter auch einige seiner Kinderfotos.

Mit einem Mal war ich nicht mehr müde. Ich holte die Schlüssel aus meiner Handtasche und ging zurück zum Aufzug.

Zu jeder Wohnung im Haus gehörte ein Kellerraum. Ich war einmal mit Richard dort gewesen, kurz vor unserer Hochzeit, um ein paar Kartons bis zu unserem Umzug zwischenzulagern. Sein Keller war der fünfte auf der linken Seite. Nachdem er das dicke Vorhängeschloss geöffnet und meine Kartons hineingestellt hatte, hatte er den Deckel einer der großen Kunststoffkisten abgenommen, die an der Wand gestapelt waren, und etwa ein Dutzend Fotos herausgeholt – Hochglanzfotos im Format zehn mal fünfzehn, in einem verblassten gelben Umschlag mit dem Schriftzug von Kodak. Sie waren alle am selben Tag aufgenommen worden, Schnappschüsse von Richard beim Baseballtraining. Da hatte offenbar jemand versucht, ein Foto von Richard zu machen, wenn er gerade den Ball traf, aber nie den richtigen Moment erwischt.

«Wie alt warst du da?», hatte ich ihn gefragt.

«Zehn oder elf. Maureen hat sie gemacht.»

«Kann ich eins haben?» Mir gefiel sein konzentrierter Gesichtsausdruck mit der gerümpften Nase.

Er lachte. «Da war ich gerade in einer blöden Phase. Ich suche dir ein besseres Foto raus.»

Doch das hatte er nicht getan, nicht an jenem Tag. Wir hatten es eilig gehabt, weil wir uns mit George und Hillary zum Brunch treffen wollten, und so hatte Richard den Umschlag mit den Fotos zurück auf einen Stapel identischer gelber Umschläge gelegt und das Vorhängeschloss zugedrückt. Dann waren wir mit dem Aufzug ins Erdgeschoss gefahren.

Vielleicht hatte er das Hochzeitsfoto seiner Eltern ja in diese Kiste gepackt. Als ich den Aufzug betrat, sagte ich mir, ich sei bloß neugierig.

Heute, im Rückblick betrachtet, frage ich mich, ob mich damals mein Unterbewusstsein gelenkt hat. Ob es mich drängte, mehr über meinen Mann zu erfahren, an einem Abend, an dem er nicht wusste, wo ich in Wirklichkeit war. An einem Abend, an dem er sich körperlich so weit wie möglich von mir entfernt befand.

Schon tagsüber war der Keller ein düsterer Ort, die Schattenseite des vornehmen Gebäudes darüber. Nackte Glühbirnen an der Decke beleuchteten die Gänge, und es war zwar sauber, aber die Wände waren spülwassergrau und die einzelnen Kellerräume durch dicke Gitter voneinander getrennt. Es sah aus wie ein Gefängnis für diejenigen Habseligkeiten, die die Leute nicht täglich brauchten.

Die Zahlenkombination für Richards Vorhängeschloss war Maureens Geburtstag. Dieselbe Kombination benutzte er auch für die Safes in unseren Hotelzimmern, wenn wir verreisten. Ich drehte die Einstellscheibe – das metallene Vorhängeschloss lag kühl und kompakt in meiner Hand –, und es ließ sich öffnen.

Dann betrat ich den Kellerraum. Die Räume links und rechts davon waren mit einem Sammelsurium von Gegenständen gefüllt

– Möbel, Skier, ein Kunststoffweihnachtsbaum –, aber Richards Keller war selbstverständlich aufgeräumt. Neben den grünen Schlitten, mit denen wir bei unserer zweiten Verabredung gefahren waren, enthielt er nur ein halbes Dutzend identischer großer blauer Kunststoffkisten, die sich, immer zwei übereinander, an der Wand stapelten.

Ich kniete mich auf den rauen Betonboden und öffnete die erste Kiste. Schuljahrbücher, ein Baseballpokal mit abblätterndem goldenem Namenszug, eine Mappe mit ein paar Zeugnissen – mit der Schreibschrift habe er sich schwergetan und er sei ein stiller Schüler gewesen, so seine Lehrerin in der zweiten Klasse – sowie ein Stapel alter Geburtstagskarten, alle von Maureen. Ich klappte eine auf, auf der Snoopy mit einem Luftballon abgebildet war. *Für meinen kleinen Bruder*, hatte sie geschrieben. *Du bist ein Superstar! Das wird dein bisher bestes Jahr. Alles Liebe.* Ich fragte mich, wo die Karten von seinen Eltern waren. Nach und nach arbeitete ich mich durch die Kisten und legte die Umschläge mit den Fotos, die ich mit nach oben nehmen wollte, um sie mir eingehender anzuschauen, auf die Seite. Doch ich achtete darauf, nicht zu viel mitzunehmen und mir genau zu merken, wo ich es gefunden hatte, damit ich am nächsten Morgen alles wieder zurücklegen konnte.

Die dritte Kiste enthielt einen Haufen alter Steuerunterlagen und Garantieurkunden, den Kaufvertrag für Richards vorherige Wohnung, die Kaufverträge für seine Autos und andere Papiere. Ich legte alles wieder zurück und griff nach dem Deckel der nächsten Kiste. Da hörte ich in der Ferne ein Rumpeln, als setze sich ein schweres Gerät in Bewegung.

Jemand hatte den Aufzug gerufen.

Ich erstarrte und lauschte, ob sich die Aufzugtür um die Ecke öffnen würde. Doch niemand kam.

Wahrscheinlich bloß ein Nachbar, der hinauf in seine Wohnung fuhr.

Ich wusste, ich sollte wieder nach oben fahren, und zwar nicht nur weil der neue Portier Richard gegenüber erwähnen könnte, dass ich hier gewesen war.

Doch ich konnte nicht anders: Ich musste weitersuchen.

Als ich den Deckel der vierten Kiste abnahm, entdeckte ich einen großen flachen Gegenstand, der in mehrere Schichten Zeitungspapier eingewickelt war. Ich packte ihn aus und blickte in die Gesichter von Richards Eltern.

Warum hat er es hier runtergebracht?, fragte ich mich.

Ich musterte die schlaksige Statur und die vollen Lippen seines Vaters, die durchdringenden Augen seiner Mutter, die Richard geerbt hatte, und ihr dunkles Haar, das sich um ihre Schultern wellte. Das Datum ihrer Hochzeit stand in schnörkeliger Schrift ganz unten.

Richards Vater hatte seiner Frau den Arm um die Taille gelegt. Ich war davon ausgegangen, dass Richards Eltern eine glückliche Ehe geführt hatten, doch das Hochzeitsfoto war so steif, dass es keinerlei Einblicke gewährte. In Ermangelung von Informationen hatte mein Verstand die Leerstellen gefüllt und das Bild erschaffen, das ich hatte sehen wollen.

Richard hatte mir nicht viel über seine Eltern erzählt. Wenn ich nach ihnen fragte, sagte er immer, es sei zu schmerzlich für ihn, an sie zu denken. Maureen schien sich an dieselbe ungeschriebene Regel zu halten und konzentrierte sich auf die Gegenwart mit Richard anstatt auf ihre gemeinsame Vergangenheit. Vielleicht sprachen sie mehr über ihre Kindheit, wenn sie allein in den Skiurlaub fuhren oder wenn Richard geschäftlich nach Boston reiste und sich mit ihr zum Abendessen traf. Doch wenn Maureen uns besuchte, drehten die Unterhaltungen sich immer nur um seine und ihre Arbeit, um ihrer beider Lauftraining, um Reisepläne und das Weltgeschehen.

Über meinen Vater zu sprechen ermöglichte mir noch immer,

mich ihm nahe zu fühlen; allerdings hatte ich mich auch von ihm verabschieden und ihm in seinen letzten Sekunden sagen können, dass ich ihn liebte. Ich konnte durchaus nachvollziehen, dass Richard und Maureen die Erinnerungen an den plötzlichen, gewaltsamen Tod ihrer Eltern bei jenem Autounfall vielleicht verdrängen wollten.

Wenn ich Richard von den düstersten und schmerzlichsten Phasen in meiner eigenen Vergangenheit erzählt hatte, hatte auch ich einige der Details redigiert. Ich hatte meine Erzählung mit Bedacht gestaltet und alles ausgelassen, was er vielleicht schäbig finden könnte. Auch nachdem Richard erfahren hatte, dass ich auf dem College schwanger gewesen war, hatte ich ihm nie enthüllt, dass der Dozent verheiratet gewesen war. Ich wollte nicht, dass er dachte, ich sei töricht oder irgendwie selbst schuld gewesen. Und ich hatte ihm nicht die Wahrheit über das Ende meiner Schwangerschaft erzählt.

Während ich so da unten im Keller kniete, überlegte ich, ob das wohl ein Fehler gewesen war. Mir war klar, dass die Ehe kein Garant für ein Ende wie im Märchen ist, für ein glückliches Leben bis ans Ende unserer Tage, das über die letzte Seite hinausreicht, immer weiter bis in alle Ewigkeit. Aber sollte diese intimste aller Beziehungen nicht ein sicherer Bereich sein, in dem der eine die Geheimnisse und Fehler des anderen kennt und ihn trotzdem liebt?

Jäh riss mich ein blechernes Geräusch aus meinen Gedanken.

Ich drehte den Kopf und spähte in den trübe beleuchteten Gang. Der Keller neben Richards war voller Möbel, die mir die Sicht verstellten.

Das Gebäude stammte von vor dem Krieg, rief ich mir in Erinnerung. Sicher war das Geräusch von einem alten Rohr verursacht worden. Trotzdem drehte ich mich so um, dass ich die Tür des Kellerraums im Blick behielt. So konnte ich sehen, falls jemand käme.

Rasch wickelte ich das Hochzeitsfoto wieder ins Zeitungspapier ein. Ich hatte gefunden, weswegen ich hergekommen war. Eigentlich sollte ich jetzt besser gehen. Doch ich musste einfach nachsehen, was hier sonst noch versteckt war, aus der Sphäre von Richards Alltag verbannt. Ich wollte mich weiter durch die verschiedenen Schichten von Richards Vergangenheit graben.

Wieder griff ich in die Kiste und zog eine kleine Holzplakette mit einem Herzchen heraus, auf der oben *Mom* eingeritzt war. Auf der Rückseite stand Richards Name; das hatte er vermutlich im Werkunterricht in der Schule gebastelt. Außerdem fand ich eine gelbe Häkeldecke und ein Paar bronzefarbener Babyschuhe.

Ziemlich weit unten in der Kiste lag ein kleines Fotoalbum. Ich erkannte so gut wie niemanden auf den Bildern; bloß das Lächeln eines der Mädchen, die die Hände einer Frau in Caprihose und einem Neckholder-Top hielten, erinnerte mich an das seiner Mutter. Vielleicht hatte dieses Album ja ihr gehört. Der nächste Gegenstand, auf den ich stieß, war die weiße Schachtel mit dem Hochzeitstortenaufsatz.

Ich öffnete den Deckel und nahm ihn heraus. Das Porzellan fühlte sich zerbrechlich und glatt an; es war in weichen Pastelltönen bemalt.

Schon mal auf die Idee gekommen, dass er zu gut ist, um wahr zu sein?, hatte Sam gefragt, als ich ihr den Tortenaufsatz gezeigt hatte. Ich wünschte, sie hätte das niemals gefragt.

Während ich den gut aussehenden Bräutigam und seine perfekte Braut mit den hellblauen Augen betrachtete, liebkoste ich die Figürchen geistesabwesend, drehte sie in der Hand um und um.

Dann rutschte das Figürchen mir aus der Hand.

Hektisch versuchte ich, es aufzufangen. Ich musste unbedingt verhindern, dass es auf dem Betonboden zerbrach.

Dicht über dem Boden bekam ich es zu fassen. Ich schloss die Augen und seufzte erleichtert.

Wie lange war ich schon hier unten? Ein paar Minuten oder eher eine Stunde? Ich hatte die Zeit komplett aus den Augen verloren.

Vielleicht hatte Richard mir geantwortet. Er würde sich Sorgen machen, wenn ich nicht reagierte. Gerade als mir dieser Gedanke kam, hörte ich ein leises Geräusch, wiederum links von mir. Das Rohr? Oder vielleicht Schritte?

Plötzlich wurde mir bewusst, dass ich in diesem Metallkäfig in der Falle saß. Ich hatte mein Telefon oben in meiner Handtasche gelassen. Niemand wusste, wo ich war. Würde ein Schrei von mir überhaupt bis zum Portier im Erdgeschoss dringen?

Mit angehaltenem Atem und rasendem Puls wartete ich darauf, dass ein Gesicht um die Ecke bog.

Niemand kam.

Das habe ich mir nur eingebildet, sagte ich mir.

Trotzdem zitterte mir die Hand, als ich den Aufsatz wieder in die Schachtel stecken wollte. Dabei fiel mir auf, dass in den Boden des Figürchens eine Zahl eingeprägt war. Ich sah genauer hin und kniff die Augen zusammen, um die Ziffern im trüben Licht erkennen zu können. Eine Jahreszahl: 1985.

Nein, das kann nicht sein, dachte ich.

Ich holte den Tortenaufsatz nochmals aus der Schachtel und sah mir die Zahlen aus nächster Nähe an. Kein Zweifel.

Doch damals waren Richards Eltern schon lange verheiratet gewesen. Im Jahr 1985 war er bereits ein Teenager gewesen.

Ihre Hochzeit hatte über zehn Jahre vorher stattgefunden. Der Aufsatz konnte ihnen nicht gehört haben.

Vielleicht hat seine Mutter die Figur ja in einem Secondhandladen gefunden und sie einfach gekauft, weil sie sie hübsch fand, überlegte ich, während ich mit dem Aufzug zurück nach oben fuhr. Oder vielleicht war es auch meine Schuld. Vielleicht hatte ich Richard schlicht falsch verstanden.

Als ich den Schlüssel ins Schloss steckte, hörte ich drinnen mein Handy läuten. Ich stürzte zu meiner Handtasche, doch das Klingeln verstummte, ehe ich das Gerät herausgeholt hatte.

Dann läutete das Festnetztelefon. Ich rannte in die Küche und nahm hastig ab.

«Nellie? Gott sei Dank. Ich habe mehrfach versucht, dich zu erreichen.»

Richards Stimme klang schriller als sonst, gestresst. Ich wusste, er befand sich am anderen Ende der Welt, aber die Verbindung war so gut, dass er auch im Raum nebenan hätte stehen können.

Woher hatte er gewusst, dass ich hier war?

«Tut mir leid», sprudelte ich hervor. «Ist alles in Ordnung?»

«Ich dachte, du seist zu Hause.»

«Ach, das hatte ich auch vor, aber dann war ich so müde ... ich dachte einfach ... ich dachte, es ist einfacher, wenn ich in der Wohnung übernachte», entfuhr es mir.

Stille knisterte zwischen uns.

«Warum hast du mir das nicht gesagt?»

Darauf hatte ich keine Antwort. Jedenfalls keine, die ich ihm mitteilen konnte, glaubte ich.

«Ich wollte ja ...», versuchte ich, Zeit zu schinden. Aus irgendeinem Grund traten mir Tränen in die Augen. Ich blinzelte sie fort. «Ich dachte einfach, ich erzähle es dir lieber morgen, als dass ich dir eine lange SMS schicke, während du bei deinen Kunden bist. Ich wollte nicht stören.»

«Mich *stören*?» Er stieß einen Laut aus, der kein Lachen war. «Es stört mich viel mehr, wenn ich mir vorstelle, dass dir etwas passiert ist.»

«Es tut mir so leid. Natürlich, du hast recht. Ich hätte es dir sagen sollen.»

Einen Moment lang sagte er gar nichts.

Schließlich fragte er: «Und warum bist du nicht an dein Handy gegangen? Bist du allein?»

Ich hatte ihn verärgert. Sein barscher Ton verriet es mir. Ich sah förmlich vor mir, wie er die Augen zusammenkniff.

«Ich war im Bad.» Die Lüge platzte einfach aus mir heraus. «Natürlich bin ich allein. Sam ist noch mit ihrer Mitbewohnerin tanzen gegangen, aber ich hatte keine Lust, also bin ich hierhergefahren.»

Er atmete langsam aus. «Hör mal, ich bin einfach froh, dass du in Sicherheit bist. Ich sollte vermutlich zurück auf den Golfplatz gehen.»

«Ich vermisse dich.»

Als er mir antwortete, war seine Stimme sanft. «Ich vermisse dich auch, Nellie. Ehe du dichs versiehst, bin ich wieder zu Hause.»

Meine Entdeckungen im Keller – und dann noch dabei ertappt zu werden, dass ich ihm etwas verheimlicht hatte – hatten mich verstört, merkte ich, als ich mein Nachthemd anzog und mich dann vergewisserte, dass die Wohnungstür abgeschlossen war.

Ich ging in Richards Bad, putzte mir mit seiner Zahnpasta die Zähne und wusch mich mit seinem zweiten Waschlappen. Der Geruch nach Zitronen war so stark, dass ich ganz nervös wurde, bis mir aufging, dass Richards Frotteebademantel, in den er sich nach dem Duschen immer hüllte, an einem Haken gleich neben mir hing. Der Duft seiner Seife hatte sich im Gewebe festgesetzt.

Dann schaltete ich das Licht aus. Gleich darauf schaltete ich es wieder ein, ließ die Tür aber nur halb offen stehen, damit das Licht mir nicht in die Augen fiel. Als ich Richards weiches weißes Oberbett zurückschlug, fragte ich mich, was er wohl gerade tat. Vermutlich Socializing mit wichtigen Geschäftspartnern auf den Greens. Vielleicht befand sich im Golfwagen ein Kühler mit Bier und Mineralwasser. Ich sah vor mir, wie Richard sich auf seinen

Chipschlag konzentrierte, die Stirn gerunzelt, sein Gesichtsausdruck ein Echo dessen, den er als kleiner Junge beim Baseball gehabt hatte.

Ich hatte die Kisten durchsucht, um Richard besser zu verstehen. Noch immer wollte ich unbedingt mehr über meinen Mann erfahren.

Doch als ich mich nun in sein frisch bezogenes Doppelbett legte, wurde mir klar, dass er mich gut genug kannte, um zu erraten, wo genau ich gerade war, als er mich zu Hause nicht erreicht hatte.

Er kannte mich besser als ich ihn.

KAPITEL SECHSUNDZWANZIG

Der Brief an Emma liegt schwer in meiner Hand. Aus dem Sekretär mit Rollverschluss in Tante Charlottes Zimmer, an dem sie ihren Papierkram erledigt und Rechnungen bezahlt, hole ich mir einen Briefumschlag, ignoriere aber die Briefmarken. Diesen Brief muss ich persönlich überbringen; ich darf mich nicht darauf verlassen, dass die Post ihn rechtzeitig zustellt.

Ganz oben auf einem Stapel Papiere auf ihrem Sekretär liegt ein Foto von einem Hund. Einem Deutschen Schäferhund mit weichem braun-schwarzem Fell.

Ich schnappe nach Luft und greife nach dem Foto. *Duke.*

Aber natürlich ist er es nicht. Es ist nur die Werbepostkarte eines Anbieters von Blindenhunden.

Bloß ähnelt sie so sehr dem Foto, das noch immer in meiner Brieftasche steckt.

Ich muss diesen Brief zu Emma bringen. Ich muss recherchieren, wie ich Tante Charlotte helfen kann. Ich sollte jetzt endlich mit der Vergangenheit abschließen. Aber ich kann nur auf Tante Charlottes Bett zusammensacken, während die Bilder auf mich einstürmen und über mir zusammenschlagen wie Meereswellen. Und mich zurück in die Unterströmung meiner Erinnerungen ziehen.

Als Richard aus Hongkong zurückkam, kehrte auch meine Schlaflosigkeit zurück.

Er fand mich um zwei Uhr morgens in unserem Gästezimmer; das Licht war an, und ich hatte ein aufgeschlagenes Buch auf dem Schoß. «Kann nicht schlafen.»

«Ich bin nicht gern ohne dich im Bett.» Er nahm meine Hand und führte mich zurück in unser Schlafzimmer.

Doch seine Arme um mich zu spüren und seine regelmäßigen Atemzüge im Ohr zu haben half mir nicht mehr. Mittlerweile wurde ich in den meisten Nächten wach, stand leise auf, ging auf Zehenspitzen ins Gästezimmer und stahl mich zurück ins Ehebett, ehe es hell wurde.

Doch Richard muss es gemerkt haben.

An einem bitterkalten Sonntagmorgen las Richard in der Bibliothek den Kommentarteil der *New York Times*, während ich nach einem neuen Käsekuchenrezept suchte. In der kommenden Woche würden wir meine Mutter und Maureen zu Gast haben, um Richards Geburtstag zu feiern. Meine Mutter hasste die Kälte und war in den Wintermonaten noch nie hoch in den Norden gekommen. Stattdessen kam sie jedes Frühjahr und jeden Herbst zu Besuch, um Tante Charlotte und mich zu sehen. Bei diesen Besuchen verbrachte sie den Großteil ihrer Zeit in Museen oder mit Spaziergängen durch die Straßen der Stadt, um die Atmosphäre in sich aufzusaugen, wie sie es formulierte. Mir machte es nichts aus, dass wir so wenig Zeit miteinander verbrachten; das Zusammensein mit meiner Mutter erforderte unerschütterliche Langmut und schier unbegrenzte Energiereserven.

Mir war nicht klar, warum sie diesmal von ihrem üblichen Muster abwich.

Doch ich vermutete, dass es mit einem Telefonat zusammenhing, das wir kurz zuvor geführt hatten. Sie hatte mich an einem schlechten Tag erwischt – einem einsamen Tag –, an dem ich nicht einmal das Haus verließ. Die Straßen waren von verharschtem Schnee und stellenweise Eis bedeckt, und da ich keine Erfahrung mit dem Autofahren bei Winterwetter hatte, war mir nicht wohl dabei, den Mercedes, den Richard mir geschenkt hatte, aus der Garage zu holen. Als meine Mutter mich am frühen Nachmittag anrief und fragte, was ich gerade tat, gab ich ihr eine ehrliche Antwort. Ich war nicht auf der Hut. «Bin noch im Bett.»

«Bist du krank?»

Da wurde mir klar, dass ich zu viel preisgegeben hatte. «Ich habe heute Nacht nicht gut geschlafen.» Das sollte meine Mutter doch wohl beschwichtigen.

Aber sie stellte nur noch mehr Fragen. «Kommt das oft vor? Macht dir irgendwas Sorgen?»

«Nein, nein. Mir geht's gut.»

Ein Schweigen trat ein. Dann: «Weißt du was? Ich dachte gerade, ich würde euch gerne besuchen.»

Ich versuchte, es ihr auszureden, doch sie war fest entschlossen. Also schlug ich ihr schließlich vor, den Besuch um Richards Geburtstag herum zu legen. Maureen würde wie jedes Jahr mit uns feiern, und vielleicht würde ihre Anwesenheit meine Mutter ein wenig von mir ablenken.

Als es an besagtem bitterkalten Sonntag bei uns an der Tür klingelte, war daher mein erster Gedanke, meine Mutter habe beschlossen, uns zu überraschen, indem sie ein paar Tage früher kam, oder sie habe sich im Datum geirrt. Das wäre typisch für sie gewesen. Doch Richard legte die Zeitung zur Seite und stand auf. «Das ist wahrscheinlich dein Geschenk.»

«Mein Geschenk? Du bist doch der, der bald Geburtstag hat.»

Ich ging ein paar Schritte hinter ihm und hörte nur, wie er jemanden begrüßte, denn sein Körper verstellte mir die Sicht auf unseren Besuch. Dann bückte er sich. «Ja, hallo, mein Junge.»

Der Deutsche Schäferhund war riesig. Ich sah, wie seine Schultermuskeln sich bewegten, als Richard seine Leine nahm und ihn ins Haus führte, gefolgt von dem Mann, der den Hund gebracht hatte.

«Nellie? Das ist Duke. Dieser große Bursche ist die beste Security, die man sich nur wünschen kann.»

Der Hund gähnte und entblößte dabei seine scharfen Zähne.

«Und das ist Carl.» Richard lachte. «Einer von Dukes Hundetrainern. Entschuldigen Sie.»

«Kein Problem, ich bin daran gewöhnt, dass Duke immer an erster Stelle steht.» Carl musste mein Unbehagen bemerkt haben. «Er sieht grimmig aus, aber denken Sie daran, so wirkt er auch auf alle anderen. Und Duke weiß, dass es seine Aufgabe ist, Sie zu beschützen.»

Ich nickte. Duke wog wahrscheinlich genauso viel wie ich. Wenn er sich auf die Hinterbeine stellte, war er vermutlich auch so groß wie ich.

«Duke war ein Jahr lang in der Sherman-Hundeschule. Er versteht ein Dutzend Kommandos. Passen Sie auf – ich befehle ihm jetzt, sich zu setzen.» Auf Carls Kommando hin setzte der Hund sich. «Auf», befahl Carl, und der Hund erhob sich geschmeidig.

«Versuch du's mal, Liebling», drängte Richard mich.

«Sitz.» Meine Stimme klang kratzig. Ich konnte mir nicht vorstellen, dass der Hund mir gehorchen würde, doch er sah mich mit seinen braunen Augen an und setzte sich.

Ich wandte den Blick ab. Vom Verstand her wusste ich, dass der Hund darauf trainiert war, Befehlen zu gehorchen. Aber war er nicht auch darauf trainiert worden anzugreifen, wenn er eine Gefahr wahrnahm? Hunde spürten, wenn man Angst hatte, fiel mir wieder ein, und ich wich zurück an die Wand.

Mit kleinen Hunden konnte ich umgehen, mit den fluffigen Rassen, die in New York City anzutreffen waren und in Handtaschen steckten oder an leuchtend bunten Hundeleinen über die Straße tänzelten. Manchmal blieb ich sogar stehen und streichelte sie, und ich hatte nie etwas dagegen, mir den Aufzug zu Richards Wohnung mit Mrs. Keene und ihrem Bichon Frisé mit ihren so ähnlichen Frisuren zu teilen.

Große Hunde waren selten in Manhattan. In einer Stadtwohnung war die Haltung einfach unpraktisch. Seit Jahren war kein großer Hund in meine Nähe gekommen.

Doch als ich noch ein Kind war, besaß unser Nachbar zwei Rottweiler. Sie wurden hinter einem Maschendrahtzaun gehalten, stürzten jedes Mal, wenn ich mit dem Fahrrad vorbeifuhr, auf mich zu und prallten gegen den Gartenzaun, als wollten sie hindurchbrechen. Dad sagte mir, sie freuten sich bloß; es seien freundliche Hunde. Aber ihr tiefes kehliges Bellen und das Klirren des Metallzauns jagten mir eine Heidenangst ein.

Dukes unnatürliche Stille brachte mich noch mehr aus der Fassung.

«Möchten Sie ihn streicheln?», fragte Carl. «Er liebt es, wenn man ihn hinter den Ohren krault.»

«Klar. Hallo, Duke.» Ich streckte die Hand aus und streichelte ihn hastig. Sein schwarz-braunes Fell war weicher, als ich gedacht hätte.

«Ich hole seine Sachen.» Carl ging zurück zu seinem weißen Lieferwagen.

Richard lächelte mich beruhigend an. «Denk an das, was der Mann von der Security-Firma uns gesagt hat. Hunde sind die beste Abschreckung gegen Einbrecher. Besser als jede Alarmanlage, die man kaufen kann. Du wirst ruhig schlafen, wenn er in der Nähe ist.»

Duke saß immer noch auf dem Boden und sah mich an. Wartete er darauf, dass ich ihm befahl aufzustehen? Mein einziges Haustier war ein Kater gewesen, damals in meiner Kindheit.

Carl kehrte zurück, einen Beutel Hundefutter, einen Korb und Näpfe in den Armen.

«Wo soll ich ihm seinen Platz einrichten?»

«In der Küche ist es wahrscheinlich am besten», sagte Richard. «Hier durch.»

Auf ein weiteres knappes Wort von Carl folgte der Hund ihm.

Seine großen Pfoten verursachten auf unseren Holzböden beinahe keine Geräusche. Kurz darauf verabschiedete sich Carl von uns, nachdem er uns seine Visitenkarte und eine laminierte Liste mit den Kommandos, die Duke kannte – *komm, steh, fass* – gegeben hatte. Er hatte mir erklärt, Duke werde auf diese Kommandos nur dann reagieren, wenn entweder Richard oder ich sie im Befehlston aussprach.

«Er ist ein kluger Bursche.» Carl tätschelte Duke ein letztes Mal. «Sie haben sich einen guten Hund ausgesucht.»

Ich lächelte matt. Mir graute schon vor dem nächsten Morgen, wenn Richard zur Arbeit fahren und ich mit dem Hund, der mir ein Gefühl von Sicherheit vermitteln sollte, allein sein würde.

In den ersten Tagen hielt ich mich am anderen Ende des Hauses auf und ging immer nur kurz in die Küche, um mir eine Banane zu holen oder etwas Futter in Dukes Napf zu geben. Carl hatte mir erklärt, ich müsse dreimal am Tag mit ihm spazieren gehen, aber ich wollte nicht mit der Leine an Dukes Kehle herumfummeln. Also öffnete ich einfach die Gartentür, sagte *Geh* zu ihm und beseitigte seine Hinterlassenschaften, bevor Richard nach Hause kam.

Am dritten Tag saß ich in der Bibliothek und las, und als ich irgendwann hochsah, stand Duke still an der Tür und beobachtete mich. Ich hatte ihn nicht einmal kommen hören. Noch immer hatte ich Angst, seinem Blick zu begegnen – deuteten Hunde das nicht als Herausforderung? –, deshalb sah ich wieder in mein Buch und hoffte, er werde sich trollen. Richard machte jeden Abend, bevor er schlafen ging, einen kurzen Spaziergang mit Duke. Der Hund hatte reichlich zu fressen, frisches Wasser und ein bequemes Bett. Ich musste also kein schlechtes Gewissen haben. Duke hatte ein wunderbares Leben mit allem, was er sich nur wünschen konnte.

Er tappte herüber, ließ sich neben mir zu Boden plumpsen und legte den Kopf zwischen seine großen Pfoten. Dann sah er zu mir hoch und seufzte tief. Es klang sehr menschlich.

Ich spähte über den Rand meines Romans und sah, dass sich über seinen schokoladenbraunen Augen Runzeln bildeten. Er sah traurig aus. Ich fragte mich, ob er daran gewöhnt war, mit anderen Hunden zusammen und von Leben und Lärm umgeben zu sein. *Unser Haus muss ihm so fremd vorkommen*, dachte ich. Zaghaft streckte ich die Hand aus und kraulte ihn hinterm Ohr, wo er es seinem Trainer zufolge besonders gernhatte. Sein buschiger Schwanz schlug einmal auf den Boden, dann lag er wieder still, so, als wollte er nicht zu viel Aufhebens machen.

«Gefällt dir das? Schon gut, mein Junge. Du kannst so viel mit dem Schwanz wedeln, wie du willst.»

Ich rutschte vom Sessel und setzte mich neben ihn, wobei ich ihn weiter am Kopf kraulte und dabei in einen Rhythmus fand, den er zu genießen schien. Auf mich wirkte es ebenfalls beruhigend zu spüren, wie meine Finger über das warme, dichte Fell strichen.

Eine Weile später stand ich auf, ging in die Küche und holte seine Leine.

Duke folgte mir.

«Ich werde dir die jetzt anlegen. Sei ein guter Hund und *sitz*, okay?»

Zum ersten Mal setzte ich sein ruhiges Wesen mit Sanftmut gleich. Trotzdem befestigte ich den silbernen Karabinerhaken so schnell wie möglich an seinem Halsband, damit ich die Hand wieder außer Reichweite seiner Zähne bringen konnte.

Sobald wir draußen waren, kniff mir die kalte Winterluft in Nasenspitze und Ohren, aber es war nicht so eisig, dass ich es eilig gehabt hätte, wieder nach Hause zu kommen. Duke und ich liefen an jenem Tag wahrscheinlich knapp fünf Kilometer und erkundeten Ecken in unserer Nachbarschaft, die ich noch nie gesehen hatte. Er passte sich meinem Schritt an, war die ganze Zeit über an meiner Seite und blieb nur dann stehen, um an Gras zu schnüffeln oder sein Geschäft zu machen, wenn ich haltmachte.

Ihm die Leine wieder abzunehmen, als wir nach Hause kamen, war schon nicht mehr so beängstigend. Ich füllte seinen Wassernapf und schenkte mir selbst ein Glas Eistee ein, das ich durstig austrank. Meine Beine fühlten sich angenehm schwer an nach diesem Spaziergang, und mir wurde klar, dass ich das ebenso gebraucht hatte wie Duke. Ich wollte schon in die Bibliothek zurückkehren, doch an der Tür blieb ich noch einmal stehen und sah Duke an.

«Komm.»

Er schlenderte herüber und setzte sich neben mich.

«Du bist so ein braver Junge.»

An Richards Geburtstag holen wir meine Mutter vom Flughafen ab. Als Maureen einige Stunden später ankam, hatte Mom ihre Sachen bereits in sämtlichen Räumen verstreut – ihre Handtasche in der Küche, ihren Schal über der Rückenlehne eines Esszimmerstuhls und ihr Buch aufgeschlagen auf Richards Lieblingsottomane –, und sie hatte die Heizung hochgestellt, sodass es nun fünf Grad wärmer war. Ich merkte Richard an, dass ihn das verdross, aber er sagte kein Wort dazu.

Das Abendessen lief einigermaßen glatt ab, auch wenn meine Mutter Duke unterm Tisch immer wieder Stückchen von ihrem Steak zusteckte. Die vegetarische Ernährung hatte sie schon wieder aufgegeben.

«Er ist ein ungewöhnlich intuitiver Hund», stellte sie fest.

Maureen rückte mit ihrem Stuhl ein wenig von Duke und meiner Mutter ab und stellte Richard eine Frage zu einer Aktie, die sie möglicherweise kaufen wollte. Sie sei einfach kein Hundemensch, erklärte sie. Immerhin hatte sie Duke brav getätschelt.

Nachdem ich den Käsekuchen serviert hatte, gingen wir alle ins Wohnzimmer, damit Richard seine Geschenke auspacken konnte. Meines nahm er sich zuerst vor. Ich hatte ihm ein gerahmtes Trikot der Rangers, das von allen Spielern signiert worden war, besorgt, und ein dazu passendes Rangers-Halsband für Duke.

Meine Mutter schenkte Richard das neueste Buch von Deepak Chopra. «Ich weiß, du musst sehr viel arbeiten. Vielleicht kannst du lesen, wenn du mit der Bahn zur Arbeit pendelst?»

Aus Höflichkeit schlug er das Buch auf und blätterte darin. «Wahrscheinlich ist das genau das, was ich brauche.» Als meine Mutter hinausging, um die Glückwunschkarte zu holen, die sie in ihrer Handtasche vergessen hatte, zwinkerte er mir zu.

«Ich besorge dir eine Zusammenfassung aus dem Internet für den Fall, dass sie dich danach fragt», scherzte ich.

Maureen schenkte ihm zwei Karten in der besten Sitzplatzkategorie für ein Spiel der Knicks am nächsten Abend. «Das Thema des Abends scheint Sport zu sein.» Sie lachte. Maureen und Richard waren beide Basketballfans.

«Du solltest mit Maureen zum Spiel gehen», sagte ich.

«Das war ohnehin mein Plan», erwiderte Maureen leichthin. «Ich weiß noch, wie Richard einmal versuchte, dir zu erklären, was Goaltending ist, und ich sah, wie du ganz glasige Augen bekamst.»

«Schuldig im Sinne der Anklage.»

Der Blick meiner Mutter huschte von Maureen zu Richard und landete schließlich bei mir. «Tja, dann ist es ja gut, dass ich gerade hier bin. Sonst säßest du allein zu Hause, Vanessa. Lass uns zwei doch morgen in die Stadt fahren, dann können wir mit Tante Charlotte zu Abend essen.»

«Klar.» Ich merkte, meine Mutter war überrascht, dass Maureen nicht drei Karten besorgt hatte. Vielleicht dachte Mom, ich fühle mich ausgeschlossen, aber in Wahrheit freute ich mich, dass Richards Schwester Zeit mit ihm verbringen wollte. Er hatte ja sonst keine Familie.

Meine Mutter wollte noch zwei Tage bleiben, und ich wappnete mich für die üblichen unverblümten Feststellungen, doch die blieben diesmal aus. Wenn ich mit Duke spazieren ging, kam sie jedes Mal mit, und sie schlug vor, ich solle ihn zum ersten Mal baden. Duke ließ das mit der üblichen Würde über sich ergehen, doch seine braunen Augen schienen vorwurfsvoll zu blicken, und er rächte sich, indem er sich kräftig schüttelte und uns beide durchnässte, nachdem er aus der Wanne geklettert war. Darüber mit meiner Mutter zu lachen war für mich der Höhepunkt ihres Besuchs. Für sie möglicherweise auch, glaube ich.

Als wir uns am Flughafen voneinander verabschiedeten, umarmte sie mich viel länger als sonst.

«Ich liebe dich, Vanessa. Ich würde dich gerne öfter sehen. Vielleicht könntest du in ein, zwei Monaten nach Florida kommen?»

Es hatte mir vor ihrem Besuch gegraut, doch nun stellte ich fest, dass ich ihre Umarmung als überraschend tröstlich empfand. «Ich versuch's.»

Und ich hatte es auch vor. Doch dann änderte sich erneut alles.

Ich gewöhnte mich schnell an Dukes verlässliche Anwesenheit im Haus, an unsere flotten Morgenspaziergänge und daran, mit ihm zu reden, während ich das Abendessen kochte. Wenn ich ihm ausgiebig das Fell bürstete, lag sein Kopf auf meinem Bein, und ich fragte mich, wie ich je hatte Angst vor ihm haben können. Während ich duschte, wartete er wie ein Wachposten vor dem Bad. Jedes Mal, wenn ich nach Hause kam, stand er mit aufgestellten Ohren im Flur gleich hinter der Tür. Er schien erleichtert zu sein, wenn er mich wieder in Sicht hatte.

Nun war ich Richard zutiefst dankbar. Er muss gewusst haben, dass Duke mehr als nur Sicherheit für mich bedeuten würde. In Ermangelung des Babys, das wir uns so sehnlich wünschten, leistete Duke mir Gesellschaft.

«Ich liebe Duke so sehr», sagte ich Richard nach ein paar Wochen eines Abends. «Du hattest recht. Er vermittelt mir wirklich ein Gefühl von Sicherheit.» Dann erzählte ich ihm von unserer Begegnung mit dem Postboten, der plötzlich durch eine Lücke in der Hecke um den Nachbargarten gekommen war, als Duke und ich nur wenige Schritte von unserem Haus entfernt über den Bürgersteig geschlendert waren. Duke hatte sich schnell zwischen mich und den Postboten gestellt, und dann hatte ich ein tiefes Grollen in seiner Kehle gehört. Der Postbote hatte einen großen Bogen um uns gemacht. «Das war das einzige Mal, dass ich diese Seite von ihm gesehen habe.»

Richard nickte, nahm ein Messer und strich Butter auf sein Brötchen. «Aber es ist gut, daran zu denken, dass sie immer da ist.»

In der darauffolgenden Woche brach Richard zu einer zweitägigen Dienstreise auf, und ich holte Dukes Korb nach oben und platzierte ihn neben meinem Bett. Als ich nachts wach wurde, sah ich nach unten und stellte fest, dass er ebenfalls wach war. Ich ließ den Arm über die Bettkante hängen, sodass ich seinen Kopf berühren konnte, dann döste ich rasch wieder ein. Ich schlief tief und traumlos, besser als seit Monaten.

Stolz hatte ich Richard erzählt, ich gehe fleißig mit Duke spazieren, um die Pfunde, die ich zugelegt hatte, seit ich in der Vorstadt lebte, wieder loszuwerden. Es lag nicht nur an den Fruchtbarkeitspräparaten. In Manhattan war ich locker sechs bis sieben Kilometer am Tag gelaufen, doch jetzt fuhr ich sogar mit dem Auto, wenn ich bloß einen Karton Milch kaufen wollte. Überdies aßen wir sehr spät zu Abend. Richard hatte nie etwas zu meinem Gewicht gesagt, aber er selbst stellte sich jeden Morgen auf die Waage und machte fünfmal die Woche Fitnesstraining. Ich wollte gut aussehen für ihn.

Als Richard zurückkehrte, brachte ich es nicht übers Herz,

Dukes Korb wieder in unsere kalte, sterile Küche zu bringen. Richard konnte kaum glauben, wie schnell sich meine Haltung zu Duke gewandelt hatte. «Manchmal glaube ich, du liebst den Hund mehr als mich», scherzte er.

Ich lachte. «Er ist mein Kumpel. Wenn du nicht da bist, leistet er mir Gesellschaft.» Doch in Wahrheit war meine Liebe zu Duke die reinste, unkomplizierteste Zuneigung, die ich je empfunden hatte.

Duke war mehr als bloß ein Haustier. Er wurde mein Botschafter gegenüber der Welt. Ein Jogger, den wir bei unseren täglichen Spaziergängen häufig trafen, blieb stehen und fragte, ob er Duke streicheln dürfe, und am Ende unterhielten wir uns. Die Gärtner brachten ihm einen Knochen mit und fragten schüchtern, ob das in Ordnung sei. Sogar der Postbote mochte ihn irgendwann, nachdem ich Duke gesagt hatte, der Mann sei ein *Freund* – ein weiteres der Wörter, die Duke verstand. Während meiner allwöchentlichen Anrufe bei meiner Mutter erzählte ich überschwänglich von unseren neuesten Abenteuern.

Dann fuhr ich mit Duke an einem dieser ersten Frühlingstage, an denen sämtliche Bäume und Blumen kurz vor der Blüte zu stehen scheinen, zu einem Wanderweg.

Diesen Tag würde ich später als den letzten guten – für Duke wie auch für mich – in Erinnerung behalten, doch während wir auf einem großen flachen Felsen saßen, ich Duke geistesabwesend kraulte und die Sonne uns wärmte, war es für mich einfach nur ein perfekter Nachmittag.

Als Duke und ich nach Hause kamen, klingelte mein Handy. «Liebling, warst du in der Reinigung?»

Ich hatte völlig vergessen, dass Richard mich gebeten hatte, seine Hemden abzuholen. «Ach, verflixt, ich muss nur schnell die Gärtner bezahlen, dann ziehe ich noch mal los.»

Die Gärtner, ein dreiköpfiges Team, hatten Duke besonders

lieb gewonnen, und wenn das Wetter schön war, blieben sie manchmal ein bisschen länger, um mit ihm Stöckchenwerfen zu spielen.

Ich war eine halbe, vielleicht auch eine Dreiviertelstunde unterwegs. Als ich nach Hause zurückkehrte, war der Pick-up der Gärtner fort. Sobald ich die Tür öffnete, überlief es mich eisig.

«Duke», rief ich.

Nichts.

«Duke!», schrie ich erneut, und meine Stimme zitterte.

Ich rannte in den Garten, um nach ihm zu suchen. Er war nicht da. Ich rief die Gärtnerfirma an. Die Leute schworen, sie hätten das Gartentor geschlossen. Ich rannte durch unser Viertel und rief überall nach ihm, telefonierte mit dem Tierschutzverein und den örtlichen Tierärzten. Richard kam auf schnellstem Wege nach Hause, und wir fuhren gemeinsam durch die Straßen und riefen durch die offenen Fenster nach Duke, bis wir heiser waren. Am nächsten Tag ging Richard nicht zur Arbeit. Er hielt mich im Arm, während ich weinte. Wir hängten Plakate auf. Wir setzten eine gewaltige Belohnung aus. Jeden Abend stand ich draußen und rief nach Duke. Ich stellte mir vor, jemand habe ihn entführt oder Duke sei über den Zaun gesprungen, um einen Einbrecher zu verfolgen. Ich googelte sogar nach Wildtiersichtungen bei uns in der Gegend, weil ich mich fragte, ob Duke von einem größeren Tier angegriffen worden sein könnte.

Eine Nachbarin behauptete, sie habe ihn auf der Orchard Street gesehen. Jemand anderes wollte ihn auf der Willow Street gesehen haben. Noch ein anderer meldete sich und kam dann mit einem Hund vorbei, der nicht Duke war. Ich rief sogar einen Tierhellseher an, der mir erzählte, Duke sei in einem Tierheim in Philadelphia. Keiner der Hinweise führte zu Duke. Der vierzig Kilogramm schwere Hund schien ebenso unverhofft wieder aus meinem Leben verschwunden zu sein, wie er erschienen war.

Duke war sehr gut ausgebildet, er wäre nicht einfach davongelaufen. Und er hätte jeden angegriffen, der versucht hätte, ihn zu entführen. Er war ein Wachhund.

Doch das war nicht das, was mir durch den Kopf ging, wenn ich um drei Uhr morgens durch den Flur schlich und Abstand zwischen mich und meinen Mann brachte.

Unmittelbar bevor Duke verschwand, hatte Richard angerufen und mich nach seinen Hemden gefragt. Ich war davon ausgegangen, dass er vom Büro aus angerufen hatte, aber ich hatte keine Möglichkeit, das zu überprüfen.

Doch als ich in die Reinigung gekommen war, hatte Mrs. Lee mich mit dem für sie typischen Überschwang begrüßt: *Wie schön, Sie zu sehen! Ihr Mann rief vorhin an, und ich habe ihm gesagt, dass seine Hemden fertig sind, gestärkt, wie immer.* Warum hatte Richard zuerst in der Reinigung angerufen, um sich zu vergewissern, dass ich seine Hemden noch nicht abgeholt hatte, und dann mich, um zu fragen, ob ich sie abgeholt hätte?

Ich fragte ihn nicht sofort danach. Doch bald konnte ich an nichts anderes mehr denken.

Die Schlaflosigkeit machte mich hohläugig. In den Nächten, in denen es mir gelang, ein wenig zu schlafen, hing mein Arm, sooft ich wach wurde, über der Bettkante, doch wo früher Duke gelegen hatte, berührten meine Finger jetzt die leere Luft. Meistens ging ich wie betäubt durchs Leben. Ich stand mit Richard auf und kochte ihm Kaffee, von dem ich selbst mehrere Tassen trank, küsste meinen Mann zum Abschied, wenn er sich auf den Weg zur Arbeit machte, und sah ihm hinterher, wenn er vor sich hin summend zu seinem Auto ging.

Ein paar Wochen nach Dukes Verschwinden stieß ich, als ich gerade lustlos im Garten Blumen pflanzte, auf eines seiner Lieblingsspielzeuge, einen grünen Gummialligator, auf dem er gern herumgekaut hatte. Ich drückte ihn an die Brust und heulte wie seit der Beerdigung meines Vaters nicht mehr.

Als meine Tränen schließlich versiegten, ging ich ins Haus und stand eine Weile in der unnatürlichen Stille da, den Alligator noch immer in der Hand. Dann ging ich durchs Wohnzimmer, ohne mich darum zu kümmern, ob ich Schmutz auf unserem makellosen Teppich hinterließ, und legte Dukes Spielzeug auf den Tisch im Eingangsbereich, auf den Richard immer seine Schlüssel legte. Er sollte ihn sehen, sobald er zur Tür hereinkam.

Dies alles tat ich nicht: Ich zog mich nicht um. Ich räumte nicht die Zeitungen weg, faltete nicht die Wäsche zusammen, brachte nicht die Gartenwerkzeuge zurück an ihren Platz. Und ich bereitete nicht den geplanten Schwertfisch mit Zuckererbsen und Tortellini zum Abendessen zu.

Stattdessen tat ich Folgendes: Ich machte mir einen Wodka Tonic, setzte mich damit ins Wohnzimmer und wartete, während die Abenddämmerung hereinbrach. Dann schenkte ich mir Wodka nach, diesmal ohne Tonic. Ich hatte in letzter Zeit nicht viel getrunken, höchstens gelegentlich ein, zwei Glas Wein, und spürte, wie der hochprozentige Alkohol mir zu Kopf stieg.

Als Richard schließlich nach Hause kam, blieb ich stumm.

«Nellie», rief er.

Zum ersten Mal in unserer Ehe erwiderte ich nicht «Hi, Schatz» oder eilte zu ihm, um ihn zur Begrüßung zu küssen.

«Nellie?» Diesmal war es eine Frage, keine Feststellung.

«Hier bin ich», antwortete ich schließlich.

Er erschien an der Tür und hielt Dukes schmutzigen Alligator, dem der halbe Schwanz fehlte, in der Hand. «Was sitzt du denn da im Dunkeln?»

Ich hob den Tumbler und trank den Rest des Wodkas aus.

Er musterte meine Kleidung – die ausgeblichene Jeans, die an den Knien dreckverkrustet war, und das alte, übergroße T-Shirt.

Ich stellte das Glas ab, ohne mich darum zu kümmern, dass ich keinen Untersetzer benutzte.

«Liebling, was ist denn los?» Er kam zu mir und nahm mich in die Arme.

Als ich seinen kräftigen warmen Körper spürte, geriet meine Entschlossenheit ins Wanken. Den ganzen Nachmittag über war ich so wütend auf ihn gewesen, aber jetzt wollte ich bloß noch, dass der Mann, der für meinen Kummer verantwortlich war, mich tröstete. Die Vorwürfe, die in meinem Kopf Gestalt angenommen hatten, verschwammen. Wie konnte Richard etwas so Gemeines getan haben? Das ergab doch keinen Sinn.

Anstatt also das zu sagen, was ich mir vorgenommen hatte, entfuhr mir: «Ich brauche eine Auszeit.»

«Eine Auszeit?» Richard löste sich von mir. «Wovon?» Er runzelte die Stirn.

Am liebsten hätte ich gesagt: *Von allem*, doch stattdessen erwiderte ich: «Vom Clomid.»

«Du bist betrunken. Das meinst du nicht ernst.»

«Ja, ich bin wohl ein bisschen angeschickert, aber ich meine es ernst. Ich werde es nicht mehr einnehmen.»

«Meinst du nicht, dass das etwas ist, was wir als Paar besprechen sollten? Es ist eine gemeinsame Entscheidung.»

«War es eine gemeinsame Entscheidung, Duke loszuwerden?»

Mir war klar, dass ich mit dieser Frage eine Grenze in unserer Beziehung überschritten hatte.

Was mich verblüffte, war, wie gut sich das anfühlte. Wie in jeder Ehe gab es auch in unserer ungeschriebene Gesetze, und ich hatte gegen eines der wichtigsten verstoßen: Fordere Richard nicht heraus.

Heute ist mir klar, dass die Befolgung dieses Gesetzes mich davon abgehalten hatte, mich zu fragen, warum er ein Haus gekauft hatte, ohne es mir vorher zu zeigen, und warum er nie mit mir über seine Kindheit sprechen wollte oder anderes, was ich zu verdrängen versucht hatte.

Richard hatte dieses Gesetz nicht allein gemacht; ich war eine willige Komplizin gewesen. Es war so viel leichter gewesen, einfach meinen Ehemann – den Mann, der mir von Anfang an ein Gefühl von Sicherheit vermittelt hatte – die Richtung unseres Lebens bestimmen zu lassen.

Jetzt fühlte ich mich nicht mehr sicher.

«Wovon redest du da?» Richards Stimme klang kühl und gemessen.

«Warum hast du Mrs. Lee angerufen und sie gefragt, ob deine Hemden fertig seien? Du wusstest, dass ich sie nicht abgeholt hatte. Wolltest du mich aus dem Haus haben?»

«Herrgott noch mal!» Abrupt stand Richard auf.

Ich musste den Kopf in den Nacken legen, um ihm in die Augen sehen zu können, als er so vor mir stand.

«Nellie, du redest kompletten Unsinn.» Ich sah, wie er den Alligator in der Hand zusammenquetschte. Seine Züge spannten sich an, seine Augen wurden schmal, und seine Lippen bogen sich einwärts; es war, als verschwände mein Mann hinter einer Maske. «Was hat die Scheißreinigung mit Duke zu tun? Oder damit, ob wir ein Baby bekommen? Warum sollte ich dich aus dem Haus haben wollen?»

Ich wusste nicht mehr weiter, doch ich konnte jetzt keinen Rückzieher machen. «Warum hättest du mich sonst fragen sollen, ob ich deine Hemden abgeholt hatte, obwohl du es schon wusstest?» Meine Stimme war schrill.

Er warf den Alligator zu Boden. «Was willst du damit sagen? Du führst dich auf wie eine Verrückte. Mrs. Lee ist alt und immer in Eile. Du musst sie missverstanden haben.»

Flüchtig schloss er die Augen. Als er sie aufschlug, war er wieder Richard. Die Maske war fort. «Du bist niedergeschlagen.

Wir haben einen großen Verlust erlitten. Wir haben Duke beide geliebt. Und ich weiß, die Fruchtbarkeitsbehandlung ist anstrengend für dich. Du hast recht. Lass uns eine Pause einlegen.»

Ich war noch immer so wütend auf ihn, aber warum fühlte es sich dann so an, als verzeihe er mir? «Wo ist Duke?», flüsterte ich. «Bitte sag mir, dass er noch lebt. Ich muss nur wissen, dass er in Sicherheit ist. Dann werde ich dich nie wieder danach fragen.»

«Baby.» Richard kniete sich neben mich und nahm mich in die Arme. «Natürlich ist er in Sicherheit. Er ist so klug und stark. Wahrscheinlich lebt er jetzt ein paar Städte weiter bei einer neuen Familie, die ihn genauso liebt wie wir. Siehst du nicht auch vor dir, wie er in einem großen Garten einem Tennisball hinterherjagt?» Er wischte mir die Tränen von den Wangen. «Jetzt ziehen wir dir diese schmutzigen Sachen aus und bringen dich ins Bett.»

Ich beobachtete, wie Richards volle Lippen sich beim Reden bewegten, und versuchte, seinen Blick zu deuten. Nun musste ich eine Entscheidung treffen, vielleicht die wichtigste, vor der ich je gestanden hatte. Wenn ich an meinen Verdächtigungen festhielt, würde das bedeuten, dass alles, was ich je über meinen Mann und unsere Beziehung geglaubt hatte, falsch war, dass jeder Augenblick in den vergangenen zwei Jahren eine furchtbare Lüge gewesen war. Ich würde nicht nur an Richard zweifeln, sondern an meinen eigenen Instinkten, an meinem Urteilsvermögen, ich würde meine tiefsten Überzeugungen untergraben.

Und so beschloss ich zu akzeptieren, was Richard mir gesagt hatte. Richard liebte Duke und wusste, wie sehr auch ich an ihm gehangen hatte. Er hatte recht, es war verrückt von mir gewesen zu glauben, er könne unserem Hund etwas angetan haben.

Alle Anspannung löste sich aus meinem Körper, und ich fühlte mich so dumm und schwer wie ein Sack Zement.

«Es tut mir leid», sagte ich, während ich mich von Richard die Treppe hinaufführen ließ.

Als ich nach dem Umkleiden aus dem Bad kam, sah ich, dass er die Bettdecke zurückgeschlagen und ein Glas Wasser auf meinen Nachttisch gestellt hatte.

«Soll ich mich zu dir legen?»

Ich schüttelte den Kopf. «Du hast bestimmt Hunger. Ich habe ein schlechtes Gewissen, weil ich kein Abendessen gekocht habe.»

Er küsste mich auf die Stirn. «Mach dir darum keine Sorgen. Ruh dich aus, Liebling.»

Es war, als wäre das alles niemals geschehen.

In der darauffolgenden Woche meldete ich mich zu einem neuen Kochkurs an – diesmal asiatisch – und trat einer Leseförderungsinitiative bei uns im Club bei. Wir sammelten Bücher und verteilten sie in den Schulen der unterversorgten Gegenden von Manhattan. Die Gruppe traf sich immer zum Mittagessen. Bei diesen Mahlzeiten wurde stets Wein serviert, und ich war häufig die Erste, die ihr Glas ausgetrunken hatte und um ein zweites bat. Gegen die Kopfschmerzen, die ich manchmal bekam, wenn ich tagsüber trank, hatte ich ein Fläschchen Advil in der Handtasche. Ich freute mich immer auf diese Treffen, weil ich danach ein Mittagsschläfchen einlegen konnte, mit dem ich noch ein paar Stunden füllen konnte. Wenn Richard von der Arbeit kam, roch mein Atem nach Pfefferminz, und Augentropfen hatten die Röte in meinen Augen beseitigt.

Ich überlegte, ob ich ihm die Anschaffung eines neuen Hundes vorschlagen sollte, vielleicht eine andere Rasse. Doch ich tat es nie. Und so schrumpfte unser Zuhause – ohne Haustiere, ohne Kinder – wieder zu einem bloßen Haus.

Allmählich hasste ich sie, diese ewige, gnadenlose Stille.

KAPITEL SIEBENUNDZWANZIG

Ich lege die Postkarte mit dem Deutschen Schäferhund zurück auf Tante Charlottes Sekretär. Nachdem ich in letzter Zeit so oft ausgefallen bin, darf ich nicht schon wieder zu spät zur Arbeit kommen. Den Brief an Emma stecke ich in die Handtasche. Ich werde ihn nach meiner Schicht überbringen. Als ich mich zu Fuß auf den Weg nach Midtown Manhattan mache, stelle ich mir vor, wie das Gewicht des Briefs den Schulterriemen meiner Tasche herabzieht.

Nach der Hälfte der Strecke klingelt mein Handy. Flüchtig denke ich: *Richard.* Doch als ich aufs Display sehe, stelle ich fest, dass es Saks ist.

Nach kurzem Zögern nehme ich das Gespräch an und platze heraus: «Ich bin gleich da. Noch eine Viertelstunde, höchstens.» Ich gehe schneller.

«Vanessa, mir bleibt nichts anderes übrig», sagt Lucille.

«Es tut mir wirklich leid. Ich hatte mein Handy verlegt, und dann ...» Sie räuspert sich, und ich verstumme.

«Aber wir müssen uns von Ihnen trennen.»

«Geben Sie mir noch eine Chance», bettele ich verzweifelt. Angesichts von Tante Charlottes Erkrankung muss ich jetzt mehr arbeiten denn je. «Ich habe eine schwierige Phase durchgemacht, aber ich verspreche, ich werde nicht ... Ab jetzt wird alles anders.»

«Die Verspätungen sind ein Punkt. Das wiederholte Fehlen ist ein weiterer. Aber Ware zu verstecken? Was hatten Sie mit diesen Kleidern vor?»

Ich will es schon abstreiten, aber etwas an ihrem Ton sagt mir, dass ich mir die Mühe sparen kann. Vielleicht hat jemand gesehen, wie ich die drei schwarz-weißen Alexander-McQueen-Strickkleider mit dem Blumenmuster von der Stange genommen und im Lagerraum versteckt habe.

Es ist zwecklos. Mir fällt nichts ein, was ich zu meiner Verteidigung vorbringen könnte.

«Ich habe hier Ihren letzten Gehaltsscheck. Den schicke ich Ihnen per Post zu.»

«Ach, kann ich nicht vorbeikommen und ihn abholen?» Wenn ich persönlich mit Lucille spreche, kann ich sie hoffentlich davon überzeugen, mir noch eine Chance zu geben.

Lucille zögert. «Na schön. Im Moment ist ziemlich viel zu tun. Kommen Sie in einer Stunde vorbei.»

«Danke. Das passt perfekt.»

Jetzt habe ich Zeit, den Brief für Emma bei ihr im Büro abzugeben, anstatt bis nach der Arbeit zu warten und ihn zu ihr nach Hause zu bringen. Es ist erst vierundzwanzig Stunden her, dass ich Richards Verlobte gesehen habe, aber das bedeutet auch, dass es einen Tag weniger bis zu ihrer Hochzeit ist.

Ich sollte die Zeit nutzen, um meine Ansprache an Lucille zu planen. Aber meine Gedanken kreisen ausschließlich darum, wie ich im Innenhof warten kann, bis Emma vielleicht herauskommt, um sich einen Kaffee zu holen oder etwas zu erledigen. Vielleicht kann ich ihr ansehen, ob Richard ihr von seinem Besuch bei mir erzählt hat.

Als ich dieses schlanke Hochhaus zum letzten Mal betrat, ging ich zur Weihnachtsfeier von Richards Firma. An dem Abend, als alles begann.

Aber ich habe so viele andere Erinnerungen an dieses Gebäude: ein Besuch gleich nach Kindergartenschluss, als Richard bei meiner Ankunft gerade ein geschäftliches Telefonat beendete und seine Stimme so eindringlich war, dass sie beinahe streng klang, während er zugleich alberne Grimassen für mich zog; eine Verabredung zum Abendessen mit Richard und seinen Kollegen, zu der ich aus Westchester in die Stadt fuhr; ein Überraschungsbesuch, bei dem er mich erfreut hochhob und umarmte.

Jetzt gehe ich durch die Drehtür und trete an den Tisch des Wachmanns. Um zehn Uhr vormittags ist in der Eingangshalle nicht viel los, und dafür bin ich dankbar, denn ich will niemanden treffen, den ich kenne.

An diesen Wachmann erinnere ich mich allerdings noch vage, daher behalte ich die Sonnenbrille auf, als ich ihm den mit Emmas Namen beschrifteten Umschlag reiche. «Würden Sie den in den einunddreißigsten Stock bringen lassen?»

«Einen Moment.» Er berührt einen Touchscreen auf seinem Schreibtisch und gibt ihren Namen ein. Dann blickt er auf. «Sie arbeitet nicht mehr hier.» Er schiebt mir den Umschlag wieder zu.

«Was? Wann hat sie ... hat sie gekündigt?»

«Diese Information habe ich nicht, Ma'am.»

Eine UPS-Fahrerin tritt hinter mich, und der Wachmann wendet seine Aufmerksamkeit ihr zu.

Ich nehme den Umschlag wieder an mich und gehe durch die Drehtür hinaus. Im Innenhof nebenan steht eine kleine Bank, wo ich auf Emma warten wollte. Jetzt sacke ich darauf zusammen.

Eigentlich hätte es mich nicht überraschen dürfen. Schließlich will Richard garantiert nicht, dass seine Ehefrau arbeitet, schon gar nicht für ihn. Kurz frage ich mich, ob sie eine andere Arbeit angenommen hat, aber ich weiß, das würde sie so kurz vor der Hochzeit nicht tun. Ebenso sicher bin ich mir, dass sie auch nach der Hochzeit nicht mehr arbeiten gehen wird.

Ihre Welt beginnt zu schrumpfen.

Ich muss jetzt sofort zu ihr. Sie hat gedroht, die Polizei zu rufen, falls ich mich ihrer Wohnung noch einmal nähere, aber davon darf ich mich jetzt nicht abhalten lassen.

Als ich mich erhebe und den Brief zurück in die Handtasche

stecke, streife ich meine Brieftasche. In der das Foto von Duke steckt.

Behutsam ziehe ich das kleine Farbfoto aus der Schutzhülle, und Wut steigt in mir auf. Wenn Richard jetzt hier wäre, würde ich mich auf ihn stürzen, ihm das Gesicht zerkratzen und Obszönitäten schreien.

Doch ich zwinge mich, noch einmal zum Wachmann zurückzukehren.

«Verzeihung», sage ich höflich. «Hätten Sie wohl einen Briefumschlag für mich?»

Wortlos reicht er mir einen Umschlag. Ich stecke das Foto von Duke hinein, dann suche ich in meiner Handtasche nach einem Stift, finde jedoch nur einen grauen Eyeliner und schreibe damit *Richard Thompson* auf den Briefumschlag. Der stumpfe, weiche Eyeliner schmiert von Buchstabe zu Buchstabe immer stärker, doch das ist mir egal.

«Einunddreißigster Stock. Ich weiß, dass er noch dort arbeitet.»

Der Wachmann zieht eine Augenbraue in die Höhe, zeigt sich ansonsten aber gleichgültig, zumindest bis ich gehe.

Jetzt muss ich zu Saks, aber gleich danach werde ich direkt zu Emma gehen. Ich frage mich, was sie gerade tut. Packt sie ihre Sachen für den Umzug zusammen? Kauft sie sich ein verführerisches Negligé für die Flitterwochen? Trinkt sie ein letztes Mal Kaffee mit ihren Freundinnen hier in der City und verspricht ihnen, dass sie ganz oft herkommen wird, um sich mit ihnen zu treffen?

Mein linker Fuß knallt auf den Boden. *Rette.* Mein rechter Fuß knallt auf den Boden. *Sie.* Immer schneller gehe ich, während diese beiden Wörter mir durch den Kopf hallen. *Rettesierettesierettesie.*

Schon einmal bin ich zu spät gekommen, in meinem letzten Studienjahr in Florida. Das passiert mir kein zweites Mal.

An dem Abend, an dem Maggie verschwand, kam ich nach meinem Besuch bei Daniel wieder im Wohnheim an, als auch die neuen Mitglieder gerade zurückkehrten, nass und kichernd und nach Meer riechend.

«Ich dachte, du bist krank!», rief Leslie.

Wortlos drängte ich mich zwischen meinen Schwestern hindurch und ging nach oben. Ich war am Ende meiner Kräfte und konnte nicht klar denken. Die Anwärterinnen trockneten sich unterdessen mit Handtüchern ab, die jemand ihnen von oben übers Treppengeländer zuwarf. Was mich veranlasste, mich noch einmal nach ihnen umzusehen, weiß ich auch nicht.

Ich fuhr herum. «Maggie.»

«Sie ist ... Sie ist ...», stammelte Leslie. Diese beiden Silben hallten nach, während meine Chi-Omega-Schwestern sich umguckten und ihr Lachen allmählich versiegte, als sie die Gesichter der Neuen musterten, auf der Suche nach der einen, die nicht dabei war.

Die Geschichte dessen, was am Strand vorgefallen war, setzte sich Stück für Stück zusammen, aus Erinnerungen, die verzerrt waren vom Alkohol und der ausgelassenen Stimmung, die sich in Angst verwandelt hatte. Ein paar Verbindungsstudenten waren hinter unseren Anwärterinnen hergeschlichen, als diese zum Meer gegangen waren, möglicherweise elektrisiert vom kurzen Aufblitzen jenes leuchtend rosa BHs. Am Strand hatten die Frischlinge sich wie befohlen alle ausgezogen und waren ins Wasser gerannt.

«Sieh in ihrem Zimmer nach!», rief ich unserer Präsidentin zu. «Ich laufe zurück ans Meer.»

«Ich habe sie aus dem Wasser kommen sehen», beteuerte Leslie unterwegs zum Strand immer wieder.

Aber die Kerle hatten sie ebenfalls gesehen. Sie waren auf den Strand gelaufen, hatten sich unter Gejohle und Gelächter die abgelegte Kleidung geschnappt und sie gerade außer Reichweite der nackten Frauen geschwenkt. Es war ein Streich; allerdings keiner, den wir geplant hatten.

«Maggie!», kreischte ich jetzt, während wir auf den Strand rannten.

Auch die Anwärterinnen hatten gekreischt, während einige unserer bekleideten Schwestern den Typen hinterhergejagt waren. Die Anwärterinnen versuchten, sich mit den Shirts oder Kleidern zu bedecken, die die Männer fallen ließen, während sie sich den Strand hinauf zurückzogen. Irgendwann hatten alle Neuen ihre Kleidung zurückbekommen und waren nach Hause gelaufen.

«Hier ist sie nicht!», schrie Leslie. «Lass uns zurück zum Haus laufen, vielleicht haben wir uns bloß verpasst.»

Da entdeckte ich im Sand das weiße Baumwolloberteil mit den kleinen Kirschen und die dazu passenden Shorts.

Kreisende blau-rote Lichter. Taucher, die das Meer absuchten und Netze durchs Wasser zogen. Ein Scheinwerferstrahl, der auf den Wellen tanzte.

Und der schrille lang anhaltende Schrei, als eine Leiche aus dem Ozean gezogen wird. Der Schrei kam von mir.

Die Polizei befragte uns einzeln und systematisch, bis sich eine zusammenhängende Geschichte herausbildete. Die örtliche Tageszeitung füllte vier Seiten mit Artikeln und Fotos von Maggie. Ein Nachrichtensender aus Miami filmte unser Verbindungshaus und brachte einen Sonderbericht über die Gefahren des Trinkens in der Probewoche. Ich war die Eventbeauftragte, und ich war Maggies große Schwester. Diese Informationen wurden veröffentlicht. Mein Name wurde gedruckt. Ein Foto von mir ebenfalls.

Immer wieder stelle ich mir vor, wie die magere, sommersprossige Maggie ins Meer zurückweicht, um ihren nackten Körper zu verbergen. Ich male mir aus, wie sie zu weit hinausgeht, wie sie auf dem unebenen Sand den Halt verliert. Eine Welle schlägt über ihr zusammen. Vielleicht schreit sie auf, aber ihre Stimme geht im allgemeinen Geschrei unter. Sie schluckt Salzwasser. Dreht sich desorientiert im tintenschwarzen Wasser. Sie kann nichts sehen. Sie bekommt keine Luft. Eine weitere Welle zieht sie unter Wasser.

Maggie verschwand. Aber vielleicht wäre es nie dazu gekommen, wenn ich nicht abgehauen wäre.

Auch Emma wird verschwinden, falls sie Richard heiratet. Sie wird ihre Freunde verlieren. Sie wird sich ihrer Familie entfremden. Sie wird sich selbst aufgeben, ebenso wie es mir erging. Und dann wird es noch viel schlimmer werden.

Rette sie, skandiert meine innere Stimme.

KAPITEL ACHTUNDZWANZIG

Ich betrete das Gebäude durch den Personaleingang und nehme den Aufzug in den dritten Stock. Lucille faltet gerade Pullover zusammen. Sie hat meinetwegen zu wenig Personal und erledigt meine Arbeit.

«Es tut mir wirklich leid.» Eifrig greife ich nach dem blaugrauen Kaschmirhaufen. «Ich brauche diese Arbeit, und ich kann erklären, was los war ...»

Als ich abbreche, wendet sie sich mir zu. Ich versuche, den Blick zu deuten, mit dem sie mich mustert: Verwirrung. Hat sie geglaubt, ich würde einfach meinen Scheck abholen und wieder gehen? Ihr Blick bleibt an meinem Haar hängen, und instinktiv drehe ich mich zum Spiegel neben den Pullovern um. Natürlich ist sie verblüfft, sie kennt mich ja nur als Brünette.

«Vanessa, ich bin diejenige, der es leidtut, aber ich habe Ihnen mehrere Chancen gegeben.»

Ich will sie schon weiter anflehen, doch dann fällt mir auf, wie voll es im Verkaufsraum ist. Einige andere Verkäuferinnen beobachten uns. Vielleicht war es sogar eine von ihnen, die Lucille von den Kleidern erzählte.

Es hat keinen Sinn. Ich lege die Pullover zurück.

Lucille holt meinen Scheck und reicht ihn mir. «Viel Glück, Vanessa.»

Als ich zurück zum Aufzug gehe, sehe ich die raffiniert gemusterten, schwarz-weißen Kleider an ihrem rechtmäßigen Platz an der Stange hängen. Ich halte den Atem an, bis ich sicher an ihnen vorbei bin.

Jenes Kleid saß einst wie angegossen, so, als wäre es für meine Rundungen maßgeschneidert worden.

Richard und ich waren damals schon mehrere Jahre verheiratet. Sam und ich redeten nicht mehr miteinander. Dukes Verschwinden hatte sich niemals aufgeklärt. Und meine Mutter hatte unerwartet ihren bevorstehenden Frühjahrsbesuch abgesagt, weil sie lieber an einer Gruppenreise nach New Mexico teilnehmen wollte.

Doch anstatt mich vom Leben zurückzuziehen, nahm ich allmählich wieder mehr daran teil.

Seit fast sechs Monaten hatte ich nicht einen Schluck Alkohol getrunken, und meine Aufgedunsenheit hatte sich verflüchtigt wie Helium, das langsam aus einem Ballon entweicht. Ich hatte mir angewöhnt, früh aufzustehen und durch die breiten Straßen und über die sanften Hügel in unserem Viertel zu joggen.

Richard hatte ich erzählt, ich konzentriere mich darauf, wieder gesünder zu leben. Ich hatte den Eindruck, dass er mir glaubte, dass er mein neues Verhalten einfach als eine positive Veränderung akzeptierte. Schließlich bekam er ja auch die Einzelpostenabrechnungen, die der Country Club ihm monatlich zuschickte, ehe seine Kreditkarte belastet wurde. Er hatte begonnen, sie auszudrucken und mir auf den Küchentisch zu legen, nachdem er die Beträge für Alkohol markiert hatte. Die Augentropfen und die Pfefferminzbonbons hätte ich mir sparen können; er hatte immer genau gewusst, wie viel ich bei jenen Mittagessen mit den anderen Ehrenamtlichen im Club getrunken hatte.

Doch ich veränderte mehr, als nur gesünder zu leben. Ich übernahm auch eine weitere ehrenamtliche Tätigkeit. Mittwochs fuhr ich jetzt zusammen mit Richard mit dem Zug in die Stadt und nahm dann ein Taxi in die Lower East Side, wo ich Vorschülern im Rahmen von Head Start, einem staatlichen Programm zur Förderung unterprivilegierter Kinder, vorlas. Die Organisatoren hatte ich beim Ausliefern der Bücher von der Leseförderungsinitiative unseres Clubs kennengelernt. Ich arbeitete nur wenige Stunden pro Woche mit den Kindern, aber es verlieh meinem Leben einen Sinn. Wieder in der Großstadt zu sein wirkte sich überdies verjüngend aus. Zum ersten Mal seit meinen Flitterwochen fühlte ich mich wieder mehr wie mein altes Selbst.

«Mach sie auf», sagte Richard am Abend der Alvin-Ailey-Gala, als ich die glänzend weiße Schachtel mit der roten Schleife bestaunte.

Ich löste die Schleife und hob den Deckel ab. Im Lauf meiner Ehe mit Richard hatte ich gelernt, die hochwertigen Stoffe und den Blick fürs Detail zu würdigen, die die edlen Designerstücke von meiner früheren H&M-Massenware unterschieden. Das Kleid in dieser Schachtel war eines der elegantesten, die ich je gesehen hatte. Außerdem barg es ein Geheimnis. Von weitem schien es sich um ein einfaches Schwarz-Weiß-Muster zu handeln. Doch das war eine optische Täuschung. Aus der Nähe sah man, dass jeder Faden mit Bedacht gesetzt und Stich für Stich ein florales Wunderland erschaffen worden war.

«Zieh das heute Abend an», sagte Richard. «Du siehst phantastisch aus.»

Er legte seinen Smoking an, und als er sich die Fliege binden wollte, schob ich seine Hand zur Seite.

«Lass mich.» Ich lächelte. Manche Männer sehen im Smoking wie Schuljungen aus, die mit gegeltem, nach hinten gekämmtem Haar und glänzenden Schuhen zum Abschlussball gehen. Andere wirken wie aufgeblasene Blender, Angehörige der Möchtegern-Elite. Doch Richard war darin zu Hause. Ich zupfte die Enden seiner Fliege zurecht und gab ihm einen Kuss, der einen Hauch rosa Lipgloss auf seiner Unterlippe hinterließ.

Wie aus der Vogelperspektive sehe ich uns beide an jenem Abend vor mir: In leichtem Schneefall stiegen wir aus unserer

Limousine und betraten Arm in Arm den Festsaal. Dort fanden wir unsere Tischkarte, auf der in schwungvollem Kursivdruck *Mr. und Mrs. Thompson: Tisch 16* stand. Lachend posierten wir für ein Foto und nahmen zwei Champagnerflöten vom Tablett eines vorbeikommenden Kellners.

Und ach, dieser erste Schluck – diese goldenen Bläschen, die in meinem Mund perlten, die Wärme, die mir die Kehle hinabrann. Es schmeckte wie flüssiges Hochgefühl.

Wir sahen den Tänzern zu, die zu einer feurigen Trommelbegleitung in die Höhe schnellten, die sehnigen Arme und muskulösen Beine wirbeln ließen, die Leiber zu unmöglichen Formen verbogen. Ich merkte gar nicht, dass ich mich vor und zurück wiegte und leise mitklatschte, bis Richard sanft meine Schulter drückte. Er lächelte mich an, aber ich war trotzdem verlegen. Niemand sonst bewegte sich zur Musik.

Nach dieser Tanzvorführung wurden weitere Cocktails und Horsd'œuvres gereicht. Richard und ich plauderten mit einigen seiner Kollegen, von denen einer, ein weißhaariger Gentleman namens Paul, im Vorstand der Tanzkompanie saß und für diese Wohltätigkeitsgala Karten für einen ganzen Tisch gekauft hatte. Wir waren als seine Gäste dort.

Einige Tänzer mischten sich unters Volk. Mit ihren an bewegliche Skulpturen erinnernden Körpern wirkten sie wie Götter und Göttinnen, die vom Himmel herabgestiegen waren.

Normalerweise tat mir am Ende solcher Veranstaltungen vom vielen Lächeln das Gesicht weh. Ich versuchte immer, einen möglichst interessierten, heiteren Eindruck zu machen zum Ausgleich dafür, dass ich nicht viel zu sagen hatte, besonders in der verlegenen Stille, die unweigerlich folgte, wenn Fremde die vermeintlich unverfängliche Frage stellten: «Haben Sie Kinder?»

Doch Paul war anders. Als er fragte, womit ich meine Zeit verbrachte, und ich meine Ehrenämter erwähnte, sagte er nicht etwa

«Wie nett» und suchte sich eine kultiviertere Gesprächspartnerin. Vielmehr fragte er: «Was hat Sie dazu gebracht?» Unwillkürlich erzählte ich ihm von meinen Jahren als Erzieherin und meiner ehrenamtlichen Tätigkeit für Head Start.

«Meine Frau hat geholfen, die Finanzierung für eine wunderbare neue Charterschule nicht weit von hier aufzutreiben», sagte er. «Überlegen Sie doch mal, ob Sie da nicht vielleicht mitarbeiten wollen.»

«Das würde ich sehr gern. Ich vermisse die Arbeit als Erzieherin sehr.»

Paul zog eine Visitenkarte aus der Brusttasche. «Rufen Sie mich nächste Woche an.» Dann beugte er sich dichter zu mir und flüsterte: «Als ich sagte, meine Frau habe bei der Finanzierung geholfen, meinte ich, meine Frau hat mir gesagt, ich solle denen einen Scheck über eine große Summe ausstellen. Sie schulden uns also einen Gefallen.» Die Haut an seinen Augenwinkeln kräuselte sich, und ich grinste zurück. Dieser Mann war einer der erfolgreichsten hier im Saal und noch immer glücklich mit seiner Highschool-Liebe verheiratet, einer weißhaarigen Dame, die gerade mit Richard plauderte.

«Ich stelle den Kontakt her», fuhr Paul fort. «Die finden bestimmt ein Plätzchen für Sie. Wenn nicht jetzt, dann vielleicht zu Beginn des neuen Schuljahrs.» Ein Kellner bot uns ein Tablett mit Wein an, und Paul reichte mir ein frisches Glas. «Prost. Auf Neuanfänge.»

Ich unterschätzte den Schwung, mit dem wir anstießen. Die fragilen, hauchdünnen Gläser prallten mit einem lauten Klirren aufeinander, und dann hielt ich nur noch einen scharfzackigen Stiel in der Hand, während mir Wein den Arm hinablief.

«Das tut mir so leid!», stieß ich hervor, während der Kellner zu uns zurückeilte, mir einen Stapel Cocktailservietten reichte und mir den abgebrochenen Stiel aus der Hand nahm.

«Allein meine Schuld», sagte Paul. «Immer unterschätze ich meine eigene Kraft! Ich bin derjenige, dem es leidtut. Moment, nicht bewegen, da sind Scherben auf Ihrem Kleid.»

Reglos stand ich da, während er einige Scherben aus dem feinen Gewebe zupfte. Die Gespräche um uns herum waren kurz ins Stocken geraten, doch nun wurden sie wiederaufgenommen. Dennoch hatte ich das Gefühl, dass jetzt alle genauer auf mich achteten. Ich wäre am liebsten im Boden versunken.

«Lass mich helfen», sagte Richard, der neben mich trat und mit einer Serviette mein durchfeuchtetes Kleid abtupfte. «Gut, dass du keinen Roten getrunken hast.»

Paul lachte, doch es klang gezwungen. Ich merkte, er wollte die peinliche Situation ein wenig auflockern. «Tja, jetzt schulde ich Ihnen wirklich einen Job.» Paul sah Richard an. «Ihre entzückende Frau erzählte mir gerade, wie sehr sie die Arbeit als Erzieherin vermisst.»

Richard zerknüllte die feuchte Serviette, legte sie dem Kellner aufs Tablett und entließ den Mann mit einem «Danke». Gleich darauf spürte ich Richards Hand auf meinem unteren Rücken. «Sie kann großartig mit Kindern umgehen», erzählte er Paul.

Pauls Frau winkte ihn zu sich. «Sie haben meine Nummer», sagte er zu mir. «Lassen Sie uns demnächst darüber sprechen.»

Sobald er gegangen war, beugte Richard sich zu mir. «Wie viel hast du schon getrunken, Liebling?» Die Frage klang unverfänglich, doch er hielt sich unnatürlich reglos.

«Nicht allzu viel», erwiderte ich rasch.

«Nach meiner Zählung hattest du drei Glas Champagner. Dazu den ganzen Wein.» Der Druck seiner Hand auf meinem Rücken verstärkte sich. «Vergiss das Abendessen», flüsterte er mir ins Ohr. «Wir fahren nach Hause.»

«Aber ... Paul hat einen ganzen Tisch gekauft. Unsere Plätze würden leer sein. Ab jetzt bleibe ich bei Wasser, versprochen.»

«Ich glaube, es ist besser, wenn wir gehen», sagte Richard leise. «Paul wird das verstehen.»

Ich ging meinen Mantel holen. Während ich wartete, beobachtete ich, wie Richard zu Paul ging, etwas zu ihm sagte und ihm auf die Schulter klopfte. Er entschuldigte mich bei Paul, doch dieser würde den Subtext verstehen: Richard musste mich nach Hause bringen, weil ich viel zu beschwipst war, um zum Abendessen zu bleiben.

Doch ich war gar nicht betrunken. Richard wollte nur, dass alle das dachten.

«Fertig», sagte er, als er zu mir zurückkehrte. Er hatte bereits unseren Wagen holen lassen, der gleich vor dem Gebäude wartete.

Mittlerweile schneite es heftiger. Obwohl unser Fahrer sehr langsam durch die beinahe leeren Straßen fuhr, war mir übel. Ich schloss die Augen, lehnte mich so weit von Richard weg, wie der Sicherheitsgurt es erlaubte, und gab vor zu schlafen. Aber Richard wusste sehr wahrscheinlich, dass ich mich ihm bloß nicht stellen wollte.

Vielleicht hätte er es mir durchgehen lassen, mich nach oben gehen und ins Bett fallen lassen. Aber auf der Treppe zur Haustür stolperte ich und musste mich am Geländer festhalten.

«Das sind diese neuen Schuhe», sagte ich verzweifelt. «Ich habe mich noch nicht an sie gewöhnt.»

«Natürlich, was sonst?», erwiderte er sarkastisch. «An dem ganzen Alkohol auf leeren Magen kann es ja nicht liegen. Das war eine geschäftliche Veranstaltung, Nellie. Der Abend war wichtig für mich.»

Schweigend stand ich da, während er die Haustür aufschloss. Sobald ich drinnen war, setzte ich mich auf die gepolsterte Bank im Eingangsbereich und zog die Schuhe aus, stellte sie nebeneinander auf die unterste Treppenstufe und richtete die Absätze parallel aus. Dann zog ich den Mantel aus und hängte ihn in den Schrank.

Richard stand noch an der Tür, als ich zurückkehrte. «Du musst etwas essen. Komm mit.»

Ich folgte ihm in die Küche, wo er eine Flasche Mineralwasser aus dem Kühlschrank nahm, die er mir schweigend reichte. Dann holte er eine Schachtel kalorienarme Kräcker aus einem der Küchenschränke.

Rasch aß ich einen davon. «Ich fühle mich schon besser. Du hattest recht, mich nach Hause zu bringen ... Du musst doch auch Hunger haben. Soll ich uns etwas Brie aufschneiden? Ich habe ihn erst heute auf dem Markt gekauft.»

«Nicht nötig.» Ich merkte genau, dass Richard kurz davorstand, zu verschwinden wie schon bei früheren Auseinandersetzungen, die ich versucht hatte zu vergessen. Er kämpfte gegen seine Wut an. Damit sie ihn nicht verschlang.

«Wegen dieses Jobs», sagte ich rasch, um die Lage zu entschärfen. «Paul hat mir nur angeboten, mich ein paar Leuten in einer Charterschule vorzustellen. Es könnte Teilzeit werden, aber vielleicht wird auch gar nichts daraus.»

Richard nickte bedächtig. «Gibt es einen besonderen Grund dafür, dass du öfter in der Stadt sein willst?»

Ich starrte ihn an. Mit dieser Frage hatte ich nun gar nicht gerechnet.

«Wie meinst du das?»

«Einer der Nachbarn sagte, er hätte dich neulich am Bahnhof gesehen. Sehr aufgetakelt, sagte er. Schon komisch, denn als ich dich an dem Morgen anrief, bist du nicht ans Telefon gegangen, und hinterher hast du es damit erklärt, dass du im Pool des Clubs deine Runden geschwommen hättest.»

Das konnte ich nicht leugnen; Richard mit seinem blitzschnellen Verstand würde mir eine Falle stellen, wenn ich versuchte zu lügen. *Welcher Nachbar?*, fragte ich mich. *Der Bahnhof war um diese Uhrzeit fast menschenleer gewesen.*

«Ich war an dem Morgen wirklich schwimmen. Aber dann bin ich zu Tante Charlotte gefahren. Nur ein kurzer Besuch.»

Richard nickte. «Natürlich. Noch ein Kräcker? Nein?» Er verschloss die Schachtel wieder. «Es spricht nichts dagegen, dass du deine Tante besuchst. Wie ging es ihr denn?»

«Gut», entfuhr es mir, während mein Herzschlag sich beruhigte. Er würde davon ablassen. Er glaubte mir. «Wir haben bei ihr Tee getrunken.»

Richard öffnete den Schrank, um die Kräcker zurückzustellen, und die hölzerne Schranktür verbarg kurz sein Gesicht.

Dann schloss er die Tür und sah mich an. Er war mir sehr nahe. Seine zusammengekniffenen Augen schienen sich in mich hineinzubohren. «Eines will mir einfach nicht in den Kopf: Du hast gewartet, bis ich zur Arbeit gefahren war, hast dich zurechtgemacht, bist mit dem Zug in die Stadt gefahren, warst rechtzeitig wieder hier, um Abendessen zu kochen und hast mit mir Lasagne gegessen, das alles, ohne den Besuch bei deiner Tante auch nur zu erwähnen. Warum?» Er hielt kurz inne. «Wo warst du wirklich? Mit wem warst du zusammen?»

Ich hörte ein Geräusch, das wie der Schrei eines Vogels klang. Dann wurde mir klar, dass ich diesen Schrei ausgestoßen hatte. Richard umklammerte mein Handgelenk. Verdrehte es, während er sprach.

Sein Blick fiel auf seine Hand, und er ließ mich sofort los, doch es blieben weiße Ovale zurück, wie eine Verbrennung.

«Entschuldige.» Er trat einen Schritt zurück. Fuhr sich mit der Hand durchs Haar. Atmete langsam aus. «Aber warum hast du mich verdammt noch mal angelogen?»

Wie konnte ich ihm die Wahrheit sagen? Dass ich nicht glücklich war, dass all das, was er mir gegeben hatte, nicht genügte? Ich hatte mit jemandem über meine Vorbehalte gegenüber meiner Ehe sprechen wollen. Die Frau, die ich aufgesucht hatte, hatte mir aufmerksam zugehört und mir einige nachdenklich stimmende Fragen gestellt, doch ich wusste, diese eine Sitzung bei ihr würde nicht genügen. Ich wollte im nächsten Monat noch einmal heimlich in die Stadt, um sie ein zweites Mal aufzusuchen.

Aber jetzt war es zu spät, um mir eine plausible Erklärung für meine Täuschung einfallen zu lassen. Richard hatte mich ertappt.

Ich sah seine Hand nicht einmal kommen, bis sie mit einem lauten Klatschen auf meiner Wange landete.

In den nächsten beiden Nächten schlief ich kaum. Ich hatte pochende Kopfschmerzen, und meine Kehle fühlte sich wund an vom Weinen. Die Quetschungen an meinem Handgelenk verbarg ich unter langen Ärmeln, und auf die dunklen Ringe unter meinen Augen tupfte ich Concealer. Und die ganze Zeit grübelte ich darüber nach, ob ich bei Richard bleiben oder ihn verlassen sollte.

Irgendwann klopfte Richard sanft an die offene Tür des Gästezimmers, wo ich im Bett lag und versuchte zu lesen, aber überhaupt nichts aufnahm. Ich blickte hoch und wollte ihn schon auffordern hereinzukommen, doch als ich seinen Gesichtsausdruck sah, vergingen mir die Worte.

Richard hielt unser schnurloses Festnetztelefon in der Hand. «Es ist deine Mutter.» Er runzelte die Stirn. «Ich meine, es ist Tante Charlotte. Sie ruft an, weil ...»

Es war elf Uhr abends, und normalerweise lag meine Tante um diese Uhrzeit bereits im Bett. Als ich das letzte Mal mit meiner Mutter gesprochen hatte, hatte sie mir gesagt, es gehe ihr gut – aber auf die Anrufe danach hatte sie nicht reagiert.

«Es tut mir so leid, Baby.» Richard reichte mir das Telefon.

Die Hand danach auszustrecken gehörte mit zum Schwersten, was ich je habe tun müssen.

KAPITEL NEUNUNDZWANZIG

Nach dem Tod meiner Mutter war Richard genau so für mich da, wie ich ihn brauchte.

Wir flogen mit Tante Charlotte zur Beerdigung nach Florida, und er mietete eine Hotelsuite mit mehreren nebeneinanderliegenden Zimmern, sodass wir alle zusammenbleiben konnten. Ich rief mir in Erinnerung, wie meine Mutter ausgesehen hatte, wenn sie am glücklichsten gewesen war – in der Küche beim Hantieren mit Töpfen oder beim Würzen, an ihren guten Tagen, an denen sie mich morgens mit einem albernen Lied geweckt hatte, oder als Duke uns nach seinem ersten Bad nass gespritzt hatte und sie sich lachend das Wasser aus dem Gesicht wischte. Bei diesem endgültigen Abschied von ihr versuchte ich auch, mir ins Gedächtnis zu rufen, wie sie am Abend meiner Hochzeit ausgesehen hatte, als sie barfuß am Strand spazieren gegangen war, das Gesicht der untergehenden Sonne zugewandt. Doch immer wieder schob sich ein anderes Bild davor: meine Mutter, wie sie starb – allein, auf der Couch, mit einem leeren Tablettendöschen neben sich, während der Fernseher plärrte.

Es gab keinen Abschiedsbrief, daher blieben Fragen zurück, die wir uns nie beantworten konnten.

Als Tante Charlotte am Grab zusammenbrach und sich Vorwürfe machte, weil sie nicht gemerkt hatte, dass es meiner Mutter wieder schlechter gegangen war, tröstete Richard sie: «Nichts davon ist deine Schuld. Niemand ist schuld daran. Es ging ihr so gut. Du warst immer für deine Schwester da, und sie hat deine Liebe gespürt.»

Richard kümmerte sich auch um den Papierkram und organisierte den Verkauf des kleinen eingeschossigen Ziegelhauses, in dem ich aufgewachsen war, während Tante Charlotte und ich die persönlichen Habseligkeiten meiner Mutter sichteten.

Der Großteil des Hauses war relativ ordentlich, doch das Zimmer meiner Mutter war ein einziger Saustall; überall türmten sich Bücher und Kleidungsstücke, und an den Krümeln in ihrem Bett erkannte ich, dass sie in letzter Zeit wohl die meisten ihrer Mahlzeiten dort eingenommen hatte. Auf ihrem Nachttisch drängten sich benutzte Kaffeetassen und Wassergläser. Als Richard dieses Durcheinander sah, hob er erstaunt die Augenbrauen, doch er sagte nur: «Ich lasse einen Reinigungsdienst kommen.»

Von der persönlichen Habe meiner Mutter nahm ich mir nur wenig. Tante Charlotte schlug vor, wir sollten uns jede einen Schal aussuchen. Außerdem nahm ich einige ausgewählte Schmuckstücke mit. Abgesehen davon wollte ich nur unsere alten Familienfotoalben und zwei ihrer abgegriffenen geliebten Kochbücher haben.

Mir war klar, dass ich noch einiges aus meinem ehemaligen Zimmer, das meine Mutter in ein Gästezimmer umgewandelt hatte, fortschaffen musste. Ich hatte bewusst Verschiedenes ganz hinten auf einem Regal im Kleiderschrank zurückgelassen. Während Tante Charlotte den Kühlschrank auswischte und Richard mit einem Immobilienmakler telefonierte, kletterte ich auf einen Hocker und räumte das staubige Regal aus. Als Erstes wanderte eine Anstecknadel meiner Studentinnenverbindung in den Müllsack, dann flogen mein Collegejahrbuch und meine Zeugnisse hinterher. Meine Abschlussarbeit über frühkindliche Entwicklung landete ebenfalls dort. Zuletzt holte ich mein Unidiplom aus der hintersten Ecke hervor, noch zusammengerollt und mit einer verblichenen Schleife zugebunden.

Ohne es mir auch nur ein Mal anzusehen, warf ich es weg.

Ich wusste gar nicht, warum ich das alles überhaupt so lange aufgehoben hatte.

Jedes Mal, wenn ich die Anstecknadel oder das Jahrbuch sah, musste ich an Maggie denken. Jedes Mal, wenn ich das Diplom sah, musste ich daran denken, was damals, am Tag der Abschlussfeier, geschehen war.

Als ich gerade den Müllsack zuknotete, kam Richard herein. «Ich dachte, ich ziehe eben los und besorge uns was zum Abendessen.» Dann entdeckte er den Müllsack. «Soll ich den für dich wegwerfen?

Ich zögerte, dann reichte ich ihm den Sack. «Klar.»

Und so schaffte er die letzten Überreste meiner Collegezeit fort. Ich sah ihm hinterher, dann blickte ich mich im leeren Zimmer um. Noch immer verschandelte der Wasserfleck die Zimmerdecke; wenn ich die Augen schloss, sah ich beinahe meine schwarze Katze vor mir, wie sie sich neben mir auf der der rosa-violett gestreiften Steppdecke zusammenrollte, während ich ein Buch von Judy Blume las.

Ich wusste, dass ich dieses Haus nie wiedersehen würde.

Als ich abends in unserem Hotelzimmer ein heißes Bad nahm, brachte Richard mir eine Tasse Kamillentee. Dankbar nahm ich sie entgegen. Trotz der hohen Tagestemperaturen hier in Florida wollte mir einfach nicht warm werden.

«Wie hältst du dich, Liebling?» Ich wusste, er meinte nicht nur den Tod meiner Mutter.

Ich zuckte die Achseln. «Okay.»

«Ich mache mir Sorgen, dass du in letzter Zeit nicht glücklich bist.» Richard kniete sich neben die Wanne und nahm einen Waschlappen. «Ich will dir doch nur ein guter Ehemann sein. Aber ich weiß, das bin ich nicht immer. Du bist einsam, weil ich so lange arbeite. Und meine Launen ...» Richards Stimme wurde heiser. Er räusperte sich und wusch mir sanft den Rücken. «Es tut mir leid, Nellie. Ich bin in letzter Zeit gestresst ... Der Markt spielt im

Moment verrückt, aber nichts ist so wichtig wie du. Wie *wir*. Ich mache es wieder gut.» Man merkte deutlich, wie viel Mühe er sich gab, mich zu erreichen, mich zurückzuholen. Aber mich fröstelte noch immer, und ich fühlte mich nicht weniger einsam.

Ich starrte auf den Wasserhahn, aus dem es langsam tropfte, während er flüsterte: «Ich möchte, dass du glücklich bist, Nellie. Deine Mutter war nicht immer glücklich. Na ja, meine auch nicht. Sie versuchte, so zu tun, für Maureen und mich, aber wir wussten ... Ich möchte nicht, dass es dir auch so geht.»

Da sah ich ihn an, doch sein Blick ging in die Ferne, hatte sich umwölkt, und so betrachtete ich stattdessen die silbrige Narbe über seinem rechten Auge.

Richard sprach sonst nie über seine Eltern. Dieses Bekenntnis bedeutete mehr als alle seine Versprechungen.

«Dad war nicht immer gut zu Mom.» Er rieb mir weiter in langsamen kreisenden Bewegungen den Rücken, wie ein Vater es tun würde, um sein Kind zu beruhigen. «Ich könnte mit allem leben, nur nicht damit, dass ich dir ein schlechter Ehemann bin ... aber das war ich in letzter Zeit.»

So offen war er mir gegenüber noch nie gewesen. Ich fragte mich, warum erst der Tod meiner Mutter hatte kommen müssen, bevor er sich dazu durchringen konnte. Aber vielleicht war der Anlass dafür ja gar nicht ihre Überdosis gewesen. Vielleicht war es das gewesen, was, zwei Tage bevor wir davon erfahren hatten, geschehen war, bei unserer Heimkehr von der Alvin-Ailey-Gala.

«Ich liebe dich», sagte Richard nun.

Da streckte ich die Arme nach ihm aus. Das Wasser, das an ihnen hinabrann, durchnässte sein Hemd.

«Jetzt sind wir beide Waisen», sagte er. «Also werden wir immer die Familie füreinander sein.»

Ich klammerte mich fest an ihn. Klammerte mich an die Hoffnung.

An diesem Abend liebten wir uns zum ersten Mal seit langer Zeit. Er legte mir die Hände an die Wangen und sah mir mit solcher Zärtlichkeit und solchem Begehren in die Augen, dass ich spürte, wie sich in meinem Inneren etwas löste, das sich wie ein fester, harter Knoten angefühlt hatte. Als er mich hinterher im Arm hielt, sinnierte ich über Richards gütige Seite.

Ich rief mir in Erinnerung, dass er die Arztrechnungen meiner Mutter bezahlt hatte, dass er Tante Charlottes Vernissagen besuchte, sogar wenn er dafür ein Abendessen mit einem Kunden ausfallen lassen musste, und dass er jedes Jahr am Todestag meines Vaters früh nach Hause kam und einen Becher Rumrosineneis in einer weißen Papiertüte mitbrachte. Das war die Lieblingseissorte meines Vaters gewesen, die er immer bei unseren Ausflügen an den Licht-aus-Tagen meiner Mutter bestellt hatte. Richard machte uns beiden je eine Portion Eis fertig, und ich erzählte ihm Anekdoten über meinen Vater, die sonst verstaubt und vergessen worden wären, beispielsweise dass mein Vater trotz seines Aberglaubens die Anschaffung des schwarzen Katers erlaubt hatte, in den ich mich als kleines Mädchen verliebt hatte. An diesen Abenden schmolz das Eis auf meiner Zunge und füllte meinen Mund mit Süße. Auch daran, dass Richard Kellnern und Taxifahrern immer ein großzügiges Trinkgeld gab und an verschiedene Wohltätigkeitsorganisationen spendete, musste ich denken.

Es fiel mir nicht schwer, mich auf Richards gute Seiten zu konzentrieren. Meine Gedanken verfielen routinemäßig in diese Reminiszenzen wie ein Rad, das von einer gutgeölten Weiche aufs vorgesehene Gleis gelenkt wird.

Während ich so in seinen Armen lag, sah ich ihn an. Seine Gesichtszüge waren kaum zu erkennen. «Versprich mir eins», flüsterte ich.

«Alles, meine Liebe.»

«Versprich mir, dass es zwischen uns nie wieder so schlimm wird.»

«Das wird es nicht.»

Dies war das erste Versprechen mir gegenüber, das er je gebrochen hat. Denn es wurde sogar noch schlimmer.

Als unser Flugzeug am nächsten Morgen abhob und auf New York zuhielt, blickte ich aus dem Fenster auf die Landschaft, die unter uns immer kleiner wurde, und erschauerte. Ich war so dankbar, Florida wieder zu verlassen. Hier umringte der Tod mich förmlich in konzentrischen Kreisen. Meine Mutter. Mein Vater. Maggie.

Die Chi-Omega-Anstecknadel gehörte gar nicht mir. Ich hätte sie Maggie nach ihrer offiziellen Aufnahme in unsere Verbindung geben sollen. Doch anstatt das Ende der Probewoche wie geplant mit einem Brunch zu feiern, gingen meine Schwestern und ich zu Maggies Beerdigung.

Ich habe meiner Mutter nie erzählt, was nach der Trauerfeier für Maggie geschah; ihre Reaktion wäre unberechenbar gewesen. Stattdessen rief ich Tante Charlotte an, doch auch ihr vertraute ich nicht an, dass ich schwanger war. Selbst Richard kannte nur einen Teil der Geschichte. Als ich einmal nach einem Albtraum in seinem Bett aufwachte, erklärte ich ihm, warum ich abends nicht allein nach Hause gehen wollte; warum ich Pfefferspray bei mir trug und mit einem Baseballschläger neben dem Bett schlief.

In jener Nacht in Richards Armen erzählte ich ihm, was geschehen war, als ich Maggies Eltern kondolierte. Die beiden hatten bloß genickt, so benommen, dass sie unfähig schienen zu sprechen. Doch Maggies älterer Bruder Jason, der wie ich im letzten Jahr an der Grant University war, hatte meine ausgestreckte Hand gepackt. Nicht um sie zu schütteln. Um mich festzuhalten.

«Du bist es», flüsterte er. Sein Atem roch nach Alkohol, seine

Augen waren blutunterlaufen. Er besaß Maggies helle Haut, Maggies Sommersprossen, Maggies rotes Haar.

«Es tut mir so l–», setzte ich an, doch er drückte meine Hand noch fester, als wollte er meine Knochen zermalmen. Erst als jemand Jason umarmen wollte, ließ er mich los, doch ich spürte, dass sein Blick mir folgte. Meine Chi-Omega-Schwestern blieben zum Leichenschmaus im Gemeindesaal der Kirche, aber ich stahl mich nach wenigen Minuten fort.

Als ich durch die Tür nach draußen trat, traf ich just den, dem ich hatte aus dem Weg gehen wollen: Jason.

Er stand allein auf der Treppe vor dem Gebäude und klopfte eine Zigarette aus seinem Päckchen Marlboro Red, was ein regelmäßiges Klatschen erzeugte. Ich senkte den Kopf und wollte einfach an ihm vorbeigehen, doch seine Stimme hielt mich auf.

«Sie hat mir von dir erzählt.» Er betätigte ein Feuerzeug, entzündete seine Zigarette, inhalierte tief und stieß eine Rauchfahne aus. «Sie hatte Angst vor der Probewoche, aber du hättest gesagt, du würdest ihr helfen. Du warst ihre einzige Freundin in der Verbindung. Wo warst du, als sie starb? Warum warst du nicht da?»

Ich weiß noch, dass ich zurückwich und Jasons Blick mich nicht losließ, genau wie zuvor seine Hand.

«Es tut mir leid», sagte ich noch einmal, doch das beschwichtigte ihn nicht. Wenn überhaupt, schien es seiner Wut noch neue Nahrung zu geben.

Langsam wich ich die Treppe hinab zurück und umklammerte das Geländer, damit ich nicht hinfiel. Maggies Bruder ließ mich nicht aus den Augen. Kurz bevor ich den Bürgersteig erreichte, rief er mir mit heiserer, barscher Stimme etwas hinterher.

«Du wirst niemals vergessen, was du meiner Schwester angetan hast.» Seine Worte trafen mich mit der Wucht von Faustschlägen. «Dafür werde ich sorgen.»

Doch ich brauchte seine Drohung gar nicht, um Maggie im Gedächtnis zu behalten. Ich dachte ständig an sie. An jenen Strand ging ich nie wieder. Unsere Verbindung hatte von der Universität Auflagen bis zum Ende des Jahres bekommen, doch das war nicht der Grund, warum ich von nun an donnerstag- und samstagabends in einer Kneipe auf dem Campus kellnerte. Die Partys und Bälle der Studentenverbindungen reizten mich einfach nicht mehr. Ich legte einen Teil meiner Trinkgelder zurück, und als ich ein paar hundert Dollar beisammenhatte, machte ich das Tierheim ausfindig, wo Maggie als Ehrenamtliche gearbeitet hatte, und begann, zu Maggies Ehren anonym Geld zu spenden. Von nun an wollte ich jeden Monat einen kleinen Betrag spenden, gelobte ich.

Mir war klar, dass ich mich damit nicht von meiner Schuld, von meiner Rolle bei Maggies Tod, loskaufen konnte. Ich wusste, diese Schuld würde ich für immer mit mir herumtragen, würde mich für immer fragen, was geschehen wäre, wenn ich mich nicht unterwegs zum Meer von den anderen getrennt hätte. Wenn ich wenigstens eine Stunde länger damit gewartet hätte, Daniel zu Hause aufzusuchen.

Genau einen Monat nach Maggies Tod weckte mich das Kreischen einer meiner Chi-Omega-Schwestern. In Boxershorts und T-Shirt rannte ich nach unten und erblickte umgeworfene Stühle, eine zertrümmerte Lampe, in Schwarz an die Wände unseres Wohnzimmers gesprühte Obszönitäten. *Schlampen. Huren.* Und die Botschaft, von der ich wusste, dass sie sich allein an mich richtete: *Du hast sie getötet.* Ich schnappte nach Luft und starrte die vier Worte an, die aller Welt meine Schuld verkündeten.

Weitere Schwestern kamen die Treppe hinab, während unsere Präsidentin die Campus-Security rief. Eine der Neuen brach in Tränen aus, zwei andere lösten sich aus unserer Gruppe und tuschelten miteinander. Ich meinte zu sehen, wie sie mir verstohlene Blicke zuwarfen.

Kalter Zigarettenrauch hing im Raum. Ich entdeckte am Boden eine Kippe und ging in die Knie, um sie mir anzusehen. Marlboro Red.

Als der Wachmann kam, fragte er uns, ob wir irgendwelche Vermutungen hätten, wer in unserem Haus randaliert hatte. Er wusste von Maggies Tod – wie die meisten Menschen in Florida.

Jason, dachte ich, doch ich konnte es nicht aussprechen.

«Vielleicht einer ihrer Freunde?», wagte sich eine von uns vor. «Oder ihr Bruder? Er ist im letzten Studienjahr, oder?»

Der Wachmann sah sich im Raum um. «Ich werde die Polizei rufen müssen. Bin gleich wieder da.»

Er ging hinaus, aber bevor er sein Auto mit dem Funkgerät erreicht hatte, fing ich ihn ab. «Bitte machen Sie ihm keine Schwierigkeiten. Falls es ihr Bruder Jason war ... wollen wir keine Anzeige erstatten.»

«Sie meinen, er war das?»

Ich nickte. «Da bin ich mir sicher.»

Der Wachmann seufzte. «Einbruch, Vandalismus ... das ist ziemlich ernst. Ihr Mädchen solltet von jetzt an eure Türen abschließen.»

Ich blickte zurück. Falls jemand ins Haus eindränge und ins Obergeschoss ginge, wäre mein Zimmer gleich das zweite auf der linken Seite.

Womöglich würde eine Befragung durch die Polizei Jason noch mehr aufbringen. Vielleicht würde er mir auch daran die Schuld geben.

Nachdem die Polizei Fotos gemacht und Spuren gesichert hatte, zog ich Schuhe an, damit ich mich nicht an den Scherben der zertrümmerten Lampe schnitt, und half meinen Schwestern, das Chaos zu beseitigen. Doch sosehr wir auch schrubbten, wir konnten die hässlichen Worte nicht von der Wand entfernen. Also gingen wir in den Baumarkt, um Farbe zu kaufen.

Während die anderen die diversen Farbtöne begutachteten, klingelte mein Telefon. Ich griff in die Tasche. Unbekannte Rufnummer, stand im Display, was vermutlich bedeutete, dass derjenige aus einer Telefonzelle anrief. Einen Augenblick bevor aufgelegt wurde und ich den Dauerton im Ohr hatte, glaubte ich, etwas zu hören.

Atemgeräusche.

«Vanessa, was hältst du von dieser Farbe?», fragte eine meiner Chi-Omega-Schwestern.

Ich hatte mich völlig versteift, und mein Mund war trocken, doch es gelang mir, zu nicken und zu sagen: «Sieht toll aus.» Dann ging ich schnurstracks in einen anderen Gang: den mit den Schlössern. Ich kaufte zwei, eines für meine Zimmertür und eines für mein Fenster.

Ein paar Tage später kamen zwei Polizisten zu uns ins Haus. Der ältere der beiden Officers informierte uns, sie hätten Jason vernommen und der habe gestanden.

«Er war in jener Nacht betrunken, und es tut ihm leid», berichtete der Officer. «Er versucht, zu einer außergerichtlichen Einigung zu kommen, bei der er psychologische Betreuung bekommt.»

«Hauptsache, er kommt nie wieder hierher», sagte eine meiner Schwestern.

«Das wird er nicht. Das ist Teil der Einigung. Er darf diesem Haus nicht näher als hundert Meter kommen.»

Meine Schwestern schienen zu glauben, damit sei es vorbei. Als die Polizisten wieder fort waren, zerstreuten sie sich, gingen in die Bibliothek, in Seminare, zu ihren Freunden. Ich hingegen blieb in unserem Wohnzimmer und starrte die beigefarbene Wand an. Die Worte waren nicht mehr zu sehen, doch ich wusste, dass sie noch da waren und immer da sein würden. Ebenso wie sie für immer in meinem Kopf nachhallen würden.

Du hast sie getötet.

Vor jenem Herbst war mir meine Zukunft voller unendlicher Möglichkeiten erschienen. Ich hatte von Städten geträumt, in die ich nach meinem Abschluss vielleicht ziehen würde, hatte sie wie ein gutes Blatt beim Kartenspiel betrachtet: Savannah, Denver, Austin, San Diego ... Ich hatte als Erzieherin arbeiten wollen. Ich hatte reisen wollen. Ich hatte eine Familie gründen wollen.

Doch anstatt auf meine Zukunft zuzueilen, machte ich nun Pläne, wie ich vor meiner Vergangenheit davonlaufen konnte.

Ich zählte die Tage, bis ich endlich aus Florida fliehen konnte. New York mit seinen acht Millionen Einwohnern lockte. Ich kannte die Stadt von meinen Besuchen bei Tante Charlotte. Dort konnte eine junge Frau mit einer komplizierten Vergangenheit einen Neuanfang machen. Musiker schrieben leidenschaftliche Texte über diese Stadt. Schriftsteller machten sie zum Zentrum ihrer Romane. Schauspieler verkündeten in Late-Night-Shows ihre Liebe zu ihr. New York war eine Stadt der unbegrenzten Möglichkeiten. Und eine Stadt, in der man in der Masse untertauchen konnte.

Am Tag der Abschlussezeremonie in jenem Mai zog ich meine blaue Robe und den blauen Hut an. Unser College war so groß, dass man die Studenten im Anschluss an die Eröffnungsreden nach Hauptfächern aufteilte und ihnen in kleineren Gruppen ihre Diplome verlieh. Als ich über die Bühne des Piaget Auditorium der Pädagogischen Fakultät ging, blickte ich ins Publikum, um meiner Mutter und Tante Charlotte zuzulächeln. Ich ließ den Blick über die Zuschauer wandern, und da fiel mir jemand ins Auge. Ein junger Mann mit rotem Haar, der ein wenig abseits stand, obwohl auch er eine glänzende blaue Robe trug.

Maggies Bruder, Jason.

«Vanessa?» Der Dekan unserer Fakultät drückte mir die zusammengerollte Urkunde in die Hand, während der Blitz einer Kamera aufleuchtete. Blinzelnd ging ich die Treppe hinab und kehrte an meinen Platz zurück. Die restliche Zeremonie über spürte ich, wie Jasons Blick sich in meinen Rücken bohrte.

Als es vorbei war, drehte ich mich noch einmal zu ihm um. Er war fort. Doch ich wusste, was Jason mir hatte signalisieren wollen. Auch er hatte die Abschlussfeier abgewartet. An der Universität durfte er sich mir nicht weiter als bis auf hundert Meter nähern. Doch wenn ich den Campus verließ, gab es keine Vorschriften mehr, die ihm sagten, was er tun durfte.

Wenige Monate nach der Abschlussfeier mailte Leslie mir einen Link zu einer Zeitungsmeldung. Jason war wegen Trunkenheit am Steuer festgenommen worden. Was ich getan hatte, schlug noch immer Wellen. Einen kleinen Anflug von selbstsüchtiger Erleichterung verspürte ich aber doch: Vielleicht konnte Jason Florida jetzt nicht verlassen, um nach mir zu suchen.

Mehr fand ich nie heraus – ob er ins Gefängnis ging oder einen Entzug machen musste oder ob man ihn einfach mit einer Verwarnung laufenließ. Doch etwa ein Jahr später, gerade als sich die Türen meiner U-Bahn schlossen, entdeckte ich eine schmale Gestalt mit einem roten Haarschopf, die durch die Menge rannte. Die Person sah aus wie er. Ich drängte mich weiter nach hinten, um mich vor ihm zu verstecken, und rief mir in Erinnerung, dass das Telefon auf Sams Namen angemeldet war, dass ich mir nie einen New Yorker Führerschein besorgt hatte und dass es, da ich zur Miete wohnte, keine Dokumente gab, die ihn zu mir führen konnten.

Dann, wenige Tage nachdem meine Mutter mich damit überrascht hatte, dass sie in ihrer Lokalzeitung in Florida eine Verlobungsanzeige aufgegeben hatte, in der mein Name, Richards Name und mein Wohnort standen, begannen die Anrufe. Keine Worte, nur Atemgeräusche, nur Jason, der mich wissenließ, dass er mich gefunden hatte. Der mich an Maggie erinnerte für den Fall, dass ich sie vergessen haben sollte. Als könnte ich sie jemals vergessen.

Ich hatte noch immer Albträume, in denen Maggie vorkam, doch nun war auch Jason da, das Gesicht wutverzerrt, die Hand nach mir ausgestreckt. Er war der Grund, warum ich beim Joggen niemals laut Musik hörte. Er war das Gesicht, das ich an jenem Abend gesehen hatte, als die Alarmsirene losging.

Von nun an achtete ich sehr genau auf meine Umgebung. Ich kultivierte meinen Sinn für Blickdetektion, um ihm nicht zum Opfer zu fallen. Das Kribbeln im Nacken, bei dem ich instinktiv den Kopf drehte und nach einem Paar Augen Ausschau hielt – auf dieses Frühwarnsignal verließ ich mich.

Ich kam gar nicht auf die Idee, dass es einen anderen Grund geben könnte dafür, dass sich meine Wachsamkeit unmittelbar nach meiner Verlobung mit Richard so erhöhte. Dafür, dass ich mich zwanghaft vergewisserte, ob abgeschlossen war, dass ich Anrufe von unbekannten Rufnummern erhielt, bei denen immer nach einer Weile aufgelegt wurde, dass ich Richard so heftig fortgestoßen hatte, als mein liebevoller, attraktiver Verlobter mich aufs Sofa drückte und kitzelte an dem Abend, an dem wir *Citizen Kane* sahen.

Manchmal sind die Symptome von sexueller Erregung und Angst für das Gehirn nicht zu unterscheiden.

Letztlich trug ich doch eine Augenbinde.

KAPITEL DREISSIG

Zum letzten Mal verlasse ich Saks. Als der Wachmann meine Tasche durchsucht, weiche ich seinem Blick aus. Dann mache ich mich auf den Weg zu Emma. Ich versuche, mir einzureden, dass ich auch dies zum letzten Mal mache. Dass ich sie danach in Ruhe lassen werde. Dass ich von da an nach vorn blicken werde.

Nach vorn wohin?, flüstert meine innere Stimme.

Vor mir schlendert Hand in Hand ein Pärchen. Die beiden haben die Finger ineinander verflochten und gehen im Gleichschritt. Wenn ich aus dem Stegreif die Qualität ihrer Beziehung beurteilen müsste, würde ich sagen, sie sind glücklich. Sie lieben sich. Aber natürlich gehen diese beiden Gefühle nicht immer Hand in Hand.

Ich denke darüber nach, wie meine Wahrnehmung mein eigenes Leben gestaltet hat. In den Jahren, in denen ich mit Richard zusammen war, sah ich nur das, was ich sehen wollte – und sehen musste. Vielleicht ist das eine Grundvoraussetzung von Verliebtheit, vielleicht geht es ja jedem so.

In meiner Ehe gab es drei Wahrheiten, drei alternative und manchmal widerstreitende Realitäten. Da war Richards Wahrheit. Da war meine Wahrheit. Und da war die objektive Wahrheit, die immer am schwersten fassbar ist. Das ist vielleicht in jeder Paarbeziehung so – dass wir glauben, wir seien eine enge Verbindung mit einem anderen Menschen eingegangen, während wir in Wirklichkeit ein Dreieck gebildet haben, dessen eine Spitze von einem stummen, aber allsehenden Schiedsrichter, der Realität, festgelegt wird.

Als ich das Pärchen überhole, klingelt mein Telefon. Ich weiß sofort, wer es ist, noch ehe ich seinen Namen im Display sehe.

«Was soll der Scheiß, Vanessa?», fragt er, sobald ich drangehe.

Die Wut, die vorhin beim Anblick von Dukes Foto in mir aufstieg, kehrt zurück. «Hast du ihr gesagt, sie soll aufhören zu arbeiten, Richard? Hast du ihr gesagt, du wirst dich um sie kümmern?», entfährt es mir.

«Hör zu.» Mein Exmann betont jedes Wort einzeln. An seinem Ende der Leitung höre ich eine Hupe. Anscheinend hat er das Foto gerade erst erhalten, also steht er wohl auf der Straße vor seinem Bürogebäude. «Der Wachmann hat mir gesagt, du hättest etwas für Emma abgeben wollen. Halte dich verdammt noch mal von ihr fern.»

«Hast du ihr schon ein Haus im Grünen gekauft, Richard?» Ich kann es nicht lassen, ihn zu ärgern; es ist, als ließe ich all das raus, was ich in meiner Ehe unterdrücken musste. «Was wirst du tun, wenn sie dich zum ersten Mal wütend macht? Wenn sie nicht deine perfekte kleine Ehefrau ist?»

Ich höre eine Autotür zuschlagen, und die Hintergrundgeräusche der Stadt verstummen. Stille tritt ein, dann erklingt eine unverwechselbare Ansage, die in regelmäßigen Abständen im New Yorker Taxi-TV wiederholt wird: «Bitte schnallen Sie sich zu Ihrer eigenen Sicherheit an.»

Richard ist ein Meister darin, mir stets einen Schritt voraus zu sein. Offenbar weiß er genau, wohin ich unterwegs bin. Er sitzt im Taxi. Er versucht, vor mir bei Emma zu sein.

Es ist noch nicht Mittag, daher herrscht nur wenig Verkehr. Die Fahrt von Richards Arbeitsplatz bis zu Emmas Wohnung mag eine Viertelstunde dauern, schätze ich.

Aber ich bin näher dran als er; mein Besuch bei Saks hat mich bereits ein Stück in ihre Richtung geführt. Ich bin nur noch zehn Blocks entfernt. Wenn ich mich beeile, kann ich es vor ihm schaffen. Ich gehe schneller und taste nach dem Brief in meiner Handtasche. Er ist noch da. Eine Brise prickelt auf meiner leicht verschwitzten Haut.

«Du bist ja wahnsinnig.»

Das ignoriere ich; solche Worte aus seinem Mund haben nicht mehr die Macht, mich aus der Bahn zu werfen. «Hast du ihr erzählt, dass du mich gestern Abend geküsst hast?»

«Was?», schreit er. «*Du* hast *mich* geküsst!»

Kurz geraten meine Schritte ins Stocken, doch dann denke ich an das, was ich Emma sagte, als ich sie zum ersten Mal abfing: *Das liegt an Richard! Er stiftet Verwirrung, damit wir die Wahrheit nicht erkennen!*

Ich brauchte Jahre, um das herauszufinden. Erst indem ich sämtliche Fragen niederschrieb, die mich quälten, konnte ich allmählich ein Muster erkennen.

Etwa ein Jahr nach dem Tod meiner Mutter begann ich ein geheimes Tagebuch, das ich unter der Matratze im Gästezimmer versteckte. In meinem schwarzen Moleskine-Notizbuch hielt ich alle Aussagen von Richard fest, die man unterschiedlich auffassen konnte. Ich verzeichnete meine vermeintlichen Gedächtnislücken, sowohl große Ungereimtheiten – wie meinen angeblichen Wunsch, in einem Haus außerhalb der Stadt zu leben, oder den Morgen nach meinem Junggesellinnenabschied, als ich vergessen hatte, dass Richard nach Atlanta flog – als auch kleinere wie die, dass ich angeblich erwähnt hatte, ich wolle Malunterricht nehmen, oder dass ich dachte, Lamm Vindaloo sei Richards Lieblingsgericht.

Darüber hinaus dokumentierte ich gewissenhaft verstörende Ungereimtheiten, auf die ich meinen Mann nicht ansprechen konnte – beispielsweise woher er gewusst hatte, dass ich nicht meine Tante, sondern jemand anderen aufgesucht hatte, als ich heimlich in die Stadt gefahren war. Überdies schrieb ich einiges von dem nieder, was bei diesem ersten heimlichen Treffen geschehen war. Nachdem ich mich der sympathischen Frau, die mich hereingeführt hatte, vorgestellt hatte, bot sie mir einen Platz auf der Couch gegenüber einem Aquarium mit bunten Fischen an. Sie selbst nahm auf einem gepolsterten Stuhl zu meiner Linken Platz und sagte mir, ich solle sie Kate nennen. *Worüber möchten Sie gern sprechen?*, fragte sie. *Manchmal befürchte ich, dass ich meinen Ehemann überhaupt nicht kenne*, entfuhr es mir. *Können Sie mir sagen, wie Sie darauf kommen, dass Richard Sie um Ihr inneres Gleichgewicht bringen will?*, fragte sie gegen Ende unserer Unterhaltung. *Was könnte sein Beweggrund dafür sein?*

Das war es, was ich an den langen, leeren Tagen, wenn Richard bei der Arbeit war, herauszufinden versuchte. Ich holte mein Notizbuch hervor und dachte darüber nach, dass die stummen Anrufe auf meinem Handy unmittelbar nach unserer Verlobung begonnen hatten und nur dann vorzukommen schienen, wenn Richard nicht dabei war. Und ich schrieb auf, ich sei sicher, dass ich Richard erzählt hatte, wie sehr ich bedauerte, darauf bestanden zu haben, dass Maggie die Augenbinde trug, und wie sehr besonders dies – dass ich sie gezwungen hatte, sich die Augen zu verbinden – mir zu schaffen machte. Ich fügte hinzu: *Warum wollte er also, dass ich eine Schlafmaske trage, als wir zum neuen Haus fuhren?* Weiterhin schilderte ich, wie ich den Tortenaufsatz, der angeblich ein Erbstück war, gefunden und dabei entdeckt hatte, dass er erst Jahre nach der Hochzeit von Richards Eltern hergestellt worden war. Als ich mich an Dukes mysteriöses Verschwinden erinnerte, ließen meine Tränen die Tinte auf dem Papier verlaufen.

Wenn meine Schlaflosigkeit wieder zuschlug, schlüpfte ich aus dem Bett und tappte auf Zehenspitzen durch den Flur, um mein Notizbuch mit den Gedanken zu füllen, die mir in den dunkelsten Stunden der Nacht beharrlich durch den Kopf gingen, und je erregter ich wurde, desto schlampiger wurde meine Schrift. Gewisse Notizen unterstrich ich, und manche Gedanken verband ich mit Pfeilen oder kritzelte noch etwas an den Rand. In wenigen Monaten war mein Notizbuch tintenfleckig und mehr als halbvoll.

So viele Stunden verbrachte ich mit diesen Aufzeichnungen, bei denen die Worte sich über die Seiten abspulten, und dabei trennte ich das Gewebe meiner Ehe auf. Es war, als wäre meine Beziehung mit Richard ein prachtvoller handgestrickter Pullover, und ich hätte einen winzigen Faden gefunden, an dem ich immer wieder zupfte. Langsam zog ich ihn heraus, drehte und wendete ihn, löschte Muster und Farben aus und verzerrte die ursprüngliche Form mit jeder Frage und Ungereimtheit, die ich in meinem Tagebuch offenlegte, mehr.

Linker Fuß: *Stimmt*, rechter Fuß: *nicht*. Die Worte hallen durch meinen Kopf, während meine Beine sich noch schneller bewegen. Ich muss Emma vor ihm erreichen.

«Nein, Richard. Du hast mich geküsst.» Das Einzige, was Richard noch mehr hasst als Widerspruch, ist, im Irrtum zu sein.

Ich gehe an der Salatbar vorbei, biege um die Ecke und lasse den Blick über die Straße hinter mir wandern. Ein Dutzend Taxis kommen in meine Richtung. In jedem davon könnte er sitzen.

«Trinkst du?» Er ist so gut darin, das Thema zu wechseln, meine Schwächen bloßzulegen und mich in die Defensive zu drängen.

Aber es macht mir nichts aus; Hauptsache, er redet weiter. Ich muss ihn am Telefon halten, damit er Emma nicht vorwarnt, dass ich komme.

«Hast du ihr von der Diamantenkette erzählt, die du mir geschenkt hast?», reize ich ihn. «Meinst du, du musst ihr eines Tages auch eine kaufen?» Mir ist klar, dass diese Frage die gleiche Wirkung hat, als hätte ich eine Bombe durchs Fenster seines Taxis geworfen, und genau das habe ich auch beabsichtigt. Ich will Richard wütend machen. Er soll die Fäuste ballen und die Augen zusammenkneifen. Falls er doch als Erster bei Emma ist, wird sie dann wenigstens begreifen, was er bisher so geschickt verborgen hat. Sie wird hinter seine Maske sehen.

«Verdammt noch mal, du hättest es uns leichtmachen können!», schreit er. Ich stelle mir vor, wie er angespannt auf der Sitzkante hockt, dem Fahrer im Nacken.

«Hast du ihr davon erzählt?», frage ich erneut.

Er atmet schwer. Ich weiß aus Erfahrung, dass er kurz davorsteht, die Beherrschung zu verlieren. «Auf diese absurde Unterhaltung lasse ich mich nicht länger ein. Wenn du noch mal in ihre Nähe kommst, lasse ich dich wegsperren.»

Ich beende das Telefonat. Denn vor mir erhebt sich das Haus, in dem Emma wohnt.

Ich habe ihr so übel mitgespielt. Ich habe ihre Unschuld ausgenutzt.

Ebenso wie ich niemals die Ehefrau war, für die Richard mich hielt, bin ich auch nicht die Frau, für die Emma mich jetzt hält.

Am Abend der Weihnachtsfeier, als ich meine Nachfolgerin zum ersten Mal traf, stand sie in ihrem mohnblumenroten Jumpsuit hinter ihrem Schreibtisch auf, schenkte mir ihr strahlendes, offenes Lächeln und reichte mir die Hand.

Diese Veranstaltung war ebenso elegant wie alles andere in Richards Welt: eine Glasfront, die einen Blick über Manhattan gewährte. Ceviche auf Kostlöffeln und Minilammkoteletts mit Minze, gereicht von Kellnern im Smoking. Eine Meeresfrüchtestation, an der die Bedienung salzige Kumamoto-Austern öffnete. Klassische Musik, erhebend gespielt von einem Streichquartett.

Richard bot an, uns etwas zu trinken zu besorgen. «Wodka Soda mit einer Limettenspirale?», fragte er Emma.

«Sie wissen es noch!» Er ging an die Bar, und ihr Blick folgte ihm.

Alles fing in diesem Augenblick an: Ich sah eine neue Zukunft vor mir.

In den folgenden Stunden trank ich Mineralwasser und plauderte höflich mit Richards Kollegen. Hillary und George waren auch da, doch Hillary hatte bereits begonnen, sich von mir zurückzuziehen.

Den gesamten Abend über spürte ich den Anstieg des Energiepegels zwischen meinem Mann und seiner Assistentin. Es war nicht etwa so, als hätten sie sich verstohlen zugelächelt oder nebeneinander in derselben Gesprächsrunde gestanden; oberflächlich betrachtet, verhielten sie sich völlig korrekt. Doch ich sah, wie sein Blick zu ihr glitt, wenn sie ihr kehliges Lachen hervorsprudeln ließ. Ich *spürte*, dass die beiden sich der Gegenwart des anderen intensiv bewusst waren. Ein geradezu mit Händen greifbares, schimmerndes Band zog sich zwischen ihnen durch den Raum. Gegen Ende der Party bestellte er einen Wagen, der sie sicher nach Haus bringen sollte, obwohl sie einwandte, sie könne doch ein Taxi nehmen. Wir gingen alle gemeinsam nach draußen und warteten auf ihre Limousine, ehe wir in unsere eigene stiegen.

«Sie ist reizend», sagte ich zu Richard.

«Sie ist sehr gut in ihrem Job.»

Zu Hause angekommen, ging ich nach oben in unser Schlafzimmer und freute mich schon darauf, die Strumpfhose, deren Saum mir in den Bauch schnitt, ausziehen zu können. Richard löschte das Licht im Eingangsbereich und folgte mir. Sobald ich das Schlafzimmer betrat, drehte er mich mit dem Gesicht zur Wand. Dann küsste er meinen Nacken und presste sich an mich. Sein Glied war bereits steif.

Normalerweise war Richard ein zärtlicher, aufmerksamer Liebhaber. Ganz zu Anfang hatte er mich genossen wie ein Fünf-Gänge-Menü. Doch an jenem Abend packte er mit einer Hand meine Hände und hielt sie über meinem Kopf fest. Mit der freien

Hand zerrte er meine Strumpfhose herab. Ich hörte, wie sie zerriss. Als er von hinten in mich eindrang, schnappte ich nach Luft. Es war so lange her, und ich war nicht bereit für ihn. Während er in mich stieß, starrte ich unsere gestreifte Tapete an. Er kam schnell und mit einem lauten, heiseren Stöhnen, das durch den Raum zu hallen schien. Keuchend lehnte er sich an mich, dann drehte er mich zu sich um und gab mir einen einzelnen Kuss auf den Mund.

Seine Augen waren geschlossen. Ich fragte mich, wessen Gesicht er vor sich sah.

Einige Wochen später sah ich sie wieder, als sie zu der Cocktailparty kam, die Richard und ich in unserem Haus in Westchester gaben. Sie war so makellos, wie ich sie in Erinnerung hatte.

Nicht lange danach sollte ich mit Richard ein Konzert der New Yorker Philharmoniker besuchen. Doch ich zog mir einen Magen-Darm-Infekt zu und musste in letzter Minute absagen. Er nahm Emma mit. Alan Gilbert dirigierte, gespielt wurden Beethoven und Prokofjew. Ich stellte mir vor, wie die beiden nebeneinandersaßen und den lyrischen, ausdrucksstarken Melodien lauschten. In der Pause würden sie sich wahrscheinlich Cocktails holen, und Richard würde Emma den Ursprung von Prokofjews dissonantem Stil erklären, wie er es bei mir auch einmal getan hatte.

Ich ging ins Bett und hatte beim Einschlafen Bilder der beiden zusammen vor meinem inneren Auge. Richard blieb an jenem Abend in der Stadt.

Ich werde niemals Gewissheit darüber haben, aber ich vermute, dass dies der Abend war, an dem sie sich zum ersten Mal küssten. Sie schaut mit ihren runden blauen Augen zu ihm hoch, während sie ihm für einen wunderschönen Abend dankt, stelle ich mir vor. Beide zögern, sich voneinander zu verabschieden. Ein Augenblick des Schweigens. Dann schließt sie die Lider, während er sich zu ihr hinabbeugt und den Abstand zwischen ihnen überwindet.

Kurz nach dem Symphoniekonzert flog Richard zu einer Besprechung nach Dallas. Mittlerweile achtete ich darauf, seinen Terminkalender besser im Kopf zu haben. Dieser Kunde war wichtig für Richard. Emma würde ihn begleiten. Das überraschte mich nicht: Auch Diane hatte ihn gelegentlich auf Geschäftsreisen begleitet.

Doch diesmal rief Richard weder an, noch schickte er eine SMS, um mir eine gute Nacht zu wünschen.

Nach dieser Reise war ich sicher, dass sie eine Affäre hatten. Man kann es die Intuition der Ehefrau nennen. Einige Wochen später fuhr ich in die Stadt, um noch einen Blick auf Emma zu werfen. Ich hielt mich auf dem Innenhof ihres Bürogebäudes auf und versteckte mich hinter einer Zeitung. Das war der Tag, an dem Richard, eine Hand sanft auf dem Rücken meiner Nachfolgerin, ihr die Tür aufhielt, als sie gemeinsam das Gebäude verließen. Sie trug ein pastellrosa Kleid, das zu ihren geröteten Wangen passte, als sie meinen Mann mit kokettem Augenaufschlag ansah.

Ich hätte sie damals zur Rede stellen können. Oder ich hätte nach ihnen rufen, Freude vortäuschen und vorschlagen können, dass wir alle zusammen zu Mittag essen. Doch ich sah ihnen bloß hinterher.

Jetzt drücke ich hektisch sämtliche Klingeln an Emmas Haus und hoffe, dass mich jemand hineinlässt. Gleich darauf höre ich es summen und stürze in die bescheidene Eingangshalle. Ich werfe einen Blick auf die Briefkästen, dankbar dafür, dass hinter ihrem Nachnamen ihre Etage und Wohnungsnummer vermerkt sind: 5C. Während ich die Treppe hinaufrenne, frage ich mich, ob sie Richards Namen annehmen wird. Ob es auch in diesem Punkt eine Verbindung zwischen uns geben wird.

Vor ihrer Wohnung bleibe ich stehen und klopfe laut.

«Wer ist da?», fragt sie.

Ich trete an die Seite, damit sie mich nicht im Spion sehen

kann. Falls Emma meine Stimme erkennt, liest sie meinen Brief vielleicht nicht, daher schiebe ich den Umschlag einfach unter der Tür durch. Ich sehe meine Botschaft verschwinden, dann renne ich zurück durch den Flur zur Treppe und hoffe, dass ich aus dem Haus bin, bevor Richard eintrifft.

Unterwegs stelle ich mir vor, wie sie den Brief auseinanderfaltet, und denke an all das, was ich nicht geschrieben habe.

Wie zum Beispiel, dass der Magen-Darm-Infekt am Abend des Symphoniekonzerts vorgetäuscht war.

«Nimm doch Emma mit», schlug ich Richard vor, als ich ihn anrief, um abzusagen. Ich achtete darauf, dass meine Stimme matt klang. «Ich weiß noch gut, wie es ist, in dieser Stadt jung und arm zu sein. Sie würde sich bestimmt sehr freuen.»

«Bist du sicher?»

«Natürlich. Ich will jetzt nur schlafen. Und ich fände es so schade, wenn du es meinetwegen verpasst.»

Er willigte ein.

Sobald wir aufgelegt hatten, machte ich mir eine Tasse Tee und begann, über meinen nächsten Schritt nachzudenken.

Mir war klar, dass ich vorsichtig sein musste. Ich durfte mir nicht einen einzigen Fehler erlauben, sondern musste ebenso akribisch auf jedes Detail achten, wie Richard es immer tat.

Als ich an jenem Abend zu Bett ging, stellte ich ein Mittel gegen Magenbeschwerden neben das Wasserglas auf meinem Nachttisch.

Ich blieb besonnen. Wochenlang erwähnte ich sie nicht einmal, doch als Richard ein großes Geschäft abschloss, schlug ich ihm vor, Emma mit einem großzügigen Geschenkgutschein für das Luxuswarenhaus Barneys für ihre Unterstützung zu danken.

Einen Moment lang befürchtete ich, ich sei zu weit gegangen. Er hielt im Rasieren inne und musterte mich forschend. «Bei Diane hast du so etwas nie vorgeschlagen.»

Ich zuckte die Achseln, griff nach meiner Haarbürste und antwortete ausweichend: «Wahrscheinlich identifiziere ich mich ein bisschen mit Emma. Diane war verheiratet. Sie hatte eine Familie. Emma erinnert mich an mich selbst in meiner ersten Zeit in New York. Ich glaube, es würde viel dazu beitragen, dass sie sich wertgeschätzt fühlt.»

«Gute Idee.»

Langsam entließ ich den Atem, den ich angehalten hatte.

Ich malte mir aus, wie sie den Gutschein aufklappte und überrascht die Augenbrauen hob. Vielleicht würde sie zu ihm ins Büro gehen, um ihm zu danken. Vielleicht würde sie ein paar Tage später ein Kleid im Büro tragen, das sie mit diesem Gutschein gekauft hatte, und es ihm vorführen.

Es stand so viel auf dem Spiel. Ich versuchte, so weiterzuleben wie bisher, aber ich hatte einen permanent erhöhten Adrenalinspiegel. Ständig ertappte ich mich dabei, dass ich auf und ab lief. Mein Appetit löste sich in Luft auf, und mein Gewicht sank. Nachts lag ich hellwach neben Richard und ging im Kopf meinen Plan durch, klopfte ihn auf Löcher und Schwachstellen ab. Obwohl ich mich danach sehnte, die Dinge voranzutreiben, zwang ich mich, den richtigen Zeitpunkt abzuwarten. Ich war eine Jägerin, die auf der Lauer lag und abwartete, bis ihre Beute sich in Schussweite befand.

Der große Durchbruch kam, als Emma aus Dallas anrief und sagte, Richard müsse einen späteren Flug nehmen, weil seine Besprechung länger dauere. Um genau so eine Gelegenheit hatte ich gebetet. Alles kam darauf an, was als Nächstes geschah; ich musste meine Rolle fehlerlos spielen. Emma durfte keinen Verdacht schöpfen, dass ich ihr eine Falle gestellt hatte und nur noch darauf wartete, dass sie endgültig zuschnappte.

«Armer Kerl», sagte ich. «Er arbeitet in letzter Zeit so viel. Er muss erschöpft sein.»

«Ich weiß. Dieser Kunde ist sehr anspruchsvoll.»

«Sie haben aber auch viel gearbeitet», sagte ich, als wäre mir das gerade erst aufgefallen. «Er braucht sich nicht zu beeilen. Schlagen Sie ihm doch vor, er soll irgendwo nett essen gehen und sich ein Hotelzimmer nehmen. Kommen Sie einfach morgen zurück. Das ist doch für Sie beide leichter.» *Bitte schluck den Köder.*

«Sind Sie sicher, Vanessa? Ich weiß, er möchte zu Ihnen nach Hause.»

«Ich bestehe darauf.» Ich täuschte ein Gähnen vor. «Ehrlich gesagt freue ich mich darauf, auf dem Sofa herumzulungern und im Fernsehen ein bisschen Trash zu gucken. Und er würde bloß über die Arbeit reden wollen.»

Die träge, fade Ehefrau. Das sollte sie über mich denken. Richard hatte etwas Besseres verdient, nicht wahr? Er brauchte jemanden, der die Feinheiten seiner Arbeit zu schätzen wusste, der sich nach einem anstrengenden Tag um ihn kümmerte. Jemanden, der ihn nicht vor seinen Kollegen in Verlegenheit brachte. Jemanden, der unbedingt jeden Abend mit ihm verbringen wollte.

Jemanden wie sie. *Bitte*, dachte ich erneut.

«Okay», erwiderte Emma schließlich. «Ich frage bloß bei ihm nach, und wenn er einverstanden ist, gebe ich Ihnen Bescheid, um welche Uhrzeit wir morgen landen, sobald ich die Flüge umgebucht habe.»

«Danke.»

Als ich auflegte, merkte ich, dass ich zum ersten Mal seit langer Zeit lächelte.

Ich hatte die perfekte Nachfolgerin für mich gefunden. Bald würde Richard mit mir fertig und ich endlich frei sein.

Keiner der beiden wusste, dass ich das alles inszeniert hatte. Und sie wissen es bis heute nicht.

DRITTER TEIL

KAPITEL EINUNDDREISSIG

Ich renne die Treppe hinunter. Als ich im zweiten Stock um die Ecke biege, gleite ich aus. Ehe ich mich am Geländer festhalten kann, habe ich mir schon die Hüfte an einer Stufe angestoßen, und ein heftiger Schmerz fährt durch meine linke Körperhälfte. Hastig ziehe ich mich hoch und renne weiter. Falls Richard die Treppe statt den Aufzug nimmt, werden wir zusammenstoßen.

Dieser Gedanke treibt mich noch schneller treppab. Als ich aus dem Treppenhaus in die Eingangshalle stürme, schließt sich gerade die Aufzugstür. Am liebsten würde ich die Anzeige über der Tür beobachten, um zu sehen, ob der Aufzug auf Emmas Etage hält. Doch nicht einmal diese wenigen Sekunden darf ich riskieren. Ich renne auf die Straße, wo gerade ein Taxi abfährt, schlage auf den Kofferraum, und die roten Bremslichter leuchten auf.

Hastig steige ich ein, verriegele die Tür und lasse mich nach hinten sinken. Dann öffne ich den Mund, um dem Fahrer Tante Charlottes Adresse zu nennen, doch die Worte bleiben mir im Halse stecken.

Zitrusduft umgibt mich, legt sich auf mein Haar und dringt in meine Haut ein. Ich meine förmlich zu spüren, wie die frischen Zitrusnoten mir in die Nase und hinab in die Lunge schweben. Richard muss gerade aus diesem Taxi ausgestiegen sein. Immer wenn er aufgebracht war – wenn seine Züge erstarrten und der Mann, den ich liebte, zu verschwinden schien – wurde sein Geruch stärker.

Am liebsten würde ich sofort wieder aussteigen, doch ich kann es mir nicht erlauben, auf ein anderes Taxi zu warten. Also öffne ich das Fenster so weit wie möglich und sage dem Fahrer, wohin ich will.

Mein Brief ist bloß eine Seite lang; Emma wird nur eine Minute benötigen, um ihn zu überfliegen. Hoffentlich bleibt ihr so viel Zeit, bis Richard bei ihr vor der Tür steht.

Das Taxi biegt um die nächste Ecke, und nachdem ich mich mit einem letzten Blick aus dem Fenster davon überzeugt habe, dass Richard mir nicht folgt, lehne ich den Kopf an. Wie konnte ich den Fehler in meinem Plan, meinem Mann zu entfliehen, bloß übersehen? Ich hatte so viel Zeit, diesen Plan zu ersinnen. Nach der Weihnachtsfeier seiner Firma wurde er zuerst mein Vollzeitjob, dann meine Obsession. Ich war so gewissenhaft, und doch unterlief mir die größtmögliche Fehleinschätzung.

Ich vergegenwärtigte mir nicht, dass ich eine unschuldige junge Frau opfern würde, weil ich an nichts anderes als meine Flucht denken konnte. Dass eine Flucht möglich war, hatte ich schon fast nicht mehr zu hoffen gewagt. Bis mir klarwurde, dass er mich nur dann gehen lassen würde, wenn er glaubte, es sei seine Idee.

In diesem Punkt war ich mir sicher. Denn ich wusste ja, was er mir früher angetan hatte, wenn er glaubte, ich wolle ihn verlassen.

Unmittelbar vor der Alvin-Ailey-Gala hatte ich begonnen, mich von meiner Ehe zu distanzieren. Ich war noch immer relativ jung und stark. Ich war noch nicht gebrochen.

Als Richard mich nach der Gala in der Küche zur Rede stellte, schien er erst, als sein Blick auf mein rechtes Handgelenk fiel, das in seiner Umklammerung weiß wurde, zu merken, dass er mir weh tat; es war, als wäre jemand anderes für den Schmerzensschrei verantwortlich, der mir entfahren war.

Bis zu diesem Abend hatte Richard mir nie richtig weh getan. Jedenfalls nicht körperlich.

Von Zeit zu Zeit war er an einen Punkt gelangt, an dem er, wie ich heute weiß, kurz davorstand, die Beherrschung zu verlieren. Alle diese Vorfälle habe ich in meinem schwarzen Notizbuch festgehalten: die Taxifahrt, nachdem ich bei meinem Junggesellinnenabschied Nick geküsst hatte; der Abend im Sfoglia, an dem ein Mann mir einen Drink ausgegeben hatte; und der Abend, an dem ich Richard mit Dukes Verschwinden konfrontiert hatte. Bei anderen Gelegenheiten war er dem Kontrollverlust sogar noch näher gekommen. Einmal hatte er unser Hochzeitsfoto zu Boden geschleudert, sodass das Glas zersprang, und mir dabei den absurden Vorwurf an den Kopf geworfen, ich hätte in unseren Flitterwochen mit Eric, dem Tauchlehrer, geflirtet. *Ich habe ihn vor unserem Zimmer stehen sehen*, hatte Richard mich angebrüllt, und mir war wieder eingefallen, dass ich Quetschungen am Oberarm zurückbehalten hatte, nachdem er mir aus dem Boot geholfen hatte. Ein andermal, kurz nach einem unserer Besuche bei der Reproduktionsmedizinerin, hatte Richard seine Bürotür so wuchtig zugeknallt, dass eine Vase von einem Regal fiel, weil er einen wichtigen Kunden verloren hatte.

Außerdem hatte er mich noch einige Male schmerzhaft fest am Oberarm gepackt, und als er mich einmal nach meinen Trinkgewohnheiten fragte und ich den Blick senkte, hatte er mein Kinn ergriffen und meinen Kopf hochgerissen, sodass ich gezwungen war, ihn anzusehen.

Bei allen diesen Gelegenheiten war es ihm gelungen, seine Wut zu bezähmen; sich in ein Gästezimmer zurückzuziehen oder das Haus zu verlassen und erst zurückzukommen, wenn sein Zorn verraucht war.

Auch nach der Gala sah es zunächst so aus, als wäre mein schrilles Wimmern zu ihm durchgedrungen.

«Tut mir leid», sagte er, ließ mein Handgelenk los und trat zurück. Fuhr sich mit der Hand durchs Haar. Atmete langsam aus. «Aber warum hast du mich verdammt noch mal angelogen?»

«Tante Charlotte», flüsterte ich nochmals. «Ich schwöre, ich war nur bei ihr.»

Das hätte ich nicht sagen sollen. Doch ich befürchtete, wenn ich zugab, dass ich mit jemandem über unsere Ehe gesprochen hatte, würde er vielleicht erst recht in die Luft gehen – oder Fragen stellen, die ich nicht beantworten wollte.

Die Wiederholung meiner Lüge ließ etwas in ihm durchknallen. Er verlor den Kampf.

Die Ohrfeige schallte so laut wie ein Pistolenschuss. Ich stürzte auf den harten Fliesenboden, aber der Schock verhinderte zunächst, dass ich den Schmerz spürte. Mit der Hand an der Wange lag ich dort in dem prachtvollen, nunmehr zerknitterten, weil hochgerutschten Kleid, das er mir geschenkt hatte, und starrte zu ihm hoch. «Was ... wie konntest du ...»

Er streckte die Hand aus, und ich dachte, er wolle mir hochhelfen, mich um Verzeihung bitten.

Doch stattdessen griff er in mein Haar und riss mich daran hoch.

Ich stellte mich auf die Zehenspitzen und versuchte verzweifelt, seine Faust um mein Haar zu lösen. Es fühlte sich an, als risse er mir die Kopfhaut vom Schädel. Tränen strömten mir übers Gesicht. «Bitte hör auf», flehte ich.

Er ließ los, doch dann drängte er mich gegen die Kante der Arbeitsplatte. Jetzt tat er mir nicht mehr weh. Aber ich wusste, es war der gefährlichste Augenblick an diesem Abend. In meinem ganzen Leben.

Sein gesamtes Gesicht schien sich zusammenzuziehen. Die schmalen Augen wurden dunkler. Doch das Unheimlichste war seine Stimme. Sie war das Einzige an ihm, was ich noch wiedererkannte. Mit dieser Stimme hatte er mich in so vielen Nächten getröstet, hatte gelobt, mich zu lieben und zu beschützen.

«Du darfst nicht vergessen, dass ich immer bei dir bin, auch wenn ich nicht da bin.»

Er starrte mich noch einen Moment an.

Dann kam mein Ehemann wieder zum Vorschein. Er trat einen Schritt zurück. «Du solltest ins Bett gehen, Nellie.»

Am nächsten Morgen brachte Richard mir Frühstück ins Schlafzimmer. Ich hatte weder geschlafen noch mich aus dem Bett gerührt.

«Danke.» Ich sprach mit leiser, ruhiger Stimme, denn ich hatte schreckliche Angst, ihn erneut zu reizen.

Sein Blick fiel auf mein rechtes Handgelenk, das sich bereits verfärbte. Er ging hinaus und kehrte mit einem Eisbeutel zurück, den er mir wortlos auf die gequetschte Stelle legte.

«Ich komme heute früh nach Hause, Liebling. Abendessen bringe ich von unterwegs mit.»

Gehorsam aß ich mein Beerenmüsli. Zwar hatte ich im Gesicht keinen Bluterguss, doch mein Kinn war empfindlich, und das Kauen tat weh. Danach ging ich nach unten, spülte die Schale aus und zuckte zusammen, als ich die Spülmaschinentür unbedacht mit dem verletzten Arm aufzog.

Beim Bettenmachen achtete ich darauf, nicht an mein Handgelenk zu stoßen, als ich die Ränder feststeckte. Dann ging ich duschen. Als der kräftige Wasserstrahl auf meine Kopfhaut traf, zuckte ich zusammen. Daraufhin konnte ich mich nicht überwinden, mir das Haar zu schamponieren oder zu föhnen, sondern ließ es einfach an der Luft trocknen. Als ich meinen Kleiderschrank öffnete, stellte ich fest, dass das Alexander-McQueen-Kleid ordentlich ganz vorn hing. Ich konnte mich nicht einmal daran erinnern, es ausgezogen zu haben; der Rest der Nacht war gänzlich verschwommen. Nur dass ich versucht hatte zu schrumpfen, wusste ich noch, mich so klein wie möglich zu machen. Durch reine Willenskraft unsichtbar zu werden.

Ich ging an dem schwarz-weißen Kleid vorbei und beschloss,

mehrere Schichten anzuziehen: Leggings und dicke Socken, ein langärmeliges T-Shirt und eine Strickjacke. Auf einem Regal weit oben lockten meine Koffer. Nachdenklich betrachtete ich sie.

Ich hätte sofort ein paar Sachen zusammenpacken und fortgehen können. Ich hätte ein Hotel buchen oder zu Tante Charlotte ziehen können. Ich hätte sogar Sam anrufen können, auch wenn wir lange nicht mehr miteinander gesprochen hatten, seit sich zwischen uns diese Kluft aufgetan hatte. Aber ich wusste, Richard zu verlassen würde nicht so einfach sein.

Als er zur Arbeit gegangen war, hatte ich das Piepen gehört, an dem ich erkannte, dass Richard die Alarmanlage einschaltete, und dann den dumpfen Knall, mit dem die Haustür hinter ihm zufiel.

Aber was ich am lautesten im Ohr hatte, war das Echo seiner Worte: *Ich bin immer bei dir.*

Während ich so die Koffer anstarrte, klingelte es an der Tür.

Ich hob den Kopf. Es war ein so ungewohntes Geräusch. Wir bekamen fast nie unangekündigt Besuch. Ich brauchte nicht an die Tür zu gehen. Wahrscheinlich war es bloß ein Kurier, der ein Päckchen abgeben wollte.

Doch es klingelte noch einmal, und gleich darauf läutete das Festnetztelefon. Als ich abhob, hörte ich Richards Stimme: «Baby, wo bist du?» Er klang besorgt.

Ich sah auf die Uhr auf dem Nachttisch. Seltsamerweise war es bereits elf. «Komme gerade aus der Dusche.» Unten klopfte jemand.

«Du solltest die Tür öffnen.»

Ich legte auf, ging die Treppe hinab und spürte, wie mir eng um die Brust wurde. Mit dem unversehrten Arm deaktivierte ich die Alarmanlage und schloss auf. Meine Hände zitterten. Ich hatte keine Ahnung, was vor der Tür auf mich wartete, aber Richard hatte mir gesagt, was ich tun musste.

Die kalte Winterluft blies mir ins Gesicht, und ich erschauerte. Vor mir stand ein Kurier mit einer kleinen schwarzen Tüte.

«Vanessa Thompson?»

Ich nickte.

«Bitte unterschreiben Sie hier.» Er hielt mir das Unterschriftenpad hin. Es fiel mir schwer, den Stift zu packen. Behutsam unterschrieb ich. Als ich hochblickte, sah ich, dass er mein Handgelenk anstarrte. Unter dem Ärmel meiner Strickjacke lugten auberginefarbene Blutergüsse hervor. Der Kurier fasste sich rasch wieder. «Das ist für Sie.» Er reichte mir das Päckchen.

«Ich habe Tennis gespielt und bin gestürzt.»

Erleichterung zeichnete sich in seiner Miene ab. Doch dann drehte er sich um und betrachtete die Schneedecke, unter der unser Viertel lag. Wieder sah er mich an.

Rasch schloss ich die Haustür.

Ich löste das Geschenkband von der Tüte und fand eine Schachtel darin. Als ich den Deckel anhob, kam ein klobiges goldenes Armband von Verdura zum Vorschein, mindestens fünf Zentimeter breit.

Ich hielt es in die Höhe. Das Armband, das Richard mir geschickt hatte, würde die hässlichen Blutergüsse an meinem Handgelenk perfekt verbergen.

Doch noch bevor ich auch nur Gelegenheit hatte zu entscheiden, ob ich mich je würde überwinden können, es anzulegen, erhielten wir ein paar Tage später den Anruf mit der Benachrichtigung vom Tod meiner Mutter.

Jahrelang habe ich mich von meiner Angst beherrschen lassen. Doch jetzt im Taxi merke ich, wie sich ein anderes Gefühl in den Vordergrund drängt: Zorn. Es war befreiend, meine Wut auf Richard herauszulassen, nachdem ich so lange das Ziel der seinen gewesen war.

Während meiner Ehe erstickte ich meine Gefühle. Ich betäubte sie mit Alkohol, begrub sie unter Selbstverleugnung. Fasste meinen Mann mit Samthandschuhen an, um ihn bei Laune zu halten, und hoffte, wenn die Atmosphäre, die ich schuf, nur angenehm genug war – wenn ich das Richtige sagte und tat –, konnte ich die Großwetterlage in unserem Haushalt unter Kontrolle halten, ganz ähnlich wie ich im Gruppenraum meiner Kinder eine lächelnde Sonne auf dem Wandkalender befestigt hatte.

Manchmal hatte ich Erfolg. Meine Schmucksammlung – das Verdura-Armband war nur das erste der Geschenke, die Richard mir nach unseren «Differenzen», wie er sie nannte, liefern ließ – erinnert mich an die Gelegenheiten, bei denen es mir misslang. Als ich auszog, erwog ich gar nicht erst, diese Schmuckstücke mitzunehmen. Selbst wenn ich sie verkauft hätte, hätte sich das Geld, das ich dafür bekommen hätte, besudelt angefühlt.

Während meiner gesamten Ehe und noch darüber hinaus hatte ich immer Richards Worte im Ohr, die mich veranlassten, mich ständig selbst in Frage zu stellen, und meinen Handlungsspielraum einschränkten. Doch jetzt denke ich an das, was Tante Charlotte gerade heute Morgen zu mir sagte: *Ich fürchte mich nicht vor Stürmen, da ich mein Schiff lenken lerne.*

Ich schließe die Augen und atme die Juniluft ein, die durchs offene Fenster des Taxis hereinströmt und die letzten Spuren von Richards Geruch beseitigt.

Es genügt nicht, dass ich meinem Ehemann entkommen bin. Und ich weiß, es wird nicht genügen, einfach ihre Hochzeit zu verhindern. Selbst wenn Emma Richard verlässt, wird er sich einfach eine neue junge Frau suchen, dessen bin ich mir sicher. Noch eine Nachfolgerin.

Ich muss eine Möglichkeit finden, Richard aufzuhalten.

Wo ist er jetzt gerade? Ich sehe vor mir, wie er Emma in die Arme schließt und ihr sagt, wie leid es ihm tue, dass seine Ex sie ins Visier genommen hat. Dann zieht er ihr den Brief aus der Hand, überfliegt ihn und knüllt ihn zusammen. Er ist zornig, aber vielleicht hält sie das für gerechtfertigt angesichts meiner Handlungen. Worauf ich aber hoffe, ist, dass ich sie davon überzeugen konnte, ihre Vergangenheit zu überdenken, ihre gemeinsame Geschichte mit neuen Augen zu betrachten. Vielleicht fallen ihr Situationen ein, in denen Richards Reaktionen eine Spur unangemessen waren. In denen sich auf subtile Weise sein Kontrollbedürfnis zeigte.

Wie wird sein nächster Schritt aussehen?

Er wird zurückschlagen.

Ich denke scharf nach. Dann öffne ich die Augen und beuge mich vor.

«Ich habe mich umentschieden», sage ich zum Taxifahrer. «Zuerst muss ich noch woandershin.» Ich rufe eine Adresse in meinem Telefon auf und nenne sie ihm.

Er setzt mich vor einer Filiale der Citibank in Midtown Manhattan ab. Bei dieser Bank hat Richard seine Konten.

Als er mir den Scheck ausstellte, sagte er, ich solle das Geld dafür verwenden, mir Hilfe zu suchen. Er bereitete die Bank sogar darauf vor, dass ich den Scheck einlösen werde. Doch mit Dukes Foto und dem Brief an Emma habe ich ihm gezeigt, dass ich nicht sang- und klanglos aus seinem Leben verschwinden werde.

Ich vermute daher, er wird noch heute versuchen, die Auszahlung des Schecks zu verhindern. Damit wird Richard meine Bestrafung beginnen. Es ist eine relativ einfache Möglichkeit, mir zu signalisieren, dass er meinen Ungehorsam nicht dulden wird.

Deshalb muss ich den Scheck einlösen, bevor er der Bank Bescheid geben kann, dass er es sich anders überlegt hat.

Zwei Kassierer sind frei: ein junger Mann mit weißem Hemd und Krawatte und eine Frau mittleren Alters. Obwohl ich näher am männlichen Kassierer stehe, gehe ich an den Schalter der Frau. Auf ihrem Namensschild steht BETTY.

Ich hole Richards Scheck aus der Handtasche. «Den hier möchte ich mir auszahlen lassen.»

Betty nickt zunächst, doch dann sieht sie den Betrag und runzelt die Stirn. «Auszahlen lassen?» Wieder sieht sie auf den Scheck.

«Ja.» Als ich merke, dass ich mit dem Fuß auf den Boden klopfe, halte ich ihn still. Ich befürchte, dass Richard bei der Bank anruft, noch während ich hier stehe.

«Würden Sie einen Moment Platz nehmen? Ich glaube, es wäre besser, wenn mein Vorgesetzter Ihnen dabei hilft.»

Ich werfe einen Blick auf ihre linke Hand. Sie trägt keinen Ehering.

Sobald man sich die Tricks und Kniffe einmal angeeignet hat, ist es nicht schwer, Fragen auszuweichen. Man muss anschauliche, detaillierte Geschichten erzählen, die davon ablenken, dass man eigentlich nichts über sich selbst preisgibt. Heraushebendes vermeiden. Vage bleiben. Lügen, aber nur, wenn es unumgänglich ist.

Ich trete ganz dicht an die Scheibe heran. «Sehen Sie, Betty ... Wow, das ist, ich meine, das *war* der Name meiner Mutter. Sie ist vor kurzem gestorben.» Diese Lüge ist unumgänglich.

«Das tut mir leid.» Ihr Blick ist mitfühlend. Ich habe mir die richtige Kassiererin ausgesucht.

«Ich will offen zu Ihnen sein.» Kurz halte ich inne. «Mein Mann – Mr. Thompson – lässt sich von mir scheiden.»

«Das tut mir leid», wiederholt sie.

«Ja, mir auch. Er heiratet diesen Sommer wieder.» Ich lächle schief. «Jedenfalls, dieser Scheck ist von ihm, und ich brauche das Geld, weil ich versuche, eine Wohnung anzumieten. Seine hübsche junge Verlobte ist bereits zu ihm gezogen.» Während ich das sage, stelle ich mir vor, wie Richard wütend die Telefonnummer der Bank in sein Telefon eintippt.

«Es ist bloß so eine große Summe.»

«Nicht für ihn. Wie Sie sehen, stimmen unsere Nachnamen

überein.» Ich hole meinen Führerschein aus der Tasche und reiche ihn ihr. «Und wir haben noch dieselbe Adresse, obwohl ich ausgezogen bin. Im Moment wohne ich in einem schäbigen kleinen Hotel ein paar Blocks von hier entfernt.»

Die Adresse auf dem Scheck ist die unseres Hauses in Westchester. Jeder New Yorker weiß, dass dies ein exklusiver Vorort ist.

Betty betrachtet meinen Führerschein und zögert. Das Foto wurde vor mehreren Jahren aufgenommen, ungefähr um die Zeit, als ich den Plan fasste, Richard zu verlassen. Meine Augen strahlen, und mein Lächeln ist echt.

«Bitte, Betty. Ich sage Ihnen was. Sie können den Geschäftsführer der Filiale auf der Park Avenue anrufen. Richard hat ihm Bescheid gegeben, dass ich diesen Scheck einlösen werde.»

«Entschuldigen Sie mich kurz.»

Ich warte, während sie zur Seite tritt und leise telefoniert. Mir ist schwindelig vor Anspannung, weil ich mich frage, ob Richard mich wieder einmal ausmanövriert hat.

Als sie zurückkehrt, kann ich ihre Miene nicht deuten. Sie tippt etwas auf ihrer Computertastatur, dann sieht sie mich endlich an. «Bitte entschuldigen Sie die Verzögerung. Es ist alles in Ordnung. Der Geschäftsführer hat bestätigt, dass der Scheck autorisiert ist. Und ich sehe, dass Sie und Mr. Thompson früher ein gemeinsames Konto hier hatten, das erst vor ein paar Monaten gekündigt wurde.»

«Danke», hauche ich. Nochmals entschuldigt sie sich kurz und kehrt einige Minuten später mit diversen Bündeln Banknoten zurück. Sie lässt sie durch die Zählmaschine laufen und zählt anschließend jeden Hundertdollarschein noch zweimal nach. Unterdessen krampft sich mein Magen zusammen, weil ich jeden Augenblick damit rechne, dass jemand zu ihr eilt und alles rückgängig macht. Endlich schiebt sie das Geld zusammen mit einem großen gepolsterten Umschlag durch den Schlitz unter der Scheibe.

«Einen schönen Tag», sage ich.

«Alles Gute.»

Ich ziehe den Reißverschluss an meiner Handtasche zu und spüre ihr Gewicht beruhigend an meinen Rippen. Dieses Geld habe ich verdient. Und jetzt, da ich meine Arbeit verloren habe, brauche ich es mehr denn je, um meiner Tante zu helfen.

Außerdem ist es zutiefst befriedigend, mir vorzustellen, wie Richard reagieren wird, wenn ihm ein Bankangestellter sagt, dass das Geld weg ist. Jahrelang hat er mich um mein inneres Gleichgewicht gebracht; immer, wenn er unzufrieden mit mir war, hatte ich Konsequenzen zu tragen. Andererseits genoss er es aber auch sichtlich, mein Retter zu sein und mich zu trösten, wenn ich aus der Fassung war. Die widerstreitenden Seiten der Persönlichkeit meines Mannes machten ihn zu einem Rätsel für mich. Noch heute verstehe ich nicht ganz, warum er alles in seiner Umgebung ebenso genau unter Kontrolle haben muss wie die Socken und T-Shirts in seinem Schrank.

Nun habe ich ein wenig von der Macht, die er mir genommen hat, zurückerlangt. Ich habe eine kleine Schlacht gewonnen und bin in Hochstimmung.

Seinen Zorn stelle ich mir als wirbelnden Tornado vor, doch im Moment bin ich außer Reichweite.

Ich trete hinaus auf den Bürgersteig und eile in die nächstgelegene Filiale der Chase Bank, wo ich das Geld auf das neue Konto einzahle, das ich nach unserer Trennung eröffnete. Jetzt kann ich zu Tante Charlotte zurückkehren. Allerdings nicht in die Geborgenheit meines Bettes – diese besiegte Frau werde ich wie eine alte Haut von mir werfen.

Der Gedanke an das, was ich als Nächstes tun werde, erfüllt mich mit frischer Energie.

KAPITEL ZWEIUNDDREISSIG

«Ich bin sechsundzwanzig Jahre alt. Ich liebe Richard. Bald heiraten wir», flüstere ich, während ich in den Spiegel sehe. *Mehr Lippenstift*, denke ich und greife in mein Schminktäschchen. «Ich arbeite als Assistentin hier.» Nun trage ich ein pastellrosa Kleid, das ich erst heute Nachmittag bei Ann Taylor gekauft habe. Es ist nicht genau das gleiche Kleid wie ihres, aber es ist nahe dran, besonders mit meinem neuen gepolsterten BH.

Aber meine Haltung stimmt nicht ganz. Ich straffe die Schultern und hebe das Kinn. *Schon besser.*

«Ich heiße Emma», sage ich zum Spiegel und lächele – ein strahlendes, selbstbewusstes Lächeln.

Niemand, der sie kennt, würde sich davon täuschen lassen. Aber ich muss nur an den Reinigungskräften, die in Richards Firma putzen, vorbeikommen.

Falls einer seiner Kollegen heute lange arbeitet, war's das. Und falls Richard noch da ist – aber nein, daran darf ich nicht einmal denken, sonst habe ich nicht den Mut, das durchzuziehen.

«Ich heiße Emma», wiederhole ich immer wieder, bis ich mit dem kehligen Timbre zufrieden bin.

Schließlich öffne ich die Tür des Toilettenraums einen Spaltbreit und spähe hinaus. Der Korridor ist verlassen und das Licht matt. Die gläserne Flügeltür um die Ecke, die zu Richards Unternehmen führt, kann ich nicht sehen, aber ich weiß, sie ist garantiert abgeschlossen, wie jeden Abend. Nur wenige Menschen haben einen Schlüssel. In den Computern der Firma sind die Finanzdaten Hunderter von Kunden gespeichert. Sie sind alle passwortgeschützt, und außerdem bin ich mir sicher, dass die IT-Security gewarnt würde, wenn jemand versuchte, sich Zugang zum System zu verschaffen.

Doch ich bin nicht hinter elektronischen Aufzeichnungen her. Ich benötige ein einfaches Dokument aus Richards Büro, das für niemanden sonst in seiner Firma von Bedeutung ist.

Selbst wenn Emma Gelegenheit hatte, meinen Brief zu lesen, und selbst wenn einige flüchtige Zweifel in ihr aufgekeimt sein sollten, kenne ich sie als kluge, logisch denkende junge Frau. Wem wird sie am Ende glauben – ihrem kultivierten, perfekten Verlobten oder seiner verrückten Exfrau?

Ich brauche Beweise, um sie umzustimmen. Und Emma ist diejenige, die mir verriet, wie ich sie erlangen kann.

Als ich sie vor ihrem Haus ansprach, sagte ich ihr, sie solle Richard nach dem fehlenden Raveneau fragen, den ich am Abend unserer Cocktailparty für ihn aus dem Keller holen sollte. *Was glauben Sie denn, wer die Bestellung aufgegeben hat?*, fragte sie, bevor sie mich stehenließ und in einem Taxi davonfuhr.

Das war ein brillanter Schachzug von Richard, den Wein von seiner Assistentin bestellen zu lassen.

Er hatte mich schon lange nicht mehr bestrafen müssen. Seit Monaten zeigte ich mich von meiner besten Seite, stand früh mit ihm auf, machte jeden Morgen Sport und kochte uns abends etwas Gesundes. Solche Akte von gefälligem Verhalten machten mir Richard gewogen. An diesem Punkt in unserer Ehe machte ich mir keine Illusionen mehr: Ich wusste, wie gefährlich mein Mann sein konnte, wenn er befürchtete, meine Liebe zu ihm könne erlöschen.

Daher rechnete ich damit, dass ich teuer dafür würde bezahlen müssen, wenn ich mein Haar wenige Tage vor der Cocktailparty veränderte. Zuerst bat ich meine Friseurin, es karamellbraun zu färben. Sie wandte ein, dass andere Frauen Hunderte von Dollars dafür bezahlten, sich das Haar in meiner natürlichen Haarfarbe färben zu lassen, doch ich blieb bei meiner Entscheidung. Als sie mit dem Färben fertig war, wies ich sie an, mein Haar um fünfzehn Zentimeter zu kürzen. Heraus kam ein schulterlanger Bob.

An dem Tag, an dem wir uns kennenlernten, hatte Richard mir gesagt, ich solle mein Haar niemals abschneiden. Das war die erste Regel, die er festgelegt hatte, getarnt als Kompliment.

Ich hatte mich bisher unsere gesamte Ehe über daran gehalten.

Doch unterdessen hatte ich Emma kennengelernt. Ich wusste, ich musste meinem Mann Gründe liefern, damit er mich loswerden wollte, gleichgültig, welche Folgen das hatte.

Als Richard mein Haar sah, stutzte er kurz und sagte mir dann, es sei eine nette Veränderung für den Winter. Ich verstand den Subtext: Er wollte, dass ich meine alte Frisur bis zum Sommer wiederherstellte. Nach diesem kurzen Wortwechsel arbeitete er bis zur Party jeden Tag bis in den späten Abend.

Richard hatte Emma gebeten, den Wein zu bestellen, damit er Argumente gegen mich sammeln konnte.

Und jetzt kann ich das ausnutzen, um Argumente gegen ihn zu sammeln.

Hillary stand an jenem Abend bei Richard an der provisorischen Bar in unserem Wohnzimmer. Die Cateringfirma kam zu spät, und ich murmelte Entschuldigungen für den kärglichen Laib Brie und das Tortenstück Cheddar, die ich serviert hatte.

«Schatz? Kannst du ein paar Flaschen von dem 2009er Raveneau aus dem Keller holen?», rief Richard mir quer durch den Raum zu. «Ich habe letzte Woche eine Kiste bestellt. Sie sind im Weinkühlschrank im mittleren Regal.»

Wie in Zeitlupe ging ich Richtung Keller, um den Augenblick hinauszuzögern, in dem ich Richard vor seinen versammelten Freunden, Kollegen und Geschäftspartnern sagen musste, was ich bereits wusste: In unserem Keller befand sich kein Raveneau.

Aber nicht, weil ich ihn getrunken hätte.

Alle dachten natürlich, ich hätte es getan. Das hatte Richard auch beabsichtigt. Es war das übliche Muster: Ich forderte Richard heraus, indem ich versuchte, meine Eigenständigkeit zu behaupten, und er ließ mich für diesen Regelverstoß bezahlen. Meine Strafen waren stets proportional zu meinen vermeintlichen Vergehen. Am Abend der Alvin-Ailey-Gala beispielsweise hatte Richard seinem Geschäftspartner Paul, wie ich wusste, gesagt, er müsse mich nach Hause bringen, weil ich betrunken sei. Doch das stimmte nicht; Richard war verärgert gewesen, weil Paul angeboten hatte, mir zu helfen, eine Arbeit zu finden. Und darüber hinaus hatte mein Mann bereits gewusst, dass ich zu einem heimlichen Treffen in die Stadt gefahren war – zu einem Treffen, das ich letztlich mit einem Besuch bei einer Therapeutin erklärt hatte.

Mich in der Öffentlichkeit schlecht aussehen zu lassen, anderen den Eindruck zu vermitteln, ich sei psychisch labil, und, schlimmer noch, mich dazu zu bringen, dass ich mich selbst in Frage stellte, war eine von Richards Standardbestrafungen für mich. Angesichts der Probleme meiner Mutter war diese Methode besonders wirksam.

«Schatz, da ist kein Raveneau», sagte ich, als ich aus dem Keller zurückkam.

«Aber ich habe doch neulich erst eine Kiste hinuntergebracht ...» Richard brach ab. Er blickte verwirrt und gleich darauf sichtlich verlegen.

Richard war ein solch gewandter Schauspieler.

«Ach, ich bin mit jedem Wein zufrieden!», sagte Hillary allzu fröhlich. Emma stand am anderen Ende des Raums. Sie trug ein schlichtes schwarzes Kleid, mit einem Gürtel, um ihre schmale Taille zur Geltung zu bringen. Ihr üppiges blondes Haar wellte sich an den Spitzen locker. Sie war so perfekt, wie ich sie in Erinnerung hatte.

An jenem Abend musste ich dreierlei erreichen: alle auf der Party davon überzeugen, dass Richards Frau ein bisschen durch den Wind war; Emma davon überzeugen, dass Richard jemand Besseres verdient hatte; und am wichtigsten: Richard ebenfalls davon überzeugen.

Mir war schwindelig vor Aufregung. Um mir Mut zu machen, sah ich Emma an. Dann schauspielerte ich selbst ein bisschen.

Ich hakte mich bei Hillary unter. «Da bin ich dabei», sagte ich fröhlich und hoffte, dass Hillary nicht durch ihren Ärmel hindurch spürte, wie eisig meine Finger waren. «Wer sagt, dass Blondinen mehr Spaß haben? Na komm, Richard, mach uns eine Flasche auf.»

Mein erstes Glas goss ich in der Spüle aus, als ich weitere Cocktailservietten aus der Küche holte, und ich achtete darauf, dass Richard in Hörweite war, als ich Hillary fragte, ob sie Nachschub brauche. Ihr Glas war noch halbvoll. Ich sah, wie ihr Blick zu meinem leeren Glas wanderte, ehe sie den Kopf schüttelte.

Gleich darauf reichte Richard mir ein Glas Wasser. «Solltest du nicht noch einmal beim Caterer anrufen, Liebling?»

Ich suchte die Nummer heraus, wählte die ersten sechs Ziffern und entfernte mich so weit von Richard, dass ihm der unnatürliche Rhythmus einer einseitigen Unterhaltung nicht auffallen konnte. Nach dem «Telefonat» nickte ich ihm zu und sagte: «Sie müssten gleich hier sein.» Dann stellte ich mein Glas Wasser ab. Als die Cateringfirma eintraf, war ich vorgeblich beim dritten Glas Wein.

Während die Kellner das Buffet aufbauten, winkte Richard den Chef in die Küche. Ich folgte ihnen.

«Was war denn los?», fragte ich, bevor Richard irgendetwas sagen konnte. Ich bemühte mich nicht, leise zu sprechen. «Sie sollten schon vor einer Stunde hier sein.»

«Tut mir leid, Mrs. Thompson.» Der Mann blickte auf sein

Klemmbrett. «Aber wir sind zu der Zeit gekommen, die Sie uns gesagt haben.»

«Das kann nicht sein. Unsere Party hat um halb acht begonnen. Ich bin sicher, dass ich Ihnen gesagt habe, Sie sollten um sieben hier sein.»

Richard stand neben mir, bereit, sich über den Fehler der Cateringfirma zu beschweren.

Wortlos drehte der Chef der Firma sein Klemmbrett um und deutete auf die Uhrzeit – *20 Uhr* –, dann auf meine Unterschrift unten auf dem Blatt.

«Aber ...» Richard räusperte sich. «Wie kommt denn das?»

Meine Reaktion musste perfekt sein. Sie musste sowohl meine Unfähigkeit erkennen lassen als auch mein fehlendes Verständnis für die Verlegenheit, in die das verspätete Eintreffen des Caterers ihn brachte.

«Ach, ich fürchte, es ist meine Schuld», sagte ich leichthin. «Tja, wenigstens sind sie jetzt hier.»

«Wie konntest du ...» Den Rest des Satzes schluckte Richard herunter. Langsam atmete er aus. Aber seine Miene blieb angespannt.

Ich spürte Übelkeit in mir aufsteigen und wusste, ich konnte meine Verstellung nicht mehr lange aufrechterhalten, daher rannte ich ins Bad, wo ich mir kaltes Wasser auf die Handgelenke spritzte und meine Atemzüge zählte, bis mein Herzschlag sich beruhigt hatte.

Als ich wieder herauskam, ließ ich den Blick über die Gäste wandern. Ich hatte noch nicht alles erreicht, was ich mir vorgenommen hatte.

Richard plauderte mit einem seiner Kollegen und einem Golffreund aus dem Club, aber das Kribbeln in meinem Nacken sagte mir, dass sein Blick immer wieder zu mir wanderte. Mein Haar, mein Alkoholkonsum, meine Reaktion auf die Erklärung des Caterers – ich unterschied mich drastisch von der Frau, die in den vorangegangenen Wochen gewissenhaft sämtliche Details der Party mit ihm besprochen hatte. Mehrere Stunden hatten wir damit verbracht, die Gästeliste durchzugehen, und Richard hatte mir persönliche Informationen über seine Kollegen in Erinnerung gerufen, damit ich mich leichter unter die Gäste mischen und die Leute miteinander bekannt machen konnte. Wir hatten über die Auswahl der Blumen für die Arrangements gesprochen, Richard hatte mich darauf hingewiesen, keine Shrimps zu bestellen, weil einer unserer Gäste allergisch darauf reagiere, und ich hatte ihm versprochen, besonders darauf zu achten, dass wir genügend Kleiderbügel hatten, damit niemand seinen Mantel irgendwo aufs Bett legen musste.

Nun war es an der Zeit, einen weiteren Punkt auf meiner geheimen Liste abzuhaken, die ich nur im Kopf hatte, einstudiert, während Richard bei der Arbeit gewesen war: *mit Emma reden*.

Ein Kellner kam vorüber und reichte mir ein Tablett mit warmen Parmesan-Crostini. Ich zwang mich, zu lächeln und mir einen zu nehmen, wickelte ihn jedoch in eine Serviette. Dann wartete ich, bis der Kellner die Gruppe um Emma erreichte, und trat hinzu.

«Die müssen Sie probieren», sagte ich überschwänglich und zwang mich zu einem Lachen. «Sie müssen doch bei Kräften bleiben, wenn Sie für Richard arbeiten.»

Emma runzelte kurz die Stirn, dann entspannte sie sich. «Er macht wirklich viele Überstunden. Aber mir macht das nichts aus.» Sie nahm einen Crostino und biss hinein. Ich sah, dass Richard durch den Raum auf uns zukam, doch George fing ihn ab.

«Ach, es sind ja nicht nur die Überstunden», sagte ich. «Er ist auch sehr anspruchsvoll, nicht wahr?»

Sie nickte und steckte sich schnell den Rest des Häppchens in den Mund.

«Tja, ich bin froh, dass endlich alle etwas zu essen haben. Man sollte meinen, dass der Caterer wenigstens pünktlich kommt bei dem, was er berechnet.» Das sagte ich so laut, dass der Kellner, ein Mann im mittleren Alter, der den Teller mit den Crostini hielt, mich hören konnte und, wichtiger noch, Emma glaubte, ich hätte meine schroffe Bemerkung auf ihn gemünzt. Ich spürte, dass meine Wangen brannten, und hoffte, Emma würde vermuten, es liege am vielen Wein. Als ich ihr in die Augen sah, entdeckte ich dort Verachtung für meine Unhöflichkeit.

Richard machte sich von George los und kam direkt auf uns zu. Kurz bevor er bei uns war, drehte ich mich um und ging in die entgegengesetzte Richtung davon.

Gib ihnen noch einen Grund. Ich wusste, ich musste es jetzt tun, sonst würde ich die Nerven verlieren.

Langsam durchquerte ich den Raum, und jeder Schritt war ein Kampf. Das Blut rauschte in meinen Ohren. Auf meiner Oberlippe bildete sich ein dünner Film aus kaltem Schweiß.

Alle meine Instinkte schrien, ich solle stehen bleiben, mich umdrehen. Ich zwang mich weiterzugehen, mich zwischen den Grüppchen mit lächelnden Menschen hindurchzuschlängeln. Jemand berührte mich am Arm, doch ich zog ihn weg, ohne hinzusehen.

Einzig der Gedanke, dass Emma und Richard mich beobachteten, trieb mich an. Ich wusste, eine weitere Gelegenheit würde ich so schnell nicht erhalten.

Nun hatte ich den iPod erreicht, den Richard an unsere Lautsprecher angeschlossen hatte. Er hatte mit Sorgfalt eine Playlist zusammengestellt, in der sich Jazz und einige seiner liebsten klassischen Kompositionen abwechselten. Die elegante Musik schwang durch den Raum.

Ich rief die Spotify-App auf und wählte Discomusik aus den Siebzigern aus. Dann drehte ich die Lautstärke auf.

«Jetzt fängt die Party richtig an!», schrie ich und riss die Arme hoch. Meine Stimme brach, doch ich fuhr fort: «Wer will tanzen?»

Die gedämpften Gespräche verstummten. Alle Gesichter wandten sich mir gleichzeitig zu, als folgten sie einer Choreographie.

«Na komm, Richard!», rief ich.

Sogar die Leute vom Cateringservice starrten mich jetzt an. Ich erhaschte einen Blick auf Hillary, die den Blick abwandte, und auf Emma, die mich offenen Mundes anstarrte und dann hastig Richard ansah. Eilig kam er auf mich zu, und mein Magen krampfte sich zusammen.

«Du hast unsere Hausregel vergessen, Schatz», rief er mit erzwungener Heiterkeit und stellte die Musik leiser. «Keine Bee Gees vor elf!»

Erleichtertes Lachen erhob sich, während Richard wieder zu Bach wechselte, dann meinen Arm nahm und mich hinaus in den Eingangsbereich führte. «Was ist mit dir los? Wie viel hast du getrunken?» Seine Augen wurden schmal, und ich musste meinen panisch-entschuldigenden Ton nicht einmal spielen.

«Ich kann nicht ... nur ein paar Gläser, aber ... es tut mir leid. Ich wechsele sofort zu Wasser.»

Er griff nach meinem halbvollen Glas Chardonnay, und ich überließ es ihm hastig.

Den Rest des Abends über spürte ich den zornigen Blick meines Mannes auf mir ruhen. Ich sah, wie er sein Glas Scotch umklammerte, und versuchte, nur an Emmas Blick zu denken, in dem sich Mitgefühl und Bewunderung gemischt hatten, als er die peinliche Szene, die ich gemacht hatte, entschärft hatte. Nur das ließ mich die restliche Party überstehen.

Nun hatte ich alles erreicht, was ich mir vorgenommen hatte.

Das war es wert, auch wenn meine Blutergüsse erst nach zwei Wochen wieder verblasst waren.

Diesmal schickte Richard mir kein neues Schmuckstück als Wiedergutmachung für diese neuerlichen Differenzen, und das bestätigte mir, dass unsere Beziehung ihm nicht mehr so wichtig war. Sein Fokus hatte sich verlagert.

«Ich liebe Richard», sage ich ein letztes Mal, während ich in den verlassenen Korridor spähe. «Ich bin rechtmäßig hier.»
Es war nicht schwer, in das Bürogebäude hineinzukommen. Nur wenige Stockwerke unter seiner Firma befindet sich eine Steuerberaterkanzlei, die sehr vermögende Privatpersonen betreut. Ich machte einen Termin dort und gab an, ich sei eine alleinstehende Frau, die kürzlich geerbt habe. Das war nicht weit von der Wahrheit entfernt. Schließlich hatte ich noch immer die Einzahlungsquittung über das Geld von Richards Scheck in der Brieftasche. Ich nahm den letzten Termin an diesem Tag – um achtzehn Uhr – und rauschte mit dem Besucherschildchen an meinem neuen Kleid am Tisch des Wachmanns vorüber.
Nach meinem Termin beim Steuerberater fuhr ich mit dem Aufzug hinauf in Richards Etage und ging geradewegs auf die Damentoilette. Der Code hatte sich nicht geändert, und ich schlüpfte in die hinterste Kabine. Äußerlich ähnelte ich Emma bereits so weit wie möglich: Mein neuer roter Lippenstift, das eng anliegende Kleid und das gelockte Haar vervollständigten meine körperliche Verwandlung. Ich zerriss meinen Besucherpass und vergrub ihn im Papierkorb. Die nächsten beiden Stunden verbrachte ich damit, ihre Stimme, ihre Haltung, ihre Eigenarten zu üben. Ein paar Frauen kamen herein, um zur Toilette zu gehen, doch keine blieb lange.
Jetzt ist es halb neun. Endlich sehe ich die dreiköpfige Reinigungscrew aus dem Aufzug kommen; einer von ihnen schiebt einen Karren mit Putzzeug. Ich zwinge mich zu warten, bis sie vor der Tür zu Richards Firma stehen.

Ich bin selbstbewusst.

«Hallo!», rufe ich und gehe zügig auf die drei zu.

Ich bin souverän.

«Nett, Sie mal wiederzusehen.»

Ich gehöre hierher.

Diese Leute müssen Emma doch an den Abenden getroffen haben, an denen sie mit Richard Überstunden machte. Der Mann, der gerade die gläserne Flügeltür aufgeschlossen hat, lächelt mich zurückhaltend an.

«Mein Chef hat mir aufgetragen, etwas auf seinem Schreibtisch nachzusehen.» Ich deute auf das Eckbüro, das ich so gut kenne. «Es dauert nur eine Minute.»

Schon eile ich an ihnen vorüber und mache dabei längere Schritte als sonst. Eine der Putzfrauen nimmt ein Staubtuch und folgt mir, doch damit habe ich gerechnet. Ich gehe an Emmas ehemaligem Arbeitsplatz vorbei, auf dem jetzt ein Topf mit einem Usambaraveilchen und eine geblümte Teetasse stehen, und öffne die Tür zu Richards Büro.

«Es müsste gleich hier sein.» Ich gehe um den Schreibtisch herum und ziehe eine der beiden schweren Schubladen auf. Doch abgesehen von einem Knautschball zum Stressabbau, ein paar Energieriegeln und einer ungeöffneten Packung Callaway-Golfbälle ist sie leer.

«Oh, er muss es woanders hingelegt haben», sage ich zur Putzfrau. Ich kann spüren, wie sie aufmerkt; jetzt ist sie eindeutig ein bisschen nervös. Sie tritt näher. Ich kann mir ihren Gedankengang vorstellen. Sie sagt sich, ich müsse hierhergehören, sonst wäre ich nie am Wachmann vorbeigekommen. Und sie will eine Büroangestellte nicht brüskieren. Aber falls sie sich irrt, setzt sie womöglich ihren Job aufs Spiel.

Meine Rettung starrt mir ins Gesicht: ein silberner Fotorahmen mit einem Bild von Emma an einer Ecke von Richards

Schreibtisch. Ich nehme das Foto und zeige es der Putzfrau, achte aber darauf, ein paar Schritte von ihr entfernt stehen zu bleiben. «Sehen Sie? Das bin ich.» Da lächelt sie erleichtert, und ich bin froh, dass sie sich nicht fragt, warum ein Chef sich ein Foto von seiner Assistentin auf den Schreibtisch stellt.

Ich ziehe die zweite Schublade auf, und dort finde ich Richards Akten. Jede ist mit einem mit Schreibmaschine beschrifteten Aufkleber versehen.

Ich suche die AmEx-Akte heraus und blättere sie durch, bis ich die Einzelpostenabrechnung für Februar finde. Was ich benötige, steht ganz oben: Sotheby's Wine, 3150 Dollar Rückerstattung.

Die Putzfrau ist ans Fenster gegangen, um die Jalousien abzustauben; dennoch darf ich mir nicht den geringsten Jubel erlauben. Ich stecke das Blatt in die Handtasche.

«Fertig! Danke!»

Sie nickt, und ich gehe um den Schreibtisch herum zur Tür. Dann zögere ich. Ich kann einfach nicht widerstehen. Nochmals nehme ich den Bilderrahmen mit Emmas Foto und drehe ihn um.

KAPITEL DREIUNDDREISSIG

Am nächsten Morgen erwache ich so erfrischt wie seit Jahren nicht mehr. Ich habe neun Stunden durchgeschlafen, ohne die Hilfe von Alkohol oder einer Tablette. Ein weiterer kleiner Sieg.

Als ich mich der Küche nähere, höre ich Tante Charlotte hantieren. Ich umarme sie von hinten. Leinsamenöl und Lavendel; ihr Geruch wirkt im gleichen Maße tröstlich auf mich wie der von Richard verstörend.

«Ich liebe dich.»

Sie legt die Hände auf meine. «Ich liebe dich auch, Schatz.» Sie klingt einen Hauch überrascht. Es ist, als könnte sie die Veränderung in mir spüren.

Wir haben uns schon so oft umarmt, seit ich bei Tante Charlotte eingezogen bin. Als ich schluchzend vor ihrem Haus stand, nachdem ein Taxi mich dort abgesetzt hatte, drückte sie mich an sich. Als ich nicht schlafen konnte, weil die Erinnerungen an die schlimmsten Phasen meiner Ehe mich quälten, spürte ich, wie sie zu mir ins Bett schlüpfte und die Arme um mich legte. Es kam mir vor, als wollte sie mir meinen Kummer abnehmen. Jeder Seite in meinem Notizbuch, die ich mit Schilderungen von Richards Täuschungsmanövern füllte, könnte ich eine gegenüberstellen, auf der ich beschreibe, wie Tante Charlotte mir mein ganzes Leben hindurch mit ihrer verlässlichen, bedingungslosen Liebe Auftrieb gab.

Doch heute bin ich diejenige, die auf sie zugeht. Ich gebe ihr von meiner Kraft ab.

Als ich Tante Charlotte loslasse, nimmt sie die Kanne Kaffee, den sie gerade gekocht hat, und ich hole die Kaffeesahne aus dem

Kühlschrank und reiche sie ihr. Ich sehne mich nach Kalorien – nach reichhaltigem Essen, das meine neugefundene Kraft nährt. Und so schlage ich Eier in eine Pfanne, rühre Cherrytomaten und geriebenen Cheddar darunter und stecke zwei Scheiben Vollkorntoast in den Toaster.

«Ich habe ein bisschen recherchiert.» Sie blickt hoch, und ich sehe ihr an, dass sie genau weiß, wovon ich rede. «Du wirst in dieser Sache niemals allein sein. Ich bin für dich da. Und ich gehe nicht weg.»

Sie rührt Sahne in ihren Kaffee. «Kommt nicht in Frage. Du bist noch jung. Und du wirst nicht dein Leben damit verbringen, dich um eine alte Frau zu kümmern.»

«Pech», sage ich leichthin. «Ob es dir nun gefällt oder nicht, du wirst mich nicht los. Ich habe den besten Spezialisten für Makuladegeneration in New York gefunden. Er ist einer der Topleute im Land. In zwei Wochen haben wir einen Termin bei ihm.» Die Büroleiterin hat mir bereits die Formulare gemailt, die Tante Charlotte ausfüllen muss. Ich werde ihr dabei helfen.

Ihr Handgelenk kreist immer schneller, und der Kaffee schwappt beinahe über den Rand ihrer Tasse. Ich merke, dass ihr unbehaglich ist. Als selbständige Künstlerin hat sie bestimmt keine tolle Krankenversicherung.

«Als Richard vorbeikam, gab er mir einen Scheck. Ich habe reichlich Geld.» Und ich verdiene jeden Cent davon. Ehe sie widersprechen kann, nehme ich mir auch eine Tasse. «Ich kann darüber nicht diskutieren, bevor ich einen Kaffee getrunken habe.» Sie lacht, und ich wechsele das Thema. «Also, was hast du heute vor?»

«Ich dachte, ich gehe zum Friedhof. Ich will Beau besuchen.»

Normalerweise unternimmt meine Tante diesen Ausflug nur zu ihrem Hochzeitstag. Aber ich kann nachvollziehen, dass sie jetzt alles mit neuen Augen sieht, dass sie sich vertraute Bilder einprägen will, um sie aufrufen zu können, wenn ihr Augenlicht fort ist.

«Falls dir nach Gesellschaft ist, komme ich gerne mit.» Ich rühre die Eier ein letztes Mal um und würze sie mit Salz und Pfeffer.

«Musst du nicht arbeiten?»

«Heute nicht.» Ich streiche Butter auf den Toast und teile das Rührei auf zwei Teller auf. Einen reiche ich Tante Charlotte, dann trinke ich einen Schluck Kaffee, um Zeit zu schinden. Sie soll sich keine Sorgen machen, also denke ich mir eine Geschichte über betriebsbedingte Entlassungen im Kaufhaus aus. «Ich erklär's dir beim Frühstück.»

Auf dem Friedhof pflanzen wir Geranien auf seinem Grab – gelbe, rote und weiße –, während wir uns gegenseitig unsere Lieblings-Beau-Anekdoten erzählen. Tante Charlotte schildert ihre erste Begegnung in einem Café, als er vorgab, das Blind Date zu sein, mit dem sie dort verabredet war. Erst eine Woche später, bei ihrem dritten Treffen, sagte er ihr die Wahrheit. Diese Geschichte habe ich schon so oft gehört, aber es bringt mich immer wieder zum Lachen, wenn sie beschreibt, wie erleichtert er war, als er nicht mehr auf den Namen David reagieren musste. Ich erzähle von dem kleinen Journalistennotizbuch, das ich so toll fand. Onkel Beau trug es immer mit einem Bleistift in der Spiralheftung in der Gesäßtasche und schenkte mir jedes Mal, wenn ich mit meiner Mutter nach New York zu Besuch kam, ein Duplikat davon. Dann taten wir so, als berichteten wir gemeinsam über etwas. Er ging mit mir in eine Pizzeria, und während wir auf unsere Pizza warteten, sagte er mir, ich solle mir alle meine Eindrücke notieren – was ich sah, roch und hörte –, genau wie ein echter Reporter. Er behandelte mich nicht wie ein kleines Kind, sondern respektierte meine Beobachtungen und sagte mir, ich hätte einen guten Blick fürs Detail.

Die Mittagssonne steht hoch am Himmel, aber die Bäume spenden uns Schatten. Keine von uns hat es eilig; es fühlt sich so gut an, im weichen Gras zu sitzen und mit Tante Charlotte zu plaudern. In der Ferne sehe ich eine Familie herankommen – Mutter, Vater und zwei Kinder. Eines der kleinen Mädchen trägt der Vater huckepack, und das andere hält einen Blumenstrauß in den Händen.

«Ihr konntet beide wunderbar mit Kindern umgehen. Hast du nie eigene gewollt?» Diese Frage stellte ich meiner Tante schon einmal, als ich noch jünger war. Aber jetzt frage ich als Frau – als Ebenbürtige.

«Ehrlich gesagt nein. Mein Leben war ziemlich ausgefüllt mit meiner Kunst und Beau, der ständig zu Reportagen irgendwohin geschickt wurde, bei denen ich ihn begleitete ... Außerdem hatte ich das Glück, dich teilen zu dürfen.»

«Ich bin die, die Glück gehabt hat.» Ich beuge mich zu ihr und lege kurz den Kopf an ihre Schulter.

«Ich weiß, wie sehr du Kinder wolltest. Es tut mir leid, dass es bei dir nicht geklappt hat.»

«Wir haben es lange versucht.» Ich muss an jene niederschmetternden blauen Linien denken, an das Clomid und die damit einhergehende Übelkeit und Erschöpfung, an die Blutuntersuchungen, die Arztbesuche ... Jedes Mal kam ich mir vor wie eine Versagerin. «Aber nach einer Weile war ich mir nicht mehr sicher, ob es uns bestimmt war, zusammen Kinder zu haben.»

«Wirklich? So einfach war das?»

Ich denke: *Nein, natürlich nicht. Es war überhaupt nicht einfach.*

Der Vorschlag, Richard solle eine zweite Samenanalyse vornehmen lassen, kam von Dr. Hoffman. «Hat ihm das denn niemand gesagt?», fragte sie, als ich bei einer Routineuntersuchung in ihrem tadellos aufgeräumten Sprechzimmer saß. «Bei jeder medizinischen Untersuchung können Fehler unterlaufen. Es ist üblich, die Spermaanalyse nach sechs Monaten oder einem Jahr zu wiederholen. Und es ist einfach so ungewöhnlich, dass eine gesunde junge Frau wie Sie solche Probleme hat, schwanger zu werden.»

Das war nach dem Tod meiner Mutter, nachdem Richard versprochen hatte, zwischen uns würde es nie wieder so schlimm werden. Er bemühte sich, mehrmals die Woche schon um neunzehn Uhr zu Hause zu sein; wir waren über ein verlängertes Wochenende auf die Bermuda-Inseln und über ein weiteres nach Palm Beach geflogen, hatten Golf gespielt und uns am Pool gesonnt. Ich hatte mich wieder auf unsere Ehe eingelassen, und nach etwa einem halben Jahr waren wir übereingekommen, nochmals zu versuchen, ein Kind zu bekommen. Aus dem Job, den Paul vorgeschlagen hatte, war nichts geworden, aber ich arbeitete weiter ehrenamtlich in der Lower East Side. Ich redete mir ein, auch ich trage einen Teil der Schuld an Richards Gewalttätigkeit. Welcher Ehemann wäre glücklich darüber zu erfahren, dass seine Frau heimlich in die Stadt fuhr und ihn darüber anlog? Richard hatte mir erzählt, er habe geglaubt, ich hätte einen Liebhaber. Ich sagte mir, dass er mich sonst niemals verletzt hätte. Während die Zeit verging und mein lieber, attraktiver Ehemann mir einfach so Blumen schenkte und Liebesbriefchen aufs Kopfkissen legte, wurde es immer leichter, mir einzureden, dass es in allen Ehen Tiefpunkte gebe. Dass er so etwas nie wieder tun werde.

Ebenso wie meine Blutergüsse verblassten, verstummte auch das beharrliche innere Stimmchen, das mir zugerufen hatte, ich solle ihn verlassen.

«Meine Ehe war irgendwie ... unausgewogen», erzähle ich Tante Charlotte jetzt. «Irgendwann fragte ich mich, ob es gut wäre, ein Kind in so instabile Verhältnisse zu setzen.»

«Anfangs schienst du glücklich mit ihm zu sein», sagt Tante Charlotte bedächtig. «Und er hat dich sichtlich über alles geliebt.»

Beides stimmt, und so nicke ich. «Manchmal genügt das nicht.»

Als ich Richard erzählte, was Dr. Hoffman gesagt hatte, willigte er sofort ein, sich nochmals testen zu lassen. «Ich vereinbare gleich einen Termin für Donnerstagmittag. Meinst du, du kannst so lange die Finger von mir lassen?» Wir wussten noch vom ersten Mal, dass er zwei Tage warten musste, um eine ausreichende Zahl mobiler Spermien anzusammeln.

In letzter Minute beschloss ich, Richard zu diesem Test zu begleiten, weil ich mich daran erinnerte, dass er bei meinen Fruchtbarkeitsbehandlungsterminen immer an meiner Seite gewesen war. Außerdem hatte ich an jenem Tag nichts Besonderes vor und dachte, es könne nett sein, den Nachmittag in der Stadt zu verbringen und mich dann nach Feierabend zum Abendessen mit ihm zu treffen. Das zumindest redete ich mir ein.

Als ich meinen Mann nicht gleich auf dem Handy erreichen konnte, rief ich in der Klinik an. Den Namen der Klinik wusste ich noch von Richards erstem Test Jahre zuvor – Waxler Clinic –, weil Richard gewitzelt hatte, eigentlich müsse sie Wichser-Klinik heißen.

«Er hat gerade angerufen und den Termin abgesagt», sagte die Telefonistin.

«Ach, dann ist ihm bei der Arbeit wohl etwas dazwischengekommen.» Zum Glück war ich noch nicht unterwegs in die Stadt.

Ich nahm an, er werde dann am nächsten Tag hingehen, und wollte ihm beim Abendessen vorschlagen, ihn zu begleiten.

Als ich ihn abends an der Tür begrüßte, nahm er mich in die Arme. «Meine Michael-Phelps-Jungs sind immer noch gut in Form.»

Noch heute erinnere ich mich genau daran, dass es sich anfühlte, als stehe die Zeit erschauernd still. Ich war sprachlos.

Als ich mich von ihm lösen wollte, umarmte er mich nur fester. «Keine Sorge, Liebling. Wir geben nicht auf. Wir gehen dem auf den Grund. Wir finden es gemeinsam heraus.»

Es kostete mich große Überwindung, ihm in die Augen zu sehen, als er mich losließ. «Danke.»

Mit sanfter Miene lächelte er mich an.

Du hast recht, Richard. Ich werde dem auf den Grund gehen. Ich werde das herausfinden.

Am nächsten Tag kaufte ich mir das schwarze Moleskine-Notizbuch.

Meine Tante ist seit jeher meine Vertraute, doch hiermit werde ich sie nicht belasten. Ich hole die Wasserflaschen, die ich mitgenommen habe, aus der Tasche und gebe ihr eine; dann trinke ich einen großen Schluck aus meiner Flasche. Bevor wir kurz darauf gehen, fährt Tante Charlotte langsam mit den Fingerspitzen über die Inschrift des Grabsteins.

«Wird es irgendwann leichter?»

«Ja und nein. Ich wünschte, wir hätten mehr Zeit gehabt. Aber ich bin so dankbar, dass ich achtzehn wundervolle Jahre mit ihm hatte.»

Ich hake mich bei ihr unter, und dann gehen wir nach Hause. Wir nehmen den langen Weg. Ich überlege, was ich mit Richards Geld sonst noch für sie tun kann. Die absolute Lieblingsstadt meiner Tante ist Venedig. Also beschließe ich, mit ihr nach Italien zu reisen, wenn das alles vorüber ist – wenn ich Emma gerettet habe.

Als wir zu Hause ankommen und Tante Charlotte in ihr Atelier geht, um zu arbeiten, bin ich bereit, meinen Plan, Emma die AmEx-Abrechnung zukommen zu lassen, in die Tat umzusetzen. Emma hat noch immer dieselbe Handynummer wie während ihrer Arbeit für Richard. Also werde ich das Dokument abfotografieren und es ihr aufs Smartphone schicken. Aber sie muss es erhalten, wenn Richard nicht in der Nähe ist, damit sie auch wirklich erfassen kann, was es zu bedeuten hat.

Heute Morgen, als Tante Charlotte und ich aus dem Haus gingen, war es noch zu früh; sie hätten noch zusammen sein können. Doch mittlerweile müsste er im Büro sein. Ich nehme die Abrechnung aus der Tasche und falte sie auseinander. Die American Express ist Richards geschäftliche Kreditkarte, die Karte, die er allein benutzt. Die meisten Posten auf dieser Abrechnung betreffen Mittagessen, Taxifahrten und andere Ausgaben im Rahmen einer Geschäftsreise nach Chicago. Außerdem entdecke ich die Kosten für den Caterer bei unserer Party; ich unterschrieb den Vertrag und legte die Einzelheiten fest, aber da es im Wesentlichen eine geschäftliche Veranstaltung war, hatte Richard dem Caterer gesagt, er solle die AmEx benutzen. Die vierhundert Dollar an Petals in Westchester waren die Aufwendungen für unsere Blumenarrangements.

Die Rückerstattung von Sotheby's Wine steht ganz oben auf der Abrechnung, einige Zeilen über den Kosten für den Caterer.

Mit dem Handy fotografiere ich die ganze Seite ab und achte darauf, dass alles gut lesbar ist. Dann schicke ich das Foto an Emma, versehen mit dem Einzeiler:

Sie haben die Bestellung aufgegeben, aber wer hat sie storniert?

Als ich sehe, dass die Nachricht versandt ist, lege ich das Handy zur Seite. Ich habe nicht mein Wegwerfhandy benutzt; es besteht keine Veranlassung mehr, mein Tun zu vertuschen. Was wird Emmas Gedächtnis zutage fördern, wenn sie an jenen Abend zurückdenkt? Sie glaubt, ich sei betrunken gewesen. Sie denkt, Richard habe mich gedeckt. Sie nimmt an, ich hätte in einer Woche eine ganze Kiste Wein geleert.

Wenn ihr klarwird, dass eine dieser Annahmen nicht stimmt, wird sie dann die übrigen ebenfalls hinterfragen?

Ich starre mein Telefon an und hoffe, dass dies der Faden ist, an dem sie von nun an zupft.

KAPITEL VIERUNDDREISSIG

Emmas Reaktion ist am nächsten Morgen da, ebenfalls in Form eines Einzeilers:
Kommen Sie heute Abend um 6 in meine Wohnung.
Eine volle Minute lang starre ich diese Worte an. Ich kann es nicht fassen. So lange habe ich versucht, zu ihr durchzudringen, und jetzt heißt sie mich endlich bei sich willkommen. Es ist mir gelungen, ihr die nötigen Zweifel einzupflanzen. Ich frage mich, was sie bereits weiß und was sie mich fragen wird.

Euphorie erfüllt mich. Ich weiß nicht, wie viel Zeit sie mir gewähren wird, daher schreibe ich die Argumente auf, die ich anführen muss: Ich könnte ihr von Duke erzählen, aber welchen Beweis habe ich? Stattdessen schreibe ich *Fruchtbarkeitsproblem*. Ich will, dass sie Richard fragt, warum wir keine Kinder bekommen konnten. Er wird natürlich lügen, aber die Frage wird ihn zusätzlich unter Druck setzen. Vielleicht sieht sie dann, was er unbedingt verbergen will. *Seine Überraschungsbesuche*, schreibe ich. Ist Richard je unverhofft aufgetaucht, auch wenn sie ihm nicht gesagt hatte, was sie am fraglichen Tag vorhatte? Doch das wird nicht genügen – mir jedenfalls genügte es nicht. Ich werde ihr von den Situationen erzählen müssen, in denen Richard mich körperlich misshandelte.

Was ich Emma da enthüllen will, habe ich noch nie jemandem erzählt. Ich werde meine Gefühle im Zaum halten müssen, damit sie mich nicht überwältigen und Emma womöglich noch in ihrem Verdacht, ich sei psychisch labil, bestärken.

Falls sie mir unvoreingenommen zuhört – falls sie für das, was ich zu sagen habe, empfänglich ist –, muss ich ihr gestehen, dass ich einen akribischen Plan schmiedete, der mich von ihm befreien sollte. Dass ich sie in eine Falle gelockt habe, aber nicht gedacht hätte, dass es so weit gehen würde.

Ich werde sie um Verzeihung bitten. Aber wichtiger ist, dass sie sich selbst verzeiht. Ich werde ihr sagen, dass sie Richard verlassen muss, sofort, sogar heute Abend noch, bevor er sie wieder umgarnt.

Als ich Emma das letzte Mal aufsuchte, hatte ich versucht, ein bestimmtes Erscheinungsbild zu präsentieren. Sie sollte erkennen, dass wir beide austauschbare Versionen ein und desselben Frauentyps waren. Diesmal lege ich es bloß auf Aufrichtigkeit an. Ich dusche und ziehe Jeans und ein Baumwoll-T-Shirt an. Mit Make-up oder Frisur halte ich mich nicht lange auf. Um ein bisschen Adrenalin abzubauen, werde ich zu Fuß zu ihr gehen. Um fünf Uhr werde ich losgehen, beschließe ich. Ich darf nicht zu spät kommen.

Sei ruhig, sei rational, sei überzeugend, sage ich mir immer wieder. Emma hat die Rolle gesehen, die ich allen vorgespielt habe; sie hat Richards Beschreibung meines Charakters im Ohr; sie kennt meinen Ruf. Ich muss alles umkehren, was sie über mich zu wissen glaubt.

Während ich noch übe, was ich sagen werde, klingelt mein Handy. Die Nummer kenne ich nicht. Doch die Vorwahl ist mir vertraut: Der Anruf kommt aus Florida.

Ich versteife mich, sinke aufs Bett und starre aufs Display, während das Telefon erneut klingelt. Ich muss drangehen.

«Vanessa Thompson?», fragt ein Mann.

«Ja.» Meine Kehle ist so ausgetrocknet, dass ich nicht schlucken kann.

«Ich bin Andy Woodward von Furry Paws.» Seine Stimme klingt herzlich und liebenswürdig. Ich habe noch nie mit Andy gesprochen, aber nach Maggies Tod begann ich, wie gesagt, zu ihren Ehren anonym an dieses Tierheim zu spenden, weil sie dort während der Highschool ehrenamtlich gearbeitet hatte. Nach der Hochzeit schlug Richard mir vor, meine monatliche Spende substanziell zu erhöhen und die Renovierung des Tierheims zu finanzieren. Infolgedessen steht Maggies Name nun auf einer Plakette neben der Tür. Bisher war immer Richard der Ansprechpartner für das Tierheim; er hatte es selbst vorgeschlagen, weil es so weniger stressig für mich sei.

«Ich habe einen Anruf von Ihrem Exmann erhalten. Er hat gesagt, Sie beide wären übereingekommen, dass Sie sich in Ihrer Situation Ihre großzügigen Zuwendungen nicht mehr leisten können.»

Das ist meine Bestrafung, wird mir klar. Ich habe Richards Geld genommen, und nun übt er Rache. Es hat etwas von einer symbolischen Geste, einem Ausgleichen der Waagschalen, und das genießt Richard, wie ich weiß.

«Ja», sage ich, als mir klarwird, dass ich schon zu lange schweige. *Das war für Maggie, nicht für mich*, denke ich wütend. «Es tut mir leid. Wenn Sie einverstanden sind, kann ich immer noch jeden Monat einen kleinen Betrag spenden. Es wird nicht dasselbe sein, aber immerhin etwas.»

«Das ist sehr großzügig von Ihnen. Ihr Exmann hat mir erklärt, wie unangenehm ihm das alles ist. Er hat gesagt, er will Maggies Familie persönlich anrufen, um es zu erklären. Ich soll Ihnen das ausrichten, damit Sie sich keine Sorgen machen, dass da etwas unerledigt bleibt.»

Für welche meiner Handlungen rächt Richard sich damit? Werde ich für das Foto von Duke, für meinen Brief an Emma oder für das Einlösen des Schecks bestraft?

Oder weiß er auch, dass ich Emma die AmEx-Abrechnung geschickt habe?

Andy ist das nicht klar; niemandem ist das klar. Richard war

Andy gegenüber sicher sehr charmant. Genauso wird er sein, wenn er bei Maggies Familie anruft. Er wird sicherstellen, dass er mit jedem einzeln spricht, auch mit Jason. Richard wird meinen Mädchennamen erwähnen – er wird ihn unauffällig in die Unterhaltung einfließen lassen – und vielleicht auch dass ich nach New York gezogen bin.

Was wird Jason tun?

Ich warte darauf, dass mich die vertraute Panik überkommt.

Sie bleibt aus.

Vielmehr wird mir zu meiner Verwunderung klar, dass ich nicht mehr an Jason gedacht habe, seit Richard mich verlassen hat.

«Die Familie wird sich sehr freuen, dass sie die Gelegenheit erhält, Ihnen beiden persönlich zu danken», sagt Andy. «Natürlich schreiben sie jedes Jahr Briefe, die ich an Ihren Mann weiterleite.»

Mein Kopf fährt in die Höhe. *Denk wie Richard. Behalte die Kontrolle.* «Ich habe nie ... wissen Sie, mein Mann hat mir diese Briefe nie gezeigt.» Seltsamerweise ist mein Tonfall beiläufig, und meine Stimme bleibt fest. «Maggies Tod hat mich tief getroffen, und wahrscheinlich dachte er, es wäre zu schmerzlich für mich, sie zu lesen. Aber jetzt würde ich gerne wissen, was sie geschrieben haben.»

«Oh. Klar. Meistens haben sie E-Mails geschickt, die ich weitergeleitet habe. Ich erinnere mich an den Inhalt, wenn auch nicht an den genauen Wortlaut. Sie schrieben immer, dass sie Ihnen sehr dankbar seien und hofften, Sie eines Tages persönlich zu treffen. Hin und wieder besuchen sie das Tierheim. Was Sie getan haben, bedeutet ihnen viel.»

«Die Eltern besuchen das Tierheim? Und Maggies Bruder Jason auch?»

«Ja. Sie kommen alle. Auch Jasons Frau und seine beiden Kinder. Sie sind eine reizende Familie. Die Kinder haben am Tag der Wiedereröffnung nach der Renovierung die Schleife durchgeschnitten.»

Ich weiche einen halben Schritt zurück und lasse fast das Telefon fallen. Richard muss das seit Jahren wissen, er hat die Korrespondenz abgefangen. Er *wollte*, dass ich Angst habe, dass ich seine nervöse Nellie bleibe. Aus irgendeiner Charakterschwäche heraus musste er unbedingt vorgeben können, mein Beschützer zu sein. Er hat meine Abhängigkeit von ihm gefördert, hat meine Angst ausgenutzt.

Von all seinen Grausamkeiten ist das vielleicht die schlimmste.

Als mir das klarwird, lasse ich mich wieder aufs Bett sinken. Dann frage ich mich, was er sonst noch getan hat, um meine Ängste zu befeuern, während wir zusammen waren.

«Ich würde gerne Maggies Eltern anrufen und auch ihren Bruder», sage ich nach einer Weile. «Könnte ich ihre Kontaktdaten bekommen?»

Anscheinend ist Richard nervös. Ihm hätte klar sein müssen, dass Andy mir womöglich von den E-Mails und den Briefen erzählen würde. Mein Exmann ist derjenige, der im Moment nicht klar denkt.

So sehr habe ich ihn noch nie gereizt, nicht einmal annähernd. Wahrscheinlich will er mich jetzt unbedingt verletzen, mich zwingen, damit aufzuhören. Mich aus seinem ordentlichen Leben löschen.

Ich verabschiede mich von Andy und merke, dass es Zeit wird, mich auf den Weg zu Emma zu machen. Aber plötzlich überkommt mich Angst, Richard könnte draußen auf mich warten. Ich kann also doch nicht zu Fuß gehen, sondern werde ein Taxi nehmen, aber auch zu dem muss ich erst mal wohlbehalten gelangen. Das Gebäude verfügt über einen Hinterausgang, der auf eine schmale Gasse führt, wo die Mülltonnen stehen. An welcher Tür würde Richard mich erwarten?

Er weiß, dass ich unter einer milden Form von Klaustrophobie leide, dass ich es hasse, irgendwo festzusitzen. Die Gasse ist schmal, normalerweise menschenleer und liegt zwischen hohen Gebäuden. Deshalb entscheide ich mich für diesen Weg.

Ich ziehe Sneakers an. Dann warte ich bis halb sechs, fahre mit dem Aufzug nach unten und kämpfe mit der Klinke an der Feuertür. Behutsam öffne ich sie und sehe hinaus. Die Gasse scheint verlassen, aber ich kann nicht sehen, ob hinter den hohen Müllcontainern jemand steht. Ich atme tief durch, drücke mich von der Tür ab und sprinte los.

Das Herz schlägt mir bis zum Hals, und ich rechne jeden Augenblick damit, dass er die Arme ausstreckt und mich packt. So schnell wie möglich renne ich auf das Stückchen Bürgersteig vor mir zu. Als ich dort bin, drehe ich mich einmal hastig um mich selbst und lasse keuchend den Blick über meine Umgebung wandern.

Er ist nicht hier, sonst würde ich seinen Raubtierblick auf mir spüren, da bin ich mir sicher.

Dann laufe ich die Straße entlang und hebe immer wieder den Arm, wenn Taxis vorbeikommen. Es dauert nicht lange, bis eines anhält. Gekonnt schlängelt der Fahrer sich durch den dichten Berufsverkehr in Richtung von Emmas Adresse.

Als wir an ihrer Ecke ankommen, ist es vier Minuten vor sechs. Ich bitte den Fahrer, den Taxameter laufen zu lassen, während ich im Stillen ein letztes Mal probe, was ich sagen muss. Dann steige ich aus und gehe auf die Haustür zu. Ich klingele bei Wohnung Nummer 5C und höre über die Gegensprechanlage Emmas Stimme: «Vanessa?»

«Ja.» Ich kann nicht anders: Ich sehe mich ein letztes Mal um. Doch da ist niemand.

Mit dem Aufzug fahre ich hinauf in die fünfte Etage.

Als ich auf ihre Wohnungstür zugehe, öffnet sie mir bereits. Sie ist so schön wie immer, aber sie wirkt besorgt. «Kommen Sie rein.»

Ich trete über die Schwelle, und sie schließt die schwere Tür hinter mir. Endlich bin ich mit ihr allein. Vor Erleichterung wird mir beinahe schwindelig.

Ihr Apartment ist klein und hübsch. An den Wänden hängen einige gerahmte Fotos, und auf einem Beistelltisch steht eine Vase mit weißen Rosen. Sie deutet auf ein Sofa mit einer niedrigen Rückenlehne, und ich hocke mich auf die Kante. Sie selbst bleibt stehen.

«Danke, dass Sie mich empfangen.»

Sie antwortet nicht.

«Ich möchte schon so lange mit Ihnen reden.»

Irgendetwas kommt mir komisch vor. Sie sieht mich nicht an. Vielmehr blickt sie sich um. Nach der Tür zu ihrem Schlafzimmer.

Aus dem Augenwinkel sehe ich, dass diese Tür sich nun öffnet.

Ich zucke zurück und reiße instinktiv die Hände in die Höhe, um mich zu schützen. *Nein*, denke ich verzweifelt und will wegrennen, aber ich kann mich nicht bewegen, genau wie in meinen Albträumen. Ich kann nur zusehen, wie er näher kommt.

«Hallo, Vanessa.»

Mein Blick zuckt zu Emma. Ihre Miene ist nicht zu deuten.

«Richard», flüstere ich. «Was ... warum bist du hier?»

«Meine Verlobte hat mir erzählt, dass du ihr irgendeinen Unsinn über eine Wein-Rückerstattung getextet hast.» Er kommt weiter auf mich zu, gemächlich und geschmeidig. Neben Emma bleibt er stehen.

Mein Entsetzen lässt ein wenig nach. Er ist nicht hier, um mir weh zu tun. Nicht körperlich jedenfalls, das würde er niemals in Gegenwart anderer tun. Er ist hier, um dem Ganzen ein Ende zu setzen, indem er mich vor Emma endgültig diskreditiert. Ich stehe auf und öffne den Mund, doch er reißt die Kontrolle über die Situation an sich. Das Überraschungsmoment ist auf seiner Seite.

«Als Emma mich anrief, habe ich ihr genau erklärt, was passiert ist.» Richard würde am liebsten den Abstand zwischen uns überwinden. Ich merke es an seinen schmalen Augen. «Wie du sehr wohl weißt, wurde mir klar, dass der Wein streng genommen keine Geschäftsausgabe darstellte, da ich nicht sicher sein konnte, ob wir ihn bei der Party überhaupt trinken würden. Die ethisch korrekte Konsequenz war, die AmEx-Zahlung zu stornieren und den Wein über meine persönliche Visa-Karte abzurechnen. Ich weiß noch, wie ich dir das gesagt habe, als Sotheby's den Wein zu uns nach Hause liefern ließ und ich ihn in den Keller brachte.»

«Das ist eine Lüge.» Ich wende mich an Emma. «Er hat den Wein überhaupt nicht bestellt. Er ist so gut darin – ihm fällt für alles eine Erklärung ein!»

«Vanessa, er hat mir sofort erzählt, was passiert ist. Er hatte gar keine Zeit, sich eine Geschichte auszudenken. Ich weiß nicht, worauf Sie aus sind.»

«Ich bin auf gar nichts aus. Ich versuche, Ihnen zu helfen!»

Richard seufzt. «Das ist doch ermüdend ...»

Ich schneide ihm das Wort ab. Allmählich lerne ich, seine Stoßrichtung vorherzusehen. «Ruf die Kreditkartenfirma an!», stoße ich hervor. «Ruf Visa an und lass dir diese Abbuchung bestätigen, während Emma zuhört. Das dauert eine halbe Minute, und dann haben wir das geklärt.»

«Nein, ich werde dir sagen, wie wir das klären. Du belästigst meine Verlobte jetzt seit Monaten. Beim letzten Mal habe ich dich gewarnt, was passiert, wenn du damit weitermachst. Deine ganzen Probleme tun mir leid, aber Emma und ich werden ein Kontaktverbot gegen dich erwirken. Du lässt uns keine andere Wahl.»

«Hören Sie mir zu», sage ich zu Emma. Ich weiß, ich habe nur diese letzte Chance, sie zu überzeugen. «Er hat mir eingeredet, ich sei verrückt. Und er hat meinen Hund fortgeschafft – er hat das Tor offen gelassen oder was auch immer.»

«Herrgott noch mal», wirft Richard ein. Aber er presst die Lippen aufeinander.

«Er hat versucht, mir einzureden, es sei meine Schuld, dass wir keine Kinder bekommen konnten!», entfährt es mir.

Ich sehe, wie Richard die Fäuste ballt, und zucke reflexartig zusammen, aber ich presche weiter vor.

«Und er hat mich verletzt, Emma. Er hat mich geschlagen, er hat mich niedergeschlagen und mich fast erwürgt. Fragen Sie ihn nach dem Schmuck, den er mir geschenkt hat. Der sollte meine Verletzungen überdecken. Er wird auch Sie verletzen! Er wird Ihr Leben ruinieren!»

Richard atmet geräuschvoll aus und kneift die Augen zu.

Kann sie spüren, wie nahe er daran ist, die Beherrschung zu verlieren?, frage ich mich. *Hat sie schon einmal gesehen, wie Richard hinter seiner Wut verschwindet?* Aber vielleicht habe ich zu viel gesagt. Möglicherweise hätte sie das eine oder andere dessen, was ich ihr erzählt habe, glauben können, aber alles auf einmal? Wie soll sie meine befremdlichen Anschuldigungen mit dem verlässlichen, erfolgreichen Mann neben sich in Einklang bringen?

«Vanessa, mit dir stimmt etwas ganz entschieden nicht.» Richard zieht Emma an sich. «Du darfst nie mehr in ihre Nähe kommen.» Ein Kontaktverbot bedeutet, es wird eine offizielle Gerichtsakte darüber geben, dass ich sie bedroht habe. Sollte es jemals zu einer gewalttätigen Auseinandersetzung zwischen uns kommen, wird die Beweislage für ihn sprechen. Immer kontrolliert er, wie unsere Geschichte wahrgenommen wird.

«Du musst jetzt gehen.» Richard kommt herüber und will nach meinem Arm greifen. Ich zucke zurück, doch seine Berührung ist sanft. Einstweilen hat er seinen Zorn bezwungen.

«Soll ich dich nach unten bringen?»

Ich merke, wie sich bei dieser Frage meine Augen weiten. Hastig schüttele ich den Kopf und versuche zu schlucken, doch mein Mund ist zu trocken.

In Gegenwart von Emma würde er mir nichts antun, beruhige ich mich. Aber ich weiß, was er damit andeuten will.

Als ich an Emma vorbeigehe, verschränkt sie die Arme vor der Brust und wendet sich ab.

KAPITEL FÜNFUNDDREISSIG

Ich wünschte, ich hätte Emma zusammen mit der AmEx-Abrechnung auch mein Notizbuch geben können. Wenn sie Gelegenheit hätte, da hineinzulesen, würde sie die brodelnde Unterströmung wahrnehmen, die alle diese scheinbar disparaten Vorkommnisse vereint.

Aber dieses Notizbuch existiert nicht mehr.

Als ich meinen letzten Eintrag vornahm, enthielt es bereits viele, viele Seiten mit meinen Erinnerungen und – zunehmend – Ängsten. Nach dem Abend, an dem Richard mir erzählt hatte, er habe die Spermaanalyse machen lassen, und ich mir gelobt hatte, dem, was da wirklich geschehen war, auf den Grund zu gehen, konnte ich meine Intuition nicht mehr unterdrücken. Mein Notizbuch diente mir als Gerichtssaal, und meine Worte argumentierten Für und Wider beider Seiten jeder Sache. *Vielleicht hat Richard sein Sperma ja in einer anderen Klinik testen lassen*, hatte ich geschrieben. *Aber warum sollte er, wenn er doch bereits einen Termin vereinbart hatte?* Im trüben Licht der Nachttischlampe beugte ich mich im Bett über meine Notizen, während ich versuchte, aus anderen verwirrenden Auseinandersetzungen schlauzuwerden, und dabei bis zum Anfang unserer Ehe zurückging. *Warum hat er mir gesagt, das Lamm Vindaloo sei köstlich, um dann mehr als die Hälfte auf seinem Teller zurückzulassen und mir am nächsten Tag einen Geschenkgutschein für einen Kochkurs zu schicken? War das eine aufmerksame Geste? Wollte er mir damit subtil vermitteln, wie unzulänglich das Essen gewesen war? Oder war es eine Strafe für meine Enthüllung bei Dr. Hoffman am selben Tag, dass ich auf dem College schwanger geworden war?* Und einige Seiten davor: *War-*

um ist er plötzlich bei meinem Junggesellinnenabschied aufgetaucht, obwohl er gar nicht eingeladen war? Hat ihn da Liebe oder Kontrollwahn angetrieben?

Während meine Fragen sich häuften, konnte ich es einfach nicht mehr leugnen: Irgendetwas stimmte ganz entschieden nicht – entweder mit Richard oder mit mir. Beide Möglichkeiten waren beängstigend.

Richard spürte die Veränderung zwischen uns, dessen war ich mir sicher. Ich konnte nicht anders, als mich von ihm zurückzuziehen – von allen. Meine Ehrenämter gab ich auf. In die Stadt fuhr ich kaum noch. Meine Freunde im Gibson's und im Learning Ladder lebten schon lange ohne mich weiter. Sogar Tante Charlotte war fort. Sie hatte mit einer befreundeten Pariser Künstlerin für sechs Monate die Wohnung getauscht. Ich fühlte mich völlig vereinsamt.

Richard sagte ich, ich sei deprimiert, weil wir kein Kind bekommen konnten. Doch mittlerweile war es ein Segen, nicht schwanger zu werden.

Ich flüchtete mich in den Alkohol, allerdings nie in Anwesenheit meines Mannes. In seiner Gegenwart musste ich auf der Hut sein. Als Richard auffiel, wie viel Wein ich tagsüber trank, und mich bat, mit dem Trinken aufzuhören, willigte ich ein. Doch stattdessen begann ich, meinen Chardonnay ein paar Städtchen weiter zu kaufen. Die leeren Flaschen versteckte ich in der Garage, und frühmorgens schlich ich mich zu Spaziergängen aus dem Haus, um die Beweisstücke in der Recyclingtonne eines Nachbarn zu vergraben.

Der Alkohol machte mich schläfrig, und an den meisten Nachmittagen legte ich ein Nickerchen ein, sodass ich rechtzeitig wieder nüchtern war, bevor Richard von der Arbeit nach Hause kam. Ich sehnte mich nach dem Trost kohlenhydratreicher Speisen und trug bald nur noch meine nachgiebigen Yogahosen und weite Oberteile. Man braucht keinen Psychiater, um zu wissen, dass ich versuchte, mir eine Schutzschicht zuzulegen. Mich weniger attraktiv für meinen adretten, fitnessbewussten Ehemann zu machen.

Richard äußerte sich nicht direkt zu meiner Gewichtszunahme. Im Verlauf unserer Ehe hatte ich die gleichen sieben Kilo schon mehrfach zu- und wieder abgenommen. Jedes Mal, wenn mein Gewicht nach oben ging, verlangte er, ich solle zum Abendessen Fisch grillen, und wenn wir essen gingen, verzichtete er auf Brot und ließ sich sein Salatdressing separat servieren. Ich folgte seinem Beispiel, beschämt darüber, dass ich nicht seine Disziplin besaß. Als ich mich am Abend meines Geburtstagsessens mit Tante Charlotte im Club echauffierte, war das nicht etwa, weil ich glaubte, der Kellner habe bei meinem Salat einen Fehler gemacht. Meine alte Kleidung passte mir längst nicht mehr. Richard hatte sich dazu jeden Kommentars enthalten.

Aber eine Woche zuvor hatte er eine neue Hightechwaage gekauft und sie in unserem Bad aufgestellt.

Eines Nachts wachte ich in unserem Haus in Westchester auf und vermisste Sam schmerzlich. Am Nachmittag war mir eingefallen, dass es ihr Geburtstag war, und ich fragte mich, wie sie ihn feierte. Mittlerweile wusste ich nicht einmal, ob sie noch im Learning Ladder arbeitete und in unserer alten Wohnung wohnte oder ob sie geheiratet hatte. Ich drehte mich zur Uhr um: Es war fast drei Uhr morgens. Das war nichts Ungewöhnliches. Neben mir im Bett lag Richard wie eine Statue. Andere Frauen beklagten sich darüber, dass ihr Mann schnarchte oder die ganze Bettdecke für sich allein beanspruchte, doch wenn Richard so reglos dalag, wusste ich nie, ob er tief schlief oder gleich aufwachen würde. Eine Weile lauschte ich seinem stetigen Atem, dann schlüpfte ich unter der Decke hervor. Leise tappte ich zur Tür und sah mich nochmals um. Hatte ich ihn geweckt? In der Dunkelheit war nicht zu erkennen, ob seine Augen offen standen.

Sachte schloss ich die Tür hinter mir und ging ins Gästezimmer. Ich hatte Sam die Schuld an der Kluft zwischen uns gegeben, aber nun, da ich alles neu bewertete, fragte ich mich allmählich, bei wem die Schuld wirklich lag. Nach unserem Abendessen im Pica hatten wir uns einander noch weiter entfremdet. Sam hatte mich zu einer Abschiedsparty für Marnie eingeladen, die wieder zurück nach San Francisco zog, doch Richard und ich waren an diesem Abend schon bei Hillary und George zum Abendessen eingeladen. Als ich spät mit Richard auf der Party erschien, las ich Enttäuschung in der Miene meiner besten Freundin. Wir blieben nicht einmal eine Stunde. Den größten Teil dieser Stunde stand Richard abseits und telefonierte. Ich sah ihn gähnen. Am nächsten Morgen hatte er eine frühe Besprechung, daher entschuldigte ich uns nicht lange danach. Ein paar Wochen später rief ich Sam an, um sie zu fragen, ob sie Lust hätte, etwas mit mir trinken zu gehen.

«Richard kommt aber nicht mit, oder?»

Ich schlug zurück: «Keine Sorge, Sam, er will genauso wenig Zeit mit dir verbringen wie du mit ihm.»

Unser Streit eskalierte, und das war das letzte Mal, dass wir miteinander sprachen.

Als ich nun das Gästezimmer betrat, um mein Notizbuch hervorzuholen, fragte ich mich, ob ich so verletzt und wütend reagiert hatte, weil Sam etwas zu wissen schien, was ich mir nicht eingestehen konnte: dass Richard nicht der perfekte Ehemann war. Dass unsere Ehe nur an der Oberfläche gut aussah. *Der Prinz. Zu gut, um wahr zu sein. Du siehst ein bisschen so aus, als wärst du unterwegs zum Elternabend.* Einmal hatte sie mich sogar Nellie genannt, in einem Tonfall, der eher spöttisch als scherzhaft geklungen hatte.

Mit der rechten Hand hob ich die Matratze an, dann streckte ich den linken Arm darunter und bewegte ihn vor und zurück über das gefederte Untergestell. Doch ich konnte die vertrauten Kanten meines Notizbuches nicht ertasten.

Behutsam ließ ich die Matratze wieder herab und schaltete die Nachttischlampe ein. Ich ließ mich auf die Knie nieder und hievte die Matratze noch ein Stück weiter in die Höhe. Es war nicht da. Ich sah unterm Bett nach, dann schlug ich die Bettdecke zurück und schließlich auch das Laken.

Mit einem Mal kribbelte mein Nacken, und ich hielt inne. Ich hatte Richards Blick gespürt, bevor er auch nur ein Wort gesagt hatte.

«Suchst du etwa hiernach, Nellie?»

Langsam stand ich auf und drehte mich um.

Mein Mann stand in Boxershorts und T-Shirt an der Tür und hielt mein Notizbuch in der Hand. «Diese Woche hast du noch gar nichts geschrieben. Aber du warst auch sehr beschäftigt. Am Dienstag, gleich nachdem ich zur Arbeit gefahren war, warst du im Supermarkt, und gestern bist du zum Weinladen nach Katonah gefahren. Was bist du raffiniert.»

Er wusste alles, was ich tat.

Richard hob das Notizbuch in die Höhe. «Du glaubst, wir können meinetwegen kein Kind bekommen? Du glaubst, mit mir stimmt etwas nicht?»

Er wusste alles, was ich dachte.

Dann trat er näher, und ich duckte mich. Doch er nahm lediglich etwas vom Nachttisch hinter mir. Einen Füller.

«Du hast etwas vergessen, Nellie. Du hast den hier liegenlassen. Neulich habe ich ihn entdeckt.» Seine Stimme klang verändert, schriller, als ich sie je gehört hatte, und der Tonfall war beinahe neckisch. «Wo ein Stift ist, muss auch Papier sein.»

Er blätterte durch das Buch. «Das ist ja total durchgeknallt.» Immer schneller sprudelten seine Sätze hervor. «Duke! Lamm

Vindaloo! Dein Foto umgedreht! *Ich* hätte die Alarmanlage ausgelöst!» Mit jedem Vorwurf riss er eine Seite aus dem Buch. «Das Hochzeitsfoto meiner Eltern! Du hast dich in meinen Keller geschlichen! Du wunderst dich über den Tortenaufsatz meiner Eltern? Du warst in der Stadt, um mit einer Fremden über unsere Ehe zu sprechen? Du bist psychotisch. Du bist ja noch schlimmer als deine Mutter!» Ich merkte gar nicht, dass ich vor ihm zurückwich, bis ich mit den Beinen gegen den Nachttisch stieß.

«Du warst eine jämmerliche Kellnerin, die nicht mal allein durch die Stadt gehen konnte, ohne gleich zu fürchten, dass ihr jemand folgt.» Er fuhr sich mit der Hand durchs Haar, und ein paar Büschel stellten sich auf. Sein T-Shirt war zerknittert, und Bartstoppeln überzogen sein Kinn. «Du undankbare Schlampe. Wie viele Frauen würden morden, um einen Mann wie mich zu bekommen? Um in diesem Haus zu leben, um Urlaub in Europa zu machen und einen Mercedes zu fahren?»

Alles Blut schien aus meinem Kopf herauszuströmen, mir war schwindelig vor Angst. «Du hast recht, du bist so gut zu mir», beteuerte ich. «Hast du nicht die anderen Seiten gesehen? Wo ich schreibe, wie großzügig es von dir war, die Renovierung des Tierheims zu bezahlen. Wie sehr du mir geholfen hast, als Mom starb. Und wie sehr ich dich liebe.»

Ich drang nicht mehr zu ihm durch. Er schien durch mich hindurchzusehen. «Räum diese Sauerei auf», befahl er mir.

Ich ließ mich auf die Knie fallen und sammelte die Seiten ein.

«Zerreiß sie.»

Nun weinte ich, doch ich gehorchte, nahm eine Handvoll Blätter und versuchte, sie entzweizureißen. Aber meine Hände zitterten, und der Stapel war zu dick.

«Du bist so scheißunfähig.»

Ich nahm eine metallische Veränderung in der Luft wahr; sie kam mir ungeheuer drückend vor.

«Bitte, Richard», schluchzte ich. «Es tut mir so leid ... Bitte ...»
Der erste Tritt landete in der Nähe meiner Rippen. Schmerzen explodierten in mir. Ich rollte mich zu einem Ball zusammen und zog die Knie ans Kinn.

«Du willst mich verlassen?», schrie er, während er mich erneut trat. Dann kletterte er auf mich, drehte mich mit Gewalt auf den Rücken und klemmte mir mit seinen Knien die Arme auf dem Boden fest. Seine Kniescheiben bohrten sich in meine Ellenbeugen.

«Es tut mir leid. Es tut mir leid. Es tut mir leid.» Ich versuchte, mich ihm zu entwinden, aber er saß auf meinem Unterleib und hielt mich fest.

Seine Hände schlossen sich um meinen Hals. «Du solltest mich ewig lieben.»

Würgend zappelte ich unter ihm und trat aus, doch er war zu stark. Ich sah Sterne. Während ich immer benommener wurde, bekam ich eine Hand frei und krallte nach seinem Gesicht.

«Du solltest mich retten.» Jetzt klang er sanft und traurig. Das war das Letzte, was ich hörte, bevor ich das Bewusstsein verlor.

Als ich wieder zu mir kam, lag ich noch immer auf dem Boden. Die Notizbuchseiten waren verschwunden.

Richard ebenfalls.

Meine Kehle fühlte sich wund und komplett ausgetrocknet an. Lange lag ich so da. Wo Richard war, wusste ich nicht. Ich drehte mich auf die Seite, schlang die Arme um die Knie und zitterte in meinem dünnen Nachthemd. Nach einer Weile griff ich nach oben und zog die Bettdecke über mich. Angst lähmte mich. Ich konnte das Zimmer nicht verlassen.

Dann roch ich frischen Kaffee.

Ich hörte Richard die Treppe heraufkommen. Kein Versteck weit und breit. Ich konnte auch nicht weglaufen; er befand sich zwischen mir und der Haustür.

Gemächlich kam er herein, eine Tasse in der Hand.

«Verzeih mir», entfuhr es mir. Meine Stimme klang heiser. «Mir war nicht klar ... Ich habe getrunken, und ich habe kaum geschlafen. Ich habe nicht richtig nachgedacht ...»

Richard sah mich bloß an. Er war fähig, mich zu töten. Ich musste ihn davon überzeugen, es nicht zu tun.

«Ich wollte dich nicht verlassen», log ich. «Ich weiß auch nicht, warum ich das alles geschrieben habe. Du bist so gut zu mir.»

Richard trank einen Schluck Kaffee und sah mich über die Tasse hinweg unverwandt an.

«Manchmal habe ich Angst, dass ich wie meine Mutter werde. Ich brauche Hilfe.»

«Natürlich würdest du mich nicht verlassen. Das weiß ich.» Er hatte die Fassung zurückerlangt. Ich hatte das Richtige gesagt. «Ich gebe zu, ich habe die Beherrschung verloren, aber du hast mich dazu getrieben», sagte er, als hätte er mich im Verlauf einer kleinen Kabbelei bloß angefahren. «Du hast mich angelogen. Du hast mich hintergangen. Du verhältst dich nicht wie die Nellie, die ich geheiratet habe.» Er hielt inne. Dann klopfte er aufs Bett. Widerstrebend stand ich auf und setzte mich auf die Bettkante. Die Bettdecke behielt ich wie einen Schild um mich gewickelt. Er setzte sich neben mich, und unter seinem Gewicht gab die Matratze nach, sodass ich mich ihm zuneigte.

«Ich habe darüber nachgedacht, und es ist zum Teil meine Schuld. Ich hätte die Warnzeichen erkennen müssen. Ich habe dir deine Depression nachgesehen. Was du brauchst, ist Struktur. Regelmäßigkeit. Von jetzt an wirst du mit mir aufstehen. Wir werden morgens zusammen Sport machen. Dann werden wir frühstücken. Mehr Eiweiß. Du wirst jeden Tag an die frische Luft gehen. Wieder ein paar der ehrenamtlichen Initiativen im Club beitreten. Früher hast du dir Mühe mit dem Abendessen gegeben. Ich möchte, dass du das wiederaufnimmst.»

«Ja. Natürlich.»

«Ich engagiere mich für unsere Ehe, Nellie. Lass mich nie wieder daran zweifeln, ob du es auch tust.»

Hastig nickte ich, obwohl mir davon der Nacken weh tat.

Eine Stunde später fuhr er zur Arbeit. Er hatte mir gesagt, er werde mich anrufen, wenn er im Büro sei, und erwarte, dass ich drangehe. Ich tat genau, was er gesagt hatte. Zum Frühstück konnte ich mit meiner malträtierten Kehle nur ein wenig Joghurt schlucken, doch der war ja sehr eiweißhaltig. Es war Frühherbst, daher machte ich einen Spaziergang an der frischen Luft und stellte den Klingelton meines Handys auf maximale Lautstärke. Um die ovalen roten Abdrücke, die sich in Blutergüsse verwandeln würden, zu verdecken, zog ich einen Rollkragenpullover an. Dann ging ich einkaufen und wählte Filet Mignon und weißen Spargel aus, um sie meinem Mann zu servieren.

An der Kasse hörte ich die Kassiererin mit einem Mal fragen: «Ma'am?» Da erst merkte ich, dass sie auf meine Bezahlung wartete. Ich blickte von der Tüte mit Lebensmitteln, die ich angestarrt hatte, hoch und fragte mich, ob er bereits wusste, was es zum Abendessen gab. Irgendwie bekam Richard es jedes Mal mit, wenn ich das Haus verließ; er hatte von meiner heimlichen Fahrt in die Stadt, von den Fahrten zum Spirituosenladen, von meinen Besorgungen erfahren.

Ich bin immer bei dir, auch wenn ich nicht da bin.

Ich sah zu der Frau an der nächsten Kasse. Sie beruhigte ein Kleinkind, das aus dem Wagen gehoben werden wollte. Dann hob ich den Blick zur Überwachungskamera neben der Tür, betrachtete den Stapel roter Einkaufskörbe mit den glänzenden Metallgriffen, die Auslage mit den Boulevardmagazinen, die Süßigkeiten in den knisternden bunten Verpackungen.

Ich hatte keine Ahnung, wie mein Mann mich permanent unter Beobachtung halten konnte. Aber nun war seine Überwachung nicht mehr geheim. Ich konnte von den strengeren neuen Regeln unserer Ehe nicht mehr abweichen. Und ich durfte garantiert niemals mehr versuchen, ihn zu verlassen.

Er würde es wissen.

Er würde mich aufhalten.

Er würde mir weh tun.

Er könnte mich töten.

Ein, zwei Wochen später saß ich am Frühstückstisch, blickte auf und beobachtete, wie Richard ein knuspriges Stück von dem Puten-Bacon auswählte, den ich uns zum Rührei gebraten hatte. Sein Gesicht war noch ein wenig gerötet vom morgendlichen Training. Von seinem Espresso stieg Dampf auf, das *Wall Street Journal* lag gefaltet neben seinem Teller.

Er biss vom Bacon ab. «Der ist perfekt zubereitet.»

«Danke.»

«Was hast du heute für Pläne?»

«Ich dusche und dann fahre ich rüber zum Club zur Verteilung der gebrauchten Bücher. Da gibt's jede Menge zu sortieren.»

Richard nickte. «Klingt gut.» Er wischte sich die Fingerspitzen an der Serviette ab und schlug die Zeitung auf. «Und vergiss nicht Dianes Abschiedsessen Freitagmittag. Kannst du eine nette Karte besorgen, und ich stecke die Kreuzfahrttickets hinein?»

«Natürlich.»

Er senkte den Kopf und begann, die Börsenkurse zu überfliegen.

Ich stand auf und räumte den Tisch ab, stellte das Geschirr in die Spülmaschine und wischte die Arbeitsflächen ab. Während ich mit dem Schwamm über den marmorierten Granit fuhr, trat Richard von hinten an mich heran, schlang mir die Arme um die Taille und küsste meinen Nacken.

«Ich liebe dich», flüsterte er.

«Ich liebe dich auch.»

Er zog sein Sakko an, dann nahm er die Aktentasche und ging zur Haustür. Ich folgte ihm und sah ihm hinterher, als er zu seinem Mercedes schlenderte.

Alles war genau so, wie Richard es wünschte. Wenn er heute Abend nach Hause kam, würde das Abendessen fertig sein. Ich würde meine Yogahose gegen ein hübsches Kleid eingetauscht haben und ihn mit einer lustigen Anekdote über etwas, was Mindy im Club gesagt hatte, unterhalten.

Als Richard am großen Erkerfenster vorbeikam, sah er zu mir herein.

«Wiedersehen!», rief ich und winkte.

Sein Lächeln war strahlend und aufrichtig. Er verströmte Zufriedenheit.

In diesem Augenblick wurde mir etwas klar. Es fühlte sich an, als erspähte ich ein stecknadelkopfgroßes Sonnenfleckchen im wattebauschartigen erstickenden Grau, das mich niederdrückte.

Es gab nur eine Möglichkeit, meinen Mann dazu zu bringen, dass er mich gehen ließ.

Das Ende unserer Ehe musste seine Idee sein.

KAPITEL SECHSUNDDREISSIG

Als ich gerade am Laptop meinen Lebenslauf aktualisiere, klingelt mein Handy.

Im Display leuchtet ihr Name auf. Nach kurzem Zögern nehme ich den Anruf an. Ich befürchte, dass es sich um eine neue Falle von Richard handelt.

«Sie hatten recht», höre ich sie mit der rauchigen Stimme sagen, die ich mittlerweile so gut kenne.

Ich schweige.

«Mit der Visa-Abrechnung.» Ich fürchte, wenn ich auch nur einen Ton sage, könnte Emma verstummen, es sich anders überlegen, auflegen. «Ich habe die Kreditkartenfirma angerufen. Es gab keine Weinabrechnung von Sotheby's. Richard hat den Raveneau nie bestellt.»

Ich kann kaum glauben, was ich da höre. Halb befürchte ich noch immer, dass Richard dahinterstecken könnte, aber Emmas Tonfall ist anders als zuvor. Sie klingt nicht mehr verächtlich.

«Vanessa, Ihr Blick, als er fragte, ob er Sie nach unten begleiten sollte ... das war es, was mich überzeugt hat, es nachzuprüfen. Ich hatte gedacht, Sie seien eifersüchtig. Sie wollten ihn zurückhaben. Aber das wollen Sie gar nicht, oder?»

«Nein.»

«Sie haben furchtbare Angst vor ihm», sagt Emma unverblümt. «Hat er Sie wirklich geschlagen? Hat er tatsächlich versucht, Sie zu erwürgen? Ich kann nicht glauben, dass Richard das tun würde ... aber ...»

«Wo sind Sie? Wo ist er?»

«Ich bin zu Hause. Er ist geschäftlich in Chicago.»

Ich bin froh, dass sie nicht in Richards Wohnung ist. Ihre Wohnung ist vermutlich sicher. Ihr Telefon allerdings möglicherweise nicht. «Wir müssen uns treffen.» Aber diesmal wird das an einem öffentlichen Ort geschehen.

«Wie wäre es mit dem Starbucks auf ...»

«Nein, Sie dürfen nicht von Ihrem normalen Tagesablauf abweichen. Was haben Sie heute vor?»

«Am Nachmittag wollte ich zum Yoga gehen. Und danach mein Hochzeitskleid abholen.»

Im Yogastudio können wir uns nicht unterhalten. «Das Brautmodengeschäft. Wo ist das?»

Emma nennt mir die Adresse und die Uhrzeit. Ich sage ihr, dass ich sie dort treffen werde. Was sie nicht weiß, ist, dass ich früher kommen werde, um mich zu vergewissern, dass es nicht wieder ein Hinterhalt ist.

«Was für eine perfekte Braut», ruft Brenda, die Inhaberin der Boutique.

Emma steht in einem cremefarbenen Etuikleid aus Seide auf dem Podest. Unsere Blicke begegnen sich im Spiegel. Sie lächelt nicht, aber Brenda ist offenbar zu sehr damit beschäftigt, den endgültigen Sitz des Kleides zu begutachten, um Emmas gedämpfte Stimmung zu bemerken.

«Ich glaube, da muss überhaupt nichts mehr geändert werden», fährt Brenda fort. «Ich werde es nur dämpfen, und morgen lassen wir es Ihnen liefern.»

«Ehrlich gesagt können wir warten», sage ich. «Wir würden es gern gleich mitnehmen.» Im Anprobebereich ist außer uns niemand, und in einer Ecke stehen diverse Sessel. Hier sind wir ungestört. Sicher.

«Hätten Sie dann gern etwas Champagner?»

«Sehr gern», sage ich, und Emma nickt zustimmend.

Als Emma das Kleid auszieht, wende ich den Blick ab. Dennoch sehe ich sie aus verschiedenen Blickwinkeln in den diversen Spiegeln im Raum – glatte Haut und rosa Spitzenunterwäsche. Es ist ein eigenartig intimer Moment.

Brenda nimmt das Kleid und hängt es behutsam auf einen gepolsterten Kleiderbügel, während ich ungeduldig darauf warte, dass sie den Raum verlässt. Bevor Emma auch nur alle Knöpfe an ihrem Rock geschlossen hat, gehe ich schon auf die Sessel zu. Dieses Geschäft ist ein Ort, an dem ich sicher sein kann, dass Richard nicht unerwartet auftauchen wird. Dem Bräutigam ist es ja praktisch verboten, seine Verlobte vor der Trauung im Hochzeitskleid zu sehen.

«Ich dachte, Sie seien verrückt», sagt Emma. «Als ich noch für Richard arbeitete, hörte ich ihn immer mit Ihnen telefonieren – er fragte Sie, was Sie zum Frühstück gehabt hätten und ob Sie auch ein bisschen an der frischen Luft gewesen wären. Ich hatte Zugang zu E-Mails an Sie, in denen er Sie fragte, wo Sie seien, er habe Sie viermal angerufen, aber Sie hätten sich nicht gemeldet. Er war immer so besorgt um Sie.»

«Ich verstehe, dass es so ausgesehen hat.»

Wir verstummen, weil Brenda mit zwei Champagnerflöten zurückkehrt. «Nochmals: gratuliere.» Ich befürchte schon, dass Sie hierbleibt und plaudern will, aber sie entschuldigt sich, um sich um das Kleid zu kümmern.

«Ich dachte, ich hätte Sie durchschaut», erzählt Emma mir freimütig, sobald Brenda gegangen ist. Sie mustert mich eingehend, und unverhofft kommt mir etwas an ihren runden blauen Augen vertraut vor. Bevor ich es einordnen kann, fährt sie fort. «Sie hatten dieses perfekte Leben mit diesem tollen Mann. Sie haben ja nicht mal gearbeitet, sondern den ganzen Tag bloß in dem schicken Haus rumgehangen, das er bezahlt hatte. Ich fand, das alles hatten Sie nicht verdient.»

Ich lasse sie weitersprechen.

Sie legt den Kopf schräg. Es ist fast, als sähe sie mich zum ersten Mal. «Sie sind anders, als ich Sie mir vorgestellt hatte. Ich habe so viel über Sie nachgedacht. Wie mochte es wohl für Sie sein, zu wissen, dass Ihr Mann eine andere liebt? Das hat mich oft nachts wach gehalten.»

«Es war nicht Ihre Schuld.» Sie ahnt ja nicht, wie wahr das ist. Aus Emmas Handtasche dringt ein lautes Ping. Sie erstarrt, die Sektflöte dicht vor dem Mund. Beide starren wir ihre Tasche an.

Sie zieht das Telefon heraus. «Richard hat mir eine SMS geschickt. Er ist gerade in seinem Hotel in Chicago angekommen. Er fragt, was ich so treibe, und schreibt, er vermisse mich.»

«Antworten Sie ihm, dass Sie ihn auch vermissen und dass Sie ihn lieben.»

Sie hebt eine Augenbraue, tut aber, worum ich sie bitte.

«Jetzt geben Sie mir Ihr Telefon.» Ich klopfe darauf, dann zeige ich es Emma. «Er ortet Sie.» Ich deute aufs Display. «Richard hat es Ihnen geschenkt, nicht wahr? Der Account läuft auf seinen Namen. Er kann jederzeit nachsehen, wo Ihr Telefon ist – wo *Sie* sind.»

So hat er es auch bei mir gemacht, nachdem wir uns verlobt hatten. Nachdem ich mir an jenem Tag im Supermarkt die Frage gestellt hatte, ob er bereits wisse, was ich ihm zum Abendessen servieren würde, kam ich irgendwann darauf. Auf diese Weise erfuhr er auch von meinem heimlichen Besuch in der Stadt und den Fahrten zum Weinladen im Nachbarort.

Richard war auch verantwortlich für die mysteriösen Anrufe, bei denen sich nie jemand meldete und die begannen, nachdem wir uns kennengelernt hatten, wie mir jetzt klar ist. Manchmal dienten sie der Bestrafung, beispielsweise als Richard in unseren Flitterwochen glaubte, ich hätte mit dem jungen Tauchlehrer geflirtet. Bei anderen Gelegenheiten wollte er, glaube ich, dafür sorgen, dass ich mein inneres Gleichgewicht nicht wiederfand; ich sollte die Nerven verlieren, damit er mich hinterher beruhigen konnte. Doch diesen Teil erzähle ich ihr nicht.

Emma starrt ihr Handy an. «Also tut er so, als wüsste er nicht, was ich gerade mache, obwohl er es weiß?» Sie trinkt einen Schluck Champagner. «Mein Gott, das ist ja krank.»

«Mir ist klar, dass das zunächst einmal schwer zu glauben ist.» Ich gebe zu, das ist eine große Untertreibung.

«Wissen Sie, worüber ich immer wieder nachdenken muss? Gleich nachdem Sie mir diesen Brief unter der Tür durchgeschoben hatten, ist Richard aufgetaucht. Er hat ihn sofort zerrissen, aber ich muss immer wieder an diese eine Zeile denken: *Ein Teil von Ihnen weiß bereits, wer er ist*.» Emmas Blick wird unscharf, und ich vermute, sie durchlebt noch einmal den Moment, in dem sie begann, ihren Verlobten mit neuen Augen zu sehen. «Richard wollte ... es war, als wollte er diesen Brief *ermorden*. Er hat ihn in immer kleinere Stückchen zerrissen, und die hat er dann in seine Hosentasche geschoben. Und sein Gesicht – er sah sich gar nicht mehr ähnlich.»

Sie verharrt eine Weile bei dieser Erinnerung, dann schüttelt sie sie ab und sieht mir in die Augen. «Eines würde ich gern wissen, und ich hoffe, Sie sagen mir die Wahrheit.»

«Natürlich.»

«Unmittelbar nach der Cocktailparty bei Ihnen zu Hause kam er mit einem üblen Kratzer im Gesicht zur Arbeit. Als ich ihn fragte, was geschehen sei, sagte er, das sei die Nachbarskatze gewesen, als er sie hochheben wollte.»

Richard hätte diesen Kratzer abdecken oder sich eine bessere Geschichte dafür ausdenken können. Doch nach meinem Auftritt auf der Party würden daraus Rückschlüsse gezogen werden; der Kratzer war ein weiterer Beweis für meine Labilität, meinen unbeständigen Charakter.

Emma sitzt jetzt ganz still. «Ich bin mit einer Katze aufgewachsen», sagt sie bedächtig. «Dieser Kratzer war anders.»

Ich nicke.

Dann atme ich tief durch und blinzele krampfhaft. «Ich habe versucht, ihn abzuwehren.»

Emma reagiert zunächst nicht. Vielleicht ist ihr instinktiv klar, dass ich in Tränen ausbreche, wenn sie jetzt Mitgefühl zeigt. Sie sieht mich bloß an. Dann wendet sie sich ab.

«Ich fasse es nicht, dass ich das alles so falsch verstanden habe», sagt sie schließlich. «Ich dachte, Sie seien diejenige ... Er kommt morgen zurück, und wir haben verabredet, dass ich bei ihm übernachte. Dann kommt Maureen nach New York. Wir treffen uns in meiner Wohnung, damit sie mein Kleid sehen kann ... und danach gehen wir alle zusammen Hochzeitstorten kosten!»

Ihr Geplapper ist das einzige Anzeichen dafür, dass sie nervös ist, dass unsere Unterhaltung sie aus der Fassung gebracht hat.

Maureen stellt eine zusätzliche Komplikation dar. Allerdings wundert es mich nicht, dass Richard und Emma sie in die Hochzeitsvorbereitungen einbeziehen. Ich weiß noch, dass auch ich das wollte. Abgesehen davon, dass ich ihr die Halskette mit dem Schmetterlingsverschluss schenkte, fragte ich sie auch, ob Richard ihrer Meinung nach in dem Fotoalbum, das mein Hochzeitsgeschenk für ihn sein sollte, lieber Schwarzweiß- oder Farbfotos würde haben wollen. Richard wiederum rief sie an und stellte das Telefon auf Lautsprecher um, damit wir zu dritt über die Auswahl der Vorspeisen beim Hochzeitsessen sprechen konnten.

Ich lege den Arm um Emma. Zuerst ist sie völlig steif, doch dann entspannt sie sich kurz, ehe sie sich von mir löst. Vermutlich hält sie eine ganze Flut von Emotionen zurück.

Rette sie. Rette sie.

Ich schließe die Augen und denke an das Mädchen, das ich

nicht retten konnte. «Haben Sie keine Angst. Ich werde Ihnen helfen.»

Als wir in Emmas Wohnung ankommen, legt sie das Hochzeitskleid über die Rückenlehne ihres Sofas.
«Kann ich Ihnen etwas zu trinken anbieten?»
Ich habe meinen Champagner kaum angerührt, denn ich will klar denken können, um mir zu überlegen, wie Emma sich Richard gefahrlos entziehen kann. «Ein Glas Wasser wäre nett.»
Emma hantiert in ihrer Küchenzeile und plappert dabei wieder nervös vor sich hin. «Mit Eis? Es ist ein bisschen unordentlich hier, ich weiß. Ich wollte die Wäsche machen, aber dann hatte ich plötzlich den Drang, die Visa-Abrechnung zu überprüfen. Nach unserer Verlobung hat er mir eine Vollmacht für dieses Konto erteilt, deshalb musste ich bloß die Telefonnummer auf meiner Kreditkarte anrufen. Ich habe auch ein paar Trauben und Mandeln da, falls Sie einen kleinen Imbiss möchten ... Normalerweise habe ich seine AmEx-Abrechnungen überprüft, bevor ich sie zur Erstattung in die Buchhaltung gab, aber manchmal wollte er sich auch selbst darum kümmern. Deshalb habe ich diese Rückerstattung nie gesehen.» Emma schüttelt den Kopf.
Geistesabwesend höre ich ihr zu, während ich mich umsehe. Mir ist klar, dass sie versucht, die Erschütterung über das, was sie von mir erfahren hat, abzudämpfen. Der Champagner, den sie so schnell trank, der fieberhafte Tatendrang – ich kenne die Symptome nur zu gut.
Während Emma Eiswürfel in unsere Gläser gibt, betrachte ich ihr kleines Wohnzimmer. Die Couch, den Beistelltisch mit den Rosen, die nun schon ein bisschen verwelkt sind. Abgesehen davon befindet sich nichts auf dem Tischchen, und plötzlich wird mir klar, wonach ich unbewusst gesucht habe.
«Haben Sie ein Festnetztelefon?»

«Was?» Sie schüttelt den Kopf und reicht mir ein Glas Wasser. «Nein. Warum?»

Ich bin erleichtert. Doch ich sage nur: «Ich überlege bloß, wie wir am besten miteinander kommunizieren können.»

Noch werde ich Emma nicht alles erzählen. Wenn sie erfährt, wie schlimm ihre Lage eventuell ist, macht sie womöglich dicht.

Es besteht keine Notwendigkeit, ihr zu erklären, dass Richard meiner festen Überzeugung nach irgendwie bei Anrufen mithörte, die ich von unserem Festnetztelefon tätigte.

Als ich erst das Muster kannte, das sich auf den Seiten meines Notizbuchs herausgebildet hatte, stellte ich irgendwann die Verbindung her.

Nach dem Vorfall mit der Alarmanlage in unserem Haus in Westchester, bei dem ich mich in den Schrank flüchtete, beruhigte es mich zunächst, dass die Überwachungskameras an der Haus- und der Gartentür keine Spur eines Einbrechers aufgezeichnet hatten. Später begriff ich, dass nur Richard die Aufnahmen angesehen hatte. Niemand hatte es überprüft.

Und unmittelbar bevor die Sirene losschrillte, hatte ich mit Sam telefoniert und im Scherz gesagt, ich wolle am Ende unseres Zugs durch die Bars Kerle abschleppen. Heute glaube ich, dass Richard den Alarm ausgelöst hat. Er war meine Bestrafung.

Richard weidete sich an meiner Angst; dann konnte er sich stark fühlen. Ich muss nur an die mysteriösen Anrufe denken, die gleich nach unserer Verlobung begannen, an den Tauchgang, den er für seine frischgebackene Ehefrau mit der leichten Klaustrophobie gebucht hatte, oder daran, dass er mich stets ermahnte, auch ja die Alarmanlage einzuschalten. Und wie sehr er es genoss, mich zu trösten, mir zuzuflüstern, er allein könne für meine Sicherheit garantieren.

Ich trinke einen großen Schluck Wasser. «Wann kommt Richard morgen zurück?»

«Am späten Nachmittag.» Emma betrachtet ihr Hochzeitskleid. «Ich sollte das aufhängen.»

Ich folge Emma in ihr Schlafzimmer und beobachte, wie sie das Kleid an die Schranktür hängt. Es scheint zu schweben. Ich kann den Blick nicht davon losreißen.

Die Braut, die dieses exquisite Kleid tragen sollte, existiert nicht mehr. Es wird an ihrem Hochzeitstag verwaist bleiben.

Emma rückt den Bügel gerade und lässt die Hand noch einen Moment auf dem Stoff ruhen, ehe sie sie langsam fortzieht.

«Er schien ein so wundervoller Mann zu sein.» Sie klingt erstaunt. «Wie kann so jemand derart brutal sein?»

Ich denke an mein eigenes Hochzeitskleid, das in einer speziellen säurefreien Schachtel in meinem früheren Kleiderschrank in Westchester lag, aufbewahrt für die Tochter, die ich niemals bekam, und muss schlucken, bevor ich antworte. «Manche Seiten an Richard *waren* wundervoll. Deshalb waren wir ja so lange verheiratet.»

«Warum haben Sie ihn nie verlassen?»

«Ich hatte daran gedacht. Es gab so viele Gründe, die dafürsprachen. Und so viele Gründe, warum ich es nicht konnte.»

Emma nickt.

«Richard musste mich von sich aus verlassen.»

«Aber woher wollten Sie wissen, ob er das je tut?»

Ich sehe ihr in die Augen. Jetzt muss ich es ihr gestehen. Emma ist bereits am Boden zerstört. Aber sie verdient es, die Wahrheit zu erfahren. Sonst macht sie sich weiter falsche Vorstellungen, und ich weiß genau, wie zerstörerisch das sein kann.

«Da ist noch etwas.» Ich gehe zurück ins Wohnzimmer, und sie folgt mir. Dann deute ich auf die Couch. «Können wir uns setzen?»

Steif hockt sie sich auf die Kante eines Polsters, als wappnete sie sich für das, was kommt.

Ich enthülle ihr alles: die Weihnachtsfeier ihrer Firma, bei der ich sie zum ersten Mal sah. Die Party in unserem Haus, als ich vorgab, betrunken zu sein. Der Abend, an dem ich so tat, als ob ich krank sei, und Richard den Vorschlag machte, er solle Emma ins Konzert mitnehmen. Die Geschäftsreise nach Dallas, bei der ich den beiden gut zuredete, dort zu übernachten.

Als ich fertig bin, fasst sie sich an den Kopf.

«Wie konnten Sie mir das antun?», ruft sie. Sie springt auf und funkelt mich wütend an. «Ich wusste es. Mit Ihnen stimmt wirklich was nicht!»

«Es tut mir ehrlich leid.»

«Wissen Sie, wie oft ich nachts wach lag und mich fragte, ob ich mitschuldig am Ende Ihrer Ehe war?»

Sie sagt nicht, sie habe Schuldgefühle gehabt, aber das wäre nur natürlich. Ich bin mir sicher, dass ihre körperliche Beziehung begann, als Richard und ich noch verheiratet waren. Jetzt sind alle ihre Erinnerungen an ihre Zeit mit Richard besudelt. Sie muss sich wie ein Bauernopfer meiner dysfunktionalen Ehe fühlen. Vielleicht findet sie sogar, wir hätten einander verdient.

«Ich hätte nie gedacht, dass es so weit geht ... dass er Ihnen einen Antrag macht. Ich dachte, es würde bloß eine Affäre sein.»

«*Bloß* eine Affäre?», schreit Emma. Vor Zorn sind ihre Wangen gerötet. Ihr leidenschaftlicher Ton überrascht mich. «Als wäre das irgendeine harmlose kleine Sache? Affären richten Menschen zugrunde. Haben Sie mal daran gedacht, wie sehr ich leiden würde?»

Ich spüre ihre Worte wie Schläge, doch dann entzündet sich etwas in mir, und unwillkürlich wehre ich mich.

«Ich *weiß*, dass Affären Menschen zugrunde richten!», schreie ich zurück und denke daran, wie ich wochenlang zusammengekrümmt im Bett lag, nachdem ich von Daniels Betrug erfahren, nachdem ich seine erschöpft wirkende Frau gesehen hatte. Das ist beinahe fünfzehn Jahre her, aber noch heute sehe ich jenes kleine gelbe Dreirad und das rosa Springseil hinter der Eiche in seinem Garten vor mir. Ich weiß noch gut, wie meine Hand zitterte, als ich mich in der Abtreibungsklinik anmeldete.

«Auf dem College wurde ich einmal von einem verheirateten Mann getäuscht», sage ich, sanfter jetzt. Es ist das erste Mal, dass ich jemandem von dieser Episode meines Lebens erzähle. Der Kummer, der in mir aufsteigt, ist so frisch – es fühlt sich an, als wäre ich wieder die todunglückliche einundzwanzigjährige Frau von damals. «Ich dachte, er liebt mich. Er hatte mir nie von seiner Frau erzählt. Manchmal glaube ich, mein Leben hätte ganz anders verlaufen können, wenn ich nur von ihr gewusst hätte.»

Emma geht zur Wohnungstür und reißt sie auf. «Raus hier.» Doch sie klingt nicht mehr wütend. Ihre Lippen beben, und ihre Augen glänzen feucht.

«Lassen Sie mich nur noch eines sagen», bitte ich. «Rufen Sie Richard heute Abend an und sagen Sie ihm, Sie können die Hochzeit nicht durchziehen. Sagen Sie ihm, ich sei wieder vorbeigekommen und das sei der letzte Tropfen gewesen.»

Sie reagiert nicht, daher fahre ich hastig fort, während ich zur Tür gehe: «Bitten Sie ihn, allen zu sagen, dass die Verlobung gelöst ist. Das ist wirklich wichtig», betone ich. «Er wird Sie nicht bestrafen, wenn er die Botschaft kontrollieren kann. Wenn er das Gesicht wahren kann.» Ich bleibe vor ihr stehen, damit sie mir auch wirklich zuhört. «Sagen Sie einfach, Sie könnten mit seiner durchgeknallten Exfrau nicht umgehen. Versprechen Sie mir, dass Sie das tun. Dann sind Sie sicher.»

Emma schweigt. Aber zumindest sieht sie mich an, wenn auch kühl und abschätzig. Sie mustert mich von oben bis unten, dann sieht sie mir in die Augen.

«Wie kann ich irgendwas von dem glauben, was Sie sagen?»

«Das müssen Sie nicht. Bitte übernachten Sie bei einer Freundin. Lassen Sie Ihr Handy hier, damit er Sie nicht finden kann. Richards Wut verraucht immer schnell. Schützen Sie sich einfach.»

Ich verlasse ihre Wohnung und höre die Tür hinter mir zuschlagen. Eine Weile bleibe ich auf dem Flur stehen und starre auf den dunkelblauen Teppich unter meinen Füßen. Emma bewertet jetzt wahrscheinlich alles neu, was ich ihr erzählt habe. Vermutlich weiß sie nicht, wem sie trauen soll.

Falls Emma sich nicht an das Drehbuch hält, das ich ihr an die Hand gegeben habe, lässt Richard womöglich seine Wut an ihr aus, zumal wenn er mich nicht finden kann. Oder schlimmer noch, vielleicht kann er sie umstimmen, und sie heiraten doch noch.

Möglicherweise hätte ich meine Rolle in dieser Sache besser nicht erwähnt. Ihre Sicherheit hätte Vorrang haben müssen vor meinem Bedürfnis, mir meine Schuld von der Seele zu reden und absolut aufrichtig zu sein. Ihre Unwissenheit in diesem Punkt hätte sie weniger verletzlich gemacht als diese gefährliche Wahrheit.

Wie wird Richards nächster Schritt aussehen?

Mir bleiben vierundzwanzig Stunden bis zu seiner Rückkehr. Und ich habe keine Ahnung, was ich tun soll.

Langsam gehe ich durch den Hausflur. Es widerstrebt mir sehr, sie jetzt allein zu lassen. Als ich gerade den Aufzug betreten will, höre ich, wie ihre Wohnungstür sich öffnet. Ich drehe mich um und sehe Emma an der Tür stehen.

«Sie wollen, dass ich Richard erzähle, ich würde die Hochzeit Ihretwegen absagen.»

Hastig nicke ich. «Ja. Geben Sie mir die ganze Schuld daran.»

Sie runzelt die Stirn, legt den Kopf schräg und mustert mich nochmals von oben bis unten.

«Es ist die sicherste Lösung», erkläre ich.

«Für mich vielleicht. Aber nicht für Sie.»

KAPITEL SIEBENUNDDREISSIG

«Ich habe dich so vermisst, Liebling», sagt Richard.

Als ich seine liebevolle, zärtliche Stimme höre, krampft sich in meiner Brust etwas zusammen.

Mein Exmann steht keine drei Meter von mir entfernt. Er kehrte vor einigen Stunden aus Chicago zurück, fuhr kurz in seine Wohnung, um Jeans und ein Polohemd anzuziehen, und kam danach hierher, in Emmas Wohnung.

Ich kauere am Boden ihres Schlafzimmerschranks und blicke durch das Schlüsselloch. Dies ist der einzige Ort in ihrer Wohnung, an dem ich sowohl versteckt bin als auch einen Teil des Raums sehen kann.

Emma sitzt in Jogginghose und T-Shirt auf der Bettkante. Auf ihrem Nachttisch befinden sich ein Erkältungsmedikament, eine Schachtel Papiertaschentücher und eine Tasse Tee. Diese Idee stammt von mir.

«Ich habe dir bei Eli's Market Hühnersuppe und frischgepressten Orangensaft geholt. Und ein bisschen Zink. Mein Trainer schwört bei Sommererkältungen darauf.»

«Danke.» Emmas Stimme klingt matt und leise. Sie ist überzeugend.

«Soll ich dir einen Pullover holen?»

Mit einem Mal verstellt Richard mir die Sicht auf den Raum, und mein Magen krampft sich zusammen: Er kommt auf mein Versteck zu.

«Ehrlich gesagt ist mir zu warm. Würdest du mir stattdessen einen kalten Waschlappen für die Stirn bringen?»

Diese Zeilen haben wir nicht geprobt. Emma improvisiert gut.

Erst als ich höre, wie seine Schritte sich entfernen, atme ich wieder aus.

Ich verändere meine Haltung ein wenig. Mittlerweile knie ich minutenlang, und meine Beine schlafen langsam ein.

Emma hat nicht ein einziges Mal in meine Richtung geblickt. Sie hat mein Geständnis noch nicht verdaut und scheint mir nicht vollständig zu vertrauen. Das kann ich ihr nicht verdenken.

«Ab jetzt manipulieren Sie mein Leben nicht mehr», sagte sie gestern zu mir, als ich in ihrem Hausflur am Aufzug stand. «Ich werde nicht am Telefon mit Richard Schluss machen, bloß weil Sie es mir sagen. Wann ich meine Hochzeit absage, entscheide ich selbst.»

Aber zumindest hat sie mir erlaubt, heute Abend mit dem Handy in der Hand in ihrer Nähe zu bleiben. Ihn zu beobachten. Sie zu beschützen.

Wir sahen beide vorher, dass Richard darauf bestehen würde, Emma zu besuchen, wenn sie ihm sagte, sie sei krank. Krankheit vorzuschützen löst eine Vielzahl von Problemen. Für den Fall, dass Richard Emmas Handy ortet, erklärt es, warum sie nicht beim Yoga war. Warum sie in ihrer eigenen Wohnung schlafen will. Und warum sie ihn nicht einmal küssen kann, ganz zu schweigen von Sex. Ich wollte ihr das ersparen.

«Hier, bitte, Baby», sagt Richard und kommt zurück ins Schlafzimmer.

Ich sehe noch, wie er sich übers Bett beugt, doch dann verstellt sein Rücken mir die Sicht. Trotzdem male ich mir aus, wie er Emma den feuchten Waschlappen an die Stirn hält und ihr das Haar zurückstreicht. Sie sehr liebevoll ansieht.

Meine Kniescheiben fühlen sich an, als wäre ich mit ihnen über den Hartholzboden geschmirgelt. Meine Oberschenkel brennen. Ich sehne mich danach, aufzustehen und die Beine auszuschütteln. Aber das könnte Richard hören.

«Es ist mir so unangenehm, dass du mich so siehst. Ich bin ein totales Wrack.»

Wenn ich nicht Bescheid wüsste, würde ich nie darauf kommen, dass sie Hintergedanken hat.

«Auch wenn du krank bist, bist du die schönste Frau der Welt.»

Ich kenne Richard noch immer so gut. Er meint jedes Wort ernst. Wenn Emma ihm jetzt sagte, sie sehne sich nach Erdbeersorbet oder kuscheligen Kaschmirsocken, würde er ganz Manhattan absuchen, bis er die beste Qualität gefunden hätte. Er würde auf dem Boden neben ihr schlafen, falls sie ihm sagte, dass sie sich dann besser fühle. Dies ist die Seite an meinem Exmann, die am schwersten aus meinem Herzen zu verbannen ist. Und im Moment sehe ich nur diese Seite – genau wie durchs Schlüsselloch nur sein Profil.

Ich kneife die Augen zu.

Gleich darauf zwinge ich mich, sie wieder aufzuschlagen. Ich habe gelernt, wie gefährlich es ist, die Augen vor dem, was ich nicht sehen will, zu verschließen.

Falls Emma Richards Erwartungen nicht gerecht würde – und es würde unausweichlich irgendwann dazu kommen –, würde es Konsequenzen geben. Falls sie nicht die Ehefrau seiner Träume wäre, würde er ihr weh tun und ihr als Wiedergutmachung Schmuck schenken. Falls sie ihm keine Kinder schenken oder ihm nicht das schöne Zuhause erschaffen würde, das er sich wünscht, würde er systematisch ihre Wahrnehmung attackieren und verzerren, bis sie sich selbst nicht mehr wiedererkennen würde. Und am allerschlimmsten: Er würde ihr nehmen, was oder wen sie am meisten liebt.

«Ich gebe Maureen Bescheid, dass du für morgen absagen musst», sagt Richard zu Emma.

Perfekt, denke ich. Dann haben wir ein bisschen mehr Zeit, um uns zu überlegen, wie man Emma am besten da heraus holt.

Doch anstatt zuzustimmen, sagt Emma: «Nein, wenn ich mich nur ein bisschen ausruhe, geht es mir morgen bestimmt wieder besser.»

«Wie du willst, meine Liebe, aber am wichtigsten bist du.»

Selbst durch die geschlossene Schranktür hindurch spüre ich die magnetische Anziehungskraft seines Charismas.

Ich hoffte, Emma würde heute Abend damit beginnen, Distanz zwischen sich und Richard zu schaffen. Doch schon nach wenigen Minuten in seiner Gegenwart scheint sie ins Wanken zu geraten.

Durchs Schlüsselloch sehe ich ihre verschränkten Hände. Sein Daumen streichelt sanft ihr Handgelenk.

Am liebsten würde ich aus dem Schrank springen und sie auseinanderreißen. Er stimmt sie um. Lockt sie zu sich zurück.

«Außerdem muss Maureen herkommen, damit ich ihr das Hochzeitskleid zeigen kann.» Dieses Kleid befindet sich jetzt fünfzehn Zentimeter links von mir. Emma hat es in den Schrank gehängt, damit Richard es nicht sieht. «Und die Hochzeitsvorbereitungen machen so viel Spaß. Du glaubst doch nicht, dass ich dich die Tortenverkostung allein machen lasse, oder?», fährt sie in neckischem Ton fort.

Das ist das Gegenteil dessen, was hier passieren sollte. Diese Emma ist eine völlig andere Frau als die, die mich vor vierundzwanzig Stunden in eben diesem Raum fragte, wie Richard so wundervoll und doch so brutal sein könne.

Ich kann nicht länger in dieser Haltung verharren. Behutsam hebe ich das rechte Knie vom Boden und stelle lautlos den Fuß auf. Dann wiederhole ich diese Prozedur mit dem linken Bein und stehe quälend langsam auf inmitten der Kleider und Oberteile; seidige Stoffe gleiten über mein Gesicht.

Plötzlich klirrt ein Kleiderbügel auf der Stange. Das Geräusch ist so zart und präzise wie ein Windspiel, das einen einzelnen Ton anschlägt.

«Was war das?», fragt Richard.

Ich kann nichts sehen.

Sein Zitrusduft umgibt mich – oder bilde ich mir das nur ein? Ich atme flach. Das Herz schlägt mir bis zum Hals. Ich habe schreckliche Angst, ohnmächtig zu werden und auf den Schrankboden zu knallen.

«Nur mein quietschendes altes Bett.» Ich höre, dass Emma sich bewegt, und wundersamerweise quietscht es. «Ich kann es kaum erwarten, in deinem Bett zu schlafen.»

Wieder bin ich verblüfft über ihre blitzschnelle Reaktion.

Dann sagt Emma: «Aber ich muss dir noch etwas erzählen.»

«Was denn, Liebling?»

Sie zögert.

Ich gehe in die Hocke, um durchs Schlüsselloch sehen zu können. Warum zieht sie ihre Unterhaltung so in die Länge? Sie weiß doch, wie klug Richard ist – will sie ihn denn nicht aus der Wohnung haben, bevor er merkt, dass sie gar nicht krank ist?

«Vanessa hat mich heute angerufen.»

Ich reiße die Augen auf und hätte um ein Haar nach Luft geschnappt. Sie hat mir wieder eine Falle gestellt. Ich fasse es nicht.

Richard stößt einen Fluch aus und tritt mit solcher Wucht gegen die Wand neben Emmas Kommode, dass ich die Erschütterung in meinen Füßen spüre. Ich sehe, wie er die Fäuste ballt und wieder löst.

Eine Weile bleibt er mit dem Gesicht zur Wand stehen, dann wendet er sich zu Emma um.

«Es tut mir leid, Baby.» Seine Stimme klingt angestrengt. «Was für einen Quatsch hat sie dir diesmal erzählt?»

Emma hat beschlossen, Richard zu glauben. Das Theater, das sie mir vorgespielt hat, sollte mich nur täuschen. Ich kann die Polizei anrufen, aber wem wird man glauben, wenn Emma und Richard behaupten, ich sei hier eingebrochen?

Emmas Kleider ersticken mich. In diesem kleinen Schrank ist kaum noch Sauerstoff. Ich sitze in der Falle. Schon spüre ich, wie die Platzangst ihre Klauen nach mir ausstreckt, und es schnürt mir die Kehle zu.

«Nein, Richard, so war es nicht. Vanessa hat sich entschuldigt. Sie hat gesagt, sie lässt mich in Ruhe.»

Mir dreht sich der Kopf. Emma ist so weit von jedem Drehbuch entfernt, mit dem ich gerechnet hätte, dass ich nicht einmal raten kann, was sie vorhaben könnte.

«Das hat sie schon mal gesagt.» Ich höre Richard schwer atmen. «Aber sie ruft immer wieder an und kommt in mein Büro und schreibt Briefe. Sie wird nicht aufhören. Sie ist wahnsinnig ...»

«Schon gut, Liebling. Ich glaube ihr wirklich. Sie klang anders als sonst.»

Meine Beine fühlen sich an, als hätten sie sich verflüssigt. Ich habe keine Ahnung, worauf Emma hinauswill.

Richard atmet hörbar aus. «Lass uns nicht mehr von ihr reden. Ich hoffe, das müssen wir nie wieder tun. Brauchst du sonst noch etwas?»

«Ich will nur schlafen. Und ich möchte dich nicht anstecken. Geh jetzt lieber. Ich liebe dich.»

«Dann hole ich dich und Maureen morgen um zwei ab. Ich liebe dich auch.»

Vorsichtshalber bleibe ich im Schrank, bis Emma wenige Minuten später die Tür öffnet. «Er ist weg.»

Erleichtert schüttele ich die Beine aus und zucke zusammen. Am liebsten würde ich sie fragen, was diese unerwartete Wendung zu bedeuten hat, aber ihre Miene ist so ausdruckslos, dass ich weiß, sie will mich bloß aus der Wohnung haben.

«Kann ich ein paar Minuten warten, bevor ich gehe?»

Sie zögert, dann nickt sie. «Gehen wir ins Wohnzimmer.» Ich ertappe sie dabei, dass sie mich taxiert. Sie ist misstrauisch.

«Was tun wir als Nächstes?»

Sie runzelt die Stirn. Offenbar ärgert es sie, dass ich «wir» gesagt habe. «Ich überlege mir was.» Sie zuckt die Achseln.

Emma kapiert es nicht. Anscheinend hält sie es nicht für dringlich, die Hochzeit abzusagen. Wenn Richard schon bei einer so kurzen Begegnung derart unwiderstehlich auf Emma wirkt, was soll dann erst werden, wenn er sie mit Kostproben von Hochzeitstorten füttert, ihr dabei den Arm um die Taille legt und ins Ohr flüstert, wie glücklich er sie machen werde?

«Sie haben gesehen, wie er gegen die Wand getreten hat», sage ich, und meine Stimme wird lauter. «Begreifen Sie denn nicht, was er ist?»

Es geht um so viel mehr als nur um Emma. Selbst wenn Richard Emma gehen lässt – wovon ich nicht überzeugt bin –, was ist mit dem Schaden, den er mir zugefügt hat? Und der Frau vor uns beiden, der dunkelhaarigen Exfreundin, die sein Geschenk von Tiffany's nicht behalten wollte? Mittlerweile bin ich mir sicher, dass er auch sie angegriffen hat.

Mein Exmann ist ein Gewohnheitstier, ein von Routine bestimmter Mensch. Egal, welches atemberaubende Schmuckstück in der blauen Hochglanztüte war, es stellte seine Entschuldigung dar und den Versuch, einen hässlichen Vorfall ganz buchstäblich zu verdecken.

Emma weiß nicht, dass es mein Ziel ist, alle Frauen zu retten, die potenziell Richards Ehefrau werden könnten.

«Sie müssen die Beziehung bald beenden. Je länger sie andauert, desto schlimmer wird es ...»

«Ich habe gesagt, ich überlege mir was.»

Sie bringt mich zur Tür und öffnet sie. Widerstrebend gehe ich an ihr vorbei.

«Auf Wiedersehen», sagt sie. Ich habe das deutliche Gefühl, dass sie plant, mich nie wiederzusehen.

Doch da irrt sie sich.

Denn jetzt ist mir klar, dass ich einen eigenen Plan brauche. Die Idee dazu kam mir, als ich beobachtete, wie Richard schon bei der Erwähnung meines Namens und meines fiktiven Anrufs in die Luft ging. Während ich nun über den blauen Teppich im Hausflur gehe und damit demselben Weg folge wie Richard nur wenige Minuten zuvor, nimmt der Plan weiter Gestalt an.

Emma glaubt, dass sie und Maureen morgen mit Richard zur Tortenverkostung fahren werden, nachdem ihre zukünftige Schwägerin sich das Hochzeitskleid angesehen hat.

Sie ahnt nicht, was wirklich geschehen wird.

KAPITEL ACHTUNDDREISSIG

Der Drucker spuckt die Seiten meiner brandneuen Lebensversicherungspolice aus.

Ich hefte sie zusammen und schiebe sie in einen Manila-Umschlag. Es ist eine Versicherung, die nicht nur mein Ableben aus natürlichen Gründen abdeckt, sondern überdies Tod und Verstümmelung durch Unfall. Darauf habe ich geachtet. Den Umschlag lege ich auf meinen Schreibtisch neben den Brief an Tante Charlotte. Noch nie ist mir ein Brief so schwergefallen wie dieser. Ich gebe ihr darin die Informationen zu meinem Bankkonto mit dem üppigen neuen Kontostand, die sie benötigt, um problemlos an das Geld heranzukommen. Sie ist die einzige Begünstigte meiner Lebensversicherungspolice.

Mir bleiben noch drei Stunden.

Ich nehme meine To-do-Liste und hake diesen Punkt ab. Mein Zimmer ist sauber, das Bett ordentlich gemacht. Alle meine Habseligkeiten sind im Schrank verstaut. Vor ein paar Stunden habe ich außerdem zwei weitere Punkte auf meiner Liste abgehakt. Ich habe mit Maggies Eltern telefoniert. Und dann rief ich Jason an.

Zuerst sagte mein Name ihm nichts. Er benötigte eine Weile, bis er sich wieder erinnerte. Währenddessen lief ich auf und ab und fragte mich, ob er auf das eingehen würde, was früher zwischen uns vorgefallen war. Doch stattdessen dankte er mir überschwänglich für die Spenden ans Tierheim und brachte mich dann auf den neuesten Stand, was sein Leben nach dem College betraf. Er erzählte mir, er habe die Freundin geheiratet, die er noch an der Uni kennengelernt hatte. «Sie hat zu mir gehalten», sagte Jason, und seine Stimme klang ganz belegt vor Rührung. «Ich war so wütend auf alle, aber vor allem auf mich selbst, weil ich nicht da gewesen war, um meiner kleinen Schwester zu helfen. Als ich wegen Trunkenheit am Steuer festgenommen wurde und in eine Entzugsklinik musste – tja, meine Freundin war mein Fels. Sie hat mich nie aufgegeben. Im Jahr danach haben wir geheiratet.»

Seine Frau sei Mittelschullehrerin, erzählte Jason, und habe ihren Abschluss im selben Jahr wie ich gemacht. Deshalb ging er auch zur Abschlusszeremonie im Piaget Auditorium. Er war ihretwegen dort.

Ich hatte mich von meinen Schuldgefühlen und Ängsten irreführen lassen. Es war nie um mich gegangen.

Unwillkürlich wurde ich traurig beim Gedanken an die junge Frau, die sich bei einem Großteil ihrer Lebensentscheidungen von diesen Ängsten hatte beherrschen lassen.

Auch heute noch habe ich vor vielem Angst, aber sie engt mich nicht mehr ein.

Jetzt bleiben nur noch wenige Punkte auf meiner Liste.

Ich klappe den Laptop auf, lösche die Chronik in meinem Browser und beseitige alle Spuren meiner letzten Recherchen. Dann vergewissere ich mich nochmals, dass meine Suche nach Flugtickets und kleinen Hotels wirklich für niemanden mehr sichtbar ist, der womöglich Zugang zu meinem Computer erhält.

Emma versteht Richard nicht so wie ich. Sie kann nicht begreifen, wozu er wirklich fähig ist. Man kann sich einfach nicht vorstellen, was in seinen schlimmsten Momenten aus ihm wird, wenn man es nicht selbst erlebt hat.

Wenn ich Richard nicht aufhalte, wird er einfach weitermachen. Allerdings wird er vorsichtiger sein. Er wird eine Möglichkeit finden, das Kaleidoskop rotieren zu lassen, sodass die gegenwärtige Realität hinweggefegt wird und er ein strahlendes, ablenkendes neues Bild konstruieren kann.

Ich lege die Kleidung, die ich anziehen werde, aufs Bett und dusche lange und heiß, um die Verspannung in meinen Muskeln zu lösen. Danach hülle ich mich in meinen Bademantel und wische den beschlagenen Spiegel überm Waschbecken trocken.

Noch zweieinhalb Stunden.

Zuerst mein Haar. Ich frisiere die feuchten Strähnen zu einem straffen Knoten. Dann trage ich sorgfältig Make-up auf und lege die Diamantohrstecker an, die Richard mir zum zweiten Hochzeitstag schenkte. Außerdem ziehe ich meine Tank-Armbanduhr von Cartier an. Es ist sehr wichtig, dass ich die Zeit ganz genau im Blick behalte.

Das Kleid, das ich ausgewählt habe, trug ich, als ich mit Richard auf den Bermudas war. Ein klassisches schneeweißes Etuikleid, das beinahe als Hochzeitskleid für eine schlichte Trauung am Strand dienen könnte. Es ist eines der Kleidungsstücke, die er mir vor einigen Wochen schickte.

Ich habe es nicht nur seiner Geschichte und seiner Vielseitigkeit wegen ausgewählt, sondern auch deshalb, weil es zwei Taschen hat.

Noch zwei Stunden.

Ich schlüpfe in ein Paar flache Schuhe und suche zusammen, was ich brauchen werde.

Meine Liste zerreiße ich in winzige Stücke und spüle sie in der Toilette hinunter. Ich sehe zu, wie sie davonwirbeln, während die Tinte bereits verläuft.

Eine letzte Sache bleibt mir zu tun, bevor ich gehe. Es ist der schmerzlichste Punkt auf meiner Liste und wird mir alle Kraft und alle Schauspielerfahrung, die ich gesammelt habe, abverlangen.

Ich finde Tante Charlotte in ihrem Atelier. Die Tür steht offen.

Überall im Raum stehen Leinwände, immer je drei voreinander. Der Boden ist von diversen Schichten kraftvoller Farben bedeckt. Einen Moment lang erliege ich der Schönheit: azurblaue

Himmel, goldflimmernde Sterne, der Horizont in dem flüchtigen Augenblick vor der Morgendämmerung. Eine Rhapsodie aus Wildblumen. Die verwitterte Maserung eines alten Tischs. Eine Pariser Brücke über die Seine. Die Krümmung einer Frauenwange, mit milchweißer, vom Alter faltiger Haut. Dieses Gesicht kenne ich so gut: Es ist das Selbstporträt meiner Tante.

Tante Charlotte ist in die Landschaft vertieft, die sie gerade erschafft. Ihre Striche sind freier als früher, ihr Stil nachsichtiger.

Genau so wie jetzt möchte ich sie in Erinnerung behalten.

Nach einer Weile blickt sie hoch und blinzelt. «Oh, ich habe dich da gar nicht stehen sehen, Schatz.»

«Ich will dich nicht stören», sage ich leise. «Ich gehe für eine Weile aus dem Haus, aber ich habe dir in der Küche Mittagessen hingestellt.»

«Du siehst hübsch aus. Wo gehst du denn hin?»

«Zu einem Vorstellungsgespräch. Ich will lieber noch nicht darüber reden, aber heute Abend erzähle ich dir davon.»

Mein Blick fällt auf eine Leinwand am anderen Ende des Raums: eine Wäscheleine, die vor einem Gebäude über einem venezianischen Kanal hängt; die Hemden, Hosen und Röcke wehen in einer Brise, die ich beinahe spüren kann.

«Eins musst du mir versprechen, bevor ich gehe.»

«Heute herrisch aufgelegt, was?», neckt mich Tante Charlotte.

«Im Ernst. Es ist wichtig. Wirst du noch diesen Sommer nach Italien fahren?»

Tante Charlottes Lächeln verblasst. «Stimmt etwas nicht?»

So gern würde ich durch den Raum zu ihr gehen und mich an sie klammern, aber ich fürchte, dann bin ich womöglich nicht mehr fähig zu gehen.

Es steht sowieso alles in meinem Brief:

Erinnerst du dich an den Tag, als du mir erklärt hast, dass im Sonnenlicht alle Farben des Regenbogens enthalten sind? Du warst mein Sonnenlicht. Du hast mich gelehrt, wie man Regenbogen findet ... Bitte reise für uns nach Italien. Du wirst mich immer bei dir tragen.

Ich schüttele den Kopf. «Alles in Ordnung. Ich wollte dich mit der Reise überraschen. Aber ich fürchte, wenn ich diese Stelle bekomme, werde ich nicht mitkommen können. Das ist alles.»

«Lass uns daran jetzt nicht denken. Konzentrier du dich nur auf das Vorstellungsgespräch. Wann ist es?»

Ich sehe auf die Uhr. «In eineinhalb Stunden.»

«Viel Glück.»

Ich werfe ihr einen Handkuss zu und stelle mir vor, wie er auf ihrer weichen Wange landet.

KAPITEL NEUNUNDDREISSIG

Zum zweiten Mal in meinem Leben stehe ich in einem weißen Kleid am Ende eines schmalen Streifens Blau und blicke Richard entgegen.

Die Aufzugtür schließt sich hinter ihm. Doch er rührt sich nicht vom Fleck.

Selbst aus dieser Entfernung spüre ich die Intensität seines Blicks. Seit Tagen schüre ich ganz bewusst seinen Zorn, locke hervor, was er verzweifelt zu unterdrücken versucht. Es ist das Gegenteil des Verhaltens, das ich mir während meiner Ehe aneignete.

«Bist du überrascht, Liebling? Ich bin's, Nellie.»

Es ist genau zwei Uhr. Emma hält sich nur wenige Meter von dort entfernt auf, wo ich jetzt stehe: in ihrem Wohnzimmer, mit Maureen. Keine von beiden weiß, dass ich hier bin. Vor einer Stunde schlich ich mich hinter einem Lieferanten ins Haus. Ich wusste genau, wann der uniformierte Mann mit der langen rechteckigen Schachtel eintreffen würde, denn ich hatte das Dutzend langstieliger Rosen, die Emma heute Nachmittag geliefert wurden, selbst bestellt.

«Ich dachte, du wolltest Emma in Ruhe lassen», sagt er.

«Ich habe es mir anders überlegt. Ich wollte mich noch einmal mit deiner Verlobten unterhalten.»

Meine Hände, die in den Taschen meines Kleids stecken, berühren verschiedene Gegenstände. Welchen ich zuerst herausziehe, wird von Richards Reaktion abhängen. Richard betritt den blauen Teppich. Es ist mir beinahe unmöglich, nicht zurückzuzucken. Trotz der Sommerhitze wirken sein dunkler Anzug, das weiße Hemd und die goldene Seidenkrawatte knitterfrei und elegant. Er hat noch nicht die Beherrschung verloren, ist noch nicht in dem Zustand, in dem ich ihn brauche.

«Tatsächlich? Und was beabsichtigst du, ihr zu sagen?» Seine Stimme ist gefährlich leise.

«Ich werde hiermit anfangen», erwidere ich und ziehe ein Blatt Papier aus der Tasche. «Das ist deine Visa-Abrechnung, die belegt, dass du den Raveneau nie bestellt hast.» Er ist zu weit entfernt, um die kleine Schrift lesen und erkennen zu können, dass es in Wirklichkeit eine von meinen Abrechnungen ist.

Ich muss ihn weiter unter Druck setzen, ehe er verlangen kann, die Abrechnung zu sehen. Also lächele ich Richard an, obwohl sich mir der Magen umdreht. «Außerdem werde ich Emma erklären, dass du ihr Handy ortest.» Ich spreche ebenso leise und mit ebenso fester Stimme wie er. «Genauso wie du es mit mir gemacht hast.»

Ich kann fast spüren, wie sein Körper sich anspannt. «Du hast völlig den Verstand verloren, Vanessa.» Ein weiterer gemessener Schritt. «Das ist meine Verlobte, die du hier belästigst. Nach allem, was ich mit dir durchgemacht habe, versuchst du jetzt, mir das zu ruinieren?»

Aus dem Augenwinkel schätze ich die Entfernung zu Emmas Wohnungstür ab und spanne schon einmal die Muskeln an.

«Du hast gelogen, was Duke angeht. Ich weiß, was du mit ihm gemacht hast, und ich werde es Emma erzählen.» Das stimmt nicht – ich habe niemals herausgefunden, was meinem geliebten Hund passiert ist, obwohl ich ehrlich gesagt gar nicht glaube, dass Richard ihm wirklich etwas angetan hat –, aber es trifft ihn. Ich sehe, wie sein Gesicht sich vor Wut verzerrt.

«Und du hast auch gelogen, was die Spermaanalyse angeht.» Mein Mund ist so trocken, dass ich die Worte kaum hervorbringen kann. Ich weiche einen Schritt zurück, auf Emmas Tür zu. «Gott sei Dank konntest du mich nicht schwängern. Du verdienst es nicht, ein Kind zu haben. Nachdem du mich misshandelt hattest, habe ich Fotos gemacht. Ich habe Beweise gesammelt. Dass ich so schlau bin, hättest du nicht gedacht, was?»

Ich habe meine Worte mit Bedacht so gewählt, dass sie meinen Exmann weiter aufbringen.

Es funktioniert.

«Wenn ich das alles Emma erzähle, wird sie dich verlassen.» Ich kann nicht mehr verhindern, dass meine Stimme bebt. Aber die Wahrheit dessen, was ich sage, lässt sich nicht leugnen. «Genau wie die Frau vor mir dich verlassen hat.» Ich atme tief durch und spreche meine Schlusszeilen. «Auch ich wollte dich verlassen. Ich war niemals deine liebe Nellie. Ich wollte nicht mit dir verheiratet bleiben, Richard.»

Da verliert er die Beherrschung.

Damit habe ich gerechnet.

Allerdings habe ich unterschätzt, wie rückhaltlos es geschehen und wie schnell Richard sein würde.

Ehe ich mehr als zwei, drei Schritte auf Emmas Tür zurennen kann, ist er bei mir.

Seine Hände schließen sich um meinen Hals und schneiden mir die Sauerstoffzufuhr ab.

Ich dachte, ich würde Zeit haben zu schreien. An die Tür zu hämmern und Emma und Maureen herbeizurufen, damit sie Richards Verwandlung mit ansehen können. Einen solchen Gewaltausbruch könnte Richard niemals plausibel erklären. Er wäre der handfeste Beweis, der in keinem Notizbuch, keinem Aktenschrank, keinem Keller zu finden wäre. Dies ist die andere Versicherungspolice, mit der ich uns alle retten wollte – mich, Emma und Richards zukünftige Frauen.

Zudem habe ich mich darauf verlassen, dass Richard seinen Angriff abbrechen würde, sobald Maureen und Emma erscheinen – oder dass sie zumindest in der Lage wären, ihn aufzuhalten.

Doch so hat er keinen Grund, sich sein Bedürfnis, mich auszulöschen, zu versagen.

Es fühlt sich an, als würde mir die Luftröhre ganz hinten in den Hals gedrückt. Der Schmerz ist unbeschreiblich. Meine Knie geben nach.

Hilflos strecke ich den Arm nach Emmas Tür aus, obwohl ich weiß, dass es vergeblich ist. Emma dreht sich gerade in ihrem Hochzeitskleid vor ihrer zukünftigen Schwägerin. Nicht ahnend, was sich auf der anderen Seite ihrer Wohnzimmerwand abspielt.

Richards Angriff auf mich verläuft beinahe lautlos. Aus meiner Kehle dringt ein gurgelndes Geräusch, doch es ist viel zu leise, um Emma und Maureen oder jemand anders auf dieser Etage auf uns aufmerksam zu machen.

Jetzt schleudert er mich rücklings gegen die Wand. Sein heißer Atem streift meine Wangen. Als er sich dichter zu mir beugt, fällt mein Blick auf die Narbe über seinem Auge, ein silbriger Halbmond. Benommenheit umfängt mich.

Ich taste nach dem Pfefferspray in meiner Tasche, doch als ich es gerade hervorziehe, knallt Richard meinen Kopf gegen die Wand, und ich lasse es fallen. Es purzelt auf den Teppich.

Meine Sicht schwindet, mein Blickfeld bekommt schwarze Ränder. Verzweifelt trete ich ihn an die Waden, doch das lässt ihn ungerührt. Meine Lunge brennt. Ich giere nach Luft.

Sein Blick brennt sich in mich hinein. Ich kralle die Finger in sein Sakko, und meine Hand stößt an etwas Hartes in seiner Tasche. Ich reiße es heraus.

Rette uns.

Ich mobilisiere meine letzten Kraftreserven und schmettere ihm den Gegenstand ins Gesicht.

Richard entfährt ein Schrei.

Leuchtend rotes Blut spritzt aus einer Wunde an seiner Schläfe.

Meine Glieder werden schwer, mein Körper entspannt sich

allmählich, und mich überkommt eine Gelassenheit, wie ich sie seit Jahren nicht mehr verspürt habe – vielleicht noch nie. Meine Knie knicken ein.

Als mir schon schwarz vor Augen wird, lässt der Druck um meinen Hals abrupt nach. Ich stürze zu Boden und atme stockend ein. Dann muss ich so heftig husten, dass ich mich übergebe.

«Vanessa», ruft eine Frau wie aus großer Entfernung. Ich liege auf dem Teppich, eines meiner Beine angewinkelt unterm Körper, aber ich habe das Gefühl zu schweben.

«Vanessa!»

Emma. Ich bringe nicht mehr zustande, als den Kopf zur Seite zu drehen, und erblicke Scherben, unregelmäßige Bruchstücke von Porzellanfigürchen – eine heiter lächelnde blonde Braut und ihr gutaussehender Bräutigam. Das war unser Tortenaufsatz.

Und daneben kniet Richard. Er hat einen leeren Blick, und das Blut strömt ihm übers Gesicht und befleckt sein weißes Hemd. Ich sauge unter Schmerzen Luft in meine Lunge, dann noch einmal. Mein Exmann hat nichts Bedrohliches mehr an sich. Das Haar ist ihm über die Augen gefallen. Er regt sich nicht.

Der frische Sauerstoff gibt mir ein bisschen Kraft zurück, aber meine Kehle fühlt sich so geschwollen und empfindlich an, dass ich nicht schlucken kann. Es gelingt mir, ein Stück rückwärts zu krabbeln und mich aufzusetzen, dann sacke ich gegen die Wand.

Emma eilt zu mir. Sie ist barfuß und trägt wie ich ein weißes Etuikleid. Ihr Hochzeitskleid. «Ich habe einen Schrei gehört ... Was ist passiert?»

Ich kann nicht sprechen. Ich kann nur flache, gierige Atemzüge tun.

Ihr Blick fällt auf meinen Hals. «Ich rufe einen Krankenwagen.»

Richard reagiert auf nichts davon, nicht einmal als Maureen, die jetzt an der Tür erscheint, erschrocken nach Luft schnappt.

«Was ist denn hier los?» Maureen starrt mich an – die Frau, die sie als labil abgetan hat, die abgelegte Ehefrau ihres Bruders. Dann sieht sie Richard an, den Mann, den großzuziehen sie geholfen hat und den sie bedingungslos liebt. Sie geht zu ihm und berührt ihn am Rücken. «Richard?»

Richard fasst sich an die Stirn, dann starrt er den roten Streifen auf seiner Handfläche an. Er wirkt eigenartig distanziert, so, als stünde er unter Schock.

Er könne den Anblick von Blut nicht ertragen, gestand er mir bei unserer ersten Begegnung. Mit einem Mal wird mir klar, dass Richard mich bei allem, was er mir angetan hat, nie so misshandelt hat, dass ich geblutet hätte.

Maureen läuft in die Wohnung und kehrt mit einem Stapel Papierhandtücher zurück. Sie kniet sich neben Richard und drückt die Tücher auf seine Wunde. «Was ist hier passiert?» Ihr Ton wird schärfer. «Vanessa, was willst du hier? Was hast du ihm angetan?»

«Er hat mich angegriffen.» Meine Stimme ist rau, und ich habe bei jeder Silbe das Gefühl, als riebe eine der Porzellanscherben von innen über meine Kehle.

Ich muss das endlich aussprechen.

Mit schmerzverzerrtem Gesicht zwinge ich mich, lauter zu reden. «Er hat mich gewürgt. Er hätte mich fast getötet. Genauso wie früher, als wir noch verheiratet waren.»

Maureen schnappt nach Luft. «Er würde nicht ... nein, nicht ...» Dann verstummt sie. Sie schüttelt noch immer den Kopf, doch jetzt lässt sie die Schultern hängen, und ihre Gesichtszüge erschlaffen. Ich bin mir sicher, dass sie mir glaubt, auch wenn sie die fingerabdruckförmigen Blutergüsse, die jetzt garantiert schon an meinem Hals erblühen, noch nicht gesehen hat.

Maureen strafft sich, nimmt die Papiertücher von Richards Gesicht und untersucht seine Verletzung. Als sie wieder spricht, ist ihr Ton energisch, aber fürsorglich.

«Es ist gar nicht so schlimm. Ich glaube nicht, dass du genäht werden musst.»

Auch darauf reagiert Richard nicht.

«Ich kümmere mich um alles, Richard.» Maureen sammelt die verstreuten Porzellanscherben auf. Sie nimmt sie alle in eine Hand, dann legt sie den anderen Arm um ihren Bruder und beugt den Kopf dicht zu ihm. Ich kann gerade eben hören, was sie ihm zuflüstert: «Ich habe mich immer um dich gekümmert, Richard. Ich habe nie zugelassen, dass dir etwas Schlimmes zustößt. Du musst dir keine Sorgen machen. Ich bin ja hier. Ich bringe alles wieder in Ordnung.»

Ihre Worte verwirren mich. Doch am meisten erschüttert mich ihr eigenartiger Tonfall. Maureen klingt nicht wütend oder traurig oder verwirrt.

Ihre Stimme ist erfüllt von etwas, was ich zunächst nicht einordnen kann, weil es derart fehl am Platze ist.

Schließlich wird mir klar, was es ist: Befriedigung.

KAPITEL VIERZIG

Das Gebäude mit den prächtigen Säulen und der umlaufenden Veranda, auf der Schaukelstühle ordentlich in Reih und Glied stehen, könnte ein Südstaatenherrenhaus sein. Doch um auf das Grundstück zu gelangen, muss ich durch ein Tor mit einem Wachmann, der einen Ausweis sehen will. Er durchsucht auch die Stofftasche, die ich bei mir habe. Als er sieht, was sich darin befindet, hebt er die Augenbrauen, doch dann nickt er nur, und ich darf passieren.

Ein paar Patienten des New Springs Hospital gärtnern oder spielen auf der Veranda Karten. Ihn sehe ich nicht unter ihnen.

Richard verbringt achtundzwanzig Tage in dieser akutpsychiatrischen Einrichtung, wo er täglich intensive Therapiesitzungen hat. Das gehört zu der Einigung, die er mit dem Gericht erzielte, damit es nicht zu einer Strafverfolgung wegen des Angriffs auf mich kommt.

Als ich die Holztreppe zur Eingangstür hinaufsteige, steht eine Frau von einer Chaiselongue auf; ihre Glieder wirken drahtig und athletisch. Die helle Nachmittagssonne blendet mich, daher kann ich ihre Gesichtszüge nicht erkennen.

Doch dann kommt sie näher, und ich sehe, dass es Maureen ist. «Ich wusste nicht, dass du heute hier sein würdest.» Eigentlich dürfte es mich nicht überraschen. Maureen ist jetzt alles, was Richard geblieben ist.

«Ich bin jeden Tag hier. Ich habe Urlaub genommen.»

Suchend sehe ich mich um. «Wo ist er?»

Einer seiner Therapeuten leitete Richards Bitte an mich weiter: Er wollte mich sehen. Zuerst war ich unsicher, ob ich ihm die

Bitte erfüllen sollte. Dann wurde mir klar, dass auch ich diesen Besuch brauchte.

«Richard ruht. Ich wollte zuerst mit dir reden.» Sie deutet auf zwei Schaukelstühle.

Maureen lässt sich einen Augenblick Zeit, schlägt die Beine übereinander und streicht eine Falte im Stoff ihres beigefarbenen Hosenanzugs glatt. Ganz offensichtlich hat sie ein Anliegen.

«Ich bedaure sehr, was zwischen dir und Richard vorgefallen ist.» Maureen wirft einen Blick auf die verblasste gelbliche Verfärbung an meinem Hals. Doch zwischen ihren Worten und dem, was sie ausstrahlt, besteht eine Diskrepanz. Ihre Haltung ist steif, und in ihrer Miene lese ich kein Mitgefühl.

Maureen mag mich nicht. Sie hat mich nie gemocht, obwohl ich zu Anfang hoffte, wir würden uns anfreunden.

«Ich weiß, du machst ihn dafür verantwortlich. Aber so einfach ist das nicht. Mein Bruder hat viel durchgemacht, Vanessa. Mehr, als du je wissen wirst. Mehr, als du dir vorstellen kannst.»

Da kann ich nicht anders, als überrascht zu blinzeln. Sie stellt Richard als das Opfer hin.

«Er hat *mich* angegriffen», schreie ich fast. «Er hätte mich fast getötet.»

Maureen wirkt ungerührt von meinem Ausbruch. Sie räuspert sich lediglich und setzt neu an. «Als unsere Eltern starben ...»

«Bei dem Autounfall.»

Sie runzelt die Stirn, als ärgerte mein Einwurf sie. Als hätte sie sich das hier nicht als Unterhaltung, sondern als Monolog vorgestellt.

«Ja. Unser Vater verlor die Kontrolle über den Wagen. Er prallte gegen eine Leitplanke und überschlug sich. Unsere Eltern waren sofort tot. Richard erinnert sich kaum daran, aber die Polizei sagte, die Schleuderspuren zeigten, dass Dad zu schnell gefahren war.»

Ich pralle zurück. «Richard erinnert sich kaum daran – du meinst, er war auch im Auto?», entfährt es mir.

«Ja, ja», sagt Maureen ungeduldig. «Genau das wollte ich dir ja erklären.»

Ich bin fassungslos. Er hat mir mehr über sich selbst verschwiegen, als mir klar war.

«Es war grauenvoll für ihn», fährt Maureen beinahe hastig fort, als wollte sie diese Einzelheiten schnellstmöglich hinter sich bringen, um zum wichtigen Teil ihrer Geschichte zu kommen. «Richard war auf dem Rücksitz eingeklemmt. Er hatte sich die Stirn angestoßen. Die Karosserie war völlig verzogen, und er kam nicht hinaus. Es dauerte eine Weile, bis das nächste Auto vorbeikam und der Fahrer einen Krankenwagen rief. Richard hatte eine Gehirnerschütterung und musste genäht werden, aber es hätte auch viel schlimmer sein können.»

Die silbrige Narbe über seinem Auge, denke ich. Von der er behauptete, sie stamme von einem Fahrradunfall.

Ich stelle mir Richard nach dem Autounfall vor, ein Teenager – eigentlich noch ein Junge –, benommen und unter Schmerzen. Er ruft nach seiner Mutter. Er bekommt seine Eltern nicht wach. Er versucht, die Türen des auf dem Dach liegenden Wagens zu öffnen. Er hämmert mit den Fäusten an die Fenster und schreit. Und das Blut. Da muss so viel Blut gewesen sein.

«Dad war jähzornig, und wenn er wütend wurde, fuhr er zu schnell. Ich vermute, dass er vor dem Unfall mit meiner Mutter gestritten hat.» Jetzt spricht Maureen langsamer. Sie schüttelt den Kopf. «Gott sei Dank hatte ich Richard immer eingeschärft, er solle den Sicherheitsgurt anlegen. Er hat auf mich gehört.»

«Das wusste ich nicht», erwidere ich schließlich.

Maureen sieht mich an. Sie wirkt, als hätte ich sie aus einem Tagtraum gerissen. «Ja, Richard hat nie über den Unfall gesprochen, außer mit mir. Was du wissen musst, ist, dass mein Vater nicht nur beim Autofahren die Beherrschung verlor. Mein Vater hat meine Mutter misshandelt.»

Ich schnappe nach Luft.

Dad war nicht immer gut zu Mom, erzählte Richard mir nach der Beerdigung meiner Mutter, als ich zitternd in der Badewanne saß.

Ich muss an das Foto von Richards Eltern denken, das er im Keller versteckte, und frage mich, ob er es buchstäblich vergraben musste, damit die Erinnerungen an seine Kindheit nicht seine eigene, gefälligere Version der Geschichte torpedierten, die er allen präsentierte.

Ein Schatten fällt auf mich, und ich reiße instinktiv den Kopf herum. «Entschuldigen Sie die Störung», sagt eine Pflegerin in blauer Arbeitskleidung lächelnd. «Ich sollte Ihnen Bescheid geben, wenn Ihr Bruder erwacht.»

Maureen nickt. «Würden Sie ihn bitten herunterzukommen, Angie?» Dann wendet sie sich mir zu. «Ich glaube, es wäre besser, wenn ihr beide euch hier unterhaltet anstatt in seinem Zimmer.»

Wir sehen der Pflegerin hinterher. Als sie außer Hörweite ist, wird Maureens Tonfall eiskalt. Kurz angebunden sagt sie: «Schau, Vanessa. Im Moment ist Richard sehr verletzlich. Können wir uns darauf einigen, dass du ihn endlich in Ruhe lässt?»

«Er wollte doch, dass ich herkomme.»

«Im Moment weiß Richard nicht, was er will. Noch vor zwei Wochen glaubte er, er wolle Emma heiraten. Er glaubt, sie sei perfekt» – Maureen stößt ein leises höhnisches Schnauben aus –, «obwohl er sie kaum kannte. Von dir hat er das auch einmal geglaubt. Er hatte schon immer eine ganz bestimmte Vorstellung davon, wie sein Leben aussehen sollte – wie das idealisierte Brautpaar auf dem Tortenaufsatz, den er meinen Eltern vor vielen Jahren schenkte.»

Ich denke an das Herstellungsdatum am Boden der Figur, das

nicht zu seiner Geschichte passte. «Richard hat ihn für eure Eltern gekauft?»

«Das hat er dir also auch nicht erzählt. Es sollte ein Geschenk zu ihrem Hochzeitstag sein. Er hatte da diesen Plan, dass wir ihnen etwas Besonderes zum Abendessen kochen und ihnen einen Kuchen backen sollten. Sie sollten einen schönen Abend miteinander verbringen und sich wieder lieben. Aber dann kam der Autounfall. Er hatte keine Gelegenheit, ihnen den Aufsatz zu schenken.

Er war hohl, weißt du? Der Tortenaufsatz. Das schoss mir durch den Kopf, als ich die Scherben im Hausflur sah ... Vermutlich hat er ihn zur Verkostung mitgebracht, um ihn dem Tortendesigner zu zeigen. Aber eigentlich darf Richard niemanden heiraten. Und es ist meine Aufgabe, dafür zu sorgen, dass es nicht dazu kommt.»

Mit einem Mal lächelt sie – ein strahlendes, aufrichtiges Lächeln – und bringt mich damit völlig aus der Fassung.

Doch es gilt gar nicht mir. Es gilt ihrem Bruder, der jetzt auf uns zukommt.

Maureen steht auf. «Ich lasse euch ein paar Minuten allein.»

Ich sitze neben dem Mann, der mir noch immer ein Rätsel ist und zugleich auch nicht mehr.

Er trägt Jeans und ein einfaches Baumwollhemd. Am Kinn hat er dunkle Stoppeln. Obwohl er in letzter Zeit so viel schläft, wirkt er müde, und seine Haut ist fahl. Er ist nicht mehr der Mann, der mich zuerst bezauberte und dann terrorisierte.

Jetzt erscheint er mir gewöhnlich, gewissermaßen entzaubert – ein Mann, den ich nicht weiter beachten würde, wenn er an der Bushaltestelle stünde oder sich auf der Straße einen Kaffee zum Mitnehmen holte.

Dieser Mann hat mich jahrelang um mein inneres Gleichgewicht gebracht. Er hat versucht, mich auszulöschen.

Aber dieser Mann umarmte mich auch auf dem grünen Schlitten, mit dem wir im Central Park einen Hügel hinabsausten. Er kaufte mir Rumrosineneis am Todestag meines Vaters und legte mir einfach so Liebesbriefchen aufs Kopfkissen.

Und er hoffte, ich könne ihn vor sich selbst retten.

Als Richard schließlich das Wort ergreift, sagt er das, worauf ich so lange gewartet habe.

«Es tut mir leid, Vanessa.»

Er hat sich auch früher schon bei mir entschuldigt, aber diesmal ist es anders, das weiß ich.

Endlich sind seine Worte echt.

«Besteht irgendeine Möglichkeit, dass du mir noch eine Chance gibst? Ich erhole mich. Wir könnten von vorn anfangen.»

Ich blicke hinaus auf die Beete und den sanft gewellten Rasen. Als Richard mir damals unser Haus in Westchester zeigte, stellte ich mir eine ganz ähnliche Szenerie vor: uns beide Seite an Seite auf einer Hollywoodschaukel, allerdings Jahrzehnte später. Verbunden durch Erinnerungen, die wir gemeinsam gestaltet hatten, indem wir abwechselnd bei jedem neuerlichen Erzählen unsere Lieblingsdetails beisteuerten, bis wir eine gemeinsame Erinnerung geschaffen hatten.

Ich dachte, ich würde wütend werden, wenn ich ihn sehe. Doch ich empfinde nur Mitleid.

Anstelle einer Antwort auf seine Frage reiche ich Richard meine Stofftasche. Er holt den obersten Gegenstand heraus, eine schwarze Schmuckschatulle mit meinem Ehe- und meinem Verlobungsring, und öffnet sie.

«Ich wollte sie dir zurückgeben.» So lange war ich in unserer Vergangenheit gefangen. Es ist Zeit, mich von den Ringen zu trennen und wahrhaft mit allem abzuschließen.

«Wir könnten ein Kind adoptieren. Diesmal könnten wir alles richtig machen.»

Er wischt sich über die Augen. Ich habe ihn nie zuvor weinen sehen.

Gleich darauf steht Maureen zwischen uns. Sie nimmt Richard die Tasche und die Ringe ab. «Vanessa, ich glaube, es ist Zeit, dass du gehst. Ich bringe dich raus.»

Ich stehe auf. Nicht weil sie es mir gesagt hat, sondern weil ich bereit bin zu gehen. «Auf Wiedersehen, Richard.»

Maureen geht mir voran die Treppe hinab zum Parkplatz.

Ich folge ihr ein wenig langsamer.

«Mit dem Hochzeitsalbum könnt ihr machen, was ihr wollt.» Ich deute auf die Tasche. «Es war mein Geschenk an Richard, also gehört es rechtmäßig ihm.»

«Ich erinnere mich. Terry hat das gut gemacht. Ein Glück, dass er euch an dem Tag doch noch einschieben konnte.»

Wie angewurzelt bleibe ich stehen. Ich habe niemandem erzählt, dass wir bei unserer Trauung beinahe keinen Fotografen gehabt hätten.

Und seit unserer Heirat sind so viele Jahre vergangen; selbst mir wäre Terrys Name nicht so schnell eingefallen.

Als Maureen meinem Blick begegnet, fällt mir auch wieder ein, dass es eine Frau war, die unsere Buchung telefonisch stornierte. Maureen wusste, welchen Fotografen wir beauftragt hatten. Sie hatte vorgeschlagen, ich solle Schwarzweißaufnahmen dazu nehmen, nachdem ich ihr einen Link zu Terrys Website geschickt und sie um Rat zu meinem Geschenk für Richard gefragt hatte.

In diesem Augenblick ähneln ihre eisblauen Augen denen von Richard sehr. Es ist unmöglich zu erraten, was ihr durch den Kopf geht.

Ich muss daran denken, dass Maureen uns an sämtlichen Feiertagen besuchte, dass sie ihre Geburtstage immer zusammen mit ihrem Bruder bei einer Aktivität verbrachte, von der sie wusste, dass ich keine Freude daran hatte, dass sie nie geheiratet oder Kinder bekommen hat. Dass ich sie, soweit ich mich erinnere, nie den Namen auch nur einer einzigen Freundin habe erwähnen hören.

«Ich kümmere mich um das Album.» Am Rand des Parkplatzes bleibt sie stehen und berührt mich am Arm. «Auf Wiedersehen.»

Ich spüre kaltes glattes Metall an meiner Haut.

Als ich den Blick senke, stelle ich fest, dass sie meine Ringe auf den Ringfinger ihrer rechten Hand geschoben hat.

Sie folgt meinem Blick. «Damit sie nicht verloren gehen.»

KAPITEL EINUNDVIERZIG

«Danke, dass Sie heute Zeit für mich haben», sage ich zu Kate, während ich mich wie üblich auf die Couch setze.

Obwohl ich seit Monaten nicht hier war – beim letzten Mal war ich noch verheiratet –, sieht das Zimmer unverändert aus, mit Magazinen auf dem Couchtisch und ein paar Schneekugeln auf dem Fensterbrett. Im großen Aquarium mir gegenüber schlängeln sich zwei Engelfische träge um eine vielblättrige grüne Pflanze, während orange-weiße Clownfische und Neonsalmler durch einen Steintunnel schwimmen.

Auch Kate ist unverändert. Ihre großen Augen blicken mitfühlend. Das lange dunkle Haar fällt ihr auf den Rücken.

Als ich das erste Mal heimlich in die Stadt fuhr, um mit Kate zu sprechen, ertappte mich Richard. Danach ging ich eine Weile nicht noch mal zu ihr. Als ich es schließlich doch tat, achtete ich darauf, ihm vorher zu erzählen, ich wolle Tante Charlotte besuchen. Dann ließ ich mein Handy bei meiner Tante zurück und eilte die dreißig Blocks hierher.

«Ich bin geschieden», beginne ich.

Kate deutet ein Lächeln an. Sie hat immer sehr darauf geachtet, ihre Gefühle zu verbergen, aber auch wenn wir uns erst wenige Male gesehen haben, habe ich gelernt, in ihr zu lesen.

«Er hat mich wegen einer anderen Frau verlassen.»

Das Lächeln erlischt.

«Aber sie ist auch nicht mehr bei ihm», füge ich hastig hinzu. «Er hatte eine Art Zusammenbruch – er hat versucht, mir etwas anzutun, und es gab Zeugen. Jetzt bekommt er Hilfe.»

Ich beobachte Kate, während sie das alles verdaut.

«Okay», sagt sie schließlich. «Also ist er ... keine Bedrohung mehr für Sie?»

«Genau.»

Kate legt den Kopf schräg. «Er hat Sie wegen einer anderen Frau verlassen?»

Diesmal deute ich ein Lächeln an. «Sie war die perfekte Nachfolgerin. Das dachte ich schon, als ich sie zum ersten Mal sah ... Jetzt ist auch sie in Sicherheit.»

«Richard wollte wirklich immer, dass alles perfekt ist.» Kate lehnt sich zurück, schlägt das rechte Bein über das linke und massiert sich geistesabwesend den Knöchel.

Als ich Kate zum ersten Mal traf, stellte sie mir nur wenige Fragen. Doch die halfen mir, meine wirren Gedanken zu ordnen. *Können Sie mir sagen, wie Sie darauf kommen, dass Richard Sie um Ihr inneres Gleichgewicht bringen will? Was könnte sein Beweggrund dafür sein?*

Als ich Kate zum zweiten Mal aufsuchte, griff sie nach der Schachtel Papiertaschentücher auf dem Beistelltisch zwischen uns, obwohl ich gar nicht weinte. Sie streckte den Arm aus, um sie mir zu reichen, und mein Blick fiel auf den breiten Armreif an ihrem Handgelenk.

Kate hielt den Arm sehr still und gab mir Zeit, es zu begreifen. Doch sie sagte kein Wort.

Der Anblick dieses unverwechselbaren Armreifs hätte mich nicht überraschen dürfen. Schließlich hatte ich die dunkelhaarige Frau, mit der Richard vor mir zusammen gewesen war, unter anderem deshalb ausfindig gemacht, um Informationen zu sammeln.

Sie zu finden war nicht schwer gewesen. Kate lebte nach wie vor in Manhattan und stand im Telefonbuch. Ich war sehr vorsichtig und erwähnte nicht einmal ihren Namen, wenn ich in meinem Notizbuch von unseren Treffen berichtete, und als Richard entdeckte, dass ich heimlich in die Stadt gefahren war, erzählte ich ihm, ich sei bei einer Therapeutin gewesen.

Doch Kate war noch vorsichtiger.

Sie hörte mir aufmerksam zu, aber sie schien nicht bereit, mir zu erzählen, was in den Jahren, die sie und Richard zusammen gewesen waren, geschehen war.

Ich glaube, bei meinem dritten Besuch fand ich heraus, warum.

Während unserer vorhergehenden Treffen war Kate stets beiseitegetreten, um mich in ihre Wohnung zu lassen, und hatte mir dann bedeutet, ich solle vor ihr her ins Wohnzimmer gehen. Wenn sie aufgestanden war, um mir zu signalisieren, dass unsere Unterhaltung beendet war, hatte sie mich erneut vorgehen lassen, wenn sie mich zur Tür begleitete.

Doch als ich mich bei meinem dritten Besuch laut fragte, ob ich einfach versuchen sollte, Richard zu verlassen und zu Tante Charlotte zu ziehen, stand Kate abrupt auf und bot mir Tee an.

Verwirrt nickte ich.

Sie ging in die Küche, und ich sah ihr hinterher.

Kate zog den rechten Fuß nach und kompensierte das, indem sie sich nach links neigte, um Schwung zu holen. Irgendetwas war mit ihrem Bein passiert, mit dem Bein, das sie manchmal während unserer Unterhaltungen massierte. Etwas, das ein ausgeprägtes Hinken hinterlassen hatte.

Als sie mit dem Teetablett zurückkehrte, fragte sie lediglich: «Was sagten Sie vorhin?»

Sie wollte mir eine Tasse reichen, doch ich schüttelte den Kopf. Meine Hände zitterten zu stark, um die Tasse ruhig zu halten.

Mein Blick fiel auf die kunstvoll geschmiedete Platinhalskette, die sie trug, dann auf besagten Armreif und den Smaragdring an ihrer rechten Hand. Solch exquisite, teure Stücke. Sie standen in krassem Gegensatz zu ihrer schlichten Kleidung.

«Ich sagte ... ich kann ihn nicht einfach verlassen», stieß ich erstickt hervor.

Kurz darauf verabschiedete ich mich eilig von ihr, mit einem Mal voller Panik, dass Richard versuchen könnte, mich auf dem Handy zu erreichen. Das war meine letzte Begegnung mit Kate, bis heute.

«Es gibt eine Polizeiakte über den Vorfall. Und Maureen hat sich eingeschaltet, sie beaufsichtigt Richard jetzt», erzähle ich nun weiter.

Kate schließt kurz die Augen. «Das ist gut.»

«Ihr Bein ...»

Als Kate antwortet, ist ihre Stimme ausdruckslos. «Ich bin die Treppe hinuntergefallen.» Sie zögert, und ihr Blick wandert zu den Fischen, die durchs Aquarium gleiten. «Richard und ich hatten uns an dem Abend gestritten, weil ich zu spät zu einer wichtigen Veranstaltung gekommen war.» Jetzt klingt ihre Stimme viel sanfter. «Als wir wieder zu Hause waren und er ins Bett gegangen war ... verließ ich die Wohnung. Ich hatte einen Koffer dabei.» Sie schluckt schwer und massiert geistesabwesend ihre Wade. «Ich beschloss, die Treppe zu nehmen, statt mit dem Aufzug zu fahren. Jemand hätte das Klingeln hören können. Aber Richard ... er schlief gar nicht.»

Flüchtig verzieht sie das Gesicht, dann fasst sie sich wieder. «Ich habe ihn nie wiedergesehen.»

«Es tut mir so leid. Jetzt sind auch Sie in Sicherheit.»

Kate nickt. Nach einer Weile sagt sie: «Lassen Sie es sich gutgehen, Vanessa.»

Sie steht auf und bringt mich zur Tür.

Ich trete hinaus in den Hausflur, und Kates Wohnungstür fällt hinter mir ins Schloss. Unvermittelt schießt mir ein Bild durch den Kopf, und mein Hirn stellt blitzartig eine logische Verbindung her. Abrupt sehe ich mich noch einmal um.

Die Frau im Regenmantel, die damals, vor Jahren, draußen vor dem Learning Ladder stand und zu mir hersah, während ich meinen Gruppenraum zum Ende des Kindergartenjahrs aufräumte. Als ich ans Fenster trat, wandte sie sich mit einer merkwürdig ruckartigen Bewegung ab.

Es hätte ein Hinken sein können.

KAPITEL ZWEIUNDVIERZIG

Als ich in Tante Charlottes Gästezimmer erwache, strömt köstlicher Sonnenschein zwischen den Lamellen der Jalousie hindurch und wärmt mich.

Mein Zimmer, denke ich und breite Arme und Beine aus wie ein Seestern, sodass ich das ganze Bett einnehme. Mit der rechten Hand schalte ich den Wecker aus, bevor er losplärren kann.

In manchen Nächten stellt der Schlaf sich auch heute noch nicht ein. Dann lasse ich mir wieder und wieder durch den Kopf gehen, was alles geschehen ist, und versuche, die Teile zusammenzusetzen, die mir noch immer ein Rätsel sind.

Aber es graut mir nicht mehr vor dem nächsten Morgen.

Ich stehe auf und ziehe den Bademantel an. Auf dem Weg ins Bad, um rasch zu duschen, komme ich an meinem Schreibtisch vorüber, wo die Route unserer Reise nach Venedig und Florenz liegt. Tante Charlotte und ich fliegen in zehn Tagen. Es ist noch Sommer, und ich fange erst nach dem Labor Day als Erzieherin in einem Kindergarten in der South Bronx an.

Eine Stunde später trete ich aus dem Haus in die warme Luft. Heute habe ich es nicht eilig, sondern schlendere dahin und achte darauf, die Himmel-und-Hölle-Kästchen, die ein Kind mit Kreide auf den Bürgersteig gemalt hat, nicht zu verschmieren. Im August ist New York immer stiller, alles wirkt gemächlicher. Ich gehe an einem Grüppchen Touristen vorüber, die Fotos von der Skyline machen. Vor einem Brownstonegebäude sitzt ein älterer Mann auf der Treppe und liest Zeitung. Ein Straßenhändler stellt frische Mohn- und Sonnenblumen, Lilien und Astern in Eimer. Ich beschließe, auf dem Heimweg Blumen zu kaufen.

Am Café angekommen, ziehe ich die Tür auf und suche den Raum ab.

«Tisch für eine Person?», fragt eine Kellnerin, die mit einer Handvoll Speisekarten vorbeikommt.

Ich schüttele den Kopf. «Danke, ich treffe mich mit jemandem.»

Sie sitzt in einer Ecke und hebt gerade eine weiße Tasse an die Lippen. Das Licht glitzert auf ihrem goldenen Ehering. Ich zögere und betrachte ihn.

Halb möchte ich zu ihr laufen. Halb möchte ich mehr Zeit, um mich vorzubereiten.

Dann sieht sie auf, und unsere Blicke begegnen sich.

Ich gehe zu ihr, und sie steht rasch auf. Ohne zu zögern, umarmt sie mich.

Als wir uns wieder voneinander lösen, wischen wir uns beide über die Augen. Dann lachen wir schallend.

Ich rutsche auf die Bank ihr gegenüber.

«Es tut so gut, dich zu sehen, Sam.» Ich betrachte ihre bunte Glasperlenkette und lächele.

«Ich habe dich vermisst, Vanessa.»

Auch ich habe mich vermisst, denke ich.

Doch anstatt etwas zu sagen, greife ich in meine Tasche.

Und ziehe meine eigene Gute-Laune-Kette heraus.

EPILOG

Mit offenem blondem Haar und locker schwingenden Armen geht Vanessa den Bürgersteig entlang. Jetzt, im Spätsommer, ist ihre Straße weniger betriebsam als sonst, doch ein einsamer Bus rumpelt an der Stelle vorüber, die ich beobachte. An der Ecke lungern ein paar Teenager herum und sehen zu, wie einer von ihnen mit seinem Skateboard herumwirbelt. Sie geht an ihnen vorbei und bleibt an einem Blumenstand stehen, bückt sich und greift nach einem üppigen Strauß Mohnblumen in einem weißen Eimer. Als der Verkäufer ihr herausgibt, lächelt sie und setzt ihren Heimweg fort.

Ich lasse sie nicht einen Moment aus den Augen.

Wenn ich sie früher beobachtet habe, versuchte ich immer, ihre emotionale Verfassung zu erraten. Kenne deinen Feind, schrieb Sunzi in *Die Kunst des Krieges*. Ich las das Buch auf dem College für ein Seminar, und diese Zeile hat sich mir tief eingeprägt.

Vanessa hat nie gemerkt, dass ich eine Bedrohung für sie darstellte. Sie sah nur, was ich sie sehen lassen wollte; sie hat mir meine Täuschung abgekauft.

Ihrer Überzeugung nach bin ich Emma Sutton, die unschuldige junge Frau, der sie eine Falle stellte, um ihrem Ehemann entfliehen zu können. Ich bin noch immer fassungslos darüber, dass Vanessa meine Affäre mit Richard manipuliert hat – und dabei hatte ich gedacht, ich sei diejenige, die ihre Netze ausgeworfen hatte.

Anscheinend waren wir unwissentlich Mitverschwörerinnen.

Doch Vanessa hat keine Ahnung, wer ich wirklich bin. Niemand weiß das.

Wenn ich jetzt einfach davonginge, würde sie niemals die Wahrheit erfahren. Sie scheint sich von alledem, was ihr widerfahren ist, vollständig erholt zu haben. Vielleicht ist es am besten für sie, es nicht zu wissen.

Ich werfe einen Blick auf das alte Foto in meiner Hand. Die Ränder sind abgegriffen, so häufig wurde es angefasst.

Es zeigt eine scheinbar glückliche Familie: Vater, Mutter, einen kleinen Jungen mit Grübchen und ein vorpubertäres Mädchen mit einer Zahnspange. Das Foto wurde vor vielen Jahren aufgenommen, als ich zwölf war und wir noch in Florida lebten.

Es war nach zehn Uhr abends, und ich hätte schon schlafen müssen, aber das tat ich nicht. Ich hörte die Türklingel, dann rief meine Mutter: «Ich gehe schon.»

Mein Vater war in seinem Zimmer und benotete wahrscheinlich Seminararbeiten. Das tat er oft abends.

Ich hörte Gemurmel, dann hastete mein Vater durch den Flur zur Treppe.

«Vanessa!», rief er. Seine Stimme klang so angespannt, dass es mich aus meinem Zimmer trieb. Auf Socken tappte ich lautlos über den Teppichboden, vorbei am Zimmer meines kleinen Bruders und bis zum Treppenabsatz, wo ich mich hinkauerte. Als im Schatten verborgene Zuschauerin bekam ich alles mit, was unter mir passierte.

Ich sah mit an, wie meine Mutter die Arme verschränkte und meinen Vater wütend ansah. Ich sah mit an, wie mein Vater beim Reden gestikulierte. Ich sah mit an, wie meine kleine gefleckte Katze sich zwischen den Beinen meiner Mutter hindurchschlängelte, als wollte sie sie beruhigen.

Nachdem meine Mutter die Haustür zugeknallt hatte, wandte sie sich meinem Vater zu. Ihren Gesichtsausdruck in jenem Augenblick werde ich niemals vergessen.

«Sie ist zu mir gekommen», beteuerte mein Vater, und seine runden blauen Augen – meinen so ähnlich – weiteten sich. «Immer wieder ist sie mit neuen Fragen in meiner Sprechstunde aufgetaucht. Ich habe versucht, sie wegzuschicken, aber sie ... Es war nichts, das schwöre ich.»

Aber es war nicht nichts. Denn einen Monat später zog mein Vater aus. Meine Mutter gab meinem Vater die Schuld, aber auch der hübschen Studentin, die Dad zu einer Affäre verführt hatte. Wenn sie sich stritten, warf meine Mutter immer wieder den Namen Vanessa ein, und dabei verzog sie den Mund, so, als schmeckten diese drei Silben bitter. Mit der Zeit wurde dieser Name zum Symbol für alles, was zwischen ihnen schieflief.

Auch ich gab ihr die Schuld.

Als ich mit dem College fertig war, reiste ich nach New York. Natürlich machte ich sie ausfindig; mittlerweile hieß sie Vanessa Thompson. Auch ich hatte einen anderen Namen. Nach der Trennung von meinem Vater hatte meine Mutter wieder ihren Mädchennamen Sutton angenommen, und sobald ich volljährig war, nahm ich diesen Namen ebenfalls an.

Vanessa lebte in einem großen Haus in einem wohlhabenden Vorort. Sie war mit einem gutaussehenden Mann verheiratet und führte ein bequemes, schönes Leben, ein Leben, das sie nicht verdiente. Ich wollte sie aus der Nähe sehen, doch zunächst fand ich keine Möglichkeit, an sie heranzukommen. Sie verließ kaum jemals das Haus. Auf natürliche Weise konnten unsere Wege sich nicht kreuzen.

Beinahe hätte ich es dabei bewenden lassen. Doch dann wurde mir etwas klar.

Ich konnte an ihren Mann herankommen.

Es war leicht herauszufinden, wo Richard arbeitete. Im Nu hatte ich erfahren, dass er nachmittags gegen drei Uhr gern einen doppelten Espresso im Café an der Ecke trank. Er war ein Gewohnheitstier. Ich nahm meinen Laptop mit und setzte mich an einen Tisch. Als er das nächste Mal hereinkam, begegneten sich unsere Blicke.

Ich war es gewohnt, dass Männer mich anbaggerten, doch diesmal war ich die Jägerin. Genauso, wie sie es meiner Meinung nach bei meinem Vater gewesen war.

Strahlend lächelte ich ihn an. «Hi. Ich bin Emma.»

Ich hatte damit gerechnet, dass er mit mir würde schlafen wollen; das wollten die Männer normalerweise. Es hätte mir genügt, selbst wenn es nur eine Nacht gewesen wäre, denn irgendwann hätte seine Frau es herausgefunden. Dafür hätte ich schon gesorgt.

Die Symmetrie hätte mir gefallen. Es fühlte sich gerecht an.

Stattdessen schlug er vor, ich solle mich bei seiner Firma als Assistentin bewerben.

Zwei Monate später wurde ich die Nachfolgerin seiner Sekretärin Diane. Wenige Monate darauf wurde ich die Nachfolgerin seiner Ehefrau.

Wieder betrachte ich das Foto in meiner Hand.

Ich habe mich in allem so geirrt.

In meinem Vater.

Auf dem College wurde ich einmal von einem verheirateten Mann getäuscht, sagte Vanessa an dem Tag, als wir uns im Brautmodengeschäft trafen. *Ich dachte, er liebt mich. Er hatte mir nie von seiner Frau erzählt.*

Ich habe mich in Richard geirrt.

Wenn Sie Richard heiraten, werden Sie es bereuen, warnte sie mich, als sie mich vor meinem Haus abfing. Und später versuchte sie es noch einmal, während Richard neben mir stand, obwohl sie sichtlich Angst hatte: *Er wird auch Sie verletzen.*

Ich muss daran denken, wie Richard mich an sich zog und den

Arm um mich legte, nachdem Vanessa das gesagt hatte. Die Geste wirkte beschützerisch. Doch seine Fingerspitzen bohrten sich in meinen Arm und hinterließen eine kleine Spur pflaumenfarbener Flecke. Ich glaube, er merkte nicht einmal, was er da tat; in jenem Augenblick starrte er Vanessa wütend an. Als ich mich am nächsten Tag im Brautmodengeschäft mit ihr traf, achtete ich darauf, sie immer an meiner anderen Seite zu halten.

Und vor allem habe ich mich in Vanessa geirrt.

Es ist nur fair, wenn sie erfährt, dass auch sie sich in mir geirrt hat.

Ich überquere die Straße und gehe auf sie zu. Noch bevor ich ihren Namen rufen kann, dreht sie sich um. Sie muss meine Gegenwart gespürt haben.

«Emma! Was tun Sie denn hier?»

Sie war ehrlich mir gegenüber, auch wenn es ihr nicht leichtfiel. Wenn sie nicht so entschlossen darum gekämpft hätte, mich zu retten, hätte ich Richard geheiratet. Doch damit hat sie sich nicht begnügt. Sie hat ihr Leben riskiert, um ihn bloßzustellen, und so dafür gesorgt, dass er sich kein neues Opfer suchen kann.

«Ich wollte mich entschuldigen.»

Sie runzelt die Stirn und wartet.

«Und ich wollte Ihnen ein Bild zeigen.» Ich reiche es ihr. «Dies war meine Familie.»

Vanessa betrachtet das Foto, während ich ihr meine Geschichte erzähle, beginnend mit jenem Oktoberabend vor langer Zeit, an dem ich eigentlich schon hätte schlafen sollen.

Mit einem Mal reißt sie den Kopf hoch und mustert mein Gesicht. «Ihre Augen.» Ihr Ton ist gelassen, gemessen. «Sie kamen mir so vertraut vor.»

«Ich fand, Sie verdienen es, Bescheid zu wissen.»

Vanessa gibt mir das Foto zurück. «Ich habe immer wieder

über Sie nachgedacht. Sie schienen aus dem Nichts gekommen zu sein. Als ich versuchte, Sie online ausfindig zu machen, konnte ich kaum mehr als Ihre Adresse und Ihre Telefonnummer in Erfahrung bringen.»

«Wäre es Ihnen lieber, Sie wüssten nicht, wer ich in Wirklichkeit bin?»

Darüber denkt sie einen Moment nach.

Dann schüttelt sie den Kopf. «Nur wenn man die Wahrheit kennt, kann man mit der Vergangenheit abschließen.»

Und weil es danach für keine von uns noch etwas zu sagen gibt, winke ich ein Taxi heran.

Ich steige ein und drehe mich um, um durchs Heckfenster zu sehen.

Dann hebe ich die Hand.

Vanessa sieht mich einen Moment lang nur an. Schließlich hebt sie ebenfalls die Hand, ihre Geste ein Spiegelbild der meinen.

Dann macht sie kehrt und entfernt sich im selben Augenblick von mir, in dem das Taxi mich fortträgt und die Distanz zwischen uns mit jedem Atemzug vergrößert.

DANKSAGUNG

Von Greer und Sarah:
Jeden Tag sind wir dankbar für unsere Lektorin und Verlegerin Jennifer Enderlin bei St. Martin's Press, die diesen Roman mit ihrem brillanten Verstand zu einem viel besseren Buch gemacht hat und ihm mit beispielloser Energie, Weitblick und Geschick zu einem viel besseren Start verholfen hat, als wir es uns je hätten träumen lassen.

Wir haben das Glück, ein herausragendes Verlagsteam hinter uns zu wissen, darunter: Katie Bassel, Caitlin Dareff, Rachel Diebel, Marta Fleming, Olga Grlic, Tracey Guest, Jordan Hanley, Brant Janeway, Kim Ludlam, Erica Martirano, Kerry Nordling, Gisela Ramos, Sally Richardson, Lisa Senz, Michael Storrings, Tom Thompson, Dori Weintraub und Laura Wilson.

Außerdem danken wir unserer phantastischen, klugen und großzügigen Agentin Victoria Sanders sowie ihrem tollen Team: Bernadette Baker-Baughman, Jessica Spivey und Diane Dickensheid bei Victoria Sanders and Associates. Ein weiterer Dank geht an Mary Anne Thompson.

Benee Knauer: Wir sind dir so dankbar für deine goldrichtigen frühen Bearbeitungen, vor allem dafür, dass du uns die wahre Bedeutung von «spürbare Spannung» erklärt hast.

Auch unseren ausländischen Verlagen danken wir vielmals, insbesondere unserem verträumten Tischgenossen beim Abendessen, Wayne Brookes von Pan Macmillan UK. Ein weiterer herzlicher Dank geht an Shari Smiley von der Gotham Group.

Von Greer:
Kurz und bündig: Dieses Buch gäbe es nicht ohne Sarah Pekkanen, meine inspirierende, talentierte und extrem witzige Koautorin – und geschätzte Freundin. Danke, dass du auf dieser wundersamen Reise meine Komplizin warst.

In meinen zwanzig Jahren als Lektorin habe ich unglaublich viel gelernt von den Autoren, mit denen ich gearbeitet habe, insbesondere von Jennifer Weiner und auch von ihrer Agentin Joanna Pulcini. Außerdem möchte ich meinen ehemaligen Kollegen bei Simon & Schuster danken, von denen ich viele auch als liebe Freunde betrachte, allen voran meiner Mentorin bei Atria Books, Judith Curr, dem großartigen Peter Borland und Sarah Cantin, der talentiertesten jungen Lektorin in der Branche.

Von der Grundschule bis zur Universität hatte ich das Glück, Lehrer zu haben, die an mich glaubten, am bemerkenswertesten Susan Wolman und Sam Freedman.

Zutiefst dankbar bin ich unseren frühen Leserinnen Marla Goodman, Alison Strong, Rebecca Oshins und Marlene Nosenchuk.

Ich bin mit vielen Freunden gesegnet – innerhalb wie außerhalb der Buchbranche –, die mich vom Spielfeldrand aus angefeuert haben. Ich danke Carrie Abramson (und ihrem Mann Leigh, unserem Weinberater), Gillian Blake, Andrea Clark, Meghan Daum (deren Gedicht mich zu Sams Gedicht inspirierte), Dorian Fuhrman, Karen Gordon, Cara McCaffrey, Liate Stehlik, Laura van Straaten, Elisabeth Weed und Theresa Zoro. Besondere Grüße gehen an meinen Nantucket-Lesezirkel.

Außerdem danke ich Danny Thompson und Ellen Katz Westrich dafür, dass sie mich körperlich und emotional in Form gehalten haben.

Und meiner Familie:

Bill, Carol, Billy, Debbie und Victoria Hendricks; Patty, Christopher und Nicholas Allocca; Julie Fontaine und Raya und Ronen Kessel.

Robert Kessel, der mich stets ermuntert, Mauern einzureißen.

Mark und Elaine Kessel dafür, dass sie ihre Liebe zu Büchern weitergegeben haben, meine ersten Leser waren und mir immer «Pack's an!» sagen. Rocky dafür, dass er mir Gesellschaft leistet.

Ein ganz besonderer Dank geht an Paige und Alex, die ihre Mutter ermutigt haben, ihren Kindheitstraum zu verfolgen.

Und schließlich an John, meinen «geographischen Norden», der mir nicht nur sagte, ich könne und solle, sondern außerdem bei jedem Schritt meine Hand hielt.

Von Sarah:
Vor zehn Jahren wurde Greer Hendricks meine Lektorin. Dann wurde sie meine liebe Freundin. Jetzt sind wir ein Autorinnenteam. Unsere kreative Zusammenarbeit ist ein einzigartiges Vergnügen, und ich bin so dankbar dafür, dass sie mich derart unterstützt, herausfordert und inspiriert. Ich bin unglaublich neugierig, was die nächsten zehn Jahre für uns bereithalten.

Mein Dank gilt allen Smiths für ihre Hilfe während des Schreibens: Amy und Chris für Ermutigung, Lachen und Wein, Liz für die frühe Lektüre des Manuskripts und Perry für seinen wohlüberlegten Rat.

Ich danke Kathy Nolan für ihr Fachwissen über alles von Marketing bis hin zu Websites; Rachel Baker, Joe Dangerfield und Cathy Hines für die Rückendeckung; dem Street Team und meinen Facebook-Freunden und Lesern, die mit Witz und Stil über meine Bücher geschrieben haben; und meiner lebendigen, unterstützenden Autoren-Community.

Dank schulde ich auch Sharon Sellers, die dafür gesorgt hat, dass ich bei Kräften bleibe, um auch den nächsten Berg erklimmen zu können, und der klugen, geistreichen Sarah Cantin. Ein weiterer Dank geht an Glenn Reynolds sowie an Jud Ashman und das Team vom Gaithersburg Book Festival.

Bella, eine tolle Hündin, saß geduldig neben mir, während ich schrieb.

Meine Liebe gilt dem unvergleichlichen Pekkanen-Team: Nana Lynn, Johnny, Robert, Saadia, Sophia, Ben, Tammi und Billy.

Sowie immer und allen voran meinen Söhnen: Jackson, Will und Dylan.

LESEPROBE

GREER HENDRICKS UND
SARAH PEKKANEN

DIE FRAU OHNE NAMEN

ROMAN

Aus dem Englischen
von Alice Jakubeit

Erscheint im Mai 2020
Rowohlt Polaris

KAPITEL ZWEI

Samstag, 17. November

Du bist nicht die Testperson, die heute Morgen erwartet wurde.

Doch du erfüllst die demographischen Kriterien für die Studie, und der Slot wäre sonst vergeudet gewesen, daher führt mein Assistent Ben dich zu Raum 214, einem großen, rechteckigen Zimmer mit vielen Fenstern in der nach Osten hin liegenden Wand. Auf dem glänzenden Linoleumboden stehen drei Tischreihen mit Stühlen. An der Stirnwand hängt ein ausgeschaltetes Smartboard. Weit oben an der hinteren Wand hängt eine altmodische runde Uhr. Ein x-beliebiger Seminarraum, der sich auf jedem Campus in jeder Stadt befinden könnte.

Bis auf einen Punkt: Du bist die einzige Person in diesem Raum.

Er wurde ausgewählt, weil es darin kaum etwas gibt, was dich ablenken könnte, damit du dich besser auf deine Aufgabe konzentrieren kannst.

Ben erklärt dir, dass auf dem Computer Anweisungen erscheinen werden. Dann schließt er die Tür.

Es ist still im Raum.

Auf einem Tisch in der ersten Reihe steht ein Laptop für dich. Er ist bereits aufgeklappt. Deine Schritte hallen, während du darauf zugehst.

Du lässt dich auf den Stuhl sinken und ziehst ihn an den Tisch heran. Die metallenen Stuhlbeine scharren über den Boden.

Auf dem Bildschirm wartet eine Nachricht für dich.

Testperson 52: Danke für Ihre Teilnahme an Dr. Shields' Forschungsprojekt zu Ethik und Moral. Durch die Teilnahme an dieser Studie verpflichten Sie sich zur Geheim-

haltung. Ihnen ist ausdrücklich verboten, mit Dritten über die Studie und ihre Inhalte zu sprechen.
Es gibt keine richtigen oder falschen Antworten. *Entscheidend ist, dass Sie ehrlich sind und die erste Antwort geben, die Ihnen in den Sinn kommt. Ihre Erläuterungen sollten ausführlich sein. Bevor eine Frage vollständig beantwortet ist, können Sie nicht zur nächsten übergehen.*
Fünf Minuten vor Ablauf Ihrer zwei Stunden erhalten Sie eine Benachrichtigung.
Drücken Sie die Entertaste, wenn Sie bereit sind zu beginnen.

Hast du irgendeine Vorstellung von dem, was dich erwartet?

Du führst deinen Finger zur Entertaste, drückst sie aber noch nicht. Mit diesem Zögern bist du nicht allein. Auch einige der einundfünfzig Testpersonen vor dir zeigten in unterschiedlichem Ausmaß Verunsicherung.

Es kann beängstigend sein, Seiten an sich kennenzulernen, deren Existenz man nicht gern zugibt.

Schließlich drückst du die Taste.

Du wartest und beobachtest den blinkenden Cursor. Deine haselnussbraunen Augen sind aufgerissen.

Als die erste Frage auf dem Bildschirm erscheint, zuckst du zusammen.

Vielleicht fühlt es sich seltsam an, dass jemand in einer so sterilen Umgebung intime Bereiche deiner Psyche erforscht, ohne aufzudecken, warum diese Informationen so wertvoll sind. Es ist nur natürlich, wenn man davor zurückscheut, sich verletzlich zu machen, aber du wirst dich diesem Prozess unterwerfen müssen, wenn der Test Erfolg haben soll.

Denk an die Regeln: Sei offen und ehrlich und vermeide, dich von der Scham oder dem Schmerz, den diese Fragen womöglich auslösen, abzuwenden.

Falls diese erste, vergleichsweise harmlose Frage dich aus der Fassung bringt, dann bist du vielleicht eine der Frauen, die ausgesiebt werden. Manche Testpersonen kommen nicht wieder. Dieser Test ist nicht für jede geeignet.

Du blickst noch immer auf die Frage.

Vielleicht raten deine Instinkte dir zu gehen.

Du wärst nicht die Erste.

Doch du legst die Hände auf die Tastatur und beginnst zu schreiben.

KAPITEL DREI

Samstag, 17. November

Als ich in diesem unnatürlich stillen Seminarraum auf den Laptop sehe, bin ich ein bisschen nervös. In den Anweisungen stand zwar, es gebe keine falschen Antworten, aber wird eine Befragung zum Thema Moral nicht eine Menge über meinen Charakter enthüllen?

Es ist kalt hier, und ich frage mich, ob das Absicht ist, damit ich aufmerksam bleibe. Fast höre ich Phantomgeräusche – Papierrascheln, dumpfe Schritte auf den harten Böden, Studenten, die sich anrempeln und miteinander scherzen.

Mit dem Zeigefinger drücke ich die Entertaste und warte auf die erste Frage.

Könnten Sie lügen, ohne ein schlechtes Gewissen zu haben?

Ich pralle zurück.

Das ist nicht das, was ich erwartet habe, nachdem Taylor die Studie so abfällig erwähnte. Ich habe wohl nicht damit gerechnet, dass ich über mich selbst schreiben soll. Aus irgendeinem Grund nahm ich an, es würde eine Multiple-Choice- oder Ja/Nein-Befragung sein. Mit einer Frage konfrontiert zu sein, die sich so persönlich anfühlt, so, als wüsste Dr. Shields schon zu viel über mich, als wüsste er, dass das mit Taylor gelogen war ... na ja, das bringt mich mehr als nur ein bisschen aus dem Konzept.

Ich rufe mich zur Ordnung und lege die Finger auf die Tastatur.

Es gibt viele Arten von Lügen. Ich könnte über Lügen durch Auslassung schreiben oder über die großen, das Leben verändernden Lügen – die ich nur zu gut kenne –, aber ich wähle eine harmlosere Variante.

Natürlich, tippe ich. *Ich bin Visagistin, aber keine von denen, über die man liest. Ich arbeite nicht mit Models oder Filmstars. Ich schminke Teenager aus der Upper East Side für den Abschlussball und ihre Mütter für schicke Benefizveranstaltungen. Ich mache auch Hochzeiten und Bat Mizwas. Insofern ja, ich könnte einer nervösen Mutter erzählen, sie müsse bestimmt immer noch ihren Ausweis vorzeigen, oder eine unsichere Sechzehnjährige davon überzeugen, dass mir ihr Pickel nicht einmal aufgefallen sei. Zumal es die Wahrscheinlichkeit erhöht, dass sie mir ein hübsches Trinkgeld geben, wenn ich ihnen schmeichele.*

Ich drücke die Entertaste, ohne zu wissen, ob dies die Art von Antwort ist, die der Professor haben will. Aber ich mache es wohl richtig, denn im Nu erscheint die zweite Frage.

Schildern Sie eine Situation, in der Sie betrogen haben.

Hoppla. Das klingt ja wie eine Unterstellung.

Aber vielleicht betrügt jeder manchmal, und sei es nur als Kind beim Monopoly. Ich denke ein bisschen darüber nach, dann schreibe ich: *In der vierten Klasse habe ich bei einer Klassenarbeit gepfuscht. Sally Jenkins konnte in unserer Klasse am besten buchstabieren, und während ich auf dem rosa Radierer an meinem Bleistift kaute und überlegte, ob «tomorrow» mit einem oder zwei R geschrieben wird, konnte ich auf ihr Blatt sehen.*

Offenbar mit zwei R. Ich schrieb das Wort so hin und dankte Sally im Stillen, als ich ein Sehr gut bekam.

Ich drücke die Entertaste.

Schon komisch, dass mir das so detailliert wieder eingefallen ist, obwohl ich seit Jahren nicht mehr an Sally gedacht habe. Wir waren zusammen auf der Highschool, aber die letzten Klassentreffen habe ich ausgelassen, deshalb habe ich keine Ahnung, was aus ihr geworden ist. Wahrscheinlich hat sie zwei oder drei Kinder, einen Teilzeitjob und ein Haus in der Nähe ihrer Eltern. Das ist bei den meisten Frauen so, mit denen ich aufgewachsen bin.

Die nächste Frage ist noch nicht da. Wieder drücke ich die Entertaste. Nichts.

Ob das Programm sich irgendwie aufgehängt hat? Als ich schon den Kopf zur Tür hinausstrecken will, um nachzusehen, ob Ben in der Nähe ist, erscheinen wieder Buchstaben auf dem Bildschirm, einer nach dem anderen.

Als ob jemand sie in diesem Moment eingibt.

Testperson 52, Sie müssen mehr in die Tiefe gehen.

Unwillkürlich zucke ich zusammen und sehe mich um. Die dünnen Kunststoffjalousien an den Fenstern sind hochgezogen, doch an diesem düsteren Tag ist draußen niemand. Rasen und Gehweg sind verwaist. Gegenüber steht ein weiteres Gebäude, aber ob sich jemand darin aufhält, ist nicht zu erkennen.

Vom Kopf her ist mir klar, dass ich allein bin. Es fühlt sich bloß so an, als flüsterte jemand ganz in meiner Nähe.

Ich schaue wieder auf den Laptop. Eine weitere Nachricht ist erschienen.

War das wirklich das Erste, was Ihnen instinktiv einfiel?

Beinahe hätte ich nach Luft geschnappt. Woher weiß Dr. Shields das?

Unvermittelt schiebe ich den Stuhl zurück und will schon aufstehen. Dann kapiere ich, wie er darauf gekommen ist: Es muss mein Zögern gewesen sein, bevor ich anfing zu tippen. Daran hat er erkannt, dass ich meinen ursprünglichen Gedanken verworfen und eine harmlose Antwort gewählt habe. Ich ziehe den Stuhl wieder heran und atme langsam aus.

Eine weitere Anweisung kriecht über den Bildschirm:

Gehen Sie über das Oberflächliche hinaus.

Es ist verrückt, zu glauben, Dr. Shields könne wissen, was ich denke, sage ich mir. Der Aufenthalt in diesem Raum geht mir offenbar an die Nerven. Wenn hier noch andere Leute wären, würde es sich nicht so schräg anfühlen.

Nach einer kurzen Pause erscheint die zweite Frage erneut auf dem Bildschirm.

Schildern Sie eine Situation, in der Sie betrogen haben.

Okay, denke ich. Du willst die schmutzige Wahrheit über mein Leben? Ich kann ein bisschen mehr in die Tiefe gehen.

Gilt es als Betrügen, wenn man nur die Komplizin ist?

Ich warte auf eine Antwort. Doch auf meinem Bildschirm tut sich nichts, nur der Cursor blinkt. Ich schreibe weiter.

Manchmal schleppe ich Männer ab, die ich nicht so gut kenne. Oder vielleicht will ich sie auch einfach nicht so gut kennenlernen.

Nichts. Ich fahre fort.

Bei meiner Arbeit habe ich gelernt, Menschen bei der ersten Begegnung sorgfältig einzuschätzen. Aber in meinem Privatleben, besonders nach ein, zwei Drinks, kann ich den Blick ganz bewusst unscharf werden lassen.

Vor ein paar Monaten habe ich einen Bassisten kennengelernt. Ich ging mit zu ihm. Es war offensichtlich, dass dort auch eine Frau wohnte, aber ich habe ihn nicht nach ihr gefragt. Ich habe mir eingeredet, sie sei nur eine Mitbewohnerin. War es falsch von mir, einfach Scheuklappen aufzusetzen?

Ich drücke die Entertaste und frage mich, wie dieses Geständnis ankommen wird. Meine beste Freundin Lizzie weiß von einigen meiner One-Night-Stands, aber ich habe ihr nie erzählt, dass ich an jenem Abend Parfümflakons und einen rosa Rasierer im Bad gesehen hatte. Sie weiß auch nicht, wie oft ich so etwas mache. Vermutlich habe ich Angst, dass sie mich dafür verurteilt.

Buchstabe für Buchstabe bildet sich ein einzelnes Wort auf dem Bildschirm heraus:

Besser.

Eine Sekunde lang bin ich einfach froh darüber, dass ich allmählich den Bogen heraushabe.

Dann wird mir klar, dass ein Wildfremder meine Bekenntnisse über mein Sexleben liest. Ben mit seinem gestärkten Hemd und der Hornbrille wirkte professionell, aber was weiß ich eigentlich über diesen Psychiater und seine Studie?

Vielleicht *nennt* er sie bloß eine Studie zu Moral und Ethik. Aber es könnte wer weiß was sein.

Woher will ich wissen, ob dieser Kerl überhaupt Professor an der NYU ist? Taylor wirkt nicht wie jemand, der Details überprüft. Sie ist eine schöne junge Frau, und vielleicht hat man sie deshalb zu dieser Studie eingeladen.

Ehe ich entscheiden kann, was ich tun soll, erscheint die nächste Frage:

Würden Sie eine Verabredung mit einer Freundin wegen eines besseren Angebots absagen?

Meine Schultern entspannen sich. Diese Frage wirkt völlig harmlos, wie etwas, das Lizzie fragen könnte, wenn sie einen Rat braucht.

Wenn Dr. Shields irgendetwas Schmutziges im Sinn hätte, würde er das Ganze nicht an der Uni veranstalten. Außerdem hat er mich nicht nach meinem Sexleben gefragt, rufe ich mir in Erinnerung. Ich habe von mir aus darüber geschrieben.

Ich beantworte die Frage: *Natürlich, weil meine Arbeitszeiten nicht regelmäßig sind. Ich habe Wochen, in denen ich mich vor Arbeit nicht retten kann. Manchmal habe ich sieben oder acht Kundinnen am Tag, über ganz Manhattan verstreut. Und dann gibt es wieder mehrere Tage hintereinander, an denen ich nur ein, zwei Kundinnen habe. Arbeit abzulehnen, kann ich mir nicht leisten.*

Ich will schon die Entertaste drücken, da wird mir klar, dass Dr. Shields mit dem, was ich geschrieben habe, nicht zufrieden sein wird. Ich befolge seine Anweisung und gehe mehr in die Tiefe.

Meinen ersten Job bekam ich mit fünfzehn in einem Sandwichladen. Vom College bin ich nach zwei Jahren abgegangen, weil ich es nicht stemmen konnte. Selbst mit finanzieller Unterstützung musste ich an drei Abenden pro Woche kellnern und Studienkredite aufnehmen. Ich fand es furchtbar, Schulden zu haben. Ständig Angst haben zu müssen, dass das Konto im Minus ist, gezwungen zu sein, nach Feierabend heimlich ein Sandwich mitgehen zu lassen ...

Mittlerweile geht es mir ein bisschen besser. Aber ich habe kein finanzielles Polster wie meine beste Freundin Lizzie. Ihre Eltern schicken ihr jeden Monat einen Scheck. Meine sind ziemlich abgebrannt, und meine Schwester hat besondere Bedürfnisse. Von daher ja, kann sein, dass ich eine Verabredung mit einer Freundin absagen muss. Ich muss auf meine Finanzen achten. Denn wenn es hart auf hart kommt, kann ich mich nur auf mich selbst verlassen.

Ich betrachte den letzten Satz.

Klingt das weinerlich? Ich hoffe, Dr. Shields kapiert, was ich sagen will: Mein Leben ist nicht perfekt, aber wessen Leben ist das schon? Das Schicksal hätte mir schlechtere Karten austeilen können.

Ich bin es nicht gewohnt, so über mich selbst zu schreiben. Geheime Gedanken zu offenbaren, ist, als würde man das Make-up entfernen, sodass das nackte Gesicht zum Vorschein kommt.

Ich beantworte noch ein paar Fragen, darunter: **Würden Sie jemals die Textnachrichten Ihres Ehemanns/Partners lesen?**

Falls ich glaube, dass er mich betrügt, dann schon, tippe ich. *Aber ich war bisher nicht verheiratet und habe noch nie mit jemandem zusammengelebt. Ich hatte nur ein paar mehr oder weniger feste Freunde und nie Grund, an ihnen zu zweifeln.*

Als ich mit der sechsten Frage fertig bin, fühle ich mich wie schon lange nicht mehr. Ich bin so aufgedreht, als hätte ich zu viel Kaffee getrunken, aber ich bin nicht mehr nervös, sondern total konzentriert. Außerdem habe ich komplett das Zeitgefühl verloren. Ich könnte seit einer Dreiviertelstunde in diesem Raum sitzen oder auch schon doppelt so lang.

Nachdem ich über etwas geschrieben habe, was ich meinen Eltern niemals erzählen könnte – dass ich heimlich einige von Beckys Arztrechnungen bezahle –, erscheinen wieder nach und nach Buchstaben auf dem Bildschirm.

Das muss schwer für Sie sein.

Ich lese diese Nachricht einmal und dann noch einmal langsamer, überrascht darüber, wie tröstlich Dr. Shields' mitfühlende Worte auf mich wirken.

Nachdenklich lehne ich mich zurück, spüre, wie die harte Metallrückenlehne gegen meine Schulterblätter drückt, und überlege, wie Dr. Shields wohl aussieht. Ich stelle ihn mir als stämmigen Mann mit einem grauen Bart vor. Er ist aufmerksam und mitfühlend. Wahrscheinlich hat er schon alles Mögliche gehört. Er verurteilt mich nicht.

Es *ist* schwer, denke ich und blinzele ein paarmal.

Unwillkürlich schreibe ich: *Danke.*

Nie zuvor hat jemand so viel über mich wissen wollen. Die meisten Leute geben sich mit oberflächlichem Geplauder zufrieden, wie Dr. Shields es nicht mag.

Vielleicht sind meine Geheimnisse doch schwerwiegender, als ich dachte, denn nachdem ich Dr. Shields davon erzählt habe, fühle ich mich leichter.

Ich beuge mich ein Stück vor und spiele an den drei Silberringen an meinem Zeigefinger herum, während ich auf die nächste Frage warte.

Es kommt mir so vor, als dauerte es länger als bei den letzten Fragen, bis sie erscheint.

Dann ist sie da.

Haben Sie jemals einen Menschen, der Ihnen wichtig ist, tief verletzt?

Es verschlägt mir beinahe den Atem.

Ich muss die Frage zweimal lesen. Unwillkürlich sehe ich zur Tür, obwohl mir klar ist, dass niemand durch die Glasscheibe späht.

Fünfhundert Dollar, denke ich. Jetzt scheint mir dieses Geld nicht mehr so leicht verdient zu sein.

Ich will nicht zu lange zögern. Sonst weiß Dr. Shields, dass ich einem wunden Punkt ausweiche.

Leider ja, schreibe ich, um Zeit zu schinden. Ich drehe mir eine

Locke um den Finger, dann tippe ich weiter. *Als ich noch neu in New York war, war da ein Mann, den ich gernhatte, und eine Freundin von mir war auch in ihn verknallt. Er fragte mich, ob ich mit ihm ausgehe ...*

Ich breche ab. Diese Geschichte ist nicht der Rede wert. Sie ist nicht das, was Dr. Shields will.

Langsam lösche ich, was ich geschrieben habe.

Bisher war ich ehrlich, genauso wie die Teilnahmebedingungen es verlangen. Aber jetzt überlege ich, ob ich mir etwas ausdenken soll.

Dr. Shields könnte merken, dass ich nicht die Wahrheit sage.

Und ich frage mich ... was wäre es für ein Gefühl, wenn ich es täte?

Manchmal glaube ich, ich habe jeden verletzt, den ich je geliebt habe.

Ich sehne mich danach, das zu schreiben. Dr. Shields würde mitfühlend nicken, male ich mir aus, und mich ermuntern, fortzufahren. Wenn ich ihm erzähle, was ich getan habe, antwortet er vielleicht wieder etwas Tröstliches.

Es schnürt mir die Kehle zu. Ich wische mir die Augen.

Wenn ich den Mut dazu hätte, würde ich Dr. Shields zuerst erklären, dass ich mich einen ganzen Sommer über um Becky gekümmert hatte, während meine Eltern arbeiten gingen; dass ich mich für eine Dreizehnjährige ziemlich verantwortungsvoll verhalten hatte. Becky konnte lästig sein – ständig platzte sie in mein Zimmer, wenn ich Freundinnen zu Besuch hatte, lieh sich Sachen von mir und lief mir hinterher –, aber ich liebte sie.

Liebe sie, denke ich. Ich liebe sie immer noch.

Es tut nur so weh, in ihrer Nähe zu sein.

Ich habe noch kein einziges Wort geschrieben, da klopft Ben an die Tür und sagt mir, ich hätte noch fünf Minuten.

Bedächtig tippe ich: *Ja, und ich würde alles dafür geben, es ungeschehen zu machen.*

Bevor ich es mir anders überlegen kann, drücke ich die Entertaste.

Ich fixiere den Bildschirm, aber Dr. Shields antwortet nicht.

Das Blinken des Cursors wirkt wie ein Herzschlag auf mich. Es ist hypnotisierend. Meine Augen brennen.

Falls Dr. Shields jetzt etwas schreibt, falls er mich bittet fortzufahren und sagt, ich dürfe ruhig überziehen, dann mache ich es. Ich würde alles herauslassen, würde ihm alles erzählen.

Mein Atem wird flach.

Ich habe das Gefühl, am Rand einer Klippe zu stehen und darauf zu warten, dass jemand sagt: Spring!

Immer noch starre ich auf den Laptop, obwohl ich weiß, dass mir nur noch etwa eine Minute bleibt.

Der Bildschirm ist leer bis auf den blinkenden Cursor, aber in meinem Kopf pulsieren plötzlich Worte, im selben Rhythmus wie der Cursor: *Erzählen Sie. Erzählen Sie.*

Als Ben die Tür öffnet, muss ich den Blick regelrecht vom Bildschirm fortreißen, um ihm zunicken zu können.

Ich drehe mich um, ziehe langsam die Jacke von der Stuhllehne und hebe meinen Rucksack auf. Dann werfe ich einen letzten Blick auf den leeren Bildschirm.

Sobald ich stehe, schlägt eine Welle der Erschöpfung über mir zusammen. Ich bin völlig erledigt. Meine Glieder sind schwer, und mein Kopf ist wie mit Watte gefüllt. Ich will nur noch nach Hause und mit Leo unter die Decke kriechen.

Ben steht draußen vor der Tür und sieht auf ein iPad. Ich erspähe Taylors Namen ganz oben auf dem Display, und darunter drei weitere Frauennamen. Jeder hat Geheimnisse. Ich frage mich, ob diese Frauen die ihren preisgeben.

«Bis morgen um acht», sagt Ben auf der Treppe hinunter in die Eingangshalle. Es fällt mir schwer, mit ihm Schritt zu halten.

«Okay», sage ich. Ich halte mich am Geländer fest und konzentriere mich, um keine Stufe zu verfehlen.

Als wir unten ankommen, bleibe ich stehen. «Ähm, ich habe eine Frage. Was für eine Studie ist das genau?»

Ben wirkt ein bisschen gereizt. Er ist irgendwie sehr proper mit seinen glänzenden Slippern und seinem schicken Stylus. «Es ist eine umfassende Studie über Moral und Ethik im 21. Jahrhundert. Dr. Shields befragt Hunderte von Teilnehmern zur Vorbereitung auf einen bedeutenden wissenschaftlichen Aufsatz.»

Dann sieht er an mir vorbei zu einer Frau, die in der Eingangshalle wartet: «Jeannine?»

Ich verlasse das Gebäude und ziehe den Reißverschluss meiner Lederjacke hoch. Draußen bleibe ich stehen, um mich zu orientieren, dann mache ich mich auf den Heimweg.

Alle Menschen, denen ich begegne, scheinen ganz normalen Aktivitäten nachzugehen: Ein paar Frauen mit bunten Yogamatten unterm Arm betreten das Studio an der Ecke. Zwei Männer schlendern händchenhaltend vorüber. Ein kleiner Junge saust auf einem Roller vorbei. Sein Vater jagt ihm hinterher und ruft: «Nicht so schnell, Kumpel!»

Noch vor zwei Stunden hätte ich keinem von ihnen größere Beachtung geschenkt. Aber jetzt ist es irritierend, wieder draußen in der lärmenden, hektischen Welt zu sein.

An einer Ampel muss ich stehen bleiben. Es ist kalt, und ich taste in meinen Taschen nach den Handschuhen. Als ich sie anziehe, sehe ich, dass der farblose Nagellack, den ich gestern erst aufgetragen habe, schon Macken hat.

Ich muss daran geknibbelt haben, während ich überlegte, ob ich jene letzte Frage beantworten sollte.

Bibbernd verschränke ich die Arme vor der Brust. Ich fühle mich, als bahnte sich eine Erkältung an. Heute habe ich vier Kundinnen, aber ich weiß nicht, wie ich die Energie aufbringen soll, meinen Koffer durch die Stadt zu schleppen und Smalltalk zu machen.

Ob die Befragung wohl da weitergeht, wo sie aufgehört hat,

wenn ich morgen in diesen Seminarraum zurückkehre? Aber vielleicht lässt Dr. Shields mich diese letzte Frage ja überspringen und stellt mir eine neue.

Ich biege um die letzte Ecke, und mein Haus kommt in Sicht. Müde schließe ich die Tür auf, gehe hinein und ziehe sie fest zu, bis ich höre, dass das Schloss einrastet. Dann schleppe ich mich die drei Treppen hinauf, betrete meine Wohnung und lasse mich auf meinen Futon fallen. Leo springt auf und rollt sich neben mir zusammen. Manchmal scheint er zu spüren, wenn ich Trost brauche. Ich habe ihn vor zwei Jahren beinahe aus einer Laune heraus in einem Tierheim adoptiert, in dem ich mir eigentlich Katzen ansehen wollte. Er bellte oder winselte nicht, sondern saß einfach in seinem Käfig und sah mich an, als hätte er auf mich gewartet.

Ich stelle mir den Wecker in meinem Telefon so, dass er in einer Stunde klingelt, dann lege ich die Hand auf Leos kleinen warmen Körper.

Während ich so daliege, frage ich mich, ob es das wert war. Ich war nicht darauf vorbereitet, dass es eine so intensive Erfahrung sein oder so viele unterschiedliche Gefühle in mir wecken würde.

Dann drehe ich mich auf die Seite, schließe die Augen und sage mir, dass es mir bessergehen wird, wenn ich mich ein bisschen ausgeruht habe.

Ich weiß nicht, was morgen passieren wird, was Dr. Shields noch wissen will. Aber keiner zwingt mich dazu, rufe ich mir in Erinnerung. Ich könnte behaupten, ich habe verschlafen. Oder à la Taylor einfach nicht auftauchen.

Ich muss nicht wieder dahin, denke ich, bevor ich ins Vergessen sinke.

Aber ich weiß, ich mache mir nur etwas vor.

KAPITEL VIER

Samstag, 17. November

Du hast gelogen, was ein eigenartiger Einstieg in eine Studie zu Moral und Ethik ist. Überdies zeigt es Initiative.

Du warst kein Ersatz für den Acht-Uhr-Termin.

Die ursprüngliche Teilnehmerin rief um 8.40 Uhr an und sagte ab, weil sie verschlafen habe, also lange nachdem man dich in den Testraum gebracht hatte. Dennoch durftest du weitermachen, da du bereits bewiesen hattest, dass du eine faszinierende Testperson bist.

Erste Eindrücke: Du bist jung. Dein Führerschein belegt, dass du wirklich achtundzwanzig bist. Deine kastanienbraunen Locken sind lang und eine Spur widerspenstig, und du trugst Lederjacke und Jeans. Einen Ehering trugst du nicht, aber drei schmale silberne Stapelringe am Zeigefinger.

Deinem legeren Äußeren zum Trotz haben deine Umgangsformen etwas Professionelles. Du hattest keinen Coffee-to-go-Becher dabei, hast nicht gegähnt oder dir die Augen gerieben, und du hast zwischen den Fragen nicht verstohlen auf dein Telefon gesehen.

Was du in deiner ersten Sitzung preisgegeben hast, war ebenso wertvoll wie das, was du nicht bewusst preisgegeben hast.

Von der ersten Frage an begann sich ein subtiler roter Faden abzuzeichnen, der dich von den bisher befragten einundfünfzig jungen Frauen abhebt.

Zuerst hast du geschildert, inwiefern du lügen kannst, um eine Kundin zu beruhigen und ein höheres Trinkgeld zu erhalten.

Dann schriebst du, du würdest eine Abendverabredung mit einer Freundin absagen, allerdings nicht, weil du in letzter Minute Konzertkarten bekommen oder ein vielversprechendes Date hast, wie die meisten anderen angaben. Vielmehr wandten deine Gedanken sich erneut der Aussicht auf Arbeit zu.

Geld ist sehr wichtig für dich. Es scheint einer der Grundpfeiler deines Verhaltenskodexes zu sein.

Wenn Geld und Moral aufeinandertreffen, kann das Ergebnis faszinierende Erkenntnisse über den menschlichen Charakter liefern.

Verschiedene Hauptmotive veranlassen die Menschen, entgegen ihrem Wertekompass zu handeln: Überleben, Hass, Liebe, Neid, Leidenschaft. Und Geld.

Weitere Beobachtungen: Deine Lieben kommen bei dir an erster Stelle, was daraus hervorgeht, dass du deinen Eltern Informationen vorenthältst, um sie zu schützen. Dennoch hast du dich als Komplizin bei einer Handlung geschildert, die eine Beziehung zerstören könnte.

Doch es war die eine Frage, die du nicht beantwortet hast, die Frage, mit der du gerungen hast, während du an deinen Nägeln geknibbelt hast, die am faszinierendsten ist.

Dieser Test kann dich befreien, Testperson 52.

Gib deinen Widerstand auf.